张爱玲

上海关键十年揭秘

MAODUN
DE YUYUE

首部深刻探讨
张爱玲性心理之研究

矛盾的愉悦

1943———1952

杨曼芬 著

上海关键十年揭秘

爱,就是不问值得不值得

从来一直阅读着张爱玲。但是,不是张迷,所以可以冷眼旁观张爱玲;不是张迷,所以可以重新阅读张爱玲;不是张迷,所以可以旁敲侧击张爱玲。从没有想过有一天会这么细微地考察张爱玲,直到2011年初她穿越时空召唤我,让我赢得了"全球第一届张爱玲五年研究计划",要我为她写点什么。从此,和爱玲日夜相伴,与她窃窃私语,与她谈天说地,听她哭看她笑,她的陈年往事历历在目。然后,我沉迷于她,想她、念她、怜她、惜她。写这本书居然变成一件既痛苦又快乐的事,遍览著作数百本、文献上千篇,百读不厌,读了还可以一读再读,从略读、粗读到细读,每次都可以读出不同的滋味。每每掩卷叹息:为什么世上只有张爱玲?爱玲何以为爱玲?

张爱玲,当代东方最擅长书写"闺秀文学"的女作家,胡兰成口中"民国世界的临水照花人",晚清没落贵族的家世注定了其一生传奇。22岁由借读的香港大学返回上海,历经战乱的生死大难,预见来日苦短,也不得不由着她打着"成名要趁早"的旗帜,以职业作家为志向,拿着稿子到各杂志社自我推荐。众家惊艳的小说《沉香屑——第一炉香》上场后,小说散文在当时主流杂志上连载不断,一夕满城争说张爱玲。当年被评为不入流的通俗文学闺阁叙事,1961年在汉学大师夏志清专文推荐下,回归正统文学殿

1

堂，人人开始赞叹说好，也没人敢再说不好。张爱玲的文章就这么理直气壮起来。

她的人又固执得很，为了"千元灰钿"，不惜和平襟亚（秋翁）撕破脸也要你来我往地在小报上吵翻天。该我的就是我的，是谁也不让的。晚清官宦世家出身的张爱玲，就算家道衰败，那点骨子里的小姐气可是刻意地招摇着，直到遇见胡兰成。见了他，她变得很低很低，但她心里是欢喜的，从尘埃里开出花来。苏青说张爱玲是不见客的，胡兰成第一次登门时也吃了闭门羹。没想到一个转身，张爱玲便回访，一聊便聊了五六个钟头，大剌剌地，不害臊似的，一下子便打开胡张恋的大门，对爱的饥渴昭然若揭，风流如胡是一眼看穿了。这个让张爱玲魂萦梦系的无情思男人，口若悬河，满舌生花，见天下女子皆可是他的妻。其人可废，其文不可废，成了众家通评。

胡兰成过人的才情与锋芒，让传奇才女张爱玲乱了心智，不问爱值得不值得，终其一生衣带渐宽终不悔，为伊消得人憔悴。胡兰成也是凭这傲人才情收服了"三三"一班仰慕追随者。《今生今世》对张爱玲研究者来说是重要文献，是唯一可以和《小团圆》对比着来读的珍贵"孤本"。还好，我在持续延伸阅读时喜见《山河岁月》里爱玲并未缺席，柔情蜜意万般皆是好。《小团圆》出版时，伤透了张迷的心，拒买拒看拒绝相信，真实的张爱玲如此不堪。十年过去，历经无数专家学者的辩证，张迷可以不服却无法不再相信：《小团圆》是张爱玲自传体私小说，和《今生今世》比对无所不适。胡兰成下笔妖惑，是个在感情事上渣烂的，但也是个彻底诚实的人。2018年小北（朱永锋）出版胡侄女青芸口述书《往事历历》，印证了胡张恋事实细节，张迷们再不服气也得吞下这口怨气。

自诩为拜金主义的张爱玲明白，父母离异家庭破碎在烽火战乱中，再好的贵族身家只是幻影、时代的残影，就要消失了就要消失了……那，何不靠这点背景名利双收、安身立命？贵族世家这件事,是自己嚷嚷出来壮大声势的。张爱玲肯定读过伍尔夫《一间自己的房间》,知道女人要写作一年起码要有五百英镑的收入,要有一间属于自己的房间,于是铆起劲来写,在1943年到1946年上海沦陷期间,创作量惊人,知名度暴涨,人言一字千金。和胡兰成热恋更让她喜滋滋甜蜜蜜,浑身都是能量:出书、座谈、写舞台剧剧本、客串舞台剧演出……攀上人生巅峰。她收入丰厚,不论住家布置、服装打扮、生活习性,十足的布尔乔亚,直到上海解放。张爱玲其实一点都不小市民。

回头看张爱玲和苏青的友情,倒也不免有着几分利害关系和精明算计,要不是苏青的《天地》月刊捧红了她,她又怎会独排众议地说:"把我同冰心、白薇她们来比较,我实在不能引以为荣,只有和苏青相提并论我是甘心情愿的。"谁都知道苏青那本《结婚十年》哪能跟张爱玲的《传奇》《流言》比。至于和胡兰成的关系,肯定早先的爱情和利用价值是交杂的。先前无人敢如此决断或看得明白,《小团圆》出版后,一切似乎都有了底,有了原因。胡张恋消逝,正如爱玲所言:"你是到底不肯。我想过,我倘使不得不离开你,亦不致寻短见,亦不能再爱别人,我将只是萎谢了。"张爱玲从此没再爱过任何人,包括她自己。

坐在上海图书馆的日子里,翻阅民国时期上海小报、杂志胶卷资料,张爱玲的前世今生一幕幕掠过眼前,然后,一切都明白了。为何张爱玲明知胡兰成被认定是汉奸、是有一妻一妾的"别人丈夫",还甘愿做情妇?胡确实有支好笔,有公共论述的权力,与他关系密切的《杂志》无限期地刊登她的文章,稿费也给得好,甚至预付。但是,最终,她将一切回给了胡兰成,写剧本的稿费30万元,附在分手信里给藏匿在温州乡下的他寄了去。原来啊原来,张爱玲不是"爱到深处无怨尤",而是一种决裂,从此两不相欠。胡兰成曾给过她一点钱,她是本金加利息奉还了。但是,她的心没有还,离开上海后,张爱玲一再重复、回旋、衍生的创作篇篇都暗藏胡张恋"行头考究的爱情故事"。

坊间有好几本专书研究"张爱玲与女性主义"。张爱玲看起来"好像"是个女性主义者,现实生活里,她是?不是?她是浅谈过女权主义的,在现实生活里,却是个彻底服膺于父权社会的传统女子。评断张爱玲是女性主义者,俱是误读她小说中狂暴、阴冷、残酷的女性复仇叙事。那些都是畅销书的"卖点"。细读她和炎樱对谈的《双声》,当诧异她不但认同三妻四妾的男性多妻主义,甚至赞同姘居生活。现代女性意识倒是有的,和苏青一起对谈"爱情婚姻与择偶条件",俨然就是现在红火的"情感专家",虽然提出的建议未必可靠。她甚至告诉胡兰成:"将来的世界应当是男性的。"原来过往、眼前和以后的世界都是男性的。这怎么行?如果张爱玲根本不是女性主义,那她如何写出充满女性意识的小说与散文?如果她是,除了暴露其外的文字表述,其他的隐藏在哪儿?

这些微妙又深邃的心理皱褶,就是值得深入考察张爱玲表里不一"矛盾的愉悦"之隐蔽处。这愉悦是金钱与精神带来的矛盾快感,是性与爱的斗争,是甜,也是另一种苦,让张爱玲的生命一点一滴地吸吮着情爱的养分,直到干涸。幸好,寂寥而终的她,给当代文学研究遗留下了丰盛资产。世上但凡有一句话、一件事,是关于张爱玲的,便皆成为好。读她千百遍也不厌倦。

我以传播学之文化研究为书写取径,一探张爱玲上海关键十年,期望跳脱过往张爱玲研究之中外文、比较文学领域,以崭新的视角发现并填补"张学"研究的空白,将"张学"现有文献汇总利用,再发掘新的价值,亟欲演绎的便是张爱玲"作品与人生"夹缝里的对立与矛盾,以及这些矛盾究竟带给了她何种愉悦,而这愉悦背后又隐藏了何种惘惘的威胁。故须重返上海历史现场仔细爬梳真实的张爱玲、不为人知的张爱玲、为人知却无人胆敢置喙的张爱玲。在烽火乱世的大时代背景张力下,以"文本创作"与"真实人生"交互辩证、绵密探索近代中国文学传奇"永久的张爱玲"在痛苦中何以获得莫名愉悦之可能,并开启张爱玲研究在文本解析与

上海关键十年揭秘

传记改写两条路之外的第三种可能。

书中引为规范的理论只是得以聚焦上海关键十年的参照典范,旨在揭露主流意识之外被掩盖的女性意识,这是撰写的初衷。在与主流抗衡之际,尝试发出一种微弱之声,或许会被抹杀,或许会被盗猎或批判,但这是原音初声,一种怜惜、追悼、怀念、理解张爱玲之声。基于让爱玲发笑的"叨为同性",我看爱玲、读爱玲、写爱玲,我是爱玲,我非爱玲爱玲非我,在是是非非中,我任由爱玲召唤,进入深沉的"张爱玲世界",看见男人不懂女人的情与爱、爱与怨之间的退让与抵抗,欢喜与悲凉。

这本书,书写策略是先将张爱玲置入20世纪40年代的老上海地理文化空间中,借美国女性主义学者苏珊·弗里德曼(Susan S. Friedman)超越女作家批评和女性文学批评的后设批评"社会身份新疆界说"(the new geographics of identity)逐步推演,就张爱玲1943—1952年上海关键十年间的创作与人生层层解读,最终再行进入"内在精神分析"一窥其愉悦与痛苦之隐蔽处,旨在揭露真实的张爱玲。这是大胆的尝试,是背离过往张学正统路线的前进,或许不尽如人意,但终究,我看见了不一样的张爱玲、你我前所未知的张爱玲。也就是说还原张迷眼中被遮蔽的张爱玲,不完美却万般真实的张爱玲。

于千万人中遇见你所遇见的人。书写张爱玲自是有缘。首先,我在千万人之中得到了她遗产稿费的奖赏,在过程中,她还不时出手助我一臂之力。譬如,多年闲人勿进的常德公寓,居然让我想办法给进去了,还拍到65室;又譬如,我写到她在九龙新界遥望故乡时,凭印象(也曾站在那儿眺望内地)找了一张50年以上的公共版权黑白照为配图,后来见到她为 *A Return To The Frontier*(《重返边城》)画的插画,不可思议地竟然是同一个角度的同一个景。当时震动得差点潸然泪下。有些癖好,我又与她同:喜喝咖啡,一日数杯;喜闻异味,如油漆、臭豆腐和皮革;也喜在热闹喧哗声中写作,电视或音响必须开着,却仿佛在无人之境;一次炉上烧水到干锅差点酿成火灾、几次狂风暴雨未关窗致水漫客厅,人在书房与爱玲窃窃私语的我竟浑然不觉。

2015年,《矛盾的愉悦》繁体版在台北纪州庵古迹举办新书发布会,台湾首席文坛女作家李昂与我对谈。身为法国艺术及文学勋章骑士勋位得主、台湾女性小说大家与评论家翘楚的她,对着台下满堂读者与观众,举着这本书说:"这是一本近年来我读过最好看的张爱玲研究著作。"我相信,冥冥中,那一天,爱玲正在天上看着我们,难得笑得开怀。因为,我们懂她。

自2011年向宋以朗先生提案以来,前后历经八年书写、润饰、增补,本书简体版终于付梓,回首来时路,在心底震动之余,诚心感谢张爱玲学研究的诸多前辈过往钻研的丰盛文献,得以让本书参考、参照或由其间爬梳出新意,为本以为山穷水尽的张学研究困境,提供了珍贵资料。前人种树后人乘凉,让我受惠良多。几位标竿人物,更当顶领膜拜:

唐文标:以生命开创了张爱玲研究之路;

夏志清:确立了张爱玲的正统文学地位;

王德威:推动张爱玲进入学术研究领域;

陈子善:上穷碧落下黄泉搜索佚文出土;

高全之:以"张爱玲学"奠定了"张学"。

若没有他们及其他们(曾经为张爱玲研究付出的所有人)就没有今日张学。就张爱玲的阶段人生来看,第一阶段,民国上海时期当感谢胡兰成,他造就了张爱玲的一生;第二阶段,20世纪60—90年代,当感谢宋淇、邝文美夫妻和平鑫涛的皇冠出版集团,成就了张爱玲作品和文坛声势;第三阶段,90年代至今,当感谢传承父志兢兢业业延续张爱玲文学生命的宋以朗先生,以及近年来铆足了劲整理、评鉴张爱玲遗作的冯睎干。

没有这些前辈接力似的拓荒、开垦、栽植、散播张学,难以造就今天的张爱玲。有行外人谓今日中国只有"鲁迅学"尚无"张学",一是肯定没涉足张爱玲研究;二是不知先在1961年夏志清推举张爱玲为中国最重要最优秀的作家后,在张爱玲的新作品持续出版、学术研究之广度深度渐渐超越鲁迅学时,"张学"俨然成了大显学。夏志清对张爱玲文学的高度评价,龙应台曾言:"就像钢琴大师给一个作品定音,开启一个美学时代。"

又有人谓:民国时期小报消息不足采信,更不得进入学术研究殿堂以为参照。闻者不禁骇笑。陈子善所有的伟大发现,均来自小报,当民国小报消息被搜编成册印制发行时,已自动归入学术研究新文类行列,弥足珍贵。2011年秋天,我以"关键词"张爱玲在上海图书馆搜罗到的民国时期小报新闻、专栏、闲谈等,至今部分已经成书,部分尚未问世,有待后人进一步发掘探索立论。

半世纪以来张学研究领域众生喧哗,本书致力以不同于过往中国文学研究领域出发,在传播学文化研究理论框架下,以夹叙夹议的方式书写,希望能给予可爱的读者新视野新观念,以一种迂回渐进的方式,开启与张爱玲生命对话的新拼图。同时大胆论断:超过半世纪的张爱玲研究,已经进入前人文献研究后之研究的"后张学"阶段。

最后,感谢2011年夏末初秋远赴上海进行田野考据与数据搜集时,在上海图书馆参考馆员祝淳翔以及《全国报刊索引》编辑部杨敏的热忱协助与指引下,得以觅得宝贵的第一手数据;感谢陈子善教授于百忙中拨冗于上海相谈并赐教宝贵意见,除促使我重返长江公寓,终于拍摄到了301室珍贵影像外,并获亲笔签名致赠的《研读张爱玲长短录》《说不尽的张爱玲》和《重读张爱玲》三本大作,也成为我完成这本书的重点参考文献。同时,特别感谢宋以朗先生给予的支持,2016年在香港加多利山宋宅与我相见欢,亲口详述了当年张爱玲生活于该老宅的部分细节,更让我亲炙了、抚摸了张爱玲手稿,宛如与爱玲相见相怜,让这本书终能以最完美的姿态献给亲爱的读者。此外,对铭传大学传播学院院长倪炎元教授,在我八年无尽的书写、修正、润饰、添补过程中,几度难以为继时,每每以"耐烦"两字箴言激励,陪我熬过漫漫长夜,来到黎明,铭感五内。

　　本书是宋以朗先生发起的"全球第一届张爱玲五年研究计划"得奖著作，也是目前唯一出版的著作。受到大家敬爱的止庵老师对《矛盾的愉悦》在浩瀚张学中"第一部专书"的重要性，给了如下评价：

　　本书是第一部专门以张爱玲的这一时期（1945—1952）为研究对象的著作，对相关问题做了不少有益的探索。

　　感谢止庵老师。最后，谢谢，爱玲。

杨曼芬
2019 年 3 月 19 日于台北

莫言说

　　1944年5月,一篇掷地有声、刊登于上海《万象》名为《论张爱玲的小说》的文章,为这位天生才女的写作生涯起了推波助澜的作用,从此满城争说张爱玲。不知张爱玲、不读张爱玲、不说张爱玲、不评张爱玲是落伍的、不摩登的。张爱玲在40年代的上海,是都市传奇,也是时尚符号,直到70年后的今天,张爱玲现象依旧历久弥新。

　　傅雷的这篇文章写到《金锁记》不论结构、节奏、色彩,在这件作品里有了最幸运的成就。作者的心理分析,并不采用冗长的独白,或枯燥烦琐的解剖,她利用暗示,把动作、言语、心理三者打成一片。毫无疑问,《金锁记》该列为我们文坛最美的收获之一。接着严厉批评了《连环套》,指出内容贫乏是主要弊病。这篇文章引起争辩也开启了绵延不休的张学论证。《传奇》褒多于贬,《流言》则大获好评。如刘川鄂日后评述《流言》实为中国现代文学史的优秀之作,与任何一位现代散文名家相比,张爱玲都毫不逊色。她比冰心深刻,她没有朱自清的士大夫气;她比周作人开阔,她没有徐志摩的华丽堆砌;她比林语堂灵隽,她没有何其芳的刻意精致。尤其在散文创作比较平寂的40年代,她的文明意识、她的人生体悟、她的俏皮风格、她的独特文体,更显得珍贵难得。

　　彼时纵使赢得美名,但张爱玲终究被置于非主流文学的边缘位置。直到1961年夏志清教授在《中国现代小说史》中赞誉张爱玲该是今日中国最优秀最重要的作家、《金锁记》是中国从古以来最伟大的中篇小说,其道德意义和心理描写,极尽深刻之能事,其才情甚至超越五四许多作家。从此让张爱玲由通俗小说写手跃上正统文学舞台,俨然成为大家,亦让张学研究,从小说、散文、生平传记、电影剧本延伸到电影、舞台剧……成为近半世纪以来亚洲文化研究中的经典显学。2012年诺贝尔文学奖得主莫言却评说张爱玲在他的心目中格局还是稍微有一点小,她没有宏大的气魄,她更像精雕细琢的玉器,是一件很小的摆件。①

就在这"伟大"与"很小"的无尽想象空间里,张爱玲的自身与作品皆充满了矛盾。

---

① 2010年1月16日莫言在《广州日报》主办的第一届"中国图书势力榜"颁奖典礼上发言。2010年1月4日莫言做客《阅读客厅》节目时说得更详尽,他觉得张爱玲的作品不够大气,小说写得非常精致、非常漂亮,语言漂亮,情感写得也很深,很多比喻都非常精辟,她那种幽默、调侃入木三分,要说刻薄,可能也是天下第一刻薄,但她的小说,总还是缺乏一种广阔的大意象,还是一种小家碧玉的东西,非常精致的东西,是玲珑剔透的小摆件,不是波澜壮阔的托尔斯泰式的、陀思妥耶夫斯基式的,没有那种狂风暴雨般的冲突。

上海关键十年揭秘

目 次

第一章 前所未知的张爱玲……………………… 1
　一、永远的张爱玲………………………………… 1
　二、重新凝视张爱玲……………………………… 27
　三、六种话语的表现……………………………… 36
　四、新的文学解读方法…………………………… 43
　五、如何理解张爱玲……………………………… 45
第二章 关键十年与时沉浮……………………… 53
　一、1943—1952 年关键十年…………………… 54
　二、1952 年后离散岁月………………………… 94
　三、张爱玲的多重面向…………………………… 95
第三章 老上海的流金岁月……………………… 101
　一、殖民语境中的上海人………………………… 104
　二、中西方视角下的妓女………………………… 112
　三、洋娱乐的流入………………………………… 117
　四、海派文化的异变……………………………… 120
　五、从明清艳情小说到西方怪力乱神…………… 122
　六、女权运动与女学兴起………………………… 130
　七、上海与香港的双城演绎……………………… 135
　八、20 世纪 40 年代的上海传媒………………… 140
　九、她的原乡她的上海…………………………… 147

第四章　六种话语六种矛盾 ……………………………… 155
　　一、性别差异的矛盾 ………………………………… 162
　　二、身体操演的矛盾 ………………………………… 179
　　三、双重他者的矛盾 ………………………………… 198
　　四、流动关系的矛盾 ………………………………… 210
　　五、自我与异己的矛盾 ……………………………… 231
　　六、文化嫁接的矛盾 ………………………………… 249
　　七、上帝的女儿 ……………………………………… 267

第五章　矛盾的愉悦 …………………………………… 272
　　一、恋父弑母与弑父恋母 …………………………… 279
　　二、受虐者的反身性 ………………………………… 286
　　三、传统叙事与精神治疗 …………………………… 294
　　四、超越快乐的原则 ………………………………… 299
　　五、黄皮肤·白面具 ………………………………… 302
　　六、林语堂带来的虫患 ……………………………… 309
　　七、精神分析揭露的隐蔽 …………………………… 316

第六章　崩溃中的重现 ………………………………… 323

张爱玲生平简写 …………………………………………… 335

参考文献 …………………………………………………… 348

附件一　小报原版《炎樱衣谱》四篇 …………………… 367
附件二　张爱玲老上海旧居三处 ………………………… 370
附件三　张爱玲逝世二十周年特展顾影思人 …………… 372
附件四　作者与张爱玲关键人物合影 …………………… 374

上海关键十年揭秘

第一章 前所未知的张爱玲

一、永远的张爱玲

1961年夏志清于《中国现代小说史》(*A History of Modern Chinese Fiction*)中以专章讨论张爱玲,①将她与鲁迅、茅盾、老舍、沈从文相提并论,誉其为20世纪中国现代文学最重要的作家之一。该中译本陆续在中国香港、中国台湾、中国大陆出版后引起热烈回响,40年代老上海时期的天才奇女张爱玲被埋没多年后,终于重见天日。80年代中期,柯灵又以一篇《遥寄张爱玲》掀起了大陆张学热,让她以"出土文物"的稀有姿态,由黑翻红,重返满城争说张爱玲

---

① 夏志清:《中国现代小说史》,上海:复旦大学出版社,2005年,第254-274页。夏志清教授是被誉为"中国第一文评人"的文学评论家,于2013年12月29日病逝纽约,享寿92岁,他对张爱玲在中国文学史上的赞誉也成绝响。

时代。一如王德威评说:自1995年9月张爱玲悄然去世后,引起的广大效应,更是前所未见。相关的文集传记、座谈研讨会"华丽"加"苍凉","对照"与"参差"层出不穷,种种张派警句金言成了文界的参照范本、学界的批评口头禅。在一片"时代在破坏中,还有更大的破坏要来"声中,"张学"已然建立。① 半世纪过后的今日,私淑张腔、研读张学的张爱玲现象方兴未艾。

永远的张爱玲,魂魄未死音容宛在。

(一) 张爱玲的奇人奇事

胡兰成笔下"民国世界的临水照花人"张爱玲,一生是传奇中的传奇,家世奇,文采奇,姻缘路更奇。张爱玲原名张煐,1920年生于上海一个没落的官宦世家,两岁时举家迁往天津,八岁时返沪。四岁时母亲和姑姑赴欧洲游学,十岁时母亲归来争取送她入上海美国教会办的黄氏小学插班就读,改名张爱玲,旋即父母离婚。祖父张佩纶,字幼樵,一字绳庵,同治进士、清流派要员,与黄体芳、张之洞、宝廷称"翰林四谏",1884年中法战争时以三品卿衔会办福建海疆事宜,溃败后被清廷革职充军,释后入洋务大臣李鸿章幕,娶李鸿章幼女李菊耦为妻;亦为擅诗文八股的作家,② 生平事迹被改写入《孽海花》。③ 母亲黄素琼(后改名黄逸梵),则为清末长江七省水师提督黄翼升之子黄宗炎与小妾所生之女。父亲张志沂(廷重),贵为典型的晚清遗少,却怀才不遇日日风花雪月吟

---

① 王德威:《张爱玲再生缘——重复、回旋与衍生的叙事学》,刊载于《文学世纪》,2000年12月第9期,第53-58页。
② 见钱仲联等编:《中国文学大辞典》"清及近代文学作家"章节,上海:上海辞书出版社,1997年,第1361页。
③ 曾朴:《孽海花》,上海:小说林社,1905年。为晚清四大谴责小说之一,其他三部为李宝嘉的《官场现形记》、吴沃尧的《二十年目睹之怪现状》、刘鹗的《老残游记》。该书对张佩纶"所部五营溃,其三营歼焉……海上失了基隆,陆地陷了谅山"颜面尽失的败逃与李菊耦的婚事都有详尽记载。另在张爱玲《对照记》、张子静《我的姊姊张爱玲》中也分别记载了祖父母家世与祖父事迹。

诗作对,终因吃喝嫖赌抽鸦片将祖母陪嫁的万贯家产挥霍殆尽。继母孙用蕃则为清末大臣孙诒经的孙女、北京政府国务总理孙宝琦的七小姐,家世与张家足以匹敌。

依据张爱玲弟弟张子静的说法:祖父"少工骈俪文,才思敏捷,下笔千言,藏书极丰"。① 父亲一生不事生产,中年以前都在书房消磨,《红楼梦》《海上花列传》《醒世姻缘》《水浒传》《老残游记》《聊斋志异》《官场现形记》《歇浦潮》以及张恨水的小说……都是姊姊从他书房找来读的。

出身日渐衰败的簪缨世族,最后的贵族张爱玲饱尝人情冷暖、看尽人生百态、写出人所不能写之闺阁情事。中学毕业后,欲赴英留学因二战爆发改往香港大学借读。1941 年底太平洋战争爆发港大停课,来年中返沪报考圣约翰大学,不久便休学开始计划性的文学创作。1943 年在《紫罗兰》正式发表了第一篇中文小说《沉香屑——第一炉香》,一夕成名。随着小说、散文陆续发表于《杂志》《天地》等刊物,声势日涨,继之出版小说集《传奇》、散文集《流言》,随之洛阳纸贵,加上改编小说《倾城之恋》为舞台剧,顷刻之间成为上海家喻户晓的传奇女子。虽然当时傅雷(迅雨)等文人对她的文章有所褒贬,与她生长在同一时代的老学者何满子,却喻其为结合传统"鸳鸯蝴蝶与新式西风"两派最适当的、也最有成就的巅峰作家。②

张爱玲与胡兰成的一段情,前后纠葛 50 载至死亦难休,更是传奇中的传奇。1943 年底,胡兰成在《天地》上读到张爱玲的《封锁》,惊为天人,向主编苏青要了张爱玲的地址,登门拜访。虽然张爱玲本人和他想的全不一样,却也难改他四处留情的本性,一段情海孽缘就这么展开。曾任汪精卫伪政府行政院宣传部政务次长

---

① 张子静、季季:《我的姊姊张爱玲》,上海:文汇出版社,2003 年,第 90 页。
② 参见何满子:《中国爱情与两性关系——中国小说研究》,台北:台湾商务出版社,1995 年,第 215-216 页。

的胡兰成,一支笔能写,一张嘴能讲,才情是有好几分,却早已妻妾儿女成群。张爱玲不忌讳,只要眼里是喜欢的这个人,就这么不悔地爱上。热恋不久,胡兰成调派武汉办《大楚报》时又爱上青春少女小周,返沪再与张爱玲私订婚约,写下"岁月静好现世安稳"八字箴言。1945年8月15日日军战败投降,他逃窜至偏乡藏匿再与俏寡妇秀美结婚,千里寻夫到温州的张爱玲这才参透此情不再,不得不委屈地问道:"你这是不给我安稳么?"

  从温州回到上海后,饱受汉奸之妻污名所累,张爱玲沉潜多时,复出时写电影剧本营生并出版《传奇》增订版,与导演桑弧秘恋三年,后改以"梁京"笔名在《亦报》上连载《十八春》长篇小说和《小艾》中篇小说。1952年7月,以到香港大学复学之由离开上海,在香港为美国新闻处翻译了几本世界文学,写了两本被标志为"反共文学"的《秧歌》与《赤地之恋》。1955年10月,以中国专才难民身份搭乘"克利夫兰总统号"邮轮赴美,追寻和林语堂一样名扬四海之梦;来年3月在文艺营与左翼作家甫德南·赖雅(Ferdinand Reyher)①结识,很快以怀孕的理由结婚,婚后两人深陷经济困境。1961年,张爱玲飞香港写电影剧本,过境台湾欲采访张学良不果,闻赖雅再度中风后随即提早赴港写剧本赚生活费。1967年,久病缠身的赖雅去世,在美有志难伸的张爱玲晚年疑似罹患了"妄想性虫爬症",终日为无所不在的蚤子(flea 臭虫)所苦,②逐渐大隐于世不问世事。1995年9月,在洛杉矶公寓孤寂地离世,享年75岁。

---

① 甫德南·赖雅(Ferdinand Reyher,1891—1967),生于美国的德国后裔,1914年获哈佛大学文学硕士学位,是作家也是电影编剧,第一任妻子为美国女权运动家瑞碧卡·霍瑞琪。与著名作家刘易士、布莱希特交往密切。
② 精神医师吴佳璇两次著文分析,论断张爱玲罹患的"虫患"是精神疾病。第一篇详见《张爱玲满是跳蚤的晚年华服》,收入《张爱玲学校》,台北:联合文学出版社,2011年,第11-29页。第二篇详见《张爱玲的身心症与文学梦》,刊载于《联合文学》,台北:联合文学出版社,2013年2月号,第72-75页。

1950年，胡兰成经香港偷渡到日本，落脚东京定居后和晚来的上海大魔头吴四宝遗孀佘爱珍厮守终生，同时写下《今生今世》，道尽他一生一世和八名女子的风流韵事，其中张爱玲《民国女子》占两万余字，末了写道："我与她亦不过像金童玉女，到底花开水流两无情"；佘爱珍则从《良时燕婉》写到底，有四万字，相知相惜相疼之心溢于言表。① 这叫看似无情却深情的张爱玲情何以堪？在1975年写给夏志清的信中（编号69）写道："胡兰成会把我说成他的妾之一，大概是报复……"② 并矢志书写《小团圆》反击，③ 十个月完成，却又磨磨蹭蹭一改再改了20多年，爱到深处，苦难言。直到逝世，张爱玲就在人生最可爱一撒手的当儿，留了这本书到底该出或不出的难题给后人。

《小团圆》最终的出版，让世人明了张爱玲终究是孤傲冷清的奇情才女，亦是有血有肉的平凡女子。

（二）独具慧眼的夏志清

1961年夏志清在《中国现代小说史》英文专书中对张爱玲的激赏赞誉，④ 似大地一声雷，让蛰伏许久的华人文学为之眼前一亮，对久违的这位上海才女张爱玲逐渐另眼相看，对后续张学的铺陈开展也起了推波助澜的关键性作用。然夏志清在《超人才华，绝世凄凉——悼张爱玲》⑤ 一文中说是哥哥夏济安先把书稿中张

---

① 胡兰成：《今生今世》，台北：远景出版社，2009年，第522页。
② 夏志清：《张爱玲给我的信件》编号69，台北：联合文学出版社，2013年，第234页。
③ 见宋以朗编：《张爱玲私语录》，北京：北京十月文艺出版社，2011年。1975年7月18日开始，张爱玲给宋淇夫妇写了多封信表明她不想朱西宁写她传记，正在赶写一部长篇小说《小团圆》，书写动机摆明就是欲反驳胡兰成的《今生今世》。其实她早于1974年6月写最后一封信给朱西宁时，就希望他不要写她的传记。见朱天文：《花忆前身》，台北：麦田出版公司，1996年，第45页。
④ 全文详见夏志清：《中国现代小说史》(A History of Modern Chinese Fiction)，上海：复旦大学出版社，2005年中译本，第254-274页。
⑤ 蔡凤仪编：《华丽与苍凉——张爱玲纪念文集》，台北：皇冠出版社，1995年，第125-137页。

爱玲的部分以《张爱玲的短篇小说》《评〈秧歌〉》两文译出,先后载于1957年《文学杂志》第2卷第4、6期,才引发了中文读者研读张爱玲的兴趣。该文还补充道:"古物出土"愈多,我们对20世纪四五十年代的张爱玲愈加敬佩,但同时也不得不承认近30年来她创作力之衰退。为此,到了今天,我们公认她为名列前三四名的现代中国小说家就够了,不必坚持她为"最优秀最重要的作家"。彼时张爱玲刚去世,遗作尚未现世,盖棺论定张爱玲一生成就似乎太早了点。

溯及既往,台湾皇冠出版社于1968年6月出版《流言》、7月出版《张爱玲小说集》,正式将张爱玲作品引介入台湾文学市场。水晶的《张爱玲的小说艺术》①1973年初版,为第一本在台湾发行研究张爱玲的可证文献,其中《象忧亦忧、象喜亦喜》一文泛论张爱玲短篇小说中的镜子意象,是最早关注张爱玲创作中有关意象的文章。他将张爱玲小说中的镜子、玻璃、眼镜这些易碎品统一在一起,联想到破镜分叉等寓意,以此来研究这些意象在文本中的功用。②王拓则于1976年3月出版《张爱玲与宋江》,③同年5月唐文标随之出版《张爱玲研究》,而后于1982年出版《张爱玲卷》,1984年出版《张爱玲资料大全集》。④三人算是台湾张学研究先驱,为早期台湾张爱玲研究奠定了扎实基础。唐文标那"一级一级走进没有光的所在"论点与水晶的"神话学与镜像"结构分析为张学研究揭开了序幕。据王拓的说法,当年大学同学没几人知道张爱玲,授课教授除了提及少数几个"五四"人物外,可从来没提过张爱玲。⑤1961年张爱玲到

---

① 水晶:《张爱玲的小说艺术》,台北:大地出版社,1973年。大地出版社于1996年再出版水晶《张爱玲未完》。
② 水晶:《张爱玲的小说艺术》,台北:大地出版社,1973年,第169页;亦收入水晶:《替张爱玲补妆》,济南:山东画报出版社,2008年,第95-109页。参见杨青泉:《张爱玲研究的关键词——张爱玲研究回顾》,刊载于《湖南工业大学学报》(社会科学版),2010年第15卷第4期,第96-99页。
③ 王拓:《张爱玲与宋江》,台北:蓝灯出版社,1976年。
④ 唐文标前后出版了三本张爱玲研究著作:《张爱玲研究》,台北:联经出版公司,1976年;《张爱玲卷》,台北:远景出版社,1982年;《张爱玲资料大全集》,台北:时报文化出版企业,1984年。如今这三本绝版的书都成了张学的参照宝典。
⑤ 王拓:《张爱玲与宋江》,台北:蓝灯出版社,1976年,第1页。

台湾做短暂停留时,一般大众对她更是完全不了解的,走后报纸也只刊登了一小篇报道。① 甚至 1983 年人在纽约的庄信正要求人在洛杉矶的林式同帮忙张爱玲搬家时,林式同也不知她为何许人。张爱玲将有生以来唯一次到访台湾的见闻写成一篇英文游记 *A Return to the Frontier*,1963 年 3 月 28 日发表于美国《记者》(*The Reporter*)双周刊。2008 年 9 月皇冠出版的《重访边城》为张爱玲 20 世纪 80 年代重写的中文稿,前半部写台湾游记,后半部跳接为重返香港记忆。②

桑品载亦言,因为前夫胡兰成汉奸的身份,当时坊间不易见到她的作品,甚至还列为禁书或半禁书。③ 胡兰成的则全都是禁书,因此促成朱天文等人创设《三三集刊》④ 为易名李磐的胡登稿,再

---

① 见高全之:《张爱玲学》(增订二版),台北:麦田出版公司,2011 年,第 415 - 420 页。
② 另一篇英文短篇小说 *Stale Mates* 则早在 1956 年 9 月 20 日刊载于 *The Reporter*,后改写为《五四遗事》。
③ 桑品载:《与张爱玲周旋——拾掇她与"人间"的一段因缘》,收入苏伟贞主编:《鱼往雁返——张爱玲的书信因缘》,台北:允晨文化实业,2007 年,第 203 - 206 页。
④ "三三"出处,本书考据当为胡兰成言《文殊前三三》:"'无著问文殊:五台山多少众? 文殊答:前三三,后三三。'就是中国人的知性的喜乐好玩。"收入《禅是一枝花》,上海:上海社会科学院出版社,2003 年,第 109 页第 35 则。1977 年《三三集刊》创刊号首页辞则说:前一个"三"代表三民主义,后一个"三"则代表圣父圣子圣灵三位一体的真神,"三三就是一股无名的志气嘛,三三就是一份中国传统的'士'的胸襟与抱负,就是要唤起这一代千千万万年轻的心,手携着手,浩浩荡荡的一同走过蓝天,走到中华民族的生身之地"。胡兰成谓之:"以言三才、三复、三民主义亦可,以言一生二、二生三、三生万物亦可。"见朱天文:《花忆前身》,台北,麦田出版公司,1996 年,第 63 - 64 页。再见她词、胡纪元作曲的《思凡的星》:"春潮方生兮,日月星辰于啪啪的浪潮中烂烂升起呀——竟也在这样的三月三,'三三'或是出云的紫微,这或是偶然,或是必然;或是人意,或是天意;又或者什么都不是。您讶异也好——最好是笑一笑。它的光静静落在沙滩上,银河里思凡的星您无意拾起来,听它向您诉说天上的故事。您若认为'三三'纵排出乾卦,横排出坤卦,也好。您若认为'三三'向往中国文学传统的'兴比赋',也好。您若认为'三三'想要三达德,也好。或者您若认为'三三'说的'一生二,二生三、三生万物'的故事,也好。您若认为'三三'说的'三位一体'真神的故事,也好。您若认为'三三'说的'三民主义'真理的故事,也好。也许您若认为'三三'就只是那样一个'三三',也好。那样一个思凡的静静落在沙滩上的浪潮千古打不断的,您举目一望那说不尽的星海灿烂无限意,'三三'深愿以您的认为,作为它的心愿。"2008 年 6 月朱天文参加南京大学"聚焦女性:性别与华语电影"研讨会,胡纪元和她相谈欲以刊载于《中国礼乐风景》扉页的这首诗篇谱下此曲。

以三三书坊发行其著作。①1974年胡兰成受文化学院邀请来台客座,受舆论强烈抨击后停课。1975年张迷朱西宁迎他回家做客,遂在朱家隔壁住下并着手写《禅是一枝花》,同时开班讲授《易经》,听讲的除了朱家人外,尚有蒋勋、张晓风、管管、袁琼琼、陈玉蕙、刘祖君等青年学子。受教的这些年轻人,后来都成了台湾大作家、大诗人。陈芳明在《台湾新文学史》中直言,70年代朱西宁家族文学的风格,始于张爱玲,终于胡兰成,而他们所带动的《三三集刊》,最后都不免带有胡腔胡调,与张爱玲的影响平分秋色。要概括70年代台湾文坛的真貌,较为确切的史实,应是"非乡土,即张胡"。②可见张爱玲对台湾文学的影响如何巨大。朱西宁坦承张爱玲给了他小说的启蒙,③朱天文亦不讳言,她早期的文风是受张爱玲影响;王德威评她反写了胡兰成,逐渐向张爱玲靠拢。④溯本追源,"胡腔胡调"理当为"张腔胡调"才是。这也是某些学者的共同感受。

彼时台湾学者对于张爱玲的研究,出现了颇为明显的分歧,甚至展开了较为激烈的两派论争。以唐文标为代表的一些研究者,在对张爱玲这一文学天才充分肯定的同时,亦对其作品的思想内容进行严厉的批评。在《张爱玲研究》中,唐文标认为张爱玲是活在新时代的租界——上海的旧作家。她熟悉并迷醉的是"腐朽、衰败、垂死、荒凉"的"死的世界",生活于其间的人物也都"一级一级走进没有光的所在"。张爱玲的小说没有道德批判,缺乏积极的社会作用。一些持相同观点的批评者进而指出张爱玲的创作题

---

① 三三书坊于1979年出版胡兰成化名李磬的著作《禅是一枝花》《中国礼乐》,1980年出版《中国文学史话》,1981年出版《今日何日兮》,同年7月25日胡兰成在东京因心脏病急发去世。
② 陈芳明:《台湾新文学史》(下),台北:联经出版公司,2011年,第586页。
③ 朱西宁:《一朝风月28年》,刊载于《中国时报》"人间"副刊,1971年5月31日。
④ 详见朱天文:《花忆前身——回忆张爱玲与胡兰成》,刊载于《文学世纪》月刊,2000年12月停刊号。

材狭窄、人物平凡,仅有趣味主义倾向。

另一批学者以朱西宁为代表,对唐文标等人的意见进行了猛烈回击。他们极为推崇张氏的作品,认为它们既继承了主体传统文化,又吸收了异体文明,创作了新体文学,不只是中国文学的一座里程碑,还是"豁开新路的起点"。她的作品象征着"极应重视的一道康庄轨迹"。① 庄宜文亦说道:特别是在 70 年代的时候,应该是有比较早的一个张爱玲现象的争论,比方像夏志清、水晶他们是捧张的,多半是从美学的角度为出发;像唐文标、王拓、林柏燕就是批张的,而且是比较从主题意识出发。其中唐文标是炮火最猛烈的人。②

相对于台湾的热烈反应,香港显得冷清了些。1957 年《张爱玲短篇小说集》③在香港出版时,张爱玲已赴美;1980 年司马长风的《中国新文学史》出版,里头并未提及张爱玲,但该书被夏志清批评为草率之作,两人甚至打起了笔战。④ 1985 年《香港文学》率先刊登柯灵的《遥寄张爱玲》,也没引起多大注意,但在张爱玲的

---

① 黄玲玲:《六十年代以来张爱玲研究述评》,刊载于《百家春秋》,2000 年第 2 期,第 42-50 页。
② 庄宜文在"台湾现代文学的捍卫者——发现张爱玲的唐文标"座谈会中的发言,2010 年 1 月 8 日新竹清华大学追思唐文标系列座谈会之三。
③ 由香港天风出版的《张爱玲短篇小说集》,内容和《传奇》增订本一样,只是拿掉"有几句话同读者说",改换初版序言,再加一篇自序,是《传奇》第四个版本。
④ 司马长风:《中国新文学史》,上卷、中卷、下卷分别由香港昭明出版社于 1975、1976、1978 年出版。夏志清的《现代中国文学史四种合评》认为《中国新文学史》是一本"草率"之作,司马长风则于 1980 年以《中国新文学史》上卷三版附录二(第 274-302 页)《答复夏志清的批评》——辩驳。其实,1975 年司马长风便以一篇《夏志清语重心长》先批评了夏志清,该文收入《新文学丛谈》,香港:昭明出版社,第 109-110 页。不过,2004 年刘以鬯在《我所认识的司马长风》一文评论:写过《中国新文学史》《新文学丛谈》《新文学史话》的司马长风,对中国新文学的认识十分肤浅,他在写《中国新文学史》的时候,一边"写",一边"学"。他很勤奋,十分好学,虽然花了四年的时间,由于对中国新文学并无充分的认识,却写了一部错误百出的史籍。刘以鬯算是替夏志清讨了个公道。见《香江文坛》,2004 年 2 月号,第 4-6 页。

笔下毕竟出现过"第一炉香""第二炉香""倾城之恋"等香港故事,加上编写过许多卖座电影剧本,①因而香港读者对张爱玲并不陌生。当时给予张爱玲极大关注和帮助的便是宋淇(林以亮),他最初仅是张爱玲的上海读者,后来与妻子邝文美和张爱玲在香港相识,从此成为莫逆之交,张赴美后40年间双方通信650多封达90万字。宋淇发表的《私语张爱玲》《张爱玲语录》大量披露张爱玲在中国香港及美国的创作情况,是研究张爱玲的第一手资料。②宋淇和妻子相继去世后,子宋以朗费心将张爱玲相关旧作与杂乱手写笔记重新整理出版,从《小团圆》《少帅》《宋家客厅》到《在加多利山寻找张爱玲》,为张学研究添了许多新意。

在中国大陆,20世纪40年代周瘦鹃的《写在〈紫罗兰〉前头》、胡兰成的《论张爱玲》与《张爱玲与左派》、迅雨(傅雷)的《论张爱玲小说》、谭正璧的《论苏青与张爱玲》等文都曾引起议论而轰动一时。依据张爱玲研究专家陈子善教授考据,《太太万岁》上映特刊上东方蝃蝀(李君维)写的那篇《张爱玲的风气》,完全可以看做是40年代张爱玲评论"最美的收获"之一。该文点出张爱玲挤在张恨水旁也不大合适,挤在巴金旁更合不到一起,"可是仔细端详一下,她与两人都很熟悉,却都那样冷漠"是十分精当的比喻。张爱玲的出现,大大冲击了"五四"新文学运动以来两极对立的思维模式,完全改写了中国现代文学的进程,李君维敏感地触及了这个关键问题,难能可贵。③2015年陈子善又公开了新考据:由魏绍昌主编,1962年10月上海文艺出版社"内部发行"的《鸳鸯

---

① 1957—1964年,张爱玲为电懋公司编剧的电影按首映先后次序为:《情场如战场》(1957)、《人财两得》(1958)、《桃花运》(1959)、《六月新娘》(1960)、《南北一家亲》(1962)、《小儿女》(1963)、《一曲难忘》(1964)与《南北喜相逢》(1964)。见蓝天云:《张爱玲:电懋剧本集》,香港:电影资料馆,2010年。

② 参考王卫、平马琳:《张爱玲研究五十年述评》,刊载于《学术月刊》,1997年第11期,第88—96页。

③ 参见陈子善编:《记忆张爱玲》,济南:山东画报出版社,2006年,第151—153页。

上海关键十年揭秘

蝴蝶派研究资料》是1952年张爱玲离开大陆10年之后第一篇有关她作品的论述。他写道:收录在此书中的范烟桥长文《民国旧派小说史略》在评述20世纪40年代的上海通俗文学时,以突出的篇幅介绍了张爱玲其人其文,认为她的作品有其"独特的风格,富于传奇性的题材和浓丽的笔调",在当时"引起读者的惊异"。①

跃过30年时空,70年代的大陆文坛虽隐隐嗅得张爱玲作品复苏气氛,却苦陷于"文革"后劲的压抑气氛中动弹不得,不知若干文人学者早已蠢蠢欲动。继1985年2月《香港文学》第2期刊登柯灵的《遥寄张爱玲》,4月北京《读书》4月号接续刊出,6月上海《收获》第3期甚至一起刊登了《倾城之恋》,②同时开启了1985张爱玲关键年。自此,张爱玲作品重返文学大道,折翼的彩凤终于振翅翱翔神州。阿城写过,当他在《收获》看到《倾城之恋》,读完纳闷了好几天,心想这张爱玲不知是躲在哪个里弄工厂的高手,偶然投的一篇竟如此惊人。北京大学教授温儒敏、钱理群和吴福辉则在编写教材《中国现代文学三十年》中,让张爱玲在学术界再度复活;上海书局重新发行张爱玲《传奇》影印本,后又公开印行张爱玲《流言》影印本。同一时期,陈子善开始投入钩沉考据,将张爱玲佚文陆续"挖掘出土",学院派亦开课授课评析研究撰述张爱玲等,均掀起老上海张爱玲热后的新张学风潮。这些新史实、新视角皆让张爱玲在大陆起死回生,但还不算

---

① 陈子善:《为"张学"添砖加瓦》,刊《光明日报》,2016年1月12日。收入《张爱玲丛考》,北京:海豚出版社,2015年。
② 自许为张爱玲老友的柯灵,于1984年11月22日完成《遥寄张爱玲》,但后续发展出三个版本:《香港文学》与《读书》最后一段的结语不同,1987年3月台湾《联合文学》第29期转载《遥寄张爱玲》时,又做了删减。详见陈子善:《〈遥寄张爱玲〉的不同版本》,收入《沉香谭屑——张爱玲的生平和创作考释》,上海:上海书店出版社,2012年,第183-186页。1988年柯灵自己再改了一次,于1989年收入《张爱玲的世界》一书。依据本书作者多方考据,严格算起来此文前后共有四个版本。《倾城之恋》刊载于《收获》,1985年第3期,第98-118页。

红火。水晶在《张爱玲现象,在大陆》①里提到,1995年12月18日上海《文学角》双月刊列举了1995年文坛十大"热点",其中第九点赫然便是张爱玲病逝异域的新闻。由于张爱玲的去世,让她再度成为人们关注的对象,学术界也以她为重点来思考市民社会问题,彻底打破了过往对这位小资作家政治封锁的忌讳,让她回归大众市场。

温儒敏于《近二十年来张爱玲在大陆的"接受史"》②所言与水晶不谋而合,论点却更全面地点出张爱玲符号化的历程:张爱玲40年代在上海名噪一时,50年代初之后差不多30年时间,在大陆销声匿迹。80年代初,张爱玲才如同"出土文物",浮出历史地表。张葆莘于1981年10月在《文汇月刊》发表的《张爱玲传奇》,是1949年之后大陆最早论及张爱玲的文章,不过在当时并没有引起什么反响,直到夏志清的《中国现代小说史》力荐才有了大震动,此时中译本已传入大陆,港台一些评论张的文字,大陆也陆续可见,促成了大陆普遍对"读张"的兴味。1995年9月,张爱玲在海外仙逝,继老上海后40年"张爱玲"再次引起媒体瞩目,这位奇女子以其"死"而在大陆媒体中再度"活"了起来。《文学报》《中华读书报》《南方周末》《北京青年报》等大报均不吝版面重点报道,发行量上百万份的《南方周末》甚至还专门做了半版的"寻访张爱玲"。张爱玲如此频繁地在大众视野中出现,开始了逐渐符号化的历程,由文学研究界开始的"张爱玲"热,扩大到了公众领域,印证了詹明信有关消费社会中精英文化与大众文化相融合的观点。渐渐地,"张爱玲"在不断的文化生产中一层层地被剥去了丰富的内涵,塑造成了精致而易于消费的"精品"。

本书考察张爱玲的文化研究视角和温教授相同,但论点未必

---

① 参见水晶:《替张爱玲补妆》,济南:山东画报出版社,2004年,第193页。
② 参见温儒敏:《近二十年来张爱玲在大陆的"接受史"》,收入刘绍铭、梁秉钧、许子东编:《再读张爱玲》,济南:山东画报出版社,2004年,第20–31页。

相同。精品必高价,不易大众消费,是历久弥新小而美小而巧的作品,丰富内涵形塑了"张爱玲传奇"五字无形精品,她的传奇在商业操作下成了普罗大众必修课题。其中,和胡兰成的乱世姻缘亦是充满了引人一窥究竟的戏剧性。1976 年胡兰成《今生今世》中文版终于在台湾粉墨登场①后,余斌、刘川鄂、于青等海峡两岸文人陆续出版了张爱玲传记,80 年代初王德威开始以发表的诸多张学评论建立了张学谱系,又有唐文标编写的《张爱玲大全集》等三本著作②与司马新近身采访当事人的《张爱玲与赖雅》,开启了张学研究新面向。

此外,高全之《张爱玲学》、刘锋杰《想象张爱玲》、金宏达《平视张爱玲》、刘绍铭《张爱玲的文字世界》……众多以张爱玲生平、轶闻、小说、评论不断地"重复、回旋、衍生"的专书及论述相继登场,花团锦簇好不热闹。张子静与季季合著的《我的姊姊张爱玲》更是精彩,除了揭露许多不为人知的张爱玲生活细节,也验证了许多张爱玲小说人物的原型:《金锁记》是以李鸿章次子李经述家中人物与生活为背景,《花凋》则是写张爱玲舅舅黄定柱的三女儿黄家漪的爱情故事。罗玛编的《重现的玫瑰——张爱玲相册》,③写

---

① 《今生今世》上下两册汉字初版在 1958 年 12 月、1959 年 9 月由日本名古屋ジセナル社(新闻社)出版,售价 400 丹,请服部担风老先生题字书名却误写成《今世今生》,结语载明"文体即用散文纪实,亦是依照爱玲说的"注记,另有韩文版。该书 18 年后才在台湾由远景出版,1990 年三三书坊自行印制发行后被远景以侵犯版权制止。20 世纪 40 年代上海名医陈存仁就在日本书店买到《今世今生》日文版上下两册旧书。见陈存仁:《抗战时代生活史》,上海:上海人民出版社,2001 年,第 186 页。
② 在台湾文友的刺激下才欲评论张爱玲的唐文标,却花了十年工夫,上穷碧落下黄泉,在世界各地搜集张爱玲的资料,后连续出版三本书,除了揭露张爱玲旧作和挖掘出土的未完佚文《连环套》和《创世纪》外,还加以严厉批判,这可惹怒了张爱玲,她写信给夏志清、邝文美、庄信正时都在抱怨,又不得不在《张看》自序里勉为其难地说明为何两篇小说未完的原因,结尾感叹道:抢救下两件破烂,也实在啼笑皆非。《张看》,台北:皇冠出版社,1976 年,第 9 – 10 页。
③ 罗玛编:《重现的玫瑰——张爱玲相册》,北京:光明日报出版社,1999 年,第 118 页。

到《花凋》中的章云藩原型是舅舅黄定柱,郑川嫦的原型是舅妈刘竹平,该是不正确的。黄定柱是郑先生,黄家漪是郑川娥。

戏称张爱玲为港台作家"祖师奶奶"①的王德威指出:"严格来说,五〇年代中期张爱玲已写完她最好的作品。以后的四十年,与其说张爱玲仍在创作,倒不如说她不断地'被'创作、被学院里的评家学者、学院外的作家读者,一再重塑金身。"②王德威所言极是,不论张爱玲生前死后,除坊间评论不断,台湾皇冠长期的辛勤耕耘,让张爱玲现象持续在海峡两岸暨香港、澳门与东南亚以及全球华人界发烧发热,虽招致将张爱玲作品符号化、商品化批评,然诸多史料显示,鬻文维生的张爱玲本身就是追求作品最大利益化的作家,这并未背离她的写作初衷,且她坦承来自皇冠持续支付的版税收入,才维持了晚年的生计。

(三)《色戒》与《小团圆》

2007年李安《色·戒》的上映和2009年《小团圆》的出版,掀起了近年张学两波新高潮,为无数仍以张爱玲重写、改写、细写、图说、杜撰、讹传,看似在泥浆里穷打转,再也变不出什么新把戏的张学研究寻出一条活路,衍生成了另一片瑰丽风景,除了大小论述无数,张学大家也纷纷出手:李欧梵《睇〈色·戒〉:文学·电影·历史》、陈子善《〈色戒〉:从小说道电影》、余斌《〈色·戒〉"考"》、蔡登山《色戒爱玲》,加上戴锦华《〈色·戒〉身体·政治·国族——从张爱玲到李安》、张小虹《大开色戒——从李安到张爱玲》……一时之间百家争鸣论述纷飞。

李安《色·戒》改编自张爱玲短篇小说,是张爱玲作品中的第

---

① 见王德威:《女作家的现代"鬼"话——从张爱玲到苏伟贞》,收入《众声喧哗:三〇年代与八〇年代的中国小说》,台北:远流出版社,1988年,第223-238页。

② 王德威:《落地的麦子不死——张爱玲与张派传人》,济南:山东画报出版社,2004年,第41页。

上海关键十年揭秘

一篇谍报类型小说，①讲述的是女青年王佳芝以刻意让一个令人厌恶的流亡学生梁润生破处后，假冒麦太太色诱汉奸老易，在暗杀行动千钧一发之际，因动了私情功败垂成而送了命。众说王佳芝原型乃民国时期的上海女间谍郑苹如，老易则是大汉奸丁默邨的化身，小说和电影皆被评论是爱国女英雄吹捧了卖国汉奸。

水晶对此有着疑问：《色·戒》这一题目，似是对易先生而言，实际上是针对着王佳芝——女人犯起色戒来，似乎只有粉身碎骨一途了。像这种玩特务而牺牲色相的游戏，几个大学生串戏之余，居然也想来玩玩，以"身"试"法"，岂不近乎儿戏？王佳芝为了好玩（博取掌声）而断了头颅，想想值不值？王为了布置这套美人计、天仙局，先让梁润生破了身，也是不值，后来死在一个"无毒不丈夫"形容猥琐的糟老头子汉奸手下，更是不值到哪里去了。②

事实的真相呢？当年张爱玲在响应域外人批评之文《不吃辣的怎么胡得出辣子？——评〈色·戒〉》③时表明："这故事的来历

---

① 张爱玲于《惘然记》初版自序写到《色·戒》写于 1950 年，历经一再改写。见《惘然记》，台北：皇冠出版社，1983 年，第 4 页；在《续集》自序中又说在 1953 年便开始构思。见《续集》，台北：皇冠出版社，1988 年，第 7 页。《色·戒》最初英文版名为 Mesh（《网》），见《张爱玲私语录》，北京：北京十月文艺出版社，2011 年，第 49 页。后完成为英文短小说 The Spyring（《谍戒》），Spyring 涵盖间谍、圈套和指环三重意思，c/c to 香港美国新闻处处长麦卡锡 R. M. McCarthy 的原稿没写日期，当是 50 年代完于香港，带到美国后却找不到人出版（1955 年 12 月 16 日写给宋淇太太邝文美的信中提到）。在李安掀起《色·戒》热潮中，宋以朗检阅尘封多年的张爱玲书信，意外发现了一批 50 年代至 70 年代末父母和张爱玲的来往书信，其中有关《色·戒》的信便有 30 多封，透露了宋淇和张爱玲曾多番讨论不断改写修正《色·戒》故事，也披露了张爱玲历时 20 多年创作《色·戒》的迂回心路。《色·戒》首刊于 1977 年 12 月号《皇冠》杂志，1978 年 4 月 11 日再刊载于《中国时报》"人间"副刊。

② 水晶：《生死之间——读张爱玲〈色·戒〉》，收入《替张爱玲补妆》，济南：山东画报出版社，2004 年，第 246 页。

③ 《中国时报》"人间"副刊于 1978 年 10 月 1 日刊出域外人《不吃辣的怎么胡得出辣子？——评〈色·戒〉》一文后，舆论哗然，张爱玲旋即在 11 月 27 日"人间"副刊回敬了一篇《羊毛出在羊身上——谈〈色·戒〉》，收入《续集》，台北：皇冠出版社，1988 年，第 17–24 页。

说来话长,有些材料不在手边,以后再说。"①却再也不说。这篇短篇小说只有一万三千余字,宋淇除了提供故事与提纲,还和张爱玲反复推敲细节直到刊出。本书推论:《色·戒》故事来自三个阶段:

(1) 宋淇提供了一个 Spy Ring 电影题材,并讲了燕京大学一些年轻人枪杀汉奸的事件。

(2) 1939 年底郑苹如刺杀汪伪政权高级官员丁默邨事件,闹得沸沸扬扬,时年 19 岁爱读报的张爱玲不知道也难;她在《续集》序里谦说"当年敌伪特务斗争的内幕哪里轮得到我们这种平常百姓知道底细?"间接暴露了 1959 年她主动写信给曾参与敌伪特务斗争的冤家胡兰成要资料的原委。彼时她身为汪伪政府宣传部副部长情人怎会不知?只是不知细节罢了;②又依据胡兰成得意门生倪弘毅回忆:胡与汪伪特务头子吴世宝、李士群、税警司令熊剑东等人原来很接近。胡任上海《国民新闻》主笔期间,无事即为李士群寓所的座上客。后胡、李之间发生矛盾,胡自己解释说,那是"因为李士群作孽太多……"③

(3) 张爱玲自己情感的投射加杜撰,其中蹊跷耐人寻味,却也延伸出本书论述想象。1944 年 3 月在上海"女作家聚谈会"上,记者夸她故事都写得很动人,不知如何取材?她回答道:"也有听来的、也有臆造的,但大部分是张冠李戴,从这里取得故事的轮廓,那里取得脸型,另向别的地方取得对白。"④

---

① 《续集》,台北:皇冠出版社,1988 年,第 19 页。本书推论,1958 年时张爱玲曾写明信片到日本给胡兰成,向他借《战难,和亦不易》《文明的传统》两本胡兰成战时社论集未果,说来话长,材料不在手边当为此意,故不可说。

② 1977 年 8 月 5 日,张爱玲在给宋淇信中提到:"我仿佛记得丁默邨是内政部(相等于情报局)长,……如果错了,就把《色·戒》的'内政部'改去。"参见马霭媛:《英文原稿曝光私函揭示真相:张爱玲与宋淇夫妇的美善真情》,香港《苹果日报》,2008 年 3 月 2 日。

③ 见倪弘毅:《胡兰成二三事》,刊载于《印刻文学生活志》,2010 年 4 月号第 80 期,第 31 – 40 页。

④ 《张爱玲资料大全集》,台北:时报文化出版企业,1984 年,第 238 页。

关于《色·戒》故事出处,宋以朗在《宋淇传奇:从宋春舫到张爱玲》中有详尽解说,坚信《色·戒》故事并非源于郑苹茹。[1]1974年月4月1日张爱玲在给宋淇的信中,透露了书写《色·戒》20多年的原因:"那篇色戒的故事是你供给的,材料非常好,但是我隔了这些年重看,发现我有好几个地方没想要,例如女主角的口吻太像舞女妓女。虽然有了 perspective,一看就看出来不对,改起来也没那么容易。等改写完了译成中文的时候,又发现有个心理上的 gap 没有交代,尽管不能多费笔墨在上面,也许不过加短短一段,也不能赶。"此信证实,她一直以英文版为原稿再反复修正为中文版。一如她过往的习惯:以先英文后中文发表。接着于4月23日的信中说已附寄出一份《色·戒》的初稿,托宋淇交出版社,还说"英文的一份等译完再寄来"。5月14日的信上又有感而发:"《色·戒》的笑话是'不要写不熟悉的东西'的一个活训。难怪这篇东西的英文本到处碰壁,在珠宝钟表店开支票也是不对的,应当合金条算。我需要搁在脑多浸润些时,不然会搞疲了。"

张爱玲这篇短篇小说历经多年改写,写得千回百转,绝对没有宋以朗说得那样简单。本书推论:《色·戒》的现实除了宋淇提供的真实故事,也改写了她与胡兰成复杂的"性·爱"关系,不可说所以有 gap 无法交代。王佳芝破处只为亲近汉奸好暗杀,[2]张爱玲亦以破处之身委身汉奸胡兰成,其中的强烈自我投射昭然若揭。这篇写了前后近30年又非写不可的小说,意义非常。且看张爱玲写于50年代初《色·戒》英文初稿 The Spyring [3] 结语,男主角被捕

---

[1] 宋以朗:《宋淇传奇:从宋春舫到张爱玲》,香港:牛津大学出版社,2014年,第257-269页。此外,在水晶《访宋淇谈流行歌曲及其他》中有宋淇细谈《色·戒》故事演化细节,收入陈子善编:《记忆张爱玲》,济南:山东画报出版社,2006年,第123-125页。

[2] 水晶:《替张爱玲补妆》,济南:山东画报出版社,2004年,第244页。

[3] 20世纪50年代张爱玲写的英文短篇 The Spyring (《谍戒》),原名为 Ch'ing K'ei Ch'ing K'ei (《请客请客》),从未发表过。2008年3月保有打字原稿的宋以朗将其发表在香港文化杂志 MUSE (《瞄》)及《苹果日报》上。

《色·戒》英文原稿 The Spyring 之开头与结尾(转载自香港《苹果日报》)。

后遭处决,就可读出当时她笔下对文中男主角施以报复的快感。

1939年12月郑苹如事件发生时,正是胡兰成由香港回上海为汪伪政府效命之际,他和李士群、佘爱珍又有过人交情。胡兰成说道:"吴太太佘爱珍,与她的男人吴四宝齐名,在七十六号时夫妻同管警卫第一大队,我去李士群处看见过她多次……"①郑苹如被捕后,在特工部七十六号饱受非人酷刑,就是由佘爱珍与沈耕眉审问。郑苹如拒不招供,惹火了李士群,用烟烫乳头、火烧阴户、大汉强奸等酷刑成招。周佛海的太太杨淑慧等人都来"观光",一时闹得汪伪集团人尽皆知,还惊动了陈璧君。② 根据资深政治记者白金雄回忆,他在周佛海住宅中亲耳听到许多汪系要人的太太们纷

---

① 见《苏州遗事》,收入胡兰成:《今生今世》,台北:远景出版社,2009年,第229-235页。胡兰成描述自己如何不畏危险,近身说服李士群,抢救佘爱珍丈夫大魔头吴四宝、后又为她报杀夫之仇的"义行"。书中其他多处有详尽描写他和这些特务熟稔细节。

② 参见张露生:《上海滩的夺命佳人——郑苹如》,收入《旧上海十大交际花》,沈阳:沈阳出版社,1995年,第201-225页。

纷议论,她们都曾经到羁押郑苹如的牢房看过,一致批评郑苹如生得满身妖气,谓此女不杀,无异让她们的丈夫更敢在外放胆胡为。丁默邨的太太醋海兴波,其余的贵妇们极尽挑拨之能事,当时他就知道郑苹如难逃一死。①

　　胡兰成爱自吹自擂可直达天听的毛病,不会不向后来热恋的张爱玲耀武扬威一番。而佘爱珍与胡兰成早已相好,是张爱玲最大的情敌。史料显示张爱玲在公园里还被佘爱珍打过,②呼应曾见过张爱玲与胡兰成数次的沈寂说法,胡兰成姘妇就是女流氓佘爱珍。③然而《汉奸丑史》中写的却是另一个内幕新闻:胡兰成与张爱玲谈恋爱,他的小老婆应瑛娣大吃其醋,应瑛娣原是一个向导女,便将张爱玲也当作婊子看待,时时刻刻想捉奸。有一天,胡兰成回来告诉应瑛娣,明天要上南京去,大概有好几天耽搁。次日,应瑛娣到兆丰公园散心忽见上南京去的丈夫正和张爱玲并坐,很亲热地谈话,这下子可被她捉住了,便跑上前去朝张爱玲甩耳光,所幸胡兰成眼快,连忙站起来,一记耳光打中在他的脸上。④1945年6月6日《力报》也报道了相关消息:有一次胡兰成尚未离婚的夫人应瑛娣,为了张爱玲在某公园曾与胡兰成大打出手,哄传文坛。⑤

---

① 白金雄:《汪政权的开场与收场》,香港:吴兴记出版社,1985年,第36页。
② 汉奸妻当街被打闹得不可开交。见《林柏生与胡兰成、章克的矛盾》,收入中国人民政治协商会议全国委员会文史资料研究委员会编《文史资料选辑》合订本第34卷第99辑,北京:中国文史出版社,1960年,第152页。
③ 胡兰成在《今生今世》里,说得婉转,明眼人却可看出,吴四宝太太在书中一出场(第191页)就是他从上海回南京时带着她送的西装料子,后续互动频频,两人关系匪浅。沈寂透露,胡兰成还有一个情人佘爱珍,是七十六号里的要人,以残杀抗日青年而令人胆寒。甚至有一次张爱玲和胡兰成在公园里游玩,偶遇佘爱珍,当场被佘爱珍扇了个耳光狼狈而逃。见沈寂:《张爱玲的苦恋》,刊载于《世纪》,1998年第1期,第30-31页。但沈寂这篇文章多处不精确,如胡兰成并非在胜利后逃到武汉,也没有一直写信要张爱玲到香港……可信度存疑。
④ 见《"政论家"胡兰成的过去和现在》,收入《汉奸丑史》第3-4期,上海:大同图书公司,1945年,第39-41页,作者佚名。
⑤ 老凤:《贺张爱玲》,收入肖进编:《旧闻新知张爱玲》,上海:华东师范大学出版社,2009年,第54页。

到底是谁打了谁?

《小团圆》中,张爱玲是这样说这桩"打耳光"疑案的:一日九莉邀比比去一个画家徐衡家看画,不料之雍在,比比的中文够不上谈画,只能说英文。之雍窘,九莉以为窘是因为言语不通,怕他与徐衡有自卑感,义不容辞的奋身投入缺口,说个不停。隔日之雍来,原来他太太在那儿打牌。她只笑着叫"真糟糕"。回想起来,才记得迎面坐着的一个女人满面怒容。匆匆走过,只看见仿佛个子很高,年纪不大……昨天当场打了他一个嘴巴子,当然他没提,只说:"换了别人,给她这么一闹只有更接近,我们还是一样。"

在 1946 年《新天地》第 3 期,①当事人应瑛娣是这样还原真相的:她在胡兰成热烈追求后,才答应嫁给他做小,但是胡张恋后,一天,他们去张姓朋友家吃饭,张爱玲和炎樱居然拿着胡兰成写的条子来访,胡引进她们到另一房间久久不出来,她气极了,进去大声叫他"回去!"胡听而不闻,她气得当众打了他一耳光,胡愤而冒雨离去……接着精神虐待、家暴她,她只好答应离婚。

场景换了,但张爱玲和应瑛娣照过面,争风吃醋是真有那么回事。不管是谁打了谁,想必彼时已经闹得满城风雨了,只有当事人一身洁净,仿佛天下和他们毫不相干。是老年的沈寂回忆往事记错了对象?沈寂,原名汪崇刚,浙江奉化人,1924 年生于上海,老上海时期他写小说、编刊物,结识了当时活跃于上海文坛的柯灵、张爱玲、徐訏等知名作家,与商贾巨富如黄金荣、杜月笙、哈同等大亨亦有往来,成了老上海人物的行家。可惜 2016 年病逝,享年 92 岁。他在世时留下的第一手信息弥足珍贵,尤其是生前接受《文汇报》记者韦泱访问后刊于 2015 年 7 月 31 日《文汇报·笔会》之《沈寂与张爱玲的交往》②(原题《听沈寂忆海上文坛旧事》),对张

---

① 见胡青芸口述,沈云英记述:《往事历历》,香港:槐风书社,2018 年,第 150 – 156 页,附录《应英娣的回忆》。
② 《沈寂与张爱玲的交往》,原题见韦泱:《听沈寂忆海上文坛旧事》,刊载于《文汇报》,2015 年 7 月 31 日。

学有莫大帮助。

《身体与阴谋的李安想象——张爱玲与郑苹如的上海》①一文,即采访了沈寂以及上海档案馆编研室陈正卿研究员等人,综合分析:胡兰成当时是汪伪政府的宣传部次长,对中统内部的一桩奇案——郑苹如刺杀丁默邨事件当十分清楚,而且,这案子的插手人之一、政治警卫总署警卫大队长吴世宝的太太佘爱珍,还是他的情妇。胡兰成当时所处的特权阶层生活也为张爱玲提供了《色·戒》的素材:比如"一口钟"和"黄呢布窗帘"。

陈正卿说30年代一直到新中国成立前,国民党高官的姨太太们总爱穿黑呢斗篷,以显示自己的威严和权势。而孤岛时期,日本人控制着上海的货币,导致货币贬值严重,物价飞涨,布是紧俏商品。据说,当年汪伪部队找不到真正的黄呢子做军装,就到乡下收购那种黑麻布,回来用土黄色的颜料涂一涂做军装。小说中说到丁默邨用厚厚的黄呢布做窗帘,算得上是相当写实。

关于《色·戒》,李安接受采访时的诠释亦应证了本书推论:"张爱玲的所有小说都在写其他的人和事,只有这一篇在写自己。短短28页写了三十年,她的心中有很多恨意……我们当然需要爱,它帮助我们去除那些不好的感觉,仇恨、孤独、罪恶。性是爱的催化剂,在我的电影里面,性只是工具,不是答案,不是目标,爱比较接近,但爱比我们想象中大很多……小说只有28页,我们电影有两个半小时,这很不同。我没有像张爱玲那么恨胡兰成,我觉得他品德确实不好,但没有张爱玲的切肤之痛,恨到把他写得一点人性都没有,这个我也不相信。小说是渐隐式的,很多东西被蔽掉,填满时很多东西不能相信……张爱玲用虎和伥来比喻男女关系,我觉得这是有欠缺的。表面上汤唯在演王佳芝,实际上我让她演的是张爱玲。"②

---

① 《身体与阴谋的李安想象——张爱玲与郑苹如的上海》,见2007年9月《三联生活周刊》封面故事。
② 《提〈色·戒〉,梁朝伟对李安又爱又恨》,新浪娱乐新闻,2007年9月1日于威尼斯影展。

李安说得深刻,却误读了原著一点,没看出张爱玲的矛盾:爱就是不问值得不值得,张爱玲并不恨胡兰成,还亲口对邝文美说:"虽然当时我很痛苦,可是我一点不懊悔……只要我喜欢一个人,我永远觉得他是好的。"《色·戒》里易先生是这样出场的:人像映在那大人国的凤尾草上,更显得他矮小。穿着灰色西装,生得苍白清秀,前面头发微秃,褪出一只奇长的花尖;鼻子长长的,有点"鼠相",据说也是主贵的。这不就是晚年胡兰成的模样吗?骂他"鼠相",又舍不得地同时让他"主贵"。很矛盾,在矛盾中见真情。水晶评《色·戒》的文章,将易先生写成"糟老头子",引起了张爱玲反感,觉得他那句话说错了[1]。只怪水晶没看出其中暗喻的玄机。

对此,忠实张迷金宏达哀叹地写下《何必从〈色·戒〉索隐张爱玲》:现在满世界都在争说《色·戒》,包括李安在内一大批"索隐派",非要说《色·戒》写的就是张爱玲自己,甚至还要谈论什么"到女人心里的路通过阴道"之类是她自剖和反省30年的结果,这不是厚诬张爱玲吗?张爱玲根本就没有授权拍摄《色·戒》,更不会同意如此诠释《色·戒》,张爱玲于地下,他们如何面对?[2] 疼惜张爱玲之心无可厚非,却失了评论家的中间立场,只因文坛女神不食人间烟火故不容亵渎?可惜张爱玲在生活中,只是个凡人和女人,一个平凡到为爱付出一生的傻女人,借王佳芝走位,秘密思考自己的阴道情感,只为当年胡兰成曾经让她几番"欲仙欲死",难放下。张爱玲和胡兰成谈得不是柏拉图式的精神恋爱,初次谈恋爱的她有着"处女情结"。这情结让她在《色·戒》结语写下如此惊悚的句子:虽然她恨他,她最后对他的感情强烈到是什么感情都不相干了,只是有感情。他们是原始的猎人与猎物的关系,虎与伥的关系,最终极的占有。她这才"生是他的人,死是他的鬼"。

---

[1] 水晶:《访宋淇谈流行音乐及其他》,收入陈子善编:《记忆张爱玲》,济南:山东画报出版社,2006年,第124页。

[2] 金宏达:《何必从〈色·戒〉索隐张爱玲》,刊载于《新京报》,2007年11月20日。

弗洛伊德在《处女之谜——一种禁忌》中指出:看重处女的价值并不是没有道理的,环境和教育所造成的阻力,时时小心处处留意,长期地阻挡着少女对爱欲的渴望,致令她一旦冲破阻力,选择了一个男人来满足她的期许,她便"委终身焉",而"曾经沧海难为水",不复能与别的男人有如斯深情了①。是的,张爱玲的顽固处女情结得归咎于环境与教育,源自母亲那巨大的压迫,巨大到近乎恫吓,在《小团圆》里骇然可见:

她母亲这样新派,她不懂为什么不许说"碰"字,一定要说"遇见"某某人,不能说"碰见"。"快活"也不能说。为了《新闻报》副刊"快活林",不知道有过多少麻烦……

稍后看了《水浒传》,才知道"快活"是性的代名词。"干"字当然也忌。此外还有"坏"字,有时候也忌,这倒不光是二婶,三姑也忌讳,不能说"气坏了""吓坏了",也是多年后才猜到大概与处女"坏了身体"有关。

处女会坏了身子的恐怖诅咒,果然让张爱玲折断了子宫。《色·戒》小说发表时,人在日本的胡兰成化名李磬,在《三三集刊》上写评:"张实在是文学之精,此篇写人生短暂的不确定的真实,而使人思念无穷。写易先生(丁默邨)有其风度品格,此自是平剧写坏人的传统,不失忠厚,亦逼肖丁本人……"②精明如他,怎会不思前想后不知张爱玲所指为何? 只是在日本韬光养晦30年,胡兰成已修化成思想大师,出手高度自是不同。

和《色·戒》差不多时候完成的还有《小团圆》初稿。1946年3月30日,上海小报《海派》刊出一篇谈论张爱玲的短文,文中已经预告张爱玲的新小说《描金凤》,1946年4月1日和9月22日

---

① 西格蒙德·弗洛伊德(Sigmund Freud,1856—1939):《处女之谜——一种禁忌》,收入《性学三论,爱情心理学》,台北:志文出版社,1971年,第165页。
② 《花忆前身》,台北:麦田出版公司,1996年,第66页。胡兰成只要看到张爱玲新作必评,还评了《相见欢》《红楼梦魇》《浮花浪蕊》。

的《上海滩》亦报道了张爱玲正在创作《描金凤》的消息,甚至称之宣传已久,最后却无疾而终。这些陈子善考据得非常清楚。①止庵后来在《小团圆》中看到有关类似《描金凤》的描写,大胆推测《描金凤》应该就是《小团圆》的前身。他说:1945年4月到1946年12月,上海的报刊不止一次提到,张爱玲在写"一中型长篇或长型中篇,约十万字之小说《描金凤》",可是这部作品从未面世,一向不知道写的什么。现在《小团圆》里却透露了一点消息。主人公盛九莉"战后陆续写的一个长篇小说的片段,都堆在桌子上",邵之雍说:这里面简直没有我嚜!你写自己写得非常好。——小说写道:"写到他总是个剪影或背影。"好像指的是《描金凤》。假如不是虚构的话,那么这正是《小团圆》的前身。②张爱玲在1976年3月15日给夏志清的信中(编号72)提到《小团圆》长达18万字,出书前先在皇冠、《联合报》连载。她心情愉悦口气笃定,但后续修改一直未定稿直到她去世也未定稿。

2009年春天,《小团圆》终于在台湾、香港同步揭开神秘面纱。《小团圆》初步完成于1976年,经多年一再修改,在张爱玲去世后14年才终于面世。它极浓厚的自传色彩,不同于以往小说,远写家族的故事,这一次,张爱玲把练得纯熟的嘲讽利刃对准了自己。《小团圆》所揭示的内容像一个女人站在舞台上的卸妆,③坦率自白地揭露了她和父亲、母亲、弟弟、姑姑、胡兰成、桑弧、赖雅间的恩怨情仇。有人说这是她写过最差的小说,也有人赞叹这是她写过最好的作品,但是许多人,不敢看、不忍看、不愿看。朱天心说:

我鼓起勇气快快翻过。我比天文有勇气,她不敢看。看完的

---

① 陈子善:《1945—1949年间的张爱玲——从佚作小说〈描金凤〉说起》,收《沉香谭屑——张爱玲生平和创作考释》,上海:上海书店出版社,2012年,第64-74页。
② 访问《张爱玲全集》主编止庵,见张英、李丹:《这是一个全新的张爱玲——与〈小团圆〉有关的种种》,刊载于《南方周末》,2009年4月15日。
③ 参考李金莲:《薛仁明新书〈胡兰成,天地之始〉》,刊载于《港澳台之窗》上旬刊,2009年4月号,第29页。

感觉是炼金没炼成,打开炉子连烟和灰都出来了。她往日构建的七宝玲珑塔倒塌了,她的人肉炸弹把胡兰成炸了,也把自己炸了。当然更多是心疼的感觉,觉得这个神一样的人,怎么也会和一般人一样?(朱天心,2009)

仙女坠入凡间,神话破灭。毋庸置疑,以一探张爱玲一生传奇私密的眼光阅读,少了张氏华丽苍凉的笔调,不论是草灰蛇线的穿插藏闪还是平铺直叙的自暴其短,这本自传体私小说,是好看。看见真可怜的张爱玲、看见真平凡的张爱玲和她所爱所恨的每一个人。面对读者不满文体杂乱的声浪,南方朔则说:张爱玲想到什么就写什么,让这本书更贴近她内心的幽微处,为张学研究者开启一个藏宝箱。王一心的《小团圆对照记——张爱玲人际谱系》与陶方宣的《大团圆——张爱玲和那些痴情的女人们》则为读者尽心厘清了张胡间纷杂的大、小团圆八卦情事图阵。周芬伶说:张爱玲一步步建构她的疾病美学,一直到《小团圆》才集大成,其中有单纯的生理病、九莉的伤寒;心理上的有母亲的神经质、父亲的鸦片瘾、九林的恋母;还有见不得人的恶疾:邵之雍的性瘾与性病、九莉子宫溃烂,还有亲子之间的乱伦之爱……可说是集病态之大成。①

针对《小团圆》的虚构与真实,高全之在书上架不久后便写了一篇《忏悔与虚实,〈小团圆〉的一种读法》正本清源,②就书中的种种不堪与过分写实严加辩证,并引止庵《在〈小团圆〉里寻找作者的虚实身影》所提情节与事实未尽一致来佐证:奉《小团圆》为信史,就得部分或完全否定,包括自传体在内的、颇为可靠的数据;不信,就得抹杀创作者的想象空间与能力,就得采信显然是虚拟编造的小说情节。智者不为。③ 好一个智者不为,高全之疼惜张爱玲

---

① 周芬伶:《病恙与凝视——海派女性小说三大家的疾病隐喻与影像手法》,刊载于《东海中文学报》,2012 年第 24 期,第 217 - 240 页。
② 高全之:《忏悔与虚实,〈小团圆〉的一种读法》,刊载于《文讯》,2009 年 11 月号,第 23 - 34 页。
③ 止庵:《〈小团圆〉里寻找作者的虚实身影》,刊载于香港《明报》世纪副刊,2009 年 7 月 16 - 17 日。

文笔才情与坎坷生命之情溢于言表。然止庵另有一篇《女作家盛九莉本事》,①以叙事学解读小说人物,一段《小团圆》的章节对照一段其他文本,结论是《小团圆》有虚有实,虚实难辨,"破"的意义远大于"立"的意义。

在虚实之间探索真正的张爱玲,乃本书初衷。彻底了解真正的张爱玲,仅会让人更添怜惜而非增恶感。张爱玲非神,张爱玲是人,在近年几乎已成文评与张学"公共财"的景况下,她的七情六欲也成了凡间俗事。李碧华说:张爱玲是一口井——不但是井,且是一口任由各界人士四方君子尽情来淘的古井。大方得很,又放心得很。古井无波,越淘越有。于她又有什么损失?②

在没有电子邮件的时代,张爱玲手写了很多信和卡片,其中寄给宋淇夫妻的最多,有 600 多封,其次是给夏志清的 118 封、庄信正的 84 封。③2013 年 3 月夏志清出版了《张爱玲给我的信件》,④当年在《联合文学》陆续披露时,陈子善即称这是张学研究史上的一件大事。这件大事在夏志清去世后更具意义,补强了庄信正《张爱玲来信笺注》与宋淇夫妇《张爱玲私语录》,以及她和赖雅、姚宜瑛、苏伟贞等人的通信信函间的缝隙,多方参差对照,圆满了张爱玲不为人知的性格与人生。该书是新近张爱玲研究最具象征性的转引文本,合计 108 篇的私密信函,皆出自张爱玲之手,以我手写我心,让她在美四十载生活的贪嗔痴怨无所遁形,是珍贵补遗,却又是残忍的揭露,揭露了张爱玲为五斗米折腰的残酷窘境,揭露了张爱玲怀才不遇与理想相背的失意,也揭露了张爱玲絮絮叨叨一

---

① 止庵:《女作家盛九莉本事》,收入沈双编:《零度看张》,香港:中文大学出版社,2010 年,第 141 – 169 页。
② 李碧华:《张爱玲是一口古井》,收入李碧华随笔集《绿腰》,上海:上海人民出版社,1996 年。
③ 见陈子善:《"张学"研究的一件大事》,刊载于《联合文学》,2013 年 2 月号,第 80 – 81 页。
④ 夏志清《张爱玲给我的信件》书中部分信函早于《联合文学》月刊陆续披露,由 1997 年 4 月号第 150 期起至 2002 年 7 月号第 213 期止。

如平凡女子的本质,最终更揭露了张爱玲情感无所依,延伸为对任何人都不信任,以致被蚤子幻象缠身四处迁徙的凄凉晚景真相。

张爱玲生前把宋淇夫妻当至亲好友,宋以朗计算过,40年间他们彼此通信650封以上约写了近90万字,除了《张爱玲私语录》中选录的数十封外,其他正在整编中。譬如1992年张在信中说:前两天大概因为在写过去的事勾起回忆,又在脑子里向Mae(邝文美)解释些事倒就收到Mae的信(隔了这些年,还是只要是脑子里的大段独白,永远是对Mae说的。以前也从来没第二个人可告诉)。①除了宋淇夫妻,张爱玲的通信多半是公事公办,连夏志清也不例外。有趣的是,她曾向夏志清和赖雅抱怨宋淇夫妻、向宋淇夫妻抱怨夏志清。可见,就算再亲近,她对"人"还是无法百分百信任的。在《宋淇传奇:从宋春舫到张爱玲》②中张爱玲部分便有大量珍贵资料,揭露她和宋氏夫妻的珍贵友谊和许多作品的创作秘辛,是张学研究的第一手参照文献。

其他尚有黄心村、苏伟贞、周芬伶、蔡登山等知名文人持续推出的张学力作。傅葆石《灰色上海》《双城故事》对老上海与香港电影史的精辟研究,李欧梵《上海摩登》对港沪双城的演绎,都是新张学研究参照的珍贵经典。

二、重新凝视张爱玲

(一) 另一种角度的可能

综观张学研究,从张爱玲小说、散文、剧本、电影、舞台剧到她

---

① 见宋以朗编:《张爱玲私语录》,北京:北京十月文艺出版社,2011年,第3页。
② 此书简体版为宋以朗:《宋家客厅:从钱锺书到张爱玲》,广州:花城出版社,2015年。书评道:书中涉及的大量细节不仅还原了宋淇的一生,披露了那一代文化人的相知相惜,破解了不少疑团和误解,也构建了一部"细节文化史",使读者可以看到20世纪华语文学、翻译、电影在大时代的侧影。

的人生探究,70年来已成了百花齐放的中外显学,研究取向均着重于她的传奇再写、文本辩证、人生轶闻、生涯织锦、心理分析、情爱纠葛、往来信函……林林总总难以计数,独缺以"后殖民主义"与"后女性主义"交叉辩证、检验真实与创作间张爱玲的异同之处。故本书拟以新研究方向发现并填补"张学"研究的空白,首将"张学"历来论述统整,再以文化研究理论细腻考察,发掘出新的价值,与已发表张学"女性主义"相关论述区隔并尝试超越之。

林幸谦是张学后起之秀,从硕士到博士论文后续文学研究皆以张爱玲为准头,在早期《张爱玲论述:女性主体与去势模拟书写》[1]《历史、女性与性别政治——重读张爱玲》[2]以及后续《女性主体的祭奠:张爱玲女性主义批评》《荒野中的女体:张爱玲女性主义批评》[3]中均提出女性"闺阁政治论述"观点,通过有关性别、权力和情欲论述的视角,探讨张爱玲笔下女性人物的复杂关系,分析女性之间的各种冲突。这些论述极为精彩,但都仅止于解读张爱玲"书写文本"研究策略,且有学者认为他大量使用的女性主义术语让人读起来简直应接不暇,如闺阁政治、儒家女性、阴性荒凉、杀父书写、去势模拟等。[4]林幸谦以学术性语言评点出张爱玲小说字里行间隐藏的女性意识,旁及心理分析、身体诗学和国族论述,以男性观点关照张爱玲幽微的世界,勇气可嘉气势宏大,却难免流于吹毛求疵。

譬如,在《历史、女性与性别政治——重读张爱玲》第六章"重读怨女"中,林幸谦宣称张爱玲笔下之苍凉与荒凉富于性别意涵:"这里把苍凉一词视为是张爱玲由男性(苍凉)过渡到女性(荒凉)

---

[1] 林幸谦:《张爱玲论述:女性主体与去势模拟书写》,台北:洪叶文化事业,2000年。
[2] 林幸谦:《历史、女性与性别政治——重读张爱玲》,台北:麦田出版公司,2000年。
[3] 林幸谦:《女性主体的祭奠:张爱玲女性主义批评》《荒野中的女体:张爱玲女性主义批评》,桂林:广西师范大学出版社,2003年。
[4] 见杨青泉:《张爱玲研究的"关键词"——张爱玲研究回顾》,刊载于《湖南工业大学学报》(社会科学版),2010年第4期。

的一个概念,相信并没有矫枉过正。"他由阐释"阳性"苍凉而提出"阴性"荒凉一词去理解张爱玲的语言,谓她既没有自卑心理也没有补偿心理。①此番论证让人疑惑。为何烟雨迷蒙之苍凉不为阴性,大漠浩瀚之荒凉不属阳性?林幸谦将张爱玲置入文本解读,理解的是"文本"的张爱玲并非"真实"的张爱玲。又在主编的《印象·张爱玲》②一书绪论《艺/像·张爱玲:追寻消失的少女梦想》一文中,不忘强调17岁的张爱玲以绘画构图扮演一个能够预言未来的算命师,"以富有女性主义的意识"为同学玩起算命的法术:登月的第一(女)人、1949年度中国总统候选人、诺贝尔奖中国(女)得主、首位重量级(女)拳击手冠军、发现新大陆的(女)探险家、发现新气体的杰出(女)科学家等。③其中括号中"女"字均为林幸谦所加。张爱玲读的是女校,原画并无刻意强调"女"字,且无一预言成真,只能算是毕业纪念册上的玩笑涂鸦。而后又以《小团圆》凸显张爱玲先锋意识的女性主义思想,④然大胆书写情欲的表象并不等同作者乃女性主义。

周蕾的《妇女与中国现代性——西方与东方之间的阅读政治》,⑤李欧梵赞誉其通过可见的形象、文学的历史、叙事的结构和感情的接受这四种批评的途径,牵涉到中国现代性的各个方面:种族观众的构成、通俗文学传统的断裂、由叙事引发的一种新的"内部"现实的可疑结构以及性别、感伤主义与阅读之间的关系。该

---

① 林幸谦:《历史、女性与性别政治——重读张爱玲》,台北:麦田出版公司,2000年,第174-181页。
② 林幸谦:《艺/像·张爱玲:追寻消失的少女梦想》,《印象·张爱玲》序,台北:联经出版公司,2012年。
③ 见林幸谦编:《印象·张爱玲》,台北:联经出版公司,2012年,第8页。
④ 林幸谦:《〈小团圆〉的情欲身体与叙事建构》,收入《张爱玲——传奇·性别·系谱》,台北:联经出版公司,2012年,第360页。
⑤ 周蕾:《妇女与中国现代性——西方与东方之间的阅读政治》,上海:上海三联书店,2008年。原文 Woman and Chinese Modernity: the Politics of Reading Between West and East,1991年由美国 University of Minnesota Press 出版,是作者博士论文研究,并获得芝加哥女性出版首奖。

书也从电影影像、大众文化、主流文学及心理学等多重角度,剖析女性主义理论的洞见与不见,并检讨中国现代化的过程中,女性主体的建立与反挫(李欧梵,2008)。王德威则在该书总序中说道:《妇女与中国现代性》对现有批评典范的反驳,对女性主义、心理分析、后殖民批判,以及广义左翼思潮的兼容并蓄,在在树立一种不同以往的论述风格,也引起中国研究以外的学者的注意。①孙桂荣却另有观点:它对族裔观众观影机制的分析精辟深刻,但对中国现代文学作品的解读却由于文化语境的隔膜、文学经验的匮乏,或有意无意的意识形态偏执,呈现出某种昧于史实与过度阐释的倾向。②孟悦、戴锦华合著的《浮出历史地表——中国现代女性文学研究》③则从盘古开天女性话语权写起,立意深远。这部以女性主义视角和立场写作的文学史著作,以新颖的思考方式、深刻的洞见对现代女性写作和20世纪80年代之后的女性研究提出了具有原创性的见解,颠覆并重构了中国现代文学史。④

这几部经典张学文献,出版年代均已远,林幸谦研究囿于张爱玲小说文本分析,未超越后现代主义"新批评"范畴。周蕾在泛论老上海鸳鸯蝴蝶派张恨水与"五四"诸作家之余,由张爱玲《中国人的生活和时装》(Chinese Life and Fashion)之琐碎书写推论他人作品之优劣,暗喻女性的细致幽微优越于男性粗枝大叶,似有以偏概全之嫌。孟悦、戴锦华对张爱玲研究,在整本书时间线性论述中,仅以结尾一章简论之,范围有限意有不足。另有《面对传统的张爱玲》,⑤

---

① 周蕾:《妇女与中国现代性——西方与东方之间的阅读政治》,上海:上海三联书店,2008年,第3页。
② 孙桂荣:《经验的匮乏与阐释的过剩——评周蕾〈妇女与中国现代性——西方与东方之间的阅读政治〉》,刊载于《中国现代文学研究丛刊》,2010年第4期,第138-145页。
③ 孟悦、戴锦华:《浮出历史地表——中国现代女性文学研究》,台北:时报文化出版企业,1993年。
④ 惠静:《中国现代女性文学批评的终点与起点——评〈浮出历史地表〉》,刊载于《榆林学院学报》,2011年第21卷第3期,第70-73页。
⑤ 李晓红:《面对传统的张爱玲》,昆明:云南人民出版社,2007年。

作者李晓红借布迪厄(Pierre Bourdieu)"场域"理论中社会空间(social space)文学场域(literary field)、马丁·海德格尔(Martin Heidegger)和安东尼·吉登斯(Anthony Giddens)的现代性"时间"之思,重返老上海时空演绎张爱玲十年三阶段,与本书欲采之文化研究取径雷同,然轻薄短小点到为止,难以应对近年来张学研究广纳百川的千变万化。故本书在向上述经典取经之同时,将借文化研究理论之新架构深入探索张学潜藏之新意识,发现新问题,并提出辩证后之新观点。

(二) 华丽人生的苍凉书写

　　文化地理学主要研究的是经历了不同形成过程的文化是如何汇集到一个特定的地方,这些地方又是怎样对其居民产生意义的。有时,我们从全球范围内考察这些过程,有时,我们又从与人类最密切相关的空间,即构成人们日常生活空间的"家"来着手研究这些过程,这也就是所谓的微观地理学。由此可见,文化地理学研究人们生活的多样性和差异性,研究人们如何阐释和利用地理空间,即研究与地理环境有关的人文活动以及这些空间和地点是怎样保留了产生于斯的文化。① 本书即将张爱玲的关键十年置入上海文化地理景观框架中微观考察,就张爱玲在不同期间创作能量的消长、创作源头的养分、创作精神版图与文化实践地域加以论述,辩证她生命之旅各阶段的各种思想活动、文化活动与上海地理空间的对位关系,进而爬梳出在那十年间她承受了何种压迫,又在"承受"与"压迫"的双重摆荡间,获得了何种矛盾的愉悦。

　　这愉悦当然包含爱与性的满足、既痛苦又愉悦的满足。在乱世,她是真的爱上胡兰成?还是爱上胡兰成在汪伪政府中虚构的

---

① 迈克·克朗(Mike Crang):《文化地理学》,杨淑华、宋慧敏译,南京:南京大学出版社,2003年,第3—4页。迈克·克朗,英国达勒姆大学(Durham University)地理学教授,以《文化地理学》(*Cultural Geography*)一书树立全球文化地理学翘楚之声誉。

权力？这权力很现实，在白报纸严受日本殖民政府控制下，胡兰成可以为她调纸印书。上海沦陷时期，印刷用白报纸全由日军报道部严控配给，胡兰成任总主笔的《中华日报》是汪伪政府机关报，配给的白报纸特别多。①张爱玲自己也提过，为了印书，叫了部卡车把纸运了来，给小费时还害羞地请姑姑代付。②沈寂在世时曾亲口对台湾作家锺文音说道："二十出头时，张爱玲出了第一本书《传奇》，在当时是很不容易的事，因为纸控制在日本人手中，要去日本馆取，但胡兰成一句话就有了，所以当时许多人是瞧不起的。"③又在当年左翼作家柯灵替友人劝她爱惜羽毛不要急着出书，她回信道："打铁要趁热"，旋即将第一本书《传奇》给了政治背景复杂、隶属新中国报社的"上海杂志社"出版发行，④洛阳纸贵一个月即如她所愿，四天后再版，出名趁了早，从此平步青云名利双收。要不是那混沌乱世还真出不了一个张爱玲。1943—1952年十年间，上海时间、空间、地理，多重交错地成就了"人在家中坐俯瞰众生鬻文维生"的文坛贵族女张爱玲。

家与外面的世界，是空间描写的结构化。本书将从张爱玲的家出发，创造家与故乡是她写作中一个纯地理的构建，这样一个"基地"对于认识民国上海和当时世界的地理是非常重要的。一

---

① 详见郭秀峰：《汪伪时期的〈中华日报〉》，收入《二十世纪上海文史资料文库》第6册，上海：上海书店出版社，1999年，第149-152页。胡兰成子胡纪元记得家中书房堆栈的白报纸，门生倪弘毅也说过：那个时候纸张非常困难，胡在武汉办《大楚报》，日本人特地用轮船将纸张运来提供给胡兰成，胡兰成来往南京上海武汉，日本的军用飞机专送。见三焦：《胡兰成的门生倪弘毅先生访谈》，刊载于《印刻文学生活志》，2010年4月号第80期。

② 见《气短情长及其他》之三《家主》，收入《流言》，北京：北京十月文艺出版社，2009年，第228页。张爱玲曾告诉夜访的水晶：自己囤了一点白报纸，连晚上也睡在白报纸上面。见水晶：《张爱玲的小说艺术》，台北：大地出版社，1973年，第48-49页。

③ 锺文音：《奢华的时光——上海的华丽与沧桑》，北京：中国旅游出版社，2006年，第58-59页。

④ 柯灵：《遥寄张爱玲》，收入静思编：《张爱玲与苏青》，合肥：安徽文艺出版社，1994年，第137页。

篇文章中标准的地理,就像游记一样,是家的创建,不论是失去的家还是回归的家。所以上海、香港、南京、温州俱成了彼时张爱玲文风注记。战乱,更成就了这些地理空间的特殊性。

以笔锋犀利反映现实人生的张爱玲在这特殊地理空间中是充满矛盾的。借着《我看苏青》①一文,她提出苏青对新女性又爱又怕的矛盾心理:"新式女人的自由她也要,旧式女人的权利她也要,这原是一般新女性的悲剧",反射她自身对父权社会中具备思想、争取独立之女性的矛盾困境与无奈。譬如,她与胡兰成相恋时,明知胡早有妻室,却仍不顾一切地爱上了还委身下嫁;分明是横刀夺爱的情妇,她却可心安理得地书写"姘居"的人性。

张雪媃教授评说:"她和胡兰成毋宁也就是一种她所谓的'姘居'关系,而有趣的是张爱玲并不把婚姻制度看在眼里,姘居反而是极人性的选择。她选择了一个乱世大奸之人,又在三年之后一封书信宣告终结婚姻,未尝不可看为她游戏的一种方式,尽管内容是世俗人性的细腻烦琐,在开始和结束时,她的姿态是没落贵族那一抹美丽的高雅。是由她主导的,而不是交付给她的命运,一如她在22岁以声名大噪来报复自己必须在经济上依附父母的窘境,简单明晰丝毫不拖泥带水。"②张文评得好,只差一点没说透的是:报复不只为经济,报复是为了爱欲。母亲占有了父亲的爱,继母瓜分了父亲的爱,弟弟又替代了她的爱。张爱玲顿时成了"无爱"之人。"我要报仇!"是16岁的她对着镜子狂喊出的复仇之声。倔强又强悍的个性,让她很快地达成目标甚至超越目标。据张雪媃的研究指出,张爱玲的悲剧人生俱来自她精算过的"自导自演"。而她为何自导自演?她在大上海的乱世生存之道,就是本书欲探究之处。

---

① 《我看苏青》原刊于1945年4月《天地》月刊第19期。
② 张雪媃:《张爱玲:悲剧生命的高蹈舞者》,刊载于《当代》,2002年8月号,第108 - 125页。后收录于《天地之女:二十世纪华文女作家心灵图像》,台北:正中书局出版社,2005年,第133 - 157页。

张爱玲自有其过人之处,对苏青的表面恭维便是一例。她与苏青在《杂志》的女作家专访对谈中,①赤裸裸地将胡兰成的年纪、资历公开为理想化对象,明知苏青和胡兰成的关系暧昧。在《续结婚十年》的《黄昏的来客》这一章节,苏青对胡兰成(谈维明)的人格特质和自己与他的"初夜"有详尽描写,②《小团圆》中也点出相同情节,还大剌剌地书写《我看苏青》,看似明褒实则暗贬,机锋处处:"至于私交,如果说她同我不过是业务上的关系,她敷衍我,为了拉稿子,我敷衍她,为了要稿费,那也许是较近事实的,可是我总觉得,也不能说一点感情也没有。我想我喜欢她过于她喜欢我,是因为我知道她比较深的缘故。""人家拿艺术的大帽子去压她,她只有生气,渐渐的也会心虚起来,因为她自己也不知其所以然。她是眼低手高的。"这一段尤其有意思:"因为满眼看到的只是残缺不全的东西,就把这残缺不全认作真实:——性爱就是性行为;原始的人没有我们这些花头不也过得很好的么?是的,可是我们已经文明到这一步、再想退到兽的健康是不可能的了。"等于间接嘲讽了苏青一顿:你和胡兰成,不过也是如兽的性行为,千万别当真谋"爱"这花头。

时年芳华二十五的张爱玲,被地气育养出超龄的世故与睿智。

若言为爱颠沛流离一生的张爱玲是女性主义者,实在启人疑窦。就作品文本深究,揭露妇女沧桑命运的"女性意识"肯定是有的,但是离自觉自省的女性主义批判道路实在还有相当距离。以英国女权作家伍尔夫的"女性想要写作,就必须拥有自己的房间"观点来看,毫无疑问张爱玲在当时上海是引领走出家庭、拒绝包办婚姻、拒绝做结婚员的职业妇女新典范。然而,经济一贯独立自主

---

① 《苏青与张爱玲对谈记》专访,刊载于1945年3月《杂志》月刊。
② 《黄昏的来客》刊载于1944年11月30日《沪报》,收入苏青:《续结婚十年》,上海:四海出版社,1947年,第100–110页。黄晖曾为《续结婚十年》的人物原型做了考证,点出谈维明就是胡兰成。张爱玲也知道胡兰成还与苏青保持着性关系,见张均:《张爱玲十五讲》,北京:文化艺术出版社,2011年,第59页。

的她,屡次将血汗稿费寄给胡兰成助他窜逃、寄给中风在床的赖雅治病,最终还守着夫姓 Reyher 终老,肯定只是个为情为爱无偿牺牲奉献到底的旧式女子。对照她的前期小说泼辣犀利,生活散文洒脱直白,无时无刻不以"世界人"①的眼光睥睨世间,笔下什么都看不起什么却都看得清透,唯肉身行走人间时,仅是个情关难过的平凡女子、传统妻子。

就是将矛盾的现实人生翻转为浓烈的创作基因本事,张爱玲达到了 20 世纪 30 年代上海新感觉派、鸳鸯蝴蝶派作家们想攀登而未能达到的盛名高度。在盛英等人编撰的《二十世纪中国女性文学史》里如此评论:"张爱玲所有婚恋家庭小说,从内容上看,把中国文化中的种种'反常状'写得颇有穿透力,尤其对人性真相和情欲世界的'失常状',揭示得相当透彻。由于旧文化被一种颓丧的氛围所笼罩,其所以颓败和腐朽的缘由,过程虽被简略,但它自身的铺陈和呈露自有其深刻的文化价值。然而张爱玲毕竟没有挣脱贵族家庭的血统,又沾有一定市民气,因而当她对荒凉世界谱写挽歌时,流露了对'生活的记忆'的一种'亲切',致使她作品的人性内容只能纳入道德框架,而极大地浪费了她题材的巨大容量。"②以琐碎闺房小叙事逃避大时代乱世大叙事的闺房书写,使得张爱玲轻易在五四新文学与古典鸳鸯蝴蝶派之外自成一格:细腻写实的叙事笔法、繁复瑰丽的精妙譬喻,信手捻来皆是新意,让苍凉的手势穿透纸背直指人性最底层,无论张派③学人如何"拟

---

① 张爱玲以世界人自居。见陈若曦:《张爱玲一瞥》,刊载于《现代文学》,1961 年 11 月号。
② 盛英主编:《二十世纪中国女性文学史》,天津:天津人民出版社,1995 年,第 513 页。
③ 依据陈子善考据:目前已知最早提出"张派"这个说法的是王兰儿,她在 1947 年 4 月首次使用"张派文章"的提法,认为当时上海另一位作家东方蝃蝀"简直像张爱玲的门生一样"。而东方蝃蝀也认为张爱玲开创了一代"风气",他在同年 12 月指出:"张爱玲虽不欲创造一种风气,而风气却由她创造出来了"同样暗含 20 世纪 40 年代海上文坛存在一个不大不小的"张派"之意。见陈子善:《爱玲小馆》,刊载于《时代周报》,2012 年 12 月 6 日。

真"与"仿真"的私淑张腔,坦白说,迄今仍无人得以超越。

新旧拉扯之间,张爱玲在 40 年代滚滚乱世间的言行与书写,究竟呈现怎样的矛盾思维?在《小团圆》问世后,张爱玲真实人生与小说书写间到底是颠覆断裂或还是翻转挪移?或是在人性缝隙间见缝插针地畅快复仇?面对褒贬,是怎样的地理实境让张爱玲成了张爱玲?又是置身怎样的人文景观让张煐成就了张爱玲?在那个炮火连天、列强侵蚀的上海地理场域中,张爱玲是受到怎样的多重压迫时而狂爱时而冷漠?她晚清贵族的出身,又为她带来怎样与众不同的社会阶级矛盾?又再怎样以一支笔累积了论述权力与名气财富?痛快的书写、急速的成名,是一种华丽愉悦,而这愉悦,究竟背后隐藏着怎样的惘惘威胁?

三、六种话语的表现

本书欲重返上海历史现场仔细爬梳真实的张爱玲、不为人知的张爱玲、为人知却无人胆敢置喙的张爱玲。在乱世的时代背景张力下,以"书写创作"与"真实人生"交互辩证、绵密探索近代中国现代文学传奇"永远的张爱玲"文本与性格间之矛盾冲突,并何以获得莫名愉悦之可能。故首先将张爱玲置入 40 年代的老上海地理文化空间中,以美国女性主义学者苏珊·S. 弗里德曼(Susan Stanford Friedman)①力荐超越女作家批评(Gynocriticism)和女性文学批评(Gynesis)的后设批评"社会身份新疆界说"(the new geographics of identity)②为研究框架,就张爱玲 1943—1952 年十年

---

① 苏珊·弗里德曼(Susan Stanford Friedman),美国威斯康星大学(Wisconsin University)英语文学系和妇女学教授,为女性主义、妇女文学和多元文化等研究领域翘楚,著作丰硕。
② Friedman, Susan Stanford. *Mappings: Feminist and the Cultural Geographies of Encounter*: Chapter 1: "*Beyond*" *Gender*: *The New Geography of Identity and the Future of Feminist Criticism*. Published by *Princeton University Press*, 1998, pp14 - 35. 中译本见:《超越女作家批评和女性主义批评》,见王政、杜芳琴主编:《社会性别研究选译》,北京:生活·读书·新知三联书店,1998 年,第 423 - 460 页。本书中的"六种矛盾辩论理论"即参照、摘录自此文。

间在上海的创作与人生交错解读,再行进入"内在精神分析"一窥其愉悦之隐蔽处,旨在揭露前所未知的张爱玲。

1998年弗里德曼提出了"社会身份新疆界说",指出妇女作家批评和女性文学批评存在着某些盲目性,与多元文化主义、后殖民主义研究、后结构主义、文化研究、同性恋研究、人类学、政治学、社会学和地理学等领域的理论进展相脱节,并指称这种新社会位置地理(geography of positionality)包含着六种既相互关联而又不同的社会身份话语表现:多重压迫论(multiple oppression)、多重主体位置论(multiple subject positions)、矛盾主体位置论(contradictory subject positions)、主体社会关系论(relationality)、主体社会情景论(situationality)和异体合并杂交主体论(hybridity),阐释于下。

弗里德曼宣称,一个人具有多重社会身份,在研究中应该探讨"社会性别是怎样同社会身份的其他组成成分互相交叉、互相作用的"以及"多重社会位置论的话语表现要求把社会身份作为许多互相依赖的可变系统的产物来进行交叉分析",旨在削弱女性主义强势发声并着重于社会性别的盲点,使其与其他社会身份与主体相联结,在不同的空间中展现不同的社会身份主体,社会身份可以成为进入各种多元身份、多元文化位置的媒介及入口,阐明不单只是社会身份的不同,而是能划出中心、边缘等各种空间之间的辩证关系。"新疆界说"是流动建构自身身份的主体。反之,它也代表某种共同拥有的背景,从相同身份上找到特点。最终,产生新社会身份的方法,在相互矛盾冲突身份当中融合出新的社会身份,远远超过女作家批评与女性主义批评现有的成就。然而,在探究主体身份之际,女性的边缘身份使其被忽略,但往往是这样的边缘才使其得以由边缘看中央由客体变主体。

"新疆界说"不看重从个人出发的发展模式,而是把社会身份加载历史的场合,是一种位置、立场、地点、领域、交叉点以及多种学科中的十字路口。阐明的不是社会身份的机制,而是划定领域和界限,划定内和外之间、中心和边缘之间以及能动接触的各种空间之间的辩证领域:不同与相同、停滞与运行、肯定对疑惑、纯粹对混杂。社会身份疆界说,就在差异的边界和模糊边境地带之间游动,反映出这些朝着各自方向的不同运动所出现参差不齐的声音,往往互相矛盾……。这些重叠或平行的话语表现之间的融合或冲突就产生了描述社会身份问题的这六种新话语表现,也是本书六种矛盾辩证理论出处。

(一) 妇女之间差别的压迫

第一种话语表现是"多重压迫论"或"双重苦难论",这是20世纪70年代和80年代女权/女性主义者用来描述妇女社会身份的措辞。这一方法强调妇女之间的差别,它把焦点放在压迫上,认为这是决定社会身价的主要因素,于是引出了各种附加的,基于种族、阶级、宗教、性别、族裔、身体心智状况(ableness)以及到现在已经成为公式化了的"等等"方面的有关压迫的新名词。有时,这种论点揭露了由于阶级压迫所造成的无尽苦难的明显消极性,但有时,这种论点也产生了一种辩证的分析:正是压迫的倍增导致了社会差别的扩大和财富权力的集中。

弗里德曼引用赞米·洛德(Zami Lord)的一篇论文《赞米:我的名字的新拼法》(*Zami: A New Spelling of My Name*)说明此论点。文中洛德写出她本人作为一个西印度群岛裔的美国黑人、工人阶级的女儿、发展中的妇女以及女同性恋者的经历。她描述了自己通过受教育社会地位上升,到并不稳定的中产阶级过程中所体验到的排斥和重大障碍。她认为,处在这种多重压迫系统中的每一个不利条件时,对于她来说都是一种力量的泉源。她的论文有一个副标题——"生物神话"(Biomythography),她认为多重压迫激发了一种生物学上的带反抗性的自强不息机制,正是这种富有创造性的机制把多重危机转化为多重力量。总之,多重压迫论强调,单单用社会性别(gender)的词语来界定社会身份是远远不够的。

（二）自我不是单一而是复合的

在第二种多重主体位置论里，弗里德曼把社会身份这个概念，作为多种互不相同甚至互相对抗的文化结构，如种族、族裔、阶级、自然性别、宗教、移民的原籍等的交叉点，表示的是某种多因素所决定的多重主体位置。在这样一种文化结构里，自我并不是单一的，而是复合的。它所占据的位置，包含很多种地位，其中每一种地位又会由于与其他地位的交叉而产生某些微妙的变化。于是，在概括多重压迫这一概念过程中，社会身份的组成部分来自一系列范畴中。然而，与多重苦难的概念不同，给社会身份下定义的焦点并不只集中在压迫和充当牺牲品上，而是集中在各种各样的差别上，这些差别跟压迫或许有关，或许无关。范畴有：有色人种女人、白种女人、中国血统美裔女人、黑人同性恋女人、中产阶级女人以及第三世界女人等。这些范畴本身并不足以成为更复杂、多面的社会身份的参数。

总之，多重社会位置论的话语表现要求把社会身份作为许多相互相依赖的可变系统的产物来进行交叉分析。

（三）相互作用的社会身份

第三种矛盾主体位置论，强调矛盾是社会身份的主体结构和现象感知的基础。这种理论可以说明为什么同一个女人同时既可能受到社会性别（gender）所导致的压迫，又可能从种族、阶级、族群、宗教、性行为以及国籍这些方面得到优惠。反之，一个男人，同时既可能从社会性别得到特权，又可能受到从其性行为、种族、阶级、宗教等等方面所导致的压迫。弗里德曼以内拉·拉森（Nelia Larsen）的《流沙》（*Quicksand*）中的主角克兰为例：一个混血孤儿，母亲是丹麦血统美国人，父亲是非洲血统美国人，尽管她与她母亲在美国的家庭没有联系，但还是从那里得到一笔钱，这笔钱铺垫了她的人生，使她受了教育也连带有了资产阶级的社会身份。这种社会身份使得她与芝加哥和哈莱姆的黑人下层社会彻底疏远了。

但是白人社会的人们,无论是怀着敌意还是善意,仍把克兰看做黑人。克兰既受到她的美国白人亲属的排斥,又被敬慕她的丹麦哥本哈根的家庭成员看做是奇异的外国人(exoticized)。然而,黑人资产阶级对克兰的接受仅仅是由于她拒绝了她的白种人母亲,并且压抑了她的无"家"可归感。种族、阶级、社会性别、国籍、性行为互相冲突的系统造成她社会身份的种种矛盾,使得克兰变得歇斯底里,终于让她在作为地道南方传统意义上的母亲和牧师妻子的角色中完全窒息了。社会矛盾的万花筒强化了有权和无权在不同变量坐标图上的相互作用,并且提醒人们,全球权力分配并不只落在"有权"和"无权"这两个固定轴的坐标上。亦即在受压迫的同时却可以在不同的位置上得到不同的受惠,并强化了主体在不同位置上的相互作用的矛盾。

(四) 如波浪运动的轨迹

第四种关于社会位置的话语表现是主体社会关系论,强调的是社会身份的认识论立场,主体不仅是复合的和矛盾的,而且是相关的。社会身份的任何一个坐标轴,如社会性别,必须把同其他座际轴的关系联系起来理解,诸如自然性别、种族等,把社会身份看做流动的位置而不是稳定的固定本质。社会身份依赖于一个参照点,而这个点波浪般的运动着,因此社会身份的轨迹也是如此。

例如,在电影《哭泣游戏》(*The Crying Game*)中,三个士兵在有权和无权的不同的可变量系统中具有不同的位置,其中:英国士兵乔迪是黑人、同性恋者;爱尔兰共和军士兵弗格斯福是爱尔兰人、异性恋者;迪尔是混血儿、同性恋者,还有易装癖(transvestite)。就种族关系而论,弗格斯福是优越的,但是从原有国籍和宗教信仰而论,他只是大英帝国的一个臣民。在伦敦和北爱尔兰的种族关系中,乔迪是受压迫的,但是从大不列颠的统治关系来看,他又是优越的,因为他是占领军的成员,虽然他的这种权力随着他在与爱尔兰共和军的斗争中充当爪牙而消失。弗格斯福作为男性和异性恋者似乎具有固定的社会身份,比作为同性恋者的乔迪和既是同性恋者又是具有异性模仿倾向的迪尔,有着更为优越的社会身份。

社会地位取决于社会关系的论点,强调的是社会身份的变动性,认为它决定于一些各不相同的参照点和历史的具体条件。

(五) 身份随着社会情景改变

第五种主体社会情景论的出现伴随着文学研究愈来愈多地涉及后殖民主义、旅行、人种论等问题而有所新进展。这一话语同关系论一样,认定社会身份不承认固定不变一说,而且更强调社会身份从一个位置流动到另一个位置。换句话说,疆界比喻并不只是一种形象说法,而是社会身份的核心部分,每一种情景都在以有权和无权为轴的坐标图上占据某一个确定的位置。某一种情景有可能使某个人的社会性别特别重要,而在另一种情景里,此人的种族或自然性别、宗教、阶级可能特别重要。正由于一个人的社会身份是其复合的主体地位的产物,所以,在描述社会身份的坐标图上表示各种变量的坐标轴,在各种不同的情景里并不是同样重要的。场合变了,跟原来不同了,社会身份与这种新的场合有关的成分就会起作用,但是社会身份的其他坐标轴并没有消失,它们不过是在这种特定场合下,单一与交互作用不那么显著罢了。

例如,一个被丈夫殴打的中产阶级白种基督教徒妇女,具有由其种族、阶级、宗教和社会性别所决定的复合主体地位。在她遭到殴打的时刻,尽管她的社会身份的其他组成部分仍然存在,但她的社会性别便被突出了。有的使她有力量,有的却限制了她。把空间作为构成社会情景论中的要素更有助于理解。

(六) 地理迁徙的混杂性

第六种异体合并杂交主体论,是直接来自对少数民族与后殖民主义、移民社群问题的研究。它所强调的并不是人种杂交生理过程的科学研究，而是地理迁徙所造成的文化移植。这一理论在某些作家如马克辛·洪·金斯顿（Maxine Hong Kingston）、萨尔曼·拉什迪（Salman Rushdie）和格罗丽亚·安莎杜亚（Gloria Anzaldua）等作品中均做过重笔刻画。这种主体论建立在人类于全球范围内从一地到另一地的空间运动。这几位作家都认为移民、流放和边境生活是产生人种杂交的条件，地区间移民促使不同文化间的交流，从而导致社会身份成为文化嫁接的产物。换句话说，异体合并主体杂交往往使社会身份成为不同文化在同一地区的叠加复合（superposition），这种嫁接表现往往为痛苦的分裂，不专一的忠诚或不知该何去何从的置换取代，因此它被看成是一种边缘地带，一种既冲突又融合的场所。

涵盖社会六种面向的话语图腾，各具反思深意。例如"多重压迫"这一概念是女性主义者用来描述妇女社会身份的措辞，它源于弗朗西斯·比尔（Francis Bill）在《双重危机：既是黑人又是女人》这篇文章中使用的"双重危机"这一术语，强调妇女之间社会身份的差别在压迫上，认为这是决定社会身份的主要因素，正是压迫的倍增导致了社会差别的扩大和财富、权利的集中。

"社会身份新疆界说"框架，无法阐释鲁迅、周作人、白先勇、莫言、王安忆、金宇澄、施淑青、李昂……或其他任何当代杰出作家。因为张爱玲所处的那个复杂时代、一生流离迁徙的生命地图、晚年遭遇的精神性虫患危机以及在异邦回首故乡却不可回的无尽苍凉，至今无人可比拟，用此六种话语说层层剖析，将最为深刻。故本书采前论者未曾探索的、非单一线性进行的立体多重角度，将张爱玲本人与作品嵌入20世纪40年代上海历史地理景观中，借文本、生活、形象，勾连历史、地理交错铺陈的互文性论述与分析，让张爱玲站在多重因素决定的多重主体位置上，进入"自我分裂""自我解体"再"自我愈合"之秘境。

上海关键十年揭秘

四、新的文学解读方法

弗里德曼宣称通过女权/女性主义、多元文化主义、后结构主义以及后殖民研究,这些重叠或平行的话语表现之间的融合与冲突产生了描述社会身份问题的新方法。苏珊·桑塔格(Susan Sontag)①亦在《文字的良心》中阐明:"对文学作出任何单一的阐释,都是不真实的,也即简化的,只不过爱争辩罢了。要真实地谈文学,就必须'矛盾'地谈。因此每一部有意义的文学作品,配得上文学这个名字的文学作品,都体现一种独一无二的理想、独一无二的声音。但文学是一种积累,它体现一种对于多元性、多样性、混杂性的理想。"②因此,在本书逐步拆解、推演、辩证张爱玲的人生与作品中,不忘以"回溯性地和多调演奏性地"③进行一种多元文学阅读、一种生动的生命演绎,再现张爱玲所处的二战时期帝国蹂躏的老上海时代。

在人类现实世界中,帝国主义已经成为全球共同的历史经验,这不仅仅是一整套经济、政治与军事殖民现象,同样是一种思维习惯,是欧美发达世界中的一种主导观念,广泛表现在知识、文化与技术领域里,由外在的、赤裸裸的形式转向内在的、隐蔽的形式,殖民手段也由直接的、强硬的越来越趋于间接的、软化的形式。文学文本固化着殖民想象,而这一意识形态就像空气,每一个作家都在

---

① 苏珊·桑塔格(Susan Sontag, 1933—2004),美国著名学者,她被认为是近代西方最引人注目、最有争议性的女作家及评论家、女权主义者。
② 苏珊·桑塔格:《文字的良心》(*The Conscience of Words*, *Los Angels Times*, June 10, 2001)。黄灿然译自 2001 年 6 月 10 日《洛杉矶时报》,刊载于《文学世纪》,2002 年 11 月号,第 65 – 68 页。
③ 此乃爱德华·萨义德(Edward W. Said, 1935—2003)的"对位阅读"概念。萨义德为后殖民理论的创始人,同时也是一位文学评论家、乐评家和钢琴家。1978 年出版了震动欧美学界的《东方学》与 1993 年出版的《文化与帝国主义》两书,成为后殖民主义的经典代表作。

其中呼吸而不自觉。①张爱玲喜爱日本花布和日本小物,进而书写赞叹不自知已被文化收编便是实例。

老上海英法殖民租界与沦陷的日本殖民期,用的就是间接渗透的统治手法,从语言、服装、歌舞表演、电影到书报出版等。简言之,就是以文化取代武力,对被殖民人潜移默化,以达思想改造、"皇民化"目的。帝国的殖民主义是文化生产的重要场域,殖民文化的外化,用来遮蔽、神秘化或合理化各种压迫形式的意识形态,它们也在自身内部巩固与构建殖民关系。后殖民主义是对殖民主义种种影响及后果的批判性反思,是探讨殖民主义之后全球政治、文化状况的一种理论话语,带有鲜明的政治性和文化批判色彩。②

后殖民批评发展出一套较为开阔的理论视野:"从美学的角度审视文学本质问题,也从史学观点审视,达到美学观点与史学观点的统一。"以被殖民者视角的回溯式阅读,被淹没的帝国主义将出场。当我们开始阅读的时候,会意识到老上海历史和那些从属的、被噤声的、反抗宰制性话语行为的历史再现,即:"通过现在解读过去",揭露文化文本所遮蔽的历史。

本书将借"社会身份新疆界说"研究框架建构文化批判新视角,在20世纪三四十年代上海历经英法租界、孤岛、沦陷、汪伪政府、民国与中共解放的"重叠的领土,交织的历史"中,将张爱玲人生与创作同当时的战乱大背景结合起来,使批评与文本构成对话语境,对张爱玲的生命多元观照,揭示她生活与文本背后隐藏的各种权力与压迫因素,透视文本的属性与文化生产的关系,形成"地理、文化和帝国、文学"之间的互文解读,剖析并重构众所不知的张爱玲、真正的张爱玲、矛盾的张爱玲。

因此,本书不采张爱玲虚构之小说、各家"张爱玲"传记为分

---

① 许晓琴:《对位阅读:〈东方学〉与〈文化帝国主义〉》,刊载于《山东文学》,2009年第11期。
② 参照萨义德《东方学》后殖民理论。

析文本,改以其真实生活散文集《流言》以及其他《我的姊姊张爱玲》《前世今生》《张爱玲与赖雅》《张爱玲私语录》《张爱玲给我的信件》等纪实著作,外加张爱玲自传体私小说《小团圆》、游记《异乡记》《重返边城》《浮花浪蕊》等,参差对照出真实的张爱玲。止庵表明:我们可能从某种意义上说,阅读都是悟的。但是张爱玲这个情况,确确实实,比如现在的张迷所强调的张爱玲,或者是,跟我们某种生活方式相结合的张爱玲,恐怕跟那个真正的张爱玲,是比较遥远的。①本书即企图在逐步演绎中还原张爱玲真实面貌,拉近张迷、读者们和祖师奶奶的距离,面对真实的张爱玲。

五、如何理解张爱玲

亟欲带领读者回到 20 世纪 40 年代老上海历史现场,寻找真正的张爱玲。因之后殖民理论、后女性主义、文化地理学、精神分析等文化研究经典理论与文献将为本书解构张爱玲"社会身份新疆界说"之重点演绎基底。

(一) 双重他者的眼光

后殖民主义理论(postcolonial theory)是继后现代主义之后西方学术理论界的又一个热门话题。它是一种多元文化政治理论和批评方法的集合性话语。40 年代,上海的诡谲风云,没有其他任何一个城市可堪比拟。欲回归历史时空,以检视与批判殖民时代的后殖民理论解读,实乃必要。史碧娃克(Spivak)②说道:"对文

---

① 止庵:《张爱玲的苍凉和残酷》,于 2004 年 4 月接受《网易文化》聊天室访问。
② 印度裔美国女学者史碧娃克(Gayatri Chakravorty Spivak, 1942—)是当今著名的后殖民批评家,与萨义德、霍米·巴巴被誉为后殖民批评"神圣三剑客"。霍米·巴巴(Homi K. Bhabha, 1949—)现任哈佛大学(Harvard University)英美文学与语言讲座教授。巴巴的"模拟""混杂""矛盾状态""文化差异""文化翻译""少数族化"和"本土世界主义"等概念在批评界被广泛地流传使用。

化身份的感觉几乎总是事先决定一种语言。"上海关键十年,说上海话和英语的张爱玲以上海精英的眼光书写上海与香港双城,吊诡的是她对殖民地上海,从咖啡、电车、小吃吆喝声到上海人,都带着无限的情感,对亦是被殖民的香港却异常冷酷。在张爱玲笔下,香港是一座丧失了自主性的城市,她扮演着"双重他者"的角色:对于西方殖民者而言,香港成了为满足殖民者的期待视野而被刻意塑造为被看的"他者";但在从中国来的上海人眼中,香港亦是作为一个远方异邦的"他者"而存在的。对于这"看"和"被看"的双方,张爱玲书写着她的苍凉与嘲讽。① 张爱玲的"看",意味着替代殖民者或被双重殖民的眼光?她笔下的上海传奇与香港传奇,是对殖民帝国的无声附和或是一种文化反抗?

依据台湾后殖民理论名师宋国诚的说法,后殖民理论是当代文化研究与文化批评重要的领域,是一项具有全球影响性与布局性的学术趋势和批评理论。后殖民理论不仅是当前欧美大学英语系、比较文学系、文化研究、妇女研究、政治学与哲学、历史学、媒体批判等领域热门的学科,更是当今全球化趋势下跨国小区研究、国际政经流动和文化离散研究中重要的分析方法和研究视角。本书即将借后殖民理论,考察张爱玲在上海、香港双城,殖民与后殖民地中,所历经的生命过程及离散阶段的文学想象。

(二) 女性主义的转折

后现代女权主义产生于 20 世纪八九十年代,是在现代女权主义各大理论派别长达百余年之争后,随着后现代主义风潮的兴起而出现的崭新的女权主义理论流派,面对当前的妇女生存状况,在现代女权主义的基础上吸收了后现代主义的观点,从另一种角度追寻妇女解放的途径而产生的。它试图发展出一套不依赖传统哲

---

① 程悦:《他者之城:张爱玲笔下的"香港传奇"》,刊载于《华文文学》,2004 年 1 月号,第 30 – 35 页。

学基础的新的女权主义社会批判范式,①亦称为后女性主义。

后女性主义并不表示女性主义已经结束,而意指女性主义的转折,是一个不断变化的过程,它不断发展和改变着自身。但这并不是说,过去的女性主义和殖民主义之间的对话——不管这种对话是现代主义式的还是父权主义式的对话——已经被后女性主义超越了,而是说,后女性主义对此两者都采取了一种批判的立场。②后女性主义的流动性、散漫性与不可预知性,让女性的主体跨越"第二性",进入混沌未知的世界,这是危险的,却也充满无限探索的能量。法国后结构女性主义提倡女性"用身体写作",亦即埃莱娜·西苏(Helene Cixous)③主张的"阴性书写",在以男权为中心的话语中为女性重新赢得了平等权利的颠覆作用,在张爱玲的作品以及某些张学论述中,已有所见。然女性主义关于女性经验因个人、种族、阶级、国家、民族及性倾向的不同而千差万别,并且在不同的历史时期、不同的社会经济条件下产生的女性经验也是不同的,每一个具体的女人都有与其他女人不同的生命旅程。张爱玲的个人经验是不凡的传奇,但当她将之诉诸文字后,她的个人经验便成了历史恒河中的女性经验之一。本书欲以后女性主义颠覆、解构、重构张爱玲,除弗里德曼"超越女性作家批评和女性文学批评"外,朱蒂斯·巴特勒(Judith Butler)④的"性别展演"理

---

① 张广利、杨明光:《后现代女权理论与女性发展》序言,天津:天津人民出版社,2005年,第2页。
② 伊丽莎白·赖特(Elizabeth Wright):《拉康与后女性主义》,王文华译,北京:北京大学出版社,2005年,第29-30页。
③ 埃莱娜·西苏(Helene Cixous,1937—),法国当代最有影响力的女性主义、小说家、戏剧家和文学理论家之一,以诸多实验创作和先锋理论而闻名,被公认是与茱莉亚·克里斯蒂娃(Julia Kristeva)、露西·伊里格瑞(Luce Irigaray)并驾齐驱的法国女性主义学派代表人物。《美杜莎的笑声》(*Le Rire de la Méduse* 1975)、英译本(*The Laugh of the Medusa* 1976)为其最负盛名之作。
④ 朱蒂斯·巴特勒(Judith Butler,1956—),耶鲁大学哲学博士,加州大学伯克利分校修辞与比较文学系教授,是当代最著名的后现代主义思想家之一,在女性主义批评、性别研究等学术领域成就卓著。其所提出的关于性别的"角色扮演"概念是酷儿理论中十分重要的观点,她也因此被视为酷儿运动的理论先驱。著有《消解性别》(*Undoing Gender*),上海:上海三联书店,2009年;《性别麻烦》(*Gender Trouble*),上海:上海三联书店,2009年;等。

论亦是参照经典。

(三) 城市生活的本质

当代地理学研究中的"文化转向",使地理学和文化研究有了新的思维方式。文化地理学的诞生,开辟了地理学研究令人振奋的新领域,从而产生了新的关于空间和地方的地图。其中,文学作品的"主观性"不是一种缺陷,事实上正是它的"主观性"言及了地点与时间的社会意义。因此,迈克·克朗仔细研究了描绘城市的各类作品,以及透过不同时期和地区,让这些形式各异的作品就城市生活的本质告诉我们某些真实。创作家对故乡的感觉是写作中一个纯地理的构建,这样一个"基地"对于认识帝国时代和当代世界的地理是很重要的,对分析彼时战火连天的老上海更具意义。

此外,爱德华·索雅(Edward W. Soja)[①]空间文化理论研究的新视野,也是不可忽略的文化地理学参照经典。在当前都市文化研究领域,索雅的空间文化理论占据着重要的学术地位,他不仅阐述了许多独到的空间文化思想,而且还提出了"第三空间"(Thrid Space)这一重要的概念。他以洛杉矶的都市研究为分析背景,讨论了后现代世界中日常生活与都市问题,并重新界定了城市空间的历史地理。以索雅为代表的这种都市文化分析的空间新视角,关注的是空间本身的生产(production of space),而非空间中事物的生产(production in space),有效解读都市空间变化和发展的文化视角,成为当前社会科学研究的一种新的理论转向和范式。[②]

[①] 爱德华·索雅(Edward W. Soja, 1940—),从街头地理学家到政治地理学博士,是当今建筑与都市规划的顶尖专家。1996 年《第三空间:去往洛杉矶和其他真实和想象地方的旅程》(*Thirdspace: Journeys to Los Angeles and Other Real-and-Imagined Places*)为其经典之作。

[②] 参考黄继刚:《爱德华·索雅和空间文化理论研究的新视野》,刊载于《中南大学学报》(社会科学版),2011 年 4 月号。

索雅的第三空间,和霍米·巴巴强调文化差异联结的第三空间,可互为表里解读上海与香港。

一篇文章中标准的地理象征,就像游记一样,是家的创建,评论的是失去的家还是回归的家。流动性、自由、家和欲望之间转变的关系说明一个非常男性的世界。这规律与一些重要的文化地理学和一些性别地理学(the gendered geography)[1]的内容相悖,也许正说明性别结构构建的"家"看似合理却霸权。"家"被看做可以依附、安全同时又受限制被压迫的地方。[2]张爱玲17岁逃离父亲的家之后就没有"家",她离开了父权建构的家,却又进入霸权的、钳制的另一种男性主宰的社会空间。虽然她和姑姑一起住了几年,母亲也偶尔回来同住,看似独立的她在家和情欲之间流动的关系处处充满了矛盾。此亦为本书欲以文化地理学辩证之处,"性别、认同与地方"的性别地理学以及"第三空间"等论点,亦将为本书所参照演绎。

(四) 一生的情感地图

欲细读张爱玲一生的情感地图、写作动能,她和父亲、母亲、弟弟、继母、胡兰成间的爱恨纠葛,必走进弗洛伊德(Sigmund Freud)、拉康(Jacques Lacan)的精神分析与荣格(Carl Jung)的心理分析世界微观理解。[3]因此,在此先一探弗洛伊德式的阅读特征。

什么是弗洛伊德式的阅读特征? 论者认为占主导地位的正是

---

[1] 性别地理学,即将性别与地理学结合在一起的各种研究,强调空间现象中的性别关系与性别差异。本书内容即概括为此研究方向。
[2] 迈克·克朗:《文化地理学》。杨淑华、宋慧敏译,南京:南京大学出版社,2003年,第56—60页。
[3] 西格蒙德·弗洛伊德,奥地利心理学家、精神分析学的创始人;雅各布·拉康(Jacques Lacan,1901—1981),法国精神分析学大师。卡尔·古斯塔夫·荣格(Carl Jung,1875—1961),瑞士心理学家、精神科医师,分析心理学的创始者,为弗洛伊德最知名的弟子,后因"无意识"理念分歧而师徒分道扬镳。

象征的"无穷",尽管其他批评流派也不忽视文学作品中的象征作用,但弗洛伊德式的无穷象征往往与"性"有关。① 无所不在的性和被性压抑的无意识,是他和荣格分歧点所在,师徒因而分道扬镳。

"性"在过往张学研究中似乎是个不可碰触的禁忌,不可言说不可书写,否则就亵渎了祖师奶奶;不肯面对不肯承认:她也是个有生理情欲的正常女子。本书在层层推演中,试图引领读者一探张爱玲最幽微且不为人知的性心理与生理黑洞。

弗洛伊德精神分析中的歇斯底里、梦的解析、潜意识与本能、意识幻想与力比多、性学三论、水仙自恋等学理,都将用来细腻推敲影响张爱玲一生巨大的"弑父情结、恋母情结、虫患症、性焦虑"等精神状态,从而解读出她"矛盾的愉悦":在有关的精神分析理论中,我们想当然地认为心理过程是受快乐原则自动支配的,就是说,我们相信,任何给定的过程都来源于一种不快乐的紧张状态,并因此为自己确定了这样一条道路,即它的最终问题和这种紧张的放松是一致的,亦即和避"苦"或趋"乐"是一致的。② 矛盾的愉悦原生于此状态。

伊底帕斯情结(Oedipus complex),又译俄狄浦斯情结,即恋母情结,是弗洛伊德精神分析理论中最为惊世骇俗的一项,其将诲淫诲色的性欲理论直溯到懵懂不知的婴儿时期,曾被认为是荒诞不经的邪说。但伊底帕斯情结并非空穴来风,其来龙去脉,尤其是在文学卷起的云谲波诡,不但值得考究,而且个中许多线索,无论如何也是耐人寻味的。在《梦的释义》第五章"梦的材料与来源"中,弗洛伊德以伊底帕斯情结来解释文学的思想,已有了明确的表现。③ 如《小团圆》开篇与结语都是香港大学考试,张爱玲甚至将

---

① 王宁:《文学与精神分析学》,北京:人民文学出版社,2002年,第70页。
② 西格蒙德·弗洛伊德:《超越快乐原则》,杨韶刚、高申春等译,台北:胡桃木出版社,2006年,第35页。
③ 陆扬:《精神分析文论》,济南:山东教育出版社,1998年,第32页。

其比拟成战争中最恐怖的一幕,就是弗洛伊德所说的:学生时代要命的考试所带来的记忆复现,"考试焦虑"也往往因幼童时期的恐惧而加深。而到底什么是张爱玲幼童时的恐惧以及书中暴露的性焦虑呢?本书将有精辟解析。

另,拉康的潜意识理论经历了三个发展阶段,这三个阶段分别对应于主体性的三个领域,即现实、象征与想象(reel, symbolique, imaginaire)。拉康的三个领域可与弗洛伊德的本我、自我和超我相对应,但又有所不同。"想象"这一概念的第一次提出是在他1936年发表的《镜像期对"我"的功能形成的作用》,亦为本书将借重之处。① 人类儿童与其他动物的幼崽不同,他无法控制自己的行为,于是他就需要一个外在的摹本来统一自己的行为。所以,六个月大的儿童看到自己在镜子中的形象或者在模仿他人的同时,也就发现了其自身的形象。儿童在模仿这个想象中的对映体的同时,也赋予了自我本身永远无法获得的个性的统一性、一贯性和整体性。张爱玲幼时望见镜中母亲的残影,华而不实,反射出她一生破碎无法修复的自我。

所以,想象本质上是自恋性的,对自我来说也是一种异化,因此也就包含了一种侵凌(aggressive)。每当主体发现自己是片断性的而不是一个统一性的整体的时候,这种侵凌的成分就会表现出来。在拉康的理论中,自我首先是一个客体,主体通过这个客体发现自我,因为自我只能表现为一种客体,一个他者(other),这自然也就对自我构成一种侵凌。早在1972年,水晶即发表了一篇类拉康镜像理论分析的《象忧亦忧、象喜亦喜——泛论张爱玲短篇小说中的镜子意象》,② 但那是针对《传奇》里小说的文本分析,与张爱玲真实人生无涉。水晶言道:"的确,镜子和《传奇》一书的关

---

① 伊丽莎白·赖特:《拉康与后女性主义》,王文华译,北京:北京大学出版社,2005年,第5-6页。
② 水晶:《替张爱玲补妆》,济南:山东画报出版社,2004年,第96页。

系,真可以说是'日虹屏中碧',碧彩烟灼,自成为一个世界。"张爱玲以文本虚构的镜子意象,扑朔迷离美不胜收,然本书亟欲探索的却是张爱玲现实生活中的镜像世界。

上海关键十年揭秘

第二章 关键十年与时沉浮

众所周知,张爱玲一生最辉煌的岁月就在上海关键十年。那十年中的前两年,更是她的创作巅峰期。本书即在后女性主义"社会身份新疆界说"的框架下,进入老上海租界时期、孤岛时期、沦陷时期、汪伪政府时期、国民政府时期、中共全面解放后的各时期,在历史、政治、经济、性别、种族、战争等多元建构的立体地理景观中,参差对照张爱玲写实文本,与各方理论、各路文献交锋辩证,逐步考察张爱玲生平与著作之间的交融或对立关系,从而揭露她不为人知的矛盾愉悦之隐秘所在。

选择1943—1952年之上海十年为主要研究范围之意义在于:30至50年代是上海最具历史转折意义的大时代:那是集英法割据、日本侵华、全面抗日、国共内战,内外交迫最动乱的年代。1937年11月12日,日本占领上海华界及腹地,英法租界形成孤岛特区;1941年底太平洋战争爆发,上海难逃被日本侵占的厄运,于12月8日全面沦陷,历经百年的上海租界宣告结束。1945年8月14日,日本二战战败宣布无条件投降,中国抗日战争结束,随后的国共内战,节节败退的国民党被迫于1949年退守台湾。

张爱玲成长的环境是就上述的混乱时代,由23岁在上海成名至32岁离沪的十年,她就历经了孤岛沦陷后的日本殖民、汪伪政权、国民党接收、中共解放并建立新中国的各政权统治阶段,知识分子立身期间,进退维谷且非忠即奸,心路历程理当既艰辛又晦涩。然而,她呈现的却是另一种难以理解的复杂面貌,看似云淡风轻不问世事,却在安身立命中唯利是图,甚至无畏世俗谗言与日本杂志交好又私婚汉奸胡兰成,作品与人生交织成一幅矛盾丛生的生命图景,此矛盾即为本书欲一探究竟之处。

一、1943—1952年关键十年

1943年,张爱玲以《沉香屑——第一炉香》《沉香屑——第二炉香》在上海声名鹊起。春风得意不到三年,日本战败,情势逆转,胡兰成四下逃窜,顶着汉奸之妻污名的张爱玲随即销声匿迹,1946年底,改以撰写电影剧本重出江湖。1949年5月27日,中国共产党挥着改革大旗解放了上海,张爱玲遂易名梁京为《亦报》继续写稿谋生。在风声鹤唳中,逐渐发现时不我予,不得不于1952年离开上海这块恋恋不舍的伤心地一去不返,展开自我放逐的离散旅程,最终,孤寂地客死他乡。去世多年后,方才在遗产执行人宋以朗力排众议出版的自传体私小说《小团圆》中昭告天下:到底是上海人的张爱玲,魂萦梦系的依旧是:那个初恋、痴恋、苦恋胡兰成的原乡上海。上海十年,是张爱玲一生创作最辉煌的岁月,是张爱玲由巅峰坠入谷底的荒凉岁月。没有一个城市的历史、文化、政治、地理景观在十年内如此错综复杂,因而没有一个作家能在这复杂的地域中,活得精彩又卑微。

本书将张爱玲的上海关键十年分割为三个时期。

（一）1943—1946 年的小说散文鼎盛期

1943 年 5 月《沉香屑——第一炉香》在上海《紫罗兰》上惊艳登场，张爱玲从此展开了鬻文维生的写作生涯，陆续在各大热门杂志与月刊推出《沉香屑——第二炉香》《茉莉香片》《心经》《倾城之恋》《金锁记》《封锁》《连环套》等小说，以及《到底是上海人》《洋人看京戏及其他》《更衣记》《公寓生活记趣》《烬余录》《谈女人》《私语》《中国人的宗教》等散文，尚未被"发掘出土"的小报文章不计。① 依据蔡登山的统计：在两年的时间内，她发表短、中篇小说共 17 篇，约 26 万字；另外散文有 402 篇，约 15 万字。② 1944 年这些文章先后分别收入小说集《传奇》、散文集《流言》，初版后供不应求很快就再版，一时洛阳纸贵满城争说张爱玲，1946 年底她复出时上架的《传奇》增订版依旧畅销。她是当时上海最多产、最出名、最多金、最名噪一时的女作家。同时应验了张爱玲自己的期许："快呀快啊，出名要趁早，晚了就不那么痛快了！"23 岁到 25 岁的张爱玲最是不可一世。

张爱玲一方面受中国古典文学及传统文化的熏陶，另一方面又较早地接受了西方现代文化的教育，两者交融形成了她独特的文化素质。她的小说既有传统小说叙事的痕迹，又有现代派的味道，诸如注重写人物意识的流动，注意暗示与象征，善用联想，特别是对人物病态心理的描写与揭示等，都显示出这一特点。张爱玲具有清晰的时代感与精细的把握能力，甚至通过对衣饰与环境的描写，也能将时代社会的变化生动具体地表现出来，它们本身已经成为一种有意味的形式，透露出浓浓的文化意蕴。张爱玲的小说

---

① 蔡登山：《繁华落尽：洋场才子与小报文人》，台北：秀威信息科技，2011 年，第 63 – 72 页。

② 蔡登山：《张爱玲文坛交往录（1943—1952，上海）》，刊载于《新文学史料》"张爱玲专辑"，2011 年第 1 期。

具有雅俗融会的特征,也即所谓"新旧文学界的糅合,新旧意境的交错"。①回首看70年前的文评,此句现在若调整为"东西文学的糅合,新旧意境的交错"可能更合时宜,彼时张爱玲的著作因而大受欢迎,一上架便立刻再版。在《传奇》再版的序里她写道:

> 我一直这样想着:等我的书出版了,我要走到每一个报摊上去看看,我要我最喜欢的蓝绿的封面给报摊子上开一扇夜蓝的小窗户,人们可以在窗口看月亮,看热闹。我要问报贩,装出不相干的样子:"销路还好吗?——太贵了,这么贵,真还有人买吗?"呵,出名要趁早呀!来得太晚的话,快乐也不那么痛快。最初在校刊上登两篇文章,也是发了疯似地高兴着,自己读了一遍又一遍,每一次都像是第一次见到。就现在已经没那么容易兴奋了。

因多产滥写也引来了负面评价,傅雷一篇《论张爱玲小说》先夸赞《金锁记》是"文坛最美的收获之一",接着直指当时正在《万象》上连载的张爱玲小说《连环套》②的主要弊病是内容的贫乏:"已经刊布了四期,还没有中心思想显露。霓喜和两个丈夫的历史,仿佛是一串五花八门、西洋镜式的小故事杂凑而成的。没有心理的进展,因此也看不见潜在的逻辑,一切穿插都失掉了意义。雅赫雅是印度人,霓喜是广东养女,就这两点似乎应该是《第一环》的主题所在。半世纪前印度商人对中国女子的看法,即使逃不出玩物二字,难道没有旁的特殊心理?他是殖民地种族,但在香港和中国人的地位不同,再加上是大绸缎铺子的主人。可是《连环套》中并无这二三个因素错杂的作用。"③《连环套》随即腰斩。

多年后,张爱玲也坦承《连环套》写得很糟糕。1974年6月9

---

① 谭正璧:《当代女作家小说选》序言,收入《当代女作家小说选》,上海:太平书局出版社,1944年。
② 《连环套》连载于1944年1—6月的《万象》,7月腰斩,1976年收入《张看》。
③ 见傅雷:《论张爱玲小说》,原载于1944年《万象》第5期。

日她在写给夏志清的信里说道：①

那两篇旧作小说《连环套》、《创世纪》未完，是因为写得太坏写不下去，自动腰斩的，与另一篇《殷宝滟送花楼会》，都是在"红白玫瑰"之后，是前一个时期多产的后果。这次给拿去发表，我踌躇了半个月之后没有反对，因为"不出门不认货"，除了《十八春》，从来也没用笔名写过东西。

在《张看》自序②里谈到《连环套》，对自己也很不客气："三十年不见，尽管自己以为坏，也没想到这样的恶劣，通篇胡扯，不禁骇笑。"因为半途腰斩，和《万象》发行人秋翁（平襟亚）爆发了一千元灰钿事件，说张爱玲预支稿费却不交件欠上一千元。此事甚至引爆了两人在小报上的论战。

对此，谢其章曾撰文考据，指出当年货币贬值得很快，以《万象》为例，《连环套》初刊那期（1944年1月），售价每册30元，到7月已涨价至100元，换言之，1月份一千元能买33册《万象》，到了7月就只能买10册。③又例如：《女声》杂志三年中定价前后差距甚大，创刊号40页零售价每册1元，到第2卷第3期起每册5元，到第3卷第7期零售价每册40元，最后一期第3卷第12期时零售价每册已经涨到150元，第4卷第1期1 000元，第4卷第2期达到2 000元。④新近，祝淳翔为此疑案也提出了巨细靡遗的佐证，⑤说

---

① 夏志清：《张爱玲给我的信件》编号62，台北：联合文学出版社，2013年，第212页。张爱玲当时还用梁京笔名写了《小艾》，但她没有承认，1987年被陈子善挖掘出土公开后，让她很不高兴，在《续集》自序，开宗明义就对这件事表达了不满，因为非常不喜欢这篇小说。
② 《张看》自序，台北：皇冠出版社，1991年，第10页。
③ 谢其章：《张爱玲与〈万象〉"闹掰"之内幕》，刊载于《中华读书报》，2008年7月23日，收入《蠹鱼篇》。
④ 涂晓华：《上海沦陷时期〈女声〉杂志的历史考察》，刊载于《现代文学研究丛刊》，2005年3月号。
⑤ 详见祝淳翔：《平襟亚与张爱玲的恩怨始末：究竟为何决裂》，刊载于《澎湃》，2016年6月16日。

翁秋与张爱玲铆上实另有隐情。事实上,当年亦有人替张爱玲抱不平。1944年8月30日,柳絮在《力报》写了一篇《灰钿案平议》,表明大半年间物价高涨,但张爱玲的稿费则"九月如一日",也难怪她不交稿。①不过,依据杜英研究,早在上海沦陷期间,有记者采访张爱玲及其闺蜜苏青,询问她们的生活状况,那时候,张爱玲每月稿费折合银元约在450块大洋左右。在当时上海,八块大洋可买一石大米(重160市斤),换算张爱玲每月稿费可以买到9 000斤大米,但新中国成立后张爱玲每月稿费只能买到150斤大米,比

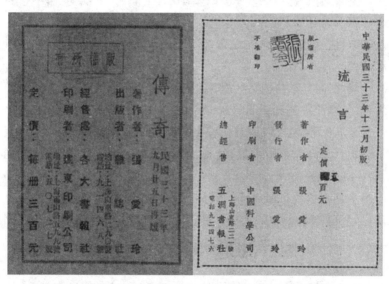

《传奇》1944年8月15日初版一本卖200元,再刷就变成300元,1955年六刷时,售价已经变成中储券1 200元。《流言》一本原售400元,后抬价为500元。"版权所有"上张爱玲都亲手盖上防盗版的"张爱玲"私章,②发行者还是张爱玲本人,应该就是自己用白报纸印的。

---

① 宋以朗:《宋淇传奇:从宋春舫到张爱玲》,香港:牛津大学出版社,2014年,第307页。
② 1944年《传奇》与《流言》版权页。就当时物价水平来说,这两本书售价不菲,却又因为卖得很好,《流言》才会抬价,由印刷四百元,改为手写"五"百元。张爱玲有本事自己发行《流言》,因为向胡兰成调得到当时日本人严格控管、印刷用的白报纸。人家送白报纸给她还羞于付小费,让姑姑去付。

新中国成立前差了60倍。① 就千元灰钿发生时间的1944年,当红的张爱玲理当坐领高稿费,胡兰成在《今生今世》也证实过这点。

读过《连环套》就知道,该文实在有失张爱玲正常水平。柳絮的抱不平只是坐实了张爱玲势利的一面。回首骇笑的不止于此。当时正和胡兰成热恋的她,不意在《自己的文章》中表达了姘居情调是对婚姻的适当(正面)调剂:②

我的本意很简单:既然有这样的事情,我就来描写它。现代人多是疲倦的,现代婚姻制度又是不合理的。所以有沉默的夫妻关系,有怕致负责,但求轻松一下的高等调情,有回复到动物的性欲的嫖妓——但仍然是动物式的人,不是动物,所以比动物更为可怕。还有便是姘居,姘居不像夫妻关系的郑重,但比高等调情更负责任,比嫖妓又是更人性的,走极端的人究竟不多,所以姘居在今日成了很普遍的现象。

《女性的重塑——民国妇女婚姻问题研究》指出:20世纪三四十年代的上海,除了旧式卖身的妾,因自由恋爱的兴起,还出现了新式女子因新式的结合方式而成为变相的妾:"次妻",亦即不在乎男人正妻是否存在或是早有三妻四妾,因爱与之姘居,不计名分与仪式,会犯上嫁人为妻实则为妾的错误,因此造成不少"新式的妾"。男人心知肚明,女人却甘愿自欺,或是无辜受骗。③ 该文亦就抗战时期的重婚与纳妾形成的家庭"伪组织"有深入探讨,间接说明胡兰成从武汉到温州一路随性结婚的缘由:大难临头,乱世鸳鸯聚散离合,无是无非,皆是好的,世人当可体谅无所苛责。

公开拒绝受父母之命包办婚姻的新女性张爱玲,高调赞同自以为比嫖妓更人性的姘居,因为姘居不是"买卖",是洋溢人性的

---

① 杜英:《重构文艺机制与文艺范式》,上海:上海三联书店,2011年,第127-129页。
② 《自己的文章》,收入《流言》,北京:北京十月文艺出版社,2009年,第189页。
③ 余华林:《女性的重塑——民国妇女婚姻问题研究》,北京:商务印书馆,2009年,第355-368页。

谈情说爱,不必做沉默无趣的夫妻,也不让男人害怕负责任,是非动物式的性爱关系。叛逆又传统的张爱玲开放式的姘居观,是自我形塑的柏拉图式姻缘假象,假到连她自己和胡兰成都相信是真的,当然,胡兰成的信以为真,不必为真。

  有志气的男人对于结婚不结婚都可以慷慨,而她是女子,却亦能如此。但她想不到会遇见我。我已有妻室,她并不在意。再或我有许多女友,乃至挟妓游玩,她亦不会吃醋。她倒是愿意世上的女子都欢喜我。

——《今生今世》

  张爱玲真实人生与笔锋文本间存在的矛盾问题,无所不在。就如向夏志清抱怨旧作写得太坏时,只说用笔名梁京写了《十八春》不提《小艾》。不知她真是记性不好或蓄意隐瞒,忘记她以梁京之名在《亦报》上连载的除了长篇小说《十八春》外另有中篇小说《小艾》的事实。原因有两种可能:一是小艾实在写得太糟糕,比《连环套》《创世纪》都糟糕,见不得人,所以不能说实话;二是《小艾》屈从于红色政治主导下的一元化美学形式太明显。依据《诗意的招魂》,1949 年新中国成立后,取决于国家意识形态审美价值观,以强大的国家意志压抑个体抒情为特征的书写,称为红色诗化小说,《小艾》没有寄情于田园牧歌的诗意,却足以称为"红色"小说,文本的无产阶级革命意识比《十八春》更明显,能不提就不提①。不料,《小艾》却在 1987 年"出土"拆穿了西洋镜,气急败坏的张爱玲遂在 1988 年出版《续集》序里以长篇大论埋怨。②

  另一桩事亦可证实张爱玲不喜说实话的性格,在 1955 年 2 月

---

① 廖高会:《诗意的招魂——中国当代诗化小说研究》,北京:学苑出版社,2011 年,第 25 页。

② 陈子善坦承,发掘佚作往往会给作者本人带来不愉快,例如发掘《小艾》就给张爱玲带来不愉快。这个不愉快他是在 2012 年 3、4 月见到张爱玲写给皇冠编辑的一封信才知道。见 2012 年 5 月 19 日陈子善于"海上博雅讲坛"演讲稿:《张爱玲的文学之旅——从〈沉香谭屑〉说起》。

20日写给胡适的信中,她写道:"最初我也就是因为《秧歌》这故事太平淡,不合我国读者的口味——尤其是东南亚的读者——所以发奋要用英文写它。这对于我是加倍的困难,因为以前从来没有用英文写过东西,所以着实下了一番苦功。"①此话和事实相去甚远,张爱玲为何总爱说反话?值得探究。

回头看张爱玲的早期小说,不论寓意多美,譬喻多巧,多么受读者欢迎,仍被论者批评仅陷在家族斗争、爱欲扭曲的闺阁叙事小格局中,一贯没有历史背景,只有一堵塌墙、一间间空洞幽暗的大屋,四下蒸腾着酸臭堕落灰暗的腐败人气。虽然在《金锁记》一开场,上海的月亮意象是如此的壮阔迷离:

三十年前的上海,一个有月亮的晚上……我们也许没赶上看见三十年前的月亮。年轻的人想着三十年前的月亮该是铜钱大的一个红黄的湿晕,像朵云轩信笺上落了一滴泪珠,陈旧而迷糊。老年人回忆中的三十年前的月亮是欢愉的,比眼前的月亮大,圆,白;然而隔着三十年的辛苦路往回看,再好的月色也不免带点凄凉。

30年前的上海到底是怎样?作者不提读者也没人在意。那是各种矛盾交织纷繁复杂的民国初期,既是一个风雨如晦、鸡鸣不已的时代,又是一个光怪陆离、醉生梦死的时代,同时还是一个兵荒马乱、枭雄横行的时代,更是一个英雄辈出、志士如云的时代。②

以张爱玲写作此文时间的1943年往回推计算,30年前的上海为1913年,民国刚成立,五四运动精神正在酝酿,那是怎样轰轰烈烈的大时代啊!1913年陈焕章主编的《孔教会杂志》和康有为主编的《不忍》杂志先后一个月内在上海创刊,鼓吹三纲五常旧道德、旧伦理。孔教会人士还上书参众两院,请定孔教为国教。大总统袁世凯趁着夜色偷偷派出外交总长陆征祥、次长曹汝霖前往日

---

① 子通、亦清编:《张爱玲文集·补遗》,北京:中国华侨出版社,2002年,第282页。
② 周为筠:《杂志民国:刊物里的时代风云》,北京:金城出版社,2009年,第6页。

本使馆接受日本提出的"二十一条",于 5 月 25 日签成卖国协议。这激起了国人的抗议,全国教育联合会规定这天为国耻纪念日,各地纷纷出现反日、抵制日货的高潮。长沙一青年甚至不忍活在屈辱的国土上,以放弃生命的方式换回自由与尊严。新文化运动旗手陈独秀,正从日本赶回上海的途中,酝酿着《新青年》的创刊。

30 年前的上海,正在帝国列强分割的水深火热中煎熬着。住在租界意大利摩登公寓六楼冷眼看人间的张爱玲对大历史情境视若无睹,只告诉读者,回首 30 年辛苦路带点凄凉,算是真有本事,国破家亡置身事外,大时代纪念碑式的文章她不愿意写,除了那篇点到为止的《中国的日夜》。30 年后呢? 傅葆石的《灰色上海》提到 1941 年到 1945 年被日本完全占领期间,由于政治压迫和物资匮乏,上海被拖入了黑暗世界之中,这个世界充满无尽的恐惧、贫穷、不确定和痛苦。在日据的 45 个月里,上海变成真正的地狱。经济崩溃和通货膨胀完全失控,囤积和黑市交易频繁,大规模失业伴随着饥饿的蔓延,生存的焦虑成为上海的生活方式。① 李今则指出 40 年代在日军侵略者和汪伪汉奸政权统治下的上海,工商金融业无不严重衰退,城市的繁荣景象也遭到彻底破坏。她引述王仲鄂刊载于 1943 年 6 月《万象》上的一篇《车、马、道路》佐证:"随着战事的变化,年来汽车数量已减少到十分之一,往日车如流水马如龙的胜景,早已成为历史的遗迹,红绿灯遂为人们所淡忘。"②

十里洋场上海的繁荣已成明日黄花。话说抗战初期,内地与上海的物资交流受日伪军管的限制,在广州和武汉相继沦陷后,进出口重新又移至上海,上海市面逐渐发生变化,由于租界与国外的海运通航无阻,加上与内地交通的恢复,各地的豪门富户携带大批钱财避灾来沪,过着骄奢淫逸的寄生生活,更给市场造成了虚假繁

---

① 傅葆石(Poshek Fu):《灰色上海,1937—1945 中国文人的隐退、反抗与合作》(*Passivity, Resistance, and Collaboration: Intellectual Choices in Occupied Shanghai, 1937—1945*),张霖译,北京:生活·读书·新知三联书店,2012 年,第 156 - 157 页。
② 李今:《海派小说论》,台北:秀威信息科技,2005 年,第 53 页。

荣的景象。上海百货行业供应的既有中、低档适合广大市民日常生活需要的商品,又有适合上述"避难者"所需要的高档奢侈品,所以从1939年起上海经济突然转旺,在零售的小百货市场上,几乎天天早晚顾客盈门,人如潮涌。一些商店为进一步招徕顾客,大肆装修门面。金陵东路的小吕宋百货商店商场地面全部采用厚玻璃内装电灯,每晚灯火辉煌,进店堂宛如步入水晶宫。小百货业原集中在南京东路、广东路、金陵东路一带,后发展到霞飞路(即今淮海中路)、西藏路、静安寺路(今南京西路)、同孚路(今石门路)一带。这些地段的小百货商店要比战前增加一倍甚至三、五倍。当时上海的一些大百货公司营业也空前兴旺。著名的永安公司在1939年前后每天平均营业额达百万元以上,天天业务繁忙,从开门到打烊,顾客始终络绎不绝,1941年的营业额也较1938年时增长了五倍半,利润额更增长十一倍以上。①

　　这正是本书欲微观考察之处。在战乱里关起房门书写自家大宅门中的没落闺房叙事,又以文字虚构现世安稳的太平天下,张爱玲行坐之间净是无视民间疾苦的小资产情调,还和亲日汉奸胡兰成热恋同居,②甚至不忌讳地公然相伴参加时事聚会,遂招来了各路批评。风雨欲来,1945年6月胡兰成化名胡览乘写了一篇《张爱玲与左派》刊登在《天地》为她辩驳:

　　有人说张爱玲的文章不革命,张爱玲文章本来也没有他们所知道的那种革命。革命是要使无产阶级归于人的生活,小资产阶级与农民归于人的生活,资产阶级归于人的生活,不是要归于无产

---

① 详见上海研究中心编:《上海700年》,上海:上海人民出版社,1991年,第169页;陈其国:《畸形的繁荣——租界时期的上海》,上海:百家出版社,2001年。这两本书对此现象有全面性的详尽描绘。
② 张爱玲与胡兰成于1944年2月初认识后随即陷入热恋继而同居,张爱玲除了公然进出尚有妻妾的胡兰成上海、南京家中外,胡在《今生今世》第342页提到有一次他们去法租界参加一个时事座谈会,会场约有20个青年听他演讲,另写到两人一起去拜访邵洵美以及看崔承禧舞蹈。彼时,两人热恋众所周知。

阶级。是人类审判无产阶级,不是无产阶级审判人类。所以,张爱玲的文章不是无产阶级的也罢……左派有很深的习气,因为他们的生活里到处是禁忌;虽然强调农民的顽固,市民的歇斯底里与虚无,怒吼了起来,也是时代的解体,不是新生。

这篇文章简直欲盖弥彰,张爱玲不亲左不亲右,却亲日亲汉奸胡兰成。两个月后,张爱玲就被公然扣上了"文化汉奸""文妓"的污名。1945年8月15日军无条件投降撤离上海,市面上即刻出现了《女汉奸脸谱》,[①]书中涉及的人物,除汪精卫之妻陈璧君、周佛海之妻杨淑慧、陈公博外室莫国康外,还有张爱玲、苏青等曾和日本人来往热络的女作家。《女汉奸丑史》[②]干脆将张爱玲名字印在书封面上,《女汉奸秽史》[③]则连续出了一、二集,这些都是不具名不负责的无名小册。如《小团圆》里头写的:汉奸妻,人人可戏。

一本具名的《文化汉奸罪恶史》[④]将张爱玲诋毁得更是一文不值,作者司马文侦除了对三年来上海文化界怪现状、对《古今》《天地》两杂志大加挞伐外,对胡兰成和张爱玲更是不留余地的诋毁,一篇标题为:《"伪政论家"胡兰成是张爱玲的"文艺姘夫"》,另一篇标题则为:《红帮裁缝——张爱玲贵族血液也加检验》。这篇短文是这么写的:

张爱玲这三个字,不像女作家名字,十足的"舞女"气,堂子娼妓气,她的命运也就跟欢场女子相仿,红了一阵子,很快很快地完了。

讲到张爱玲这个女妖的文章,能独创一格,可以说是很有希望的,可是她爱虚荣,要出风头去,被一群汉奸文人拉下水,又跟胡兰成那种无耻之徒鬼混,将一生葬送了……《杂志》上登了她的文章,引起了袁

---

① 《女汉奸脸谱》,北京:光明出版社,1945年,作者无具名。
② 《女汉奸丑史》,作者、出版社、出版日期均不详。
③ 《女汉奸秽史》,大义出版社印行,作者、出版日期均不详。
④ 司马文侦(本名司马文青):《文化汉奸罪恶史》,上海:曙光出版社,1945年。应为南方朔在《从张爱玲谈到汉奸论》中所言张爱玲和柳如斯(潘柳黛)、沙千梦(苏青)并称"三大文妖"出处。

殊的注意,就下令小喽啰们大捧张爱玲,从此张爱玲就不清白了,汉奸杂志出她最高的稿费,商办的刊物都无法得到她的作品……

上海老文人,被尊为满腹掌故的"故事大王"沈寂,晚年曾还原历史现场:那时张爱玲认识胡兰成之后名声坏,胡兰成的姘妇还常造她的谣,我们都替张感到惋惜。①《文史资料选辑》②里,有一段是这样写的(人物已改同音或同形字名):胡篮成任宣传部次长时,和林拍生因争夺权利,发生矛盾,他一气就离开了宣传部,先在上海(笔误,应为南京)办了一个杂志名叫《苦竹》。单从这个杂志的名字,也可以看出他的牢骚很大,以"苦竹"自命,孤芳自赏,自以为有"节操"。胡篮成被改组派(严格地说应该为公馆派)赶出来,周佛海派自然欢迎。胡与周派勾搭上后,当了上海《国民新闻》报的总主笔,后来胡又和一个"女作家"张爱珍姘上了,林派的人,乘机煽风点火,唆使胡篮成的老婆大闹特闹,醋海风波,满城风雨。③官编史料,竟将张爱玲和佘爱珍合体改成张爱珍。名女作家张爱玲和汉奸胡兰成恋爱姘居,不论大报小报八卦杂志全当回事热烈追踪报导,是彼时上海媒体的热门连环报绯闻。两个名人,一个爱写一个爱说都无所忌讳,不闹得满城风雨也难。

比比……忽又愤然道:都说你跟邵先生同居过。

九莉与之雍的事实在人言籍籍,连比比不看中文书报的都终于听见了。

九莉只得微笑道:不过是他临走的时候。

——《小团圆》

---

① 锺文音:《奢华的时光——上海的华丽与沧桑》,北京:中国旅游出版社,2005年,第58页。
② 《文史资料选辑》由中国人民政治协商会议全国委员会办公厅(全国政协办公厅)所属的专业出版社中国文史出版社出版,自1960年出版第1辑以来,截至2011年已出版至第157辑。
③ 张润三:《南京汪伪几个组织及其派系活动》,收入《文史资料选辑》第99辑,第141－153页。

九莉和之雍在一起一年半多，不忌讳旁人眼光任他来来去去，直到胜利后潜逃前才第一次晚上在她那儿过夜。①这爱，真让张爱玲受尽委屈。但这委屈，因为爱，所以不存在。胡兰成不但舌灿莲花又擅妙笔生花，光是这两花，就让绝世才女张爱玲甘拜下风，爱慕不已，不胜之喜地敲敲他那颗大头："你怎这样聪明，上海话是敲敲头顶，脚底板亦会响。"②她敲他头，胡兰成自述于文，儿子胡纪元在家里也亲眼看过。③胡兰成是狂人，是文人，也是难得义正词严正向思考的附逆者，甚至自问比得过毛泽东。④胡兰成饱读诗书，阅籍破万卷，下笔如仙助，妖娆清丽似是而非，今生今世一出手便八方震动，这种男人，连唐君毅都佩服，张爱玲怎不折服？

《文化汉奸》与《女汉奸脸谱》封面。

① 见《小团圆》，台北：皇冠出版社，2009年，第252页。
② 此话源头见《金瓶梅词话》第十三回：这西门庆是头上打一下脚底板响的人，积年风月中走，什么事不知道？在张爱玲遗物中就保存着一本。
③ 胡纪元：《室有妇稚亦天真：胡兰成幼子宝宝忆弦》，刊载于《印刻文学生活志》"张爱玲与胡兰成专辑"，2005年5月21期，第79－84页。其他媒体亦曾登载采访胡纪元《我和父亲看星星》与《我的父亲胡兰成及童年二三事》等文，胡纪元再三重复幼时对父亲极其有限的珍贵回忆。
④ 《今生今世》第319页说道：解放初期那种民间起兵，还鲜洁在我心目，但是共产党的做法有他既没有我，我所以不服。一天我到沙甸，在小山下泉水边坐了很久，自问比得过毛泽东么？答道：我有比得过他的理由。

因为懂得,所以慈悲,①误了卿卿一生。在《女汉奸脸谱》第24页有文《愿为"胡逆"第三妾,"传奇"人物张爱玲》如下:

所谓"和平文坛",就是汉奸文坛的大渊薮,这其中有张爱玲那样的女人翻江倒水,难怪弄得天下大乱不成体统了。张爱玲这帮女人,实在在于自己脸厚,她还替周剑云的大中剧团编剧本,编得活像垃圾筒货色,照原稿的话,万生万世写不出,完全经过导演给她横改竖改,才算给她撑个面子,上了舞台。可是张爱玲轻骨头的很,以为自己风光了。如此文妖,真是不值一晒。

针对司马文侦此人与文,陈子善于《张爱玲·司马文侦·袁殊》一文中有详尽的批判,为张爱玲平反。②这几本用假名或不具名出版的小册子,基本上就是国民党的政治霸权中心铲除异己,彻底要张爱玲被污蔑化、边缘化的杀手锏,将她压迫为一个失去民族大爱的无耻小写他者。精明的张爱玲在与胡兰成相恋时,难道从来没想到这后果吗?如果想过,却没想到会这么严重,落得如过街老鼠人人喊打的狼狈下场。爱就是不问值得不值得,就算知道了也毫不在意。《小团圆》里写道:她刚认识他的时候就知道战后他要逃亡,事到临头反而糊涂起来,也是因为这是她"失落的一年",③失魂落魄。张爱玲至死都没后悔过曾经痴爱胡兰成。一辈子恨他、怨他、气他,又放不下他。难为汉奸妻,笑骂由人。

然而个性刚烈的张爱玲,有仇必报,有冤必申,只是时候未到。

---

① "因为懂得,所以慈悲",详见《今生今世》第275页。是张爱玲回胡兰成第一封信时,说夸她谦逊是胡兰成"因为懂得,所以慈悲",原意该是指胡兰不但没有挑剔她反而夸赞她,而非她"因为懂得,所以慈悲"地对胡兰成大慈大悲。一般读者及论者都误读此意,包括刘绍铭也提到张爱玲如是说,见刘绍铭:《到底是张爱玲》,上海:上海书店出版社,2007年,第84页。
② 详见陈子善:《沉香谭屑——张爱玲的生平和创作考释》,上海:上海书店出版社,2012年,第75-82页。
③ 这里"失落的一年"指的是1945年8月日本战败胡兰成亡命后,张爱玲沉潜的那一年。

一直保持缄默的她,迟至 1946 年 11 月《传奇》增订本出版时才写了篇序文《有几句话同读者说》自清:

> 我自己从来没想到需要辩白,但最近一年来常常被人议论到,似乎被列为文化汉奸之一,自己也弄得莫名其妙。我所写的文章从来没有涉及政治,也没有拿过任何津贴……至于还有许多无稽的谩骂,甚而涉及我的私生活,可以辩驳之点本来非常多。而且即使有这种事实,也还牵涉不到我是否有汉奸嫌疑的问题;何况私人的事本来用不着向大众剖白,除了对自己家的家长之外仿佛我没有解释的义务。所以一直缄默着……反正只要读者知道了就是了。

就当时的诡谲政治氛围来看,张爱玲应该知道,大势已去。同读者说的几句话,仅仅是自我安慰的空话。沉默,是还深爱着胡兰成,还留着一丝就算现世不安稳,他到底会给她岁月静好的残念。温州行让这份已经变色的爱情彻底崩解后,她仍寄信寄钱,直到胡兰成伤透她的心才移情桑弧合作电影、才在 1947 年 6 月写了分手信,也算两人的离婚信。

只是,张爱玲到底是和胡兰成结婚、离婚了吗?按照当时名流结婚登报昭告天下、苏青以大红花轿抬进门与流行西式结婚仪式的社会习俗来说,张爱玲的婚约只能算密婚、私订终身。她自己也心知肚明,《小团圆》里写到,九莉不喜欢这些秘密举行结婚仪式的事,觉得是自骗自。但还是去四马路绣货店买了张大婚书回来,之雍问怎只有一张?她根本没想到婚书需要"各执一份"。那店员也没说。她不敢想他该作何感想——当然认为是非正式结合,写给女方作凭据的。旧式生意人厚道,也不去点穿她。[1]

李黎和张伟群访问胡兰成侄女青芸后,[2] 确定他俩是私下举

---

[1] 参见《小团圆》,台北:皇冠出版社,2009 年,第 252–253 页。
[2] 李黎:《浮花飞絮张爱玲》,台北:印刻出版社,2006 年,第 110–168 页。

行了结婚仪式,但胡已有元配唐玉凤、续弦全慧文、第一妾应瑛娣又在先,俱是让张爱玲被降为"第二妾"之故。胡兰成到武汉后旋即热恋小周,1945年5月自上海张爱玲住处返武汉后旋即与小周说结婚之事:"我因为与爱玲亦且尚未举行仪式,与小周不可越先……"①显然当时胡张尚未有过结婚仪式但众人皆知两人恋情。彼时《东方日报》上李愚公耳也写了这么篇短文:贵族作家张爱玲女士,和汉口《大楚报》社长胡兰成,恋爱成熟而同居,此对某女作家乃一大刺激,某女作家年近狼虎,近一时期常发歇斯底里式之文章,诚为可笑。张爱玲之作品见长于细腻描写,有《红楼梦》遗风,伊之情郎胡兰成,则以一支噱头之笔,卖弄几句老调政论而已,《杂志》上发表之《评张爱玲》十足是捧捧自家人作风,有女在侧,写出来的文章当然肉麻了,今张被选入室,嗣后"夫妻合作"之大作,谅可发现。

某女作家当是暗指苏青,当时《续结婚十年》已揭露她和胡兰成关系,三人关系看来已是上海文人圈公开的秘密。到底胡张两人是何时秘密结婚的呢?《小团圆》中叙述,之雍从武汉回来后:

那天晚上讲起虞克潜(沈启无):虞克潜这人靠不住,已经走了。略顿了顿,又道:这样卑鄙的——! 他追求小康(小周),背后对她说我,说他有太太的。

九莉想道:谁? 难道是我? 这时候他还没跟绯雯(应瑛娣)离婚。

此时是1945年2月。和前行论者包括张子静均言两人在1944年8月左右结婚有异。胡兰成终究弄了笔钱和应瑛娣离异时,不忘来个昭告天下的登报启事,也因为这离婚启事,众人纷纷透过小报向张爱玲道喜,说胡兰成离这婚是为了娶她,登载时间都

---

① 胡兰成:《今生今世》,台北:远景出版社,2009年,第347页。

在 1945 年 6 月。①

该月 11 日《力报》上即登载着一篇《张爱玲婚事》短文,曰:张爱玲曾撰《我看苏青》一文,刊于《天地》。迩来外间盛传张将嫁胡兰成,唯张本人则犹无若何表示,有人以此事寻诸苏青,她答得甚妙,曰:"予本拟撰《我看张爱玲》一文,惜事冗未曾完篇,故胡张结合问题,予此刻亦看不出也。"此刻,胡兰成正在武汉和小周生死别。1947 年 2 月 13 日《沪报》又一篇《张爱玲不识鸳鸯?》写道:女作家张爱玲的胆子,虽然没有苏青那么大,她的那支笔,却比苏

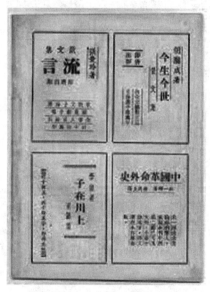 

图左为 1944 年 11 月《苦竹》版权页,热恋中的胡兰成和张爱玲一起为彼此新书做了广告。

图右为 1945 年 5 月 26 日《申报》刊登的胡兰成与应瑛娣离婚公告,当时胡张尚未密婚。

---

① 1945 年 5 月 26 日上海《申报》,曾经刊出一则引人注目的广告:"胡兰成与应瑛娣,业经双方同意,解除夫妻关系。"见喜鹊:《张爱玲将嫁胡兰成》,收入肖进编:《旧闻新知张爱玲》,上海:华东师范大学出版社,2009 年,第 52-56 页,一连有七篇关于张爱玲婚事的小报短文。

青来的细腻;所以两人的文名,却在伯仲之间。三年前,曾传说张小姐好事近,胜利后倒把她的终身大事给搁了下来,连文章也难得见到。除了她的小说集《传奇》已出版了之外……

可当初胡兰成是说怕耽误了她,只能密婚。这密婚害苦了张爱玲。结婚时只有一张婚书,离婚时,亦未曾签下离婚书,结婚离婚都没登报,只有1946年6月张爱玲寄给胡兰成的那封绝交信,算是给这段密婚、这段畸恋画下了句点。"一钱如命"的她,随信还附赠30万元电影剧本费,表明你虽无情我仍有义,还你当年给点钱的债;这钱胡兰成倒也收得理直气壮,出亡近两年用的都是张爱玲寄来的钱,竟不惊悔,继续端然过活,连秀美怀孕身上"有异"还要张爱玲"资助一点",张爱玲便拿出金手镯给青芸典当去处理。①浪荡不羁的他将婚姻当儿戏,以爱情新感觉派自居,见一个爱一个结一个弃一个,自喻阿修罗采四天下花,于大海酿酒成了广结露水姻缘。胡兰成的婚恋观念,早在一篇1944年写的《瓜子壳》②中写得清清楚楚:

  凡是活得无聊,厌倦的人们,总是陷于色情狂。明末的人们,特别讲究吃,也特别讲究两性的事,因为精神已萎缩到只能靠生理的欲望来支援了。他们没有爱,只有嫖,对妓女如此,对妻也如此。而现在仿佛也是这样。男人的秽亵不但损害了自己,更损害了女人。女人被男人当作玩物,如果心有不甘,是要反抗的。虽然这种反抗的意识是不分明的,总之也要使得男人吃惊……到了女的也心安理得的以玩物自居的时候,则被玩之物与玩物之人也就更不容易相互了解,却成为互相玩弄,男的玩物,女的玩人,而玩人者总是比玩物者更变态心理,更冷嘲的,在这场合,女人就比男人更可怕。所以中国怕老婆的故事就特别流行。夫妇之间,没有尊重,只

---

① 李黎:《今生春雨·今世青芸》,刊载于《印刻文学生活志》,2005年第21期,第41—42页,"张爱玲与胡兰成"封面专题。
② 署名兰成著《瓜子壳》,刊载于《天地》,1944年5月第7、8期合刊。

有互相恐惧,没有爱,而以义务来强迫自己,这是一个太大的悲剧。

这篇文章还未经过张爱玲点化,写得十分现代化以至于赤裸露骨得令人毛骨悚然,男与女、虎与伥的雏形跃然纸上,张爱玲和他的命运早已注定是悲剧。1946年胡兰成逃窜到温州避难时,和秀美当了露水夫妻,改口说得正气凛然:中国人的男欢女悦,夫妻恩爱,则可以是尽心正命。①孟子说"莫非命也,顺受其正",姻缘前生定,此时亦唯心思干净,这就是正命。回过头来,在《今生今世》之始又宣称只爱元配玉凤:②

这婚礼,中国民间几千年来都这样行,却人人都觉是专为他一生中的好日子而设的,不可以摹仿或第二次。我与玉凤便亦是这样的花烛夫妻……我的妻至终是玉凤,至今想起来,亦只有对玉凤的事想也想不完。

巧言令色十足矣。吾岂好色?吾不得已也。滥情男子为免遭薄幸恶名,通常都供着正宫娘娘神主牌位当恪守人伦又百毒不侵的金钟罩。胡兰成一生风流情挑八美最后情归女流氓佘爱珍,③个个情是真爱是假。真心换绝情,也难怪,张爱玲除了写信向夏志清诉苦,也在写给宋淇和邝文美的信中对胡兰成,这个"无赖人",只当她是个"妾",忿恨不已。事实上,当时上海社会是将张爱玲当胡兰成的"妾"。1945年6月10日《力报》有篇小文写道:胡兰成与应瑛娣离婚,在申新两报上登广告,"应瑛娣"之名大家颇为陌生又出处不详。④该文又说群相查询后证实:胡应之离,原为促

---

① 胡兰成:《今生今世》,台北:远景出版社,2009年,第421页。
② 同上注,第121页–148页。
③ 胡兰成的风流情史详见陶方宣:《大团圆——张爱玲和那些痴情的女人们》,北京:世界知识出版社,2010年。但是不知为何陶方宣将唐玉凤写成商玉英,全慧文写成金紫云。
④ 据胡兰成得意门生倪弘毅说:应瑛娣是上海百乐门红舞女。见倪弘毅:《胡兰成二三事》,刊载于《印刻文学生活志》,2010年第80期。

成胡张(爱玲)结合之张本。且据熟悉胡兰成应瑛娣历史者道:胡兰成本有嫡妻,且生子女,至今讫未离婚,夫妻名义仍在,应瑛娣,当初应嫁胡兰成,本无结婚手续,其地位系次妻。英娣本名英弟,胡兰成以不雅乃为之改"英娣"(瑛娣)。因"娣"字含有媵妾之意,暗中标明"次妻"。作者推论:张爱玲如嫁胡,乃是填英娣之缺,实际上无疑"二皇娘"地位也。①此观点反映了当时胡张恋招来的负面风评。

胡得意门生倪弘毅说,他到南京胡寓时正好邮差送来一封信,胡兰成悄悄对他说:"张爱玲的,这不能叫我太太看到,那可了不得!"从那时起,他才知道胡兰成与张爱玲的关系不一般。另在胡兰成"剡北胡氏宗谱卷之二:南大房旦房系图"族谱中,明白记载:积蕊——配唐氏续全氏。胡家,张爱玲是没有位置的。

枉顾舆论冷嘲热讽地痴情狂爱,甚至背负夺人夫之恶名以求正名,②张爱玲到头来还是落得"名不正言不顺"的凄凉下场。侬本多情君却薄情。生来不输人不服人的天才女子张爱玲,在睥睨众生之余,唯有对胡兰成这一役,从起始"见了他,她变得很低很低,低到尘埃里。但她心里是欢喜的,从尘埃里开出花来",时就已注定赢不了这场"文舞情斗"。回首胡兰成与张爱玲在此阶段热恋之情,甚是讥讽:胡兰成一世风流,表里如一,下笔更是真情坦率;张爱玲虚言慷慨,表里不一,矛盾丛生,经常言不由衷。

上海十年初期的张爱玲,才情如花盛开,灿烂眩目,最终为爱枯萎,笔力顿消。爱非所爱,还背上文化汉奸的臭名,玷

---

① 参见老凤:《应瑛娣是二皇娘》,收入肖进编:《旧闻新知张爱玲》,上海:华东师范大学出版社,2009年,第54－55页。
② 老凤:《贺张爱玲》,收入肖进编:《旧闻新知张爱玲》,上海:华东师范大学出版社,2009年,第54页:有一次胡兰成尚未离婚的夫人应瑛娣,为了张爱玲在某公园曾与胡兰成大打出手,哄传文坛。无风不起浪,闹得如此沸沸扬扬显然有那么一回事。

污了张爱玲一向引以为傲的贵族出身,胡兰成过度的床事需索,甚至让她子宫颈折断。这时期,张爱玲名气达巅峰爱恨一场空,徒留一身被残害的烙印,从此自因于心牢。爱玲,永远回不去了。

姊姊写《诗与胡说》是1944年6月底,正是她与胡兰成热恋期。"活在中国就有这样可爱"、"我就舍不得离开中国"、"还没有离开家就已经想家了",这些句子都反映了当时她的情感状态,但是对照她后来与胡兰成离婚乃至离国,如今重读这些字句,使我更为姊姊感到哀痛。

——《我的姊姊张爱玲》

值得一提的是,在《诗与胡说》中,张爱玲除了赞美胡兰成老友路易斯(纪弦)诗作,还罕见地夸赞了名不见经传的倪弘毅一篇诗作《重逢》写得真是好,并仔细做了评析。倪是胡兰成得意门生,有一阵子跟前跟后和张爱玲也混熟了,他晚年提起关于胡张之事的回忆,该是可信的第一手资料。

(二) 1947—1949年的电影剧本谋生期

1945年8月日本战败后撤出上海,国民党追捕亲日汉奸,胡兰成落荒而逃,张爱玲失魂落魄了好一阵子,有位慕容妍在1945年9月13日《辛报》上写了篇《张爱玲哪里去了?》。直到《传奇》增订本热卖,电影《不了情》《太太万岁》陆续上映造成轰动,她才回了魂,又风风火火地过起日子来,同时和导演桑弧(李培林)谱出恋曲,谈了第二次恋爱,可怜又是不能见光的地下情。当时张爱玲坚拒不知情的友人撮合两人,但在《小团圆》中,她坦然地回忆道:还好当时有"他"。他,就是桑弧。宋淇在世时,对张桑两人的关系避而不谈,陈子善也说:这是个神秘的"谜"。随着当事者陆续过世,谜底也一一浮出历史。

1946年7月为了打响文华电影公司成立的第一炮,桑弧邀请张爱玲为文华公司创作电影剧本,①张爱玲很快就写出了《不了情》剧本。《不了情》这部影片讲述一个企业家夏宗豫和女家庭教师虞家茵缠绵悱恻的爱情故事,最后家庭教师因不忍破坏男主人的家庭幸福,悄然离去,结束了这段仿佛注定是伤感而无结果的凄美爱情。这部仿佛张爱玲亲身爱情经历的影片只花了两个月的时间就完成了,上映后一炮打响,卖座极佳。借着《不了情》造成的轰动效应,桑弧乘胜追击,再请张爱玲写个剧本,张爱玲一气呵成,很快又写出了《太太万岁》的剧本,同时将《不了情》改写成小说《多少恨》。

《太太万岁》这部影片叙述了在一个庸俗纷扰的城市背景中,女主角陈思珍嫁给了一个没出息的丈夫。为丈夫能开办公司,她骗得父亲资助,但丈夫得钱后却结交交际花,被仙人跳设计得几乎破产。陈思珍本要与丈夫离婚,最后发现丈夫对自己的真情,两人又重归于好。该片哀而不伤,悲喜交集,格调清新,开了当时中国电影的喜剧新风气。虽然《太太万岁》是一出描写家庭生活的喜剧,充满一连串误会巧合,然而抨击声浪随即蜂拥而至,这部电影在抗战时期推出,被恶评是充满"小资产阶级趣味腐化人心"的反革命电影。

1995年12月29日,张爱玲过世后不久,《夜光杯》②刊载了关鸿为《永远的张爱玲——弟弟、丈夫、亲友笔下的传奇》所撰序言《张爱玲的传奇故事》,特别强调:"它不是由第三者根据第二手材料编出的故事,而是由张爱玲的亲人和朋友讲述自己的亲身经历

---

① 宋淇接受水晶采访时说张爱玲在香港时曾提到,那时候导演个个上她的门,根本不见,就见桑弧一个。魏绍昌也写到:1946年7月,桑弧约他去同孚路(今石门一路)旭东里的家庭宴会,同座有柯灵、张爱玲、炎樱、胡梯维、金素雯、管敏莉、唐大郎、龚之方等人。可见当时桑弧和张爱玲已经交情匪浅。详见陈子善编:《记忆张爱玲》,济南:山东画报出版社,2006年,第113、30页。

② 《夜光杯》为1982年《新民晚报》在停刊16年复刊后的其中两版。编辑方针力求雅俗共赏、老少咸宜,讲究图文兼茂、生动有趣。

与张爱玲的交往。这些相关人包括张子静、柯灵、龚之方、汪宏声……老朋友龚之方回忆她在上海最后几年的生活,提供了一些关键性的细节……龚之方为了这件事,抱病赶到上海,与老友桑弧先生共同回忆往事,为本书赶写了这篇文章。"①这篇文章便是龚之方在这本亲友团纪念专集里所写的《离沪之前》。彼时张爱玲去世不久,桑弧愿意和龚之方共同"回忆往事"与后来水晶访问他,谈张爱玲,他什么都不说的态度迥然有别,颇值得玩味。到底他们回忆些什么了?

龚之方先叙述和张爱玲结识过程。因为电影剧本合作,他们常碰头,张爱玲对朋友很热情,喜欢与人聊天,人多时特别爱听人家高谈阔论,听到好听的故事还会哈哈大笑,平易近人。接着再说胡兰成,除官瘾之外还有占有女人之瘾,早有妻室,张是知情的,对胡的投敌,张抱不把它看死的态度。胡善言巧辩,让张"因为懂得,所以慈悲",第一次恋爱,痴迷入醉,不能自己。婚约两方,张的一方是情意绵绵,难舍难分……龚之方当时理会不到张爱玲心里还凝结着这段恋情,便想凑合她和桑弧,认为桑弧忠厚老实、个性内向,和张爱玲只谈公事,绝不会有胆提及什么私事来的。大家瞎起哄,有一次他婉转地向张爱玲提过此类的想法,她的回答不是语言,只是摇头、再摇头和三摇头,意思是不要再说下去了。龚之方作证兼担保,所有关于张爱玲与桑弧谈恋爱的事都是没有事实根据的。上海的小报很多,有的出于猜测,有的有些戏谑,看似十足冤枉了桑弧。②

龚之方将桑弧当知交,还为他终身大事伤脑筋,却被桑弧欺瞒了,没读出"两行之间藏着的另外一行"。一晚热情澎湃的共同回

---

① 季季、关鸿编:《永远的张爱玲——弟弟、丈夫、亲友笔下的传奇》序,上海:学林出版社,1996年,第2页。
② 见《离沪之前》之"小报戏言,冤了桑弧"小节。收入季季、关鸿编:《永远的张爱玲——弟弟、丈夫、亲友笔下的传奇》,上海:学林出版社,1996年,第2页。第180-190页。

忆,桑弧说了谎,没有用坦承揭秘来哀悼曾经的爱人,仅是再度澄清自己和张爱玲没有半点"私人关系",还让龚之方背书。这桑弧其实一点都不忠厚老实,张爱玲生前亦死不承认这段恋情,这也是她性格刚烈与矛盾的所在。自认和桑弧恋情不看好原因,和被污名为汉奸妻息息相关。《小团圆》中写道:

  这天楚娣忽然凭空发话道:我就是不服气,为什么总是要鬼鬼祟祟的。
  九莉不作声,知道一定又是哪个亲戚问了她"九莉有朋友没有?"燕山又不是有妇之夫,但是因为他们自己瞒人,只好说没有。
  其实他们也从来没提过要守秘密的话,但是九莉当然知道他也是因为她的骂名出去了,连骂了几年了,正愁没新数据,一传出去势必又沸沸扬扬起来,带累了他。他有两个朋友知道的,大概也都不赞成,代为隐瞒。而且他向来是这样的,他过去的事也很少人知道。

  这段情,张爱玲不愿意,桑弧也是无意开花结果的。那时候,抗战结束不久,敌忾同仇,不论和胡兰成离婚否,张爱玲到底还是让人唾面的汉奸妻,甚至连荀桦也抱持一般社会观感,才在电车上对她加以狎戏,①当然一般都不相信那个登徒子荀桦就是柯灵,直到2007年一篇佚文"出土"才发现,在张爱玲桑弧两人合作写剧本之前,早在1945年4月在桑弧主编《光化日报》创刊的第二天,张爱玲便给了一篇《天地人》②短文捧场。《天地人》的"出土",让张爱玲的小报文章继《郁金香》"出土"后又多了一笔。2005年,李楠在研究1949年以前的上海小报时,无意间发现《小日报》于

---

① 《小团圆》,台北:皇冠出版社,2009年,第246页,在拥挤的电车上荀桦趁机用膝盖夹住九莉双腿,加以调戏。
② 藏身小报62年的张爱玲旧作《天地人》出土:2007年华东师范大学中文系博士生王羽在研究另外一位女作家时,居然在上海20世纪40年代的一份小报《光化日报》上,无心插柳地发现了张爱玲的这篇约600字小文章。见1945年4月15日《光化日报》第2版。

1947年5月16日至31日连载了署名张爱玲的小说《郁金香》。当年的上海小报有许多冒名的作品,经过"海派文学"的学者吴福辉及"张学"专家陈子善等之考证,一致认为确是张爱玲的作品无误。① 陈子善对张爱玲的文章为何会出现在发行量不大、存在时间不长、不起眼的《小日报》上,有相当可信的揣测:由于沦陷时期受"盛名之累",除了《大家》没有别的刊物愿意刊登她的作品,而《大家》又即将停刊,选择《小日报》即有可能是不得已之举。② 说得更彻底些,当时还有报章杂志愿意支付稿费让张爱玲供稿,是需要相当勇气的。今非昔比,张爱玲心中自有一把尺度人度自己。想活,就得选边靠,就得委婉地向政治表态。孤傲绝顶的她,真是何其不幸!

小报于20世纪三四十年代充斥上海,多为四开报纸,首推创刊较早较有规模的《晶报》《立报》,还有中医济世的《金刚钻》、专探名人隐私的《福尔摩斯》等。《福尔摩斯》顾名思义,以探寻名人形迹内幕为宗旨,后来许多小报以揭露名人隐私为材料,大概都是受该报影响,算是中国最早的八卦报始祖,曾因杜撰《按摩得赋友》一文,影射徐志摩、陆小曼、翁瑞午三角艳闻轰动社会,被徐志摩、陆小曼一状告上法庭。③

张爱玲在上海小报上陆续被"发掘出土"的作品原本共有九篇,2015年6月陈子善宣布又发现了一篇署名"世民"所写的香艳散文《不变的腿》,于1946年6月16日刊登在苏青以妹妹笔名苏红主编的《今报·女人圈》创刊号上。经过陈子善抽丝剥茧的缜

---

① 蔡登山:《色戒爱玲》第185页,台北:印刻出版社,2007年。详见陈子善2005年9月25日、10月9日、11月6日于《明报·世纪》连载之《〈郁金香〉出土记》(1)(2)(3)。
② 见陈子善:《喜见〈郁金香〉出土》,收入陈子善:《沉香谭屑——张爱玲的生平和创作考释》,第22-24页;蔡登山:《一篇散佚半世纪〈郁金香〉再度飘香》,收入蔡登山:《色戒爱玲》,台北:印刻出版社,2007年,第185-197页。
③ 参考叶又红主编:《海上旧闻》之《旧上海小报一撇》,上海:文汇出版社,2000年,第126-127页。

密推论，断定"世民"即爱玲，又据苏红说她还提供了一系列的稿子，要求以不同笔名刊登。①张子静不知，原先根本不屑替他办的校刊和一般小报写稿的姊姊，后来为了生计会陆续替几家小报写稿，有用真名有用笔名，目前已"出土"的按当时发表时间序为：

作品名称	时间与出处
《罗兰观感》（两日登毕）	1944年12月8日至9日《力报》
《关于〈倾城之恋〉的老实话》	1944年12月9日《海报》
《秘密》	1945年4月1日《小报》
《丈人的心》	1945年4月3日《小报》
《炎樱衣谱》（四篇连载）②	1945年4月6日至9日《力报》
《天地人》	1945年4月15日《光化日报》
《不变的腿》（系列待考）	1946年6月16日《今报》
《寄读者》	1946年8月25日《诚报》
《题〈传奇增订本〉赠唐大郎》	1946年8月25日《铁报》
《郁金香》（连载）	1947年5月16日至31日《小日报》
《年画风格的〈太平春〉》	1950年6月23日《亦报》

关于张爱玲的性观念，在这么多选文中，最具关键性的就是《天地人》最后一小段：

最近也有些性学专家，一来就很震动地质问读者："宝塔的式样是像什么？玉蜀黍的式样是像什么？酒席上荷叶夹子的式样又像什么？"用弗洛伊德详梦的态度来观看人生，到处都是阴阳，就像法文的文法，手杖茶杯都有男女之别，这毛病，中国人从前好像

---

① 详见《张爱玲曾用笔名颂扬女腿之美》，2015年6月21日《南方早报》。2015年5月22日陈子善在台北"旧香居"座谈时只说这篇文章疑似张爱玲作品，但一个月后登文内容已提供巨细靡遗的数据验证此为张作品不假。
② 《炎樱衣谱》一共4篇，《力报》原稿见本书附件一。《炎樱衣谱》之第一篇〈前言〉为肖进挖掘出土，后陈子善进一步考据；《炎樱衣谱》"前言"刊载于1945年4月6日《力报》副刊版，紧接着7日刊载《草裙舞背心》、8日刊载《罗宾汉》和9日刊载《绿袍红钮》，连登4天共4篇。

倒是没有的。

　　从时间表计算,张爱玲真正一笔未动的时间从1945年4月到1946年6月,整整一年又两个月十天。1945年5月,和小周打得火热的胡兰成,从武汉赶回上海匆匆和张爱玲秘密结婚给个交代后再回武汉娶小周,三个半月后日本战败投降,启动了他逃亡之旅,1946年初张爱玲千里寻夫到温州又见他娶了秀美。可见张爱玲停笔的时间,正是清理感情的关键期。

　　彼时张爱玲和桑弧应该才认识不久,却也不是1946年底写《不了情》电影剧本前才认识的。了解张爱玲和胡兰成、桑弧的三角"性、爱"关系,不难理解为何在《天地人》的最后一段会直率写到"性学"与"性",暗讽中国时下性观念的开放,看起来突兀,却言之有物,是对自己"性爱"与"爱"暧昧纠缠不清的反讽和省思。多年后在李安电影《色·戒》里找到了答案,原著这句"到男人心里的路通过胃、到女人心里的路通过阴道",有了后续补充说明:张爱玲曾深深为情欲所苦,从心到身。本书大胆推论,她写《天地人》时已和桑弧十分亲密,感情亦出轨。按《小团圆》描绘,两人在合作写剧本之前便已热恋,一次九莉还在之雍的面前接了燕山的电话,甚至不留之雍朋友郁先生吃饭,①连楚娣都看出来她对之雍两样了。张爱玲为什么脚踏两条船?因为胡兰成对小周赤裸裸的爱让她"前一向真是痛苦得差一点死了",甚至有过从常德公寓顶头跳下的念头。②张爱玲不是圣女,是深闺怨妇。和燕山她也心知肚明:

　　他把头枕在她腿上,她抚摸着他的脸,不知道怎么悲从中来,觉得"掬水月在手",已经在指缝间流掉了——在一起的时候也就知道将来没什么善果,他也不是她的。

---

① 胡兰成于日本战败投降后三日即1945年8月18日由武汉经南京、上海逃窜到绍兴偏乡诸暨斯家,坦言连家人儿女亦当下斩断情缘,不可能在这之前或之后带郁(斯)先生到张爱玲处,该就是此次请斯先生来接应。
② 《小团圆》,台北:皇冠出版社,2009年,第302-305页。

作者于上海图书馆搜得"从未曝光"的电影杂志桑张恋绯闻报道[①]。

胡兰成不是,桑弧"也"不是她的。张爱玲对桑弧有情,对胡兰成有爱。在九莉眼里心底,燕山到底比不上之雍。1983年皇冠将《色·戒》《相见欢》《浮花浪蕊》《多少恨》《殷宝滟送花楼会》《五四遗事》和《情场如战场》电影剧本等合集为《惘然记》初版。张爱玲在这本书序中写道:"《相见欢》、《色·戒》以及《浮花浪

---

① 《青春电影》,1949年第17卷第12期,第1页。

蕊》这三个小故事都曾经使我震动,因而甘心一遍遍改写这么些年,甚至于想到最初获得材料的惊喜,与改写的历程,一点都不觉得这其间三十年的时间过去了。爱就是不问值得不值得。这也就是'此情可待成追忆,只是当时已惘然'了。"①

不问爱上汉奸值得不值得,独守空闺的张爱玲惘惘然然地搁笔了,沉潜一年两个月,1946 年 11 月在桑弧、龚之方、唐大郎的激励与帮助下出版《传奇》增订版,由空壳山河图书公司印行。当时在小报界有"小报大王"与"江南第一枝笔"之称的唐大郎和桑弧及文化名人胡梯维三人亲密无间,人称"三剑客"。龚与桑还特意拜访金石书法名家邓粪翁(散木),请他为《传奇》题写书名,可见慎重。柯灵也在他主编的《文汇报》副刊,发表《张爱玲与〈传奇〉》,予以支持。封面由炎樱设计,她乘机写了那篇《有几句话同读者说》,替自己非汉奸申辩,闲闲几笔意在言外。

不再缄默的张爱玲全面出击,1946 年 12 月下旬至次年 1 月中旬,完成了电影处女作《不了情》,紧接着推出《多少恨》小说,然后在《大家》发表《华丽缘》:一个"行头考究"的爱情故事,是 1946 年 2 月张爱玲到温州探胡的坎坷历程。该年 4 月心碎归来,直到来年 1947 年 6 月她才终于写了分手信给胡兰成,说这是她考虑一年半的决定。胡兰成没写信给她力挽狂澜,反而写了封信给炎樱,明知炎樱看不懂中文,托梅花以陈辞实在矫情。炎樱曾经以英文写过一篇肉麻兮兮的长信给远在武汉的胡兰成,亲昵地称呼他"兰你",再由张爱玲翻译成中文,但这并不表示她和胡兰成狎昵,胡兰成在婚姻受挫时亦曾向她"诉可怜"。②那封长信的重点,其

---

① 这篇序,在"张爱玲典藏"改版《惘然记》时,成为第 205 - 206 页的一篇短文《惘然记》。台北:皇冠出版社,2010 年。《相见欢》的故事,张爱玲说写的是她姨奶奶。《异乡记》《浮花浪蕊》和《色·戒》三个故事是或多或少都和胡兰成有关的生命三部曲。对桑弧,在《小团圆》有数篇幅描述。对赖雅,仅剩只字词组。三人在她心中的比重可想而知。

② 炎樱:《一封信》,收入子通、亦清主编:《张爱玲评说六十年》,北京:中国华侨出版社,2001 年,第 88 - 95 页。

实只在想必是张爱玲要她写的这一行:

但是"够了就是够了"。如同卓别林所说,当他离掉了第四个妻子的时候——在他第五次结婚之前。

张子静回忆道:姊姊在才情上遗传了我父亲的文学与我母亲的艺术造诣。但在相貌上姊姊她长得像父亲:眼睛细小,长身玉立,我则像母亲:浓眉大眼,身材中等。不过在性格上又反过来:我遗传了父亲的与世无争,近于懦弱,姊姊则遗传了母亲湖南女子的刚烈,十分强悍,她要的东西定规要,不要的定规不要。这样的性格,加上我们在成长岁月里受到种种挫折,使她的心灵很早就建立了一个自我封闭的世界:自卫、自私、自我耽溺。① 要胡兰成,她定规要到了,不要她的却由不得她定规不要。当时和胡兰成婚姻的不确定,让她受挫又伤神。

总言之,此一时期的张爱玲创作受困于政治现实压力,由纸上小说、散文转向电影剧本发展,易名梁京写《十八春》是后事。连带地,她和胡兰成的婚恋已成往事,舐血的上海八卦媒体开始追逐她和桑弧的绯闻。从时间序上考察,促成她思考了一年半后才下定决心写分手信给胡兰成的动力,除了事业有了新契机,和桑弧的恋情秘密地稳定发展,移情作用发酵,最关键的是,她终于接受浪荡的胡兰成早已不爱她的残酷事实。

"努力爱春华,莫忘欢乐时",② 此情只待夜阑人静独追忆。

(三) 1950—1952 年的政治书写易名期

1949 年 5 月 27 日上海解放,1950 年 3 月 25 日张爱玲以"梁京"笔名在新创刊的《亦报》上连载新作《十八春》。张子静说,这

---

① 张子静、季季:《我的姊姊张爱玲》,上海:文汇出版社,2003 年,第 132 页。
② 苏武《留别妻》:结发为夫妻,恩爱两不疑。欢娱在今夕,嬿婉及良时。征夫怀远路,起视夜何其? 参辰皆已没,去去从此辞。行役在战场,相见未有期。握手一长叹,泪为生别滋。努力爱春华,莫忘欢乐时。生当复来归,死当长相思。

是张爱玲第一次在报纸用笔名发表小说。龚之方推测,张爱玲决定用笔名,大概有两个原因。其一是,以前《连环套》边写边登,水平不一,招致批评,她怕重蹈覆辙;其二是,胡兰成之事在她心里仍有隐忧,她对"新中国"还采观望态度,认为暂避风头较为稳妥。①上海解放后小报都已停刊,一时之间成了没有八卦小报的城市,负责接管文艺的夏衍便下令办了份形象清新的官派小报《亦报》。张爱玲刻意用笔名让"张爱玲"和"红派"撇清关系这一点,龚之方没猜出来。

桑弧则以"叔红"为笔名撰文对《十八春》给予很高评价,极尽溢美之词,还前后写了两篇。此后,桑弧没再写过任何关于张爱玲的文字,张爱玲逝世,亦没有写什么悼念和回忆性的文章。1995年,桑弧在撰写的长篇回忆书《回顾我的从影道路》中,对他与张爱玲合作的影片着墨很少,张爱玲的名字更是一笔带过,谈到《哀乐中年》这部影片时,更是连张爱玲的名字都没有提,在对待张爱玲的事情上一直很小心,很机警,对他与张爱玲的往事一直讳莫如深,只字不提。90年代初期,陈子善与桑弧见过一次面,想向桑弧请教一些事情,没想到桑弧连连表示以前的事情已经不记得了,一下子就回绝了他。

桑弧的朋友魏绍昌的回忆与龚之方雷同。魏绍昌在一篇文章中对此作了这样的叙说:张爱玲在离沪之前,独自住在黄河路卡尔登公寓(今长江公寓)时,②夏衍曾委龚之方去劝她留下来,龚去劝说她时,受文华影片公司老板吴性栽等人的嘱托,还想为她与桑弧撮合亲事。龚说:"还有一次桑弧请我到他家里吃饭,张爱玲也来了,两人关系是很好的,张如能不走,又有归宿,岂非两全的美事?"张爱玲听劝之说后,面对龚之方默然良久,最后说了一句:"恐怕这两件事都不大可能了。"龚之方、魏绍昌的文章,虽然都记

---

① 张子静、季季:《我的姊姊张爱玲》,上海:文汇出版社,2003年,第182页。
② 这里,魏绍昌讯息有误,离沪前,张爱玲一直和姑姑张茂渊住在一起,不曾独居。

叙了"提亲"一事,但语焉不详,对于"张爱玲婉拒的原因?两人是否确有爱慕之情?之后张、桑关系如何?"等问题一概回避。陈子善指出,他曾采访过魏绍昌老先生,听魏老讲桑弧十岁的时候父母双亡,一直由大哥照顾抚养,对大哥非常尊敬,而他与张爱玲的婚事遭到了大哥和家里人的反对,他的家里人认为张爱玲靠写作为生,没有正当工作,当时在社会上并不被看好。

这该是因张爱玲与胡兰成那段不堪关系而反对的搪塞之词。在许多人看来永远是个"谜"的张桑恋,终于在《小团圆》尾声解了惑。桑弧对张爱玲着实是残忍的,那种残忍看得令人不忍。桑弧当然知道胡张婚恋,还以此怀疑张爱玲来路不清:

燕山笑道:嗳,你到底是好人坏人?

九莉笑了起来道:倒像小时候看电影,看见一个人出场,就赶紧问这是好人坏人?

当然她知道他是问她与之雍的关系。他虽然听见说,跟她熟了以后,看看又不像。

他拥着她坐着,喃喃的说:你像只猫。这只猫很大。

又道:你的脸很有味道。

又笑道:嗳,你到底是好人坏人哪?九莉笑道:我当然认为我是好人。看见他眼睛里陡然有希望的光,心里不禁皱眉。

又一段写着:

他喃喃的笑道:你这人简直全是缺点,除了也许还省俭。她微笑,心里大言不惭的说:我像镂空纱,全是缺点组成的。

张爱玲自嘲似镂空纱,缺点让人一目了然无处可藏,然彼时彼刻只剩自卑与自鄙,不敢承认这段恋情,拒绝朋友们配对,不得已的苦衷昭然若揭。不过,两人在事业上却是红花衬绿叶心心两相印。除了前两部电影合作成功,1950年6月23日张爱玲以重出江湖的笔名"梁京"在《亦报》上发表影评《年画风格的〈太平春〉》,高度评价桑弧导演、石挥、上官云珠主演的这部电影:

这一类的恶霸强占民女的题材,本来很普通,它是有无数的民间故事作为背景的。桑弧在《太平春》里采取的手法,也具有一般民间艺术的特色,线条简单化,色调特别鲜明,不是严格的写实主义的,但是仍旧不减于它的真实性与亲切感。那浓厚的小城空气,轿行门口贴着"文明花轿,新法贵器"的对联……那花轿的行列,以及城隍庙演社戏的沧桑……我看到《大众电影》上桑弧写的一篇《关于〈太平春〉》,里面有这样两句:"我因为受了老解放区某一些优秀年画的影响,企图在风格上造成一种又拙厚而又鲜艳的统一。"《太平春》确是使人联想到年画,那种大红大紫的画面与健旺的气息。我们中国的国画久已和现实脱节了,怎样和现实生活取得联系,而仍旧能够保存我们的民族性,这问题好像一直无法解决。现在的年画终于打出了一条路子来了。年画的风格初次反映到电影上,也是一个划时代的作品。①

这篇影评,出自真心,"沧桑"依旧,但怎么读似乎都少了张爱玲当红时谈书说画论戏的坦率热情,这只是回报桑弧之举。早在1950年3月14日,《亦报》连载《十八春》前一日,桑弧署名"叔红",发表了一篇题为〈推荐梁京的小说〉的短文:②

梁京不但具有卓越的写作才华,他的写作态度的一丝不苟,也是不可多得的。在风格上,他的小说和散文都有他独特的面目……我读梁京新作所写的《十八春》,仿佛觉得他是在变了。我觉得他仍保持原有的明艳的色调。同时,在思想感情上,他也显出比从前沉着而安稳,这是他的可喜的进步,为此"我虔诚地向读者推荐《十八春》,并且为梁京庆贺他的创作生活的再出发"。

当时读者并不知道梁京就是张爱玲。接着《亦报》开始积极

---

① 这篇埋没了60年的张爱玲佚文由巫小黎、谢其章和止庵差不多同时发掘出来。见陈子善:《沉香谭屑——张爱玲的生平和创作考释》,上海:上海书店出版社,2012年,第87-88页。原载2010年12月5日香港《苹果日报》。
② 全文参见王一心:《深艳:艺术的张爱玲》,西安:陕西人民出版社,2007年。

推广梁京:1950年3月22日预告《十八春》是名家小说,1950年4月6日传奇的《梁京何人?》,1950年9月11日齐甘的《〈十八春〉事件》,1950年9月30日明朗的《也谈〈十八春〉》,1951年2月15日高唐的《记梁京》。1951年9月17日《亦报》又刊出一篇叔红《与梁京谈〈十八春〉》,1951年10月31日《亦报》再以显著位置刊出"梁京继《十八春》后新作中篇小说《小艾》日内起登"的预告。四天后,《小艾》正式连载,至1952年1月24日登毕,接着《十八春》由《亦报》自办的出版社结集出版,首印两千五百册居然还滞销。7月,张爱玲离开上海,一去不回。

当时《亦报》力捧梁京不遗余力,继1944年的"张爱玲热"后再度造成了"梁京热",满城争说《十八春》。这模式似曾相识,和当年张爱玲与胡兰成一搭一唱如出一辙。照时间推算,"叔红"两篇谈"梁京"的文章前后相距一年半,符合电影杂志在1949年刊登两人热恋消息来源,加上1946年开始合作电影剧本,甚至回溯到《天地人》发表时的1945年,足以推论两人在一起多年。1951年底桑弧瞒着张爱玲结婚,娶了"不是作家"、有"正当工作"的职业妇女戴琪,等于正式宣告和张爱玲分道扬镳,《小团圆》透露燕山婚后两人暗中仍藕断丝连。足以想象当时张爱玲有多么困窘、难堪与痛苦。她再次妾身不明。这应该也是让她决心离开心爱的上海的主要原因。

张爱玲和桑弧个性迥异。张爱玲晴天白雨,桑弧暗夜孤星,既不会甜言蜜语也不会撩拨逗弄,和胡兰成完全两个样,会在一起,或许是时势所然,或许是日久生情,或许是彼此互利的商业考虑,当然张爱玲或多或少看上他长得"漂亮"。1995年,桑弧撰写的长篇回忆文章《回顾我的从影道路》分四期在《当代电影》上开始连载,当时张爱玲尚未去世,他却只字不提,结尾,倒是真诚地向他的老伴戴琪表示了深深的感谢。说他与老伴1951年结婚,迄今共同携手走过了50多年的风雨人生,在人生最黑暗的时候,他几乎丧失了生活的希望,是老伴让他重新鼓起生活的勇气,对未来重新树立起了信心。

桑弧不提张爱玲,实在情有可原,和张爱玲的关系可能让他在"文革"时惨遭批斗,保持缄默只因往事实在不堪回首。这是一段不彻底的恋情,彼此肉体的需索甚于心灵的交会。九莉自认是补偿了初恋,后来以为怀孕了,接受燕山相识医生的检查,结果发现子宫颈已经折断,想必是和之雍当年需索的性爱有关,自己和母亲一样身体有了残缺。事后不得不告诉燕山。燕山怎么看呢?当然是鄙夷的。这场恋爱从头到尾,燕山看张爱玲的眼光,就是黄逸梵眼光的延伸,让人寒心。桑弧绝口不谈,是根本不想谈。

而张爱玲对当时最不想谈的是从来没有出版过的《小艾》,虽然当时是费了很大心思完成的。

在《年画风格的〈太平春〉》影评短文"出土"前,陈子善早于1987年就将《小艾》"挖掘出土",世人才知原来当时张爱玲用梁京笔名不止写了《十八春》,还接续写了《小艾》。陈子善在《张爱玲创作中篇小说〈小艾〉的背景》[①]一文介绍了这部小说创作的基本情况:与《十八春》连载时边写边登不同,《小艾》是张爱玲构思多时,一气呵成后才交《亦报》付梓的,因为她觉得《十八春》写到后来,明明发现前面有了漏洞,而无法修补,心上老是有个疙瘩。所以再要给《亦报》写的小说,非待全文写毕后,不拿出来了。

显然,张爱玲并没有从《连环套》边写边登的失败中汲取教训,《十八春》写得也不理想。《十八春》在上海出版单行本时,张爱玲已完成修订,到70年代初,她又把《十八春》大幅度增删,更名为《半生缘》,所以现在海外的"张迷"反而对《十八春》不熟悉。《十八春》序言道:本书一共十八章,象征男女主角分分合合了十八个春天,正暗合传统京剧《汾河湾》的旧典,着力表现的仍是张爱玲最为得心应手的都市男女情感纠葛。小说从沈世钧的视角回

---

① 陈子善:《张爱玲创作中篇小说〈小艾〉的背景》,原载于香港《明报月刊》,1987年1月号,收入《说不尽的张爱玲》,台北:远景出版社,2001年,第111页。

忆往事,以他与顾曼桢的悲欢离合为轴心,描写几对青年男女的爱情婚姻在乱世睽合中的阴差阳错。世钧的良善和软弱、曼桢的痴情和不幸,还有姊姊曼璐的自私、姊夫祝鸿才的无耻,在小说中无不栩栩如生,让读者既爱又恨。

1961年5月17日张爱玲写给邝文美的信里说:"我想你们看《十八春》一定觉得离我很远,我却觉得距离很近。许许多多的话相信不会永远搁着,一定有机会畅谈。"距离最近的那一段,现实生活里,千里寻夫温州行最终是决裂了、心碎了,却还怀抱王宝钏苦守寒窑十八年的坚忍情意,在《异乡记》中早暗喻过:算命(瞎子)疑心自己通盘皆错,索性把心一横,不去管他,自把弦子紧了紧,带着蝇蝇的鼻音,唱道"算得你年交十八春……一年一年算下去……"。① "十八"对张爱玲来说情深意切又别有含意,只是她对邝文美没把话说透,若胡兰成读到、看到《十八春》,必懂得,这十八还是讨价还价来的,《小团圆》写到在乡下时之雍曾经这样要求九莉:

他带了本《左传》来跟她一块看,因又笑道:齐桓公做公子的时候,出了点事逃走,叫他的未婚妻等他二十五年。她说:等你二十五年,我也老了,不如就说永远等你吧。

他仿佛预期她会说什么。

她微笑着没作声。等不等不在她。

温州回去后张爱玲以王宝钏苦守寒窑十八年给了答案:

爱玲带来外国香烟及安全剃刀片,使我想象她在上海如何与众人过着战后的新日子。她疼惜我在乡下,回信里有说王宝钏,破窑里过的日子亦如宝石的川流。那香烟我吸了,刀片我舍不得使用,小小的一包连不去拆动封纸,只把它放在箱子底里,如同放在我心里。

——《今生今世》

---

① 《异乡记》,北京:北京十月文艺出版社,2009年,第24页。

且听京剧《汾河湾》薛仁贵是怎样唱的："跨海征东把贼平。幸喜得狼烟俱扫净，保定圣驾转回京。前三日修下了辞王本，特地回来探望柳迎春。我的妻你要还不肯信，来来来，算一算，连来带去十八春。"王宝钏怎变成了柳迎春？薛平贵王宝钏其实是薛仁贵柳迎春悲剧改写的大团圆版本《武家坡》角儿，大团圆美满的结局只存在虚构的故事中。张爱玲就算苦等十八年要的也是大团圆。《小团圆》的命名由此反讽而来。

《半生缘》从《十八春》第十六章尾开始大改写，世钧和曼桢相识十八年改为十四年，时间提前好避开《十八春》革命色彩的结尾，成了张爱玲第一部完整的长篇小说。小说里曼桢被姊姊曼璐幽禁那一年，该是张爱玲被父亲幽禁半年的扩写。只是，曼桢被曼璐狠心设计献于姊夫祝鸿才，被强暴怀孕，在幽禁一年后趁生产时才逃离，最后竟然又回头嫁给那禽兽祝鸿才，这转折实在太令人震动。曼桢是被奸一次就怀孕？还是又被奸了无数次才怀孕？如是前者太牵强，如是后者，作家叙事赋予女主人公曼桢的角色原型就值得商榷，她初期被拘禁的反抗便显得矫情。这样又怎算得上命运乖舛？是自己创造了自己的不幸。故事走到这关键点，不是传奇而是离奇。母亲和姊姊的见利忘义也不可思议。《十八春》为了戏剧性而戏剧性，把鸳鸯蝴蝶派的奇情小说变成白话文，算是媚俗的言情小说。就像《倾城之恋》的那一堵墙，在炮火中从天而降的故事一样奇情，虽然写作风格已两样情。

写《十八春》的张爱玲，历经情殇与政局一再骤变，写作的热情已经消磨殆尽，笔下的人物都不太彻底起来。这样的写法，轻松惬意，只要先有个故事架构，再在心里过一过，便是一部"好看"的小说。水晶写过一篇《张爱玲与秋海棠》，精辟地解读《半生缘》与秦瘦鸥鸳鸯蝴蝶派小说《秋海棠》的情节与悲剧意识均有着惊人的相似之处，同样相信爱情的力量无与伦比，但《半生缘》写的是反高潮，比较切近写实，不是浪漫主义爱与美的诗篇，不像《秋海棠》。读者或者观众在现实生活中受够了，希望在小说戏剧中找到一点逃避。这一种逃避,《秋海棠》可以一五一十地供奉,《半生缘》虽有,却是很少。要是有人胆敢把《半生缘》搬上银幕,不让曼桢亲手杀夫,把祝鸿才砍死,恐怕是很难叫座的。①《半生缘》历尽千帆总不是,只留下一句:"世钧,我们回不去了。"

《小艾》是张爱玲自己坦承写得很糟的一部失败之作,②显然是迎合当时政治环境的创作,因此对一些旧作陆续"出土",她并不高兴。陈辽认为"张爱玲在《十八春》、《小艾》铺陈众多紧跟共产党政治的话语",也有人认为《小艾》与张爱玲此前的创作风格截然不同,或许这也是这部作品长期被湮没的原因之一。的确,这部小说第七十节,即结尾在去医院的路上——小艾咬着牙轻声道:"我真恨死了席家他们,我这病都是他们害我的,这些年了,我这条命还送在他们手里。"这里被认为是主人公的阶级意识的觉醒,她认识到了自己一生悲剧命运的制造者正是席家。尤其最后的"光明的尾巴":大肚便便的小艾参加土改,更被认为是大败笔。与《倾城之恋》等前期优秀作品对照,这一结尾逊色很多,有点让人失望,尤其与前面精彩的笔墨相比更显突兀,然而考虑到《十八春》同样性质的结尾,与进入50年代以来的中国大陆文学作品惊人相似地一致向政治输诚,这一情况也并非不可理解。③但此时的"梁京"抛弃过往精雕譬喻的文字技巧,不论《十八春》或《小艾》,平稳实在,反而读出"浅白"的韵味。有论者言这是张爱玲由早期写实主义转向后期自然主义的转折点,是好看的。

在张爱玲这段最后的上海岁月里,有一个非常重要的问题需要厘清:张爱玲到底参加过土改没?是否参加了土改体认了共产党"饥荒"的恐怖未来,才催化她非离开上海不可的决心?如果她

---

① 水晶:《替张爱玲补妆》,济南:山东画报出版社,2004年,第272-280页。
② 张爱玲手稿:我非常不喜欢"小艾"……见《余韵》,台北:皇冠出版社,1987年,第9页。
③ 陈辽:《沦陷区文学评价中的三大分歧——对关于沦陷区作家的评价问题:张爱玲个案分析的回应》,刊载于《江苏行政学院学报》,2001年第3期。

去过,为何从来不承认?在《赤地之恋》自序里她说:"所写的是真人真事,但是小说毕竟不是报道文学,我除了把真正的人名与一部分的地名隐去,而且需要把许多小故事叠印在一起,再经过剪裁与组织。画面相当广阔,但也不能表现今日的大陆全貌……而是尽可能地复制当时的气氛。我只希望读者们看这本书的时候,能够多少嗅到一点真实的生活气息。"在《秧歌》的"跋"里,又强调:"《秧歌》里面的人物虽然都是虚构的,事情却都是有根有据的,有些是从《人民文学》、《解放日报》上读来的,有些是听来的。"然而1968年殷允芃在美国剑桥访张爱玲时,是这样描述的:

  写小说,她认为最重要的,是要对所写的事物有了真感情,然后才下笔写。她对一般所谓的研究工作,不太有信心,也多少是因隔了一层,较难引起作者自发的情感。写《秧歌》前,她曾在乡下住了三四个月。那时是冬天。

  "这也是我的胆子小,"她说,缓缓的北平话,带着些安徽口音,"写的时候就担心着,如果故事发展到了春天可要怎么写啊?"《秧歌》的故事,在冬天就结束了。①

  只是,这冬天,是千里寻夫在斯家过年的那个冬天吗?毕竟《秧歌》里杀猪的场景和《异乡记》是雷同的再写。陈子善写过一篇《张爱玲参加土改了吗?》,文中推断"张爱玲到苏北农村参加土改的时间应为1950年末到1951年初,是在冬天,前后三四个月",②并申论1950年11月,新华书店华东总分店出版了林冬白编的《土地改革与文艺创作》一书,编者在"前言"中开宗明义:"华东地区土改工作即将展开,上海文代大会曾通过了'上海文艺工作者配合华东土改工作'的决议,并为了实践这决议,一部分文艺

---

① 殷允芃:《访张爱玲女士》,收入蔡凤仪编:《华丽与苍凉——张爱玲纪念文集》,台北:皇冠出版社,1996年,第158页。
② 陈子善:《张爱玲参加土改了吗?》,刊载于《时代周报》,2011年第116期,第83-93页。文中对"张爱玲与上海第一届文代会"有详尽举证。

上海关键十年揭秘

工作者已经下乡去了,不久将有大批文艺工作者下乡。为了配合这一行动,特搜集有关土改创作的文章,集成这一小册,以供从事文艺工作的朋友们参考。"显然,第一届文代会代表下乡,是为了实践文代会的相关决议:"配合华东土改工作"。张爱玲作为文代会代表,作为大批文艺工作者之一,"下乡"参加土改,也就顺理成章。《土地改革与文艺创作》出版于 1950 年 11 月,与殷允芃记录张爱玲对她所说的下乡时间正相吻合。

司马新也写过张爱玲在离开上海前,有机会在上海附近的农村待了一段时间,这段经历便是她后来写《秧歌》的基础;[1]刘川鄂则写道:"有人对张爱玲如何能如此细致写出农村生活感到惊奇。一说是她曾随上海文艺代表团到苏北参加过土改,但亲友们都否认这种说法,认为以张爱玲的性情,这是不可想象的事。还有一说是张爱玲看了 50 年代初《人民文学》杂志上一个作家对自己关于土改的糊涂认识的检讨后得到故事材料的。张爱玲自己从没有谈过这方面的生活积累和故事来源,因此她是否参加过土改就是一个无从知晓的秘密了。"[2]

针对这个秘密,宋以朗借祝淳翔《张爱玲参加过土改吗?》[3]一文提供了观点:"即使没有亲历土改,缺乏感性认识,但凭着过人的才华(及其农村经验),再加一些客观材料,张爱玲照样能虚构出逼真的土改小说《秧歌》来。"[4]

但对张学研究者来说,没找出谜底还是颇有不甘。如果张爱玲参加过土改却不提,只在后来皇冠出版的《秧歌》跋和《赤地之恋》的自序里头强调,笔下写的都是听来的真人真事,不承认那是亲身经历,忘了她对殷允芃说过的话,以选择性失忆和"土改"划清界限,刻意遗忘昔日的红色政治色彩。她说:"记忆是有选择性

---

[1] 司马新:《张爱玲与赖雅》,台北:大地出版社,1996 年,第 67 页。
[2] 刘川鄂:《张爱玲之谜》,北京:中国书店出版社,2007 年,第 142 页。
[3] 祝淳翔:《张爱玲参加过土改吗?》,刊载于《东方早报》,2013 年 3 月 24 日。
[4] 宋以朗:《宋淇传奇:从宋春舫到张爱玲》,香港:牛津大学出版社,2014 年,第 219 页。

的,印象不深就往往记不得。"① 且曾写信告诉邝文美赴美搭船到日本神户时:"我本来不想上岸的,后来又想说不定将来又会需要写日本作背景的小说或戏,我又那样拘泥,没亲眼看见的,写到就心虚,还是上岸去看看。"② 她一贯坚持亲身体验才写得贴切写得好。

依据文史研究者于继增的论述,1950年七、八月间,在夏衍的安排下,张爱玲随上海文艺代表团到苏北农村参加土地改革工作。这两个月的深入生活,是她和中国大众距离最近的一段历程,但也是距离"她自己"最远的一个时期,因而也是她感到最尴尬和苦恼的一个时期。她所看到的"贫穷落后""过火斗争"与当时要求的"写英雄""歌颂土改"相去甚远,她在写、不写、写什么之间困惑不已。有朋友问她:"无产阶级的故事你会写么?"她说:"不会。只有阿妈她们的事,我稍微知道一点。"她承认:"一般所说时代'纪念碑'式的作品,我是写不来的,也不打算尝试。"这就出现了时代要求与自身状况之间的难以克服的"矛盾"。让她萌生的去意更坚定。③ 于继增言之凿凿且点出张爱玲在上海关键十年末期的矛盾,可惜没引注消息来源出处,并未解开张爱玲离沪之谜,且她离去前到底是写出了无产阶级的故事:《小艾》。

二、1952年后离散岁月

欲勾勒出完整的张爱玲生命地图,呼应前后脉络,在影响她一生最剧烈的上海关键十年之外,得加入两篇文章辩证。一为1952年底日本行的《浮花浪蕊》纪实小说(张爱玲自称为实验性的社会小说);一为1988年写于洛杉矶的人生最后一篇散文《1988

---

① 1990年3月13日张爱玲写给当时《联合报》副刊编辑苏伟贞的信。见苏伟贞:《鱼往雁返——张爱玲的书信因缘》,第10页,台北:允晨出版社,2007年。
② 宋以朗编:《张爱玲私语录》,北京:北京十月文艺出版社,2011年,第133页。
③ 于继增:《张爱玲告别大陆之谜》,刊载于《文史精华》,2005年第11期,第60页。

至——?》,并就1983年起张爱玲遭受虫害后的精神状况,在后文旁征博引进行深入浅出的精辟分析。

三、张爱玲的多重面向

老上海关键十年,有三个张爱玲。1945年1月4日《大上海报》有一篇这样的短文:

> 眼前张爱玲有三个,一个是舞女,面孔并不怎样漂亮,更无籍籍之名,不过是一个桂花阿姐而已。一个是电台的播音员,她脸庞极好,不过白粉吃伤,毫无血色,活像一个僵尸而已。还有一个,便是红遍文坛的女作家了,她容貌并不倾城,可是文章却全市轰动,到底如何,我们不去论她。不过三人之中,还是她比较那个! 那个? 那个什么? 我却说不出了,噱头留给读者诸君吧![1]

这篇短文应验张爱玲所说:我自己有一个恶俗不堪的名字。[2] 恶俗到人人可叫张爱玲。此外另有一男版的张爱玲。陈子善曾以"上海有个男版张爱玲"夸赞独具风格的东方蝃蝀(李君维)为张派作家。[3] 1945年7月3日《力报》便刊登一篇《男张爱玲》,说东方蝃蝀笔触完全像张爱玲。说他是"男张爱玲",则是因为他们笔调和作风相似,倒不是说他模仿张爱玲的意思。现实世界里的作家张爱玲到底有几个? 以人生、文本、时空三面向检验,上海十年的张爱玲基本上有着复杂的多面向。

(一) 人生的张爱玲

张爱玲,出生于一个没落的官宦世家,父母离异让她个性更独立更刚毅,从小没有吃过钱的苦,养尊处优,住高等公寓,逛大街喝

---

[1] 肖进编:《旧闻新知张爱玲》,上海:华东师范大学出版社,2009年,第61页。
[2] 《必也正名乎》,收入《流言》,北京:北京十月文艺出版社,2006年,第35页。
[3] 陈子善:《上海的美丽时光》,台北:秀威信息科技,2009年,第143—149页。

咖啡吃蛋糕,过着优渥的资产阶级生活。是社会知识分子代表的时髦新女性、名作家、名女人,反对女子当个受父母之命包办婚姻的结婚员,却赞成男子纳妾多妻的一夫多妻制、"你将来就只是我这里来来去去亦可以"的姘居生活,以致遇上薄幸郎胡兰成,背上了汉奸之妻污名,一生为此情所苦难以自拔。

(二) 文本的张爱玲

巅峰期的小说及散文显示矛盾的人格特质,小说里的人物龌龊、颓废,个个一级一级走向没有光的未来黑暗中;散文,活泼机灵充满睿智,是她快乐飞扬、怀抱成名野心的积极面。至于写电影剧本的张爱玲,不能认真看待,向好莱坞电影"神经喜剧"取经的表现,难免为稻粱谋,在轻松驾驭之中生财有道。张爱玲从来不主动讨论她的电影剧本,就是证明。上海十年后期的《亦报》曾连载其两部小说,是向她恐惧的新政权礼敬之作。若不恐惧就不会想逃离她热爱的上海。

(三) 时空的张爱玲

战火连天,民不聊生,张爱玲却用超人境界的完美视角俯瞰着乱世,遗世独立地不为所动、不生悲悯,情愿战争不要结束,生死无辜不计,只为与情郎长相厮守。嫁给汉奸无所谓,文章登亲日媒体也很好,时代是仓促的,在更大的破坏要来之前,抓住成名一刹那。国破家亡众叛亲离,让她小处自私,大处更自我,日本入侵香港战乱时还可立在摊头上吃滚油煎的萝卜饼,尺来远脚底下就躺着穷人青紫的尸首,活着就要如此理直气壮。

多面向的张爱玲从小就在"选择"中过活,从父亲姨太太老八要她选择:"你喜欢我还是你母亲?"开始,她便习惯性地以"选择"表态,还自以为说了真心话,只为了保护自己不受伤害,早早就学会了看人脸色见风转舵的本事。

还有一件事也使我不安,那更早了,我五岁,我母亲那时候不在

上海关键十年揭秘

中国。我父亲的姨太太是一个年纪比他大的妓女,名唤老八,苍白的瓜子脸,垂着长长的前刘海。她替我做了顶时髦的雪青丝绒的短袄长裙,向我说:"看我待你多好!你母亲给你们做衣服,总是拿旧的东拼西改,哪儿舍得用整幅的丝绒?你喜欢我还是喜欢你母亲?"我说:"喜欢你。"因为这次并没有说谎,想起来更觉耿耿于心了。

——《童言无忌》

上海关键十年末期,为了生存,张爱玲做了从不向政治表态的选择:写下向共产主义示好的两部小说。当然,也可以说她秉持自己对读者的回馈:要迎合读者的心理,办法不外这两条:一是说人家所要说的;二是说人家所要听的。① 张爱玲的创作自始即非常市场导向。最了解张爱玲的胡兰成,早已看穿她的表里不一,却因为他的始乱终弃,让张迷读者拒绝接受张爱玲不完美的事实:

连对于好的东西,爱玲亦不沾身。她写的文章,许多新派女子读了,刻意想要学她笔下的人物都及不得,但爱玲自己其实并不喜爱这样的人物。爱玲可以与《金瓶梅》里的潘金莲、李瓶儿也知心,但是绝不同情她们,与《红楼梦》里的林黛玉、薛宝钗、凤姐晴雯袭人,乃至赵姨娘等亦知心,但是绝不想要拿她们中的谁来比自己。她对书中的或现时的男人亦如此。她是陌上游春赏花,亦不落情缘的一个人。

——《今生今世》

不落情缘,好一个精刮算计冷眼看世间步步为营的张爱玲,从她早期主动上门找当红报人周瘦鹃在《紫罗兰》推出《沉香屑——第一炉香》《沉香屑——第二炉香》,因不满版面安排,再主动找上柯灵《万象》刊载《心经》,紧接着四处发表作品,不顾柯灵友人好言相劝:"静待时机,不要急于求成",主张"趁热打铁"的她还是将处女作《传奇》给了背景不单纯的"杂志社"印行。后期又给了王

---

① 《论写作》,收入《流言》,北京:北京十月文艺出版社,2009年,第80页。

牌报人龚之方一个《传奇》增订版的神圣任务,以炎樱设计的超写实封面制造了传播的媒体效应,书大卖,表面上和当红导演桑弧合作无间了两部卖座电影《不了情》《太太万岁》,私下暗通款曲多年。以上总总可知才情一等一的奇女子张爱玲,绝非不食人间烟火的多情弱女子,而是精明理性、懂得经营自己、善用人际关系的鬻文高手。宋以朗证实,就他见过的文献所载,从《紫罗兰》到"万象书屋",她刚出道时多是自荐的。①

可惜,中共解放后,抗拒穿中山装的张爱玲,勉强写出赤色文学的张爱玲,逃避做文化样板的张爱玲,只有黯然退出上海这不可能再属于她的人生舞台。从《沉香屑——第一炉香》到《小艾》,标志着张爱玲在这十年关键岁月中,由一颗横空出世的耀眼明星坠入滚滚红尘,从此流离失所寂寥而终。

1946年炎樱设计的超写实《传奇》增订版封面,一个夸大尺寸的女子由窗户探头俯视,效法1943年5月号《女声》一个夸大比例的女人弯腰看着厨房炉灶的插图《怎堪容膝》。②

---

① 宋以朗:《宋淇传奇:从宋春舫到张爱玲》,香港:牛津大学出版社,2014年,第305页。
② 丁悚插画《怎堪容膝》,刊载于《女声》,1943年第2卷第1期,第19页。

早就打算,有朝一日大限来时夫妻各自飞的胡兰成,比张爱玲早了好几步告别所有旧爱,于1950年3月底抛妻弃子逃离上海到香港见了佘爱珍求资助,旋即于9月偷渡日本。1952年7月,张爱玲也以回香港复学为由,离开上海永别故乡,执意追随着胡兰成脚步,先去香港,再到日本,香港仅是临时跳板。可惜日本行铩羽而归,急着要回奖学金还和香港大学闹得不愉快。① 她一意孤行到日本的乘船笔记《浮花浪蕊》,②只是个钩子,没有泄漏一点天机。到底1952年底至1953年初,她在日本那三个月发生了什么事?住在哪里?找了哪些工作?有和早到日本的胡兰成联系吗?还是在日本知道胡兰成已和佘爱珍结婚,更伤透了她的心?日本行,为何让她和炎樱的友情起了变化?

　　至今,不论胡兰成、张爱玲或炎樱均未提这趟日本行,也无任何文献提供这段旅程内容,仅在张爱玲赴美后给邝文美写的第一封信(1955年10月25日)中看到赴美过境日本和当年日本行今昔相比之心境:③

　　神户当地居民也像我以前印象中一样,个个都像"古君子"似的……

　　银座和冬天的时候很两样,满街柳树,还是绿的……

　　回横滨的时候搭错了火车,以前来回都坐汽车,所以完全不认得。

---

① 1952年7月张爱玲抵达香港,9月在香港大学复学,旋即于11月不告而别赴日找炎樱谋职,却一无所获。三个月后回港要求复学与核发"奖学金",因此事和港大闹得不欢而散。
② 《浮花浪蕊》收入《惘然记》,台北:皇冠出版社,1983初版、1991年典藏版;《郁金香》,北京:北京十月文艺出版社,2006年;《怨女》,北京:北京十月文艺出版社,2009年。
③ 林以亮那篇《私语张爱玲》就是从张爱玲寄给邝文美的第一封信(1955年10月25日)的前段节录出来的。宋以朗说:为何这篇文章只节录了这部分呢?其实信的后段,特别在第二至第五页是一篇十分精彩的游记,讲张爱玲在日本看见什么、人们穿什么、吃什么,十分有趣。

显然,张爱玲当年过境在横滨上岸,还到神户、东京这两个地方"旧地重游"了一番,因为1952年底日本行时她全去过了,可惜在她的作品中完全看不到细节。除了多年后在《谈吃与画饼充饥》中几笔带过:在日本时曾到土耳其人家吃饭,吃到非常好的自制"匹若叽"(pierogie)……日本料理不算好,但是他们有些原料很讲究,例如米饭,又如豆腐。海藻只有日本味噌汤中是旧有的。另在一篇《被窝》①短文中流露出对日本被窝的熟稔以及对日本女子服饰的美学观察:

日本被窝,不能说是"窝"。方方的一块覆在身上,也不叠一叠,再厚些底下也是风飕飕,被面上印着大来大去的鲜丽活泼的图案,根本是一张画,不过下面托了层棉胎。在这样的空气流通的棉被底下做的梦,梦里也不会耽于逸乐,或许梦见隆冬郊外的军事训练……日本仿佛也有一种"被档头",却是黑丝绒的长条,头上的油垢在上面擦来擦去,虽然耐脏,看着却有点腻心。天鹅绒这样东西,因为不是日本固有的织物,他们虽然常常用,用得并不好。像冬天他们女人和服上加一条深红丝绒的围巾虽比绒线结的或是毛织品的围巾稍许相称些,仍旧不大好看。

日本行,才是张爱玲生命中最大的谜团。

---

① 《被窝》,收入《对照记》,台北:皇冠出版社,1994年,第98—100页。

第三章　老上海的流金岁月

文化地理学主要研究的是经历了不同形成过程的文化是如何汇集到一个特定的地方,这些地方又是怎样对其居民产生意义的。有时,我们从全球范围内考察这些过程,有时,我们又从与人类最密切相关的空间,即构成人们日常生活空间的"家"来着手研究这些过程,这也就是所谓的微观地理学。由此可见,文化地理学研究人类生活的多样性和差异性,研究人们如何阐释和利用地理空间,即研究与地理环境有关的人文活动,研究这些空间和地点是怎样保留了产生于斯的文化。① 亦即本书将张爱玲的关键十年,置入上海文化地理景观框架中微观考察,针对张爱玲在各个阶段期间,创作能量的消长、创作源头的养分、创作精神与文化实践地域加以辩证论

---

① 迈克·克朗:《文化地理学》,杨淑华、宋慧敏译,南京:南京大学出版社,2003年,第3-4页。

述,包括她进行文学之旅的各种思想活动、文化活动与上海地理空间之间的勾连关系,进而爬梳出在那十年间她承受了何种压迫,又如何在"承受"与"压迫"的双重摆荡间,获得了何种矛盾的愉悦。

在后殖民理论研究中,东方主义与西方主义、文化霸权、文化身份、文化认同与阐释焦虑、文化殖民与语言殖民、跨文化经验与历史记忆等问题,都与后殖民语境中的主体文化身份认同和主体地位与处境紧密相关。[①]于是首先要厘清的是:主体张爱玲在上海复杂的历史进程中,她是隶属殖民作家或后殖民作家?她所书写的作品,是隶属殖民文学或后殖民文学?在后殖民理论家看来,所谓"后殖民文学"主要是指那些来自大英帝国的前殖民地的作家用英语所创作出的文学作品。在后殖民文学中,由于作家都有对殖民统治的创伤记忆,对殖民文化的批判性成为他们文本中一个很明显的共性。然而他们大多在宗主国生活、接受教育并得以成名,英语成为他们的第一语言。这样一来,"穿着借来的袍子要成为真正的自我",的确是每一个后殖民作家必须要面对的两难境地。[②]在主体问题上后殖民理论有很详细的阐释,如霍米·巴巴(Homi Bhabha)挪用拉康的理论,提出"殖民拟仿"(colonial mimicry)的策略,讨论被殖民者如何利用模仿、反讽等手段介入殖民支配的模糊空间,以此找寻帝国主义的软肋和死穴。被殖民者将殖民者的行为和价值观念(包括文类)加以挪用复制,使殖民权威的内部产生自我解构的可能性。殖民地作家虽然使用的是从欧洲借来的语言和文学形式进行表达,然而他们成功地创造了一种属于自我的文学创作,证明反殖民主义的抵抗是如何在文本中生效的。[③]

---

① 王岳川:《后殖民主义与新历史主义文论》,济南:山东教育出版社,1999年,第4页。
② 参见艾勒克·博埃默(Elleke Boehmer):《殖民与后殖民文学》(*Colonial and Postcolonial Literature: Migrant Metaphors*),盛宁、韩敏译,沈阳:辽宁教育出版社,1998年,第131页。
③ 同上注,第58页。

对欧洲思想的批判,也包括将殖民主义历史造成的分裂弥合起来这部分工作,许多后殖民作家亦写到在帝国主义统治下文化传统的断裂和破碎的记忆所造成的痛苦。①

任何写作都是它所处时代的产物。由上推论,上海时期的张爱玲既"是"又"非"殖民作家或后殖民作家,就像王德威评胡兰成:"既非忠诚的新儒家信徒,也非简单的大东亚主义者,摆荡在中华文化本质论与日中亲善合作论间,他的思维方式远比我们想象的更为迂回。"②张胡两人在意识形态上都很模糊,也都取巧。张爱玲从黄氏小学起就接受欧美霸权借宗教侵入的外语教育,③用英文、中文双语创作,上海关键十年内她的文本看不出任何"殖民创伤";小说,除了《倾城之恋》尾巴,均与时代纷乱无关,是关起门来论情道欲的闺阁叙事;散文,除了《余烬录》,亦与现世战乱无关,甚至带着几分飞扬的沾沾喜气。"殖民拟仿"和她的创作更是沾不上一点边,她在后殖民期的写作,完全没有一点批判的意味存在,甚至易名梁京,写了迎合共产革命的《十八春》和《小艾》。就算有所批评意味,数落的也仅限于家族中人:父亲、母亲、弟弟、继母、表姊、外甥女、姨奶奶和"酒精缸里泡着的孩尸"舅舅。对姑姑倒是不曾有过恶言,除了在《小团圆》中泄了乱伦底。

因此,理解张爱玲必先了解老上海,必先铺陈民国初年上海景观地图的地理空间,才得以细腻推演上海历史和张爱玲人格特质与她作品之间的对位关系,也就是将她所谓"参差对照"的写法置入历史恒河中细读。这历史并非以男性霸权的线性进行,而是以

---

① 参见艾勒克·博埃默:《殖民与后殖民文学》(Colonial and Postcolonial Literature: Migrant Metaphors),盛宁、韩敏译,沈阳:辽宁教育出版社,1998年,第4页。
② 王德威:《抒情与背叛:胡兰成战争和战后的诗学政治》,刊载于《台湾文学研究集刊》,2009年8月号,第29 – 76页。
③ 黄氏小学是美国教会学校,圣玛莉女中(St. Mary's Hall)是美国圣公会创办的教会女子中学,香港大学则是英国在香港的殖民大学,皆以英语教学为主,所以张爱玲很早就投稿英语媒体,第一篇作品发表在《大美晚报》,早期创作皆先以英文发表于《二十世纪》,再以中文发表一次,如《更衣记》《洋人看京戏及其他》等。

壮阔的历史为支架,时间、空间为辐轴的立体解读,从而推论:张爱玲矛盾的愉悦源自何方。

一、殖民语境中的上海人

中国近代之有租界,由上海开始。租界按字面意思解释,美其名是"租借地界"的意思,其实是帝国主义掠夺下的畸形产物。鸦片战争至八国联军入侵的 60 年间,即从 1843 年第一个上海租界的辟设,到 1902 年鼓浪屿公共地界和天津义奥租界的最后开埠,英、法、美、德、日、俄、意、比、奥 9 个国家先后在上海、厦门、广州、天津、苏州、杭州、重庆等城市设立了近 30 个租界。大体而言,租界是 19 世纪中期至 20 世纪中期,帝国主义列强在中国等国的通商口岸开辟、经营的居留、贸易区域,侵夺了当地的行政管理权及其他一些国家主权,从而使这些地区成为不受本国政府行政管理的"国中之国"。①

上海租界 1843 年 11 月正式开辟,至 1943 年 8 月终结,前后近百年。在中国近代所有租界中,上海租界开辟最早,存在时间最长,面积最大,侨民最多,管理机构最庞大,经济最为繁荣,影响也最为深远。20 世纪中叶上海城北的英、美、法三国租界,被当时华人称为"夷场",后来改称"洋场"。租界因为最初长约十里,所以又称"十里洋场"。清政府对"夷场""华洋分居"的格局颇为满意,以为是使洋人免生祸患的好办法,没想到这却成为租界以后明目张胆成为"国中之国"的源头。随着太平军逼近江南,特别是 1853 年小刀会起义,大批华人涌入租界避难,"华洋分居"的格局旋被打破,租界成了"华洋杂处""五方混居"的局面。随华人而来

---

① 参考费成康:《中国租界史》,上海:上海社会科学院出版社,1991 年,第 384 页;李永东:《论"租界文化"概念的文学史意义》,刊载于《西南大学学报》(人文社会科学版),2007 年第 5 期。

的资金、人力、商机促进了租界的经济发展,使租界的近代城市轮廓也渐趋清晰。①

在上海租界,文化变迁鲜明地表现为中国和西方文化的混合和一种新型的文化上——海派租界文化的产生。租界开放使上海进入了一个特殊的历史时期,文化风貌迥然一变,形成了特殊的内涵。简而言之,一般是这样来理解上海的租界文化的:它是指近代以来随着租界开辟后中外交流接触的增多而延伸出来的一种以混合中西文化交融为主要特征的近代移民文化,具有鲜明的殖民性、混合性、近代性、自治性;租界文化在传统农业社会向"工业化""现代化""世界性"的转型过程中,起到了不可替代的催生和先导作用,但自身却又带有以浅薄、鄙陋为主的先天不足。②

上海开埠后,一批批英、法、美等传教士、贸易商、投机客、冒险家、船员……从异国他乡来到上海这个充满诱惑和机遇的地方,在租界安家落户。衣食住行、工作娱乐,都以洋人的方式进行。租界里的无数外国人,很自然地带来他们的物质文明、制度文化、生活方式与意识精神。西方文化很快地在上海被接受与模仿,甚至扰乱了上海人原有的生活节奏。又由于中国百年来社会动荡、兵燹不息,形成"始于关外、旋及苏州、落脚上海"的移民潮,于是前朝遗老、乡村士绅、失意军阀、失业游民、自由业者……从四面八方不断地涌进上海,展开了一幅光怪陆离热闹喧哗的景象:商家鳞次栉比、人流摩肩接踵、语言南腔北调、服饰竞相争异,③因而形成一种畸形的繁荣。上海租界后期因日本人的入侵,华洋味又添上了东洋味,让这畸形更趋于变本加厉。④

对洋人或日本人来说,上海是化外之地,不受他们本国文化知识的影响和管辖。每个人各行其是,或者很快与当地的恶习同流

---

① 梁伟丰:《论上海租界与租界文化》,刊载于《江西社会科学》,2005年3月号。
② 参考陆其国:《畸形的繁荣——租界时期的上海》,上海:东方出版中心,2009年。
③ 参见施福康主编:《上海社会大观》,上海:上海书店出版社,2000年。
④ 参考陆其国:《畸形的繁荣——租界时期的上海》,上海:东方出版中心,2009年。

合污,一点也不感到内疚。在上海,道德简直毫不相干,或者毫无意义。对华人来说,上海同样是不受限制的。那些选定来此过新生活的人,如商人、移民、难民,由于上述原因而与传统中国及其所行使的维护道德的约束断绝关系。租界的移民上焉者造福众人,下焉者无法无天,但在其活动背后,都能看到某种移民心态的影子。作为移民,他们在一定程度上脱离了原先的文化根系,受原先环境中的文化、道德的束缚者较少,很多租界移民甚至在某种程度上和原先自身的文化根系发生"断裂",这使他们的文化性格具有很大的可塑性,容易采取宽容、开放、求新、进取的态度对待异质文化和新事物。①

租界移民的整个生存方式,在当时的历史条件下,是充分展露个人本位、个体化、多样化的。事实上,租界文化乃至上海文化中种种优劣之处,基本上都与移民文化心理息息相关。租界文化和上海文化中的许多优点,固然得益于开放、宽容、求新、进取的移民文化心理,而许多弊病缺陷,却又和移民文化中的流民文化性格分不开。流民和移民有所区隔,流民即因战乱流亡到上海的外省人、苏联人、犹太人……当时街上随时都可见各异其趣的制服,戴着圆盘帽、三角斗笠,缠白头巾的洋人、华人、印度巡捕,②可见老上海这个东方国际港口种族混杂的程度。

租界快速催化了上海城市的社会化,包括市民生活、社会体制、物化环境、文化生态与价值观念等,甚至每一幢建筑物、每一句上海话,都透析出时代的背景,传递着社会的信息,发挥着社会化的功能,强化着生活于此的人们对上海社会、上海文化与上海生活的认同。20世纪二三十年代的上海城市已经形成新型的社会形态,它发展了人的个性,赋予了人新的自由,塑造出一种新的人格。

---

① 详见薛理勇:《旧上海的租界史话》,上海:上海社会科学院出版社,2002年。
② 见上海历史博物馆编:《上海百年掠影:1840s—1940s》,上海:上海人民美术出版社,1994年,第82页图片。

"个人至上""个人本位"的价值观被社会普遍认同和遵守。正是在这一基础上的"靠自己为自己"成为天下通行的"天理良心"。①套句俗话说,就是上海人普遍认同:人不自私天诛地灭的道理。

张爱玲和姑姑张茂渊凡事锱铢必较明算账,拒绝弟弟张子静的邀稿,嫌弃他在学校新办的月刊《飙》太小,张子静只好自己写一篇《我的姊姊张爱玲》登上去;弟弟来访姑姑说因为没准备不留吃饭;离开中国时没通知弟弟,弟弟上门找,姑姑门一开说:你姊姊走了,接着门一关拒之千里外;为了胡兰成或他友人来访该不该留吃饭也要费尽思量;为了要还母亲栽培她读书的钱,成了她前半生的噩梦……看起来种种不近情理不可思议的事情,放在上海人自私与各顾各的特质下对照,便豁然开朗。烽火连天,不各顾各又能怎样呢?自私自利是当时唯一生存之道。当然并非人人如此,否则也无法酝酿成海派文化深厚的底蕴。

然胡兰成在《今生今世》里说张爱玲自私透顶,可一点假不了。

爱玲种种使我不习惯。她从来不悲天悯人,不同情谁,慈悲布施她全无,她的世界里是没有一个夸张的,亦没有一个委屈的。她非常自私,临事心狠手辣。她的自私是一个人在佳节良辰上了大场面,自己的存在分外分明。她的心狠手辣是因她一点委屈受不得。

上海人虽各顾各的自扫门前雪,但面临帝国主义侵略时,都能与工人市民一起,积极支持抗战、抵制洋货、募款援军、工厂内迁,甚至有毁家纾难者。上海工人运动历来走在全国前头,无论是在大革命中,还是两次淞沪战争以及各次社会运动,都发挥了重要的作用。人们常说上海人阶级觉悟高、组织性强、识大体、顾大局,这

---

① 中共中央马克思恩格斯列宁斯大林著作编译局编:《马克思与恩格斯选集》第2卷,北京:人民出版社,1995年,第158页。

些都是在上海的社会环境中熏陶培养出来的,亦即上海人一般具有意义上的精明,但当民族危亡之际,他们可以置个人利益于不顾,而将这种精明升华到一个新的高度。这种精明不仅体现为他们能在有限的收入下合理安排生活开支,"算盘打得精,袜子改背心"创造一种精明的生活方式,尽可能让生活过得合理舒适。此外,人们花大钱留洋是种精明,出身富贵的子弟放弃优渥的生活条件投身革命事业为国谋和也是一种精明。这些,都是精明在新时代的一种升华与质变。①

早慧的上海人张爱玲从小就精明,知道看人脸色、说好听话讨好人,以及明白只有投稿一途可以完成她的天才梦,港大借读返沪后急着出名要趁早的她积极地到处自我推荐、宣告显赫家世、利用媒体造势、写稿写剧本赚钱、只为稿费高的亲日杂志写稿……逃出父亲拘禁奔向母亲时还不忘和车夫讨价还价,将老祖宗衣服改成自己的奇装异服就是有着上海人"袜子改背心"的精明,既省本又炫目,最后还为炎樱刊起了服装设计广告做生意。② 1945 年 4 月 12 日《东方日报》上有一篇短文写道:"最近爱玲创一时装公司,此时装公司与其他时装公司所不同者,为代客选择颜色,代客选择衣料,代客选择式样,等于上菜馆吃和菜,客人化钱,菜馆配菜,不过她以最新的一切,及与来人身材年龄配合为原则,是故不但生面别开,爱好新噱头的上海人,也许吃她这'一弓',何况她又拥有大量的读者,说不定读者中的一部分,就是顾客呢?"③显见上海人张爱玲的生意头脑一流众所周知。

---

① 参考施宣圆主编:《上海 700 年》(修订本),上海:上海人民出版社,2000 年;刘亚雄:《阿拉上海人》,上海:上海人民出版社,2002 年。
② 就是知名的《炎樱衣谱》,原稿见本书附件一。两人犹在效法 1927 年上海交际花唐瑛与陆小曼创立专为女性开办的"云裳服装公司",引领流行风靡上海滩,进而带动上海成为亚洲时装之都。可惜 1945 年上海已处战乱动荡时期,这服装设计生意也虎头蛇尾不了了之。
③ 曰子:《释张爱玲贵族血液》,收入肖进编:《旧闻新知张爱玲》,上海:华东师范大学出版社,2009 年,第 25 页。

上海关键十年揭秘

  北平人潘柳黛在上海奋斗数年成为名记者后,眼中的上海人是这样的:他们都在拼命想法弄钱,无论男人女人,而且他们几乎每个人都会用很少的钱,去获取很丰富的享受。他们的脑子,恐怕是比我们聪明一点,他们每个人都好像活得浪费而舒服。①话语中流露出欣羡之意,也难怪日后会对张爱玲的"贵族"身份口诛笔伐。

  上海人一方面可以为芝麻绿豆的小事而呈现小市民式的势利性格,另一方面又展现明了不计小利、追求远大目标的雍容大度。抓紧眼前的多向度与前瞻未来的多元化,在精明的上海人身上得到了奇妙的统一。这就是上海人人格特征中的矛盾:从锱铢必较到海纳百川……上海社会中人与人之间似乎很少联络,内地的居民,虽然也都抱着各人自扫门前雪的观念和态度,但是还没有上海这般浓烈。②

  张爱玲有着上海人的天赋异禀,二十出头便无师自通出版营销"登龙术"。1944 年秋翁(平襟亚)曾在《海报》上写道:"她曾将一大批短篇小说原稿亲自送来给我付印(其中包括《倾城之恋》、《封锁》、《琉璃瓦》等篇,那时都还没有披露过)。当我接受了她的原稿后,她接连来见过我好多次,所谈论的无非是'生意眼',怎样可以有把握风行一时,怎样可以多抽版税,结果是她竟要我包销一万册或八千册,版税最好先抽,一次预付她。我给她难住了,凭我三十年的出版经验,在这一时代——饭都没有吃的时代。除凭借特殊势力按户挪买外,简直没有包销多少的本领。因此只好自认才疏力薄,把原稿退还给她。"③

---

① 徐俊西编:《海上文学百家文库 118,潘柳黛、予且、施济美卷》,上海:上海文艺出版社,2010 年,第 53 页。
② 忻平:《从上海发现历史——现代化进程中的上海人及其社会生活》,上海:上海大学出版社,2009 年,第 209-251 页。
③ 秋翁:《记某女作家的一千元灰钿》,刊载于《海报》,1944 年 8 月 18 日;收入肖进编:《旧闻新知张爱玲》,上海:华东师范大学出版社,2009 年,第 7 页。

张爱玲后来为了千元灰钿和秋翁大搞笔战,[1]看起来是争道理却也是上海人势利精算的性格使然。没想到多年之后,宋淇推荐张爱玲给秋翁堂侄平鑫涛,台湾皇冠出版社成了张爱玲的衣食父母,唯一授权与系列出版的长期营销策略,成功地将张爱玲推向红遍华人世界的文学女神殿堂。

1994年秋天,张爱玲获得第十七届"时报文学奖"的"特别成就奖"。12月3日,她于《中国时报》"人间"副刊发表得奖感言《忆西风》,犹余恨未消地重提当年以《天才梦》参加征文比赛评审不公,让她名列十三(第十名后之名誉奖第三名,名列得奖的最后一名)的往事:"十几岁的人感情最剧烈,得奖这事成了一只神经死了的蛀牙,所以现在得奖也一点感觉都没有。隔了半个世纪还剥夺我应有的喜悦,难免怨愤。"不过最后一段又说:"五十年后,有关人物大概只有我还在,由得我一个人自说自话,片面之词即使可信,也嫌小器,这些年了还记恨?实在是小器又记恨,才不得不写。"陈子善后来写了一篇《〈天才梦〉获奖考》,[2]针对此事翔实考证了1939年9月《西风》第37期征文启事与1940年4月《西风》第44期征文得奖名单,证实张爱玲得的是排名前十之外另加的"名誉奖"第三名,而非第十三名,评审也未不公。可能是年代久远,年老的张爱玲记错了,也有可能名单刊登出来,她排在最后一个垫底,第十三个,让她愤怨不平。一般人都误以为《忆西风》是张爱玲最后一篇公开发表的文章,其实在1995年9月她去世后的来年1996年《皇冠》10月号上还发表了她的一篇遗作《1988至——?》。

---

[1] 秋翁:《记某女作家的一千元灰钿》,刊载于《海报》,1944年8月18日;收入肖进编:《旧闻新知张爱玲》,上海:华东师范大学出版社,2009年,第6-16页。
[2] 见陈子善编:《记忆张爱玲》,第137-145页。陈子善挖掘的张爱玲佚文包括:1987年,中篇小说《小艾》;90年代初发现中学时代的习作《牛》《霸王别姬》以及中英文散文数篇,包括《罗兰观感》《被窝》《〈太太万岁〉题记》等;1995年发现最早的小说《不幸的她》;2005年发现、整理张爱玲的电影剧本《不了情》以及后来挖掘的英文短译文《谑而虐》等。就张学研究上的进程来说,陈子善居功伟厥。

话说经历了一百多年租界市场经济磨炼的上海人变得更精明了。精明就是讲实际、讲效率,就是对实际效益的精明估算。精明是生存的本能,是生命自我保护,是在生活夹缝中游刃有余的谋生技巧。在多样化的性格体系中,精明可能是上海人性格的第一特征。① 到底是上海人的张爱玲精明得理所当然:

  上海人是传统的中国人加上近代高压生活的磨炼,新旧文化种种畸形产物的交流,结果也许是不甚健康的,但是这里有一种奇异的智慧。谁都说上海人坏,可是坏得有分寸。上海人会奉承,会趋炎附势,会混水里摸鱼,然而,因为他们有处世艺术,他们演得不过火。

——《到底是上海人》

租界让上海人人格发生了一种质变,不在于旧式精明的放大与发展,而是一种提升与飞跃的蜕变。从洋人到外省人,各色各样的人都将这个东方魔都当成冒险家乐园,精明的商人可以发横财致富,偷鸡摸狗的瘪三也可以发不义之财。在西方资本主义大举入侵后,上海人不让坐以待毙只有迎头赶上的份,将商业竞争当成救亡立国的重要因素,在洋行舞厅妓院烟馆林立的租界中,拼命闯出自己的名号,形成了所谓创新、开放、多样、崇实、善变的"海派"文化,②一种杂交文化,既不同于务实的西洋文化,也与传统中国文化有别,却也逐渐形成上海人的大众文化调性:精打细算斤斤计较又处处考究讲面子比排场。在夸言重利的海派文化熏陶下,上海人工于心计,能充分利用现有条件不让自己吃亏又能赢得最大利益。这种精明的内涵,构成了上海人的机智逻辑与生存风景线。

精刮透顶的上海人,一如张爱玲,懂得恰到好处的处世艺术。

---

① 胡兆量、阿尔斯朗、琼达等:《中国文化地理概述》,北京:北京大学出版社,2001 年,第 278 页。
② 参见朱英:《商业革命中的文化变迁——近代商人与"海派"文化》,武汉:华中理工大学出版社,1996 年。

如胡兰成所言:张爱玲一钱如命,连用钱,都有一种理直气壮,是慷慨是节俭,皆不夹杂丝毫夸张。①

二、中西方视角下的妓女

从19世纪中叶到1949年中国共产党在大陆取得胜利为止,妓女始终是上海夜生活中最活跃的群体。张志沂的姨太太是妓女,张爱玲还觉得和她亲。她不排斥妓女,但是这并不表示她不轻视妓女,让她在上海崭露头角的第一部小说《沉香屑——第一炉香》,里头说的就是女子自甘堕落为娼的故事。父亲嫖妓、胡兰成也狎妓,在张爱玲的心里,妓女居于何种位置?

从小张爱玲便随着父亲风花雪月地出入风月场所,妓女对她来说见怪不怪,只是些漂亮的女人。四马路妓院的长三幺二对她来说想必也不陌生。母亲离家赴欧游学后,父亲接进门的妾就是妓女老八。为了讨好老八,她得说出比较喜欢老八的谎言,或许她不讨厌老八是真的。在中国悠久的历史恒河里,妓女和达官显要、文人商人关系紧密,是男人权力与金钱的交易物,也是泄欲的玩物。张爱玲却有不同的观点,妓女对她来说是"美"的、"善"的,在轻蔑间流露喜爱。封建父权对女性身体、意识的控制与压迫她浑然不觉。

胡兰成写过,苏州云岩寺客堂挂有印光法师写的字,是"极乐世界,无有女人,女人到此,化童男身",苏青去游,见了很气,爱玲却丝毫没有反感。②连一点女性意识都匮乏,硬要说她是女性主义也难。

《上海妓女:19—20世纪中国的卖淫与性》对妓女卖淫的研究为社会观察提供了一个绝妙的视角:在"体面的社会"与它的非正

---

① 胡兰成:《今生今世》,台北:远景出版社,2009年,第283页。
② 同上注,第293页。

常社团的连接处(用今天的话语来说就是"接口"),妓女是所有那些所谓的边缘群体中最接近这个连接处的人。她们始终处在这样一条不断移动着的分界线上,一边是被社会抛弃的人群,另一边是拒绝她们或被她们所拒绝的社会。卖淫当然与性有关。虽然历史学家一直想忽略它,或将它从他们的著作中排除出去,但性欲是人类社会的一个基本元素。正因为如此,卖淫同时又为性行为及其背后的情感提供了一面独特而有时是扭曲了的镜子。此外,对于经济和社会的变化,娼妓界是极其敏感的。她们的反应和适应速度都要比社会上的其他群体快得多。就上海来说,卖淫可以被视为1842—1949年间这座城市现代化加速发展的晴雨表。① 妓女的摩登打扮成了上海妇女时尚指标,她们烫发放足脱下凤仙装,头戴洋帽穿洋女子服饰搭洋汽车,在大街上招摇过市。

在《上海妓女》这本书中,安克强对中国人的性交易进行了考察,其中既有高级妓女老于世故的生活,也有普通妓女日复一日的艰辛付出。通过这些描述,作者详细描绘了这些妓女在中国的社会生活、经济活动、习性和性生活中不可或缺的程度。由于他所写的是一个对经济和社会状况的变化反映十分敏感的群体,因此,这种描述同时也准确地反映了上海社会结构、社会态度的变化和商业的发展。这是在讨论一种社会现象时所可能做出的最全面的论述,亦即包含了人类最原始的"性"。

妓女以"长三幺二"分高低等级,对高等妓女来说,性关系是一种特殊优待的服务,一段时间只能服务一位恩客,类似日本艺妓

---

① 安克强(Christian Henriot):《上海妓女:19—20世纪中国的卖淫与性》(*Prostitution and Sexuality in Shanghai: A Social History, 1849—1949*),袁燮铭、夏俊霞译,上海:上海古籍出版社,2004年;[美]叶凯蒂(Catherine Vance Yeh):《上海·爱:名妓、知识分子和娱乐文化 1850—1910》(*Shanghai Love: Courtesans, Intellectual, and Entertainment Culture, 1850—1910*),北京:生活·读书·新知三联书店,2012年;贺萧:《危险的愉悦:二十世纪上海的娼妓问题与现代性》,南京:江苏人民出版社,2004年。三书皆具代表性。日本人斋藤茂也写过一本考察中国妓女与文人、由申荷丽译的《妓女与文人》,北京:商务印书馆,2011年。

的文化娱乐。妓院就是文人雅士的社交场合,吟诗作乐,享受和妓女的恋爱感觉,就算追求也要按照妓院规矩行事。幺二则提供直接的平价性服务,不必搞什么浪漫或是浪费时间谈恋爱。叶凯蒂的妓女研究显示:①长三的价格意味着排他性,在整个恋爱过程中的"才子佳人"角色扮演游戏里,接近她们的难度则代表了她们的文化资本。

然而,妓女不论多高尚,法国人安克强眼中的中国妓女,就像法国人克里斯蒂娃眼中的中国妇女,美国人叶凯蒂眼中的东方妓女,日本人斋藤茂眼中被殖民国的低等女子,都是第三世界的边缘"她者"。外国人眼中的"边缘"妓女在张爱玲眼中成了"寻常"妓女、"圣母"妓女。她喜爱的《金瓶梅》《海上花列传》对妓女都有写实露骨的描绘:西门庆妾李瓶儿是个势利又冷血的妓女;海上"花"列传,就是上海各类妓女生活史的故事。名牌妓女的尊贵对比无名私娼的卑贱,就是中国笑贫不笑娼的社会。张爱玲看似既不同情妓女,也不鄙视妓女,她只是在轻蔑与喜爱间"玩味"妓女。因为人人爱看妓女,她的普通大众读者,哪个不看小报不看妓女?张爱玲的世界,妓女无所不在。

她和胡兰成热恋谈诗论画时,有这么一段关于妓女的诗意美谈:

又《古诗十九首》念到:"燕赵有佳人,美者颜如玉,被服罗裳衣,当户理清曲。"她诧异道:"真是贞洁,那是妓女呀!"又同看《子夜歌》:"欢从何处来,端然有忧色。"②她叹息道:"这端然真好,而她亦真是爱他!"

——《今生今世》

---

① 安克强:《上海·爱:名妓、知识分子和娱乐文化 1850—1910》,袁燮铭、夏俊霞译,上海:上海古籍出版社,2004 年,第 112 - 113 页。
② 《子夜歌》是江南民歌《吴声歌曲》中的一支,产地在以建康(今南京)为中心的江南地区。根据《旧唐书·音乐志》载:"《子夜歌》者,晋曲也。晋有女子名子夜,造此声,声过哀苦。"观其文,子夜当为恋上一文人雅士的痴情歌妓,后士另娶遂日夜哀鸣。

在《忘不了的画》里有着西洋妓女画《明天与明天》、日本美女画《青楼十二时》、林风眠的洋画妓女。妓女是用来给上等男人怡情养性、席间玩乐的大众情人,是给普通妇人恨、看不起又羡慕的下贱客体;张爱玲却大声赞叹,在《谈女人》①中,妓女是西方地母是圣女;在《洋人看京戏及其他》②中,妓女又成了东方理想夫人。

《大神布朗》是我所知道的感人最深的一出戏。读了又读,读到第三四遍还使人心酸落泪。奥尼尔③以印象派笔法勾出的"地母"是一个妓女。一个强壮、安静、肉感、黄头发的女人,二十岁左右,皮肤光洁健康,乳房丰满,胯骨宽大。她的动作迟慢、踏实、懒洋洋地像一头兽。她的大眼睛像做梦一般反映出深沉的天性的骚动。她嚼着口香糖,像一头神圣的牛,忘却了时间,有它自身的永生的目的。

———《谈女人》

这出 1926 年在纽约上演的《大神布朗》剧作,④诱发了张爱玲深沉的母性意识。她为什么会辛酸落泪?这出戏一直被西方剧评家认为是奥尼尔所有剧本中在艺术手法上最有鲜明特色的一个,也是最晦涩的一个。用功利主义和思想主义的对立、关于渴望和挫折的永恒故事来解释都不得要领。事实上,只要了解主人公戴恩愤世嫉俗的性格形成于他阴暗的童年,就不难理解。在戴恩看

---

① 1944 年 3 月刊载于《天地》月刊第 6 期,收入《流言》。
② 1943 年 11 月刊载于《古今》半月刊第 33 期。原为刊载于《二十世纪》上的《仍然活着》(Still Live)。
③ 尤金·奥尼尔(Eugene O'Neill,1888—1953)为美国著名剧作家、表现主义文学的代表作家。主要作品有《琼斯皇》《毛猿》《天边外》《悲悼》等,亦是美国民族戏剧的奠基人。评论界曾指出:"在奥尼尔之前,美国只有剧场;在奥尼尔之后,美国才有戏剧。"他一生共四次获普利兹戏剧奖(1920、1922、1928、1957 年),并于 1936 年获诺贝尔文学奖。
④ 参见尤金·奥尼尔:《大神布朗》,鹿金译,刊载于《外国文艺》,1982 年第 1 期,第 130–211 页。

来,他的父亲是他和他母亲的妖魔,而他母亲去世后,他感到自己像一个被丢掉了的玩具,大哭大闹地要跟她埋在一起。四岁时,他一向信任的好友布朗用木棍揍他的脑袋,向他证明布朗身内的那个善良的上帝是不存在的,所以他设计了一张坏孩子潘的面具,从此戴着它生活反抗另一个孩子的上帝……从愤世嫉俗到自暴自弃原来只有一步之遥而已。布朗以后的所作所为可以从上述的情节中找到解释——根深蒂固的忌妒。寂寞的戴恩说得好:"布朗爱的是我。"这句辛辣的反话,和张爱玲对同学说"除了母亲,我就只有你了。"一样疼得让人揪心。

值得注意的是剧中出现的女性形象,她们表现得都极勇敢。奥尼尔用象征主义的手法把大地母亲勾勒成一个妓女,一个"结实、安静、肉感的姑娘,让内心骚乱和痛苦的男人在她那里找到安慰"。女主人公玛格丽特象征的是爱,盲目的爱。作者着力描写她对爱情的忠贞,同时又指出她爱的始终是戴恩的那张面具,而非戴恩本尊,这样就更加深了悲剧性。《大神布朗》是一出描写被情欲折磨和驱使的人物的悲剧,其中没有一个角色是解脱的。即使戴恩的自暴自弃也是一种反抗,当然那只是一种不正确的反抗。不难看出,作者向往的是玛格丽特象征的那种盲目的爱。

故事是否很熟悉? 竟和张爱玲的人生有着奇异的巧合。地母饱满的肉身填补了戴恩生命的缺口、张爱玲生命的缺口,让她也一样难逃玛格丽特爱上假面戴恩的厄运。对人生清透的张爱玲早比我们了解的她还要了解自己。或许她将《大神布朗》当成自己人生的剧本,一步步摆弄着苍凉的手势彩排演练着一生对假面人胡兰成盲目的爱。另一出中国古典京戏,也让张爱玲对妓女从良后化身的理想夫人充满憧憬。

《玉堂春》代表中国流行着的无数的关于有德性的妓女的故事。良善的妓女是多数人的理想夫人。既然她仗着她的容貌来谋生,可见她一定是美的,美之外又加上了道德。现代的中国人放弃了许多积习相沿的理想,这却是一个例外。不久以前有一张影片

"香闺风云",为了节省广告篇幅,报上除了片名之外,只有一行触目的介绍:"贞烈向导女。"

——《洋人看京戏及其他》

三、洋娱乐的流入

自开埠以来,上海成为中国甚至是远东的金融中心,外滩有林立的银行、钱庄、信托公司、交易所,有直冲云霄的大厦、凸肚子的洋老板、会发光的金条和成捆的钞票。上海,简直就是"阿里巴巴的山洞"。外滩银行里的金库无比充盈,譬如大英帝国汇丰银行的代表安格连等洋人非常及时地抓住了上海人的钱袋,自1909年发售彩票至1949年的40年间,洋人从中国掠夺的这一项财富就达到四亿元,这些钱足以建造100座24层高的国际饭店,即便到了抗日战争前夕,上海跑马厅的现金收入除了开支之外还剩2 000万元的银子。①

上海开埠之初,洋人只有25人,但随着洋人逐年增加,数量几乎与近代上海人口的增加形成正比。民国初年,上海200多万人,其中100万人住在公共租界,近50万人住在法租界。20世纪二三十年代,上海是中国最大、最发达的城市,从1852年到1949年不到一百年的时间,上海人口增长了大约九倍,净增500万人,这个面向足以反映旧上海的飞跃发展。旧上海是一个文化发达之地,但同时也是一个黑色染缸,一方面是文明的进化,另一方面是罪恶的温床,充满着矛盾的社会现实。以租界为标志的十里洋场呈现发达和繁荣的局面,那里不仅有高楼大厦、银行剧院,但同时也有夜总会、舞厅、妓院以及贫民窟。就文化娱乐而言,一方面是洋人买办们的灯红酒绿、奢侈淫乐,一方面又是乞丐流氓等着嗷嗷

---

① 高福在:《洋娱乐的流入:近代上海的文化娱乐业》,上海:上海人民出版社,2003年,第4页。

待哺,以及舞女娼妓的辛酸血泪。上海就是个"豪富与赤贫、文明与愚昧"共存的都市。①

上海的娱乐业充满着种族歧视和殖民色彩。譬如第一座外滩的公家花园便禁止下层华人入内,以至于极少华人问津此地。该花园游览须知规定:"狗及脚踏车切勿入内,华人无西人同行,不得入内,小孩无西人同行,不得擅入藏花之园……"②最早建立的正规上海体育组织:上海跑马总会,也充满了歧视华人的色彩,五个英国人先以每亩不足十两银子的价格"永租"土地81亩,后转售再强征农民土地炒地皮,并限制中国人入会。在娱乐及以赌博为主的体育娱乐方面,洋人以殖民者身份君临华人之上,不仅排斥当地的主人,还以各种手段欺诈、勒索中国人。上海的文化娱乐业从开始就是洋人主持、承办、经营,同时也主要是洋人在消费,尽管民国以后有了一定改变,但殖民或半殖民的特征是无法改变的。这里的洋人,概指以殖民霸权统治租界区的英国人。③八岁从天津回上海的张爱玲,成长在这么个光怪陆离、华洋杂处的殖民大都市:既前进又腐败,既光明又黑暗,是天堂也是地狱,也难怪她习惯用二分法看世界。

我把世界强行分作两半,光明与黑暗,善与恶,神与魔。

——《私语》

日本接收上海后,洋人撤离,洋娱乐成了东洋娱乐,虹口东洋街、④日本电影、东宝歌舞剧……铺天盖地而来。张爱玲对日本的

---

① 参考《上海700年》《上海旧事》等相关著作。
② 此歧视条文于1928年废除。李欧梵:《上海摩登:一种新都市文化在中国1930—1945》,香港:牛津大学出版社,2000年,第7-31页。
③ 《上海公共租界史》《中国租界史》等著作对租界洋人如何欺压上海人有巨细靡遗的记载。
④ 在杜绍文:《虹口东洋街之忆——大租界的小租界》一文中,对虹口日本东洋街有详尽的描绘。收入《上海社会大观》,上海:上海书店出版社,2000年,第39-40页。

迷恋,恐来自爱屋及乌,胡兰成爱的,她就爱。除了和胡兰成一起欣赏画册上日本浮世绘之美,她也为日本布色之美倾心,①不讳言自己爱去虹口买日本衣料。在《童言无忌》里说道:

> 过去的那种婉妙复杂的调和,惟有在日本衣料里可以找到。所以我喜欢到虹口去买东西……日本花布,一件就是一幅图画。买回家来,没交给裁缝之前我常常几次三番拿出来鉴赏……还有一种丝质的日本料子,淡湖色,闪着木纹,水纹……

1965年张爱玲初次到台湾和青年作家王祯和回花莲老家,和王的母亲是用日语交谈,就是受惠于洋娱乐流入的殖民杂交文化,让张爱玲精通中文、英文,且懂日语、南京话、扬州话、吴语(可她偏不喜广东话,上海话还是在香港学的)。在《"嗄?"?》这篇文章里,字意和字音的辩证,更是展露了她过人一等的语言天分,她以《金瓶梅》为例,就各地方言异同做了详尽演绎;②《笑纹》中,她区分了上海话和浦东话的不同,以及美国各族裔腔调的笑话;③在《借银灯》又写道:"后来我到香港去读书,歇了三年光景没有用中文写东西。为了练习英文,连信也用英文写。我想这是很有益的约束。现在我又写了,无限制地写着。"尤其中学的英语学习环境,让她能说流利英语,能写精湛的英文,④还敢年纪轻轻时就投稿英文报,胆识非常过人,也让她在吸收西洋文化上胜于常人,连胡兰成都甘拜下风,在《今生今世》里赞叹不已:

> 爱玲把现代西洋文学读得最多,两人在房里,她每每讲给我听,好像《十八只抽屉》,志贞尼姑搬出吃食请情郎。她讲给我听萧伯纳、赫克斯莱、桑茂忒芒,及劳伦斯的作品。

---

① 见《童言无忌》,收入《流言》,台北:皇冠出版社,1984年,第97—98页。
② 《"嗄?"?》初载1990年2月9日《联合报》副刊,收入《对照记》,台北:皇冠出版社,1994年,第105—114页。
③ 同上注,第123页。
④ 《借银灯》,收入《流言》,台北:皇冠出版社,1984年,第40—43页。

我即欢喜爱玲在众人面前。对于有一等乡下人与城市文化人,我只可说爱玲的英文好得了不得,西洋文学的书她读书得来像剖瓜切菜一般,他们就惊服。

四、海派文化的异变

沈从文对海派定义是"名士才情"和"商业竞卖"相结合。[①]从文化渊源的角度看,海派文化是一种杂交文化,或称多元文化,对这种定论学者们似无多大歧义。只是对如何理解海派文化的杂交与多元特性,切入点略有差异。海派文化的杂交特性,当是指其渊源既必不可少地有来自中国的传统文化,又包括在上海有相当影响的西方文化。在地域上,上海处在明清时期中国传统文化最发达的东南地区,并不像有的学者所说是处于中国传统文化的边缘。开埠之后,上海成为各方大材芸萃之地,又带入了具有各地特色的传统文化。因此,传统文化与海派文化必然存在着渊源关系。在某种意义上可以说,海派文化是中国传统文化的异化。

上海又是西方文化输入中国的窗口,中西文化首先在这里汇聚变融。喝咖啡、吃蛋糕、跳舞、赌马、看电影、炒股票……西方人与中国人以及西方文化与中国文化,在上海的整体接触最为直接,也最为广泛,由此即容易形成一种中西杂交,与传统文化不尽相同的"海派"新文化。近代中国的新学有许多是孕育于上海,然后向各地扩散,这正是上海作为中西文化交汇前沿窗口作用的具体体现。说海派文化是一种多元文化,则主要是针对其多样性和非排他性而言,具体表现在能够以不拘一格的宽容态度,对各种文化相容并收。海派文化既然是一种杂交文化,而且是由中西文化杂交而成,这就意味着它一方面与西方文化有相同和相异之处,另一方

---

① 沈从文:《论海派》,刊载于《大公报》,1934年1月10日。

面又与中国传统文化也存在着某些区别。换句话说,海派文化是一种既不同于西方文化,又不完全同于中国传统文化的新型文化。①

张爱玲从不讳言,自己文学的底子中西融合杂交。从东方《红楼梦》《金瓶梅》到西方毛姆(William S. Maugham)、赫胥黎(Aldous L. Huxley)、斯特拉·本森(Stella Benson)的作品,②让她的小说有别于鸳鸯蝴蝶派,散文又有别于新感觉派,是一种新的海派文学创新体。晚年她承认自己受益古典文学良多,也不否认自己受五四运动影响,但宣称和外国文学并无深刻渊源,刻意要和胡兰成强调她现代西洋文学读得最多之事唱反调。③若非胡兰成胡说八道,就是她真的对西洋文学无所热爱,在情郎面前卖弄聪慧点到为止。

出走到美国的张爱玲,从中心看边缘,以他乡看故乡,充满着难解的矛盾情结。她从小痴爱《红楼梦》,少年写出《摩登红楼梦》到晚年《红楼梦魇》,60年间魂萦梦系难忘红楼,一是那是与父亲相濡以沫的美好年代,二是与曹雪芹祖籍同为河北丰润,这点巧合透过地理越界牵引一生一世,让她一恨鲥鱼多刺,二恨海棠无香,三恨红楼梦未完。④于是下半辈子坠身红楼"梦魇"中。

总之,华洋杂处,五方混居,促进了上海文化和经济的繁荣。

---

① 参考《老上海》《上海旧事》《上海生活 1937—1941》等著作。
② 斯特拉·本森(Stella Benson, 1892—1933),英国女权主义者、旅行作家、小说家,曾获得英国皇家文学协会奖章和1932年法国"杰出女性奖"。1919年到香港旅行,并在何琳娜·梅图书馆工作及一所圣公会男校任教。她后半生大部分时间都在中国度过,最后病逝于广州。主要著作有:《世界内部的世界》(Worlds within Worlds)、《穷人》(The Poor Man)等。1944年3月14日上海女作家聚谈上,张爱玲说她比较喜欢的外国女作家就是斯特拉,男作家提到平日正在阅读毛姆和赫胥黎的作品。
③ 胡兰成:《今生今世》,台北:远景出版社,2009年,第288页。
④ 在《红楼梦魇》一开场,张爱玲便提了这三恨。后来再加了第四恨:高鹗妄改,死有余辜。见宋以朗编:《张爱玲私语录》,北京:北京十月文艺出版社,2011年,第97页;甚至还有第五恨:林语堂。见刘绍铭:《爱玲小馆》,北京:海豚出版社,2013年。

黄浦江汽笛声声,霓虹灯夜夜闪烁,西装革履与长袍马褂摩肩接踵,四方土语与欧美语言交相斑驳,多种激流在此撞合、喧哗,卷成巨澜。①张爱玲就生活在这么个五彩缤纷的老上海时代,沉浸在中西文化熏陶中。那个近乎魔幻马戏团的诡谲年代是再也寻不回了。

五、从明清艳情小说到西方怪力乱神

除了挚爱《红楼梦》《海上花列传》外,张爱玲坦言自己受中国古典艳情小说《金瓶梅》《歇浦潮》的影响极深。在1944年3月的"女作家聚谈会"上,张爱玲第一次介绍自己写作的底蕴:"我是熟读《红楼梦》,但是我同时也曾熟读《老残游记》、《醒世姻缘传》、《金瓶梅》、《海上花列传》、《歇浦潮》、《二马》、《离婚》、《日出》。"她所举的九本书,前六本着于清代,后三本着于民国,《二马》与《离婚》是老舍的小说,《日出》是曹禺的剧本。其中《歇浦潮》这本俗艳小说,夏志清的胞兄、美国华盛顿大学研究员夏济安教授盛赞此书"美不胜收"。水晶于1971年走访人在纽约的张爱玲时,提到自己读《歇浦潮》,让她高兴极了,因为一直没有人提这本书。张爱玲指出:"《歇浦潮》是中国自然主义作品中最好的一部。"亦向水晶坦承《怨女》里的"圆光"一段,是直接从《歇浦潮》里剪下来的。②当初她写《怨女》的原型《金锁记》时,肯定也受到《歇浦潮》其他部分的影响,尤其是人性中自私、卑鄙、无耻又无情的阴暗面。

《歇浦潮》作者朱瘦菊,是民国鸳鸯蝴蝶派又称礼拜六派的名小说家,笔名为"海上说梦人",小说写的都是民初上海十里洋场

---

① 傅葆石:《灰色上海,1937—1945 中国文人的隐退、反抗和合作》,张霖译,北京:生活·读书·新知三联书店,2012年,第277页。
② 水晶:《张爱玲的小说艺术》,台北:大地出版社,1973年,第17-28页。

众生相,有妓女、新剧艺术家,还有革命党人等各色人物,场景逼真,在挖掘人性的卑劣方面,也很透彻,不仅全方位描绘民国初期上海的社会状况,而且对其所展示的春申江畔众生相进行了淋漓尽致的透视,洋洋一百回,写尽了人间的丑态,个个都是骗子,人人皆为敌手:妓女骗嫖客的钱,嫖客娶妓女为妻,再骗回妓女的钱;姨太太骗了老爷的钱,戏子又骗了姨太太的钱;经理算计了众股东,伙计则回头算计经理;讹骗革命党的薪金,再出卖同志去骗复辟政府的赏银,有权的以舞弊谋钱,有买卖的以奸诈谋钱,有美貌的以色相谋钱,一切男女皆热衷于做掮客拉皮条,在买卖双方之间谋钱。一个大上海的人生,全被浓缩与简化为"功利"两字,手段则是拆白党式的,一大群男女拆白党中,寥寥几个有情有义的,下场都很悲惨。《歇浦潮》甚得张爱玲欢喜,却被唐文标批评得一文不值:《歇浦潮》这类书,主题就是男盗女娼,人物就是上海几家有钱人、巨贾、官宦之后,内容细致的描写偷情、娶姨太太、诈欺、奸淫、姘戏子、玩弄女性、诱人犯罪……总之,就是一切都市诡秘、邪恶之事的总集。①

张爱玲喜爱京戏,在《洋人看京戏及其他》里被她夸赞不已的话剧中平剧的"剧中剧"手法,始于《秋海棠》。《秋海棠》是20世纪20年代鸳鸯蝴蝶派的经典爱情小说,被冠以"民国第一言情小说"、旧上海"第一悲剧"的称号。她是这样谈《秋海棠》的:

《秋海棠》里最动人的一句话是京戏的唱词,而京戏又是引用的鼓儿词:"酒逢知己千杯少,话不投机半句多。"烂熟的口头禅,可是经落魄的秋海棠这么一回味,凭空添上了无限的苍凉感慨。

就张家多样的藏书与开放的读书风气来说,爱读小报与家中藏书的张爱玲当然深受明清艳情小说熏陶。

追溯艳情小说源头当是明代开山之祖:《金瓶梅》。这部被称

---

① 唐文标:《张爱玲研究》,台北:联经出版公司,1976年,第48页。

为世情小说开山之作的小说,作者不详,有可能是中国第一部文人创作的长篇通俗小说,通篇表现的性、贪欲与死亡是明代中叶社会的缩影、市井社会的写真,是对社会腐朽的批判,是一个关于酒色财气的讽戒寓言,是关于色空哲学的形象化、通俗化的阐释,但是所有这些解读都无法回避小说中的性描写。《金瓶梅》的世界是个感情荒芜的欲望世界,首先是男女之欲的横流,男女之关系纠葛是小说的最为主要的内容。张竹坡谓《金瓶梅》之世界为"一片奸淫世界",而小说所描写之性关系多为变态性行为,除了男女之间的性虐待,另外如同性恋、窥淫癖、色情狂,几乎无所不包。小说对女性的描写亦以肉欲为视角。对于女性容貌的描写,除了关于头发、面容、眼睛、嘴唇等的俗套描写外,更不惜笔墨描写女性的肉体,特别是女性身体的隐秘部位,如阴部、胸部。[①]这类艳情的通俗小说,女性不是被彻底物化就是被边缘化,张爱玲却深爱之,一如《歇浦潮》供给她的庶民社会养分。张爱玲只是个通达的俗人。

张爱玲的《金锁记》命名该是挪用了《窦娥冤》的改编名,也隐藏着《金瓶梅》的影子,只是将性的情境转为诗意描写。当时坊间另一部由西湖渔隐主人著的《欢喜冤家》明清话本小说集也大受欢迎,后有仿刻本改题《贪欢报》《艳镜》《三续今古奇观》《四续今古奇观》等,其中表现出对"性的宽容与情的理解",[②]似乎和张爱玲的书写策略不谋而合。小说集中的 24 个故事基本都取材于现实,小说人物主要是社会下层的商人、书生、僧尼、塾师、妓女等,选取的是他们的家庭生活和婚外性关系,也就是作者在序言中所说的"以风月笔墨反映现实,以小见大,具有浓厚的生活气息"。24 个故事中以失节女子为主人公的占一半以上,而女子失节之原因,或为受劫迫,或为不满于丈夫之粗暴虐待,或受欺骗失身,作者对

---

① 李明军:《禁忌与放纵:明清艳情小说文化研究》,济南:齐鲁书社,2005 年,第 272 页。
② 同上注,第 277 – 287 页。

其态度是温和而宽容。实际上在这种生活形态的描写中，几乎看不出作者对这些女性的褒贬，因而无法以正邪来加以评价。

爱看小报的张爱玲，亦十分欣赏周瘦鹃强调予人快活的鸳鸯蝴蝶派的"礼拜六派"。当时上海流传着这么一句打油诗："宁可不娶小老婆，不可不看《礼拜六》"，可见《礼拜六》小报多受欢迎，在上头连载小说的鸳鸯蝴蝶派作家也大受欢迎，有人就视张爱玲为鸳鸯蝴蝶派的最后一个传人。她的中篇处女作《沉香屑——第一炉香》《沉香屑——第二炉香》首发，就是找上周瘦鹃后登在鸳鸯蝴蝶派的《紫罗兰》杂志上。据张子静回忆，张恨水的《啼笑因缘》、李涵秋的《广陵潮》、天虚我生的《泪珠缘》，也是她爱看的作品。张爱玲在《谈读书》一文中，也毫不掩饰地表示她对以鸳鸯蝴蝶派为代表的通俗文艺的亲近和认同。而她在众多的小说创作中呈现的言情之表层结构，更是或明或暗地承传了鸳鸯蝴蝶派的血脉。①张爱玲的小说去除新感觉派的耽美虚华，又在鸳鸯蝴蝶派的通俗娱乐中，放上那么一点艳情小说的性与彻底的荒谬人性，以出类拔萃的写实笔法走出了自己的中间路线。性可以是想象界的意象描写，暴力也转化为精神暴力，不带刀不见血，却刀刀见骨。

从小学开始就读教会学校的张爱玲，却是无教派。在《中国人的宗教》里，她认为表面上中国是无宗教可言的，中国知识阶级这许多年来一直是无神论者。美国教会办的黄氏小学只读一年，读了六年的圣玛利亚中学也是美国圣公会办的教会学校，从不曾听她提过受洗或信了教，除了在《必也正名乎》里提过一次《圣经》，在温州连夜读了半本胡兰成给的《圣经》，没看完临行也不带走。个性择善固执，喜欢就极喜欢，不喜欢就不屑理会的张爱玲，无可考证论者所言影响她最深的西方文化第一份要属《圣经》。②

---

① 包燕：《从传统走向现代——张爱玲与鸳鸯蝴蝶派言情小说之比较研究》，刊载于《浙江工业大学学报》(社会科学版)，2003年第2卷第1期。
② 符立中：《张爱玲与白先勇的上海神话》，上海：上海书店出版社，2011年，第9页。

虽然她在《小团圆》中，两次提起《圣经》，又称其是伟大的作品，只能说或许阅读《圣经》是她晚年的精神寄托。张爱玲没有任何宗教信仰，早在《谈女人》里就说道："我也是很愿意相信宗教而不能够相信。如果有这么一天我获得了信仰，大约信的就是奥尼尔《大神布朗》一剧中的地母娘娘。"

弗洛伊德倒是读过，对弑父与恋母情结，当有一番感触在心头。前文提及的《天地人》短文结语："最近也有些性学专家，一来就很震动地质问读者：'宝塔的式样是像什么？玉蜀黍的式样是像什么？酒席上荷叶夹子的式样又像什么？'用弗洛伊德详梦的态度来观看人生，到处都是阴阳，就像法文的文法，手杖茶杯都有男女之别，这毛病，中国人从前好像倒是没有的。"这露了两个重要讯息：张爱玲除读了甚至熟读了弗洛伊德《梦的解析》外，还熟读了留法学者张竞生的《性史》。张子静说过他们小时候就在父亲书房看过一些性书，在《同学少年都不贱》里，张爱玲也写高中时期的赵珏就看过《性史》。赵珏和九莉一样，就是张爱玲化身。

《性史》是张竞生的毕生研究，以系列出版后声名大噪，与画人体写真的刘海粟、创作《毛毛雨》的黎锦晖，被保守当权人士并列为伤风败俗的"民国三大文妖"。1944年7月《淮海月刊》胡兰成的《记南京》[①]一文中还插入了一段张爱玲自说喜欢《毛毛雨》的原委，可见当时这曲多流行：

毛毛雨
作词：黎锦晖 作曲：黎锦晖 主唱：黎明晖（黎锦晖女儿）
毛毛雨下个不停，微微风吹个不定，
微风细雨柳青青，哎哟哟，柳青青。
小亲亲，不要你的金，小亲亲，不要你的银。

---

① 陈子善：《张爱玲说〈毛毛雨〉》，收入《沉香谭屑——张爱玲生平和创作考释》，上海：上海书店出版社，2012年，第41-42页。1927年黎锦晖创作的这首爱情小调《毛毛雨》，开启了中国现代"流行大众音乐"。

奴奴只要你的心,哎哟哟,你的心。
毛毛雨,不要尽为难,微微风,不要尽麻烦。
雨打风吹行路难,哎哟哟,行路难。
年轻的郎,太阳刚出山,
年轻的姐,荷花刚展瓣。
莫等花残日落山,哎哟哟,日落山。

《毛毛雨》唱着张爱玲热恋中的心境,对照后来周训德在武汉和胡兰成热恋时口里就只唱着"郎呀,郎呀,我的郎",竟然有着异曲同工之妙。哎哎情歌换人唱,胡兰成总是有办法把热恋时候的女人搞得心花怒放。

20世纪30年代《性史》被假道学的卫道人士界定为"禁书""淫书",反而在民间广为流传。1929年开明书店为日人厨川白村出版了一本《近代的恋爱观》,译者夏丏尊在序言中说:"近代青年对于浅薄的性书,趋之若鹜,肉的气焰大涨。"①可见民国时期青年性观念就挺开放的。"性博士"张竞生的《性史》是男女性知识与爱欲的启蒙书,1923年他在《晨报》副刊发表《爱情的定则与陈淑君女士事件的研究》一文,引爆的爱情大辩论,②对民国时期的男女爱情观,有着颠覆性的影响。该文张竞生提出四个观念:一、爱情是有条件的,这些条件包括感情、人格、状貌、才能、名誉、财产等项。条件愈完全,爱情愈浓厚。二、爱情是可比较的,爱情既是有条件的,所以同时就是可比较的东西。以组合爱情条件的多少和浓薄作为择偶标准,是人类心里中的必然定则。三、爱情是可以变迁的,有比较自然有选择,有选择自然希望善益求善,所以爱情是变迁的,不是凝固不变的。由订婚至解约,成夫妻至离异,用可变迁的原则衡量实在是很正当的事情。四、夫妻为朋友的一种,夫妻的关系与朋友的交好有相似的性质,不同之处是夫妻比密切的朋友更加

---

① 李力夫:《民国杂书识小录》,上海:上海远东出版社,2011年,第185页。
② 见杨天石主编:《民国掌故》,北京:中国青年出版社,1998年,第449-457页。

密切,所以夫妻的爱情应比浓厚的友情更加浓厚。夫妻若无浓厚的爱情,就不免于离散。80年后读来,仍有鲜明的现实主义倾向。

张爱玲浓烈的爱情观,不可不说受其影响甚巨。

此外,当时的张爱玲甚是推崇希腊神话,对欧美剧作也是肯定的。除了《流言》中数度提及,胡兰成在《今生今世》里说他隐身温州避难的时候,张爱玲就带给他一厚册英文书,是近25年欧洲剧选,他都读完了,却不喜欢,说都是些怪力乱神,于身不亲的东西。① 其中肯定包括五四后被介绍到中国的王尔德《莎乐美》。依照论者符立中的说法,《莎乐美》影响《沉香屑——第一炉香》除了月亮、白孔雀变成白凤凰等表面修辞,而是带有象征意味的"颓废美文"意象……;此外,该剧阴森凄艳的月光、祸水等意象元素,也可在《倾城之恋》和《金锁记》找到。……《倾城之恋》的白流苏,固然或多或少借鉴《莎乐美》种种红颜祸水意象再予以"颠覆",但是轻俏流利的社交风情,机智、漂亮的俏皮话,贞女与荡女的道德暧昧(moral ambiguity),以及两性交战进退维谷等种种世俗风景,②无疑是更彻底地师法1928年由洪深改编王尔德《温德米尔夫人的扇子》的舞台剧《少奶奶的扇子》。该剧后于1939年拍成电影,在上海轰动一时。洪深是民国时期第一个毕业于美国哈佛大学戏剧系的导演。茅盾晚年写过一篇《洪深和〈少奶奶的扇子〉》,大赞剧本翻译得精确风趣又白话,是中国第一次以欧美专业方式演出的话剧。③

饱读中外文学作品的张爱玲还熟读毛姆,④甚至在1948年和

---

① 胡兰成:《今生今世》,台北:远景出版社,2009年,第446页。
② 符立中:《张爱玲与白先勇的上海神话》,上海:上海书店出版社,2011年,第9-15页。
③ 茅盾:《洪深和〈少奶奶的扇子〉》,原文刊载于1980年《新文学史料》第1期,后收入《文学与政治的交错》,北京:人民文学出版社,1980年。
④ 威廉·萨默赛特·毛姆(William Somerset Maugham, 1874—1965),20世纪最受欢迎的英国大众作家、剧作家。其作品充满幽默、机智,但也充满嘲讽与荒谬。1903—1933年,他创作了近30部剧本,深受观众欢迎。1908年,伦敦有四家剧院同时演出他的四部剧作,盛况空前。他的喜剧深受王尔德影响,一般都以家庭、婚姻、爱情中的波折为主题,给当时上流社会描绘了一幅幅风俗画,其中最著名的剧本是1921年的《圈子》。

1949年以"霜庐"笔名翻译了两篇毛姆短篇小说 Red《红》(1921作品)和 The Ant and the Grasshopper《蚂蚁和蚱蜢》(1924年作品),分别刊登在《春秋》杂志上。① 毛姆是王尔德接续者,《面纱》《香笺泪》等故事均牵涉华人,加上《雨》等异国情调的奇情作品,让周瘦鹃第一次阅读张爱玲手稿时便联想到毛姆。

张爱玲接受水晶访问时,否定自己和西洋文学的渊源,就算连夏志清都读出她受西洋小说的影响②也不认,肯定只是要反"今生今世的冤家无赖人胡兰成",《小团圆》就是致命的回击。张瑞芬评《小团圆》是怨毒之书,颜择雅说是悔罪之书,毛尖说是不出恶声之书,杨佳娴说是解谜之书,周芬伶说是病态之书……各家众说纷纭。本书论定《小团圆》是张爱玲还我本真面目的"还原之书",彻底自暴了俗人本性,矫情做作了一辈子,写了《小团圆》真痛快极了。此处,借着九莉告诉大家,张爱玲既非圣女贞德也非不食人间烟火的女神,只是个会妒忌有私心擅计算会怀孕曾堕胎的凡女。

凡女其实不凡,东西杂交的文化底蕴,让早慧的张爱玲一出手便不凡,笔调的奇丽与说故事的高明手法,让她至今仍无人可及。《时代周报》曾登载了一篇访问王德威谈张爱玲的文章,王赞誉道:"张爱玲是传奇,是巨星。"③王德威最喜欢的女作家,当数张爱玲。自夏志清把张爱玲与鲁迅、茅盾等大师级文学家相提并论后,开启了历久不衰的张爱玲热,王德威则在此基础上,发展出"张派传人"的独门研究。他表示张爱玲的传奇身世造就了传奇的张爱玲,这种巨星般的风采,任其他女作家如何拟仿都难以望其项背。张爱玲自己曾说没什么东西是她笔下无法描绘出来的。如胡兰成

---

① 根据《听沈寂忆海上文坛旧事》文中沈寂详述张爱玲以笔名"霜庐"为《春秋》写稿之事:第一篇《红》分两部分在《春秋》1948年第5卷第5、第6期发表,因为忙写小说,后面三分之一是沈寂续译的;因获得好评,第二篇《蚂蚁和蚱蜢》随即交件,在1949年第6卷第6期一次刊完。
② 夏志清:《中国现代小说史》,上海:复旦大学出版社,2005年,第260页。
③ 丁果:《王德威谈张爱玲:是传奇,也是巨星》,刊载于《时代周报》,2013年,第227期。

所言：

  我问爱玲，她答说还没有过何种感觉或意态形致，是她所不能描写的，惟要存在心里过一过，总可以说得明白，她是使万物自语，恰如将军的战马识得吉凶，还有宝刀亦中夜会得自己鸣跃。

——《今生今世》

  对张爱玲的天才和下笔背景，邝文美知之甚详："她的人生经验不能算丰富，可是她有惊人的观察力和悟性，并且懂得怎样直接或间接地在日常生活中抓取写作的材料，因此她的作品永远多姿多采，一寸寸都是活的。"

六、女权运动与女学兴起

  20世纪30年代，在上海妇女还甚多文盲之际，张爱玲能到香港大学读书受高等洋化教育，和中国妇女运动史有深刻的关系。这运动激励了她母亲黄素琼举起小脚迈向自由的世界流放之旅，她的出走封闭了自身母性，虽将母女情感置入疏离之境，但基于自身学识不足，督促女儿受高等教育成了一生悬命。

  上海虽是中国历史海口名城之一，又是率先兴起近代教育的城市，但在中华人民共和国成立之前，全市人口中文盲仍占多数，从事体力劳动的工人、农民、小商贩以及女性市民中文盲率超过70%。民国十六年（1927年）南京国民政府成立后，以孙中山"唤起民众"的遗嘱，发起民众教育运动。从民国十七年（1928年）至民国三十八年（1949年）上海解放，除抗日战争期间一度停顿外，识字扫盲教育持续了十余年。[①] 女学的兴起，让上等家庭女子得以

[①] 上海地方志办公室数据显示：当时从事体力劳动的工人、农民、小商贩以及女性市民中文盲率超过70%。据民国十五年（1926年）劳动人民集中的闸北区调查，全区成年文盲达78%，同时全区96 937名学龄儿童中失学者达77 997人，失学率高达80%；又据上海县于民国廿四年（1935年）统计，全县122 812人中识字者26 090人，不识字者达77 632人，文盲率为75%。

受到良好教育。

甲午战争后,中国的民族危机日益加重。少数先进女性受到维新思想的影响,在"天下兴亡,女子亦有责焉"的爱国精神和"合大群,兴学会"这一时代趋势的感染下,走上了维新救亡之路。1897年秋,谭嗣同夫人李闰、康广仁夫人黄谨娱、梁启超夫人李端蕙等,在上海成立近代中国历史上第一个政治性女子社会团体——中国女学会,以讨论妇女教育问题和妇女权利问题为宗旨。1898年5月31日,中国女学会创办中国女学堂。这是有史以来中国妇女自行创办的第一所女学堂,引起社会热烈反响。① 1898年7月24日中国第一本妇女期刊《女学报》正式创刊,提倡女学,争取女权、开通女智、反对缠足。戊戌维新失败后,中国女学会随之夭折,中国女学堂也于1899年关闭,《女学报》停刊。虽然该学会仅存在了短短一年,但标志着中国妇女觉醒启航。1902年《女学报》复刊,1903年上海大同书局出版了《女界钟》,提出中国女子有四害待除:"缠足、装饰涂朱、迷信、拘束",并倡导男女平等,主张婚姻自由,敦促妇女教育,呼吁妇女参政,产生了震动性的社会影响。1904年秋瑾创办《中国女报》,河北妇联创办《女子世界》;1907年创刊的《神州女报》则披露了专制家庭的黑暗和旧婚约的不合理,呼吁女子摆脱旧家庭的束缚,争取经济和政治上的权利。1909年《女报》抨击女子无才便是德及贞节观,到1915年《妇女杂志》创刊时,已极力推动了女子迈向自由解放。② 随着革命派对保皇派的论战胜出,也激励了海外女留学生办报,1907年燕斌编辑发行《中国新女界杂志》,女子复权会在东京创办《天义报》,另有1911年留日女学生会所创办《留日女学生杂志》等,对当时妇女运动有极大的影响。当然也引起女权反动,如陈曾寿等卫道人士的撰文斥责,③

---

① 参考王静:《清末民初女子社团的发展》,天津:天津师范大学出版社,2005年。
② 参考刘人锋:《中国妇女报刊史研究》,北京:中国社会科学出版社,2012年;李康化:《漫话老上海知识阶层》,上海:上海人民出版社,2003年,第51-58页。
③ 陈东源:《中国妇女生活史》,上海:上海书店出版社,第365-368页。1984年根据商务印书馆1937年版复印。

《女子世界》则要求女子独守贞操反对婚恋自由等。① 新时代的浪潮铺天盖地而来。

《五四运动史》"妇女解放"这一章节,宣称最晚开始于公元10世纪前半叶的缠足,使妇女像跛子一样虚弱和丧失能力。尽管在中国历史上出现了些女诗人和女画家,但是中国传统的伦理观念是"女子无才便是德"。妇女被迫单方面的保持贞操。纳妾是法律允许的。在许多情况下,与高等妓女交往被认为是与知识分子的生活情调相符。父母溺死女婴的事情经常发生。由于家庭的经济压力,女流为社会所鄙视。总之,妇女传统地受到不公正的对待。因此,将妇女从传统的社会束缚中解放出来,是五四运动的另一个硕果。② 一位撰写中国妇女生活史的作家说:"中国妇女能有独立人格的生活,其成就归功于《新青年》的介绍,五四运动提供了这项成就的钥匙。"陈独秀、周作人、鲁迅、胡适等新文人则是拿着钥匙开门的象征性关键人物。

1918年1月留日回国的陈独秀为《新青年》杂志举办编辑会议,随即创刊号发表了陶孟和论妇女地位的文章并介绍西方妇女运动的观点。四个月后,周作人在《新青年》上发表了他翻译与谢野晶子③的日文文章《贞操论》,反对单方面的保持贞操,否认贞操即道德的观念。这个观点得到胡适、鲁迅和其他很多作家的支持,为妇女解放做了思想上的准备。6月,胡适撰文《易卜生主义》,向全国青年推崇易卜生④在《玩偶之家》所主张的女子追求个性解

---

① 卓影编:《丽人行——民国上海妇女之生活》,台北:柏室科技艺术,2006年,第58页。
② 周策纵(Tse-tsung Chow),陈永明等译:《五四运动史》,湖南:岳麓书社,1999年,第372-373页。
③ 与谢野晶子(1878—1942),日本明治至昭和时期活跃的诗人、作家、思想家。16岁起,她开始在各大刊物发表文章,作品多数为描写男欢女爱。明治三十二年(1899),与谢野铁干在东京都成立了新诗社,创办《明星》刊物。与谢野晶子的作品多数被《明星》选用发表。
④ 易卜生(Henrik Johan Ibsen, 1828—1916),挪威戏剧家、诗人。他留下了绚丽多彩的25部戏剧和丰富的诗歌、书信、散文,其中《玩偶之家》《人民公敌》等剧本成为世界各国戏剧舞台上的经典作品,对19世纪末到20世纪初的欧美戏剧产生深远影响,因而被称为"现代戏剧之父"。

放、男女平权的精神。此时的胡适名望甚高,很有号召力,有他的推介,《玩偶之家》被作为宣传"妇女解放"的教材。① 曾经在 1914 年大受批判的《玩偶之家》重新上演,一票难求。连林语堂也翻译了《易卜生评传及其情书》,② 女界、学界、知识界,百姓争谈娜拉,这是第一次中国男性知识分子站上台面鼓吹女性从传统出走。

五四新文化运动的先驱们在对妇女解放问题的关注与探讨中,逐渐形成一个"新女性观"——推翻封建道德的桎梏,争取自我支配的权利,实现"人"的价值。这一理念落实到实践中,就演化为女性与封建代表的旧式家庭的决裂:离开父家、追求恋爱自由和婚姻自主,表明她是一个思想先进,敢于追求幸福的五四"新女性"。③ 这一时期妇女史研究之所以兴起并逐渐掀起高潮,一是有新文化运动呼唤社会革命与妇女解放的社会背景,二是有维新以来西学改革、新学科建立与发震的学术背景。"五四"先驱者和新文化运动的男士们,猛烈抨击封建社会,大声疾呼妇女解放,大大改变了人们对妇女的认识并引起全社会对妇女的关注。于是反对封建包办婚姻的浪潮席卷全国,女学生中因逃婚而离家出走的人骤然增多。许多报刊登文赞扬这一行为,称这些女性为中国的娜拉,石破天惊地为妇女走出家庭开启了大门,妇女不再甘于在家相夫教子、在家等着做结婚员,走出家庭做职业妇女形成风气。

深受缠足之害的黄素琼尽管出生在传统官宦世家,思想上仍受这一股挡不住的民主自由气氛的渲染而极为开放,是那个时代的新女性。黄素琼为清末长江七省水师提督黄翼升子黄宗炎的村妇妾所生,父亲去世得早,从没受过正规教育,1924 年抛夫弃子和小姑张茂渊出国留洋,回来后更极力要求自己的女儿张爱玲一定要读书、要留洋、要练大家闺秀身段,潜意识里就是对知识匮乏的

---

① 参考袁晓峰:《女人的力量:中国女性的历史命运》,北京:中信出版社,2012 年。
② 布兰地司:《易卜生评传及其情书》,林语堂译,上海:春潮书局出版社,1929 年。
③ 张淳:《中国早期电影〈新女性〉与民国上海的女性话语建构》,刊载于《首都师范大学学报》(社会科学版),2011 年第 2 期,第 109 页。

自卑,女儿绝不能给人看不起。1893年出生的黄素琼正赶上了1919—1949年中国妇女变革的第一次热潮,成了易卜生笔下的"中国娜拉"先锋。① 张爱玲也赶上了这一波,却走出和母亲逆反的方向,成了一个变种的娜拉。

1923年12月26日鲁迅在北大演说《娜拉出走了以后怎样?》,提醒中国娜拉钱包里必须有钱,或者能挣钱,否则她的出路只有两条:要么堕落,要么回她原来的家。娜拉的下场显然并不乐观,冥冥中也注定了黄素琼母女的命运。

1936年由中国电影之父张石川导演的电影《女权》上映,听片名就知道是迎合时代运动探讨女性主义的电影,讲述了受过高等教育的知识女性宋嘉玉(蝴蝶饰)怀着服务社会、追求解放的志向走上社会,四处碰壁终于失败的故事,高喊口号不敌现实的残酷。从《女权》中可以看到编剧洪深受到易卜生《玩偶之家》的明显影响,蝴蝶饰演的宋嘉玉的两次离家出走与娜拉出走异曲同工,也与黄素琼的命运紧紧相扣,在出走与回归中摆荡。黄素琼易名黄逸梵后一去不返,终究成了自由又堕落的娜拉。

蝴蝶特地为此片配唱主题曲《女权》,哀哀唱出女性的矛盾挣扎:"书声琅琅,欣欣叙一堂;钟声铛铛,济济又一堂。多年聚首,数载同窗,一朝分手,泪洒胸膛。为女权斗争,为女权解放,弃离那温柔乐园,尝试着社会的千般模样。弃我花瓶,迫我流浪,做过可怜妇,进过女工厂。恋爱纠纷说来更心伤。一个抛弃,一个死亡,一个痴心,一个鲁莽。女权女权,处处有阻挡,女权女权,黑暗无曙光。要为女权斗争,要为女权解放,勇敢贯彻那都市风光。"②

---

① 依据杜芳琴:《发现妇女的历史——中国妇女史论集》,天津:天津社会科学院出版社,1996年,第187页。以1949年为界,中国的妇女史研究可以分成两时期,30年代和80年代曾各出现过两次热潮。
② 1936年电影《女权》主题曲"女权",蝴蝶演唱,许如辉词曲。《女权》曾在中日战争前到台湾在第一剧场上映。参见黄仁:《中外电影永远的巨星》,台北:秀威信息科技,2010年,第122-123页。

加上特别制作的蝴蝶拿火炬海报和强大的导演编剧演员阵容,《女权》成为1936年上海卖座第一的电影。

《女权》剧照:女性由家庭出走想要挣脱父权社会的桎梏谈何容易?

运动退潮后,由于妇女苦难与妇女问题仍触目惊心,一些学者遂将五四斗争精神转化为对历史的冷静思考,以更深刻的层次探索妇女问题的症结和妇女解放的出路。西学东渐,旧学倡新学,打破了中国传统治学格局,高等女学兴起,留洋风也接着跟进。陈衡哲是1914年第一批考取美国公费留学的女留学生,袁昌英则于1921年在英国获得文学硕士学位,被视为中国妇女第一人。1925年黄逸梵出国游学,1930年返国,在她的督促下,张爱玲在1937年也搭上了这辆留洋热潮列车。虽然她说不喜欢留学,只喜欢待在上海,香港留学生活却带给了她大量的创作元素和文学想象。

七、上海与香港的双城演绎

对于晚清与民国期间上海的研究,曾一度被大陆学者命名为

"上海学",譬如熊月之的《上海学平议》,①裴定安、张祖健的《对"上海学"研究的思考》,②均使用了这一名词。值得注意的是,从研究性质上看,"上海学"的研究亦包括"都市""现代性"与"大众文化"这三重类别的文化研究。③《海上倾城》④无疑是近十年来对于"上海学"倾力研究的一部力作,只有李欧梵的《上海摩登》堪与匹敌。虽然取径有别,但当张爱玲学已经成为"上海学"中的显学时,参照这两部巨著实为必要。

《上海摩登》中关于张爱玲是这样描述的:"在她的大量散文里,张爱玲总是以上海'小市民'自许。她在前半生,除了在天津住过两年,在香港住了三年,一直都是在上海。自她一九四二年张爱玲从被战争肆虐的香港返回上海后开始写作,她对这个大都会是更加热爱了。如同她向她的读者所公开宣称的,即使有些故事的背景是香港,她写的时候,无时无刻不想着上海人,因为她是为他们写作的。"⑤"我喜欢上海人,我希望上海人喜欢我的书",⑥她深爱这个都市的景象和声音,气息和风味,她在许多散文里都对此有细致入微的描述。比如,在她的散文《公寓生活记趣》里,她就说她喜欢"市声"——电车声,没有它的陪伴,她是睡不着觉的。她也喜欢西式糖果的味道和臭豆腐的强烈气味,街上小贩的叫卖声在她听来就像是古乐一样,甚至不惜笔墨地评述公寓楼里电梯服务员是如何的有水平有智慧。至于各楼居民她则

---

① 熊月之:《上海学平议》,刊载于《史林》,2004年第5期。
② 裴定安、张祖健:《对"上海学"研究的思考》,刊载于《上海大学学报》,2005年第1期。
③ 参考韩晗:《都市意象及其现代性修辞——以〈海上倾城:上海文学与文化的转异(1849—1908)〉为中心的学术考察》,刊载于《武汉师范学院学报》,2011年2月第13卷第1期。
④ 吕文翠:《海上倾城:上海文学与文化的转异(1849—1908)》,台北:麦田出版公司,2009年。
⑤ 李欧梵:《上海摩登:一种新都市文化在中国1930—1945》,香港:牛津大学出版社,2000年,第255页。
⑥ 《到底是上海人》,收入《流言》,北京:北京十月文艺出版社,第4-5页。

用了一个简要的全景式"镜头"作一通览,酷似希区柯克(Hitchcock)电影《后窗》的开头。她认为她自己是个布尔乔亚消费者,喜欢服饰和化妆品。她用《大美晚报》(*Shanghai Evening Post*)第一笔漫画稿费五块钱去买了生平第一支丹琪唇膏,虽然母亲要她去买字典。

到底是精明上海人的张爱玲,1939年夏天到香港接受英国殖民教育,1941年底因太平洋战争爆发学校停课,来年夏天返回上海。有备而回的她,因在港三年只用英文写作疏于精进国文,在圣约翰大学因国文考试不及格休学,闭门写作,不久便交出了第一篇亮眼小说:《沉香屑——第一炉香》。

这一点东方色彩的存在,显然是看在外国朋友的面上。英国人老远的来看中国不能不给点中国给他们瞧瞧。但是这里的中国,是西方人心目中的中国,荒诞、精巧、滑稽。

出击首篇及续篇《沉香屑——第二炉香》席卷了整个上海。为什么鸳鸯蝴蝶派杂志的编辑和读者,这些习惯于浸淫在个更传统的中国文化世界里的人,会对一个年轻女人在香港变成妓女的故事感兴趣?香港的什么吸引着上海人?如果这块英属殖民地在西方人眼里代表着中国——荒诞、精巧、滑稽。那么,通商口岸上海是不是也如此?① 香港需要另一个外来摩登者定义。张爱玲的上海把香港作为"他者",边陲殖民地的香港对上海租界的中国居民来说,一直提醒着他们半殖民地的焦虑。张爱玲思考的却是焦虑中的"卖点"。

香港在张爱玲笔下成为他者中的他者,是东方人眼中的西方人眼中的东方,卑微卑贱卑鄙之异域。双重他者建构出看似复杂却又简单无比的叙事结构:在刻意经营出的异地杂交情调下,女子

---

① 李欧梵:《上海摩登:一种新都市文化在中国1930—1945》,香港:牛津大学出版社,2000年,第301-309页。

自愿卖身为妓,成为畅销作家的煽情卖点。她在《论写作》里头说道:

> 李笠翁在《闲情偶寄》里说"场中作文,有倒骗主司入彀之法。开卷之初,当有奇句夺目,使之一见而惊,不敢弃去,此一法也。终篇之际,当以媚语摄魂,使之执卷流连,若难遽别,此一法也。"又要惊人、炫人,又要哄人、媚人,稳住人,似乎是近于妾妇之道。

2007年,宋以朗在张爱玲遗稿中发现已完成的英文旅游笔记 *A Return to the Frontier* 和另一篇20世纪80年代才修正完成的34页中文《重返边城》手稿。香港与台湾在张爱玲眼中皆属"边城"。原来,直到终老,张爱玲一直以上海为世界中心,再以世界人的优越精英眼光看着上海、看着台湾、看着香港。边城的意思,就专门研究边境文化的墨西哥作家/诗人安莎杜亚①的新混种理论来说,就是被帝国主义、种族主义藐视欺凌的杂交、混乱地带。文明的是我中心大国,落后的是你蛮荒边境。李欧梵教授亦说:"她有上海人的高傲,不太喜欢香港。对她来说香港是一个酒店,上海是自己的家。"②一个原乡,其余皆他乡。

1944年9月,在《传奇再版的话》,张爱玲写道:

> 在上海已经过了时的蹦蹦戏,我一直想去看一次,只是找不到适当的人一同去;对这种破烂,低级趣味的东西如此感到兴趣,都不好意思向人开口。直到最近才发现一位太太,她家里谁都不肯冒暑陪她去看朱宝霞,于是我们一块儿去了……

---

① 格萝丽亚·安莎杜亚(Gloria Anzaldua,1942—2004)被视为卡奇诺文化和酷儿理论(Chicano cultural theory and Queer theory)的领航者,在女性空间主义和后殖民主义交叠的领域里占有极为特殊的地位,她的主要作品除《边境/边塞:新混种》(*Borderlands/La Frontera: The New Mestiza*)外,另有《造脸/造魂》(*Making Face, Making Soul/Haciendo Caras: Creative and Critical Perspectives by Feminists of Color*)等多本相关领域著作。
② 李欧梵:《看电影》,上海:上海书店出版社,2012年,第111页。

蹦蹦戏便是评剧。评剧,中国五大剧种之一,在北方流传深远。当天张爱玲看的是朱宝霞主演的知名戏码《井台会》。1935年朱宝霞的蹦蹦戏团初到上海演出时,轰动非常,因为上演剧目多有"惩恶扬善""评古论今"的新意,于是采纳名宿吕海寰的建议,改称"评剧"。1936年白玉霜在上海拍影片《海棠红》时,新闻界首次把"评剧"的名称刊载于《大公报》,从此,评剧的名字广泛传播于全中国。① 评剧的显著特征是贴近生活,剧目以反映现实社会生活题材为主。1942年朱宝霞再到上海演出时,因政局动荡,演出并不顺利。张爱玲仍称"蹦蹦戏"应是喜欢这三个字的乡野况味。

这纯朴写实最接近百姓生活的地方戏曲,被张爱玲形容成"过时的破烂",蹦蹦名旦唱的名曲,也被她贬抑为"低级趣味"的"东西",很低俗,低俗到不好意思开口邀人一块去看,就怕被人知道去看蹦蹦戏不好,降低了身份。自称小市民的张爱玲,其实离偏远农村的人民生活很遥远,她不但不是小市民且是大都市的白领贵族。她以上海贵族的尊贵眼光藐视着远自东北(非西北)来的地方蹦蹦戏。张爱玲聪慧至极,仅看过一出就可以洋洋洒洒写出一大段妙文,可惜见精不见透。偏那"见"又是带着区域性歧视的眼光。就算在句尾,添上对蹦蹦戏女粗粝生命力的推崇,也难掩初心。

张爱玲,不论看香港看外地,都是以大中国为中心的大上海眼光。

---

① 参见陆亚伟:《评剧表演艺术的审美特征》,刊载于《戏剧之家》,2011年第6期;邢珍珠《评剧表演艺术的基本美学特征》,刊载于《剧作家》,2011年第4期。但依据《申报》报道,1935年1月26日至4月24日,蹦蹦戏在河北歌剧场演出,戏曲广告首次采用"评戏"名称。《中国大百科全书·戏曲曲艺卷》上的评剧条目指出:1935年蹦蹦戏在上海演出时,正式使用"评剧"名称。中国大百科全书出版社,1993年,第277页。2006年5月20日,评剧列为首批国家级非物质文化遗产名录。

八、20世纪40年代的上海传媒

上海小报通指篇幅较小,一般为八开或小于八开的小型报纸,它以消遣性为主旨,内容包括新闻、小说、随笔、游记、小品文、新旧体诗词、掌故、影戏、社会知识和生活话题等。① 读者以中下阶层普通市民为主,倾向满足人们对名人的窥视欲,而这些名人的评判标准不是他们对社会的贡献度,而是他们是否奇特怪异,是否具有"新闻价值",具体的衡量标准是:"三闻",即秘闻、艳闻和趣闻。② 海派小报的兴盛,源自1919年疲软不振的《神州日报》想出以随报免费附送《晶报》三日刊的点子重振业绩。发行后广受好评,各种海派小报应运而生,仅1926—1927年间,便发展到三四十种。③ 小报和大报、杂志不同,极具地方特性,说三道四不问世事,每日一般都有五到七篇小说同时连载,声势浩大,铺天盖地而来。阅读小报成为上海人日常最便宜的消遣,每两份仅售铜圆五枚,比杂志、单行本便宜很多。④ 20至40年代是上海小报发展的重要阶段,这一阶段可分为两个时期:一是民初至1937年八一三抗战的三日刊时期,以"四大金刚":《晶报》《金刚钻》《福尔摩斯》《罗宾汉》为代表;二是从1937年八一三抗战到1949年新中国成立的日刊时期,以《社会日报》《上海报》《上海日报》《东方日报》为代表,⑤并与知识分子读的《申报》《新闻报》《时报》等主流大报各霸一方。小报

---

① 李楠:《晚清民国时期上海小报》,北京:人民文学出版社,2006年,第22页。
② 参考《上海一百名人图说》,刊载于《铁报》,1946年3月11日。
③ 参考《上海文化百年史》第2卷,上海:上海科学技术文献出版社,2002年,第1339页。
④ 《良友》《时代画报》等杂志都卖每册两角;黎烈文译单行本《红萝卜须》一本实价七角五分、鲁迅《三闲集》一本实价七角。见李勇军:《再见,老杂志:细节中的民国记录》,北京:北京工业大学出版社,2010年,第42、148、155、175页。
⑤ 对这些老上海的才子文人生平事迹的详尽描绘。见蔡登山:《繁华落尽:洋场才子与小报文人》,台北:秀威信息科技,2011年。

以1897年《游戏报》创立为开端,1952年《亦报》并入《新民晚报》为结束。①《亦报》的结束,也象征张爱玲上海关键十年写作生涯的终结。

上海"孤岛"时期的文学期刊有150余种,占全国新创期刊(时约444种)的三分之一。沦陷后,所有具有抗战意识的期刊如《中美周刊》《正言周刊》《正言文艺》《文林》《文综》《奔流文艺丛刊》等全部被迫停刊,只有《小说月报》《万象》《乐观》等几种商业期刊继续存活。1942年3月至1945年8月,先后创办的文学期刊约60种。②《古今》《万象》《紫罗兰》《杂志》《天地》这些让张爱玲功成名就的杂志皆在此时蹿起,《良友》综合性画报以及致力塑造理想新女性的《玲珑》杂志、雅俗共赏的《妇人画报》亦大受欢迎。③

上海"孤岛"时期,乃指1937年11月12日淞沪会战宣告失败,13日中国军队撤离上海,上海绝大部分市区和近郊都被日军占领,中国人在上海仅保留着一小块租界区可以进行一些自己的活动。当时日本尚未向英美等国宣战,属于英美势力的公共租界区与属于法国势力的法国租界区虽宣布保持"中立",但又被日军占领区包围,因此被称为"孤岛"。这种情况维持到1941年12月8日珍珠港事件发生,日军侵入租界为止,历时四年零一个月。在这段特殊的时期里,不少文化人仍坚持活跃于租界内,形成了独特的"孤岛文化"。因此,张爱玲1943年崛起时,上海已全面进入被日本全面占领的"沦陷"时期,许多论者却

---

① 孟兆臣:《20世纪20—40年代通俗小说在上海小报上的传播》,刊载于《中国现代文学研究丛刊》,2005年第6期,第129-139页。
② 李相银:《上海沦陷时期文学期刊研究》,上海:上海三联书店,2009年,第37-38页。
③ 《玲珑》对如何塑造上海都会摩登女性功不可没,持续以图文推广头发的美、时髦的学生装、泳装比赛、健康运动、社交礼仪、职业女性等,连张爱玲都爱看。详见李康化:《漫话老上海知识阶层》,上海:上海人民出版社,2003年,第58-78页;《妇人画报》特刊则见陈子善:《上海的美丽时光》,台北:秀威信息科技,2009年,第81-83页。

误为孤岛时期。①依柯灵《关于"孤岛"文学》简言之：上海"孤岛"有明确时空范围，时段自1937年11月13日中国军队撤离上海开始至1941年12月8日上海租界全面沦陷为止；空间则以上海法租界与公共租界（英美控制）两个地区为限。亦即上海"孤岛"时期，与"上海孤岛"譬喻是两件事。

  《中华文学通史》记载：上海孤岛"沦陷"后的文坛就作家创作而言，较有文学史意义的是其提供了一位传奇式的女作家——张爱玲。②1943年春天，张爱玲透过母亲娘家的亲戚园艺家黄岳渊介绍，带着两部小说《沉香屑——第一炉香》和《沉香屑——第二炉香》登门拜访《紫罗兰》主编周瘦鹃。周瘦鹃读后"深喜之"，决定马上在刚复刊一个月的《紫罗兰》第2期（5月号）刊出，然因篇幅所限，"两炉香"分5期，到同年9月刊完。在这之前张爱玲已开始鬻文为生，但那是在《二十世纪》（*The XXth Century*）英文月刊上，卖的是洋文。因此《紫罗兰》顺利迈出第一步，对张爱玲而言，

---

① 唐文标的《张爱玲研究》的第148页也有着同样笔误：1945年8月，日寇全面溃败，日本无条件投降，中国抗战胜利，因而也结束了日据下上海"孤岛"的文化生活。苏伟贞的《孤岛张爱玲——追踪张爱玲香港时期（1952—1955）小说》，显然"孤岛"两字在命题上有误导之嫌，虽然范铭如在序中做了补强：孤岛，以其没有依恃，亦自无所羁绊，伟贞扭转阅读上的空间立场，独钟香港。本书亦以为，孤岛由地理空间转向心理空间此命题才说得通。此外，刘绍铭在《到底是张爱玲》（上海：上海书店出版社，2007年）第25页中写道：看来只有在"孤岛"时期的上海，张爱玲才可以"童言无忌"；刘川鄂在《张爱玲之谜》（北京：中国书店出版社，2007年）第64页亦写道：张爱玲开始了职业作家的生活，而且很快扬名"孤岛"，成为红极一时的作家。两位张学大师对"孤岛"意义的指涉不明，难免令读者疑惑。魏斐德（Frederic Wakeman Jr.）著，芮传明译：《上海歹土——战时恐怖活动与城市犯罪，1937—1941》（北京：人民出版社，2011年），第一章便是定义上海孤岛，但参考文献部分来自傅葆石论文的原文。因此傅葆石的《灰色上海，1937—1945 中国文人的隐退、反抗与合作》，算是对上海"孤岛"意义阐释得最清楚的一本专研著作。另高全之《上海"孤岛"与"上海孤岛"——抗战期间张爱玲的写作环境》标题即明示两者差异，内文又厘清了两者间的混淆点，收入《张爱玲学》，台北：麦田出版公司，2011年增订版，第39–47页。

② 孤岛定义、孤岛文学兴衰、张爱玲及其他作家等，详见张炯、邓绍基、樊骏主编：《中华文学通史》第7卷，北京：华艺出版社，1997年，第428–438页。

上海关键十年揭秘

不啻是极大的鼓舞,从此作品倾囊而出,从1943年5月至1944年底,在短短一年半的时间内,共创作发表了1个长篇、6个中篇、10个短篇和42篇散文,总计50余万字。① 这一时期张爱玲的小说精致、圆熟,将冷静的笔触与世俗的情趣有机地统一在一起。②

因为不满意《紫罗兰》版面安排,张爱玲遂将作品分别给予柯灵主编的《万象》月刊、《新中国报》(社长袁殊)系统的《杂志》月刊、女作家苏青主编的《天地》月刊、周班公主编的《小天地》月刊、周黎庵主编的《古今》半月刊、胡兰成创办的《苦竹》月刊和1940年3月在南京创刊后来编辑部移到上海的《新东方》月刊等,以及其他大小报刊……于是,张爱玲快速地"占领"了上海所有最著名、最具影响力的纸媒,使她风靡全上海甚至全中国,③加上座谈访问不断,让她拥有公开论述的言论权力,虽然谈的都是生活与爱情等女性闺房小事,但影响力堪与当时的男作家匹敌。④ 其中,张爱玲和《杂志》的渊源最深,合作时间最长。根据李相银的研究:⑤《紫罗兰》只写了五个月,《万象》为十个月,《杂志》则整两年。张爱玲对上述三刊的厚薄亲疏可窥一斑。

张爱玲登上文坛后不久便开始与《杂志》结缘,从1943年7

---

① 依金宏达的统计,张爱玲从中学时代试笔写作至谢世,历经60余年,所留下的作品,总括起来,主要有:中短篇小说27篇,长篇小说4部,各种剧作15部(含散佚作品),散文78篇,学术论著1部,译作4部,其他散佚之长篇作品5部。就目前所可看到的张爱玲作品而言,当在百分之九十五以上,字数总量大约在300万字。见金宏达:《平视张爱玲》,北京:文化艺术出版社,2005年,第5—11页。
② 参考王鹏:《在两极游走的小女人——浅议张爱玲人生际遇与文学创作之关系》,刊载于《时代教育》,2009年第2期。
③ 文界流传1942年末北平的马德增书店和上海的《宇宙风》杂志联合筹办了一项读者调查"谁是最受欢迎的女作家"。结果,张爱玲和梅娘双双名列榜首,从此,就有了"南玲北梅"之说。然依止庵、郝啸野、谢其章等人做的详尽考证,此闻非事实,但当时北平和上海确有张爱玲、梅娘的盗版书出现。
④ 参考蔡登山:《张爱玲和她的十七个作家朋友》,刊载于《印刻文学生活志》,2010年11月号。
⑤ 李相银:《行走在政治与文学之间——上海沦陷时期的〈杂志〉研究》,刊载于《中国现代文学论丛》,2010年6月号第5卷第1期。

月至1945年6月,她的笔迹及踪影几乎遍及《杂志》各期,甚至一期刊登四篇。与此同时还为《杂志》提供了七幅扉页插图。依据《民国书刊鉴藏录》,①1944年4月至10月张爱玲为《杂志》绘制配图,前后持续了七个月之久。七幅封面插图都印在《杂志》的扉页上,四月号的《三月的风》、五月号的《四月的暖河》、六月号的《小暑取景》、七月号的《等待着迟到的夏》、八月号的《跋扈的夏》、九月号的《新秋的贤妻》和十月号的《听秋声》。所画的都是人物,而且是清一色的女性。不过《杂志》上并未标明扉页插图出自张爱玲的手笔。其中《听秋声》画的一看便知是炎樱。显然,《杂志》已经成为张爱玲发表文章的主要阵地,让她尽情地展现了自己的华丽才情并得到丰厚稿费,对《杂志》复杂的背景视而不见。许多张迷论者谓张爱玲并不知情,但在《小团圆》宋以朗署名的前言里,张爱玲一封写于1976年4月22日给宋淇的信,已透露出其实她早知道社长袁殊为中共地下工作者。②

上海沦陷时期(1941年12月8日至1945年8月15日)的三年零八个月,是上海历史上最为特别的时期:军事上由日军占领,政治上由汪伪政权统治,思想上则在日伪当局主导下开展"东亚新文化运动"。所谓"东亚新文化"乃是一种帝国洗礼的政治文化,目的有二:一是挑战蟠居上海、重庆的英美文化,③二是反攻巢食延安的共产文化。为此,日本侵略者与汪伪政权紧密合作,集中

---

① 沈文冲:《民国书刊鉴藏录》,上海:上海远东出版社,2007年。止庵、万燕著的《张爱玲画话》(天津:天津社会科学院出版社,2003年)搜集了许多张爱玲手绘插图。
② 见《小团圆》,第9—10页,宋以朗"前言"。
③ 此处李相银原文本写:一是挑战蟠居重庆的英美文化。本书以为被英美文化异化最严重的上海当包括在内。上海人张爱玲从小学便开始接受英语教育,对美国电影情有独钟,连床头都摆着美国电影杂志 *Movie Star, Screen Play*。1950年11月14日上海《解放日报》《大公报》《文汇报》等9家报社为更有力地打击美国"有毒素的影片"在上海的市场,特发表联合声明停止美国影片及类似的宣传品刊广告。上海影业也采取相应措施,宣布即日起不再放映美国影片。参见《上海文化百年史》第1卷,上海:上海科学技术文献出版社,2002年,第275页。

双方文化力量,共谋文化发展的"新路径"。作为中国现代文化的中心,上海自然是日汪推行帝国文化的主要地域。张爱玲和周作人、周黎庵、柳雨生、苏青等人因此被标示为和汪伪政权及汪伪政要有密切来往的文人。①张爱玲以《传奇》增订版"序"、苏青以《续结婚十年》各自做了辩白,但一旦被贴上文化汉奸标签,跳到黄河也洗不清。张爱玲还曾向邝文美抱怨因背景问题,在香港求职时被信用调查,甚至被香港大学冠以"有共谍嫌疑"。

当时政治环境诡谲多变,日本、国民党、中共争相办报与杂志,以把控舆论引导百姓政治倾向。要说张爱玲不知道各报或杂志的政治背景是说不通的,就像有张迷论者说她不知道胡兰成是汉奸一样无稽。她是动见观瞻的高级知识分子、拥有版面可操控话语权的畅销作家,不可能对外在政治风云一无所知,只是她采取置身事外的消极态度,以家族隐讳的私事、男女两性的情事为题材,以实为精英贵族又自以为是小市民的冲突视角书写天地万物。刘心皇曾经在《抗战时期落水作家述论》中批评张爱玲:"她虽然在文字上没有替他们宣传,但从政治立场上看,不能说没有问题。国多难,是非要明、忠奸要分。"②

在历史的革命波澜中,上海的新闻媒体成为政治挟持的肉票。依据《上海百年文化史》:③1919年5月6日,上海报纸大幅报道北京五四运动,支持爱国运动。5月15日起,《申报》《新闻报》《民国日报》《时事新报》《神州日报》《中华新报》等联合拒登日商广告,这时张爱玲尚未出生。1925年五卅惨案爆发,《公理日报》《血潮日报》《民族日报》《上海总工会日刊》《上海工商学联合会日报》和各大学特刊,揭露五卅惨案真相,发表社会各界宣言,驳斥租界大报歪曲报道。1927年,南京国民政府成立后,开始实施新

---

① 参见李相银:《上海沦陷时期文学期刊研究》,上海:上海三联书店,2009年,第5页。
② 刘心皇:《抗战时期落水作家述论》,刊载于《反攻》,1974年3月号第384期,第25–28页。
③ 参见《上海文化百年史》第2卷,上海:上海科学技术文献出版社,2002年。

闻检查,中共报纸《上海工人》等转入地下。《大公报》1902年6月创刊于天津,1930年4月落户上海,1937年8月因拒绝日本检查,自动停刊,抗战胜利后复刊,标榜超党派超阶级的立场,但经常为国民党政府宣传。在"孤岛"政治环境十分复杂和特殊的情况下,中共地下组织和爱国人士利用英、美、法等国与日本帝国主义之间的矛盾以及外办媒体不受检查的特权,以外商名义在租界创办了一批抗日爱国报纸,突破日本侵略军的控制与国民党检查,1937年12月《译报》出刊,1938年1月《每日译报》出刊,接着《华美周报》等也陆续出刊,上海的新闻界形成所谓"洋商报纸"全盛时期,①媒体间的政治角力一波接着一波。

清末民初女性媒体的兴起,对推动妇女解放运动的力量不容小觑,在40年代的上海百花齐放。20世纪初的妇女报刊,这类新兴的传媒又为政论文章提供了广阔的发表园地。继《女学报》(1902)后,《女子世界》(1903)、《中国新女界杂志》(1906)、《中国女报》(1907)、《神州女报》(1907)、《天义报》(1907)、《湖北女学生日报》(1908)、《女学生杂志》(1909)、《妇女时报》(1910)、《留日女学生会杂志》(1911)、《大汉报》(1912)等也都纷纷创刊,这些刊物为了宣传妇女解放,需要政论文章,于是由女性撰写的社论、论说、宣言、演说词、战斗檄文,通过妇女报刊这一新传媒,很快普及全中国,影响甚大。②但办报的还是男人,女子办报屈指可数。

男人办报办杂志申志报国,绝大多数的日报、小报、周报、周刊、月刊、出版社、印刷厂都由男性所创办主持。这些男性捧红了上海四大才女:苏青、张爱玲、关露、潘柳黛、施济美、施济英姊妹与郑家瑷等颇具文采的闺秀女作家也常有文章在这些媒体上发表。苏青出版自传体小说《结婚十年》后创办了《天地》,用的却是汉奸

---

① 详见何国涛:《上海沦为孤岛时期的新闻杂志界》,写于1965年4月,刊载于《宁波文史资料》第22辑。
② 郭延礼:《二十世纪女性文学研究中的一个盲点——评盛英、乔以钢〈二十世纪中国女性文学史〉》,《文艺研究》,2007年第12期,第147页。

的钱,甚至还具领了汪伪政府的薪俸。这也是张爱玲在《有几句话同读者说》中必须自清:"我所写的文章从来没有涉及政治,也没有拿过任何津贴"的由来。关露任编辑职的《女声》由日本女作家田村俊子主持,宣扬日本妇女生活美德、生活美学、国民教养,掌握话语权,将殖民帝国文化大剌剌地移植侵入上海妇女生活。潘柳黛也以一本自传体纪实《退职夫人的日记》引起回响又惯于炒作话题成了名人。国统时期与中共解放后,苏青和关露都因"汉奸文人"背景受到严酷斗争,早已远走香港的潘柳黛和张爱玲,逃过劫难。四大女作家中,只有后来移民澳洲的潘柳黛,儿孙绕膝颐养天年。

九、她的原乡她的上海

自道光二十三年(1843年)开埠后,上海从偏地小邑一跃成为远东第一大都会。这座充满着缤纷色彩的城市,背后隐藏着斑斑疮痍。旗袍和西服、月份牌和文明棍、黑帮和拿摩温、摩登女郎和洋人,中西交融矛盾共生,这个被称为"远东商埠""世界名城""东方明珠""冒险家乐园"的上海和上海滩,曾经被多少溢美或抹黑之词形容过。大世界和百乐门的歌女、阮玲玉和蝴蝶的电影、张爱玲和穆时英的小说,在在彰显出十里洋场的繁花似锦星光灿烂,亦标示出不同于其他地方的新、奇、洋。① 想象之中,上海几乎与罗曼蒂克、摩登就是一码事。在这个黄金时代里,一大批鸳鸯蝴蝶派在这里做着黄粱美梦;租界、买办、洋人和资产阶级在这里粉墨登场;各个文学流派、电影明星、报纸杂志在这里各领风骚。加之西风浸染和滋润,逐渐产生独树一帜的海派文化。②

海派小报便把名人设置在被观赏的、接受流言褒贬的交叉点

---

① 参见周为筠:《杂志民国——刊物里的时代风云》,北京:金城出版社,2009年。
② 吴福辉:《都市漩流中的海派小说》,长沙:湖南教育出版社,1995年。

上,而且,把围绕名人的是是非非演绎成都市的野史式的叙事,这就昭示了小报市民文化的休闲游戏特征和私人化、边缘化的言说方式。这种都市的文化立场是市民的、民间的,是官方的庙堂意识和精英知识分子的广场意识的补充和延续。从而,决定了小报对名人的理解和都市历史的叙事的独特性质。① 身为小报忠实读者的张爱玲就喜欢小报的市民性、生活性、趣味性。她的散文也常以小报内容发挥:

去年的小报上有一首打油诗,作者是谁我已经忘了,可是那首诗我永远忘不了。两个女伶请作者吃了饭,于是他就做诗了:"樽前相对两头牌,张女云姑一样佳。寒饱肚皮连赞道:难觅任使踏穿鞋!"多么可爱的,曲折的自我讽嘲! 这里面有无可奈何,有容忍与放任——由疲乏而产生的放任,看不起人,也不大看得起自己,然而对于人与己依旧保留着亲切感。

——《到底是上海人》

国事纷乱战火连天,老上海小报与杂志刻意跳脱大叙事框架,在通俗小品、奇情小说、小道消息和娱乐八卦走向下,百家争鸣百花齐放。从妇女娱乐、教养、美姿到政治、电影、小说、星座、算命、跳舞……五花八门应有尽有达 200 多种:《玲珑》《礼拜六》《紫罗兰》《新家庭》《紫兰花片》《良友画报》《杂志》《电影杂志》等。上海百姓每日在廉价的阅读中,逃避现世战乱忘记恐惧仓皇。张爱玲当红时,小报、杂志一天到晚刊登她的"八卦新闻",是人们没事闲磕牙的好材料。在 1945—1947 年间就有四五十家杂志、小报刊登她的小道消息上百笔。② 她"看"小报,也被小报"看",在看与被看间,张爱玲初时怡然自得,除了名作家身份,她也是贵族之后、小

---

① 李楠:《市民文化笼罩下的都市想象:上海小报中的"上海"》,刊载于《学术月刊》,2004 年 6 月号,第 74-82 页。
② 本书作者田野调查时在上海图书馆检索数据还搜得多笔《旧闻新知张爱玲》未刊出的上海小报消息。

资、明星、名媛、名女人、汉奸情妇、汉奸之妻,其间的矛盾也昭然若揭。若非世局动荡,胡兰成一走了之,她绝不会在乎小报说三道四,怎会刻意有话同读者说?

夏志清曾说不明白在《对照记》这本家族老相簿里,张爱玲为何放上一张她和李香兰的合照?显得突兀。且看她如何图说:1943年在园游会中遇见影星李香兰(原是日本人山口淑子),要合拍张照,我太高,并立会相映成趣,有人找了张椅子让我坐下,只好委屈她侍立一旁。①当时李香兰是红遍大江南北的大明星、大歌星,与周璇、白光、张露、吴莺音并列上海滩"五大歌后"。照片中,歌后老气横秋地"侍立"一旁,青春娇嫩的张爱玲优雅地斜坐着,真是何等风光。况且,李香兰疑似汉奸与日本间谍复杂的身份背景,足以暗喻、勾连许多秘密:日本、汉奸、胡兰成、胡张恋、白云苍狗往事如烟。整本《对照记》,胡兰成其实"存"而不在。相机捕捉住这张照片的那一刹那,就是张爱玲生命中最值得回味、最耀眼灿烂的一刻,也是和胡兰成婚恋最甜蜜的一刻。不过,园游会巧遇李香兰,应该是1945年7月21日《杂志》在咸阳路办的纳凉茶会,不知张爱玲为何记错日期。有若干文献也写两人相识于1943年,应是受张笔误影响。1943年张爱玲初出茅庐,文名未起,李香兰怎会和她见面喝茶还让她坐着当女皇?

1942—1945年中日战争上海沦陷时期,《杂志》《古今》《天地》和《风雨谈》是四本与汪精卫伪政权有关的刊物。这四份刊物既然与汪政权有关,自然难免牵涉这一时期文艺活动最受争议的"落水文人"及"汉奸文学"问题。②张爱玲都为这些刊物写稿,尤其在《杂志》上发表了大量作品。这是为何柯灵友人郑振铎要他劝张爱玲不要到处发表作品,等河清海晏再印行的原因。《杂志》

---

① 《对照记》,台北:皇冠出版社,1994年,第65、66页。
② 古苍梧:《今生此时今世此地:张爱玲、苏青、胡兰成的上海》,香港:牛津大学出版社,2002年。

背景复杂,表面上是日本人经营,背地出资者却是中共地下组织,于1938年在上海以半月刊创刊、1942年改版为月刊、1945年停刊。新中国报社便是发行《杂志》的组织单位,社长袁殊、主编鲁风、吴江枫都是中共地下组织成员,三人均有新闻或艺文背景,而吴江枫正是张爱玲《天才梦》参加征文的《西风》主编。袁殊则是潜伏在汪伪政权内部的中共地下组织主要成员,直接隶属中共"情报大王"潘汉年领导,同时拥有中共、中统、军统、日伪、青洪帮五重身份。他们伪装着自己的身份、隐藏着自己的姓名,在政局混乱的时代,做着既光明又黑暗的事情,只为未来新中国的建立。

复旦大学教授顾铮明言:"这个杂志为奠定张爱玲的作家地位贡献甚大",① 背后多少仰仗当时在汪伪政府中红人胡兰成的权势,因《杂志》领导单位乃隶属汪伪政府的"新中国报社"。该社先后为张爱玲进行六次茶会、一次女作家对谈以及一次新书研讨会。六次会谈细节如下:

第一次:1944年2月7日"中日文化协会"沪分会在亚尔培路该会会堂举办"女作家茶会",② 张爱玲、苏青、潘柳黛及多位日本文艺人士等受邀出席,晚上6时在锦江饭店设宴招待,关露、柳雨生、文载道以及多位日人政要入席同欢,隔日《申报》第2版做了详细报道。这是让上海女作家们初试啼声的媒体首发活动。

第二次:1944年3月16日"新中国报社"于咸阳路2号本部举办"女作家聚谈会",③ 出席者有张爱玲、潘柳黛、关露、苏青、汪丽玲、吴婴之、蓝业珍等七位当红女作家,《中国女性文学史》作者谭正璧以及《杂志》主编鲁风、吴江枫。会中针对每位女作家创作源头、阅读喜好做了详细访问,会中张爱玲说出了那句名句:"把

---

① 顾铮:《张爱玲所绘泳装女摄影人》,刊载于《东方早报》,2012年9月10日。
② 邵迎建:《张爱玲的传奇文学与流言人生》,台北:秀威信息科技,2013年,第358 - 359页。
③ 参见《张爱玲资料大全集》,台北:时报文化出版企业,1984年,第237 - 245页。

我同冰心、白薇她们来比较，我实在不能引以为荣，只有和苏青相提并论，我是甘心情愿的。"1944年4月《杂志》第13卷第1期上刊载《女作家聚谈会》全文精彩内容。

第三次：1944年8月26日"新中国报社"在乐康酒家举行《传奇》座谈茶会，为出版张爱玲的第一本著作造势，[①]出席者有张爱玲、炎樱、苏青、谭正璧、谷正櫆（沈寂）、南容、哲非、袁昌、陶亢德、尧洛川、实斋、钱公侠、谭惟翰。书面参加讨论的有：柳雨生、班公。社方代表仍为鲁风及吴江枫，朱慕松记录。其中以青年作家代表出席的谷正櫆便是沈寂（谷正槐），虽然文章早在各类杂志、月刊上交锋，但那是两人第一次见面。9月10日，《杂志》月刊第13卷第6期全文刊登《〈传奇〉集评茶会记》现场精彩对谈纪实，包括与会男士们对张爱玲创作的欣赏与批评。沈寂因提到《金锁记》七巧有着变态心理，引起张爱玲不快，吴江枫很快把她的想法转告了沈寂。怎么办呢？两人商量时觉得，从刊物这边说，张爱玲惹不得，她不但是《杂志》台柱子，更是上海滩当红女作家。于是，在吴江枫的建议下，决定由他带着沈寂登门解释。

第四次：1945年2月27日下午《杂志》在常德公寓65室请苏青与张爱玲对谈。记者谓当前上海文坛上最负盛誉的这两位女作家，都以自己周围的题材从事写作，所写的都是她们自己的事。由女人来写女人，自然最适当，且代表当前中国知识妇女的一种看法、一种人生观。她们以当前中国的妇女、家庭、婚姻诸问题为对谈题材，提供许多的独特的见解。更难得的是对于记者所问的，都提供了坦白的答案。《苏青张爱玲对谈记——关于妇女、家庭、婚姻诸问题》全文刊载于1945年3月10日《杂志》月刊第14卷第6期新年号。

第五次：1945年4月9日"新中国报社"在华懋饭店八楼第三

---

① 参见《张爱玲资料大全集》，台北：时报文化出版企业，1984年，第246－251；亦参见《张爱玲评说六十年》，北京：中国华侨出版社，2001年，第77－87页。

号室为来访的朝鲜舞蹈家崔承禧①举办了一个聚谈会,邀请了张爱玲、关露、潘柳黛几位当红女作家参加。记者写道:张小姐穿着桃红色的软缎旗袍,外罩古青铜色背心,缎子绣花鞋,长发披肩,眼睛里的眸子,一如她的人一般沉静。她老注意着崔承禧,有时竟像没有听见人家说话,她好像要从崔承禧的脸上找出艺术的趣味来。《崔承禧二次来沪记》座谈纪要刊登于《杂志》第15卷第2期。响应崔承喜"撷取古老与西方所长再创造出属于自己的东西"谈话,张爱玲附和道:"我觉得在文学上,我们也必须先研究西洋的,撷其精华,才能创造。舞蹈音乐亦正如此。"

第六次:1945年7月21日"新中国报社"于咸阳路2号本部举办"纳凉茶会",②出席人物中当时红遍亚洲的影歌双栖大明星李香兰(山口淑子)列名在前,张爱玲在后,另有亲日媒体两大佬陈彬龢和金雄白,以及炎樱、张茂渊、朱慕松、鲁风、吴江枫,还有日本殖民高官松元大尉、川喜多长政等人共襄盛举。最后拍大合照时,张爱玲不可一世地端坐着,李香兰恭立一旁,其他人围绕,留下了一张众星拱月(张)的经典照片。8月10日,《纳凉会记》在《杂志》第15卷第5期刊出,随即《杂志》停刊。

同时,大陆新报社发行的日本官方《大陆新报》,自1944年6月20日到28日,分七回连载了张爱玲《烬余录》的日语译文,译者是与汪精卫政权有极深关系的记者室伏高信的女儿克拉拉。20日还同时刊登若江得行的一篇《爱·爱玲》,除了给予《烬余录》高度评价,还激情地写道:衷心希望张爱玲知道,有一个日本人,每当新刊杂志出版时,总是急不可待的奔向街头。文坛消息报道日语

---

① 崔承禧15岁毕业于朝鲜京城淑明高等女子学校后到日本东京学习西洋舞蹈,先后在日本及中国设立舞蹈研究所,以东方舞表演声名鹊起。二战中巡演欧美各地,因当时朝鲜被日本侵占,故获"日本现代舞后"之誉。这是她第二次到上海,还与梅兰芳长谈舞蹈艺术。详见《张爱玲资料大全集》,台北:时报文化出版企业,1984年,第232-236页。
② 参见李相银:《上海沦陷时期文学期刊研究》,上海:上海三联书店,2009年,第151页。

妇女杂志《妇人大陆》上也登过张爱玲的翻译小说。①

隶属汪伪政府"新中国报社"接二连三主办的活动都由自家媒体配合报道,日本媒体跟进推波助澜,声势浩大地造成大上海甚至全中国轰动,因此上海四大才女在日本战败后,被冠上汉奸文人的污名实在其来有自。明知山有虎何必偏向虎山行?当红的张爱玲编写的舞台剧《倾城之恋》也场场爆满,甚至上广播电台接受访问、和潘柳黛上台义演舞台剧《秋海棠》②。女作家张爱玲的声势如日中天,套一句现在的行话:就是上海日本殖民政府掌控的主流媒体将张爱玲大作家的气势给"做"了起来。

"新中国报社"和旗下《杂志》③连手,加上日本杂志和政论高手胡兰成连续写好几篇文章吹捧,让大喊出名要趁早的张爱玲,快速耽溺于名利双收的愉悦中。有论者研究指出:《杂志》对张爱玲的追捧是出版界包装畅销作家的经营策略之一。伴随着《杂志》自成体系、逐步升级的规模化商业运作,加之顺畅的文学传播管道,霎时间,整个上海文坛似乎都被张爱玲霸占了。读者在追捧张爱玲的同时,当然也加强了对文学期刊的关注。《杂志》借助张爱玲的品牌效应实现了文学与商品的完美结合,为其赢得了广阔的拓展空间和经济利润,实力绝非其他文学杂志可比,在上海沦陷时期诸多文学刊物中"首屈一指"。④由此可见,《杂志》与张爱玲之间顺畅的合作关系,既符合上海沦陷时期政治背景的特殊要求,也

---

① 池上贞子:《张爱玲和日本——谈谈她的散文中的几个事实》,收入《阅读张爱玲——国际研讨会论文集》,台北:麦田出版公司,1999年,第83-85页。
② 1945年2月12日《大上海报》上一篇短文发布了一则消息:张爱玲与潘柳黛将在元宵节于兰心戏院义演《秋海棠》。张饰罗湘绮,未知能否胜任,潘饰一老娼子,则颇为适当。其实张潘两人,可说也上过舞台,盖华丽前次所演《甜甜蜜蜜》中,最后有两人暂充"临时情人"之老处女出场。
③ 上海沦陷期间,《杂志》所发表的张爱玲作品是最多的,总计23篇,包括小说10篇、散文12篇、译文1篇,远远超出了周瘦鹃主编的《紫罗兰》、柯灵主编的《万象》与苏青主编的《天地》。
④ 王璟:《上海沦陷区文学制度下的商业运作——以张爱玲为例》,刊载于《中国现代文学论丛》,2010年。该文此段落参考王一心以及王幸谦论述,与本书推论相当。

体现了文学制度下市场营销与文化出版双赢互利的商业运作机制,在工业文明的文化出版机制下堪称经典。

从小张爱玲喜爱看小报,发迹靠得却是杂志、月刊与单行本著作,不入流的八卦小报并不放在她眼里,就像她拒绝张子静为他校刊写稿时说的:"我不替不出名的小报写稿。"现实势利地对亲弟弟也不例外。近年佚文陆续"出土",才知道她于1945年日本战败后沉潜一年多的落难时期也替若干小报写稿。直到1949年上海解放后,才易名"梁京"为新创小报《亦报》写连载小说谋生。

就张爱玲从小想和林语堂一较高下扬名国际的"天才梦"来看,早熟慧黠又精于算计的她早已预知,出名要趁早、要痛快,就要当作家、靠专栏、靠出书、靠写剧本、靠宣传名利双收,小报只是后来不得已的选择。幼时在以人生第一笔稿费买到第一支口红的当下,聪颖如她便知靠写作便能同时满足她心灵宣泄与物质享受的双重欲望。

混沌乱世的海派文化,给了张爱玲大显身手的天赐良机。柯灵多年后在《遥寄张爱玲》一文中,曾这样为张爱玲定位:"我扳着指头算来算去,偌大的文坛,哪个阶段都安放不下一个张爱玲,上海沦陷,才给了她机会。"[①]以大时代来看,柯灵说得有理,但就张爱玲的传奇身世、天赋资质、笔锋才情、刚毅性格、人生经历和融会贯通中西学的深厚底蕴观之,放在任何一个时代,她都不会被淹没,都会绽放光芒,只是时间早晚而已,而她没有早一步也没有晚一步,命中注定于此一时。

有道是:字字写来皆血泪,十年辛苦不寻常。这辛苦血泪,可包含多少喜悦与痛苦?或多少两极相悖的喜悦与痛苦?

[①] 静思编:《张爱玲与苏青》,合肥:安徽文艺出版社,1994年,第137页。

上海关键十年揭秘

第四章　六种话语六种矛盾

　　将张爱玲与张爱玲作品置入后殖民情境中,足以勾勒出蔡源煌所言两种不同角度的后殖民主义思考:①反对型后殖民思考、共犯型后殖民思考。张爱玲书写倾向于何种角度?而这种角度当可考察她矛盾的愉悦来自何方。上海关键十年,张爱玲上海人人格的养成与大环境的压迫,让她的书写呈现了一种游移式的书写,由早期的殖民书写过渡到后期的"红色美学"书写,后殖民书写路径则一片空白。她非反对型的殖民思考,但她岂是共犯型的殖民思考?在这两条路线之外,难道没有第三种可能?现以殖民与后殖民文学理论先行厘清妇女写作在殖民地或后殖民地之折冲与异变。

　　直到20世纪70年代初,妇女的写作在殖民地时期和后殖民民族主义的话语

---

① 杨泽编:《阅读张爱玲》,台北:麦田出版公司,1999年,第280页。

中,都可以说是一块失落的大陆。妇女在殖民化的过程中并不是没有留下自己足迹,旅行者、移民定居者或作家中都有妇女,只不过她们不像男性探险家和探险作家那样得到经典的承认(张爱玲喜欢的 Stella Benson 是个例外)。欧美妇女在大多数情况下仍然与她们男性同胞构成同一个族类和社会群体。相反,殖民地的妇女,却真的像人们所说那样,被双重或三重地边缘化。她们的低人一等不仅仅是因为性别,还因为种族、社会阶级以及在某种情况下,因为宗教或种姓的缘故。独立并没有使她们的境况得到改变,而且最大的讽刺是在独立以后,她们中的许多人因为民族解放的压力所受到的排斥甚至更剧烈了。①

声名鹊起的张爱玲,努力为自己在上海文坛留下了足迹,但是并没有得到男性掌控的主流文坛承认,一场《传奇》座谈会非常风光,列席的除了张爱玲、苏青、炎樱三位女性,其他在座一字排开的

1931 年世界两大女权作家:斯特拉(Stella Benson)和伍尔夫(Virginia Woolf)相见欢,斯特拉是张爱玲直言喜爱的女作家,伍尔夫《一间自己的房间》想必她也读过。

---

① 参考《后殖民主义及其后》,收入艾勒克·博埃默:《殖民与后殖民文学》,盛宁、韩敏译,沈阳:辽宁教育出版社,1998 年,第 257 - 261 页。

全是男性,掐指一算共15人。那些文人男士们,对张爱玲看似十分恭维,骨子里却不尽然。纷纷提出的问题是对快速崛起并侵入传统男权书写场域的异质女性书写,提出了男性霸权的质疑与否定,张爱玲写的风花雪月,是进不了中国正统文学殿堂的,难免带有几分名为捧场实则将张爱玲她的闺阁叙事边缘化的嫌疑。

 后殖民妇女写作强调差异的多样性,所以它的一个重要特点就是本身五花八门或多样化的构成:把从当地的、民族主义的以及欧洲文学传统中汲取的形式糅合在一起。妇女各自有着非常不同的文化背景,强调写作风格和叙述角度的多元化。她们采用的是史碧娃克所谓的前沿风格(frontier style),提倡纵横交错、断裂、合唱式的形式。① 张爱玲的写作强调了差异的多样性,也把中国的以及自欧美文学传统中汲取的形式巧妙糅合。小说是民初传统艳情小说的变格,苍凉华美,散文叙事则偏多样化的活泼机俏,但是完全没有呈现后殖民女性书写被帝国主义欺凌的巨大哀伤。安莎杜亚的《边境/边塞:新混种》(*Borderlands/La Frontera*:*The New Mestiza*),将叙事、诗歌透过英语、西班牙语的交错呈现倾诉交杂于边境混种女子的悲伤,是当代后殖民女性书写典范。这一点深度与广度张爱玲没有企及,也无法企及。

 然而,后殖民主义女作家并不想与所有的人展开自由对话,那样做与整个社会的大背景也不相吻合,她们中的许多人关心的只是把她们自己生存经验中最有特点的一部分凸显出来。她们既是女人又是后殖民作家,正如女权艺术家全敏合(Trinh Minh-ha)所说的,她们只想集中表达她们那一份"独特的实在"(distinct actualities)。这一点往往成了一种政治上的承诺,显然表示她们已经注意那些已经被埋葬又是默默无闻的妇女们,或许正是这些无名

---

① 参考《后殖民主义及其后》,收入艾勒克·博埃默:《殖民与后殖民文学》,盛宁、韩敏译,沈阳:辽宁教育出版社,1998年,第260页。

妇女才使得这些活着的人取得了今天成就。①依据王德威的评论,②张爱玲的小说总能召唤出一种颓废荒凉、阴阳不分、鬼影幢幢的恐怖世界,那张爱玲正是附着她笔下没有真实血肉但回光返照的女鬼们的阴森鬼气在阳间平步青云。

张爱玲闭门自我书写,书写自我,拒绝与外在自由对话,尽将自己生存经验中最有特点的一部分凸显出来。从香港炮火余生的《烬余录》到落败贵族家族腐朽阴暗的《金锁记》,都是绝世的人生经验,无人堪与比拟,她集中表达了自己"独特的实在"、睥睨众生的存在。但她的书写从没有为被压抑的低层女性发声,只是写实地将人物撰写、改写、再写。《白玫瑰与红玫瑰》的娇蕊、《桂花蒸·阿小悲秋》的阿小、《连环套》的赛姆生太太霓喜、《倾城之恋》里的流苏……这些默默无闻却皆有所本的妇女,成就了活着的她。她的作品看似是有着女性意识,却没有一点后殖民书写的反抗与批判意识,完全匮乏"全都写我们自己而且从内部来写"的阴性书写深刻内涵。当年,她的小说只写别人,散文只写自己。止庵指出:"张爱玲一生写作始终关注的就是一个人在这世上活着,要有一块小小的立足之地。不论是她小说里的人物,或是她自己。"③

在后殖民女性的作品中,她们找来了已淹没的口头文学传统、那些多少已被遗忘的历史和没有记录的私人语言,以及那些没有说出或没有得到承认的妇女们的反抗。她们在后殖民主义一般关心的多元化的基础之上,又增加了女性的多元中心,群星簇拥式的力的结构,一方面强调多样化的重要,另一方面强调要表现自我的力量。④

---

① 参考《后殖民主义及其后》,收入艾勒克·博埃默:《殖民与后殖民文学》,盛宁、韩敏译,沈阳:辽宁教育出版社,1998年,第261页。
② 参见王德威:《女作家的现代"鬼"话——从张爱玲到苏伟贞》,收入《众声喧哗:三〇年代与八〇年代的中国小说》,台北:远流出版社,1988年,第223页。
③ 止庵:《张爱玲与视觉艺术》,收入《张爱玲的文学世界》,北京:新星出版社,2013年,第94页。
④ 艾勒克·博埃默:《殖民与后殖民文学》,盛宁、韩敏译,沈阳:辽宁教育出版社,1998年,第261页。

黄碧云的小说《烈女图》以多年从事的田野记事,书写婆婆妈妈在香港百年殖民历史中的三代恩怨,具体彰显了那些没有说出或没有得到承认的妇女们的反抗,是东方后殖民女性书写的大叙事典范。施叔青以后殖民视角书写的《香港三部曲》,亦置入了历史背景的宏观。相较之下,张爱玲小说叙事表现的版图力量是薄弱的,范围是狭隘的,是大时代中的自我小叙事,以她的天赋资质写来肯定轻松惬意,她散文中似有若无的大时代隐喻,往往为论者扩大解读,是在于疼惜、迷恋、崇拜张爱玲的一种捍卫阐释。唯一一篇向新中国表态的《中国的日夜》也被王德威评为:谯楼鼓定阴风乍起,一响喧扰的上海繁华褪尽,正是张爱玲鬼故事开场的时分。

　　张爱玲小说之艳之奇情、散文之美之情趣盎然,俱在虚构与现实间交错,诡异的是,她虚构的小说逃避现实,写实的散文又虚构现实,两者皆看不见上海租界以外的真实人生。在反对与共犯的后殖民书写类型中,她置身于既不反对也不结为共犯的模糊地带。或许我们可以说那就是第三类型:协调型的后殖民思考。知道读者喜欢什么就写读者喜欢的张爱玲书写策略,聪明得只写自家与众生的小情小爱,没有政治性,避开风险性,抛开油盐柴米畅快写意。不过,英国著名小说家乔治·奥威尔(George Orwell)[1]的一段话道出了后殖民理论家的批评旨趣:"没有一本书是能够真正做到脱离政治倾向的。有人认为艺术应该脱离政治,这种意见本身就是一种政治态度。"[2]若以史碧娃克颠覆《简·爱》的观点来考察张爱玲的小说,必然会有意外的发现。女权主义批评通常认为,《简·爱》树立了一个具有强烈个性和充满独立自主精神的女权主义高大形象,史碧娃克却揭示出《简·爱》中隐藏的一种地道的殖民主义话语,简·爱个人见识的提高和高大形象的树立,是以牺

---

[1] 乔治·奥威尔(George Orwell, 1903—1950),英国左翼作家,新闻记者和社会评论家。《动物庄园》和《一九八四》为奥威尔的传世作品。
[2] 董乐山编:《奥威尔文集》,第94页,北京:中国国际广播电台出版社,1997年。

牲被禁锢在阁楼上的那个疯女人：罗切斯特夫人伯莎·梅森为代价的。在勃朗特的笔下，伯莎·梅森这位殖民地出生的克里奥尔的后代，面色"黑一块，白一块"，她居住的房间仿佛是野兽的巢穴，她的身上体现出白人殖民者眼中殖民地人民的固定形象：疯狂、酗酒、淫荡和热衷暴力。张爱玲的小说一样隐藏着一种地道的殖民主义话语，她个人社会身份和高高在上形象的树立，是牺牲了被禁锢在阁楼上的那些疯女人：七巧、烟鹂、薇龙、佳芝、曼璐……

不论张爱玲是哪一类型，文学文本能帮助维持一个殖民想象，使一个本来就已经封闭的殖民世界得到强化。对于孤岛、沦陷时期的作家来说，抵制帝国的再现，就意味着要抵制20世纪初社会对自身的整个构想。而在一个浸透了帝国主义意识形态的社会中，这种行为实际上又是不大可能的。不管他们是身历其境，还是一直待在上海哪儿也不去，作家本身就是这个不可改变的帝国社会的一部分。他们都在殖民主义和异域风情的阐释阴影下从事写作。张爱玲坦承：只要不喜欢的，她就可以视而不见。她在上海全盛时期的创作，小说再现了家族变迁没落历程，散文书写了自己生活的泼辣况味，但她笔下的"现在"从不存在。这一点苏青比张爱玲"小市民"多了。

苏青在《文化之末日》一文中写道：当时黑市纸价一路飞涨，政府的纸张配给混乱不能满足各杂志社的需要。而且印刷、装订及制版费用也一涨再涨，以致出版书报大多亏本。又在《如何生活下去》一文中写道：物价飞涨，办杂志不亏已开心……最近又电力断绝，物质的匮乏，各种费用的飞涨，导致了《天地》的封面彩页从有到无，版面一再压缩。可见当时上海沦陷区的通货膨胀程度与时局的动荡情况。[①] 20世纪40年代的上海，烽火战乱使得通货膨胀让一夜之间币值暴跌，摄影留下了街头为兑换钱币挤成一团

---

① 李晓红、黄鸣奋：《女性的声音：民国时期上海知识女性与大众传媒》，上海：学林出版社，2008年，第147页。

的老百姓;虹口特区以栅栏围住,中国人除了要有路条,进出还必须向日本守兵哈腰鞠躬;流离失所千里外,是困在难民营里的上万德国犹太人;外乡游民衣衫褴褛吃不饱穿不暖冻死街头;四马路满街的妓女、嫖客、文人,花天酒地不知今夕何夕,只有洋人马照跑舞照跳、日本人四下耀武扬威……混沌乱世,何以言安?张爱玲又怎么舍得和炎樱喝咖啡吃蛋糕逛大街买花布?

从小吃香喝辣的张爱玲不知人间疾苦,净逐步实践着她的天才梦。在黄氏小学念书的时候,就开始投稿,照她自己的说法就是"我九岁时已经向报社编辑进攻"。① 那篇内容拙趣的短文手稿现在还看得到复制本。文字和绘画皆有天赋的她,发表的第一篇作品是刊登在《大美晚报》(Shanghai Evening Post)上的一幅漫画。1931 年,就读圣玛利亚女校时张爱玲开始在校刊《凤藻》上陆续发表小说与散文,12 岁时发表《不幸的她》;18 岁时故意将被拘禁的事情投稿张志沂必看的《大美晚报》,以 What a Life! What a Girl's Life! 反映一个中国式的家庭悲剧,也初次公然反抗来自父权家族的压迫。此后,她的创作灵感一发不可收拾,接连在校刊上发表了《迟暮》《牛》《霸王别姬》《读书报告三则》《若馨评》及《论卡通画之前途》等一系列作品。这一时期张爱玲的作品风格深受张恨水等鸳鸯蝴蝶派作家的影响,初现语言圆润、感情细腻的风格。14 岁的代表作《摩登红楼梦》已经将这些特点体现得淋漓尽致。这篇小说是她模仿鸳鸯蝴蝶派的笔法写出的游戏之作,但遣词造句、谋篇布局的功力已经是出手不凡,看不出有什么斧凿的痕迹。文字的老练、圆通远远超过了一个刚入中学的女孩所能达到的高度。② 不过,是父亲帮她抓的纲领。可见那时候,父女俩感情还挺融洽。本书将逐步进入社会身份新疆界说,演绎何以张煐成为张爱玲,何

---

① 张爱玲九岁时写了一封信给《新闻报》的编辑,对于该刊所发表的《孙中山先生的儿子》一图表示赞赏,但是说她可以画得更好,如果编辑先生愿意可以寄给他。
② 参考王鹏:《在两极游走的小女人——浅议张爱玲人生际遇与文学创作之关系》,刊载于《时代教育》,2010 年第 4 期。

以张爱玲成就了张煐,又何以父女感情会决裂到老死不相往来。

一、性别差异的矛盾

强调妇女间差异的"多重压迫论",把焦点置于"压迫"两字上,认为这是决定社会身份的主要因素,引申出种族、阶级、宗教、性别、族裔、身体心智状态等有关的压迫。有时揭露受压迫的无尽苦难,有时激发出一种生物学上的带反抗的自强不息机制,正是这种富有创造性的多重危机转化为多重力量,在矛盾中生生不息。作为晚清遗少后代的张爱玲,执意由中国传统文化中出走,与西方文化结合,在港大时读书写信坚持只用英文,写起小说来却又与中国传统难分难舍,中西拉扯之间变成半中半西的文坛贵族后,却又是中国人,是女人,是女儿,是姊姊,是佣人口中的小姐,是老师眼中的学生,样样都是压迫来源,她就在这些多重压迫中,将受尽的苦难反射成一股不可抵挡的创作能量:只为了报仇。

(一) 小煐、爱玲与梁京

张爱玲乳名小煐,1920年9月30日出生在上海公共租界西区的一幢建于清末仿西式的三层豪宅中。其家世显赫,祖父张佩纶是清末名臣,河北丰润人;祖母李菊耦是晚清洋务派领袖、朝廷重臣李鸿章的长女。父亲张志沂是典型的晚清遗少,母亲黄素琼则是长江水师提督黄翼升的孙女。张爱玲只有一个弟弟张子静,小名魁。1924年,四岁的张爱玲进入私塾学习。同年,张爱玲的姑姑张茂渊赴英国留学,母亲黄素琼改名黄逸梵撇下子女陪同前往。张志沂遂将所纳之外室接到家中,并沉迷于鸦片。1930年,母亲在父亲哀求下回国,为了上中学报名方便,母亲将小煐以英文"Eileen"的译音"爱玲"改名为张爱玲。同年,母亲受不了父亲不改抽鸦片狎妓等恶习,坚持离婚后再出国。《小团圆》里九莉的母亲蕊秋还为自己取了一百多个名字,作为一名出走的中国娜拉,这种"自我命名"的行为,透露了她重新自我定义的彷徨与迷失,我已非我。

张爱玲不同,不论写作或与人通信都用"Eileen"或"爱玲"署名,晚年只在和姑姑、弟弟通信的时候,恢复乳名"煐"。为何张志沂为女儿取名单字"煐"?就家族的宏观而言,和西方相比,中国人历来把为子孙命名作为子孙出生后的第一件大事,作为他们自己语言生活的第一件大事,作为整个家族以文字方式绵延后世的第一件大事。所以会极其慎重从事、反复推敲,甚至为此殚精竭虑。此举关乎整个家族,而不仅是个人的事。取名寄托了整个家族的愿望,故汉语姓名中的"祖、宗、家、世、嗣"的字眼极多。家谱现象的存在是中国人重视取名的最好证据:祖先在很久以前就为子孙取名,排定辈分用字,起到标记、证明子孙身世的作用。有时,这种准备是极其长久的,足够几百年之用。① 但是,中国家谱列男不列女,是父权的符号系谱,女子永远缺席。

"煐"字何来?《康熙辞典》说文解字:"煐,《集韵》于惊切,音英。人名张煐。见《南史》。""煐"字作为人名古代并不少。《宋史》有"孟煐"、王子"必煐""崇煐",《明史》有王子"观煐",《清史稿》有"胡绍煐""杨建煐"等,这样看"煐"字常用作人名,是个不错的字眼儿,张爱玲的小名"煐"和《南史》"张煐"关系不大。检寻现在的《南史》版本并无"张煐",或许是后代传刻有变。"煐"字在《说文》《玉篇》等早期字书皆未收,应该是一个后起字。"煐"的含义,古代字书阙疑,唯有明代的字书《正字通》有"伊卿切。音英。火色也。又人名。"或许张志沂取名是据此义(火色),张爱玲的生年,1920年9月30日,这个年月日对应的五行是:"金金木金金木",如果生时不对应"火",那确实是缺火。② 故依命理

---

① 章辉:《汉语姓名与汉民族文化心理特征》,刊载于《毕节师范高等专科学校学报》,2005年第23卷第2期,第13-16页。
② 请南京大学史学博士苏梵以《周易》依张爱玲出生年月日(1920年9月30日)卜卦之参考。

改运取名煐。

这样看张煐读张煐（音似苍蝇），就非如张爱玲所言"嗡嗡地不甚响亮"。世界上没有哪一个国度像中国一样，取名文化具有如此深奥的学问和深广的韵味。和欧美诸国的姓名相比，后者完全是一连串机械的字母拼合而成的符号，某些虽传承祖先职业别，却罕有暗喻趣味。① 不论张煐为何叫张煐，都是来自张志沂的父系系谱命名，黄素琼出国前改名黄逸梵即颠覆父系系谱之命名通例，是与封建父权决裂之举，且嫌弃这名字土气。而将张煐改名为爱玲，亦出自同样原由：我生之女，无法脱离张家姓氏，但至少可不用你的命名。上学方便应只是借口。可惜爱玲只由英语直译，少了中文"煐"的婉转曲折。但另有一说：爱玲，ailing（生病的、情况不佳的），只是黄逸梵烦躁心情的随意表达。

张爱玲在《必也正名乎》中说道：

> 我自己有一个恶俗不堪的名字，明知其俗而不打算换一个，可是我对于人名实在是非常感到兴趣的。……我之所以恋恋于我的名字，还是为了取名字的时候那一点回忆。十岁的时候，为了我母亲主张送我进学校，我父亲一再地大闹着不依，到底我母亲像拐卖人口一般，硬把我送去了。在填写入学证的时候，她一时踌躇着不知道填什么名字好。我的小名叫煐，张煐两个字嗡嗡地不甚响亮（作者按：发音听起来像苍蝇）。她支着头想了一会，说："暂且把英文名字胡乱译两个字罢。"她一直打算替我改而没有改，到现在，我却不愿意改了。

为女儿改名，黄素琼将父权翻转为母权。遂将张爱玲置于一个父母离异的女儿，既是他（张志沂）的女儿又是她（黄素琼）的女儿的双重苦难中，并陷于弑父与恋母情结的永恒拉扯与分裂中。

---

① 余荣宝、魏红：《从姓名看社会文化心理》，刊载于《襄樊职业技术学院学报》，2007年第6卷第2期，第135-137页。

《必也正名乎》是张爱玲写得最好最动人的散文之一,中国老祖宗的族谱、命名规矩的凝重,在她轻俏调侃的笔调中,一一瓦解,还不忘消遣自己的父亲和弟弟:"回想到我们中国人,有整个的王云五大字典供我们搜寻两个适当的字来代表我们自己,有这么丰富的选择范围,而仍旧有人心甘情愿地叫秀珍,叫子静,似乎是不可原恕的了。"父亲对取名的漫不经心和弟弟名字的俗不可耐,张爱玲简直忍无可忍了。

为何小名叫煐,除本书又有一推论:或许是张志沂躺在烟榻上抽着鸦片看着袅袅上升的烟火如见火色,随意往烟铺敲了下烟管,说:就叫"煐"吧。相对地对母亲怀着浓情,不愿改名只因"爱玲"为母所命,且此俗恶之名让她名利双收。1944年1月张爱玲发表这篇《必也正名乎》时,黄逸梵已从海外回来和她与姑姑同住,依《小团圆》所叙述,母女俩正处于脆弱的情感对峙状态中,她竟写得出这样对母亲之恋恋不舍、与现实逆转的文章,表里不一矛盾可见。

上海解放后,张爱玲用了"梁京"为笔名,是当时为了赚取稿酬糊口,同时为了与"汉奸污名"划清界限而取。受盛名之累的张爱玲向邀稿的龚之方要求不用真名用笔名才给《亦报》供稿,在新中国的整肃风气下,小资产阶级"张爱玲"自知已无容身之地,只得靠"梁京"苟延残喘等待再次跃起。张爱玲在《余韵》代序里请编辑解释过:原来作者借用"玲"的子音、"张"的元音,切为"梁";"张"的子音、"玲"的元音,切为"京",丝毫没有其他的用意。[①]然而一向对人名、书名、篇名、小说男女主人公名皆有巧思,甚至连《色·戒》的标点符号都要斟酌半天的张爱玲,选择"梁京"这两个字肯定别有用意。贾平凹在《读张爱玲》[②]一文中说:一本《流言》

[①] 《余韵》,台北:皇冠出版社,1987年,第10页。
[②] 见贾平凹:《朋友:贾平凹写人散文选》,重庆:重庆出版集团,2005年。张爱玲对姓名的独到见解妙喻,胡兰成在《今生今世》第298页证实:爱玲真是锦心绣口。房里两人排排坐在沙发上,从姓胡姓张说起……

一本《张看》,书名就劈面惊艳。天下的文章谁敢这样取名,又能取出这样绝妙的名,恐怕只有个张爱玲。又依据冯晞干最新考据,[①]《色·戒》这篇名,张爱玲从未具体解释过,它的旨趣很可能来自她熟读《红楼梦》的"因空见色、因色生情、传情入色、自色悟空"和《金瓶梅》的"色绚于目、情感于心、情色相生、心目相视"。可见何等考究。

  为人取名字是一种轻便的,小规模的创造。旧时代的祖父,冬天两脚搁在脚炉上,吸着水烟,为新添的孙儿取名字,叫他什么他就是什么……适当的名字并不一定是新奇、渊雅、大方。好处全在造成一种恰配身份的明晰的意境。我看报喜欢看分类广告与球赛,贷学金、小本贷金的名单,常常在那里找到许多现成的好名字。譬如说"柴凤英"、"茅以俭",是否此中有人,呼之欲出?茅以俭的酸寒,自不必说,柴凤英不但是一个标准的小家碧玉,仿佛还有一个通俗的故事在她的名字里蠢动着……有人说,名字不过符号而已,没有多大意义。在纸面上拥护这一说者颇多,可是他们自己也还是使用着精心结构的笔名。当然这不过是人之常情。谁不愿意出众一点?

——《必也正名乎》

  "梁京"是取"亮晶"谐音,希望自己依旧在上海文坛上是亮晶晶的亮点?还是取"两斤"谐音?觉得自己如今身价只剩两斤?还是取唐代沈既济《枕中记》"黄粱一梦":"记卢生邯郸逆旅遇道者吕翁,……时主人蒸黄粱,生梦入枕中,……生举进士,累官至节度使,为相十年……。及醒,黄粱尚未熟,怪曰:'岂其梦寐耶?'"以自我调侃与警戒?"黄粱一梦"字面上是说:煮黄粱那段时间所做的梦,梦中一世醒来黄粱仍未熟,用来比喻人生的荣华富贵,不过如一场梦境般,短促无常,转眼消失,不可能永远保有的,故"梁

[①] 冯晞干:《在加多利山寻找张爱玲》,香港:牛津大学出版社,2018年,第402页。

京"(梁惊)含有警世的意味。

还是张爱玲念念不忘当年和胡兰成曾在六朝"梁"建都南"京"的南京缠绵过数日?① 帮着胡兰成开办的杂志《苦竹》就在胡的南京丹凤街石婆婆巷住处。当时两人正热恋,胡兰成写《记南京》满纸柔情,张爱玲英译的《毛毛雨》翻译成中文也满腔情意:②

我喜欢《毛毛雨》,因为它的简单的力量近于民歌,却又不是民歌——现代都市里的人来唱民歌是不自然,不对的。这里的一种特殊的空气是弄堂里的爱:下着雨,灰色水门汀的弄堂房子,小玻璃窗,微微发出气味的什物;女孩子从小襟里撕下印花绸布条来扎头发,小吃食店去买根棒冰来吮着……加在这阴郁龌龊的一切之上,有一种传统的,扭捏的东方美。多看两眼,你会觉得它想一块玉一般地完整的。

张爱玲写的是她和胡兰成在南京弄堂里的爱,又或许张爱玲终究是怀念在南京出生的母亲黄素琼。外曾祖父黄翼升是清末长江七省水师提督,东征西讨为清政府立下了汗马功劳,功封男爵爵位,并在南京留下了房产,在莫愁路上的朱状元巷14号,现在被称为军门提督府。母亲黄素琼和双胞胎舅舅黄定柱便在这儿出生。当上海风华已成黄粱一梦时,张爱玲的"梁京"该是遥指"南京",

---

① 据跟着胡兰成多年的侄女青芸老年时回忆,张爱玲曾到胡兰成位于南京的宅第住宿过。说起张爱玲,只说人蛮长,不漂亮,比叔叔还高了点;又说胡兰成的女人中长得最漂亮的是应瑛娣。见李黎:《浮花飞絮张爱玲》,台北:印刻出版社,2006年,第115-153页。又据倪弘毅详述对应瑛娣印象如下:我是在南京三条巷胡兰成家里见到的,胡兰成还有个女儿,还很小,还有个老妈子,那时他老婆是应瑛娣,她是上海最漂亮的女人,但她光凭漂亮不行,她没有才,所以抵不过张爱玲。张爱玲人不漂亮,她比应瑛娣外貌、体型差远了,应瑛娣有点像周璇,所以胡兰成最后和应瑛娣分开,也是舍不得,给了她一笔钱,应瑛娣当时也觉得大势已去,便走了。张爱玲看上去老气,但她有才。见三焦:《胡兰成的门生倪弘毅先生访谈》,刊载于《印刻文化生活志》,2010年第80期。

② 张爱玲当时和胡兰成爱情正浓,是真喜爱这首充满"哎哟哟,小亲亲"之音的流行恋曲,也从此对《毛毛雨》有着深刻情感,在千里寻夫的《异乡记》里,《毛毛雨》总是让她触景伤情。

一个隐藏私密情感的圣地。

《宋淇传奇：从宋春舫到张爱玲》出版后，喜见梁京取名之初始意义竟然和本书推论如出一辙：①关于"梁京"这笔名，外间有很多揣测，张爱玲曾跟我父亲说：梁京笔名是桑弧代取的，但桑弧没加解释，她自己相信"就是梁朝的京城，有'西风残照，汉家陵阙'的情调，指我的家庭背景"。当时张桑两人情意相通。

2013年2月3日郑树森在《苹果日报》副刊谈"宋淇与张爱玲"时，提到宋淇于1987年8月21日回复他一长信，仍坚持"二人都不会承认"的说法："兄另一信中询及的问题是桑和张二人间的私事，弟不便多说。即使说出来，双方都不会承认，然弟绝未捏造。《联文》出了张爱玲卷后，有读者去信，指出电影剧本《小儿女》手法和《哀乐》近似，此人颇有眼光。兄是做学问认真，事事追根究柢，二人关系非比寻常，梁京的笔名，即由桑代起，何况桑仍在大陆……"②此信亦是梁京来历的线索。本书深信依据张爱玲一贯对命名之考究与巧思，③"梁京"肯定对张爱玲意义非凡。根据陈子善考据，1997年刘以鬯主编《香港小说选（五〇年代）》时收录了《五四遗事——罗文涛三美团圆》，④作者简介为：张爱玲，笔名梁京、徐京、王鼎、范思平等。但至今张爱玲公开承认的只有"梁京"一个笔名，隐含着不光彩往事的"霜庐"和"世民"，是从来不提的。

张爱玲易名梁京，是个崭新符号，是个与过往断裂的虚假符号，一个在政局诡谲气氛下暂求自保而装扮的假面。就像在《雷

---

① 见宋以朗：《宋淇传奇：从宋春舫到张爱玲》，香港：牛津大学出版社，2014年，第307页。
② 《联文》为《联合文学》，《哀乐》就是桑弧编导的电影《哀乐中年》。
③ 从《传奇》与《流言》单行本命名，到每一篇小说、散文的人名、篇名，张爱玲不是煞费苦心地揣摩推敲，就是灵光一现，有时一矢中的，有时一语双关或多关，命名从不假手他人。
④ 见《香港小说选（五〇年代）》，香港：天地图书出版社，1997年，第309页。张爱玲翻译《老人与海》初版时用的笔名就是范思平，其余待考。

峰塔》里,她为弟弟命名为"陵",张陵张"零",早早用笔将他赐了死,暗喻这个弟弟在自己生命里不曾存在过,也省得浪费笔墨。不少读者、论者讶异不明张陵之死,若是明白从小姐弟俩之间的妒恨,就不难理解,在那个看似热闹富足其实灰败森冷的没落家族里,爱,不可得,爱,太奢侈,父母无义,手足自无情。

(二) 张志沂的鸦片、黄素琼的小脚

《小团圆》里写道:九莉因为伯父没有女儿,口头上算是过继给大房,所以叫父母二叔二婶,从小觉得潇洒大方,连她弟弟背后也跟着叫二叔二婶,她又跟着他称伯父母为大爷大妈,不叫爸爸妈妈。身为张志沂和黄素琼第一个孩子的张爱玲,因大伯张志沧早夭,二伯张志潜生了二子没有女儿便过继给二房,①从小称呼排行老三的三爷父亲为三叔、母亲为三婶。父母称谓的错乱,似乎注定这家子一世离乱。"父亲"与"母亲",打从她生下来就"存而不在"。②家族轻易地将她过继给他房一如童养媳,也是对女儿身的贬抑。

在《私语》中有这么一段,连幼稚的张爱玲都感觉到了性别歧视:

> 领我弟弟的女佣唤做"张干",裹着小脚,伶俐要强,处处占先。领我的"何干",因为带的是个女孩子,自觉心虚,凡事都让着她。我不能忍耐她的重男轻女的论调,常常和她争起来……张干使我很早地想到男女平等的问题,我要锐意图强,务必要胜过我弟弟。

---

① 见冯祖贻:《张爱玲家族世系简表》,收入《百年家族》,台北:立绪文化事业,1999年,第13页。
② 张爱玲说过:最初的家里没有我母亲这个人,也不感到任何缺陷,因为她很早就不在那里了。母亲出国,父亲去住姨太太小公馆,经年不在家,她也习以为常。《私语》,收入《流言》,北京:北京十月文艺出版社,2009年,第109页。

连个女佣都敢欺负主子！主仆阶级的倒置,是可忍孰不可忍,因而启蒙了张爱玲男女平等意识,启动了张爱玲既是女子又是姊姊势必战胜作为男子的弟弟张子静的决心。阶级意识诱发了女性自觉与行动,阅读涉猎古今中外,九岁就投稿、改写《摩登红楼梦》、勤练英文书写……这一切看似自发上进,其实来自封建宗族性别歧视的陋习、母不爱父不怜的悲凉、和弟弟争宠的妒忌心、反制佣人欺凌的决心……只有让自己更强大。然而这一切争逐在家的分裂中彻底瓦解,新生出另一种苦难。无情,可以灭绝苦难的伤害。

成年后的张爱玲对父亲那个死气沉沉的家,什么都看不起又深深眷恋着。

> 另一方面有我父亲的家,那里什么我都看不起,鸦片,教我弟弟做《汉高祖论》的老先生,章回小说,懒洋洋灰扑扑地活下去。……属于我父亲这一边的必定是不好的,虽然有时候我也喜欢。我喜欢鸦片的云雾,雾一样的阳光,屋里乱摊着小报,(直到现在,大叠的小报仍然给我一种回家的感觉)看着小报,和我父亲谈谈亲戚间的笑话——我知道他是寂寞的,在寂寞的时候他喜欢我。父亲的房间永远是下午,在那里坐久了便觉得沉下去,沉下去。
>
> ——《私语》

没多久,张爱玲以为是家的姑姑家,因黄逸梵的重返,由姑姑的家变成了母亲的家,在母亲的窥视与控制下,张爱玲不再自由,生活次序大乱,家也不再是宁静的所在。在《小团圆》中,母女间小心翼翼的相处之道,不难看出张爱玲因无时无刻不承受着来自黄逸梵的无形压迫和情绪勒索,陷入既爱又恨的恋母纠结里,甚至鄙视母亲后天的"小脚"。小脚不因女子更名而不存在。女人缠足小脚,如同男性被阉割,形同身体已残缺。小脚是残酷又悲怆的中国女子生命史烙印。江永女书的纪实小说与电影

《雪花与密扇》,①将女子被母亲强迫缠足以嫁入上等人家的痛苦过程,铭刻入里:

> 我的那双脚是全县最小的,为此我脚上的骨头被生生折断,只为了裹成一个更姣好的样子。每当我感到自己无法再去忍受那种刻骨的疼痛,每当泪水一次次滴落在沾满鲜血的裹脚布上,我的耳边总会传来母亲的柔声细语与一次次的鼓励,再多坚持一个小时,再多坚持一天,再多坚持一个星期。母亲还不时提醒着我,如果能多坚持一会儿,我将会得到的回报……缠足改变了我的双足,也改变了我的性格……缠足的严酷已经从我的三寸金莲注入了我的心田,使我一味固守着这个导致了所有不合理和悲痛的堡垒。我再也无法去原谅那些爱我的和我爱的人了。

黄素琼不合乎"母亲"这个称谓与职衔的言行,在幼时缠足造成一辈子的身心残害下得以合理化。只是张爱玲没有缠足过,不知其苦。《小团圆》中有两个段落九莉看似平常却又"刻意"提到母亲的小脚:

> 并排走着,眼梢带着点那件白色游泳衣,乳房太尖,像假的。从前她在法国南部拍的海滩上的照片永远穿着很多衣服,长裤,鹦哥绿织花毛线凉鞋遮住脚背,她裹过脚。总不见得不下水?九莉避免看她脚上这双白色橡胶软底鞋。缠足的人腿细而直,更显得鞋太大,当然里面衬垫了东西。
>
> 午饭后她跟上楼去,在浴室门口听蕊秋继续餐桌讲话。磅秤上搁着一双黑鳞纹白蛇皮半高跟扣带鞋,小得像灰姑娘失落的玻璃鞋。蕊秋的鞋都是定做的,脚尖也还是要塞棉花。再热的天,躺在床上都穿丝袜。但是九莉对她的缠足一点也不感到好奇,不像

---

① 《雪花和秘扇》(*Snow Flower and the Secret Fan*)是美国华裔女作家邝莉萨(Lisa See, 1955—)的第二部小说,2005年出版时轰动美国,在《纽约时报》、亚马逊图书榜上畅销一年之久,被翻译成38种语言,销量超过100万册。张慎修译,台北:高宝出版集团,2006年。

看余妈洗脚的小脚有怪异感。

缠足,饱读诗书的张爱玲不会不知道这种人为残害酷刑之所以能广为流行,是因为它以人工方式营造出了一种独特的女性美、阶级美。在五代之前,既有诗文称赞女性小脚之美。五代之后缠过的小脚更被誉为"金莲""香钩""步步生莲花"等。文人们甚至总结出了小脚的"四美":形、质、姿、神;"三美":肥、软、秀。这种审美心理事实上包含了浓厚的性意识。清代文人李渔在其《闲情偶寄》中甚至公然声称:让女人缠足是为了满足男人的性欲。可以说,在古代小脚是女人除阴部、乳房外的"第三性器官"。①

在洋人的眼里,据美国社会评论家伯纳德·鲁道夫斯基(Bernard Rudofsdy)研究指出,男人从女人的寸步难行中享受到极大的性兴奋。想象中国达官贵人的妻子或名妓天然双脚裹在小巧玲珑的小鞋里的三寸残足,就能懂得男人对女人残暴的奴役。裹足把一个人为的障碍强捆在日常生活中,使女人应付周围环境的能力更差,且而将世界描绘成一个极其危险的地方,把行动不便的女人变得更加依赖、更令人担心的人,让男人显得更能干、更可靠、更具有男子气概。裹足把女人摇摇晃晃的步法加以美化、合理化,进而变成性的诱惑物,把她"完美"的部分——无用的小脚提到装饰性的美的高度。②连弗洛伊德谈到中国时,也以"中国女性的脚"作为绝无仅有的特例批注:另一种异变,但也同样是恋物癖平行的群众心理,可以在中国的风俗中找到,先是着手残害女性的脚,对它崇敬有加,接着这被残害的脚便成了恋物。③

---

① 郭枫:《从〈三寸金莲〉透析缠足文化》,刊载于《大众文艺》,2009 年第 15 期。
② 苏珊·布朗米勒(Susan Brownmiller, 1935—):《女人的人体形象》,收入王政、杜芳琴主编:《社会性别研究选译》,北京:生活·读书·新知三联书店,1998 年,第 112-113 页。
③ 参见保罗-罗宏·亚舜(Paul-Laurent Assoun):《弗洛伊德与女性》,杨明敏译,台北:远流出版社,2002 年,第 194 页。作者亚舜转译自弗洛伊德《性生活》法文版原文,见解精辟。

张爱玲亦是以"不正常的东西"来论断缠足小脚的,①还借《雷峰塔》中打杂的嗤笑来刻薄取笑:"她自己一双小脚,前头卖姜,后头买鸭蛋。他套用从前别人形容缠足身材变形的说法,脚趾长又多疙瘩,脚跟往外凸,既圆又肿。"②她刻意描绘黄素琼变形的缠足小脚,弥补自己虽然容貌、样态、应对再怎么样都比不上母亲的缺憾:起码自己是个健全的女子。无复《私语》中幼年对母亲的迷惑、眷恋,走出了镜像迷思,书写母亲小脚,是一种无名的残酷,一种对巨大母威的抵抗与反制。张爱玲以东方主义的西洋眼光窥视母亲的小脚,带着几分意淫、几分痛快。黄素琼的出走,解放了小脚,解放了思想,却永远禁锢了张爱玲。母爱的匮乏,母威的震慑,让张爱玲写出这样的句子:

母亲这个大题目像一切大题目一样,上面做了太多的滥调文章。普通一般提倡母爱的都是做儿子而不做母亲的男人,而女人,如果也标榜母爱的话,那是她自己明白她本身是不重要的,男人只尊重她这点,所以不得不加以夸张,浑身是母亲了。其实有些感情是,如果时时把它戏剧化,就光剩下戏剧了:母爱尤其是。

——《谈跳舞》

至于父亲,张爱玲在《对照记》中第25幅图下写了这样一段文字:"我父亲一辈子绕室吟哦,背诵如流,滔滔不绝一气到底。末了拖长腔一唱三叹地作结。沉默着走了没一两丈远,又开始背另一篇。听不出是古文时文还是奏折,但是似乎没有重复的。我听着觉得心酸,因为毫无用处。"父亲,是个无用的父亲,看似被张爱玲嫌弃的父亲,一如张爱玲小说中的每一个男人,没有一个大奸大坏,却都不怎么争气,甚至猥琐不堪。其中男性原型出处不少来

---

① 《雷峰塔》,台北:皇冠出版社,2010年,第51页。幼时张爱玲和张子静看到老妈子洗脚时的变形小脚,照她的说法是,两人只敢草草瞟了一眼,出于天生的礼貌,也不知是动物本能的回避"不正常"的东西。

② 《雷峰塔》,台北:皇冠出版社,2010年,第35页。

自家族:《金锁记》里患软骨病的姜二爷是外曾祖父李鸿章次子李经述残疾儿李国煦,张爱玲表叔;《花凋》在酒精缸里泡着的孩尸的郑先生是舅舅黄定柱,《茉莉香片》里女气无用的聂传庆是弟弟张子静,白纸黑字,字字不留情面。

张爱玲小说中的女性原型,最为论者津津论道的便是她宣称最彻底的人物:《金锁记》里的七巧。七巧的原型众说纷纭,张子静说是表叔李国熊的太太,他和张爱玲喊她三妈妈;①《胡兰成传》说七巧是胡兰成义母春姑娘:春姑娘生得吊梢眼,水蛇腰,像京戏《拾玉镯》中的旦角,人漂亮,脾气也爽快,命运却很坎坷,是被舅父偷卖后转了两手才到俞家。那泼辣无情的性格和七巧很像,虽是义父俞家小妻却得人敬重,义父健在时,俞家内里已由她在当家。② 论者言,若将《今生今世》中对庶母的记述与《金锁记》作比,毫无疑问,胡兰成的义母就是《金锁记》中七巧的原型。但是胡兰成与张爱玲相识相知是在 1944 年初,《金锁记》发表在之前的 1943 年 11 月。时间根本兜不拢,论证太牵强。可见,胡张恋之前,张爱玲笔下人情世故早已到家。

《小团圆》出版后,将张爱玲生平与文本对应,仔细推敲便恍然大悟,或许《金锁记》故事挪移自李经述家族,但是七巧的原型正是她那优雅艳情又尖酸刻薄、蹂躏儿女的恶母黄素琼,长安长白就是小煐与小魁。这正说明,从《金锁记》到《小团圆》50 年的创作期间,为何张爱玲借着书写日夜无尽地呼喊、召唤着母亲。

宋以朗说有一封信她这样提起:"昨晚我在自己的房子里,望着墙,想起以前的东西。"她想的方法就是对着墙,回忆七岁的时候家住在哪里,当时的花园有些什么东西。她在信里说,她这么多年一直在想象自己跟人在对话,"这个人就是我妈妈"。③ 2012 年

---

① 张子静述,季季整理:《〈金锁记〉与〈花凋〉的真实人物》,收入《张爱玲评说六十年》,北京:中国华侨出版社,2001 年,第 7 页。
② 参考张桂华:《胡兰成传:张爱玲一生的痛》,长春:北方儿童妇女出版社,2010 年。
③ 李贤聪:《〈雷峰塔〉:看穿〈小团圆〉全部技巧》,刊载于《时代周报》,2010 年,第 75 期。

10月10日《羊城晚报》刊登了一篇署名"武宝生"写的文章《请妈妈为我留一条门缝!》,①作者说他去洛杉矶时接受"洛杉矶华语文学联谊会"吴先生接待到张爱玲旧居(加州大学洛杉矶分校所在的西木区10911 Rochester Ave.)前追悼。吴先生说:他与张爱玲见过一面,就在这间公寓房内。当时,张爱玲并不搭理他。她骨瘦如柴,面壁而坐,正独语着什么。开始,他以为她在念佛语,可是细听,不像。他禁不住问:"您需要帮助吗?"张爱玲回过头来,有些自嘲地说:"对不起!慢待您了,真有点不好意思!请您理解,我在与我的妈妈说话呢。来日,我一定会去找她赔罪的,请她为我留一条门缝!"张爱玲的话,让吴先生目瞪口呆。接着,张爱玲又说:"真的对不起!不过,我想您会理解我的。我现在唯一想说话的人,就是妈妈!"吴先生含泪离去。张爱玲和母亲爱恨交织一世情。

在《怨女》改写时,张爱玲还了七巧美貌,也还给了母亲一个公道。黄素琼的美貌与洒脱让张爱玲无法不自鄙与妒恨。王德威评道:"张爱玲不断求助于'古老的回忆',不妨视为她为医治家庭创伤,找寻自圆其说的解释。她的小说成为唤起回忆,重回那生命不堪(abject)场域的仪式。"②abject,是法国女性主义学者茱莉亚·克里斯蒂娃(Julia Kristeva)③的知名理论"贱斥",那个生命中令人作呕又排之不去的东西。一种既非主体亦非客体的"某个东西";它不断地重新现身,让人脸色苍白,令人作恶,又教人着迷。④

---

① 为求证此事真实性,本书作者网络搜寻"武宝生"此人无所获,后去信"驻洛杉矶台北经济文化办事处"(Taipei Economic and Cultural Office in Los Angeles),请求帮忙寻找"洛杉矶华语文学联谊会吴先生",随即得到"查不到这个华人组织"的复函而作罢。但武先生的说法与宋以朗所言雷同。
② 王德威:《张爱玲再生缘——重复、回旋与衍生的叙事学》,收入梁秉钧等编:《再读张爱玲》,济南:山东画报出版社,2004年,第10页。
③ 茱莉亚·克里斯蒂娃(Julia Kristeva, 1941—),法籍保加利亚裔哲学家、文学评论家、精神分析家、社会学家及女性主义者,和罗兰·巴特、托多洛夫、高德曼、热拉尔·热奈特、利瓦伊史陀、拉冈、格雷马斯及阿都塞等学者并列当代最重要的结构主义学家。知名著作有《恐怖的力量》《中国妇女》等书。
④ 详见茱莉亚·克里斯蒂娃:《恐怖的力量》,彭仁郁译,台北:桂冠图书,2003年。

张爱玲的人生黏附着不少欲除之而后快的"贱斥":父亲、母亲、弟弟、继母、鸦片、小脚,包括胡兰成,她的文本中亦多所贱斥:屎尿与月经、性爱与堕胎,让她爱恨交加欲拒还迎的"性",是人类性爱也是如兽般的性行为。张爱玲写作百无禁忌,有论者言:在《同学少年都不贱》中,主人公赵珏与赫素容同性恋爱,赵珏特地去上素容刚上过的厕所,从马桶座板上体会"间接的肌肤之亲的温馨",还要闻"空气中是否有轻微的臭味"。在散文《重返边城》中,结尾也写到"忽然空中飘来一缕屎臭,在黑暗中特别浓烈",说这是"香港的临去秋波,带点安抚的意味"。① 《小团圆》里,有银行地板上日本兵拉的一大堆屎、和之雍缠绵后清洗米汤味的内裤……秽物无所不在。

小便,和大便都是人体最污秽的排泄物,是一般作家羞于下笔的字眼,张爱玲写来坦坦荡荡,甚至讥笑玩弄于掌股间,遮蔽了原始性欲存在的卑贱感。

这头羊和一屋子的吃客对看了一下,彼此好像都没得到什么印象。它又掉过头去向外面淡绿的田畴"咩~~~!"叫了一声。那一声叫出去,仿佛便结的人出了恭,痛苦而又松快。它身上有虱子,它的卷毛脏得有些湿漉漉的。

我没办法,看看那木板搭的座子,被尿淋得稀湿的,也没法往上面坐,只能站着。又刚巧碰到经期,冬天的衣服也特别累赘,我把棉袍与衬里的绒线马甲羊毛衫一层层地搂上去,竭力托着,同时手里还拿着别针,棉花,脚踩在摇摇晃晃的两块湿漉漉的砖头上,又怕跌,还得腾出两只手指来勾住亭子上的细篾架子。一汽车的人在那里等着,我又窘,又累,在那茅亭里挣扎了半天,面无人色地走了下来。

——《异乡记》

---

① 访问《张爱玲全集》主编止庵,见张英、李丹:《这是一个全新的张爱玲——与〈小团圆〉有关的种种》,刊载于《南方周末》,2009 年 4 月 15 日。

吃客在吃羊儿在看,借由羊咩声转为人类便结出恭既痛苦又松快的那一刹那。吃拉,隐藏着进/出的矛盾快感。如同性交之进/出,阴茎插入让她疼痛的快感与所射出的精液贱斥感的腥膻味混合,化为幼时由嘴巴吞食的米汤气味,食、色、性也,回归上进/下出肉体原欲。

食色一样,九莉对于性也总是若无其事,每次都仿佛很意外,不好意思预先有什么准备,因此除了脱下的一条三角裤,从来手边什么也没有。次日自己洗裤子,闻见一股米汤的气味,想起她小时候病中吃的米汤。

——《小团圆》

月经,女子生来存在的卑贱原罪。身为女人,没有消灭卑贱的一点力量,只好尴尬与之共存,成为毕生无法逃避又必须承担的贱斥他者:翻肠搅肚、每月必排出子宫的污秽之血。在恶劣环境下溅出,更是卑贱万分。

夜间她在浴室灯下看见抽水马桶里的男胎,在她惊恐的眼睛里足有十吋长,毕直的欹立在白磁壁上与水中,肌肉上抹上一层淡淡的血水,成为新刨的木头的淡橙色。凹处凝聚的鲜血勾划出它的轮廓来,线条分明,一双环眼大得不合比例,双睛突出,抿着翅膀,是从前站在门头上的木雕的鸟。恐怖到极点的一刹那间,她扳动机钮。以为冲不下去,竟在波涛汹涌中消失了。

——《小团圆》

堕胎,男女欢爱后贻害的杀戮仪式。恐怖的力量来自母体/主体与胎儿/客体关系的恶意切割,不该来的胎儿成为张爱玲世界不可能、不应当存在的污秽之物,除之而后快。

泥坛子机械性的一下一下撞上来,没完。绑在刑具上把她往两边拉,两边有人很耐心的死命拖拉着,想硬把一个人活活扯成两半。还在撞,还在拉,没完。突然一口气往上堵着,她差点呕吐出来。

——《小团圆》

还在机械地锤着打着,像先前一样难受,现在是把她绑在刑具上要硬扯成两半。突然一口气冲上她的胸口。就在她左一下右一下地晃着头时,只见他对她的脸看得出神。

我觉得快要吐出来了。

——《少帅》

性交,该带来原欲的生理快感,却夹杂处女禁忌的恐惧,因而一再出现在梦的邪恶彼端,无法消除的贱斥,性的欢愉高于禽兽,却隐藏在性交撞击的恶心呕吐中。张爱玲对性的贱斥,从《小团圆》到《少帅》机械似的重复书写,可见根深蒂固。可是,《色·戒》里"到女人心里的路通过阴道"这句名言,却暗喻她对性快感的认同,矛盾说不尽。

文本的贱斥来自灰暗生活积累的反写(retrography),除了自我的贱斥还包括他者的贱斥。"我最恨两桩事,一是吃鸦片,一个是裹小脚。"[①]这是《小团圆》里何干提起九莉祖母老太太生前说的话,再借着张爱玲回忆之笔写出来,分明也是她的最恨、她生命里的"贱斥"。可偏偏这两样最恨全在张家生了根。张爱玲的恨其来有自,爱恨交织中,父亲与母亲,成了某种挥之不去的梦魇,让她置身贱斥场域无处可逃。逐渐,变得既自傲又自卑,一如她在《私语》中写道:"我觉得我是赤裸裸的站在天底下了被裁判着像一切的惶惑的未成年的人,困于过度的自夸与自鄙。"爱逐渐被恨消磨殆尽。一个无爱之人,只能掏尽所有爱其所爱,今生唯一的爱:胡兰成。

张爱玲自炫的显赫家世背景与自鄙的复杂家庭情感,让她的多重身份承载了无可名状的多重压力。她是晚清遗少的最后贵

[①] 《雷峰塔》,台北:皇冠出版社,2010年,第51页。

族,又是从小接受东西方教育的高端知识女性;她是父母离异的单亲小孩,在继母挑拨下却形同无父无母的孤儿;读了私立教会贵族女校却天天穿着破旧衣裳,状似低下阶层的苦命女;和聪明浪荡美貌的母亲相比,是个永远笨拙自卑的丑小鸭;是高傲外露鄙视无能弟弟的姊姊,又根本无心做姊姊,可她到底是姊姊。张家重男轻女在《雷峰塔》里写得分明,弟弟又长得和母亲一样漂亮,说不忌妒是假的,①于是,她决裂张志沂妒恨张子静,连离开上海都不告知一声,还在《雷峰塔》里很快就将弟弟赐了死。原生家庭、封建社会、性别差异让她对背负的多重压力反抗。

青春期的张爱玲一次在弟弟被继母责难后,躲进洗手间哭着大喊:"我要报仇!总有一天我要报仇!"这股仇恨的毒辣力量,除了痛恨事后若无其事的弟弟,也爆发成不可遏止的创作能量。笔,成了她的复仇武器;"笔,象征着男性次序中的阳具",张爱玲用笔与男性一争长短,豪气万千,骨子里却只守着爱情方寸之地,既古典又纯粹,终被男性阳具所征服,矛盾怎不丛生?在享受爱与性的当下,就是她释放多重压力的一刹那。

二、身体操演的矛盾

多重主体位置论,作为多种不相同甚至相互对抗的文化结构的交叉点,表示的是多种因素所决定的多重主体位置。它所占据的位置,包含多种地位,其中某一种地位又会由于其他位置的交叉而产生些某些微妙的变化。自我并不是单一而是复合的,要求把社会身份作为许多相互依赖的可变系统产物来进行交叉分析,求

---

① 张爱玲在《对照记》第6页里深刻怀念母亲,写道:我第一本书出版,自己设计的封面就是整个一色的孔雀蓝,没有图案,只印上黑字,不留半点空白,浓稠得使人窒息。以后才听见我姑姑说我母亲从前也喜欢这颜色,衣服全是或深或浅的蓝绿色。我记得墙上一直挂着的她的一幅油画习作静物,也是以湖绿色为主。遗传就是这样神秘飘忽——我就是这些不相干的地方像她,她的长处一点都没有,气死人。

得可证的互文线索。

主体位论和多重压迫不同,多重压迫社会身份的组成部分来自一系列范畴中。多重主体位置给社会身份下定义的焦点并不只集中在压迫和充当牺牲品,而是集中在各种各样的差别上。这些差异或许和压迫有关或许无关。例如张爱玲是一个上海女人,出身于没落的晚清遗少家族,却历经租界、孤岛、沦陷、汪伪政府、民国和中共解放的六个政治时代;她出身世家从小没为钱烦恼过,却在父母离异后变成锱铢必较的贫穷贵族;她以中学为底西学为用,融会贯通,成为当时在中国在上海唯一能用中文、英文双语写作的杰出女作家,一个攻占上海报纸、杂志的最受欢迎的时兴作家。

她是一个女人却不是一个母亲,她曾经和一个汉奸姘居密婚,先是一个情妇后来又成为一个妾一个妻子,因此招来汉奸之妻污名。她是作家还是舞台剧编剧、电影编剧,解放后又被要求成为文化优秀样板。张爱玲上海关键十年,展现了复杂的主体自我。主体位置的不同与交错,演绎出不同的张爱玲。和胡兰成相识恋爱时,胡兰成正春风得意,张爱玲仅是一个被中国封建社会"三妻四妾"包容的情妇,密婚让她由被小报讪笑的妾翻转为自以为是正室的妻。岂料,转眼之间,日本战败,胡兰成逃窜,留下她独自面对铺天盖地而来的、被围剿的"汉奸之妻"风暴。沉潜一年多后,以《传奇》再版和梁京的连载小说,又一次叱咤风云起来。慧黠的她看出时局不稳,爱情无望,只能一走了之,离开她最爱的原乡上海。

当代没有任何一个作家能复制张爱玲的贵族身世和身处的诡谲年代,能写出如她那般彻底又讨喜的小说,就算布满苍凉灰暗的腐烂气息,一步一步走向没有光的所在,却依旧让人如中了蛊般跟着腐朽的气息步步走去。也没有人能写出如她那般俏皮、睿智又机敏的生活散文,信手捻来就是日常诗意。关键十年的上海生涯,让张爱玲的社会身份处在一个有权和无权的社会结构的十字路口上。彼时,女作家是一个受人尊重的新职业,以及一个可以大声拒绝当受父母之命包办婚姻的结婚员,公开谈性说爱的新女性、新偶像。她们接受了新式教育,用文字而不是如妓女般的风头在公共场合出现,在公领域发出自己的声音,既不脱传统对女性的言行规范,又符合现代所强调的个人价值的实现。她们是体面的女性公众人物,也是普通女性的典范。女作家的身份之所以成为卖点,一是一个受瞩目的新兴知识群体,二是人们倾向于认为她们是在书写自己,是有故事的新式的女人,能满足窥视名人私生活的欲望。

社会对女性的窥视癖(voyeurism)可以在这里得到满足。① 像苏青直白的笔法,揭露"离婚妇女"的破碎婚姻与大胆性事,正中读者下怀。自称职业文人的苏青,在社会组织里是杂志主编,在社会阶级中是高薪白领,回到家便成了单身弃妇、三个孩子的母亲;在政治波澜的漩涡里翻云覆雨,难逃被唾弃为汉奸情妇的命运。有人说"敌人投降了,苏青大哭三天三夜",还有人以苏青的文章是"性的诱惑"等来谩骂丑诋。苏青向来是泼辣的,她说:"是的,我在上海沦陷期间卖过文,但那是我适逢其时,亦'不得已'耳,不是故意选定的这个黄道吉期才动笔的。我没有高喊打倒什么帝国主义,那是我怕进宪兵队受苦刑,而且即使无甚危险,我也向来不大高兴喊口号的。我以为我的问题不在卖文不卖文,而在于所卖的文是否危害民国的。"② 可惜苏青的身体操演失焦,流于肉体而非形体。

身体操演张爱玲倒是成功了。后母孙用蕃给张爱玲那件破烂暗红色薄棉袍③带来的刺激与羞辱,让张爱玲坦承她有一度成了

---

① 参见张淳:《中国早期电影〈新女性〉与民国上海的女性话语建构》,刊载于《首都师范大学学报》(社会科学版),2011年第2期。
② 苏青:《关于我——代序》,收入《续结婚十年》,上海:四海出版社,1947年,第8页。
③ 见罗玛编:《重现的玫瑰——张爱玲相册》,北京:光明日报出版社,1999年,第56、59页。张爱玲和姑姑在阳台上的两张合照,看得出来学生张爱玲身上暗色棉袍的寒伧。

clothes-crazy(衣服狂)。[①]身体力行成名要趁早的张爱玲,从小爱漂亮也知道人要衣装的重要,更知道自己长得不漂亮,一定要做特别的事才行:就是以奇装异服招摇过市,展演自己女子的身体,增加"女作家"在社会身份上公共论述的权力与力量,以获得更大的知名度卖更多的书,最终累积更多的名与利。这一点,让上海小报文人也看穿了:张爱玲,论文章还不坏,然而却也喜欢奇装异服,以使人作为资谈,而当作登龙术。[②]张爱玲聪明地以身体与服装合体演出来引人注目引人谈论,在看与被看间,张爱玲的身体在属于她的老上海华丽演绎后现代,成为小报追踪的内容、市民耳语的流言、自己展演的舞台。澳洲哲学家葛洛兹(Elizabeth Grosz)认为身体不像其他任何物体,"它们是视角、洞见、省思、欲望、能动性的核心……它们带来新颖、令人惊奇、出乎意料的事物"。[③]不过,是张爱玲独特的身体哲学穿了奇装还是异服穿了她?到底是谁制约了谁?

(一)《更衣记》的昨非今是

张爱玲喜欢五花十色:清凉的灰绿、莹亮的雪青、旺热的葱绿、张狂的橙红、浓郁的深赭、明净的银白。论者说暗淡的青灰也与她神奇的经历、坎坷的命运相吻合:错综复杂的不讲理的过去,沧海桑田、浮生若梦,华丽而苍凉的感觉与衰败的背景,纷纭、刺眼、神秘而滑稽的中国的人生,幽古中国与现代中国和谐的掺杂。[④]五彩缤纷的瑰丽颜色,层次细分明的色调,葱绿配桃红,宝蓝绣暗花,一点颜色千万心事,从服装式样到颜色款式,张爱玲穿上身落下笔玩花样。

---

① 《对照记》,第30–32页,张爱玲不忘在这两张老照片旁写上对继母及对这件衣服的怨恨。
② 肖进编:《旧闻新知张爱玲》,上海:华东师范大学出版社,2009年,第48页。
③ 琳达·麦道威尔(Linda McDowell):《性别、认同与地方:女性主义地理学概说》,徐苔玲、王志弘译,台北:群学出版社,2006年,第72页。
④ 参见任茹文:《沉香屑里的旧事——张爱玲传》,北京:团结出版社,2008年。

脍炙人口的《更衣记》,她写下这么一段:

削肩,细腰,平胸,薄而小的标准美女在这一层层衣衫的重压下失踪了。她的本身是不存在的,不过是一个衣架子罢了。中国人不赞成太触目的女人。历史上记载的耸人听闻的美德——譬如说,一只胳膊被陌生男子拉了一把,便将它砍掉——虽然博得普通的赞叹,知识阶级对之总隐隐地觉得有点遗憾,因为一个女人不该吸引过度的注意,任是铁铮铮的名字,挂在千万人的嘴唇上,也在呼吸的水蒸气里生了锈。女人要想出众一点,连这样堂而皇之的途径都有人反对,何况奇装异服,自然那更是伤风败俗了。

早慧张爱玲早已看穿,在层层衣衫象征封建制度重重的钳制下,女子身体存在犹如不在,穿上奇装异服便是伤风败俗。她这段文章点评的仿佛是不关己的历史男性与一般女子,可她就跟着伤风败俗了? 然后在《炎樱衣谱》前言里顺势再一发闷气。明知不该为而为之,只为了对眼前流行的衣服不满想要出众一点,反倒吸引了过度注意? 在在勾勒出她多重主体的游移。

《更衣记》发表于1943年12月《古今》半月刊,是张爱玲从香港回上海辍学写作后,在1943年1月《二十世纪》(*The XXth Century*)英语月刊上发表的第一篇英语文章《中国的生活与服装》(*Chinese Life and Fashion*)的中译版。周蕾宣称,该文是以有趣的方式让我们注意到现代中国历史发展,尽管有人认为是毫无相关,透过逐渐消失的表面细节方面的繁缛与生动成为差异产生之所在。在张爱玲的此文中,这般细节的消逝不只是出自她所谓历史的发展,而是她在这方面显着保守的态度,也预示了这般细节上的消失,即使她在其他地方表现出耽溺于其中的热诚。亦即当张爱玲沉迷于这些不相干的细节之中,心理产生出深深的矛盾,反而将社会活动理应有"正当"目的性这般富有道德意味的想法皆明白显现出来。[1] 这段从

---

[1] 周蕾:《妇女与中国现代性——西方与东方之间的阅读政治》,上海:上海三联书店,2008年,第131页。

周蕾英语论文翻译过来的句子,告诉我们:张爱玲预示了服饰细节正在中国历史中消失,偏偏她又耽溺于服饰的细节里,心头纠结着正当道德性与背德脱序的纠葛思绪。在中国服装细节不可逆转的消失于时光横流中,她书写细节乃是一种父权复兴。

　　年轻的张爱玲在快意书写中,隐喻了自身主体的矛盾所在。当她感伤岁月如斯美好的服饰细节逐渐消失时,晚清以来的东方封建礼教习俗又借着她的服饰图文巨细靡遗地再现在上海洋人眼前。看似她以年轻女作家初试啼声的身份位置对中国传统女子服饰提出了反思与挑战,反证明她彻底实践女性化、封建化的行为。虽然文中她对男子服饰也略有评论。在 Chinese Life and Fashion 英文版中张爱玲留下了 12 张手绘中国女子服饰演绎图,①可见她对"衣"的着迷。

　　刚回上海的张爱玲,漂洋到香港喝过洋水三年,读的写的说的都是 ABC,面对文盲仍然不少的上海人,肯定是高人一等的留洋生。誓言成名要趁早后,1943 年 1 月到 12 月,她在《二十世纪》英文月刊上陆续发表了英语散文三篇、影评六篇。②除了《中国人的生活和时装》(Chinese Life and Fashion)外,还有《仍然活着》(Still Live)、《魔鬼与神仙》(Demons and Fairies),日后依序中译为《更衣记》《洋人看京戏及其他》和《中国人的宗教》,前两篇先后刊登在《古今》,后一篇刊登在《天地》。这三篇文章和后来创作的中文小说、散文迥然不同,有着老成持重的历史感。这时的张爱玲,是新生作家,欲以英语写作力求效法林语堂成名之路扬名天下,同时站在市场性"洋人喜欢看什么,我就写给你看"的观点肆意挥洒。

---

① 详见 Chinese Life and Fashion 原文。张爱玲一共提供了 12 张插画配图解说中国女子服饰三百年演变。这些图在《中国女子服饰》一文中一一重现。见《沉香》,台北:皇冠出版社,2005 年,第 62 - 64 页。
② 详见万燕:《女性的精神——有关或无关张爱玲》,上海:同济大学出版社,2008 年,第 363 - 364 页。

20年后,她在1964年11月写给夏志清的信里(编号6)写到"洋人喜欢看的正是我想拆穿的"前后成反比。① 宋国诚指出,张爱玲在尝试消解西方二元对立之时,却冒着二度重陷西方二元对立困境的危险,在论辩西方理性主义的语言之时,使用的逻辑与辩辞却依赖着西方理性思维本身,矛盾不言而喻。

譬如,那张爱玲亲手绘制的12幅配文插图,从服装、发型、头饰到挽面,无一不充满神秘的"东方"情调,连裙摆下露出的一点点小三寸金莲鞋尖,也可见性的暗示与遐思。学者邵迎建提出了另一的论点:由1890—1910年这些绘图可以看出,既参照了许地山的"女装"肖像,更脱胎于"少女时代的母亲"(黄素琼)的照片。经过张爱玲之手,高领更加膨胀,三寸金莲更为小巧。因此,头足的反差更强烈,真可谓触目惊心。②

坠马髻。　　　　　　　　修额开脸。

Chinese Life and Fashion 开篇序言由《二十世纪》创办人兼主编 K·M(Klaus Mehnert)大大地夸赞了 Miss Chang 一番,说这是

---

① 夏志清:《张爱玲给我的信件》,台北:联合文学出版社,2013年,第26页编号6。
② 邵迎建:《女装·时装·更衣记——张爱玲与恩师许地山》,收入《张爱玲的传奇文学与流言人生》,台北:秀威信息科技,2013年,第288-309页;刊载于《新文学史料》,2011年第1期,第48-57页;亦收入林幸谦主编:《张爱玲:传奇·性别·系谱》,台北:联经出版公司,2012年,第615-631页。

这位年轻天才在这本杂志的第一篇文章,不但充分表现了有趣的中国现代精神,还自绘了插画配图。封面同时刊登了一张张爱玲故作老成浓妆艳抹的照片。① 读这篇"引经据典、老成持重"论述中国女子服装演绎三百年的文章,很难想象是出自一个二十出头的年轻女孩之手,难怪有人质疑文章的源头可能是张爱玲香港大学的老师许地山。

据邵迎建的研究,张爱玲在香港读书期间曾有两位老师对她产生了重要影响,除了人们已知的给了她"一点历史的亲切感和扼要的世界观"的佛朗士,还有一位未为人知的便是中文教授许地山。② 佛朗士就是给了九莉 800 元港币奖学金,让蕊秋怀疑两人关系不单纯的那位英国老师安竹斯,但他死了,张爱玲和九莉都不怎么悲伤。《小团圆》里九莉感谢上帝:你待我太好了。其实停止考试就行了,不用把老师也杀掉。《烬余录》里则写道:一个好人,一个好先生。人类的浪费……。1935 年许地山经胡适推荐到香港大学任中文系主任,引入文史哲不分家的教育新体制革新殖民地教育,积劳成疾于 1941 年 8 月因心脏病发作去世。主修文学的张爱玲肯定是他学生,1939—1940 年她的港大成绩单上就有 Chinese literature, Chinese history and Chinese philosophy(中国文学、中国历史、中国哲学)这三门课成绩。③

---

① 罗玛编:《重现的玫瑰——张爱玲相册》,北京:光明日报出版社,1999 年,第 94 页。
② 饱读诗书的许地山,名赞堃,字地山(1894—1941),基督徒,身为知名作家、学者,笔名落花生(落华生),本是台湾台南赤崁人,三岁时举家迁到汕头,后毕业于燕京大学,1921 年 1 月和周作人、沈雁冰、叶圣陶、郑振铎等 12 人在北京成立文学研究会,创办《小说月报》,是五四时期新文学的代表人之一。
③ 香港大学简史上明载:"In 1935, Professor Hsu Ti-shan 许地山 from Yenching University, Beijing, was appointed the first Professor of Chinese. At that time, the curriculum consisted of Chinese literature, Chinese history and Chinese philosophy. Professor Hsu passed away in August 1941, and Professor Tschen Yin-koh (Chen Yin Ko) 陈寅恪 was invited to take over the vacant chair in September 1941, which he held for only a very short time."大意是 1935—1941 年在中文系开授中国文学、中国历史、中国哲学这三门课的教授许地山骤逝后,陈寅恪接任了他的位置。

上海关键十年揭秘

研究许地山的黄康显在《灵感泉源？情感冰原？——张爱玲的香港大学因缘》一文中详述了张爱玲大学时代的授课教师及课目，指出张爱玲曾师从许地山；又说，张爱玲的《沉香屑——第二炉香》及《茉莉香片》的舞台华南大学，尤其是中文系与香港大学非常相似，可以说是它的投影，而华南大学的言子夜教授大概是许地山教授的分身。在以"寻找父亲"为主题的《茉莉香片》中，有留学经历、削瘦身材、身着中国长袍的言教授是主人公聂传庆向往的偶像、心目中理想的父亲。而聂传庆则是张爱玲以弟弟为原型创作的，可见许地山在张爱玲心中的位置。①但是，张爱玲的人生字典里从未出现许地山三个字。

《近三百年来底中国女装》是许地山对"衣"研究的第一篇成果，也是中国服装史的开山之作，于1935年天津《大公报》星期六副刊《艺术周刊》连载八天。同年9月，许赴香港大学任教，受聘改革，成立文、史、哲学制。四年后的1939年11月10日，他在香港为"中英文化协会"作过《近三百年来底中国女装》的公开讲演，活动的详情刊载在次日的《星岛日报》上。②文章细述清兵入关以来至近代中国大动荡中女性服饰的沿革情况，洋洋万言中，既有"社会生活与经济政治都与衣服的改变有密切的关系"的论断，也有"女人衣服自明末以至道光咸丰年间，样式可以谓没有多大的改变"；"宽衣大袖已渐改成纤小"；"在衣服底形式上，最受影响底是领子和衿头"等的观察，该文附有图像百余幅。③另有相关演讲稿《宗教底妇女观》《女子底服饰》等。

本书钩沉，更早之前，许地山在上海星期讲演会的讲稿《宗教

---

① 黄康显：《灵感泉源？情感冰原？——张爱玲的香港大学因缘》，刊载于《香港文学》，1994年第136期。
② 详见邵迎建：《张爱玲的传奇文学与流言人生》，台北：秀威信息科技，2013年，第288-307页；陈惠芬：《〈更衣记〉和许地山》，刊载于《文汇读书周报》，2003年7月30日。
③ 陈惠芬：《〈更衣记〉和许地山》，刊载于《文汇读书周报》，2003年7月30日。

的生长与灭亡》,登载在 1922 年《东方杂志》第 19 卷第 10 号的第 27－42 页上;1923 年 4 月 14 日在《晨报》副刊上又发表了《我们要怎样的宗教》一文,想必都是后来他在香港大学的课堂讲义。张爱玲的散文《中国人的宗教》,也有着向许取经的可能。从中国妇女服装到宗教,不难证实许地山对张爱玲有着潜移默化的影响。

关于中国女子服饰,两人笔调迥异,许地山老成持重娓娓道来,张爱玲则是随兴泼洒,写出了另一番中国女子服装风景,细看,某些地方确实带着几分新女性自觉的活泼意识:"这么迂缓,安静,齐整——在满清三百年的统治下,女人竟没有什么时装可言;一九二〇年的女人很容易地就多了心,她们初受西方文化的熏陶,醉心于男女平权之说;如果女人能够做到'丈夫如衣服'的地步,就很不容易……"讽刺的是,后来她嫁了个"妻子如衣服"的胡兰成。

许地山于 1941 年 8 月 4 日在香港去世,当时张爱玲人在香港大学,还是个在英属殖民地上接受洋化教育的女学生,难得的是从没忘本,中国老祖宗的历史文化皆是她手上写作的宝贝资产。1941 年底太平洋战争爆发,香港大学随即停课,直到 1942 年夏,张爱玲才和炎樱一起搭船回上海,船上还遇见了梅兰芳。① 越过地理海域回沪,从边缘回到中心,张爱玲的身份位置颠倒了过来,由求知的学生成了"传道授业"的立言角色,站在社会女性知识分子的尖端。你们不懂不明白吧?且听我说。女子夸夸而谈天地震动。谈衫裤,从"大袄""中袄"到"小袄"无一不晓,谈皮裘,"大毛""中毛""小毛"如数家珍,袄子则有"三镶三滚""五镶五滚""七镶七滚"之别,滚边扁的是"韭菜边",圆的是"灯果边",又称"线香滚"……洋洋洒洒俱是行家行话。

---

① 《易经》,台北:皇冠出版社,2011 年,第 361 页;又见《梨园百年琐记:梅兰芳》,收入《中国戏剧考》。记载:1942 年农历壬午年,夏,梅兰芳由香港返回上海与张爱玲同船。从此,杜门谢客。同时证实张爱玲确实于 1942 年夏天返沪,张爱玲的随笔中也见此行与梅同行。

以《更衣记》前后两篇英中交替的改写策略观之,在张爱玲为洋文月刊写稿时,她是留港归国的中国学人,深谙中国服装、京剧、宗教等历史典故,知道洋人爱看什么她就写什么。一转身为中文杂志供稿时,她就是了解洋人文化的留洋作家,知道上海人爱看什么她就写什么,不经意地暴露了家道渊源吃好穿好的上流阶级意识,还可以从上海人、英国人、广东人、印度人写到白俄人。她的身份,在种族的夹缝与时代的崩裂中多重游移,她的文化认同面面俱到,让人皆大欢喜。彼时走的就是通俗作家大受欢迎的圆滑巧门,作家是不变的坐标,女作家是性别的刻板烙印。在"孤岛"时期上海五四文学作家陆续出走,鸳鸯蝴蝶派作家逐渐销声匿迹后的空白时空里,张爱玲以中西文化交错又重叠的女作家身份位置立书发言,在上海沦陷时期左右逢源横空出世。

(三) 奇装异服的身体操演

除了照片,张爱玲从不直接描绘自己的身材容貌,仅说自己又细又长,有一次拜访港大长辈,还被联想成鹭鸶。但细读《易经》,就可以想象张爱玲可能长什么样:她在心里瞥见了自己的全貌,宽扁的肩膀,男孩似的胸部,丰满的长腿,腰还没有大腿粗。[①]旁人描写张爱玲长相最清晰的当属陈若曦的《张爱玲一瞥》:她真是瘦,乍一看,像一副架子,白细长的垂直线条构成,上面披了一层雪白的皮肤,那肤色的洁白细致很少见,衬得她越发瘦得透明。紫红的唇膏不经意地,抹过菱形的嘴唇,整个人,这是唯一令我有丰满的感觉的地方。头发没有烫,剪短了,稀稀疏疏地披在脑后,看起来清爽利落,配上瘦削的长脸蛋,颇有立体画的感觉。一对杏眼外观滞重,闭合迟缓,照射出来的眼光却是专注,锐利;她浅浅一笑时,带着羞怯,好像一个小女孩。陈若曦净挑好的写。

张爱玲曾经告诉张子静:"一个人假使没有什么特长,最好是

[①] 《张看》,台北:皇冠出版社,1991年,第81页。

做得特别,可以引人注意。我认为与其做一个平庸的人过一辈子清闲生活,终其身,默默无闻,不如做一个特别的人,做点特别的事,大家都晓得有这么一个人;不管他人是好是坏,但名气总归有了。"①张爱玲当然有特长,这句话只是自卑于自己相貌的平凡、身材的平板。她长得不见得不好看,就是没有母亲好看,没有胡兰成别的女人好看。胡兰成形容初见她的长相,和想象的全不一样,还有个子高大,连坐黄包车抱着她怎么都不自在。除了容貌,青春期的破旧服装让她更自卑:

《对照记》里和姑姑的合照,那件令人痛恨的继母旧棉袍跃然纸上:

  永远不能忘记一件暗红的薄棉袍,碎牛肉的颜色,穿不完地穿着,就像浑身都生了冻疮;冬天已经过去了,还留着冻疮的疤——是那样的憎恶与羞耻。为了掩饰身上一点解释也没有的寒酸,照片里的张爱玲笑得腼腆,心里可狂喊着:我要复仇!我早晚要复仇!张爱玲对继母、对父亲、对母亲的复仇就是拿自己的身体操演,让身体变成奇装异服摆弄的复仇舞台,充满夸张的戏剧性。而她早知道这样是不健康的。

张子静说:姊姊的脾气就是喜欢特别,随便什么事情总爱跟别人两样一点。就拿衣裳来说吧,她顶喜欢穿古怪样子的。记得她从香港回来,我去看她,她穿着一件矮领子的布旗袍,大红颜色的底子,上面印着一朵一朵蓝的大花,两边都没有纽扣,是跟外国衣裳一样钻进去穿的。领子真矮,可以说没有,在领子下面打着一个结子,袖子短到肩膀,长度只到膝盖。胡兰成侄女青芸则是以嵊县土话这样形容张爱玲:人蛮长,漂不漂亮?不漂亮的,比我叔叔还高了点。格个辰光伊个服装跟别人家两样的——奇装异服。伊是

---

① 《我的姊姊张爱玲》,第130页。又有论者言,依《小团圆》来看,张爱玲是中了炎樱的道,炎樱怂恿她穿奇装异服,自己却衣着平常。但就张爱玲别扭的性格来看,若非主观先认定,她怎么会轻易听信他人?

自己做的鞋子,半只鞋子黄,半只鞋子黑的,这种鞋子人家全没有穿的。衣裳做的古老衣裳,着旗袍,短旗袍,跟别人家两样的,总归突出的……①

对于不会说话的人,衣服是一种言语,随身带着的一种袖珍戏剧。这样地生活在自制的戏剧气氛里,岂不是成了"套中人"了么?(契诃夫的《套中人》,永远穿着雨衣,打着伞,严严地遮住他自己,连他的表也有表袋,什么都有个套子。)生活的戏剧化是不健康的。像我们生长在都市文化中的人,总是先看见海的图画,后看见海;先读到爱情小说,后知道爱;我们对于生活的体验往往是第二轮的,借助于人为的戏剧,因此在生活与生活的戏剧化之间很难划界。

——《童言无忌》

批评张爱玲喜着奇装异服的人比比皆是。潘柳黛在上海写过一篇《记张爱玲》,②说:爱玲喜欢奇装异服,旗袍外边罩件短袄,就是她发明的奇装异服之一:有一次,我和苏青打个电话和她约好,到她赫德路的公寓去看她,见她穿着一件柠檬色袒胸露臂的晚礼服,浑身香气袭人,手镯项链,满头珠翠,使人一望而知她是在盛装打扮中。……张爱玲穿着奇装异服到苏青家去,使整条斜桥弄(苏青官式香闺)轰动了,她走在前面,后面就追满了看热闹的小孩子。一面追,一面叫。她为出版《传奇》,到印刷所去校稿样,穿着奇装异服,使整个印刷所的工人停了工。她着西装,会把自己打扮成一个18世纪少妇,她穿旗袍,会把自己打扮得像我们的祖母或太祖母,脸是年轻人的脸,服装是老古董的服装,就是这一记,融

---

① 李黎、张伟群:《浮花飞絮张爱玲》,台北:印刻出版社,2006年,第131页。
② 潘柳黛:《记张爱玲》,收入《上海几位女作家》,1956年12月11日至26日连载于香港《上海日报》第10到第16节。其中《记张爱玲》刊载于1956年12月13日连载之(三)。该文于1975年3月由香港《南北极》杂志第58期转载后广为流传。祝淳翔:《潘柳黛说的话可信吗?》,刊载于《东方早报·上海书评》,2013年5月26日。

合了中外古今的大噱头,她把自己先安排成一个传奇人物。有人问过她为什么如此? 她说:"我既不是美人,又没有什么特点,不用这些来招摇,怎么引得起别人的注意?"潘柳黛这番话说得夹杂,看张爱玲任何照片,都不见满头珠翠或其他首饰,身上除了衣服还是只有衣服。

彼时上海小报这样写道:她的衣着,很是特别,与众不同,可以称得上奇装异服,十分引人注目。有的像宫装,有的像戏服,有的简直像道袍……①张爱玲在《炎樱衣谱》前言结语时便埋怨道:"我不知道为什么,对于现实表示不满,普通都认为是革命的,好的态度;只有对于现在流行的衣服式样表示不满,却要被斥为奇装异服。"张爱玲埋怨也是不近情理,奇装异服既是贬抑也是褒扬。

东方蝃𬴊在《张爱玲的风气》里说得彻底:"我妹妹穿了灰背大衣,内穿了一件黄缎子印咖啡色涡漩花的旗袍,戴了副银环子,谁见了就说:'你也张爱玲似的打扮起来了'。其实张爱玲没有真正创造过什么时装,可是我们把稍为突出一点的服式,都管它叫'张爱玲式'。……张爱玲喜欢穿'怪'衣裳,其实她之穿'怪'衣裳,也多少含了点玩世不恭的态度。她有一件装竹圈的大衣,底下鼓出来像一只皮球,一天在炎樱家问起她,她说那个竹圈已经拿掉了,说的时候漠不关心,一如说着旁人的事。正如章太炎喜欢偶然用古字一样,无非是文字的化装而已。"②

说到底,就是爱奇装异服的张爱玲,刻意将"张爱玲式"形塑成上海奇特风景。从来不革命的张爱玲,奇装炫人,只是她"阴性姿势"的女体展示,一具充满父权刻痕却又被遗弃的女体,她不知如何使自己复活,亦不曾思索传统与阴性相关的经验与价值,以揭露这些经验与价值所给予的压迫,并展望其中解放的可能性,甚至

---

① 肖进编:《旧闻新知张爱玲》,上海:华东师范大学出版社,2009年,第48-50页,有多篇小报文评张爱玲的奇装异服。
② 李君维:《张爱玲的风气》,收入陈子善编:《张爱玲的风气:1949年前张爱玲评说》,济南:山东画报出版社,2004年,第54页。

在父权结构上叠床架屋。她的女体怎样经由在各种空间的动作与定向构筑经验世界?她对自己身体、曲线、流动与能力,所涌生的矛盾、快感、权力、羞耻、客体化及连带感,到底是什么?所接触或被接触的种种人事,又怎样变成物质支持,或是自我的延伸?在性别化的权力与角色结构中,她已站在相对不利的位置,这种屈从又是怎么肉身化?① 这些问题相信张爱玲从未思考过,也和莫伊(Toril Moi)② 去性别化后"活生生的身体"主张逆向而行。

这几个问题就是艾莉斯·杨在《像女孩那样丢球——论女性身体经验》这本书中针对女性经验主旨所提出的问题。女孩丢球的特殊姿势名为"具有阴性气质的身体"。杨用一种存在现象学式(existential phenomenology)的方法来探索小女孩丢球时被赋予的性别编码和解释,以重新勾勒出这个充满问题的"阴性身体"之"生成"(becoming)过程。孙瑞穗在推荐序里说得很明白:艾莉斯·杨的问题意识比较重视"性别处境",尤其是在特定处境中行动者如何进行选择的"主体性"与"能动性"的探索。换言之,她被欧陆思想洗礼过的理论视野将性别研究焦点转向针对"阴性身体'生成'过程"的观察,进而分析"女体"所处位置的"特殊处境"到底是由什么样权力结构交织而成的"物质环境"。而探索被框架在特定物质处境中的"行动者"被框限了什么样的选择,以及在行动过程中能有多少"选择的自由",正是肉身化哲学既分析又具解放意涵的关键之处。也因此,这样的提问让那背负权力结构的"女体"能够既被当成某种物质现象来分析父权如何运作,而同时又应该被当成具能动性的主体来探问,以解放处境中各种可能的

---

① 参考艾莉斯·玛利雍·杨(Iris Marion Young):《像女孩那样丢球——论女性身体经验》,何定照译,台北:商周出版社,2006 年,第 12 页。
② Tori Moi 为西方知名性别、文学批评学者,她修正西蒙·波伏娃(Simone de Beauvoir)提出的"身体处境"论以及梅洛-庞蒂(Merleau-Ponty)的"身体存在现象学"后,走出来的"活生生的身体"(lived body)便是艾莉斯·杨在上述书中主要论证的核心概念。

自由意志。这些正是本书探讨之处,只是采取了另一种研究取径。

自尼采和福柯以后,身体日渐成为当代理论的一个焦点。成为刻写历史痕迹的一个媒介,文化、权力、政治在这里展开了歧义的纷争。而身体也不仅仅是被动的刻写机器,它本身有时成为一股积极主动的爆发性力量。这种二重性使身体和包围它的社会语境存在着一种复杂的关系。厄温·戈夫曼(Erving Goffman)在《日常生活中自我的表现》中表明,日常生活中的秩序崩溃表现可以取决于我们对身体表征的控制。如果我们碰到尴尬时不想丢脸,那就要慎重地控制身体。我们的社会和道德语言在大多程度上是依赖于身体隐喻的:一个正派(upright)的人;一个颇有身份(some standing)的人;一个胆怯(faint hearted)的人;一个坚定沉着(with a stiff upper lip)的人。我的本质主要取决于我的特殊身体,这个身体同其他社会表现者的身体不同。[①]

超越结构主义的父权结构压迫论,花枝招展的张爱玲,操弄她的身体成一种摆弄、一种展演、一种性别社会操演,明目张胆刻意而为,不怕路人指点,不惧小孩嘲笑,不恐男人惊惧。这种摆弄的阴性姿态,充满自主的能动性,将她这个同其他社会表现者不同的、被包装过的特殊身体,翻转成一种反制力量,一种让男人为之震慑的力量。矛盾的是,她必须如此出场,背后无形的庞大压力就来自牢不可破的封建父权社会结构。她这女作家要和男作家争一席之地,就得出奇制胜,同时以奇装异服彰显贵族后代的不凡气势。女为悦己者容,第一次和胡兰成见面,她刻意盛装打扮得英气逼人,适得其反,让胡兰成觉得与他想的全不对,竟是并不喜欢她。

张爱玲的顶天立地,世界都要起六种震动。是我的客厅今天变得不合适了。她原极讲究衣裳,但她是个新来到世上的人,世人各种身份有各种值钱的衣料,而对于她则世上的东西都还没有品

[①] 参见汪民安、陈永国编:《后身体:文化、权力和政治生命学》,长春:吉林人民出版社,2003年。

级。她又像十七八岁正在成长中,身体与衣裳彼此叛逆。

——《今生今世》

难道穿着正经的女子就无法在上海扬名立万?就无法爱其所爱?反其道而行的张爱玲是厉害的。再看张子静这一段回忆:柯灵介绍我姊姊与大中剧团的主持人周剑云见面时①,我姊姊穿着一袭"拟古式齐膝的夹袄,超级的宽身大袖,水红绸子,用特别的黑缎镶边,右襟下有一朵舒卷的云头——也许是如意"长袍短套,罩在旗袍外面。身为当时明星影片公司三巨头的周剑云,见了张爱玲"显赫的文名和外表",也不由得态度有些拘谨。②这正中了张爱玲"衣服是一种语言,是随身带着的袖珍戏剧"之计。

张爱玲以身体展演炫人奇装,果然达到了某种恫吓与宣示的戏剧性作用。可惜她的扮演不为反抗而是成名的屈从。奇装,只是身体的表皮、女作家的表演。张爱玲的身体展演其实暴露了她对自身主体位置的焦虑,奇装炫人掩饰着这焦虑。越是奇装异服,她的焦虑就越深沉。张爱玲看着她自己,也看着自己被看,被洋人看、被上海人看、被父母、继母看、被胡兰成看、被小报记者看、被同行女人看。在看与被看间,张爱玲是分裂的,这样的分裂表达了她与服装的关系、与服装意象的关系、与她穿着服装的意象的关系、与她置身社会不同网络结构的多重关系。多重关系呈现了她游移的多重主体位置。

当时女人离开被划归为女性地盘的"私密空间"在外抛头露面这件事本身,可以被视为是跨越传统界线的行动。然而,随着跨越公私界线的行动的频繁,女人进入公共领域作为一种扮装实践,越来越显得不像是一种扮装,也就是说,"穿上外衣"久了,外衣就成为身体的一部分,失去其装扮的虚构和临时意涵,或许可以取其

---

① 这一段,柯灵在《遥寄张爱玲》中有详尽的描绘。见《张爱玲评说六十年》,北京:中国华侨出版社,2001 年,第 381 页。
② 张子静、季季:《我的姊姊张爱玲》,上海:文汇出版社,2003 年,第 160 页。

稳固贴身的意涵,而称之为一层皮……这整个过程则是女性借由穿脱性别外衣,而争取原属于男性的优势位置。① 张爱玲以奇装异服,闯入男性掌控地盘,无人知晓那只是攻城略地的一种装扮,久而久之变成与身体密合的一层皮,不再是装扮。没穿奇装异服反而变得奇怪。越多层次的皮(外衣),使得界线越复杂且变模糊,最初的那层皮也就越看不清楚。亦即张爱玲的主体,被一层层文本的人物与作家情境外衣包裹,不见真实的张爱玲。

吊诡的是,现今我们所看到的所有张爱玲遗留的照片,包括《对照记》里她自己精心挑选的老照片,以及2015年台北"张爱玲特展"中展示她晚年穿的每一件衣服,以当代审美眼光来看,没有一件是奇装异服,有的只是些许小花哨,照片中的那件舒卷云头夹袄,也没什么非常可议之处,甚至还做了《流言》封面图案。② 另有文载,见过她平易近人的装束,或是平日她的穿着很一般,如她在第一次拜访周瘦鹃时、在参加《传奇》座谈茶会时……在演出与不演出之间,在以摄影镜头保存与否之间,张爱玲的奇装异服呈现一种变装策略。所以,巴特勒说:那些被排斥被放逐的她者——女性、同性恋者、有色人种、劳工阶级时时刻刻威胁着那个规范的主体,她们是完美世界里的幢幢鬼影,她们提醒我们意义重组和主体重建的必要性和紧迫性。在这样的理论框架里,巴特勒著名的表演论(performativity)指出表演性虽是建构/重建主体的重要途径,然而,贯穿始终的表演性,绝不能被误解为演员戴上面具进行表演。所谓的变装(drag)和戏拟(parody)指的是基于社会建构基础上的重建,并非随心所欲或心血来潮的空中楼阁。

表演必然会产生"痛苦分裂、重叠和嫁接的过程和回忆",在这个"过程和回忆"中很容易产生一种"假面性"(masquerade),即

---

① 王志弘:《性别化流动的政治与诗学》,台北:田园城市出版社,2000年,第124页。
② 见《对照记》,台北:皇冠出版社,1994年,第68页;罗玛编:《重现的玫瑰——张爱玲相册》,北京:光明日报出版社,1999年,第76-77页。

一种表演的性质,用表演的方式来使主体产生一种内在平衡,以便能够顺利地容纳社会身份不断变化的各种成分。"一种表演可摆弄(play with)社会性别,另一种表演可以摆弄阶级,还有一种表演可以把性行为(sexuality)当作各种形式的化妆面具(masquerade,亦为假面性)拿来摆弄一番。这种表演性的社会身份可以使多元角色之间产生一种相互摆弄(an interplay)"。①女作家张爱玲操作这种"表演"性质,在摆弄社会性别、阶级和性关系,以及多种社会角色"相互摆弄"之间,也就必然产生一种面具人格。张爱玲和胡兰成的爱情关系,亦在彼此的摆弄间高潮迭起欲罢不能。譬如,他俩密婚和分手之事,照理说,除了炎樱、青芸,在胡兰成1958年在日本公开出版《今生今世》之前并无第五者知晓,但彼时在上海似乎众所周知,小报上恭喜道贺声不绝。②分手信之事,也仅当事者两人知晓,亡命之徒胡兰成易名张嘉仪藏匿乡下无法发声,如此私密之事除了张爱玲自我揭露别无外泄可能,那到底是谁摆弄了谁?前行论者对此并无人提及或考证。

张爱玲以身体操演的"更衣记",不论变装或戏拟,除了穿上奇装异服满街跑,和炎樱的装扮游戏、在胡兰成面前扮"女奴"。胡说:讲到出走,她的一张照片,刊在《杂志》上的,是坐在池塘边,眼睛里有一种惊惶,看着前面,又怕后头有什么东西追来似的。她笑说:我看着那可怜相,好像是挨了一棒。她有个朋友(炎樱)说:"像是个奴隶,世代为奴隶。"胡说:"题名就叫逃走的女奴,倒是好。"过后想想,果然是她的很好说明。逃走的女奴,是生命的开始,世界于她是新鲜的,她自个儿有一种叛逆的喜悦。③这句话简

---

① 朱蒂斯·巴特勒:《模仿与性别反抗》(Imitation and Gender Insubordination),李银河主编,北京:生活·读书·新知三联书店,2007年,第319–341页。
② 《旧闻新知张爱玲》由第52到第57页连续刊载了数篇当时小报贺喜胡张缔结连理之文。
③ 见胡兰成:《论张爱玲》,胡此文连续刊载于1944年5、6月《杂志》第13卷第1、第2期。

直岂有此理,贬低张爱玲到一世为他的女奴,但她并不以此为辱,还喜滋滋地自己写了下来。所有外在奇装异服的装扮力量都成了心血来潮的游戏。在主体位置移动、翻转、错位中,不具任何社会结构重建的意义。甚至,为了迎合父权社会结构,她的身体彻底屈从了。她不但没有以模糊性别的跨界式装扮演出,反而以彰显性别特征的女性元素来夸张服装效果。就像鲁迅形容:"惯在上海生活了的女性,早已分明地自觉着这种自己所具的光荣,同时也明白着这种光荣中所含的危险。所以凡有时髦女子所表现的神气,是在招摇,也在固守,在罗致,也在抵御,像一切异性的亲人,也像一切异性的敌人,她在喜欢,也正在恼怒。"①如此这般的更衣操演为张爱玲带来无尽的愉悦与隐蔽的矛盾。

三、双重他者的矛盾

矛盾主体位置论,强调矛盾是社会身份结构与现象感知的基础。说明为什么同一个女人同时既可能受到社会性别所导致的压迫,亦可能以其种族、阶级、族裔、宗教、性行为以及国籍这些方面受到优惠。亦即在受压迫的同时却可以在不同的位置上得到不同的受惠,并强化了主体在不同位置上的相互作用的矛盾。

1939年张爱玲赴香港大学借读时,香港炮火连天,和上海的处境相去不远。1937年日本侵华,1938年日军登陆广东,并且迅速占领与香港为邻的广州及附近地区;1939年8月14日,日军拂晓在宝安附近登陆。守军余汉谋部队第153师、第159师不战而退,日军未遭任何抵抗即占领深圳,15日占领沙头角一带。8月23日,日军1 600余人集结宝安威胁香港。香港当局由新加坡调飞机100架充实防务,并征集英侨担任巡哨。次日,深圳日军续增至4 000人。25日,日军大小舰40余艘突袭港外,港粤交通完全

---

① 鲁迅:《上海的少女》,《申报月刊》,1933年9月15日第2卷第9号,署名洛文。

断绝,香港英国海军当局决定封锁海面。1941年12月8日,日本偷袭珍珠港数小时后侵占香港。其间日本和加拿大及不列颠印度军队发生了多场激烈的战事,历史称为"香港保卫战"。12月25日,由于驻港英军战斗能力不足,香港总督杨慕琦宣布向日本投降,香港人称这一日为"黑色圣诞节",三年零八个月的日治时期开始。①1942年夏天张爱玲回到上海时,上海一如香港已全面沦陷。她由边陲香港回到中心上海、另一个被殖民地,但她依旧是被殖民的次等人身份不变。

张爱玲以《烬余录》记载了战争的恐怖与人性的冷酷。而冷酷之人,就是她和炎樱。太平洋战争爆发,恩师佛朗士死在战火里,她和炎樱舔着昂贵的冰淇淋,穷人青紫尸首就在不远处。21岁,便尝尽生离死别的人生况味,而她竟是快乐的。

张爱玲在香港前后拍过两张证件照。1939年的香港大学入学照,清汤挂面短发齐肩,身上穿着老气黑衫,脸上戴着圆框眼镜,虽显土气却笑容可掬,两眼洋溢着对前程的憧憬光芒;两年后的1941年她又拍了一张,头发长了,额头刘海旁分大卷,衣服也变花哨了,眼镜换成透明细框,打扮十分时髦但面容却难掩忧愁,两只眼睛像惊恐小兽,惶惶然。

香港时期的张爱玲,是矛盾的。首先她是一个上海上等家庭的女儿,却来到这个在她眼里没有文化的化外之地接受高等的殖民教育;她是一个外来的内地学生,是个离乡背井的短暂过客,最终她是一个被出走母亲一再遗弃的女儿。她享受贵族学生的特权,却又因她是弱势女性、孤苦伶仃的异乡游子,受惠于异性老师的金钱资助,一转身,母亲又成了这笔钱的受惠人,却还怀疑老师动机不单纯、和她关系不简单,顺理成章地用来打麻将赌博输光。②这对互相猜忌

---

① 香港保卫战,又称香港攻防战、香港战役、香港攻略、十八日战事。林友兰:《香港史话》,香港:上海印书馆,1980年。
② 见《小团圆》,台北:皇冠出版社,2009年,第30-33页。

拉扯背离的母女,为了800元港币一起坠入无底的黑暗深渊。早晚要还母亲的钱,变成一场噩梦,母亲欠她的钱,却一辈子无处可讨。母亲是另一种可怖压迫。

事实真是如此?宋以朗言:姑姑张茂渊与70岁高龄嫁的姑丈李开弟是多年老友,他照顾着张爱玲,不但作为张爱玲在香港入学的保人,对她在香港的生活也细心照料,让她没有后顾之忧地读书读得很舒坦。为了加强书写的戏剧张力,张爱玲习惯性地舍好就坏,对读者报忧不报喜。就像张子静在书里写的:我姊姊被幽禁生病的时候,我父亲曾经亲自为她打针治疗。她只字不提,不提更足以彰显父亲的狠心与绝情、自己的委屈与可怜。

在张爱玲笔下,香港是一座丧失了自主性的城市,荒凉又荒诞。在那里,她扮演着"双重他者"的角色:对于西方殖民者而言,香港成了为满足殖民者的期待视野而被刻意形塑为被看的东方"他者";在从中国内地中心来的上海人眼中,香港亦是作为一个远方异邦的"他者"而存在的。对于这"看"和"被看"的双方,张爱玲带着复杂的视域书写着她的欢喜、悲哀与嘲讽。[①] 当时香港是英属殖民地,而上海"孤岛"时期前早已被英美列强租界瓜分,她和香港人的地位均等,都是第三世界的被殖民者。被殖民者越界进入另一个殖民空间,成为双重他者被双重殖民着。被殖民的屈辱边缘他者,置身被殖民的他者香港,成为他者香港的他他者。被双重殖民者的张爱玲是以何种眼光看着香港?

都市空间与文化想象,张爱玲以主体与他者混淆的跨界书写将香港建构出一种虚假的"异国情调"。尽管都是些纯属偶然装饰性的情节。然而,小说中那些带有异国情调的事物以及那些与殖民活动有联系的人物——则能产生极大的魅力,或引起读者对于禁忌的恐惧。他者可以指涉一切,从不可遏止的愉悦到社会所

---

① 参见程悦:《他者之城:张爱玲笔下的"香港传奇"》,刊载于《华文文学》,2004年1月号。

拒斥或不稳定的事物,到道德污染、梦魇,到性病。① 殖民文学的作家就是在这样一个密密匝匝的文本参照的传统中逐行写作的,这就是说,具体涉及殖民经验的作家,也都有他们自己的阿拉伯之梦。张爱玲所谓"香港"就如同 W. E. 亨利(W. E. Henley)②在《〈天方夜谭〉的乐趣》一文中对《天方夜谭》大加赞赏的东方想象:大鸟、檀香水、象牙、缠头巾、龙涎香。

(一) 香港,第三空间

李欧梵以为香港的意义尚不止此。在上海的现实中不能发生的事,特别是关于性和欲望方面的事,都可以在香港发生,因为香港不是真正的中国,而是西方人心目中的中国,它的一草一木,似乎都充满了异国情调。③香港不是中国,也不是英国,是混杂中国与英国历史、律法、文化、习俗的第三空间。第三空间既不属于前者,也不属于后者,而是由两者文化相互交融所形成的,这个介于两者之中的空间,就是所谓的第三空间(The Third Space),一般是指在二元对立之外的知识与拒抗空间。在两种文化接触的地方存在的那个"第三空间",文化间的差异在这个空间内发生作用,这一空间的产物即为文化杂合体,它兼具两种文化的性质。第三空间"既非这个也非那个(我者或他者)",而是之外的某物。④亦即非中心的边陲化外之地,⑤胡兰成笔下"无情思"的地方,他和张爱

---

① 艾勒克·博埃默:《殖民与后殖民文学》,盛宁、韩敏译,沈阳:辽宁教育出版社,1998 年,第 29 页。
② 威廉·欧内斯特·亨利(William Ernest Henley, 1849—1903)是一位英国诗人,评论家和编辑,最知名的是他写于 1875 年的一首诗《永不屈服》(Invictus)。
③ 李欧梵:《苍凉与世故:张爱玲的启示》,上海:上海三联书店,2008 年,第 99 页。
④ Homil K. Bhabha, The Post-colonial Question: Common Skies. M J. Oivided Horizons, London: Routledge, 1996, pp. 28, 204, 206.
⑤ 香港在 1842 中英签订《南京条约》割让给英国后才开埠,比 1292 年建城的上海足足晚了 550 年,繁荣兴盛远远不及。1912 年香港大学成立,比 1879 年创建的上海圣约翰大学也晚了 33 年。1937 年中国抗日战争全面爆发,大量难民涌入香港,工商经济发展远不如上海,张爱玲远赴香港求学,是带着时兴的"留学"迷思。

玲的生命曾在这个"无情思"岛上前后交会过。

张爱玲 1939 年 7 月到香港大学念书,该年年初,即 1939 年 1 月起在香港《南华日报》上,署名"流沙"的社论一篇接一篇地刊出:《和议与统一》《国民党切勿自暴自弃》《评(国民党五届)五中全会宣言》《和议的时机与和议的运用》《一个总检讨》……这个"流沙"就是胡兰成。① 一直不怎么如意的胡兰成,来到香港这个"无情思"的地方,连个朋友也没有,只得窝在书桌前用纸笔大显身手。《和议与统一》得到了陈璧君的赏识,从此一步登天成了汪精卫"和平运动"中的文胆红人,② 连薪水都从 60 元翻六倍,变成 360 元,外加加给。香港这"第三空间"确实造就了他,也造就了张爱玲。

除了"第三空间",霍米·巴巴在《文化的定位》(The Location of Cultures)中还提出后殖民文化中的"混杂"(hybridity)理论,对后殖民文学研究产生了很大影响。混杂(hybrid)一词源于生物学用语,指具有了发生交流的双方的特点,但又是不同于双方的混合体。在后殖民理论中,"混杂"主要用来描述殖民和后殖民时期的一些文学和文化现象,在殖民话语中作为消解两极对立的有效策略。巴巴通过揭示穿越种族差异、阶级差异、性别差异和传统差异的文化认同的"阈限"(liminal)协商处理冲突的文化差异中的"居间"范畴。在分析殖民者与被殖民者关系时,巴巴强调它们互相依存、互相建立起对方的主体性。巴巴并用这个混杂策略开辟出协商的空间,以此来消解二元对立和殖民定型,如文学文本中堕

---

① 刘铮:《无可回头的 1939 年——胡兰成、陈寅恪、戴望舒在香港》,刊载于《名牌》,2007 年 6 月号。
② 胡兰成回上海后以《中华日报》为大展身手的平台,更以《战难,和亦不易》一战成名。"和平运动"详见陆坚心、完颜绍元编:《20 世纪上海文史资料文库》第 6 册,上海:上海书店出版社,1999 年,第 150 - 152 页。其中还提到,由于《中华日报》是汪伪机关报,当时从加拿大进口的白报纸全部由日军报道部配给,配给《中华日报》的特别多,一个月约 1700 令,每月剩下的就拿到市场上去卖,获得巨利,林柏生借此大捞一笔。胡兰元回忆童年时也说"美丽园"书房堆满了白报纸。想当然耳,张爱玲就用这些白报纸印行了自己的第二本书《流言》。

落、神秘、难以捉摸的东方形象，野蛮、未开化的非洲形象，以及衣冠楚楚、高贵典雅、文明的欧洲人士等。巴巴主张殖民与被殖民的情境彼此杂糅，形成第三空间，并因而发展出存在于语言认同和心理机制之间既矛盾又模糊的新过渡空间。①

索雅都市研究的第三空间视角，既结合了第一、第二空间的视角，又扩大了都市地理的空间想象和都市问题的错综复杂性。它的基础依然是"真实"物质世界的第一空间视野和根据空间性的"想象"来阐释的第二空间视野。在"第三空间"的视角中，都市空间既是真实的又是想象的，既是个体的感受又是集体的经验。在这个意义上，索雅对都市空间的研究表现了都市阐释与变动的多样性。②在香港这个矛盾又模糊的新过渡空间里，在文化翻译的过程里，糅合了第三空间历史、文化、语言、习俗的混杂性，张爱玲基本上是有着语言认知上的障碍，虽然居住过香港前后三次近七年，颇有语言天分的她却说不懂广东话。置身其中却又隔阂千里，打从心底抗拒被"贱民"化、恬不知耻的愚蠢。如黄碧云般将广东方言话音转以中文书写的本事，她是不具备的，晚年注译吴语方言的《海上花列传》是怀乡的另一种抒情而非书写创作。因此，张爱玲书写的香港是真实的香港？还是她虚拟与想象的第三空间？在《烬余录》里她写香港战争都限于一些不相干的事：

> 人生的所谓"生趣"全在那些不相干的事。
> 我们大多数的学生，我们对于战争所抱的态度，可以打个譬喻，是像一个人坐在硬板凳上打瞌盹，虽然不舒服，而且没结没完地抱怨着，到底还是睡着了……
> 我记得香港陷落后我们怎样满街地找寻冰淇淋和嘴唇膏。我

---

① 邓红、李成坚：《建立翻译中的第三空间：论霍米·巴巴之"混杂"概念在翻译中的运用》，刊载于《电子科技大学学报》，2007年4月号，第84-87页。
② 黄继刚：《城市空间和文化批评——以爱德华·索雅为例》，刊载于《学理论》，2010年第23期。

们撞进每一家吃食店去问可有冰淇淋。只有一家答应说明天下午或许有,于是我们第二天步行十来里路去践约,吃到一盘昂贵的冰淇淋……

我们立在摊头上吃滚油煎的萝卜饼,尺来远脚底下就躺着穷人的青紫的尸首。上海的冬天也是那样的罢?可是至少不是那么尖锐肯定。香港没有上海有涵养……

我们只看见自己的脸,苍白,渺小;我们的自私与空虚,我们恬不知耻的愚蠢——谁都像我们一样,然而我们每一个人都是孤独的。

港大学生,一群外地来的富家子弟,战火中,不知天高地厚,冷漠地睇着这个边陲荒地,一味寻找昂贵的唇膏和冰淇淋。香港人净是不相干的陌生人,在张爱玲笔下有着狼狈不堪的面目,譬如:那暴躁的二房东太太,斗鸡眼突出像两只自来水龙头;那少奶奶,整个的头与颈便是理发店的电气吹风管;像狮子又像狗的,蹲踞着的有传染病的妓女,衣裳底下露出红丝袜的尽头与吊袜带。到处净是蛮荒野地之人。在香港,张爱玲是既高贵又自私自大的上海留学生,享受面包牛奶特权,欺凌着医院的濒死病人,但同时她又是帝国主义霸权侵略下的受害者,离乡背井无家可归,只能躲到医院当临时看护员,视死如归。

"第三空间"除了地理空间的真实划界,也是文学创作上双方身份位置争斗的场域所在,旨在消解强势文化与弱势文化之间"自我"与"他者"的二元对立,从而可以自由地在一个断裂的、暂时的互文性文化差异中通过翻译和协商来展示自己的文化身份。加拿大女权主义者谢莉·西蒙(Sherry Simon)在考察魁北克作家所进行的边界写作的基础上,提出了"碰撞地带"(contact zone)的构想,这一充满多元、交流、协商、断裂等特征的有机空间使彼此背离的文化在此聚合,以彰显多元文化为旨归。[①] 张爱玲身在"第三

---

① 蒋林:《后殖民视域:文化翻译与译者的定位》,刊载于《语言学研究》,2008年6月号,第150页。

上海关键十年揭秘

空间"的碰撞地带,自我无意与他者沟通、协商,《烬余录》是另一种矛盾主体单一性的文化霸凌展现,强化了贫/富、贵/贱二元对立,弱者无法发言任凭宰割。对照在烽火下极其自私冷酷的人性,张爱玲毫不忌讳地坦率书写,既可怖又可爱。《烬余录》两年后在上海发表,在她意气风发的巅峰,主体位置抽离第三空间,更是肆无忌惮了。

若非拥有这一段1939年7月至1942年6月非常独特的三年边陲"碰撞"经验,张爱玲是绝对写不出《烬余录》和香港小说四部曲的"传奇"。

(二) 香港小说四部曲

麦克·布朗在《文化地理学》里提醒我们:D. H. 劳伦斯的小说中,我们看到了关于诺丁汉(Nottingham)矿区生活的详细描述,透过小镇里团结的景象和乡下的自由景观展现了工人阶层的生活。托马斯·哈代(Thomas Hardy)对西撒克斯人及他们的风俗和语言的描述与当地的风土人情和谐一致,他的作品《德伯家的苔丝》(Tess of the D' Urbervilles)也被看作为纪念田园生活的结束所作的挽歌。被迫迁移时,主人公苔丝·德伯一家人沮丧的脚步充分说明了社会分化和贫困化的章程。① 张爱玲从上海到香港,是主体的迁移,是位置的转换,从香港回上海,又是一次迁徙,但主体已经异变,张爱玲已非昔日阿蒙。在她香港系列传奇小说里,文化地理的寓意又何在?

在《到底是上海人》一文中,张爱玲告白:"我为上海人写了一本香港传奇,包括《沉香屑——第一炉香》、《沉香屑——第二炉香》、《茉莉香片》、《心经》、《琉璃瓦》、《封锁》、《倾城之恋》七篇。写它的时候,无时无刻不想到上海人,因为我是试着用上海人的观点来察看香港的。只有上海人能够懂得我的文不达意的地方。"②

---

① 麦克·克朗:《文化地理学》,杨淑华、宋慧敏译,南京:南京大学出版社,2003年,第59页。
② 《流言》,北京:北京十月文艺出版社,2009年,第5页。

张爱玲将《封锁》列入，但该文提到："上海似乎从来没有这么静过——大白天里！"①那是上海的封锁、李安《色·戒》的封锁。《心经》写的也是上海："这里没有别的，只有天与上海与小寒。不，天与小寒与上海。"背后是空旷的蓝绿色的天，蓝得一点渣子也没有——有是有的，沉淀在底下，黑漆漆，亮闪闪，烟烘烘，闹嚷嚷的一片——那就是上海。②《琉璃瓦》当然写的也是上海："两人坐了一部三轮车。那时候正在年下，法租界僻静的地段，因为冷，分外的显得洁净。霜浓月薄的银蓝的夜里，唯有一两家店铺点着强烈的电灯，晶亮的玻璃窗里品字式堆着一堆一堆黄肥皂，像童话里金砖砌成的堡垒。"③可见，张爱玲真正书写香港的只有四篇：《沉香屑——第一炉香》《沉香屑——第二炉香》《茉莉香片》《倾城之恋》。为什么要把其他三篇上海书写算进来？只为了：以上海之名博取上海人地理认同，操控上海人购买上海人张爱玲书的欲望。

　　李欧梵重读《沉香屑——第一炉香》后有感而发：④那一幢香港半山上的白房子，是葛薇龙自愿失身之处，其实是她姑母开的高级妓院，却是充满了神奇和荒诞的色彩，尤超过浅水湾大酒店。张爱玲在这篇小说中写道：但是这里的中国，是西方人心目中的中国，荒诞、精巧、滑稽。葛薇龙进去以后，"她自身也是殖民地所特有的东方色彩的一部分"——用现代的理论语言来说，就是一种特意自制的东方主义（Orientalism）。《沉香屑——第一炉香》中的奇花异草，色彩的强烈对照给予观众一种眩晕的不真实的感觉，也只有在这种"奇幻的世界"中才可以尽情地膨胀肉体的无边欲望。弗洛伊德式的恋母嫉父情结《茉莉香片》与恋父嫉母情结《心经》，她都列入为上海人写的香港传奇

---

① 《张爱玲小说集》，台北：皇冠出版社，1983年，第487页。
② 同上注，第401页。
③ 同上注，第386页。
④ 李欧梵：《苍凉与世故：张爱玲的启示》，上海：上海三联书店，2008年，第99–100页。

之中,①当然,在长期性压抑后的歇斯底里《沉香屑——第二炉香》中,更将香港人的无知与愚昧发挥得淋漓尽致。如果上海是张爱玲自身的话,香港就是她的"她者"(other),没有这个异国情调的"她者",就不会显示出张爱玲如何才是上海人。

如何是上海人的张爱玲,写起上海来,情深意浓,写起香港来,可是不留情面一点都不客气的。香港是"异邦",是如豆腐干般大小的弹丸之地,甚至民智未开,带着野蛮的气息,在《沉香屑——第二炉香》中:

普天下就只香港这豆腐干大一块地么?

香港,昨天他称呼它为一个阴湿,郁热,异邦人的小城;今天他知道它是他唯一的故乡……

地底下喷出来的热气,凝结成了一朵朵多大的绯红的花。木槿花是南洋种,充满了热带森林中的回忆——回忆里有眼睛亮晶晶的黑色的怪兽,也有半开化的人们的爱。

至于《茉莉香片》中的香港单调无趣,在茉莉茶烟缭绕中,可以看见香港的公共汽车顺着柏油山道徐徐地驰下山来,车上的聂传庆,人仿佛是盹着了。吸鸦片的聂家搬来香港,聂传庆就在香港贼头鬼脑地活着。聂传庆的原型是张子静,父亲聂介臣和继母,就是张志沂和孙用蕃的翻版。张爱玲描写上海与香港,情感浓度不同,一个灿烂如阳光,一个阴暗如黑夜。让厌恶的家和家人上场,置入鬼魅的黑暗空间里,人生怎么会有希望?聂传庆终于做出难以理解的可怕暴行。张爱玲的复仇无所不在,并不因主体位置变换而消失。

李欧梵刻意将"他者"阴性化为"她者",亦即本书所强调张爱玲在双重殖民主体换置的位置下,香港成为"他者中的她者"。张

---

① 1943年,张爱玲在《到底是上海人》中,就提及以"上海人的观点"来察看香港,宣称她的第一本小说集《传奇》就是为上海人所写的香港传奇,但是收入的文章并不只写香港,还写上海。

爱玲香港小说传奇从"第一、第二炉香"到《倾城之恋》,篇篇充满阴性的异国情调,没有批判没有怜悯没有香港当地风土人情,只有刻意营造出来的东方情调。《沉香屑——第一炉香》中张爱玲用周吉婕空有中国姓名却是个几乎没有中国血统种族的杂种交际花,来讥讽殖民地域的混杂性;《倾城之恋》,印度公主萨黑夷妮的出场则是混合种族与阶级的神怪妖魔化。两人的出场都将"东方主义"的混杂、神秘、怪诞推到最高潮。张爱玲的主体位置是侵入式的"殖民眼光"。这里的中国,是西方人心目中的中国,是张爱玲假洋人眼光观看的中国边陲之地香港。在"反讽"与"再现"中,张爱玲主体位置的矛盾不言而喻,带着自我优越的眼光,她睇着这个半开化的蛮荒世界:

她那皮肤的白,与中国人的白,又自不同,是一种沉重的,不透明的白。雪白的脸上,淡绿的鬼阴阴的大眼睛,稀朗朗的漆黑的睫毛,墨黑的眉峰,油润的猩红的厚嘴唇,美得带些肃杀之气;那是香港小一辈的交际花中数一数二的周吉婕。据说她的宗谱极为复杂,至少可以查出阿拉伯,尼格罗,印度,英吉利,葡萄牙等七八种血液,中国的成分却是微乎其微……

那印度女人,这一次虽然是西式装束,依旧带着浓厚的东方色彩。玄色轻纱氅底下,她穿着金鱼黄紧身长衣,盖住了手,只露出晶亮的指甲,领口挖成极狭的V形,直开到腰际,那时巴黎最新的款式,有个名式,唤做"一线天"。她的脸色黄而油润,像飞了金的观音菩萨,然而她的影沉沉的大眼睛里躲着妖魔。

场景,《沉香屑——第一炉香》是一栋华贵鬼魅的别墅花园,现代大观园妓院,乔琪和睨儿后花园调情那段子,就是《红楼梦》里的贾宝玉和丫嬛们调情的改写。《沉香屑——第二炉香》是一所几乎人人变态的大学,用人言可畏逼死了舍监罗杰。《倾城之恋》则在一间褪色的香港饭店上演白流苏与范柳原的勾心斗角。张爱玲用怪诞的"异世界"空间禁锢每一个人,兀自经营她的东方

想象传奇:

香港饭店,是我所见过的顶古板的舞场。建筑、灯光、布置、乐队,都是英国式,四五十年前顶时髦的玩艺儿,现在可不够刺激性了。实在没有什么可看的,除非是那些怪模怪样的西崽,大热的天,仿着北方人穿着扎脚裤——流苏道:为什么?柳原道:中国情调呀!

"西崽"①这两个充满种族歧视的字眼,在张爱玲的文章里一再出现。在此,香港西崽的怪模怪样等同中国情调,妖魔化的印度公主等同东方色彩。在褪色古板的香港饭店里不但有怪模怪样的西崽侍候,还有妖里妖气的印度公主横刀夺爱,张爱玲将离乡背井为生存一博的女主人公白流苏,构置了充满危险与诱惑陷阱的异乡场景,一个封闭的老旧饭店,欲望无处可逃。

小说里,香港被置于殖民地话语场域中,扮演着双重"他者"的角色,或者说,她受到了英国的殖民者与中国的上海人的双重注视(当然,这种注视的目光是充满亵玩与鄙夷的)。"他者"这一概念除却别的含意外,主要是根据黑格尔和沙特的定义,指主体之外的一个不熟悉的对立面或否定因素,因为它的存在,主体权威才得以界定。②现实里,张爱玲扮演着"双重"的他者角色,被日本与英国双重殖民的她,却以外来被殖民者的上海人优异眼光书写香港这个不毛他者。于是有论者言香港故事成就的只有作者:

香港的故事?每个人都在说,说一个不同的故事。到头来,我们唯一可以肯定的,是那些不同的故事,不一定告诉我们关于香港

---

① 《汉语辞典》解释:西崽(xī zǎi)亦作西仔。旧时指在洋行或西式餐馆等行业中服杂役的中国人。限于男性,带有鄙视的意思。《官场现形记》第十回:西崽跑了上来,又送上菜单点菜。清代陈天华《警世钟》:站街的印度巡捕,好比阎罗殿前的夜叉;洋行的通事、西仔,好比判官下的小鬼,叫人通身不冷,也要毛发直竖。除了《传奇》《流言》《色·戒》《浮花浪蕊》……中西崽无所不在。

② 见程悦:《他者之城:张爱玲笔下的"香港传奇"》,刊载于《华文文学》,2004年1月号,第31页;王岳川:《后殖民主义与新历史主义文论》,济南:山东教育出版社,1999年,第22页。

的事,而是告诉我们那个说故事的人,告诉了我们他站在什么位置说话……香港都变成一种陪衬、一种边缘性的存在,其功用不过是在阐释说故事人某种暧昧的欲望与狂想。(也斯,1995)

四、流动关系的矛盾

主体社会关系论,强调社会身份认识论的立场。主体不仅是复合和矛盾的,甚至是相关的。社会身份的任何一个坐标,如社会性别,必须同其他坐标轴的关系联系起来理解,将社会身份看做流动的位置而不是稳定的固定的本质。社会身份依赖于一个参照点,这个点如波浪般运动,社会身份轨迹也是。社会地位、社会身份的变动性,决定于各不相同的参照点和历史的具体条件。

"性别"在此作为一个参照点。《浮出历史地表》告诉我们,对于20世纪30年代乃至中国大多数女作家而言,性别的醒觉还远远不能意味着光明。相反,正如丁玲的一个或许无意的举动提示的那样,她那些灌注着清醒的女性目光的作品,不如题为"在黑暗中",更符合醒觉了的女性的处境。不过分析起来女性面临的应是双重黑暗。第一重黑暗来自主导意识形态,来自肩负"社会革命"神话情节的大众之神投给她们——更弱者们的浓重阴影,它把女性划出了时代主潮之外。第二重黑暗则来自女性内心,来自自我认识上的障碍。在历史上,女性除去作为男性创造、男性命名、男性愿望与恐惧外化出来的空洞能指外,女性自身一直是历史与男性的无意识,也是自身的无意识,在谬称与异化中醒觉过来的女性还待重新确立、重新阐释的那部分真实,乃是一片无名的无意识之海。这来自环境和内心无意识的两种黑暗,使醒觉的女性自我陷入必然的封闭:陷入一种共同的创作窘境。①

---

① 孟悦、戴锦华:《浮出历史地表——中国现代女性文学研究》,台北:时报文化出版企业,1993年,第176页。

苏青的《结婚十年》《续结婚十年》,潘柳黛的《退职夫人自传》,揭露了在混沌乱世的战争时代,身为女人莫不深陷爱情、婚姻、家庭、儿女与工作(金钱)的多重黑暗中。这黑暗来自霸权的侵略、男性的压迫和女性的自我桎梏。这是上海沦陷时期女作家们共同的残酷历史景观。只是,有人坦然书写生命难堪窘境的"私小说",有人却用了粉饰太平的书写策略,让饱受战火欺凌的上海小市民,在她的文字花园里,不存不在。

1941年12月7日军偷袭珍珠港,太平洋战争爆发,日军全面占领上海,从此上海处于日军占领时期的殖民地状态。整个中国是在耻辱与救亡间生存的,正如鲁迅所说当时中国是"悲凉之雾、遍被华林"。在痛苦中挣扎的上海人民,不得不采取各种生存方式来维持生计。在文化领域,走了一批去大后方,又涌现了一批,他(她)们靠卖文为生,在那战火烟硝的日子里他(她)们既不能公开举起爱国旗帜,也不甘心按日伪调子唱歌,小报消失无踪,鸳鸯蝴蝶派也式微,写作只能从生活层面切入,通过那些充满个性的呻吟及散发苦闷心情的作品,来求得一丝精神慰藉,既充分表达了人性的觉醒,也促进了新文学的进程。关露、潘柳黛、苏青、张爱玲四位女作家就在此时崛起,她们凭着自己独特的风格,各领风骚,成了上海滩一道靓丽的景点,也被世人誉为上海20世纪40年代的四大才女。① 单凭身为"女人"这一事实,已意味着具有不同的社会经验且由此而产生的历史的经验。但是,"妇女"在社会和历史意义上的含义又是什么呢? 不甚清楚,是什么原因造成妇女的"他者"地位? 这一地位又是如何历史性地持续下来的? 妇女是被压迫的阶级,男人和女人之间是统治阶级和被统治阶级之间的关系……尽管妇女可能接受与她们同一阶级男人的利益和意识形态,作为一个群体,妇女穿插在男性阶级系统中。父权制度下的妇女和有色人种妇女均为边缘族群的双重观点,所表达的"他者"

---

① 周文杰:《谁是潘柳黛》,台北:大都会文化事业,2009年,第11页。

概念,使我们意识到妇女作为历史上受压迫群体的要素,使我们认识到"女性气质"的社会构成。这种"女性气质"使男尊女卑内在化,同时,又有助于操纵那些具有妇女所没有的权力的人。[①]

据此,张爱玲的"女性"作家社会身份构成了一种主体矛盾的性质,在不同的位置和地位中,以及在其他相关关系因素中才能确立意义,每一种变量的不同作用力度,使她"常常辩证地游移于两种语言之间",并且,"在这种摇摆过程中",会产生一种"振荡和潜在的暴力冲突、矛盾、荒谬甚至幽默等等"。她的作家身份实质是"一种社会关系的多元的不固定的基体",总是处于不断地变换地位之中,其性质取决于这个社会身份与其他相关的人们的关系,取决于这些相关的人们在变动着的权力系统中所具有的各不相同而且往往互相矛盾的位置,也使她的社会身份产生了社会身份相对论的概念。

继以"女作家"这个社会性别为坐标,考察张爱玲这个主体与社会关系的复合与矛盾所在。主体在这里是非单一且互相勾连的。考察张爱玲,必须一起考察和她处于同一时代的女作家们。20世纪40年代,女子大多数还是三步不出闺门,像"四大女作家"那样到社会上露脸的实在不多。女作家成了一种时髦的新兴职业,在原属于男性霸权掌控的公共场域争一席之地,明争暗斗。四大女作家个个是传奇,于是比出身、比学历、比作品、比名气,甚至比男人。每一个女作家背后都有一个、两个甚至三个男人。错综复杂的男女关系,交织成了"性"与"权力"的强大社会关系网络,社会地位、社会身份随之波动。四大女作家标榜是民国文坛"新"女性,却又自陷于成为男性父权附属品的传统窠臼。

在此必须叙述张爱玲之外的三大女作家背景,借由各不相同

[①] 琼·凯利-加多(Joan Kelly-Gadol):《性别的社会关系——妇女史在方法论上的含义》,参见王政、杜芳琴主编:《社会性别研究选译》,北京:生活·读书·新知三联书店,1998年,第87-88页。

的参照点和历史的具体条件,进一步分析彼此间相关的社会身份、社会地位的变动性。当时,由于日本人的入侵,活跃在上海基本上有三股间谍势力:一股是日本人的势力,这股特务机关有五大系统:陆军、海军、宪兵、外务省和满铁;一股是国民党的势力,这股特务机构是由军统和中统组成,军统头子是戴笠,中统头子是陈立夫;另一股就是共产党的秘密组织,其中的潘汉年系统是很重要的特工组织;此外,汪精卫手下的极司斐尔路76号,也很庞大。主管76号的,就是李士群和丁默邨。四大女作家①就处于这样诡谲复杂的政治环境里,各以不同的身份位置占据媒体书写发声。

(一) 四大才女风起云涌

钱虹考察1917—1949年这三十多年间的中国现代女性作家的创作,主要表现在女权与社会、女人与革命和女人与男性这样三重矛盾关系的文学描写与形象塑造上……在日本直接统治下的殖民都市里,具有抗日救亡倾向的作品自然是难以公开面世的。但那些"谈天说地"②之类无碍当局之作,仍可出版。正如柯灵在谈及张爱玲为何在沦陷时期迅速成名的原因时所分析的:日本侵略者和汪精卫政权,把新文学传统一刀切断了,只要不反对他们,有点文学艺术粉饰太平,求之不得,给他们什么,通常是不计较的。天高皇帝远,这就给张爱玲和苏青等沦陷区女作家提供了以

---

① 女作家家世背景参照周文杰编:《文坛四才女:旷世凄美的关露、潘柳黛、张爱玲、苏青》,哈尔滨:黑龙江人民出版社,2004年。还有一说:在当时的上海滩,作家和杂志界也存在着竞争,苏青、张爱玲、关露、丁玲才是当时得到承认的四大才女,可是在写作方式上,四人各自结友,分成两派。张爱玲和苏青,关注的是个人生活的喜怒哀乐,是一种小资情调的情绪化的反应,可是关露和丁玲,关注的是劳碌大众、社会底层人士。见红色玫瑰:《上一站民国:民国娘们儿》,北京:新星出版社,2011年。《张爱玲私语录》第113页注3亦有张爱玲与潘柳黛交恶始末。其他小报另有多种版本"四大才女"组合传说,在此不论。

② 苏青主编的《天地》杂志有此专栏。编者在《发刊词》中称:"嬉笑怒骂,论事理,辨是非,从心所欲,只要检查处可以通过,便无不可说。"

文谋生的天地。自然,这块女性文学的"天地"是颇为狭窄的,因为,宣传抗日救亡意识,是要坐牢杀头的。于是,"莫谈国事",人人缩进自己的螺蛳壳——"家"。①这是叙事学上定义的家,有血有肉有故事。

苏青,本名冯允庄,1914年出生于浙江宁波。家境十分富有,祖父是举人,之后经商,接着由殷商变成地主,家里有几千亩田地,属于这个城市里新兴的市民群。在这种环境里长大的苏青是热情的、直率的。1933年她考入国立中央大学(现在的南京大学)外文系。然而,虽说出身于书香门第、大户人家,有幸受到正规的文化教育,但在她父母看来,读大学到底不是女儿家的正经事,所以她和那个时代的许多女性一样,早早地就辍学结婚了。婚后,她与丈夫移居上海。

1935年,苏青为抒发生产的苦闷,写作散文《生男与育女》投稿《论语》杂志,发表时署名冯和仪,后用苏青作为笔名。这是她创作的开始,②而后离婚,成了因婚姻变故以卖文维生的职业作家,作品主要发表于《宇宙风》《古今》《风雨谈》等杂志,后成为《天地》主编,文字言行均大胆激进,因自传体小说《结婚十年》③一炮而红。张雪媤评说:苏青的《结婚十年》内容直言不讳,把她自己从年少到婚后十年及离婚后的生活,特别是性方面,坦陈纸上。她的大胆甚且庸俗的白描前卫是前卫,但是文字背后的空洞却绝不能与张爱玲的作品视为等同。④张爱玲的家世与才情怎样都略胜一筹。

许多文献显示:苏青和陈公博关系暧昧,也与周佛海交情匪浅,《天地》有了他们的资助才得以创刊,日本战败后,苏青因此被列为汉奸文妓。说苏青走红是《古今》捧的,不无道理。她在《古

---

① 钱虹:《灯火阑珊——女性美学独照》,台北:秀威信息科技,2011年,第120页。
② 三闲:《上海红颜往事》,黑龙江:哈尔滨出版社,2004年。
③ 苏青:《结婚十年》,合肥:安徽文艺出版社,1997年。
④ 见张雪媤:《张爱玲:悲剧生命的高蹈舞者》,刊载于《当代》,2002年8月号。

今》上发表的第一篇文章是《论离婚》,堪称绝妙,受到当时伪上海特别市市长陈公博的欣赏。该刊创办者朱朴,是汪伪交通部次长,闻之便点拨苏青写文章奉承一下陈公博。苏青可能考虑自己一孤身女子在外奋斗不容易,需要有人庇护,在《古今的印象》一文中,果真吹捧了陈公博一番,大胆夸赞那象征男性生殖器大小的鼻子长得好。忠奸不辨,却如愿平步青云。苏青不仅有温州人的能干,还有上海人的精明,单枪匹马经营的《天地》从创刊号便一路畅销。她有本事,把政界、文坛的名流拉来写稿,作者阵容显赫:周作人、陈公博、周佛海父子、胡兰成、谭正璧、秦瘦鸥、朱朴、张爱玲、纪果庵、柳雨生……①

关露,原名胡寿楣,又名胡楣,原籍河北延庆,1907年出生于山西太原。幼年家贫,自学完中学课程,18岁时逃婚到上海,1927年至1928年,先后在上海法学院和南京国立中央大学文学系学习。后参加革命,于1932年加入中共成为"左联"诗人写了大量的进步诗歌,出版过诗集《太平洋的歌声》,诗句里带着火样的热情,还写过两本长篇小说《仲夏梦之夜》和《新旧时代》。历经一次恋爱失败后,1931年,她与领导沈志远同居,三年后缘尽分手后终身未婚。抗日战争爆发后,她身为"左联"创始人之一,先是奉廖承志、潘汉年的指派,冒着生命危险打入上海极司斐尔路76号"魔窟",出生入死,与狼共舞,意在策反特务头子李士群。后又根据上级指示,进入日本驻华大使馆、海军部出资合办的《女声》月刊,专在收集日伪的秘密情报,其间,还作为作家代表,到日本参加过"大东亚文代会"。

1942年日本知名女作家佐藤俊子(田村俊子),受到日本驻华大使馆报道部的支持和授意,在上海以"左俊芝"之名发行并主编《女声》杂志,在中国聘请了三名编辑,关露是其中之一。《女声》

---

① 张昌华:《苏青:花落人亡有人知》,收入《民国风景——文化名人的背影之二》,北京:东方出版社,2009年。

是上海沦陷区的日伪统辖下出版的唯一日本妇女杂志,也是"华中沦陷区刊行时间最长最重要的妇女专门杂志"。《女声》长期以来虽被视为"汉奸"杂志,但除了为日本人做一些政治宣传外,也在一定程度上反映中国妇女的苦难,让《女声》成为妇女意识畅销刊物。在发刊词《我们的第一声》关露写道:"女声"两字作为刊的一个名字,我们的"女声"就是中国妇女界的声——亲切点说起来,就是"你们的声"。女声含有三大意义:①乃妇女呼声;②为妇女而声;③由妇女发声。徐晓华研究指出:在日军方占领者的眼中,《女声》杂志的创刊打破了上海出版业的萧条,是不折不扣的为"大东亚新生活秩序"服务的。关露潜伏其中,彻底影响了田村俊子认同《女声》走向:就算在为殖民政府屈服的同时,不忘为战时中国妇女的苦难发声,并提升妇女知识水平。①

潘柳黛1920年生于北京,本名柳思琼,笔名南宫夫人等。曾祖父为清朝正白旗显赫一时的官场人物,祖父为官商,早逝,父亲成了纨绔子弟,另有外室,也常逛妓院,因吃鸦片赌博败光家产。她念河北省立女子师范学校时征文得了名次,受到鼓励,从此读遍了古典与现代文学、西洋文学。18岁时只身南下到南京闯天下,先当私人家教后进入《京报》,由誊稿员晋升到采访记者,还开辟《京报信箱》《现代家庭》为读者解答生活与感情问题的专栏,俨然现在的两性专家。

1941年经朋友介绍,她到日本东京《华文每日》当助理编辑,水土不服,请调回上海分社,后转任职于《文报》《海报》。和穷教授李延龄谈恋爱时,还写过一篇《弄蛇记》,因此被戏称为弄蛇的女人,李延龄则被戏称为"热带蛇"。潘柳黛人缘好人脉广,结婚时上海艺文界冠盖云集,报纸连番报道,风光过后还是离婚收场。

1948年潘柳黛出版以自己为原型的代表作《退职夫人自传》,

---

① 见徐晓华:《上海沦陷时期〈女声〉杂志的历史考察》,刊载于《中国现代文学研究丛刊》,2005年第3期。

以第一人称描写一个女人从恋爱、结婚到分手的心路历程,因此被赞为"敢说敢为的新女性"。日本战败后的国统时期,也被攻讦为文妓。① 50年代前往香港之后靠写电影剧本再次成名,发展颇为顺利,晚年移民澳洲,颐养天年。

文享画出当红的张爱玲、苏青、潘柳黛三人传神漫画。

一天上海街头报童扬着小报吆喝:看文坛最走红的三位女作家的漫画!报纸随即一抢而空。这便是有名的《钢笔与口红》漫画,上头画的三位女作家着实令人莞尔:"事务繁忙的苏青",一手挟稿件,一手拎公文包;"弄蛇人潘柳黛",手上盘弄着一条蛇;"奇

---

① 潘柳黛:《退职夫人自传》,上海:新奇出版社,1949年,第152页。《退职夫人自传》出版后与苏青名作《结婚十年》,因为都写得大胆直白,堪称上海文坛"双璧"。

装炫人的张爱玲",穿着一件古装短袄。

当时潘柳黛写下她目睹的一切:在日军和伪政权统治下,上海人民不仅是在恐怖、暗杀、逮捕、混乱中度日,还有米价直线飙升,饥饿恐慌笼罩全市,抢米风潮是一波接一波。伪政权虽然维持市所配售的平价米,那只是杯水车薪根本无济于事。上海不仅粮食不足,其他蔬菜、肉类也一样供应不上,煤炭、电力及一切原料奇缺,经济陷于瘫痪状态。因此,这一段时间里她的作品多以隐蔽、深沉的手法,从身边琐事着手,切入社会的阴暗面,笔触总是投向弱势人群,给予他(她)们的同情和爱,颇受欢迎。① 她的写实笔法甚至比苏青更坦率直白,但是谈性的火辣度还是比不上苏青。原则上,她们受欢迎,因为都是走在时代尖端大胆的女人,可以公开谈性说爱的摩登女作家。

【民国少女读张爱玲苏青】1945 年,有个刚进高中的女生给《现代周报》写信说:我们喜欢看张爱玲、苏青的著作,是把她们来代表"性"的著作的;从她们的著作中,我们学会了不少门坎,知道女孩子是应该以出嫁为职业的,我们不能在高中毕业之后再进大学,因为大学毕业的女生是没有人要的。

由这段报道看来,张爱玲和苏青散布的女性知识,皆被传统八股观念束缚,说她们是女性主义当有疑义。上海风云年代的这四位名女作家,出席座谈会、记者会、茶评会、戏剧演出,常有交会却互不买账。对上海文化界有着敏锐嗅觉的《杂志》,意识到上海的知识女性已经成为一个被大众关注的新群体时,女性作者便成为该刊的主力军,关露、苏青和张爱玲就是在《杂志》发表文章最多的几位女作者。潘柳黛则是在自己服务的小报上身兼数职又采访又辟专栏,以一张"毒舌"走红上海。② 其中,苏青的《天地》和关露

---

① 周文杰:《谁是潘柳黛》,台北:大都会文化出版社,2009 年,第 50 页。
② 详见潘柳黛:《退职夫人自传》,上海:新奇出版社,1949 年;周文杰:《谁是潘柳黛》,台北:大都会文化出版社,2009 年。

的《女声》是直接竞争的对手。四位才女在公开场合礼尚往来,一下笔可就不留情面地尖酸刻薄了。潘柳黛除了讥讽张爱玲的奇装异服外,见胡兰成急急吹捧张爱玲,便以"真西哲"笔名写了一篇《论胡兰成与张爱玲》,①极尽嘲讽之能事:

> 胡兰成究竟比唐吉珂德不同,他与唐吉珂德有相同的地方,也有不相同的地方。不相同的就是他比唐吉珂德高明,相同的就是他也在迷信于张爱玲的贵族血统。谈起张爱玲贵族血的成分,就好像两年以前夏威夷左近的太平洋里淹死过一只鸡,于是我们这儿天天使用的自来水也都还在自说自话的认为就是鸡汤一样。

张爱玲因此和潘柳黛结下了大梁子,50年代到了香港后仍未解。

在20世纪30年代,中国民众正处于抗日救亡的时代潮流中,上海的女性话题被有关国家、民族、社会革命、阶级等宏大主题边缘化。1941年12月太平洋战争爆发,日军进驻上海租界,在严酷的政治环境下,进步作家和文化人或者纷纷内移或者封笔,1942年的上海文坛正如《女声》第2卷第12期"先声"中所说是"出版荒"和"作家荒"的一年,出版界呈现一派萧条冷落,《女声》杂志在这种背景下创刊,随即《天地》跟进,但和《女声》基本上定位不同,《天地》主轴偏个人主义的艺文发表,《女声》则肩负改革中国妇女生活的使命,倾向灌输日本妇女家庭生活知识,以文化侵略的软实力收编妇女,以符合"大东亚共荣圈"的妇女意识策略。

1943年10月10日出版的《杂志》第12卷第1期,同时刊登关露的《日本女作家印象》、张爱玲的《倾城之恋》和苏青的《好色与吃醋》三篇文章。1944年3月16日,《杂志》特地邀请汪丽玲、

---

① 《论胡兰成与张爱玲》,刊载于1944年9月.6日《海报》,收入肖进编:《旧闻新知张爱玲》,上海:华东师范大学出版社,2009年,第50-52页。

吴婴之、张爱玲、潘柳黛、蓝业珍、关露、苏青七位上海女作家和《中国女性文学史》的作者谭正璧等一起进行"女作家聚谈会",①讨论女性文学问题。这是张爱玲、苏青、关露、潘柳黛四人第一次在媒体面前的正面交锋。谭正璧又在该年8月26日参加了"《传奇》集评座谈会",直至12月才在《风雨谈》第16期上写了篇《论苏青与张爱玲》:

  在个人主义风靡一时的现社会里,即使是被压抑者反抗的呼声,也不免是属于个人主义的。读了目前最红的两位女作家——张爱玲和苏青——的作品,往往要引起我这样的感想。革命之后三十多年来,中国社会固有的宗法和旧礼教势力对于女性的压抑,非但没有消除,反而变本加厉,资本主义在外国是封建势力的仇敌,然而到了我们中国,却会化敌为友,互相狼狈,造成更多重的压力,依旧盘踞在各个黑暗的角落里……

  在同样的倾向里,我们读了以前冯沅君、谢冰莹、黄白薇诸家的作品再来读这两位写的,便生出了后来者何以不能居上的疑问。因为前者都向着全面的压抑做反抗,后者仅仅为了争取属于人性的一部分——情欲——的自由,前者是社会大众的呼声,后者只喊出了就在个人也仅是偏方面的苦闷。

  经过长期考察,谭正璧才下了结论,对苏张两人提出无法超越前人的评价。他深刻理解女性承受来自父权封建势力的压迫,却不了解此一时彼一时,烽火乱世中仅短短几年,清纯的文青"谢冰莹们"早已一去不回,他眼皮下的当红女作家们为了安全生存与营销卖文,个个的社会身份多重游移,关系网络错综复杂,各自坚守岗位以个人主义的女声呐喊,开出繁花一片,形成男性不可忽视甚至畏惧的通俗文学"女力"。她们的书不谈国恨家仇,只谈鸡毛

---

① 参见黄晓红、黄鸣奋:《女性的声音:民国时期上海知识女性与大众传媒》,上海:学林出版社,2008年,第97页。

蒜皮家庭小事,却本本畅销。

《浮出历史地表》明白指出:在面对"时代语汇"系统和"自身经验"的两难选择中,出身于旧上海的张爱玲和苏青显然选择了后者。她们用一种远离主流意识形态的姿态,用苍凉的笔触勾勒自己心目中世俗的世界和人心,像"碎片"一样跌落于正宗文学史的缝隙之中。也正是在这种缝隙中,一种女性立场和女性话语开始悄然确立和生长起来,她们也从往昔的女儿真正的蜕化成一个女人。当这种生动的女性经验浮出地表,我们看到的是对于以往男性书写的颠覆。过去男性对女性的书写中,有这样两种典型表现:首先是描写封建社会里一些成疯成魔的女性时,对于她们的变态采取的是歧视的态度,是一种符号化、脸谱化的处理。而在张爱玲的一些作品中,我们看到的是作为女性的她们被社会压抑而最终崩溃的必然,譬如《金锁记》。在苏青的很多作品中也可以看到一些女人们自己的心声,她们的不自知不是对婚姻和家庭混沌无知,相反,却是了解了太多悲凉事实以后自动选择的一种漠然。男人在写作中总是自觉不自觉地让女人默然,隐没她们作为人的智商。而在张爱玲和苏青的作品里,我们可以看出女人的智慧"浮出地表",尽管浮出以后看到的仍是苍凉。①

对于张爱玲和苏青,该书作者孟悦、戴锦华评道:她们的小说语汇已然脱离了文学史上带有男性观点的惯例的影响,以崭新的情节、崭新的视点、崭新的叙事和表意方式注入女性信息,从而生成了一种较为地道的女性话语。这种概括确实让人耳目一新。②1989年《浮出历史地表》在《上海文化》的《女性文学批评》专栏中首次发表后,便引起广泛的关注,成为当时妇女文学研究中影响最大的一部著作。一些论者认为"因为有了这部著作,中国大陆的

---

① 参照孟悦、戴锦华:《浮出历史地表——中国现代女性文学研究》,台北:时报文化出版企业,1993年。
② 参照惠静:《中国现代女性文学批评的终点与起点——评〈浮出历史地表〉》,刊载于《榆林学院学报》,2011年第21卷第3期。

女性主义批评才名副其实"。直到 1997 年为止,这本书代表了这一领域里研究的最高水平,在理论上表现了当时富有胆识的彻底性,以及在对文本重读过程中一种意识形态话语拆解的游刃有余,加上其中论述的精彩巧妙,使其成为一部具有奠基性与开拓性的厚重之作。

参考文献,关露当出生于 1907 年,①五四新文化运动发生时正是她的青春年少时期,因此,在她的思想中,五四的启蒙精神、男女平等思想观念对她有甚深的影响痕迹,甚至也成了她的人生理想。但是苏青生于 1914 年,张爱玲和潘柳黛皆生于 1920 年,在她们成长过程中,五四的前人跫音已经渐行渐远,被关露奉为圭臬的五四新诗人冰心在她们看来"做作",她们共同的"偶像",却是被关露认为题材狭窄、比不上丁玲的林语堂。

四人中,张爱玲是唯一坐在家里闺房写作的留港女作家,其余三人都拥有杂志、报纸主编或记者兼作家的多重身份。四人爱情婚姻皆不圆满,关露终生只同居未结婚,其余三人都离过婚,苏青还生了四个小孩(三女一男),次女病殁后独自扶养剩下的三个。除了潘柳黛,关露、苏青、张爱玲都和汪伪政府关系密切,不论在政治势力或物质利益上都享有特权好处,彼此因立场不同,或是女子同行皆为竞争对手,针锋相对。与《天地》和《女声》"为妇女发声"以女性读者为诉求的宗旨不同,苏青则希望自己所编的刊物有比较开阔的视野,取名"天地"也是基于这个目的,她打破阶级,鼓励士农工商、男女老少都来写天地万物之事,海纳百川。私底下,却感慨地说编刊物起码可以混口饭吃。身为女人、身为弃妇、身为三个孩子的单亲母亲、身为作家,最后集大成于女性主编身份,苏青承受着多重压迫,状况比其他三人窘迫许多。

苏青极不喜关露,在她的《续结婚十年》之《苏州夜话》里写道:"秋小姐(关露)据说也是左翼出身的,与人同居过(沈志远),

---

① 李晓红将苏青 1914 年出生误植成 1917 年出生。

后来又分开了,最近替一个异邦老处女作家(指田村俊子)编这本《妇女》(指《女声》),内容很平常,自然引不起社会上的注意。那秋小姐看去大约也有三十多岁了,谈吐很爱学交际花派头,打扮得花花绿绿的,只可惜鼻子做得稀奇古怪。原因是她在早年嫌自己的鼻梁过于塌了,由一个小美容院替她改造,打进蜡去,不知怎的蜡又溶化了,像流寇似的乱窜到眼角下来,弯曲地在她的花容上划了一条疤,如添枝叶,未免不大好看,可是却再也没有办法使得它恢复原状了。"① 苏青用句遣词极尽刻薄地讽刺死对头关露。彼时,同为女人的战争是公开台面化了。

潘柳黛更是妒忌张爱玲,原因不外:一、张爱玲的贵族身份显赫又货真价实,不像她说自己也是晚清高官遗族,却无所出处;二、张爱玲身边的男人都力挺到底让她声势更上层楼。当时的胡兰成正叱咤风云不可一世,几次出手行文都哄抬了张爱玲的贵族正统与文学才情;三、此四才女均非美女,上不了《玲珑》封面,但起码张爱玲是临水照花人,那股孤傲之气难学难仿,活活气煞人。论者言:潘柳黛对张爱玲的挤兑、排揎,代表了女作者对她的普遍情绪——张爱玲如一轮红日打地平线腾起,那种热力和光芒,让人心理失衡,情难自已。普通女作者,充其量只算作张爱玲背后的"地平线"。自知才情不敌张爱玲的潘柳黛,其实是以笑骂来遮掩不足,昭示早已捉襟见肘的才情。② 依潘柳黛的单方说法是,两人私下颇有交情,张爱玲却答说"本来没有交情"。在香港潘柳黛编剧作词的电影《不了情》大卖,偏偏随后来港的张爱玲编剧的《南北一家亲》又迎头赶上,一生比才情论毒舌,潘柳黛怎么都难望其项背。

不过,张爱玲也是妒忌潘柳黛的。相对于"结婚大喜轰动沪上"的潘柳黛,张爱玲只有用两粒馒头插两支喜烛的冷清密婚,心

---

① 苏青:《续结婚十年》,上海:上海文艺出版社,1989年,第80页。初版于1947年由上海四海出版社出版。
② 参见陈家萍:《惊鸿伤影:民国才女传奇》,上海:上海远东出版社,2010年,第128页。

中的苍凉可想而知。1945年1月10日,上海《力报》首页刊登了附人头照醒目的讯息:"柳黛今日做新娘",宣告潘柳黛将与绰号"热带蛇"的名教授李延龄在上海知名的新都饭店结婚,隔日各报不但大幅报道,还对结婚证书封面设计和内容做了喜气洋洋的详尽解说,婚礼有名歌星献唱、剧团演出、六名记者实录,连林徽因都在现场招待。宾客名单见苏青、关露、包天笑、金雄白、柳雨生、平襟亚、陈蝶衣……唯独不见张爱玲踪影。彼时,张爱玲还妾身未明,不宜出席,甚至并未受邀。

(二) 女作家们的流动关系

事实上,潘柳黛和张爱玲本来颇有交往,后因胡兰成一篇《论张爱玲》,既吹嘘张的文章"横看成岭侧成峰",也吹捧张的"贵族血液",使潘看不过眼,遂写了篇《论胡兰成与张爱玲》,对张爱玲大大调侃一番。20世纪50年代张爱玲来到香港,有人告知潘柳黛也在这里,张却回说:"潘柳黛是谁? 我不认识。"显见余怒未消。潘柳黛听说此事,找出旧文《记张爱玲》改写大肆还击:

张爱玲是有点怪的,她不像丁芝那么念旧,也不像张宛青那么通俗,更不像苏青的人情味那么浓厚,说她像关露,但却比关露更矜持,更孤芳自赏。关露还肯手捧鲜花,将花比人,希望能够表现相得益彰。张爱玲的自标高格,不要说鲜花,就是清风明月,她觉得好像也不足以陪衬她似的。

张爱玲对此文从来没有公开响应,但宋淇、邝文美编辑张爱玲语录时,有这么一条:"想不到来了香港倒会遇到两个蛇蝎似的人:港大舍监、潘柳黛。幸而同她们本来没有交情——看见就知道她们可怕——hurt 也是浮面的。"[①]伤害止于表面,张爱玲从来没

---

① 参见周文杰:《谁是潘柳黛》,台北:大都会文化事业,2009年,第104–109页;宋以朗编:《张爱玲私语录》,北京:北京十月文艺出版社,2011年,第123页。

当潘柳黛是朋友而是对手。张爱玲光丢一句"她(潘柳黛)的眼睛总使我想起'涎瞪瞪'这几字",①既隐喻蛇蝎女之可怖蛇眼又呼应上海时期的"弄蛇女",两人文笔造诣高下立判。

真正伤到张爱玲的也不是苏青,苏青没那本事,明知苏青和胡兰成有着肉体关系,张爱玲似乎还是不把苏青放眼里的,就像胡兰成逛窑子她也不在意。在《我看苏青》字里行间的明褒暗贬,②远不及胡兰成《谈谈苏青》③来得情深,客气里带着真意:

> 苏青的文字特点是坦白。那是赤裸裸的直言谈相,绝无忌讳,大胆俗辣。在读者看来,只觉她的文笔的妩媚可爱与天真,决不是粗鲁与俚俗的感觉。在她的一篇文章中,有一句警句说:"饮食男,女人之大欲存焉"经她巧妙地挪一下标点,就将女人的心眼儿透露无遗了……

苏青精明外露热情豪迈,张爱玲精明内敛桀骜古怪,写起来说起来,都比苏青深刻婉转,所以会三分得意地对炎樱说:"我想上海在这一点上倒是很宽容的,什么都是自由竞争。我想,还是因为他们没有背景,不属于哪里,沾不着地气。"④两人谈的虽是白俄人、杂种人(在张爱玲眼里炎樱也是杂种人),却足以指涉她"叨在同行"的女性作家们。

张爱玲说得有理,除了她"到底是上海人",其余三人都是异乡来此客居的外省人,没有背景不属于这里也无法属于哪里,失了根,沾不着地气,讨不了可爱的顾客上海人,打从心底的欢喜。散文、杂文人人可写,苏青写得凌厉坦率,张爱玲写得飞扬剔透,却不泛和真实人生矛盾冲突。就叙事技巧与策略,张爱玲的生活散文

---

① 详见宋以朗编:《张爱玲私语录》,北京:北京十月文艺出版社,2011年,第113页及注3。
② 详见王一心:《文姬·苏青》,收入王一心:《小团圆对照记——张爱玲人际谱系》,上海:上海文艺出版社,2009年,第139-171页。
③ 见1945年7月天地出版社初版苏青《饮食男女》序言。
④ 《双声》原载于1944年3月《天地》月刊第18期,第9-14页,收入《流言》,北京:北京十月文艺出版社,2009年,第219页。

集《流言》远胜过苏青和潘柳黛各自平铺直叙的自传体叙事。苏青《结婚十年》《续结婚十年》能大卖除了道出封建父权下女子婚嫁、生儿育女、夫妻相处、丈夫外遇……种种委曲求全终不可得的苦境,能一窥闺房床笫之性隐私亦为卖点。潘柳黛的《退职夫人自传》也自爆内幕:除了细数如何被"热带蛇"教授欺骗玩弄终至离婚外,后因编辑某"海派"夜报销量日增,引起"重庆人"办的报纸妒忌,被攻讦。① 论才情,记者潘柳黛是档次最低的。

据此,就复杂诡谲的上海关键十年时空考察,张爱玲,是女作家,是出生于上海、青少年成长于上海的地道上海人,她显赫的家世比其他三位女作家更具优势,还是其中唯一喝过港水的留学生,单纯写作广受欢迎的社会身份,也比较容易得到文坛老将与出版人的认同与推举。苏青,则是一个带着几个孩子的单亲母亲,为生存可以与随时提供物质条件的男人同居,说是为女人的性欲寻找正当出口的新女性,其实是百般无奈受到社会歧视的离婚弃妇。② 张爱玲与苏青的社会关系,一是主编一是作者,互相利用相互哄抬双璧合体,也是带着惺惺威胁的情敌与文人相忌的女人同行,自从日本战败国民政府接收上海追捕汉奸后,两人从此不再联络,《续结婚十年》一字不提张爱玲,就知道两人从来不是朋友。③

在不同政治情境、时间范畴下,四大女作家的身份与社会关系随之翻转游移。日本战败,四人被国民党同列"汉奸文人""文妓"名单,都是深受政治迫害、性别歧视的女性知识分子,虽享有由男

---

① 参见潘柳黛:《退职夫人自传》,上海:新奇出版社,1949年,第152页。
② 依据蔡登山钩沉,在《续结婚十年》第20小节《十二因缘空色相》中与苏白(苏青)同居的谢九上校,便是后来台湾知名老作家姜贵。蔡登山将谢九的《我与苏青》、姜贵的《三妇艳》与《十二因缘空色相》对照研读,证实苏姜两人所言皆同。在《我与苏青》中,谢九将他如何被苏白引诱渐渐着迷进而同居时的"有所忌讳"的事情写得很清楚。见蔡登山:《从一篇佚文看苏青与姜贵的一段情》,刊载于《读者文摘》,2012年第4期。
③ 关于苏青个人风格,在白鸥等著的《苏青与张爱玲》(北京:沙漠书店出版社,1945年)中有更详尽描述。

性伴侣转移来的某些假特权,但她们都是日本殖民场域下的次等公民、"大东亚共荣圈"霸权下的被压迫者。张爱玲曾经留学香港大学的肄业身份,以及上海解放后与当局的配合态度,让她在1952年能顺利离开上海,免于"文革"迫害。苏青以无辜小市民的身份在《续结婚十年》中,自以为不是汉奸的告白辩解,却留下了"文革"批斗祸根。潘柳黛算起来,社会地位不及其他三人重要,离开上海时未受阻扰。

有论者谓,令人忍俊不禁的是,苏青在《生男与育女》中写道:一女二女尚可勉强,三女四女就够惹厌,倘若数是在四以上,则为母者苦矣!真是报应,苏青后来接二连三生了三个女儿(一夭),到老四,才是儿子。一连三女,丈夫怒目相向,公婆横眉冷对,苏青唯有忍气吞声。[①]还有论者直书苏青是"女权主义",实在言过其实。她和张爱玲一样,文本有着对父权批判的女性意识,其实对长期遭受男性父权压迫却无深刻反思与反制,批判的力道只限于叙事"文本"。现实生活里,两人甚至是父权结构的共犯,以言行包容、宠腻所爱、牺牲色相,让她们的男人更无所忌惮。她们在日本殖民与汪伪政府的权力组织下活跃与谋生,传统妇德行径与新女性形象的矛盾处处可见端倪。

苏青从怀孕到生下头胎女儿,体会到夫家重男轻女的观念根深蒂固,她却可以一再怀孕生女,直到生儿子为止,说"一切都是为了孩子",不如说一切都是为了丈夫、为了自己,为了巩固封建父权体制下的"家"的价值,完成传宗接代的"妻子"任务。婚姻早已摇摇欲坠,却执意生下不可能幸福的孩子们,拖累自己贻害孩子,为了拼命赚钱养家活口,只好什么都做,离婚后甚至以身体换取温饱。[②]她在作家、主编位子上的时候,犀利观点一针见血,让人

[①] 张昌华:《民国风景——文化名人的背影之二》,北京:东方出版社,2009年,第17页。
[②] 从苏青自己印书、载书上街卖,还和书商讨价还价,被奉为"犹太"作家可见一斑;又从《续结婚十年》可看出,她和每一个男人同居都不是为了爱、不是为了大女人的性欲出口,而是为了减轻一家子的生活负担。

读了拍案叫好,但当她走进"家"的时候,她又重新站在媳妇、妻子、母亲、情妇的位置上,为捍卫家庭丧失了主体,甚至和前夫离了婚还牵扯不清。① 一再归返,苏青是出走却永远"离不了家"的娜拉。

当时上海的方形周刊(小报)《东南风》在1946年第6期,曾刊登名为"期森"写的一篇短文《苏青的靠山是一个军人》说:

……近闻苏见汉奸多告复活,久寂思动,结识一某军人作其保镖,拟办一白话旬刊,其通讯处为静安寺路某弄,大事宣传,毫不知耻,诚怪事也。

虽然此文所写多年后经考证确为事实,此军人即为后来去台湾的作家姜贵。但惊见此谤誉文,当可大叹彼时苏青是被小报媒体与男性文人欺凌的弱势,单亲母亲为生存博命还被冠上汉奸污名,实在惹人爱怜;换另一个角度,遍地战火民不聊生,苏青无时不利用她的主编位置、媒体关系、女性特质、女性身体,换取更好更有保障的生存条件,对身处社会下层的困苦百姓,展现了另一种高端阶级操控媒体的文化霸权。

关露在左联时是满腔热情的革命女诗人,受到共产党的栽培,成了替代妹妹胡绣枫去当间谍的好姊姊。在76号卧底时,表面上是李士群妻子叶吉卿的闺中密友,暗地里是中共安排策反李士群的间谍,不明就里的左联同志又当她是叛徒。国民党接收上海后关露被冠以"汉奸"治罪,照理说,中共解放后她应该是卧底"抗日"英雄,可惜,1943年关露去日本参加了"大东亚文学代表大会",她的照片被登载在报纸上,让很多人唾骂她是个汉奸。身为女权主义杂志编辑,却从事失去女性自我主体的双面间谍活动,以强化的、凸显的、整过形的女性特质混进了汪伪地盘,在爱国/叛

---

① 依据当时和苏青同居过的谢上校(台湾作家姜贵)多年后写的文章披露,苏青除了帮前夫介绍工作,还和前夫住对门,从前夫家二楼可以将她住处看得清清楚楚。

国、共谍/日谍、英雄/汉奸的身份不断回旋错置中,或许她连自己也没法厘得清,有口难言。有幸于1982年获得平反。

和苏青、关露、潘柳黛比较,思想不左不右,没有子女家累没有国族大爱的张爱玲社会关系看似单纯,其实也透露着微妙的玄机:在公开宣传造势采访座谈等场合她是上海当红名女作家,稿费收入优渥,两本畅销书《传奇》《流言》叫好又叫座。她留过学,是拥有中英双语话语权的高级知识分子,是住高级公寓洋楼喝咖啡逛百货行看电影的上等资产阶级,但她又是尊贵的清朝大臣李鸿章遗族、封建社会下被父亲家暴的受害者,在大众看来,因她既华丽又悲凉的身世而怜香惜玉,成为无人可及的民国"传奇"才女。她在小说文本中展现颠覆父权的力量,却在现实中服膺、励行男子父权社会对女子的传统规范。

在《双声》里,她和炎樱(獏梦)有这么段对答:

张:……随便什么女人,男人稍微提到,说声好,听着总有点难过,不能每一趟都发脾气。而且发惯了脾气,他什么都不对你说了,就说不相干的,也存着戒心,弄得没有可谈的了。我想还是忍着的好。脾气是越纵容越脾气大。忍忍就好了。

獏:不过这多讨厌呢,常常要疑心……

张:关于多妻主义——

獏:理论上我是赞成的,可是不能够实行。

张:我也是,如果像中国的弹词小说里的,两个女人是姊妹或是结拜姊妹呢?

与苏青的对谈,①她则说了这么一段话:

用别人的钱,即使是父母的遗产,也不如用自己赚来的钱来得自由自在,良心上非常痛快。可是用丈夫的钱,如果爱他的话,那却是一种快乐,愿意想自己是吃他的饭,穿他的衣服。那是女人的

---

① 新中国专报社访,1945年2月27日下午在常德公寓张爱玲寓所举行。

传统的权利,即使女人现在有了职业,还是舍不得放弃的。

　　这段话语,印证了胡兰成在《今生今世》里说只给过张爱玲一点钱,她去做一件皮袄,式样是她自出心裁,做得来很宽大,她心里欢喜,因为世人都是丈夫给妻子钱用,她也要。尚有其他许多未列举的,足以彻底摧毁了张爱玲被误读的"女性主义"形象,她的小说和她的人生是两回事,在真实爱情中卑微的她,极力在小说中壮大与翻转并操弄自己从来没有施展过的主控权。

　　张爱玲在《谈女人》,写道:

　　一般的说来,女性的生活不像男性的生活那么需要多种的兴奋剂,所以如果一个男子公余之暇,做点越轨的事来调剂他的疲乏,烦恼,未完成的壮志,他应当被原恕。

　　《谈女人》完成于1944年3月,正值胡张两人热恋时,彼时张爱玲与胡兰成写的文章,都有着前后互文关系:《我看苏青》对应《谈苏青》,《自己的文章》对应《封锁略评》,《色·戒》对应《瓜子壳》……只有一次例外,1981年胡兰成才以《女人论》回应了37年前的《谈女人》,从盘古开天说起:

　　新石器文明是女人开的,女人与太阳同在,是太阳神……

　　对女人十分礼赞,然笔锋一转:

　　但其后女人就不是太阳,由阳位变为阴位了……女人在学问上决定了不及男人,连美术也输了,女裁缝不及男裁缝,戏台上女人扮女人,还不及男人扮女人。女人完全丧失了创始力了……此二千年来,女人一面顺从,一面对男人的世界叛逆(不是为女权)。学问是男人创造的,女人不曾沾得手,所以在于女人,只觉其是不亲切,凡女人都是反理论的,女人一旦上场她一定亡国……

　　林语堂《人生的盛宴》里也有一篇《女人》,观念和胡兰成迥异:

上海关键十年揭秘

要是女人统治世界,结果也不会比男人弄得更糟。所以如果女人说,"也应当让我们女人去试一试"的时候,我们为什么不出之以诚,承认自己的失败,让她们来统治世界呢?

两相比较,当然,林语堂对女人有一种自然的谦让。

张爱玲当然爱不上林语堂,爱上胡兰成后无所叛逆也不和他争学问,只是忍一忍,忍到最终无法容忍胡兰成的"三妻四妾",成了学问不曾沾得手的反理论女人。很冤。晚年的胡兰成舍弃肉身浮华,将文义拔高到哲学思想的层次,是惯谈小情小爱的张爱玲一路追赶不上的。男高女低的态势,从来没改变过,从一开始就没平等过,对从小亟欲打破男女不平权的张爱玲来说,是人生最大的讽刺。不论她的主体位置、社会身份在国破家亡中如何变动,她在"女性"范畴中的不变性质(fixity)始终如一。亦即,张爱玲在殖民地、沦陷地上海都是被殖民被压迫的次等公民,但在上海人中,她却是占着优势的名门贵族、知识分子、资产阶级,社会身份较上海人、外地人、难民、游民优越太多。然而,她身为严密父权社会结构权力压抑下(从张志沂到胡兰成到桑弧到男性同行竞争文人)的"女性本质",明显受到男尊女卑传统思维的钳制,不曾因为职业、创作、言行、打扮被贴上外在新女性的标签而有所改变。

五、自我与异己的矛盾

主体社会情景论,伴随着后殖民主义、旅行、人种等问题研究的新进展,强调社会身份从一个位置流动到另一个位置的非固定不变一说。疆界比喻化并不只是一种形象说法,而是社会身份核心的部分。每一种情景都在以有权和无权为轴的坐标上占据着某一个确定的位置。某一种情景使某个人的社会性别特别重要,另一个情景却让种族特别重要。场合变了主体位置随之更迭。

欲破除普遍、中性、单一、核心化的主体观，直接作法便是揭明主体形构的位置(position)、情境(situation)、层次(level)和脉络(context)，以掌握主体面貌的特殊性和多样性，更重要的是主体和非主体、自我与异己之间的区分或差别。将主体置入后殖民地，一方面展示了可能性、幻想和愿望满足的辽阔层面，在这一层面上自我属性和命运可以得到转换；而另一方面，这些殖民地同时又是流放、违法活动、压迫和充斥着社会耻辱的黑暗之地。有头有脸的人是不希望在那里误入歧途的。

当年，胡兰成在香港太平山上，只想了一下下，①便答应汪精卫回上海投入伪政府以报业以公共论述制衡国民政府，终于将他推上了事业与权力的巅峰：任总主笔又兼宣传部次长。离开贫困家乡浙江嵊县多年后，胡兰成第一次当了烽火政局台面上有头有脸的人，不论世界局势、日本侵略、国共政局如何混乱，不论他是如何投机或取巧，他从边陲之境香港，回到了尔虞我诈的政治舞台权力争夺中心：上海。

这个人，满腹经纶口若悬河，认识张爱玲时妻妾早有三人，爱了张爱玲后还喜到处留情，先恋上武汉小周，再娶寡妇秀美，弃张爱玲的灼灼童女②之心如敝屣。在他来说，这样亦是好的，因为没有愧疚之心，因为"我待爱玲，如我自己，宁可克己，倒是要多顾顾小周和秀美"。爱玲却待他胜己万千，千里寻夫到温州，一路"叫张牵，叫张招，天涯地角有我在牵你招你"。可恨郎心似铁不复召唤。

---

① 1938年底，汪精卫的"艳电"出来，胡兰成在《今生今世》里回忆说，那一日，他"一人搭缆车到香港山顶，在树下一块大石上坐了好一回，但亦没有甚么可思索的，单是那天的天气晴和，胸中杂念都尽，对于世事的是非成败有一种清洁的态度，下山来我就答应参加了"。见《今生今世》，台北：远景出版社，2009年，第180页。
② 杨泽：《世故的少女——张爱玲传奇》，《阅读张爱玲》序言，第9－26页。杨泽在这篇短文里，借鲁迅《上海的少女》一文中形容童女"精神已是大人，肢体还是小孩子"的妙喻来形容张爱玲是"童女"。《上海的少女》，见鲁迅：《南腔北调集》，上海：同文出版社，1934年，第182页。

上海关键十年揭秘

温州行,离散行,去时,"我从诸暨丽水来,路上想着这里是你走过的。及在船上望得见温州城了,想你就在着那里,这温州城就像含有宝珠在放光"。回时,下雨,胡兰成送张爱玲上船。数日后她从上海去信胡兰成,说"那天船将开时,你回岸上去了,我一人雨中撑伞在船舷边,对着滔滔黄浪,伫立涕泣久之"。因为流离失所,来去皆无家可归,根本找不到自我认同(identity)。我,究竟是你胡兰成之妻,是?不是?但我已非我。

千里寻夫途中张爱玲独自在一个小乡城(诸暨斯家)看地方戏,曲终人散时叹道:①

男男女女都好得非凡。每人都是几何学上的一个"点"——只有地位,没有长度、宽度与厚度。整个的集会全是一点一点,虚线构成的图画;而我,虽然也和别人一样地在厚棉袍外面罩着蓝布长衫,却是没有地位,只有长度、阔度与厚度的一大块,所以我非常窘,一路跌跌冲冲,踉踉跄跄地走了出去。

——《异乡记》

对照胡兰成在《山河岁月》里对同一件事描述,可就骇笑了:

佛经里说的如来之身,人可以是不占面积的存在,后来是爱玲一句话说明了,我非常惊异又很开心,又觉得本来是这样的。爱玲去温州看我,路过诸暨斯宅时,斯宅祠堂里演嵊县戏,她也去看了。写信给我说:戏台下那样多乡下人,他们坐着站着或往来走动,好

---

① 《华丽缘》,收入《余韵》,台北:皇冠出版社,1987年,第101-116页。《华丽缘》写1946年初温州探胡行,1947年4月首刊于《大家》月刊创刊号,1982年修订于美国洛杉矶,后改写为《异乡记》。在《异乡记》序里张爱玲明白告诉邝文美:除了少数作品,我自己觉得非写不可(如旅行时写的《异乡记》),其余都是没法才写的。亦见于宋以朗编:《张爱玲私语录》,北京:北京十月文艺出版社,2011年,第49页。不过,她在写给夏志清的信中,提到非写不可的文章,却是《浮花浪蕊》。见夏志清著:《张爱玲给我的信件》编号89,台北:联合文学出版社,2013年,第280页。可见这两篇文章和她生命的紧密关联,本书后有论述。《小团圆》第9、10章与《异乡记》雷同。

像他们的人是不占地方的,如同数学的线,只有长而无阔与厚。怎么可以这样的婉顺,这样的逍遥!

"点"是张爱玲召唤爱的密码。拉尼,你不记得了吗?你我一见倾心的《封锁》,那"叮玲玲玲玲玲,"每一个"玲"字是冷冷的一小点,一点一点连成一条虚线,切断了时间与空间。拉尼,你真的忘了玲吗?

张爱玲满腹哀戚又满纸柔情。在诸暨斯宅过年过冬,一待两个月,她先给胡兰成写信,笔下充满了期待与喜悦,看这些乡下人,是婉约柔顺,是逍遥自在的。洋洋喜乐地再见了另娶姨娘无心谈爱又不做选择的无情夫君后,回写当日竟骤然天地不容起来,顺势就写了反话。看戏当天她真是无比悲伤的。

1948年,胡兰成化名张佩纶后人张嘉仪,在雁荡山淮南中学(前排左起第7人)。[①]

[①] 此张照片转载自胡兰成淮南中学学生班长滕万林《因学生课间赌博,胡兰成打耳光而被罢课》一文,《温州日报》,1996年11月7日。坐胡兰成左边者为校长仇约三,第3排左边第6人为滕万林。

夫离母散妾身未明,让张爱玲在天地中,没有身份、没有地位、无家可归,对着滔滔黄浪,伫立涕泣久之,只为家破国乱,孑然一身。乱世难逃,现世安稳,挚爱的丈夫胡兰成竟然毁誓不给。在来回旅途中,离乡背井花落离枝,对家园已无想象。不是张爱玲个人的离散,而是战争家园的分崩离析。

"离散"(diaspora)是指一种"离乡客居"的处境,它最早来自希伯来语,意指犹太人在"巴比伦囚禁"之后散落异邦、不得返乡的状态,中世纪以来,离散被用来指称大规模的民族迁徙,它往往与战争或灾难相联系。离散不是指个人式的流浪,而是一种从整体走向零乱、文化碎片化、种族稀落化的状态。对离散最贴切的描绘就是"花落离枝"。家园与离散,是一种破碎之苦、离土之痛,也是一种扞格不入,一种"居家的无家感"。①

社会地位取决于社会关系的论点,强调的是社会身份的变动性,认为它决定于一些各不相同的关照点和历史的具体条件。因此,1946年2月温州行时,张爱玲在日本投降后国民党接收的上海,是个销声匿迹的落水文人,是个人人喊打的汉奸之妻,在越界,越过上海市的疆界寻夫的那段移动旅程,她原本是有别于一路上乡下人的上海摩登女郎、一个高级知识分子,但她作家的身份消失了,她"妻子"的社会身份,于此流动情境中凸显了出来。去时是胡兰成的妻子,回程时显然以家巩固起的妻子身份已经消失,成了没有社会地位的一个弃妇。但这段旅程中她是一个女人、一个旅人的本质不曾改变。而胡兰成,在潜逃温州后,先是一个假面丈夫,后弄假成真成了诸暨女婿斯家姨奶丈夫。躲到雁荡山后又"端然"地以假张爱玲家世成了张佩纶的后裔、贵族之后张嘉仪,谨言慎行地宣称自己是个跑单帮的小商人,又处心积虑巴结当地耆老,一转身便成了温州中学教务主任。一路流窜千变万化地伪装社会身份,也难掩他是一个亲日

---

① 宋国诚:《后殖民文学——从边缘到中心》,台北:擎松出版社,2004年,第XVII页。

汉奸、①一个花心汉的本质。

《山河岁月》《今生今世》是胡兰成一生一世的离散书写，《山河岁月》有多篇叙述张爱玲在温州时的见闻细节，情意绵绵晴天朗朗，怎知现实一转身便坠入哀哀深渊。张爱玲的《异乡记》由《华丽缘》改写，《浮花浪蕊》也在张爱玲一再改写后，于1977年发表。前后两次书写她越界的离散旅程。1946年完成《异乡记》时去温州，1952年完成《浮花浪蕊》时去日本，两次都追随着胡兰成的身影。她为何宣称这两部作品都非写不可？②都是她生命中最深的烙印之旅、最孤独的离散之旅。1961年10月中她去香港时因故③过境台湾一周后转香港，待了五个月拼命写剧本赚钱，写到眼睛流血。④返美后，

---

① 胡兰成在汪精卫伪政府的众汉奸行列里仅是小角色，但亲日媚日卖中的汉奸行为却有目共睹，他自己亦善用文过饰非。许多专研抗战的书籍对他均不置一词，唯《孤岛见闻——抗战时期的上海》有比较详尽的描述：南京有一种主和反战刊物出现，名叫《大公周刊》，其创办人为胡兰成。此人在汉奸特工系统的上海《国民新闻》当过主笔，由于林柏生的提拔，做过伪组织的"宣传部次长"，不久转任伪行政院的法制局长，将他生平最崇拜的"76号"大特务吴四宝，称之为"当代英雄"，把他的戎装照片放大悬挂，以便朝夕敬仰。《大公周刊》创刊于1945年4月3日，连续发表了《日本撤兵问题之商讨》《反对列强在华作战》等论文，并提出了日军撤出中国、撤销日军控制下的油粮征购机关，召开各党派代表会议，解决国事等主张，还刊载了延安、重庆的电讯。但在《撤兵问题》一文中，却又露了马脚，充当了日本侵略者的代言人，说什么日本虽愿撤兵，却不能禁止联合军不在中国沿海登陆，撤兵无保障，这就是这个问题的症结所在了。以上见陶菊隐：《孤岛见闻——抗战时期的上海》，上海：上海人民出版社，1979年，第299-300页。然又有一说，中共潜伏进汪伪政权、接任"宣传部次长"的间谍章克才是《大公周刊》的主持人。就算被移花接木，胡兰成的汉奸臭名也是出去了。本书解读的真相应是，当时人在武汉主持《大楚报》的胡兰成，也在《大公周刊》持续发表主和政论文，经常一稿两用，例如其中《组织战时人民委员会》一文，与收入《中国人的声音》里的《运动之展开》实为同一文。胡兰成和章克是汪伪政权前后任宣传部次长，因胡兰成名气比章克大，就都算到他头上去了。

② 张爱玲在与宋淇夫妻、夏志清通信时都提及此事。

③ 张爱玲打算顺道采访张学良写 The Young Marshal（《少帅》），据陈若曦告诉本书作者，最后因政府不同意而作罢。《少帅》零散英文原稿已于2014年宋以朗整理后由皇冠出版。

④ 周芬伶：《艳异》，台北：元尊出版社，1999年，第120页。1962年3月2日，张爱玲在给赖雅催她回美的信中写道：我睡不着，我的眼睛刚治好又流血了……张爱玲写给赖雅的六封信，现保存于美国马里兰大学图书馆，六封信的内容详见高全之：《张爱玲学》，台北：麦田出版社，2011年，第385-403页。

于1963年3月在美国杂志 The Reporter 发表了 A Return to the Frontier,直至20年后的1982年才完成改写的中文版《重访边城》:一趟东方边缘之旅。

边缘与核心是相互界定的概念,有所谓的边缘才能界定所谓的核心。因此,边缘与核心其实是相互依存的,虽然看起来彼此排斥,事实上是共存的。再者,边缘与核心不是清清楚楚地划分。一方面,两者之间的界线会移动、改变;另一方面,边缘和核心的层级是多层次的,也就是说,某一层次的边缘可能是另一层次的核心。所以有许多事物具有边缘与核心的双重性质。[①]上海,在欧洲东方主义看来是边缘,但在"大东亚共荣圈"看来却是核心:战略核心、经济核心、文化核心。同理,胡兰成逃窜的路线,越往内陆就越是穷乡僻壤,也越远离上海都市中心。但是,却是安全的核心、无危险的边境,没有战争没有炮火,外头早已天翻地覆了,这里的小老百姓还与世无争地过平常日子,让他得以安居多年。

(一) 千里寻夫《异乡记》

张爱玲上海关键十年,从原乡上海出走的离散书写,唯一公开承认的仅有千里寻夫的散文《华丽缘》,后扩写为《异乡记》残篇,去世后才由宋以朗发布出版。不论她有无到苏北参加过土改,《秧歌》也是她另一种离散书写的改写:《秧歌》里头不论人名金根月香、杀猪笑脸、大婶怪异打扮等都挪移自《异乡记》,是她唯一坦承的一次下乡经验。倘若张爱玲确实没有去过苏北参与土改,那《异乡记》无疑就是她这辈子仅此一次下乡接近底层老百姓的真实经验,也是一辈子最刻骨铭心的异乡飘零之旅。如前所述,是她向邝文美提及非写不可的两篇文章之一,和另一篇为《浮花浪蕊》,皆是寻胡之旅。《华丽缘》1947年4月发表于上海《大家》月

[①] 参考王志弘:《性别化流动与政治的诗学》,台北:田园城市出版社,2000年,第152页。

刊创刊号小说栏（虽虚构人名，仍该定位是散文游记而非小说创作），1987年5月收录于台北皇冠出版社的《余韵》。2010年《异乡记》于两岸发行单行本。

宋以朗在《异乡记》序①中写到《小团圆》第九章便和1947年的《华丽缘》如出一辙。而《华丽缘》的闵少奶奶，又令他想起《异乡记》的闵先生和闵太太，难道《华丽缘》是《异乡记》的一个段落？重读《异乡记》，只第九章有一句提及《华丽缘》的社戏，却没有详细描写，但肯定的是《华丽缘》与《异乡记》的故事背景是完全一致的。既然《小团圆》和《华丽缘》都与张爱玲的个人经历息息相关，那么我们几乎可以断定，《异乡记》其实就是她在1946年由上海往温州找胡兰成途中所写的札记了。宋以朗说他终于明白《异乡记》的两重意义：它不但详细记录了张爱玲人生中某段关键日子，更是她日后创作时不断参考的一个蓝本。就前一点而言，《异乡记》的自传性质是显而易见的，甚至连角色名字也引人遐想。例如叙事者沈太太长途跋涉去找的人叫"拉尼"，相信就是"Lanny"的音译，不禁令人联想起胡兰成的汉英音译"Lancheng"，更像吴语"懒人"，并连带思考《浮花浪蕊》原名（《上海懒汉》）和此"懒人"的关系。《宋淇传奇：从宋春舫到张爱玲》里关于张爱玲的部分，宋以朗以不少篇幅推敲求证 The Shanghai Loafer（《上海懒汉》）就是张爱玲一再改写二十几年的《浮花浪蕊》初稿，张爱玲也曾自称懒人，其间的转折与奥妙实在令人玩味。②

话说《异乡记》里，沈太太和闵先生③大清早从上海乘火车到

---

① 宋以朗：《关于〈序言〉》，收入《异乡记》，北京：北京十月文艺出版社，2009年，第2页。《小团圆》第9、10章和《异乡记》都有大同小异之处。
② 宋以朗：《宋淇传奇：从宋春舫到张爱玲》，香港：牛津大学出版社，2014年，第275－283页。
③ 闵先生就是有阵子常住胡兰成南京家中学美声唱法的斯先生，也是后来避难时住在诸暨的斯家人。见胡纪元谈《我与父亲一起看星星》，2014年2月发表于北京胡兰成《心经随喜》新书发布会。在《小团圆》里斯先生改以郁先生出场。

杭州,在蔡先生家住了三四天,往永浬转搭小火车,借住在半村半郭的人家两天,再独自乘轿子在山里走一天,过周村才到丽水闵家庄榴溪。闵先生难得回来过年,沈太太不敢催促,前后住了两个月,正月底才先和闵太太、两个小孩搭木盆轿子启程;闵先生黄包车赶上后,众人在县城住了一宿再包小汽车上路,最后转搭公共汽车深入内地小城薛家拜访,再搭黄包车到县党部住宿一晚,隔天再和闵太太合乘一辆独轮车往诸暨,闵先生殿后,扶墙摸壁在奇丽山水中走一天,天快黑时才赶到一个用烂泥堆成房子的乌黑小城,打算隔天继续上路往永嘉寻去……就在元宵夜①众人投宿到一家堂皇的水滨旅馆,见着店小二拿着的木筒油灯,闵太太叫着闵先生:"阿玉哥,他们这种……"时,文章戛然而止。沈太太一路颠簸南下,辗转历经数月,乘遍了各式交通工具,和跳蚤同衾、鼠虫同眠、山羊共食,月经来潮仍露天如厕,吃足了苦头,只为了见上朝思暮想的拉尼一面。

《异乡记》和《浮花浪蕊》《小团圆》一样,是张爱玲非写不可却又一辈子写不完、改不完的自传体私游记、私小说,是宋以朗从张爱玲遗物中发现的80页笔记本手稿,笔迹涂改前原名看得出是《异乡之梦》。这是第一人称叙事的游记体创作,也是张爱玲创作生涯中的第一篇游记。内容讲述一位"沈太太"(张爱玲)由上海到温州寻夫拉尼(胡兰成)途中的所见所闻。现存十三章,约三万字。《华丽缘》则是撷取《异乡记》第九章其中一段,在闵家庄看社戏的其中一天景况:"这两天,周围七八十里的人都赶到闵家庄来看社戏。"接着在章尾写道:"对门的一家人家叫了个戏班子到家里来,晚上在月光底下开锣演唱起来。不是"的笃班",是"绍兴大戏"。我睡在床上听着……"所以,第一天她看戏,看得巨细靡遗,第二天则是躺在床上仔细"听戏"。

---

① 1946年为丙戌狗年,农历除夕是新历2月1日。张爱玲在斯家过年,前后待了两个月,元宵节2月16日抵达温州水滨旅馆,因此原文写正月底上路应该是误植。

1947年4月《华丽缘》在《大家》创刊号发表时,张爱玲已经下定决心和胡兰成分手,展开新生活,回忆往事,万般皆无情。温州行断肠行,张爱玲怎堪继续写下去? 于是成了《异乡记》的残篇,若非胡兰成在《民国女子》中娓娓道来,单凭《小团圆》中的一章半节,谁能知晓张爱玲彻底的苦与痛?"他乡,他的乡土,也是异乡。"(《小团圆》第267页)这句话便是关键词。打从越过"上海边缘的一个小镇",张爱玲便由原乡进入"他乡",由主体翻转为"他者",进入了一个格格不入的底层社会,成了一个失去身份、语言不通、习俗不懂、担惊受怕,①完全被农村社会边缘化的无能"他者"。

但是我忽然变成了英国人,仿佛不介绍就绝对不能通话的,当下只向她含糊地微笑着。

依照闵先生所编的故事,我是一个小公务员的女人,上×城去探亲去的。

我觉得我如果发脾气骂人,徒然把自己显得很可笑,而且言语不通,要骂也无从骂起。

我叫了一碗面,因为怕他们敲外乡人竹杠,我问明白了鸡蛋是卅元一只,才要了两只煎鸡蛋……老板娘端了一碗面来,另外有个青花碟子装,里面汩汪汪的,盛着两只煎鸡蛋,却是像蛋饺似的里面塞着碎肉,上面洒着些酱油与葱花。我想道"原来乡下的荷包蛋是这样的,荷包里不让它空着。"付账的时候,老板娘说"那鸡蛋是给你特别加工的",合到二百元一只。同桌坐的一个陌生人吃的一碗炒饭,也胡里胡涂的算在我账上。后来还是那客人看不过去,说话了,老板娘道:"我当你们是一起的呀!"结果还了我一百块钱。

不想因外乡人的身份被敲竹杠,还是被敲了。温州行,让张爱玲的社会身份处在有权和无权的社会结构的十字路口上。越

---

① 《异乡记》,北京:北京十月文艺出版社,2009年,第19、38、101、43页。

过上海边境进入异乡,由一个红牌女作家变身为"小公务员"的"女人",无权无势,社会阶级中弱势中的弱势,一个无名者、一个失声者。另一视角,她却是张爱玲,抗日战争胜利后被贴上汉奸文人标签的名作家,虽然暂时失去了曾经拥有的话语权,但是她仍是对斯家有恩的胡兰成之妻,较当时范秀美的暧昧身份,她是被父权社会认可的婚约之妻,因此斯家才会邀约她,一路招呼她前往温州寻找丈夫。可一路行去,她又以原乡上海的精英贵族眼光检视一切:于是风光无媚、人物粗鄙又凄凉悲苦地在暗夜呼喊:"拉尼,你就在不远么?我是不是离你近了些呢,拉尼?"连听到闵先生的声音,都仿佛见了亲人似的,一喜一悲,装着睡着了没作声,可是沿着枕头滴下眼泪来;连握条湿巾在手上,都有那样一种犯罪的感觉。①

《华丽缘》最后一段,独自在小乡城看地方戏,挤在人群里狼狈困窘的结尾,张爱玲将身在他乡失去主体的荒芜推到最高潮。②就算罩上和村民一样的蓝布长衫,还是在地村民外的他者:被制约的无根异乡人。那是一个疏离的世界,异乡人终究是个局外人。悲伤的是,她称这是"一个行头考究"的爱情故事。

"这是乱世。晚烟里,上海的边疆微微起伏,虽没有山也像是层峦叠嶂。我想到许多人的命运,连我在内的;有一种郁郁苍苍的身世之感。"风华鼎盛时,张爱玲矗立在一片矮楼中鹤立鸡群得以遥望得到上海边疆(边界)的常德公寓阳台,望见了自己杳渺的命运。没看到的是,她不久的将来便得越过那边疆由时尚大都市进入落后乡土之境千里寻夫。

(二) 兼论《重返边城》的离散

《重返边城》是张爱玲第二部游记体散文,却是宋以朗于2008

---

① 《异乡记》,北京:北京十月文艺出版社,2009年,第20、30、76页。
② 《华丽缘》,收入《余韵》,台北:皇冠出版社,1987年,第115页。

年在张爱玲遗稿中发现的第一部佚文。① 虽然 1961 年不包括在上海关键十年内,但是将其和 1947 年的《华丽缘》,相差 14 年的两文两相对照,就推演矛盾之愉悦所在,确有其必要性,可一窥出张爱玲"异乡"游记中主体社会情景的异变,亦可近一步检视她的离散心境。参照宋以朗接受《明报》访问时的说法:*A Return to the Frontier* 首次发表时,她在文中写了 there were bedbugs 等字眼,伤害了台湾人的感情,写的又是台湾庙宇和妓院,文坛反应都不很好。《重返边城》不只是翻译 *A Return to the Frontier*,而是以中文重述了一遍这次游历,文中还引述了《光华杂志》1982 年 11 月号一篇关于鹿港龙山寺的报道。宋以朗推断此中文版是写于 1982 年后,认为这是她多年来因为台湾文友误解英文原文,耿耿于怀,特别撰写的回应;然而,此文却没发表。若是回应,实在太慢,慢了 20 年。

其实,这趟"东方之旅",对老年故步自封的张爱玲来说,是少有的新鲜事件的手边现有题材,以英文改写中文,虽然添加了不少文字,也仅是"回旋""重复"与"衍生"机制再现下的边境书写。诚如王德威指出:相对于以铭刻现实、通透真理作为思辨基准的鲁迅、茅盾,张爱玲(一派)的写作绝少大志。以"流言"代替"呐喊",重复代替创新,回旋代替革命,因而形成一种迥然不同的叙事学。以"回旋"诠释 involution 一词,意在点出一种反线性的、卷曲内耗的审美观照,与革命所凸显的大破大立,恰恰相反。② 安莎杜亚之书《边境/边塞:新混种》③ 便深入探讨了"边境"诗学。边

---

① 宋以朗:《关于〈异乡记〉》,刊载于 2010 年 4 月号《皇冠》杂志 674 期;《〈重访边城〉佚文出土》,刊载于 2008 年 9 月 28 日香港《明报》。两文应在宋以朗整理张爱玲遗物时同时发现,只是出版顺序倒置。
② 参见王德威:《张爱玲再生缘——重复、回旋与衍生的叙事学》,刊载于《文学世纪》,2000 年第 9 期。
③ 在《边境/边塞:新混种》中,安莎杜亚以充满怜悯与爱意的诗作书写美墨边境的混血儿,控诉文化和藩篱为他们带来的如击剑般的痛楚,排斥他们并诱捕他们到边境。她充分体现了致命的边界存在的最重要的原因:为了白人的安全。Gloria Anzaldua, *Borderlands/La Frontera*: *The New Mestiza*, San Francisco, Calif., Aunt Lute Books, 1999.

境被她视为激进开放的隐喻空间,充满并渗透了霍米·巴巴所处边缘的危险和机会的第三空间。她把自己祖先神秘来处的阿兹特兰(Aztlan)这块家邦(homeland),安置成了另一个墨西哥(Elotro Mexico)。在她眼中,家邦是没有愈合的伤口,那是第三世界和第一世界摩擦淌血之处。结痂前,再度大量失血,两个世界的生命之血融为一体,形成第三个国度,一个边界文化。在边境的后现代文化里,带着"去中心化"的主体,空间是为了对抗实践、批判交换、抵抗斗争,为新而激进的事件而创造。边境产生了一种新意识、混种的诗意。

这些地理跨界、种族混血的国族大叙事,在《重返边城》里是无处可寻的。边境对张爱玲来说只是投奔美国的中途岛,跨过边界,她就得以获得重生与自由,甚至从 A Return to the Frontier 到《重返边城》的命名,即可看出当时已经归化为美国人,[①]从"美国"出发去香港的张爱玲的大美国、大中国、大上海的东方主义视角。台湾和香港仅是在地图与地理上偏隅的蕞尔小岛、半岛。frontier 是 border,也是边界、边境、疆界,文明与野蛮的界限。《烬余录》里,张爱玲将台湾当成落后小岛,1961年台湾行只是四处猎奇,香港则是化外之域,20年后她重访旧地,香港依旧是没落兴建中的"边城"。

细数20年间张爱玲往返香港的旅程:二战爆发无法前往伦敦大学就读,于是1939年夏末由上海启程→到香港大学借读至1941年底太平洋战争爆发停课→1942年夏天与炎樱搭同一条船返回上海,巧遇梅兰芳博士,沿途远眺台湾东岸美丽的景色(当她亲临东岸却是无感的)→1952年夏天搭火车离开上海经深圳罗湖关口抵达香港→香港大学复学,同年11月搭船前往日本东京与炎樱会合找工作→1953年1月底败兴而归回到香港,欲回香港大学,索讨奖学金不成双方闹僵,留在香港为美新处翻译《老人与

---

① 1960年7月12日,张爱玲在旧金山入籍美国冠上夫姓,成为 Eileen Reyher。

海》等文学作品,并主动提案写作,①完成《秧歌》《赤地之恋》两部具反共意识的英、中文小说→1955年《秧歌》(*The Rice-Sprout Song*)英文版在美出版,11月以中国专才难民②资格过境日本前往美国→在转派驻台的美新处处长麦卡锡撮合下,1961年10月以美国人身份到台湾欲采访张学良被拒,在台北和白先勇、陈若曦、王文兴、欧阳子等台大学生结识,随后与王祯和到花莲老家一游→1961年11月初抵达香港后与宋淇合作写了数出电懋电影剧本(因剧本费支付问题双方曾闹别扭)→1962年3月返回美国。

针对反复客居香港的旅程,张爱玲的社会主体位置,亦随之不断地流动变化。从早期的贵族留学生、英国殖民地的过客,变身为中国难民赴美;一个被歧视的黄种人女子嫁了个白人丈夫后,华丽转身成西方霸权美国主义保护下的公民,成为知名剧作家Ferdinand Reyher的妻子Mrs. Reyher。在遥远异邦,社会阶级一下子由底层跃上高层。且她的《秧歌》英文版刚在美国出版,就备受好评。本在异邦是无权的知识分子,因地理、身份位置的迁徙而转化成有权有社会地位的白人妻子、双语小说家。③1961年底到港时,张爱玲已是拿美国护照的美国人。

来去香港三次,居住超过七年,张爱玲对香港的感情远远胜过惊鸿一瞥的台湾,但香港已由她年少轻狂时看不起的战乱荒城,转

---

① 2002年5月高全之访问麦卡锡,问道:曾有人说《秧歌》与《赤地之恋》皆由美新处授意而写,《赤地之恋》的故事大纲甚至是别人代拟的? 麦回答:那不是实情,我们请爱玲翻译美国文学,她自己提议写小说。她有基本的故事概念,我也在中国北方待过,非常惊讶她比我还了解中国农村的情形,我确知她亲拟故事概要。见高全之:《张爱玲与香港美新闻处——访问麦卡锡先生》,陈子善编:收入《记忆张爱玲》,济南:山东画报出版社,2006年,第130页。
② 1953年美国国会通过难民救济法案,设立了两千名额,只要是大陆的专才流散到香港的都可以申请。张爱玲在香港美新处处长麦卡锡的协助下,很快地便拿到了中国专才难民资格赴美。见宋以朗:《宋淇传奇:从宋春舫到张爱玲》,香港:牛津大学出版社,2014年,第206–207页。
③ 在麦卡锡引介的普立兹小说奖作家马宽德(John P. Marquand)推荐下,*The Rice-Sprout Song* 1955年由美国Charles Scribner's Sons出版。

变为百废待举的新兴城市,虽然月夜风高走得提心吊胆,没个准,遥远记忆里的化外之都已经褪去,由《重访边城》观之,在暗夜中看不见希望,张爱玲终究失望了:

这次别后不到七年,香港到处在拆建,邮筒半埋在土里也还常收件。造出来都是白色大厦,与非洲中东海洋洲任何新兴都市没什么分别……

而现在,这些年后,忽然发现自己又在那条神奇的绸布摊的街上,不过在今日香港不会有那种乡下赶集式的摊贩了。这不正是我极力避免的,旧地重游的感慨?我不免觉得冤苦。

与香港永别,有巫般能力的她亦是有预感的,在结语写道:

我觉得是香港的临去秋波,带点安抚的意味,若在我忆旧的份上。在黑暗中我的嘴唇牵动微笑起来,但是我毕竟笑不出来,因为疑心是跟它诀别了。

张爱玲对香港有情对台湾无感,在英文版 *A Return to the Frontier* 原稿中表露无遗。她本是无情之人,又怎会对个陌生的边境小岛产生热情?那笔下走马看花看台湾视角的"歧视",难掩她在此"边城"短暂之旅中的漫不经心了。中英文并印的《重访边城》分台湾、香港两段,对照中英互文,翻译不尽相同,中文"修辞"也变美了。

台湾部分,张爱玲写到一下飞机就被人误认为是美国总统"尼克松"夫人,难免有自抬身价"我是美国人"之嫌,亦是一种身份权力的展现。陪她一路南下的是青年作家王祯和,偏她只字不提,英文版写成陪伴她去花莲的是接机的朱太太(就是接待她的麦卡锡太太)。20世纪60年代的台湾,在张爱玲英文版中呈现了某种东方落后野蛮之岛的想象:卖淫妓女与缤纷庙宇交织成一片粗俗诡异的色彩;露天书场,大概为了时髦妓女和姨太太们来捧场;"将军套房"的床铺臭虫肆虐,逼得她不得不躲到壁龛睡觉;这是第五次在张爱玲的文章里,出现臭虫的字眼,前几次书写,被臭虫咬的都是不相干的路人甲,但这次她身受其害。① 台湾,似乎成为日后虫害的发源地;将当时被称呼为"山地人"的原住民当成稀有动物般的观看,更是将台湾推向不可思议的蛮荒之地。搭乘客运,看见两个人打架后,张爱玲更是惊叹:

> I thought how un-Chinese these people were. In Hong Kong I had seen a streetcar conductor following a free rider to the street and grab hold of his necktie, in place of the pigtail which used to be the first thing reached for in a brawl. But that was just a scuffle and exchange of words. Last year a bus conductor was taken to the police station on the complaint of a woman he had hit with his ticket puncher, a murderous tool conductors were forever rattling to remind people to buy tickets. But there were never any real fights like this.
>
> ——*A Return to the Frontier*

这段回忆借着香港一桩暴力事件隐喻:台湾人太野蛮,怎么这么不像中国人?连香港人都不会如此粗暴地真斗殴。1968年张爱玲进入台湾书市场后,逐渐广受欢迎,台湾人成了可爱的消费者,张爱玲在1982年改写中英文版时,用词遣句十分委婉,但是依旧难掩对台湾的陌生与疏离。1983年4月7日她在给宋淇夫妻的信中,写道:"我正在忙着改写《重访边城》这篇长文。"在9月的信中又写道:"《重访边城》很长,倒不是凑字数,也觉得扯得太远,去掉一部分,但是就浅薄得多,还是要放回去。现在又搁下了。"②

---

① 王祯和对张爱玲来台一游的回忆,在与丘彦明对谈的《在台湾的日子》里有详尽描述,基本上他的叙事观点与张爱玲迥异,说得净是既珍贵又美好的事情。原题《张爱玲在台湾》,刊载于《联合文学》,1987年3月号。又见季季、关鸿编:《永远的张爱玲——弟弟、丈夫、亲友笔下的传奇》,上海:学林出版社,1996年,第243-256页。其中写到张爱玲暂住麦卡锡位于阳明山的大别墅,那里仆从如云,张爱玲却写到她住的是一间"床上被单没换,有大块黄白色的浆硬的水渍"的日式旅馆将军套房,半夜被臭虫咬才睡到壁龛的底板上。
② 见宋以朗2008年11月21日在香港浸信会大学所作演讲的记录:《书信文稿中的张爱玲》,刊载于《印刻文学生活志》,2009年第68期,第122-145页。

张爱玲无法写不熟悉的事情,可见一斑,她走马看花看台湾浮面的见解,难免充满迎合帝国主义西方看东方"边城"的谬见。或许 A Return to the Frontier 又是再一次贩卖神秘东方予西方世界的书写策略?或是对当时台湾政府与媒体强加上反共立场的抗议?①

同在边城,张爱玲是既抗拒又迎合,既复杂又矛盾的,既是作客的客体,又是观看的主体。时光倒流,60年代的台湾,萧条原始,刚下机听到国语盈盈于耳,仿佛回到那一去不回的故国错觉,跟香港两样,显然就是不喜快迭广东话,在南下花莲百姓语言转换为闽南语后,故国语言再次断裂,态度是更轻慢了:②

一下乡,台湾就褪了皮半卷着,露出下面较古老的地层。长途公共汽车上似乎全都是本省人。一个老妇人扎着地中海风味的黑布头巾、穿着肥大的清装袄裤、戴着灰白色的玉镯——台玉?我也算是还乡的复杂的心情变成了纯粹的观光客的游兴。

于是,张爱玲以洋人观光的眼光"看"台湾。

再见香港,在她眼里与非洲中东海洋洲任何新兴都市没什么分别,是她来去三回七年的记忆之都,永远的他乡,疑幻疑真。她曾卜卦求签向天寻问"应否来港",所得如下:上中、上中、上中、诸凡如意、大吉大利。1961年底她前往香港,拼了命写剧本赚钱,写到两眼出血,《红楼梦》剧本费又落空,不吉不利,却写信安慰赖雅,相信一切如吉卦预言会好转。四个月后,回美前一晚,花街寻布,暗夜心惊,蓦然唤起张爱玲的惨淡回忆:

共产党来了以后,我领到两块配给布。一件湖色的,粗硬厚重

---

① 张爱玲台湾行,只有1961年10月26日《民族晚报》三版登了篇吴汉写的短文:《张爱玲悄然来台——忽闻丈夫得病,又将摒挡返美》。报道中还将她当成回归台湾"祖国"的作家。包括麦卡锡接机时问的:"回来的感觉怎样?"张爱玲不会不明白这是一趟"统战"之旅。
② 2010年在新版的《惘然记》,《重返边城》这些相关文字或已删除或淡化。见《惘然记》,台北:皇冠出版社,2010年,第173-202页。

得像土布,我做了件唐装喇叭袖短衫,另一件做了条雪青洋纱裤子。那是我最后一次对从前的人牵衣不舍……

排队登记户口。一个看似八路军的老干部在街口摆张小学校的黄漆书桌,轮到我上前,他一看是个老乡,略怔了怔,因似笑非笑问了声:"认识字吗?"

我点点头,心里很得意。显然不像个知识分子。

20世纪60年代九龙新界边境,张爱玲从他乡望故乡。

张爱玲手绘九龙边界作为 *A Return to the Frontier* 插图。

得意,失意的反喻。是与她知识分子阶级的断裂与切割。共产党来了,阶级从此平等,曾经洋洋得意卖弄、贩卖的知识不再有任何存在的价值。她喜爱的花衣花布、美食华服,也将从此被共产主义一一歼灭,张爱玲离开上海的动机实有迹可循。流离异乡人,就算西方"美国人"身份让她安家立命,回到东方来到边城,是归返也是另一种遁逃,终究还是无家可归的异乡人。哲学家海德格尔(Martin Heidegger)主张:疆界(边境)不是事物止步之处,而是如希腊人所认知的,疆界是事物开始显现之处。疆界划出的第三世界地域之城:边城,巴巴所谓边缘的危险和机会的第三空间,是希望/毁灭、光明/黑暗、接合/断裂的混杂之地。张爱玲置身边城主体无依,身在香港,心念上海,隔着罗湖桥奈何桥,他乡望故乡天涯咫尺。香港,一个孤独旅人的望乡之城。

临去秋波,张爱玲怎样还是和香港比台湾亲。

六、文化嫁接的矛盾

异体合并杂交主体论,强调的不是人种杂交生理的问题,而是地理迁徙所造成的文化移植。移民、流放和边境生活是产生人种杂交的条件,地区间移民促使不同文化间的交流,从而导致社会身份成为文化嫁接的产物。这种嫁接往往表现为痛苦的分裂,不专一的忠诚或不知该何去何从的置换取代。这种主体论建立于人类在全球范围内从一地到另一地的空间运动。换句话说,异体合并杂交往往使社会身份成为不同文化在同一地区的叠合(superposition),因而它被看做一种边缘地带、一种既冲突又融和的场所。对"场所"的进一步解释,即安莎杜亚称之为"不同文化的结合点"(边境地带、borderlands)。

1952年,张爱玲借口到香港复学离开上海,停留香港三年后拿到中国专才难民身份赴美,从此流离异邦。但她第一次离开中国,是1952年11月搭船前往日本,一次怀抱异国之梦的神秘之旅,在船上的十天,局限在大海中航行无处可逃的一艘船、一个无根的隐喻空间、从一地到另一地的空间运动。离开当时还是英属殖民地香港岸口,一方面是她和祖国大陆的痛苦分裂,另一方面却是对未知国度日本、前上海殖民宗主国的想象。但在一再改写时,那趟日本行期待的落空已自动潜入文本,当她在《浮花浪蕊》中以自身优越的视角调侃、轻蔑同船印度、日本杂种人夫妻时,本身亦陷入异体合并杂交的重叠困境,于是思绪遁逃到过境广州被性骚扰、到香港却被自家上海人鄙视、嚼舌根坏人姻缘等回忆情境,字字布满离乡失根的仓皇失措。

性骚扰,在张爱玲的文章里是首次披露。她貌非美女,身材细长平板无明显性吸引力,但身为弱势女子虽身在祖国家乡上海、他乡广州,却因生理性别为女人,即可被男性欺凌、逼近到无处可逃的危险之境。此"戏中戏"的笔法张力十足:身为女子往往身不由己,不论在故乡土地或飘零海域。

后殖民研究学者宋国诚教授在《后殖民文学——从边缘到中心》中指出:萨义德认为奥尔巴赫(Eric Auerbach)①始终信守"坚毅的无家性"(willed homelessness)这一美学信条,认为这是"一个人希望获得世界之爱的美丽道路"。流亡使一个知识分子处于文化交杂的困境之中,这种困境表现为与祖国政治和家乡传统的断裂、异国文化的扞格以及作者自身的疏离感。然而,正是这种困境,一种没有传统与权威可以倚靠的状态,使创作本身获得了意想不到的收获。②可怜张爱玲早发性的"坚毅的无家性"美学,终究一场空。她在《私语》中说:"乱世的人,得过且过,没有真的家。"她将同住姑姑的家当成一个精致完全的体系,无论如何不能让它稍有毁损。然而,这个姑姑的家只是安身的家,无法立命无法托

---

① 奥尔巴赫(Eric Auerbach, 1892—1957),流落于土耳其的德国犹太作家,知名的文学批评巨作《论模拟》就是逃离纳粹时在伊斯坦布尔完成的。
② 宋国诚:《后殖民文学——从边缘到中心》,台北:擎松出版社,2004年,第XI - XX页。

付,父母缺席的家,价值体系早已崩塌。

这条"获得世界之爱的美丽道路"从来就不是一种赏心的猎美,而是苦涩的历险。宋文亦提到:出版小说《懦夫》(The Cowards)遭解聘而流亡加拿大的史克沃莱茨基(Josef Skvorecky)说过,一个作家如果离开他的国家,不管基于什么原因,作为一个艺术家,最终作为一个个人,他将毁灭!流亡绝不只是地理的迁移或家乡的远离,而是文化脐带的断血,身份记忆的残缺。对于后殖民文学家而言,个人的漂泊与民族的苦难是相互呼应、彼此纠缠难解。张爱玲非流亡的历历人生,就像当年在上海拒绝书写与民族苦难有关的纪念碑叙事,赴美后,自然而然和滋养她壮大的可爱上海诀别,只能不断改写记忆里的故事,以自身的小情小爱埋锅造饭,没有创作出任何与新大陆或祖国联结的大时代作品,天才不属于这个世界,走到那儿去都是"异乡",却错把他乡当故乡,曹雪芹《红楼梦》开宗明义谈到这一点;鲁迅小说中的故乡,对他根本是异乡,在小说《故乡》中阐释得最多;又如乔伊斯终其一生都在他乡流浪,《都柏林人》《尤利西斯》是他对故乡爱尔兰最严峻的批判。[①]张爱玲不同,她的故乡上海,是永远的最爱原乡,在岁月的滔滔洪流中,永远金光灿烂,风华绝代,无法批判只能仰望。上海亦隔着千山万水颔首微笑,日夜召唤着她这异乡旅人。上海停格,她也停格,人在异乡的她,除了回味上海、咀嚼上海、改写上海,夜半徒呼奈何。才女俨然已经江郎才尽?

离开上海后的十年间,张爱玲以英文创作两部小说:《秧歌》(The Rice-Spout Song)英文版及《赤地之恋》(Naked Earth),中文版为张爱玲1952—1955年滞港时为美国新闻处而作,先后在美新处出版的《今日世界》月刊上连载。《秧歌》由今日世界出版汉英单行本,《赤地之恋》则由天风出版中文单行本。The Rice-Spout Song 于1955年在美国出版,Naked Earth 迟于1964年才由香港联

[①] 水晶:《天才的模式》,收入《替张爱玲补妆》,济南:山东画报出版社,2004年,第145页。

合出版社出版。《金锁记》先改写为《粉泪》(Pink Tears),后改名为《北地胭脂》(The Rouge of the North),更迟至1967年才在英国出版。由《金锁记》改写的《怨女》1966年在香港《星岛晚报》连载。有论者言《秧歌》及《赤地之恋》暴露大陆解放后新中国统治下的乱离现象,颇有发人深省的描绘,但书写政治小说毕竟不是她所长。本书推论,张爱玲因此被冠上"反共作家"之名,并非她所乐见,但要背离共产主义的祖国以文字向自由美国投诚表态,不可避免地要以这两本"反共小说"为拿到"中国专才难民"赴美签证的垫脚石。

王梅香研究说得最彻底:这两部小说在美新处译书计划中,既是"委托之作",也是"授权之作",更是美援文艺体制"反共文宣"的具体成果。然其制作过程颇为不同,在译书计划的属性也非全然一致。《秧歌》最初是张爱玲的自主书写,在其写作过程中被纳入美新处译书计划;《赤地之恋》原是香港政论家徐东滨所申请的《告别朝鲜前线》,属于美新处与作家"共同合作"的作品。张爱玲在此写作大纲下接续书写,后该书被纳入中国报告计划。张爱玲在美援文艺体制下的创作,虽然受限于体制的要求,但仍然保有鲜明的自身风格,是一种"不自由的自由书写"。[1]

赴美后的《粉泪》是《金锁记》的延伸改写,由中篇变长篇,1967年译成英文 Pink Tears,1971年则又翻译为 The Rouge of the North(《北地胭脂》)。《怨女》反之,张爱玲先以英文改写《金锁记》后再把它译回中文。依照周芬伶的说法,张爱玲一再改写《金锁记》的目的可能是想将这篇当年在中国评价最高的作品推介到英文世界,一方面是她可能在编写《金锁记》电影剧本时,就已经改编了部分情节,为使剧情集中删去长安的部分,从《粉泪》到《北地胭脂》到《怨女》陆陆续续增删些情节。[2] 总而言之,在近25年

---

[1] 王梅香:《不为人知的张爱玲:美国新闻处译书计划下的〈秧歌〉与〈赤地之恋〉》,《欧美研究》期刊,2015年第45卷第1期,第73-137页。
[2] 参考周芬伶:《艳异》,台北:元尊出版社,1999年,第303页。

里,张爱玲用两种语言前后在上海、香港、美国,把《金锁记》反复改写了四次。在地理迁徙所造成的文化移植下,在异质合并杂交中,痛苦分裂又聚合。她以双语四写同一题材的坚持与努力,并非隐含着她对现实,以及写实/现实主义的抵抗,而是背离原乡上海,对原乡的记忆无从增长,40 年代的上海再也无法重生、复制与再现,一稿多用也能挣得多些版税,张爱玲一生"活着为写作、写作为活着"。

关于张爱玲晚期风格的相关评价,如王德威所言:"没有了华丽苍凉那是晚年张爱玲的'祛魅'",①祛魅后蜕变至胡适阅读《秧歌》后认同张爱玲的自评境界:"平淡而近自然"。②张爱玲身在异乡书写的异化,从《金锁记》到《怨女》,从《十八春》到《半生缘》,从《华丽缘》到《异乡记》到《秧歌》之雷同处,已多有论者议论。她到美国后发表的几篇中文短篇《五四遗事》《色·戒》《浮花浪蕊》《相见欢》,在小说手法上与上海传奇时代已大不同,彻底放弃了华丽炫媚的譬喻技巧,与长篇《半生缘》也不同,多了一点她所谓的实验性。她在《惘然记》"序"里说道:"其实三篇近作,也都是1950 年间写的,不过此后屡经彻底改写,《相见欢》与《色·戒》发表后又还添改多处,《浮花浪蕊》最后一次大改,才参用社会小说做法,题材比近代短篇小说散漫,是一个实验。这三个小故事都曾经使我震动,因而甘心一遍遍改写这么些年,甚至于想起来只想到最初获得材料的惊喜,与改写的历程,一点都不觉得其间三十年的时间过去了。爱就是不问值得不值得。"③

她在《谈看书》写道:"社会小说这名称,似乎是 20 年代才有,

---

① 见王德威访谈《没有了华丽苍凉那是晚年张爱玲的"祛魅"》,刊载于《东方早报》,2010 年 6 月 11 日,第 B06 - B07 版。
② 1955 年 1 月 25 日胡适读了《秧歌》后回信给张爱玲说:你自己说的"有一点平淡而近自然的境界",我认为你在这个方面已做到了很成功的地步! 见陶方宣著《张爱玲与胡适》,上海:东方出版中心,2011 年,第 90 页。
③ 《惘然记》典藏版,台北:皇冠出版社,1991 年,第 4 页。

是从《儒林外史》到《官场现形记》一脉相传下来的,内容看上去都是纪实,结构本来也就松散,散漫到一个地步,连主题上的统一性也不要了,也是一种自然的趋势。"①但她的实验小说是不成功的,论者甚至批评《浮花浪蕊》:主要描写洛贞的歧义心理,也许说不上变态,但把老处女爱搬嘴、阴黑的嫉妒心理闪闪烁烁地表现出来。全篇的结构散乱,怪异的空间和情调,好像是生与死之间一个真空地带。②对照张爱玲自己在该文中所言:十天一点也不嫌长。她喜欢这一段"真空管"的生活;她也不是没想到,不过太珍视这一段"真空管"过道,无牵无挂,舒服得飘飘然,就像一坐下来才觉得累得筋疲力尽。

但这真空管是怪诞无稽的变异空间。这篇《浮花浪蕊》,张爱玲所谓的社会实验小说,其实更趋近于伍尔夫《戴洛维夫人》的意识流写法。在伍尔夫的著作中,意识流是她最常用也最擅长的手法。所谓意识流,就是把人物的内心活动直接写出来,没有任何体系化的铺陈;同时,整个故事都以人物的主观视觉角度去表现,并不顾及时间、空间、人物关系、情节等任何传统文学写作中的规矩和约束。《戴洛维夫人》是使用这种创作手法的经典之作,借由女主角在一天当中的所思所想,连锁反应地去串联其他与她息息相关角色的思维,拆解了空间和时间的藩篱,主角的意识流动带领读者穿梭于过去、现在、梦境和呓语中。人物的思绪彼此之间如浪潮般一波一波地流动,似乎毫无关联却又紧紧相系。在伍尔夫的眼中,事实的真相本来就该是因时空而异,是混杂过去、现在和未来的主观认知。③

张爱玲采她所谓实验社会小说目的是掩饰写实自传体游记的本质,怕人看出所以然和所以不然,就像姑姑张茂渊所说,她就是

---

① 《谈看书》,收入《张看》,台北:皇冠出版社,1991年,第215页。
② 周芬伶:《艳异》,台北:元尊出版社,1999年,第234页。
③ 维吉尼亚·伍尔夫(Virginia Woolf):《戴洛维夫人》(*Mrs. Dalloway*),史兰亭译,台北:高宝出版集团,2007年。

上海关键十年揭秘

喜欢没必要的遮掩:欲盖弥彰。本书现以《浮花浪蕊》《1988至——?》①这两篇以往为张学一般论者忽略的实验性文体,②就异体合并杂交一探张爱玲本体矛盾之究竟。

(一)《浮花浪蕊》的异体杂交

1978年8月20日,张爱玲先在写给夏志清的信(编号88)中说道:《浮花浪蕊》一次刊完,没有后文了。里面是有好些自传性材料,所以女主角脾气很像我。在下一封信(编号89)里又提道:里面两次暗示女主角在日本找不到工作,她在香港找事仿佛很有办法,回香港赚钱到底有限,不会流落在日本。③但,不禁再问:张爱玲为什么去日本? 文本可有蛛丝马迹可循?

1952年11月,张爱玲接获炎樱来信说即将从东京去美国,便匆忙自港大退学搭船前往日本和炎樱会合,希望能在东京找到工作。④这是一趟神秘之旅,除了《浮花浪蕊》起个头,无人知晓到底后来发生了什么事? 到了东京发生了什么事? 她住哪里? 找了哪些工作? 碰了哪些钉子? 和日本人有接触吗? 有打听人在日本的胡兰成消息吗? 这是篇经过近三十年不断改写、大改写后才呈现的作品。此时写彼时,是否透露了她在日本到底经历过啥事的线索? 且看"浮花浪蕊"出自唐韩愈《杏花》诗:⑤"浮花浪蕊镇长有,才开还落瘴雾中。"意指寻常的花草,比喻轻浮的人,胡兰成本名

---

① 《1988至——?》在张爱玲去世后,刊载于1996年10月号《皇冠》杂志,后收入《同学少年都不贱》。
② 高全之在《张爱玲学》中有一篇讨论《浮花浪蕊》时间性的《张爱玲小说的时间印象》,周芬伶则有一篇《移民女作家的困与逃》以张爱玲《浮花浪蕊》为讨论文本之一。《1988至——?》则鲜有人探讨。
③ 《张爱玲给我的信件》,台北:联合文学出版社,2013年,第274-280页。
④ 炎樱在日本显然过得很好,张爱玲曾对邝文美提到炎樱在日本来信说:"凭着自己的蹩脚日文做过几billions(无以计数)的生意。"不料,张爱玲乘兴而去败兴而归,一点好处都没沾着。
⑤ 唐韩愈的《杏花》,选自《全唐诗》卷338之23。

就叫"胡"积"蕊",在家乡小名蕊生,外出何时改名兰成不可考,本书作者曾亲自询问过胡兰成幼子胡纪元先生亦不知晓。胡兰成在《今生今世》中有三处以"浮花浪蕊都尽"形容忘我之情,当是张爱玲引用出处,显见对胡用情至深,包括《易经》《雷峰塔》两本书命名都和胡兰成脱不了关系。

为何命名为 The Book of Change 为《易经》?《易经》在《今生今世》里出现过15次,其中胡兰成写在香港时有这么一段话颇有蹊跷:"林柏生他们有社会地位的人,我虽不看得了不起,又要高攀我亦不来,但我对他们自有一种谦逊,单为敬重现世,而我却像易经里的'女子贞不字,十年乃字',未嫁女子的身份未定。"这"女子贞不字,十年乃字"在《易经》的出处是:"屯卦六二:屯如邅如,乘马班如,匪寇婚媾,女子贞不字,十年乃字。"尤其"匪寇婚媾"四字,实在太有意思。与其说胡兰成的比喻不伦不类,不如说,张爱玲抓着他弱点伺机反击。更何况后来胡兰成还靠"《易经》讲学"在台湾和日本大大出了风头。《易经》这书名,除了胡兰成懂得,王德威也看出了张爱玲是和他对话。①

《雷峰塔》(The Fall of the Pagoda)原名《雷峰塔倒了》。《今生今世》里"雷峰塔"出现过五次。其中有这么两段:白蛇娘娘的儿子中状元回来祭塔,母子天性,他才拜下去塔就摇动,再拜,白蛇娘娘在塔头窗口伸出上半身来,叫道:"我要出来报仇!"拜三拜塔就倒的,可是杭州人都恐惧起来,拽住他不让拜了。所以传说下来,雷峰塔倒,西湖水干,白蛇娘娘出世,天下要换朝代……另一段:和尚蟹我没有吃过,可是后来我在杭州读书时,一个星期六下午在白堤上,忽听得一声响亮,静慈寺那边黄埃冲天,我亲眼看见雷峰塔倒坍。②这件大事,胡兰成必定告诉过张爱玲。雷峰塔倒

---

① 见王德威谈《没有了华丽苍凉那是晚年张爱玲的"祛魅"》,刊载于《东方早报》,2010年6月11日。
② 胡兰成:《今生今世》,台北:远景出版社,2009年,第36页。

了,对张爱玲来说意义非常深长。这点,王德威没看出来,张爱玲不会和没瓜葛的鲁迅对话,她依旧揪着胡兰成不放。执意,生是他的人死是他的鬼。

1957年9月5日,张爱玲在写给宋淇夫妻的信中写到她新的小说写作进度,明白地说:"……此后写胡兰成的事,到1947年为止……"后续通信,陆续说到这本书分成上下两部,一是《雷峰塔》,一是《易经》。①这两本书和《小团圆》一样写好了30年却一直没发表,直到宋以朗整理遗稿时发现,原因不言自明。甚至,之雍为何唤之雍?《小团圆》是张爱玲最后一部著作,她12岁写的第一篇爱情小说《不幸的她》,②和"她"有同性暧昧情的女孩,名唤"雍"姐。爱玲,就是以前后呼应的"雍"字传达不幸的她的此生不幸的爱情。

如此大费周章推论,只为证实"爱就是不问值得不值得",《浮花浪蕊》是一趟不问值得不值得的旅程、寻爱的旅程。拟仿前往温州寻找胡兰成的时空置换改写:"我从上海香港来,路上想着这里是你走过的。及在船上望得见东京了,想你就在着那里,这东京就像含有宝珠在放光。"这篇呕心沥血之作,胡兰成阅后评道:"题目甚好,浮花浪蕊本已是常语,用在此处却见是这一代有多少渺不足道的悲欢离合都随水成尘,如默示录的气氛,连泡沫亦无涟漪,是灰尘也不飞扬,使人思之悚然这时代劫毁之大,亦可说是小小的天地不仁。"③他读懂了,爱玲彼时已万念俱灰。

---

① 宋以朗:《〈雷峰塔〉/〈易经〉引言》,收入《雷峰塔》与《易经》,台北:皇冠出版社,2010年9月两本同时上架。
② 《不幸的她》刊于1932年上海圣玛利女校年刊《凤藻》总第12期,署名张爱玲,编者特地说明作者还是初中一年级的学生。张爱玲在圣玛利时陆续在《凤藻》上发表《迟暮》《秋雨》《论卡通画之前途》《牧羊者素描》《心愿》等散文。《不幸的她》却是唯一的一篇小说,同时也是发表时间最早的一篇。见陈子善:《天才的起步——略谈张爱玲的处女作〈不幸的她〉》,收入《说不尽的张爱玲》,台北:远景出版社,2001年,第4页。
③ 朱天文:《花忆前身》,台北:麦田出版公司,1996年,第67页。默示录一般指《新约圣经》启示录的内容,启示录是《圣经》新约的其中一卷书,共22章。记载了使徒约翰在拔摩海岛上看到的异象。

《浮花浪蕊》借着叙事者创造的女主人公：日语一窍不通[①]的洛贞，呈现她（张爱玲）在船上十天的旅程中，所进入的那个异体合并杂交的混杂世界：毛姆的国土。在文中，张爱玲以"毛姆"为异体合并杂交的镜像，反射出自我混杂的殖民想象世界，通篇前后提起毛姆七次。一路上，毛姆洛贞并肩同行，张爱玲将自己放在与毛姆等同的高度，把这艘船当成东方异域，七看西崽、看混血儿、看杂种人、看土著（猎头族）、看丹麦船员：

南中国海上的货轮，古怪的货船乘客，一九二〇、三〇年代的气氛，以至于那恭顺的老西崽——这是毛姆的国土。出了大陆，怎么走进毛姆的领域？有怪异之感。（七之一）

看来是夫妇，男的已经分门别类自动归类了，他这位太太却有点不伦不类，不知哪里觅来的。想必内中有一段故事，毛姆全集里漏掉的一篇。（七之二）

这样的女人还值得到异族里去找？当然李察逊自己还更不合格，还不是两下里凑合着。洛贞是一时脑子里转不过来。毛姆笔下异族通婚都是甘心冒犯禁条而沉沦，至少总有一方是狂恋。（七之三）

她认识的唯一的一对异国情鸳不算——在毛姆后了。（七之四）

这故事仿佛含有一个教训，不像毛姆的手笔，时代背景也不同了。（七之五）

就连吃饭——终于尝到毛姆所说的马来英国菜：像是没见过鞋子，只听见说过，做出来的皮鞋——汤，炸鱼，牛排，甜品，都味同嚼蜡，亏那小西崽还郑重其事的一道道上菜。（七之六）

是毛姆说的，杂种人因为自卑心理，都是一颗颗多心菜。（七

[①] 张爱玲是懂基本日文的。她在《重访边城》的英文版本透露出：她听得懂原住民讲的日语。王祯和亦言，她能用日语和他母亲交谈。在《今生今世》里，胡兰成亦说，因他之故，张爱玲也和他的日本好友池田笃纪有来往，虽然池田精通中文，但张爱玲想必多少懂日语。

之七)

  张爱玲熟读毛姆翻译毛姆,在第一次递上两炉香给周瘦鹃闻香时,他便闻出了"毛姆"味。只是两人的人生经验大不同。张爱玲在航行日本前没离开过大陆与香港,她所有的东方想象全来自阅读,从明清艳情小说到毛姆的著作。1916 年,毛姆去南太平洋旅行,此后多次到远东。1920 年到中国,写了游记《在中国的屏风上》(1922),并以中国为背景写了一部长篇小说《面纱》(1925),后又去拉丁美洲与印度,周游列国见多识广。《客厅里的绅士》是毛姆的一册游记,是 20 世纪 20 年代他从仰光到海防惬意之旅的有趣记录,是一册穿越缅甸、掸邦、暹罗与印度支那的旅行记;还有以大英帝国东方殖民地为背景、充满异国情调的短篇集《叶之震颤》(1921)、《卡苏里纳树》(1926)与《阿金》(1933)等。他的作品大部分都带着浓郁的异国情调,十分吸引东西方读者,也因此让他成为 20 世纪欧洲最受欢迎的通俗作家。毛姆身历其境的诸多东方见闻,在此被张爱玲参照,成了她在航海十天中对人、事、物评鉴标准的东方想象,刻薄、挑剔又带着歧视的讥讽意味,然而,那不是张爱玲是毛姆,且她忽略了毛姆东方想象前后期的层次更迭。1944 年《刀锋》出版时,毛姆将在《人性的枷锁》①中对中国人宋先生"黄皮肤,塌鼻梁,一对小小的猪眼睛,这才是使人惶恐不安的症结所在。想到那副尊容,就叫人恶心"的歧视视角,转换为"西方霸权在战后因主体丧失、信仰失落和人的全面异化呈现的颓败之象,迫使西方知识分子将目光转向古老的东方寻求禅修的心灵解救之道"的谦卑礼敬。

---

① 威廉·萨默塞特·毛姆(William S. Maugham)在 1915 年出版《人性的枷锁》时尚未去过东方。在中国旅途上,他一路行来接触最多的是苦力。所以《在中国屏风》58 篇短文里(特别是《驼兽》和《江中号子》等篇),在猎奇中,毛姆表达了深刻的人道主义同情。到《刀锋》时期,他的东方想象,已由丑化、异化,转变为美化。毛姆:《人性的枷锁》,台北:远景出版社,1978 年;《在中国屏风上》,唐建清译,南京:江苏人民出版社,2006 年;《刀锋》,周熙良译,上海:上海译文出版社,1982 年。

在这趟旅程的闭门书写中,去程的亢奋期盼俨然又成了另一趟的不堪回首。张爱玲让意识混乱地漫游于罗湖、广州、上海、香港:罗湖阴阳界生死一线间,广州上海被无聊男子盯梢性骚扰、香港睡水门汀被自家上海人鄙视……东拉西扯漫无目的,直到:

洛贞也是对巡警哭了才领到出境证的。申请了不久,派出所派了两个警察来了解情况。病着,姐姐也没出来,让她自己跟他们谈话。她便诉说失业已久,在这里是寄人篱下。

自己姊妹,那有什么?一个巡警说。两个都是山东大汉,一望而知不是解放前的老人。她不接口,只流下泪来,不是心里实在焦急,也没这副急泪。当然她不会承认这也是女性戏剧化的本能,与一种依赖男性的本能。

两个巡警不作声了,略坐了坐就走了,没再来过。两三个月后,出境证就发下来了。

张爱玲暗示是利用女性戏剧化的本能"哭"到了出境证,回过头来对钮太太范妮在船上和船长偷情,一样利用女性戏剧化的本能满足肉欲却没有正当目的,非常不屑的。又言:咖哩夫妻去日本投亲是顺理成章的事,不比洛贞去投奔老同学太"悬"……来到结尾:船小浪大,她倚着那小白铜脸盆站着,脚下地震似的倾斜拱动,一时竟不知身在何所。还在大吐——怕听那种声音。听着痛苦,但是还好不大觉得。漂泊的恐怖关在门外了,咫尺天涯,很远很渺茫。

炎樱到底不是亲戚,无法投奔,只能归返,让这趟日本行太"悬"、太不牢靠、太不顺理成章,加上言语不通四处碰壁只好再买船票回香港,花了巨资旅费白跑一趟。张爱玲此处所说的"悬",颇令人玩味。"悬"暗喻此行失败,是因为和炎樱只是老同学,关系实在不牢靠,莽莽撞撞听了她三言两语便花了大钱白跑一趟,事后还和港大扯出奖学金纠纷,实在得不偿失。日本行,为她和炎樱日后友情的疏离与决裂埋下了伏笔。《同学少年都不贱》中可见此事之呼应,炎樱在接受司马新访问时说忘记曾经是张爱玲、胡兰成密婚证人一事也不合情理。1955年11月20日张爱玲在回邝文美信中便泄露了点信息:Fatima(炎樱)并没有变,我以前对她也没有illusions(幻想),现在大家也仍就有基本上的了解,不过现在大家各忙各的,都淡淡的,不太想多谈话……①回首去时路,再回首来时路,张爱玲出逃与离散的主体多重交互指涉:被性骚扰的女人,以老处女般的贞节将性开放的人妻唾弃为荡妇;实为被鄙视的赴美难民,却以等同优异白人作家的眼光,将印度、日本混血夫妻异化成难堪不洁的杂种"他者"。而背负女人、难民、离散者等边缘身份的洛贞,在日本女人的注视下,又自我矮化成了"动物园的野兽"。

最后,只听得广东佬二房东唱诵道:"女(音类似蕊)啊!女啊!"如同20世纪30年代颓废派诗人的呻吟:"女人啊女人!"在耳际久久萦绕不去。张爱玲这趟海上漂泊十日行,在异域船舱上困顿的空间中,因异体无限合并杂交,主体混沌难明地蹦出异色海洋花朵,无垠又无根,很苦很悲凉很矛盾。

20世纪50年代张爱玲出境的深圳罗湖桥关口阴阳界。

① 见宋以朗编:《张爱玲私语录》,北京:北京十月文艺出版社,2011年,第142页。

(二)《1988 至——?》的无法归返

张爱玲的《1988 至——?》这篇短文,从来没有引起张学学者或读者注意,却是检验她身在异体合并杂交的种族大熔炉异邦——美国,30 余年后,主体所在位置的矛盾与混乱的最好篇章。《1988 至——?》确实写作年份不详,就标题及文本来看,肯定写在 1988 年后。这篇短文内容混乱,时空跳跃,结语甚至充塞不知所云的突兀感,所以生前并未发表。1995 年 9 月张爱玲去世后,南加大教授张错在邝文美寄给他的两箱遗物中发现此文,《皇冠》杂志在 1996 年 10 月号以跨四页篇幅刊登,文章不到两千字,必须配上两张横幅大插图才能勉强填满版面。以它就是张爱玲生前新创作非改写的"最后一篇"小散文来看,流露出的信息意义深远。此文后收入《同学少年都不贱》中。

《1988 至——?》,是一幅一个垂垂老矣的妇人,寂寥的一个人在小山丘上等巴士,巴士却似乎永远不来的短暂时空缩图。张爱玲在 1988 年 4 月 6 日写给夏志清的信(自 1984 年以来收到的第一封,编号 108)[①]中说,她那两年住在 valleys,为了躲 fleas 天天上午忙搬家下午远道上城看牙,进出都搭巴士,住得太远,交通不便。这篇文章就是某天她枯燥地等待巴士时的喃喃自语:

这城市的确面积特别大,虽然没大得成省,是有名的"汽车圣城麦加",汽车最新型,最多最普通,人人都有。因此公共汽车办得特别坏,郊区又还更不如市区。这小卫星城的大街上,公车站冷冷清清,等上半个多钟头也一个人都没有。

张爱玲望着远山又看着山脚陆桥下穿梭的汽车、拖车、货柜车……人烟渺无,简直是个空城。她写道:除了街上往来车辆川流不息就是没有公交车。公车站牌下有只长凳,椅背的绿漆板上白

---

① 夏志清:《张爱玲给我的信件》,台北:联合大学出版社,2013 年,第 340 – 341 页。

粉笔大书:"Wee And Dee 1988——?"英文有个女孩的名字叫狄,但是这里的"狄"与魏或卫并列,应是中国人的姓。在这百无聊赖的时候忽然看见中国人的笔迹,分外眼明……置身空城,引颈伫望怎么都不来的巴士。

无尽孤独中,张爱玲联想着到处看得见、不同形式的西式"爱情铭刻":"但尼爱黛碧",或是"埃迪与秀丽",两个名字外面画一颗心,都是出于男性手笔的涂鸦,因为魏是东方人比较拘谨,心就免画了。然后她猜想起魏与狄的原乡,揣测东南亚难民很多住在这一带山谷的,不知为什么拣这房租特别贵的地段,虽然难民也分等级,不过搭公交车的总是没钱的啰……虽说山城风景好,异乡特有一种孤单,加上打工怕迟到,越急时间越显得长,不久后只感到时间的重压,一切都视而不见、听而不闻,只沉闷得要发疯,才会无聊的拿出口袋里从英文补习班黑板下拣来的一截粉笔,吐露出心事:"魏与狄1988至——?"张爱玲走笔至此,突然又想到写于墓碑上的"亨利·培肯,一九二三至一九七九",带着苦笑,感叹乱世儿女,他乡邂逅故乡人,知道将来怎样?要看各人的境遇了。

这篇张爱玲异乡书写的短文,散漫跳跃乱无章法,透露出年届七十的她,一个长期离散在美的异乡女子,在苦等巴士穷极无聊地东张西望中,胡乱记下她对异乡、种族、爱情、姓氏、难民、阶级、贫富、死亡的诸多感叹。

此时的张爱玲,已三年多没拆许多人的来信,在给庄正信的信中亦说道:因躲"虫患",常搬家,没有固定的地址,忙着看病搬家,每天累得精疲力尽,"剩下的时间,只够吃睡,才有收信不拆的荒唐行径"。①

---

① 见夏志清:《张爱玲给我的信件》按语,台北:联合文学出版社,2013 年,第 341 页,以及庄信正编著:《张爱玲庄信正通信集》,北京:新星出版社,2012 年,第 165–299 页。张爱玲致庄信正的信件从 1983 年 10 月 26 日开始,在 1984 年 1 月 22 日、4 月 20 日、10 月 14 日、11 月 28 日,1985 年 2 月 16 日、1986 年 9 月 25 日、1987 年 9 月 9 日、1988 年 3 月 13 日、1988 年 9 月 21 日、1989 年 12 月 11 日的每封信都提及跳蚤、虫患、皮肤病。1991 年 2 月 14 日以后的信里提到的就变成了蟑螂、蚂蚁。

《1988 至——?》是张爱玲在自我封闭身心最孱弱最寂寞的时候写下的唯一一篇心情散文,弥足珍贵。本书解读文义:她没有汽车只搭巴士,因为是没有钱的人,或是有钱不花的人。① 为了逃避虫害,老旧的低收入户无法居住,只能越搬越远,住在房租比较贵的山谷高级小区,只有新房子没有虫害。1988 年 6 月张爱玲才搬进林式同与友人盖的新屋,她告诉邝文美,太大太贵了些,看报自己找的、小的独身汉 apt.(公寓)都不满意。② 小区位于罗省(洛杉矶)边缘的小山丘,是她在异乡自我放逐的异域;在每天等车的百无聊赖中,突然看见疑似中国人笔迹写的爱情宣言,才让她有感而发,对原乡的思念,无止无尽。想着墓碑想着死亡将近,乱世女儿注定老死异国他乡,今生已无法归返。于是,在此文前后错开的两段、似乎不知所云的两段,看见张爱玲难得的异体合并杂交论述:

  山上山下桥下,三个横轴界限分明,平行悬挂,三个截然不同的时期,像考古学家掘出的时间的断层;上层是古代,中下层却又次序颠倒,由现代又跳回到几十年前。

  但是他这时候什么都不管了,一丝尖锐的痛苦在惘惘中迅即消失。一把小刀戳进街景的三层蛋糕,插在那里,没切下去。太干燥的大蛋糕,上层还是从前西班牙人初见③的淡蓝的天空,黄黄的青山长在,中层两条高速公路架在陆桥上,下层却又倒回到几十年前,三代同堂,各不相扰,相视无睹。三个广阔的横条,一个割裂银

---

① 宋以朗计算过张爱玲身后资产,包括和邝文美的共同账户共有 32 万美元,其实一点都不穷。本书作者推论张爱玲常向邝文美倾吐心事,却从不开口要求金援,是自愿"选择"了她要过的清俭余生。这样过日子可以让老年的她很忙碌,忙碌到不思前想后,只想消灭"虫患"。
② 见宋以朗编:《张爱玲私语录》,北京:北京十月文艺出版社,2011 年,第 262 页。
③ 洛杉矶在 1781 年由 Felipe de Neve 所创建,曾是西班牙领土的一部分,其 1821 年墨西哥自西班牙赢得独立后转属于墨西哥。1848 年,墨西哥在美墨战争中失败,将加利福尼亚割让给美国。1850 年 4 月 4 日,洛杉矶正式建市,5 个月之后,加利福尼亚成为美国的一个州。就像哥伦布发现新大陆一般,最早登陆洛杉矶的是西班牙人。

幕的彩色旅游默片,也没配音,在一个蚀本的博览会的一角悄没声地放映,也没人看。

张爱玲将从山丘上望去的视野,分成三横轴,第一层是美国殖民史,第二层是西方资本主义下的高速公路与汽车工业,第三层是自身烟消云散的东方家族历史。在这三层(殖民、现代、原乡)异体合并杂交的夹缝中,既聚合又分裂,她的主体形同溃散,如刀割裂,卑贱地被弃置在异邦城市边境的角落,缄默无声,一文不值。在这里,三代同堂,各不相扰,相视无睹。隐隐约约地感受到《对照记》的前世今生:我没赶上看见他们,所以跟他们的关系仅只是属于彼此,一种沉默无条件的支持,看似无用、无效,却是我最需要的。他们只静静地躺在我的血液里,等我死的时候,再死一次。①

张爱玲的三横轴,竟然巧妙地和索雅的"第三空间"呼应。第一空间的物质视角将城市空间当做物质化的"空间性实践",强调的是"空间中的物体",将城市空间具体化为一种生活方式的都市生活并细化为都市生活中可衡量、可标识的形式和实践,如张爱玲可计算汽车多少、桥梁几道;第二空间的精神视角是一种关于都市想象和都市虚构的构想性空间,在这里,城市空间被当做一种思想性和观念性的领域,在符号化的表征中概念化,亦即张爱玲文中第一层山上与第三层山下是乌托邦的想象世界,第二层桥下才为现实物质世界,统合为第三空间。第三空间视野结合第一空间的"真实"物质世界和第二空间的"想象"精神世界,表现为"去往真实和现象地方的旅程",既充满幻想的乌托邦又兼顾现实性意义,既体现为个体的经验又表达为集体的感受。理解第三空间可以去解释一个人的生命历程,或者去描述人类集体的漫长过程。②张爱玲的生命史在此呈现。

---

① 《对照记》,台北:皇冠出版社,1994年,第52页。
② 参考黄继刚:《爱德华·索雅和空间文化理论研究的新视野》,刊载于《中南大学学报》(社会科学版),2013年3月号,第26页。

眼下岁月静好,现世安稳,张爱玲却再也无法归返那纯真的上海岁月、那刻骨的乱世爱情。在中国传统文化与西洋异族文化嫁接、换置、翻转、挪移等因素冲击下,她的主体早已四分五裂。遁世是唯一足以逃避现实的选择。弗里德曼宣称,文化嫁接有时导致或表现为一种新的生长和创造。这一话语表现常常辩证地游移于两种语言之间:一种是文化转移和异质融合的语言,另一种是失去其原意、不地道的移民语言。当然,在张爱玲身上还看到第三种:失语。在这种摇摆过程中所产生的震荡和潜在的暴力冲突、矛盾、荒谬甚至幽默等,在安莎杜亚美国后现代主义的诗篇中表现得动人:[1]

生活在边境地带意味着,
把智利咖喱放进俄罗斯菜汤,
吃全麦墨西哥饼,
带着布鲁克林腔调讲得克萨斯味儿的墨西哥话,
在边境站被移民局阻挡。
(原文第194页)

活生生是张爱玲边境生活的写照。美国移民的生活,是新生也是一种创造一种混杂(hybridity),无奈张爱玲的"美国淘金梦"功败垂成。洛杉矶,处于世界种族大熔炉的中央地理位置:美国人、英国人、非洲人、中国人、越南人、西班牙人、犹太人、墨西哥人、南美洲人……占尽地利天机。可惜人在城中居犹困在边境,自闭于室的张爱玲在选择性失语中写着中英两种文字。她的语言与文字固守初衷,拒绝异体合并杂交的融合:[2]一方面,使用西方人无

---

[1] 王玫、杜芬琴主编:《社会性别研究选译》,北京:生活·读书·新知三联书店,1998年,第435-436页。
[2] 见《张爱玲的英文自白》,高全之:《张爱玲学》,台北:麦田出版公司,2011年增订版,第406-410页;刘绍铭:《张爱玲的文字世界》,台北:九歌出版社,2007年,第115-181页。

上海关键十年揭秘

法理解的中译英语改写张爱玲式中文小说;另一方面,耽溺于研究两本古老文体:五详红楼梦成梦魇、注译海上花开又花落。① 在美四十年中,仅以上海旧作、上海旧题材、上海旧人事不断的"重复、回旋、衍生",终至生死两茫然,不知何去何从。当然,身为东方黄种人、低收入户的入籍美国人,又为寡妇的高龄单身女子,张爱玲在西洋人大城市中遭受被孤立、被遗忘、被多重压迫的边缘化。在主体逐渐溃散中,她早已失去主体重建的能力。

《张爱玲的英文自白》结语说:"我因受中国旧小说的影响较深,直至作品在国外受到语言隔阂严重的跨国理解障碍,受迫去理论化与理解自己,这才发现中国新文学深植于我的心理背景。"该文原刊于1975年纽约威尔逊公司出版的《世界作家简介》,是张爱玲"美国梦"受到严重打击后的自我告白,间接坦承了因为"语言障碍"她书写英语小说时无法如中文般得心应手。刘绍铭在《张爱玲的文字世界》②一书中,旁征博引,对张爱玲中译英以及中英互译时,所遇到的障碍有长达近六十页的详尽论证。光是中翻英的人名直译,就足以让外国人看得眼花缭乱不知所云。当然,就宋以朗与读者看来,就算她用双语写来写去都是同样的事,但都是非常丰富的文学遗产。

七、上帝的女儿

通过本书以"社会身份新疆界说"六阶段细腻演绎过程,借助后殖民主义、后女性主义、文化地理学等相关理论步步考察出张爱玲主体在社会疆界形构下所呈现的六种矛盾:性别差异的矛盾、身体操演的矛盾、双重他者的矛盾、流动关系的矛盾、自我与异己的

---

① 张爱玲用近十年的时间,写了《红楼梦魇》,正可谓:"十年一觉迷考据,赢得红楼梦魇名。"
② 刘绍铭:《张爱玲的中英互译》,收入《张爱玲的文字世界》,台北:九歌出版社,2007年,第126-156。

矛盾、文化嫁接的矛盾。这些隐藏在张爱玲人生与文本罅隙间的多重矛盾,总括,来自她晚清遗族家庭传统与现代的冲击、中西文化教育视角的差异、战火连天中人性的残酷消磨、壮烈爱情的无所回报、破碎婚姻的身心残害以及异乡离散的飘零经历。注定张爱玲生来就是悲剧人物。

回顾张爱玲在20世纪40年代上海文坛绽放的耀眼光芒,除了和她齐名的苏青,同时登场的还有杨琇珍、程育珍、汤雪华、施济美等闺秀作家,同被谭正璧称为"上帝的女儿"。张爱玲、苏青的小说都从女性视角探视女性人生,各有特色。张爱玲深受《红楼梦》影响,又糅合西方现代心理分析小说艺术,在《金锁记》《倾城之恋》中刻画女性的变态性爱心理,精细深远又缠绵沉醉。张爱玲的创作与当时的主流文学有所疏离,抗战时期的同仇敌忾、抗日救亡,理所当然是文学抒发主流,和不写时代纪念碑的张爱玲搭不上边。然而"五四"之后新中国成立之前,现代文学是高度市场化的,通俗文学作为新文学的形态之一,一直是中国现代文学巨大的"潜流",以追求和满足小市民趣味为主。张爱玲的小说和散文,是通俗文学的变体。上海沦陷,新文学传统一刀切断了,张爱玲恰巧有了大显身手的舞台。

张爱玲在《自己的文章》中亦言:以往的文学"向来是注重人生飞扬的一面,而忽视人生安稳的一面"。而这"人生安稳的一面"正是人的永恒的东西。她要从"安稳和谐"的方面把握人生;她不喜欢采取善与恶、灵与肉的斩钉截铁的冲突那种古典的写法,喜欢参差对照的写法;她的人物也常是不彻底的、软弱的凡人,不及英雄的有力;她不喜欢壮烈,喜欢悲壮或更喜欢苍凉。壮烈只有力,没有美,似乎没有人性。① 背离文学时代正统路线又暗藏文学

---

① 参见朱栋霖主编:《中国现代文学史:1917—1997》(上),北京:高等教育出版社,2006年,第281-285页。张爱玲爱上胡兰成,既不悲壮也不苍凉,就是一种只有"力"没有"美"的壮烈,明知不可为而为之:夺人夫、逼人妻下堂,风水轮流转,没多久自己也成了个"下堂妻"。在《小团圆》里,之雍登报离婚后,楚娣便警告过九莉:"当然这也是他的好处,将来他对你也是一样。"

上海关键十年揭秘

传统神韵的笔法,让张爱玲在苍凉中写出一条美的思路,故事美、譬喻美、用词美,美得奇异又绚丽,不让人诧异、眩目、赞叹也难,当然也包括止庵强调的那一种独特的"残酷之美"。

止庵说道:实际上张爱玲是把鲁迅所用的曲笔,没有写的东西,给写出来了。她的这个态度,鲁迅说的是消极,我们说是一种很彻底的态度,就是说在写这个地方的时候,是不留余地的,直接把这个人真实的命运给揭示出来。那么怎么会是这样的一个写法呢?我觉得这里边有两个视点。一个视点是人间的视点,也就是说站在普通人的立场。这个人可以有喜怒哀乐,可以有悲欢离合,她看待这个自己或者别人,是一个人的看法。这个视点,我觉得可以称为人间视点。还有一个视点就是在这个视点之上,有一种俯瞰整个人间的那么一个视点。这个视点就是把整个人类的悲哀,或人类的喜怒哀乐、悲欢离合,整个看在眼里。张爱玲的小说有两个特色,一个叫残酷,一个叫苍凉,而苍凉是因为有个残酷的前提:残酷之下,这个人还继续活着,就是苍凉。所以张爱玲始终是用两副眼光去看这个世界上的人。①

张爱玲拥有的"人间""非人间"两种视野,与本书于论述的"殖民""非殖民"双重视野有异曲同工之妙。当张爱玲书写小市民时便自诩为小市民,用卑微"被殖民"的人间眼光快乐看世间,当张爱玲夸夸其词,以非人间的眼光谈洋人看京戏、谈女人三百年服饰、写香港高级妓女时,她便是以"殖民"的精英眼光睥睨着人间。总脱不了残酷之美,这残酷之美来自乱世。乱世造就了张爱玲,她天赋异禀的思考、拟仿、转换、譬喻能力酝酿成了两本畅销的佳作,声势如日中天,爱情事业两得意,让张爱玲笑傲上海目空一切。战争毁灭了一切,爱夫成亡命之徒,自己代为背上千古罪名。大起大落历经沧桑,迎接新中国的来临,只能穿单色中山装,以奇

---

① 止庵:《张爱玲的残酷之美》,央视《百家讲坛》,2004年10月28日首播。参见 CCTV.com。

装异服摆弄身体的张爱玲永远失去了炫耀的舞台和继续留在上海博命奋战的勇气与力量,只得背离原乡奔走他乡,追寻另一场更大更美的扬名世界梦,不料从此流离失所,既回不了原乡,又与他乡格格不入,昔日才情转眼成空,社会身份主体分崩离析,成了上帝不再疼惜的女儿。

追根究底,张爱玲是读过尼采的,否则写不出《谈女人》①中的超人论:

"超人"这名词,自经尼采提出,常常有人引用,在尼采之前,古代寓言中也可以发现同类的理想。说也奇怪,我们想象中的超人永远是个男人。为什么呢?大约是因为超人的文明是较我们的文明更进一步的造就,而我们的文明是男子的文明。还有一层:超人是纯粹理想的结晶,而"超等女人"则不难于实际中求得。在任何文化阶段中,女人还是女人。男子偏于某一方面的发展,而女人是最普遍的,基本的,代表四季循环,土地,生老病死,饮食繁殖。女人把人类飞越太空的灵智拴在踏实的根桩上。

《谈女人》通篇可看出张爱玲似是而非的大道理,对女人的何去何从已划定了界限,更遑论于现实中发现"超等女人"?

30年后,1981年胡兰成才以《女人论》响应张爱玲《谈女人》,提出"史上是女人始创文明,其后是男人将它理论学问化——女人,你的名字是文明"与早年女子亡国论相悖的论点,1990—1991年在三三为胡兰成出版的遗作《今日何日兮》中的《世界的劫毁与中国人》与《闲愁万种》中的《日月并明》均见该论点的延伸论述。朱天文云:"胡先生在世最后正写着的《中国女人》未完。女人,你的名字是文明。文明是'明德',是'格物',理论学问是'致知',是'明明德'的'明'其所以然之故。胡先生提出文明的学问体系化应当是具象的。"②直接

---

① 《流言》,北京:北京十月文艺出版社,2009年,第66-67页。
② 见胡兰成《今日何日兮》编辑报告,台北:三三书坊,1990年。又见黄锦树说《女人论》由胡兰成另一篇文章《世界生命的河源》延伸而来。见2013年于日本Kobe神户大学演讲稿《胡兰成的神话学》,刊载于《海港都市研究报》,2013年3月号。

颠覆了张爱玲"我们的文明是男子的文明"论点。胡张两人一生较劲,胡兰成欲以后半生学识体系赢得人生终点的压倒性胜利。

彼时张爱玲闻声不答,反倒是朱天文终于在1994年以《荒人手记》中的神姬之舞回应了她的胡爷。一如张瑞芬所言:在胡兰成的生命中,张爱玲是精彩的前八十回中"逃走的女奴",朱天文却接续其下四十回做"永远的童女与死亡之舞"。①胡与朱亲昵的师徒关系,远在美国和港台文人通信频繁的张爱玲不会不知,对胡兰成倒也更愤怨了,他对朱天文那种洁净的欢喜,超越世俗到让人妒恨。

王德威评《花忆前身》道:在他(胡兰成)的女弟子手中,这礼乐乌托邦却终要化为色情的乌托邦。以俗骨凡胎向王道正气挑战,朱天文其实反写了胡兰成学说,逐渐向张爱玲的世界靠拢。但骨子里她那"郑重而轻微的骚动"的姿态,依然不脱乃师精神。②

但不知张爱玲读过尼采《权力的意志——重估一切价值的尝试》否?尼采说:行文至此,我不能再回避下面问题的回答了,即我为什么成为现在的我。这样,我就触及到自我保存艺术的杰作——自私……我成为我现在的样子这一事实,须以我根本没有想到我成为现在的样子为前提。按照这个观点,连生命的种种失误,暂时的弯路和歧途,迟疑、谦虚、浪费在使命彼岸的热忱等等,都具有本身独特的价值和意义。③离开上海后,张爱玲肯定希望自己再变成"以前"的样子,那是她成名要趁早的风光样子,但是从没想到她会变成"以后"的样子。虽然具有独特的价值与意义,却是痛苦与愉悦并存的矛盾铭刻。

在社会身份主体论证交缠中,张爱玲从"以前"走进了"以后"。

---

① 张瑞芬:《胡兰成、朱天文与"三三":台湾当代文学论集》,台北:秀威信息科技,2007年,第30页。
② 王德威:《从〈狂人日记〉到〈荒人手记〉》,朱天文:《花忆前身》,台北:麦田出版公司,1996年,第8页序论。
③ 弗里德里希·尼采(Friedrich Wilhelm Nietzsche):《权力的意志——重估一切价值的尝试》,张念东、凌素心译,北京:商务印书馆,1991年,第50页。

第五章　矛盾的愉悦

六种社会身份,六种矛盾,这些矛盾创造出怎样的愉悦? 或是与愉悦共生共存? 或是愉悦只是痛苦的一种背反? 用精神分析来解构张爱玲为必要的途径。除了张爱玲曾熟读弗洛伊德外,以弗洛伊德"援引希腊底比斯(Thebes)国王伊底帕斯(Oedipus)杀父恋母故事,构成了以男性为中心的父、母、子三角关系家庭乱伦史,亦充分说明父权父系家庭结构的权力互动力学。在此结构与叙事中,父子关系虽然紧张,但儿子为未来的父亲,父子依旧相承,母亲却沦为服务父权家庭的客体、他者。女儿也是客体、他者,因她被认为是未来的母亲"。[①]等观点来诠释张爱玲悲剧的人生多所契合。

---

① 刘亮雅:《二十世纪欧美女性小说中的母女关系》,刊载于《"国科会"专题研究计划》,1999 年 3 月发表,第 2 页。

至此,走入张爱玲内在世界的精神分析,为本书继续厘清张爱玲"矛盾的愉悦"隐蔽所在之主要取径。

首先,本书欲以"新怨恨"理论检视张爱玲人生之矛盾冲突。王明科、柴平谓"怨恨"是张爱玲小说研究的新判断,是张爱玲文化反思的现代性体验。张爱玲不但反抗与怨恨中国传统弊端,同时也反抗与怨恨西方现代文化缺陷。在女性人性恶的文化建构中,张爱玲小说具有极大的怨恨体验。《更衣记》怨国人不停"另生枝节",恨他们放恣而"不讲理";《烬余录》怨中国人在不相干事物上浪费精力,恨有闲阶级始终一贯坚持这种生趣;怨国人只看见自己的脸苍白而渺小,恨其不觉自己的自私空虚孤独愚蠢。《中国人的宗教》怨中国人无宗教可言,恨其信仰是祖先崇拜;怨下等人的宗教是星相狐鬼吃素等混乱关联,恨上等人的宗教只是情感作用为亡人尽孝而已……不像巴金小说中的人物在怨恨的同时也有爱的表达,张爱玲小说中的人物几乎都胸怀极大报复,心存极深怨恨:怨自己无爱恨他人美满,怨命运不公恨家人无情怨情郎负心。论者在"女性人性恶建构中的怨恨"段落中将张爱玲小说归为"怨恨"五大类:①

(1) 代际报复中的怨恨:《金锁记》《怨女》《多少恨》《茉莉香片》《心经》《小艾》;

(2) 夫妻报复中的怨恨:《留情》《五四遗事》《同学少年都不贱》《红玫瑰与白玫瑰》;

(3) 同辈报复中的怨恨:《沉香屑——第二炉香》《倾城之恋》《十八春》;

(4) 自我报复中的怨恨:《沉香屑——第一炉香》《创世纪》《连环套》;

(5) 他人报复中的怨恨:《年轻的时候》《花凋》《殷宝滟送花

---

① 王明科、柴平:《"新怨恨"理论视野下的张爱玲小说重读》,刊载于《东方论坛》,2010年第4期,第94-97页。

楼会》《封锁》。

每类详细解析恨之所在,个个鬼哭狼嚎怨声载道,不论母女、父子、夫妻、同侪、情人彼此皆怨之入骨,连自己都恨自己,连带将读者拖向无垠的黑暗怨恨中,处处悲凉。然而看似论之有理,细究却只限于"小说"文本解读,无法进一步投射或反应于张爱玲的真实人生。"女性人性恶的文化建构"主张将女性设定为人性恶之首,或人性万恶之首,男性之恶已自动排除,就算文本有男性恶,也被女性扭曲之恶排斥于外,并不妥切,且将张爱玲写作风格丕变的前后期作品(上海、美国,《连环套》《小艾》)并置讨论也不适切,张爱玲的恨因时空差异有太多层次,本书不论,且论在虚构文本与真实人生之间的缝隙,张爱玲以"怨念""恨念"之怨恨极苦所带来之"愉悦"。这愉悦有可能极大,亦有可能仅是小小的快乐,一闪而逝的瞬间欢愉。

上海关键十年,在创作中,不论散文或小说,张爱玲挪用的仅是叙事者"虚构的权威",[①]以文字拟像出一篇篇侉气飞扬的散文或阴暗堕落的小说,这矛盾的两文体却带给她心想事成、名利双收的现实愉悦,她的书写策略在矛盾中左右逢源高人一等。张爱玲性格中聚集了一大堆矛盾,正如余斌在《张爱玲传》中论言:"她是一个善于将艺术生活化、生活艺术化的享乐主义者,又是个对人生充满悲剧感的人;她是名门之后贵府千金,却骄傲地宣称自己是个自食其力的小市民,她悲天悯人,时时洞见芸芸众生'可笑'后面的'可怜',在实际生活中却显得冷漠寡情;她通达人情世故,但她自己行来却是从衣着打扮到待人接物,均是我行我素,独标孤高;

---

① 基本上,张爱玲小说善用的"全知"叙事观点,让人物各说各话,和伍尔夫类似。伍尔夫与其他现代作家的不同,就在于她在她的小说中保留叙述者的形象,把叙述者视为无所不在并具有渗透力的在场。伍尔夫的叙述者成了自己的文学批评家和阐释者,就这样她建立了一种虚构的权威,正像艾略特用她那些墓志铭所建立的权威一样。亦即这种权威来自虚构的文本。参见苏珊·兰瑟(Susan S. Lanser):《虚构的权威》,黄必康译,北京:北京大学出版社,2002年,第125–128页。

她在文章里同读者套近乎、拉家常,但始终保持着距离,不让外人窥测她的内心;她在40年代的上海大红大紫,风头出尽,几乎得到电影明星般的风光,然而几十年后,她在美国又深居简出,过着与世隔绝的生活,以致有人说:'只有张爱玲才可以同时承受灿烂夺目的喧闹及极度的孤寂。'"①三言两语道尽张爱玲的矛盾,却没进一步解释:她,为何充满矛盾?

又如,张爱玲在《五四遗事》中怨现代中国人浮躁而简单的五四情结,恨其求新求变却愈变愈坏的文化难堪,忽略了五四男性新青年与新女性之间的微妙关系。男性知识分子是新女性的引路人,而新女性是他们的追随者,新女性抛弃了"从父"的封建礼教,却没有真正摆脱"从夫"的陈规,以新的方式上演了"从夫"的旧剧。启蒙/被启蒙、拯救/被拯救,是五四时代知识分子对自我与民众的现代性关系的想象,但是,当这一场景转移到同一社会文化身份的男女知识者之间的时候,知识女性就被指定扮演智性未醒的民众角色,成为知识分子想象男性自我性别主体的他者。②胡兰成不算五四新青年,却是孤傲难驯的张爱玲引路人。只有聪明绝顶的胡兰成,让看谁都不起的张爱玲能喜滋滋地敲敲他头顶,听他脚板底响声赞他怎么这样聪明。③她早早挣脱了"从父"的桎梏,却一个转身陷落"从夫"窠臼。不论她在小说中如何地展现对旧时代旧社会的唾弃,现实生活里,她却以"从夫"终其一生。何其不幸又何其有幸。在爱的当下,她总是充满了心悦诚服的卑微。可

---

① 余斌:《张爱玲传》,台北:星辰出版社,1997年,第6页。
② 刘传霞:《言说娜拉与娜拉言说——论五四新女性的叙事与性别》,刊登于《妇女研究论丛》,2007年5月号,第41页。其实,一如高全之所言:张爱玲忽略了"五四"最重要的"白话文运动"精神。
③ 虽然从另一个角度看,张爱玲是开了胡兰成智慧的导师,胡兰成是张爱玲的追随者,是张爱玲让他开了窍,打散了他的理论体系形成妖娆的胡式文体。他赞叹道:"我在爱玲这里,是重新看见了我自己与天地万物……爱玲是其人如天,所以她的格物致知我终难及。爱玲的聪明真像水晶心肝玻璃人儿。"见胡兰成:《今生今世》,台北:远景出版社,2009年,第287-290页。

惜,爱总是太短暂。

恨与爱的矛盾,让张爱玲成为一个谜一样的人物,而谜,往往使人更入"迷"。近年来,张爱玲生命中的"谜"陆续被破解。书写《小团圆》是她自解谜题,虽然不是最出色的作品,却是最真实的作品,卸除一切俗世的装扮后,她回归到赤裸裸的原生角色:张煐。如她在《对照记》里,深刻怀念张家人:祖父母、母亲、姑姑,对母亲还赎了罪,过往鄙视的小脚,成了一双会滑雪、横跨两个时代的了不起的三寸金莲。张爱玲,到底是张家人,彻底的张家人。吊诡的是,这是一本"男性缺席"的老相簿,从未谋面的祖父,仅是一张没有生命的照片,除了张氏血液没有交集。相簿里年幼的父亲、弟弟虽清晰可见,成年后的父亲却缩小到几乎难以辨识,成年后的弟弟则不知去向。和她生命紧密相连的第一任丈夫胡兰成、第二任丈夫赖雅均消失无踪,更甭提秘密恋人桑弧。在生命的终点,张爱玲彻底阉割了贻害她一生的封建父权,撒手人间的那一刹那,她应该是快乐的。

父权压迫,始于她生命中最大缺口的:家。小时候看不惯父亲、佣人都重男轻女,让她锐意图强一定要胜过弟弟。自17岁从被父亲拘禁的老宅逃出后,逃离了"家"的桎梏,从此就不再有家,虽然她将和姑姑一起居住处当成形式上的家,但她不再有父亲,母亲也仅是生命中的飘忽过客。为了填补这个巨大的缺口,她在无尽的孤绝中以各种姿势扮演不同的角色,寻找爱。终其一生,父母弟弟尽不可爱,她只爱胡兰成,却又所爱非人,桑弧和赖雅仅是生命的过客。《小团圆》最后告诉读者的是:这是她,张爱玲,和他,胡兰成,过尽千帆皆不是的小团圆,家的小团圆,只有两个人小家庭的小团圆,没有小周、没有范秀美、没有佘爱珍,更有没有《五四遗事》罗文涛的三美大团圆,只有他俩身边围绕着可爱儿女们。临终,张爱玲是带着幸福"家"的想象和胡兰成在天上重逢的。

在《私语》里,张爱玲原来的家是这个样子的:

我父亲痛悔前非,被送到医院里去。我们搬到一所花园洋房里,有狗,有花,有童话书,家里陡然添了许多蕴藉华美的亲戚朋友。我母亲和一个胖伯母并坐在钢琴凳上模仿一出电影里的恋爱表演,我坐在地上看着,大笑起来,在狼皮褥子上滚来滚去。我写信给天津的一个玩伴,描写我们的新屋,写了三张信纸,还画了图样。没得到回信——那样的粗俗的夸耀,任是谁也要讨厌罢?家里的一切我都认为是美的顶巅。

史碧娃克认为家园就像一口随身携带的皮箱。"家园"(home)和"离散"(diaspora)始终是后殖民文学黏浓胶着、流动不安的主题。应该说,在当代世界,家园已经不是一间终身厮守的暖室,而是变动不居的驿站,也可以说,家园只是一捆随身携带的文化资产,而不是居住的有形空间。奈波尔(V. S. Naipaul)的作品则散发着一种"无处安身处处安"的无奈吁求,一种"无处是家处处家"的意识,召唤着人们改采用一种新的安身立命思想。(宋国诚,2004)张爱玲在乱世里,感怀没有真正的家。

乱世的人,得过且过,没有真的家。然而我对于我姑姑的家却有一种天长地久的感觉。我姑姑与我母亲同住多年,虽搬过几次家,而且这些时我母亲不在上海,单剩下我姑姑,她的家对于我一直是一个精致完全的体系,无论如何不能让它稍有毁损。

——《私语》

姑姑的家是"安身"体系不是"立命"的家园。张爱玲的公寓,变成一个爱情事业的展演空间,家的意义完全崩解。她的私公寓没有父母、手足,只有姑姑做伴,只是用来写作、阅读、接受采访、招待喝茶、社交公关联谊的公共空间:和苏青对谈的《杂志》专访在此,周瘦鹃夫妻去喝茶也众所周知,李君维(东方蝃蝀)跟着董乐山去后便写了篇《在女作家客厅里》;炎樱也带日本作家教授阿部知二去拜访;吴江枫则带沈寂去时还撞见胡兰成,[①]胡兰成则带池

---

① 见池上贞子:《张爱玲和日本——谈谈她的散文中的几个事实》,收入《阅读张爱玲——国际研讨会论文集》,台北:麦田出版公司,1999年。阿部事后描述见到张爱玲的情景大约是这样的:M(炎樱)带他去见那个叫C(张爱玲)的年轻作家,生活很苦,听说她是李鸿章的曾孙,穿着十分华丽,他和M倒着白开水喝,在没热气的屋里谈文学。

田(荒木)去带倪弘毅去带斯先生去,自己亦可随意来来去去,姘居做爱。这个家,并非如其他论者所言为"不受父权情欲污染的女性空间",她逃离原生父权,却让另一种父权侵入,从心理到生理,从大陆到美国,包括和桑弧可能怀孕的被检查和在美堕胎拿药线刮子宫的可怖经验。①

第一次曝光的常德公寓65室客厅实景照片,本文作者翻拍于"纪念张爱玲逝世二十周年特展"。

和胡兰成的爱情、婚姻曾在这个"家"秘密进行,但当这爱情转化成文字公诸于世的时候,家彻底失去隐秘性,家不再是家,家成了敞开大门任人窥探评断的公领域。无家无根的张爱玲一世漂泊,就是在寻找爱、寻找一个家。可恨胡兰成和桑弧都没给她一个家,和年老体弱的赖雅再婚、冠夫姓、拼命写剧本赚钱、在家照顾他直到死去,是张爱玲再次向父权臣服回归传统的家的实证。她怨恨母亲,因为永远没有母亲勇敢,敢抛夫弃子逍遥做自己,就算是

---

① 石晓枫:《隔绝的身体/性/爱:从〈小团圆〉中的九莉谈起》,刊载于《成大中文学报》,2012年6月,第206页。

堕落的娜拉,也是不屑归返的娜拉。上海只是地理位置与心理地图上的原乡,那个原乡中的家早已家破人亡。没有家哪有国?张爱玲的心中没有政治倾向没有国族观念,所以她可以爱汉奸,可以是左派也可以是右派,红色文学或反共文学,对她来说都是笔下空谈,都是谋生手段,她不左不右什么都不是,就是"张爱玲"。一个在孤苦无依中无视外在世界唯我独自存在的张爱玲。她的自私、冷漠在在揭露出一种绝世的残酷人性之美,看似无情,反之有情。那情,很深、很痛。

一、恋父弑母与弑父恋母

在张爱玲的小说中呈现了两种策略。一是弑父书写。是她书写策略中最值得重视的问题之一。在此策略下,张爱玲以一种颇为坚决的态度把无所不在男性家长放逐/排挤在文本之外,让众多女性家长在传统男性家长/父亲权威的缺席下霸占着文本空间,从而构成女性家长当家做主的无父文本模式。在此书写策略中,张爱玲显然采取了强硬的方式,把传统宗法社会中高高在上的传统男性家长变得猥亵、龌龊与无能,成为沉默的符号,既聋又哑,彻底被叙述者所忽视与贬抑。[1]最典型的便是《金锁记》。二是恋父书写。《心经》是一篇家庭伦理悲剧,是一篇弗洛伊德精神分析恋父情结式的作品。许小寒从小到大,一直依恋着爸爸,随着年龄的增长,原先朦朦胧胧的依恋变成了热烈的爱慕。张爱玲的高明之处在于她真实地表现了人物意识的混乱状态,同时又在这种状态的自我呈现中让读者比较容易地把握意识流动的脉络,人物内心活动本身是无序的,作者巧妙地赋予一种非逻辑的秩序。[2]尚有《茉

---

[1] 参考林幸谦:《女性主体的祭奠:张爱玲女性主义批评》,桂林:广西师范大学出版社,2003年,第134页。
[2] 参考余斌:《张爱玲传》,台北:星辰出版社,1997年,第32、167页。

莉香片》"寻找父亲"的聂传庆陷于缺母爱,父爱又不可得的现实中,以移情想象将爱全给了母亲旧情人言子夜,因之将言教授的女儿丹朱当成争夺父爱的竞争敌手,终以痛打一顿泄愤。张爱玲的小说书写,就在"弑父"与"恋父"情结中矛盾拉扯。而母亲,在她的小说文本中,是蛮横、残酷、无情的。依弗洛伊德的说法,张爱玲这些小说主题可以说是她童年压抑情结的爱恨回归。

现实中,张爱玲不止在一处提到年少时父亲对她的疼爱。除了硬要带她上小公馆玩、代拟"颇为像样"的《摩登红楼梦》回目,最重要的是让她丰衣足食骄纵而为,没有一天吃过没钱的苦。虽说每一处都加上了限制性的饰语,小心翼翼地回溯,就怕遗忘。因此,父亲出手对她的施暴也并非没有由疼爱转憎妒的情绪在作祟,谁叫她选择了母亲?偏偏母亲对她从来没有流露过喜欢之意,即使在两人没有芥蒂之前,张爱玲感受到的也只是一种冷冷生疏,后来连过马路牵个手都非常不自在,可怕的是,她还感受到了母亲和她一样不自在。

蕊秋正说"跟着我走:要当心,两头都看了没车子———"忽然来了个空隙,正要走,又踌躇了一下,仿佛觉得有牵着她手的必要,一咬牙,方才抓住她的手,抓得太紧了点,九莉没想到她手指这么瘦,像一把细竹管横七竖八夹在自己手上:心里也很乱。在车缝里匆匆穿过南京路,一到人行道上蕊秋立刻放了手。九莉感到她刚才那一刹那的内心的挣扎,很震动。这是她这次回来唯一的一次形体上的接触。显然她也有点恶心。

——《小团圆》

总之,母亲对她除了讥讽就剩淡漠,而这两种态势,毫无可能将其解释为任何形式的母爱,除了她自己笔下的"戏剧化"。张爱玲对黄逸梵来说,在她一贯反抗封建婚姻的心态下,儿女生下来就是累赘就是负担,一旦付出就要回报、就是牺牲。所以并非偶然的,张爱玲多次流露出她对母亲的怀疑和不信任,母亲也不喜欢人知道或提起她有爱玲、子静这样一对儿女。张爱玲小说中的女主人公几无例外地都是在缺少母爱的环境中长大。

可怜少年张爱玲,游移于母亲和父亲间,两边讨好也两边不讨好,父母双全"家"的团圆假象终因离婚而崩坏。夫妻与子女以金钱清清楚楚地划清界限,父母身份只是在尽恩断义绝后残余的"义务"。所以张爱玲在向父亲要钢琴费、要学费时,会那么的难堪,难堪到简直无地自容。对母亲,随时随地想着如何还她钱则变成一场生存噩梦。莫里斯·古德利尔(Maurice Godelier)在《礼物之谜》中说:如果与一个家庭成员谈钱的话就只能是找麻烦,似乎钱就是感情的敌人,它会杀死所有的挚情。事实上,钱并没有罪,它只是一种载体,承载着个人利益的特洛伊木马,各人的利益是不同的,有时还是冲突的,但它们通常被压抑、被隐藏起来,以便维持一个群体的表象或实际。① 张爱玲家族可怕的是,人人把钱放在台面上来锱铢算计,毫不隐藏,彼此用金钱算计每一分付出的时间、精力和回报,个个寡情重利。

最初的家里没有我母亲这个人,也不感到任何缺陷,因为她很早就不在那里了。有她的时候,我记得每天早上女佣把我抱到她床上去,是铜床,我爬在方格子青锦被上,跟着她不知所云地背唐诗。她才醒过来总是不甚快乐的,和我玩了许久方才高兴起来。

——《私语》

童年张爱玲压抑的情结太复杂。四岁母亲远走高飞,在大宅院里的小张爱玲其实很快乐,少了一个严厉又忧郁的母亲,和父亲朝夕相伴快乐地吟诗作乐。对母亲的回忆停留在:上船的那天她伏在竹床上痛哭,绿衣绿裙上面钉有抽搐发光的小片子。她睡在那里像船舱的玻璃上反映的海,绿色的小薄片,然而有海洋的无穷

---

① 莫里斯·古德利尔(Maurice Godelier):《礼物之谜》,王毅译,上海:上海人民出版社,2007年,第253页。

尽的颠簸悲恸。可是,张爱玲不但没有哭,还上前催促母亲时候不早了该走了。这个女儿怎么生来就不贴心?母亲难免哀叹。八岁时母亲回来和父亲离婚,拆毁了父亲曾经给过她的爱,而弟弟不论多么体弱无能,却霸占了她在张家的位置,独占了父亲的爱,也成了她心中永远鄙视和厌恶的"贱斥"。1994年张子静受邀书写"我的姊姊张爱玲"之事传到美国,她更是嫌弃到极点,言称绝不可信。① 她对弟弟从来没有爱过,所以无所谓恨,就是讨厌,欲除之而大快。

伊里格瑞(Luce Irigaray)② 指出,如果孩童与母亲的前伊底帕斯关系是心理分析里的黑暗大陆,那么母女关系必然是"黑暗大陆当中的黑暗大陆"。伊里格瑞理想的女性系谱乃是挖掘出那超乎母职的女性部分。当母亲能给予女儿超乎母职的社会与性爱部分,便能认同其作为女人的社会身份。而此种母女传承亦暗示了被象征秩序所压抑的母女之爱,对伊里格瑞而言,女孩唯有找回其最初对母亲的同性爱恋,否则她总是在自我放逐中(is always exiled from herself)。③ 张爱玲原先是恨母亲的,而黄逸梵也是恨这个女儿的,母女从来找不到彼此,无法对位,爱从何来?

黄逸梵去法国前到学校看张爱玲,张爱玲没有任何惜别的表示,母亲似乎也很高兴,事情可以这样光滑无痕迹地度过,一点麻烦也没有,可是她揣测母亲在那里想:"下一代的人,心真狠呀!"

---

① 庄信正编注:《张爱玲庄信正通信集》,北京:新星出版社,2012年,第315-316页。1994年张爱玲在回给庄信正的信中很不客气地数落张子静,说对于她的事、姑姑的事,张子静都记错了,是 a Freudian Slip, wishful thinking。这也是张爱玲写给庄信正的最后一封信。但她在《忆西风》中对《天才梦》得奖记忆的错误、在《对照记》中对和李香兰见面时间记忆的错误,也不得不让人怀疑老年的她指责张子静的事由是否正确无误。

② 露西·伊里格瑞(Luce Irigaray, 1930—),法国知名精神分析学家、女性主义理论家,通过解构西方话语和社会想象所蕴藏的阳物霸权,以颠覆性阅读建立此性非一的女性哲学。

③ 刘亮雅:《二十世纪欧美女性小说中的母女关系》,刊载于《"国科会"专题研究计划》,1999年3月发表,第3页。

伤害、折磨彼此成了母女关系间莫名的恐怖平衡。直到张爱玲流离失所历经沧桑,细细回忆前尘往事,才在异乡回望原乡时无尽地呼喊母亲。但愿回到胎儿羊水中,回到母亲子宫那最原初、最纯净的安全所在,同时将父亲永远弃置。张爱玲的一生前后压抑着两种情结:恋父弑母以及恋母弑父。弗洛伊德说,在阳具的发育阶段,每一个男孩都想要杀自己的父亲,想和自己的母亲性交;每一个女孩都想要杀自己的母亲,和自己的父亲性交。张爱玲一生混杂着这双重情结,既相互抵消又相互增长。

　　伊底帕斯情结(Oedipus complex),即恋母情结或称杀父恋母狂,是弗洛伊德对索福克勒斯(Sophocles)所写的希腊悲剧《伊底帕斯》(Oedipus Rex)的解释。弗洛伊德言,在我们诞生之前,杀父娶母的可怕神谕同样已降临在我们自己身上,它意味着也许我们所有的人,命中注定要把第一个性冲动指向母亲,把第一个仇恨和杀机指向父亲,正如它常常在我们梦中发生的那样。故而伊底帕斯杀父娶母,不过是向我们显示了我们自己童年时欲望的达成。我们之所以比伊底帕斯幸运,没有变成精神病患者,是因为我们从母亲身上收回了性冲动,且忘却了对父亲的忌妒,而这一切无不得力于后天的殚精竭虑的压抑工程。① 与伊底帕斯情结相对应,弗洛伊德又提出了另一个埃勒克特拉情结(Electra complex),或称杀母恋父狂。埃勒克特拉是希腊神话传说中希腊联军统帅阿伽门农之女,阿伽门农在班师回国时被妻子及其情夫杀害,埃勒克特拉遂把弟弟俄瑞忒斯托付给父亲好友抚养至长大后,姐弟共谋杀死了自己的母亲及其情夫,为父亲报了仇。弗洛伊德借用这故事提出"埃勒克特拉情结"这一概念,谓女孩与生具备有恋父倾向。《精神分析文论》谓此情结上承伊底帕斯,沿袭同理,小女孩也以为母亲干扰了自己对父亲的柔情,侵占了她自己应占的地位。②

---

① 陆扬:《精神分析文论》,济南:山东教育出版社,1998年,第32–33页。
② 同上注,第35–36页。

张爱玲复杂又矛盾的恋父弑母与弑父恋母情结,在弗洛伊德的"母亲的激情"与"选择父亲"后设心理学中可清晰阐释。弗洛伊德发现女孩与母亲依附关系(mutterbindung)的重要性,女孩承认她"伟大的爱"是针对她的母亲而来,这种爱的表现是不能大声说出来,而是呈现在她与对象(客体、母亲)的所有争执当中,甚至成为对母亲本人的大肆抨击。而父亲是女孩成为女性的过程中,一个历史性的关键客体,选择父亲,作为爱的对象,只是将父亲当为失去母亲的痛楚的解毒剂。对母亲激情的反面,揭露了对亲爱的要求,而这股力量是令人心碎欲绝的。延续着这受伤的爱的起步与踪迹,一种失望与希望承继了下来。① 这矛盾的悖论,便是张爱玲内在反射的命运写照。当她和父母的爱两头空时,唯一可爱之人只剩下胡兰成、一场毁掉她心爱上海的倾城之恋。

年少的张爱玲是怀着恋父情结长大的。父亲离婚另娶继母又狠心拘禁她半年,才让她望着家里楼板上"蓝色的月光,那静静的杀机"死了心。原来父亲的心里没有她。她在《小团圆》里恨恨地独白:"我从来没爱过他。"这是一贯说反话的张爱玲。

蕊秋沉默了一会,又夹了个英文字说:我知道你二叔伤了你的心——

九莉猝然把一张愤怒的脸掉过来对着她,就像她是个陌生人插嘴讲别人的家事,想道:她又知道二叔伤了我的心!又在心里叫喊着:二叔怎么会伤我的心?我从来没爱过他。

如此激动反应的张爱玲,当然爱,不爱,是爱到了尽头消失了。《心经》,可以清楚看见恋父与弑父情结的纠缠。对黄逸梵,一个缺席的母亲,她的爱还没有萌芽外显,直到老年面壁思过时才爆

---

① 参照保罗-罗宏·亚舜:《弗洛伊德与女性》,杨明敏译,台北:远流出版社,2002年,第12-24页。

发。拉康认为意识的确发生在婴儿的前语言期的一个神秘的瞬间,他称这个瞬间为"镜像阶段"(mirror stage),儿童的自我和他完整的自我意识由此开始出现。①早在张爱玲婴儿镜像期,母亲就不曾出现。她出生后便由奶妈何干照料,最初的回忆之一,便是母亲立在镜子跟前,在绿短袄上别上翡翠胸针,她在旁边仰脸看着,歆羡万分,简直等不及长大。母亲的镜中没有她,她的镜中有没有母亲?历经镜像期三阶段:现实界(the real)、想象界(the imaginary)、象征界(the symbolic),②直到长大,小煐终于认出自己是谁时,母亲已经远走欧洲。从此来来去去,成了她生命中的过客。要爱也难。母亲的"不在场",凭着儿时依稀的记忆,幼年张爱玲误认镜中的自己是母亲,一个她这辈子怎样都无法超越的自己,一个残缺幻象。

张爱玲在本质上亦是自恋性的。对自我来说也是一种异化,因此包含了一种侵凌(aggressive)的成分,每当她发现自己是片断性的而不是一个统一性的整体的时候,这种侵凌的成分就会表现出来。在拉康的理论中,自我首先是一个客体,主体通过这个客体发现自我,因为自我只能表现为一种客体、一个他者,这自然也就对自我构成一种侵凌。③这种侵凌性在家族、性别、父亲、母亲多重压迫下,形成张爱玲复杂矛盾的逆反心理。这种逆反心理还是让她赢得小小的快乐,因为战胜了母亲:

我母亲是个清高的人,有钱的时候固然绝口不提钱,即至后来为钱逼迫得很厉害的时候也还把钱看得很轻。这种一尘不染的态度很引起我的反感,激我走到对立面去。因此,一学会了"拜金主

---

① 陆扬:《精神分析文论》,济南:山东教育出版社,1998年,第151页。
② 同上注,第153页。拉康的三种秩序构成与弗洛伊德后期思想中的本我、自我与超我之间虽然没有严格意义上的一对一的对等关系,但拉康对这三个概念的解释,其处心积虑则一如弗洛伊德对他人格三分理论的分析。
③ 伊丽莎白·赖特:《拉康与后女性主义》,王文华译,北京:北京大学出版社,2005年,第6页。

义"这名词,我就坚持我是拜金主义者。

——《私语》

弗洛伊德指出:在稀有的场合中,一个人能够观察到,自恋将自己当做对象,其所为就好像是自己爱自己。因此,术语"自恋"(narcissism)是从希腊神话中借来的,但这仅是事物正常状态的一个极度夸大。我们逐渐明白,自我总是力比多 libido(性驱力)①的主要储藏库,对对象力比多精神的贯注源出于斯又返回于斯,而这种力比多的主要部分则在自我中被永久保存。因此,自我的力比多经常转化为对象力比多。②自恋便是来自希腊神话的水仙情结,爱上自己的倒影。用此形容一个人自我中心的虚荣、骄傲、自私等特征。爱上他人的力比多就是返回爱自己。张爱玲恋父爱母两头空,只能更爱自己,调养自己像只红嘴绿鹦哥,养尊处优,一点委屈受不得。直到遇到胡兰成,力比多一去不回。激烈又一厢情愿的爱情,让她一生意乱情迷不知终点在哪儿……只为,那是可疑之爱。

二、受虐者的反身性

安东尼·吉登斯(Anthony Giddens)③宣称:与浪漫之爱相联

---

① 弗洛伊德以性欲的内驱力为一切精神活动的能量来源,对此他称之为力比多(libido)。在1922年的《力比多理论》一文中,弗洛伊德指出,力比多是本能理论中用来描述性力冲动的一个术语,早有摩尔(Moll)1898年使用在先,然而是他本人把这个术语引进了精神分析领域。力比多即是性欲,又表现为渴望权力的意志,以及自我倾向中其他的种种类似趋势。见陆扬:《精神分析文论》,济南:山东教育出版社,1998年,第27页;《力比多理论》(*The Libido Theory*),见车文博主编:《精神分析新论》(弗洛伊德文集-5),长春:长春出版社,2004年,第131页。
② 陆扬:《精神分析文论》,济南:山东教育出版社,1998年,第65页。
③ 安东尼·吉登斯(Anthony Giddens, 1938—),英国社会学家。他以结构理论(theory of structuration)与当代社会的本体论(holistic view)而闻名于世。为伦敦经济学院前院长(1997—2003),剑桥大学教授,中国社会科学院名誉院士。

系的复杂理念第一次把爱与自由联系起来,两者都被视作是令人渴求的状态。激情之爱永远是解放式的,但解放的意义仅仅是因为和俗务与义务发生了决裂。也正是因为激情之爱的这质量才使之从既存的体制中脱离开来。与之相反,浪漫之爱则直接把自身纳入自由与自我实现的新型纽带之中。爱既与性分离,又和性纠缠不清。① 张爱玲以为的激情之爱其实是自陷于纽带的浪漫之爱,终究无法脱离俗务与义务。在胡兰成来说,两者皆不是,因为忧患唯使人更亲,而不涉爱,爱就有许多悲伤惊惧,不胜其情,亲却是平实廉洁,没有那种啰唆。胡兰成从来没有欺骗过张爱玲,一开始,他就以"本色"示人。

张爱玲凡事亦不落情缘,除了对胡兰成的漫山遍野都是今天,千里寻夫为了只想讨得个"现世安稳"的婚约承诺,在胡兰成表明好牙齿为何需要拔掉后才彻底绝望:"你是到底不肯。我想过,我倘使不得不离开你,亦不致寻短见,亦不能再爱别人,我将只是萎谢了。"这绝望,还得让她思考一年多才寄出分手信。痛苦萎谢中,张爱玲反思了自身与胡的关系,30年后经一再修改才发表的《色·戒》,有这么一段关键话语:

"到男人心里去的路通过胃"。是说男人好吃,碰上会做菜款待他们的女人,容易上钩。于是就有人说:"到女人心里的路通过阴道"。据说是民国初年精通英文的那位名学者说的,② 名字她叫不出,就晓得他替中国人多妻辩护的那句名言:"只有一只茶壶几只茶杯,哪有一只茶壶一只茶杯的?"

偏偏徐志摩颠覆了这个规矩。《志摩日记》里邵洵美画了一

---

① 安东尼·吉登斯:《亲密关系的变革——现代社会中的性、爱与爱欲》,陈永国、汪民安等译,北京:社会科学文献出版社,2001年,第53-54页。
② 这位知名学者就是"生在南洋,学在西洋,婚在东洋,仕在北洋"的大名士辜鸿铭,他是第一个被诺贝尔文学奖提名的中国人,也是第一个把中国《论语》《中庸》这些儒家经典翻译成英、德文字介绍到西方的人,他写的《中国人的精神》这本书被西方哲学界奉为必读的经典著作。他的纳妾论,主张男人纳小妾是社会稳定的基础。

个壶配一个杯的插图,还一旁提了字:"一个茶壶、一个茶杯、一个志摩、一个小曼"。①这段"使君有妇,罗敷有夫"修成正果的"一对一"浪漫畸恋,想必曾羡煞了张爱玲。②更何况邵洵美和胡兰成颇有交情,胡还带着她上邵家去拜访过。2009年张爱玲遗作《小团圆》发表,生前她和宋淇夫妻在反复讨论修改又修改中,最后坚持一定要补上的两段便是:"她和胡兰成的性爱细节"。③除了想象单一的性爱观之外,显然杂糅了更多痛苦与欢愉的矛盾体验。④五十年间,张爱玲的作品与人生就在淫荡和贞节之间摆荡,胡兰成给予她爱的滋润与性的刺激,永难忘怀。还原,人之本色,苏青神来妙笔:"饮食男,女之大欲存焉",⑤不失为一精湛体认。可惜,青年张爱玲不若中年苏青豪放,虽明白其中精髓,己身欲望却被矛盾深深压抑,长年不语,直到初老才轰然觉醒。

张爱玲是个平凡女子,也是个情欲肉身,遇见饮食男胡兰成,一只茶壶配好几只杯,性事房事经验老到,让初尝男女床笫之欢的张爱玲,从此不可自拔地暗暗咀嚼一生。就算写得含蓄也还是泄漏了天机。王德威曾在接受媒体访问时说,有一次李安和他聊起《色·戒》。李安说:"张爱玲很贼,她知道她在写什么。"⑥李安当然也知道张爱玲在写什么。电影《色·戒》中的激烈情欲床戏,只

---

① 李力夫:《民国杂志识小录》,上海:上海远东出版社,2011年,第124页。
② 陆小曼是张爱玲继母孙用蕃的闺中密友,继母卧室墙上还挂了张陆小曼画的国画。陆小曼因病在暧昧友人翁瑞午怂恿下染上吸食鸦片止痛的恶习,想必当时陆孙也是芙蓉癖之友。陆小曼也因此与翁瑞午发生了一段引人非议的烟榻绯闻,详见张午弟编著:《陆小曼传:寂寞烟花梦一朵》,北京:中国工人出版社,2012年。
③ 宋以朗编:《张爱玲私语录》,北京:北京十月文艺出版社,2011年,第58页。
④ 石晓枫:《隔绝的身体/性/爱——从〈小团圆〉中的九莉谈起》,刊载于《成大中文学报》,2012年第37期,第209页。
⑤ 西汉戴圣《礼记·礼运》:"饮食男女,人之大欲存焉;死亡贫苦,人之大恶存焉。"饮食:食欲。男女:性欲。大欲:最基本的欲望。恶:厌恶。这几句话大意是:食欲和性欲,是人最基本的欲望;死亡和贫穷,是人最厌恶的事情。苏青将第一句挪了个标点,意义翻新,引来议论纷纷轰动一时,苏青因而被贴上豪放女标签。
⑥ 丁果:《王德威谈张爱玲:是传奇,也是巨星》,刊载于《时代周报》,2013年第227期。

是敏感纤细的李安揭开面纱借位还原现场,他口中这个"贼"字当是"色"字。《色·戒》是张爱玲潜意识、前意识、有意识地告诫自己应当"戒·色",在乏善可陈的异邦苍白生活里,只剩一再反刍、检视早已逝去的激情。《小团圆》写得露骨非常,显然,那一段爱欲经验,魂萦梦系仍欲仙欲死。她在给庄信正的一封信里,谈到《色·戒》,说英文有句名言:"权势是一种春药",也是 a love potion……①这句话一语双关。张爱玲清理了爱上汉奸的原因:权力与性。

弗洛伊德说,在某一类情况下,爱不过是性本能以直接的性满足为目的的对象贯注,而且当达到了这一目的时,这一贯注就消失了。这就是所谓一般的性感爱。但是,正如我们所知,力比多的境况很少如此简单。指望重新恢复消失了的需要,肯定是可能的;这无疑是直接对性对象持续贯注的最初动力,也是在不动情的间歇期间"爱上"性对象的最初动力。②胡兰成以爱之名不断征战爱与性,爱只是性的通行证,其间又交杂着他的权力与张爱玲"处女的巨大威力"。《小团圆》明白写着:

"我爱上了那邵先生,他要想法子离婚,"她竟告诉比比,拣她们一只手吊在头上公共汽车的皮圈上的时候轻快的说,不给她机会发作。

比比也继续微笑,不过是她那种露出三分恐惧的笑容。后来才气愤的说:"第一个突破你的防御的人,你一点女性本能的手腕也没有!"

比比为何如此气愤?早在她听到外传九莉和之雍同居时便提出了警告,而九莉居然全当耳边风:

---

① 庄信正编注:《张爱玲庄信正通信集》,北京:新星出版社,2012 年,第 115 页。
② 西格蒙德·弗洛伊德:《超越快乐原则》,杨韶刚、高申春译,台北:胡桃木出版社,2006 年,第 151 页。

那多不值得,比比说。

是说没机会享受性的快乐。比比又从书上看来的,说过不结婚还是不要有性经验,一旦有过,就有这需要,反而烦恼。

她相信婚前的贞操,但是非得有这一套理论的支持,不然就像是她向现实低头,因为中国人印度人不跟非处女结婚。

弗洛伊德在《性行为》这本书中指称,这是爆炸性的威力,因为"女性尚未完成的性特质,将释放到第一次开启她性行为的男人身上",①男人在性欲短暂的满足后旋即陷入无尽的焦虑中。处女威力的"爱"与处女复仇的"恨",就在一线间。

于是没有女性手腕本能的张爱玲对胡兰成的初恋痴爱缠夹着爆炸性的"性越轨"。越轨行为(deviant behavior)的发生,既离不开内在的主体动因,又与一定的外部诱因相关。越轨的过程,表现为主体动因与外部诱因的双向运作。失范不等于越轨,但失范又确实与越轨有密切联系,在社会的失范状态中,越轨更容易发生,越轨的程度也可能更为严重。②胡张相遇时,上海战火连天,整个社会在完全"失范"状态中,胡兰成本来就当婚姻为儿戏,他主动的诱惑,牵引了张爱玲的少女情怀,心甘情愿地越轨突破"性封锁",义无反顾地成了他的情妇、妾之一,先姘居后密婚。力比多是唯一的内在主体动因。而胡兰成与张爱玲的"性"关系,根据《小团圆》《少帅》中若干章节详尽的性爱描述,以弗洛伊德性学理论考察,基本上两人正处于施虐者与受虐者天秤的两端。

《小团圆》中性爱撞击活动带来痛不欲生的痛楚,同时带来快感的矛盾部分张爱玲也没有忽略,在《少帅》中类似的色情场面只有更浮夸的描绘。冯睎干对《少帅》做了多方考证后,明白指出:

---

① 参阅保罗-罗宏·亚舜:《弗洛伊德与女性》,杨明敏译,台北:远流出版社,2002年,第195-199页。
② 吕耀怀:《越轨论:社会异常行为的文化学解析》,长沙:中南工业大学出版社,1997年,第107页。

张爱玲写的只是自己和胡兰成。①

他的头发拂在她大腿上,毛氄氄的不知道什么野兽的头。兽在幽暗的岩洞里的一线黄泉就饮,泊泊的用舌头卷起来。她是洞口倒挂着的蝙蝠,深山中藏匿的遗民,被侵犯了,被发现了,无助,无告的,有只动物在小口小口的啜着她的核心。暴露的恐怖糅合在难忍的愿望里:要他回来,马上回来——回到她的怀抱里,回到她眼底——

显然,从撞击到撕裂到野兽般的啜饮,施虐者胡兰成在过程中施展了某种"生死边缘"性爱暴力,受虐者张爱玲则在性的恐怖中储藏着难忘的爱悦,才会在记忆里一再反刍再现。"到女人心里的路通过阴道"是张爱玲切肤之喜与痛。

正如尚·拉普朗什(Jean Laplanche)②所言,性是"受到压抑的最典型代表 the repressed par excellence"。"性"和"历史""革命"一样能够成为探究现代中国文学的一种有效方式,一旦我们不再强调对于"不正常"与"性"方面既定的意义,才可能更深入地探究出受虐中启发性的一面。③对于受虐的古典弗洛伊德式的解释,源自于 1915 年他在《本能及其变化》(Instincts and Their Vicissitudes)一文④中对于"本能"所做的详尽讨论。弗洛伊德区分了起于本能(instinctual)的刺激以及起于生理(physiological)的刺激。前者"并非产生自外在的世界,而是从有机体自身之内所产生"。

---

① 《少帅》,台北:皇冠出版社,2014 年,第 256 页。
② 尚·拉普朗什(Jean Laplanche, 1924—2012),法国文学暨人文科学国家博士、医学博士,曾任巴黎第七大学"基础精神病理学暨精神分析研究所"创立人与专任教师。法国精神分析协会创始人之一。著有《精神分析词汇》《精神分析中之生与死》《精神分析新基础》等,并主编法国弗洛伊德著作全集。
③ 周蕾:《妇女与中国现代性——西方与东方之间的阅读政治》,上海:上海三联书店,2008 年,第 189 页。
④ 西格蒙德·弗洛伊德:《本能及其变化》(《弗洛伊德文集(3)》),东元博主编,长春:长春出版社,2004 年。

对于本能的进一步论述是就其"目的"（aims）与对象客体（objects）而言："目的"在于获得每一个立即性的满足，如此立即性的满足唯有在本能起源中刺激状况的彻底破坏中才能够得到。从加诸痛苦于他人之上而获得的施虐有着主动的目的，要将自身加附于外在客体之上，而受虐是"反求回到"主体自身的自我之上的施虐。

要彻底了解张爱玲何以为张爱玲，胡兰成和她的性关系，成为不可回避的课题。同时必须以"正常"的视角检视他们的性关系。两人亲昵的性爱行为，仅是一般恋人与夫妻都会做的闺房之事，仅是一个情场高手面对情场初手的性爱征战之役；只是张爱玲终于勇敢揭露：伤她最深的，不是爱是性。压抑半世纪，张爱玲磨磨蹭蹭地将她藏匿在潜意识最底层的性爱情结写了出来。或许这也是她生前徘徊在出版或销毁《小团圆》之间的挣扎痛点。依照书中的描述，似乎她只是个被动的性受虐者，受虐到子宫颈折断。其实不然。若无愉悦通往肉身阴道哪来直达心底的痛苦回忆？

在弗洛伊德的讨论中，他让施虐者保持在优势的地位，受虐者仍然是被动的、女性的一面，只不过是施虐的相反面向。尚·拉普朗什则驳斥施虐的优位性，他强调在弗洛伊德关于受虐的讨论中所隐含的反身性（reflexivity）。他认为，任何施加在另一个人身上的行为，皆不是所谓纯粹的侵略性（aggressive）①的行为，因为"施虐者"要从其施虐行为中获取快乐，他首先要知道何谓痛苦。但是要知道痛苦为何，意味着主体已经与身处于痛苦中的客体相互认同。因此，施虐者总是由受虐中延迟地被建构出来，这并不只是表示受虐已然取代施虐，而是在痛苦的愉悦结构（the structure of pleasure-in-pain）中占有优势，这也表示受虐是性的建构时刻，因而也是主体的建构时刻。这种"返求回到"行为不仅仅显示出曾经是外在的受痛苦客体被内化（internalization）或是向内投射（in-

---

① aggressive 亦即前文所谓的侵凌性。

trojection),并且也显示出心理现实的存在既不是主动的"看",也不是被动的"被看",而是反射性的"看见自身"。①

这段引文的重点、本书论述重点就在于"痛苦中的愉悦结构"。在反射性的看见自身中,张爱玲在和胡兰成的性爱中,享受着既愉悦又痛苦的矛盾高潮。在性爱活动中,她看见自身、自身强烈的欲望,甚至渴望被施虐的危险性。在她对胡兰成的"爱"之中,潜伏着可怕的"性"、变态的"性",于是她让王芝佳先行上场演出《色·戒》,处女荒谬失身,没由来的只为一个汉奸,暴烈性爱、虎与伥、猎人与猎物,处处隐喻着她和胡兰成的施虐者与被虐者的主从关系,从而抵消她内心对性的回忆与性的恐惧,包括性的愉悦。在《少帅》中,甚至不可遏止地重复着性的梦魇与狂欢,下笔更是赤裸大胆。②

蚤子,是张爱玲另一个挥之不去的梦魇,却也潜藏着性隐喻。她晚年因"跳蚤敏感"(vulnerability to fleas)四处问诊看病时,在1985年3月15日给宋淇夫妻的信中写道:"医生也疑心是 a lace in my bonnet(女帽上的一条丝缎,隐喻、暗示纯属子虚乌有)。前两天我告诉他近来的发展,更像是最典型的 sexual fantasy(性的妄想),只有心理医生才有耐心听病人这种呓语……"③她日后否定了这类的心理诊断,宣告回归到治疗"皮肤病"的生理途径。1981年7月25日,胡兰成因心肌梗塞在东京去世,张爱玲少了个世上最爱和她比斗的人:④一个由短期肉体延伸为长期精神的施虐者、

---

① 参见周蕾:《妇女与中国现代性——西方与东方之间的阅读政治》上海:上海三联书店,2008年,第190页。
② 《少帅》,台北:皇冠出版社,2014年,第47-83页。
③ 水晶:《张爱玲病了》,收入《鱼往雁返——张爱玲的书信因缘》第86页。原刊载于1985年9月21日《中国时报》"人间"副刊;1990年收录于九歌《桂冠与荷叶》;2004年再收录于《替张爱玲补妆》。此封信首登时因揭露张爱玲病情,曾引发轩然大波。
④ 胡兰成在《今生今世》第636页写到曾向佘爱珍如此自白:"上次我写去的信里就有撩爱玲,我说她可比九天玄女娘娘,我是从她得了无字天书,就自己会得用兵布阵,写文章好过她了。我这样撩她。"

一个一生唯一的挚爱。虽说出听闻他的死讯是生日礼物的气话（反话），①夜阑人静时，犹当怅然吟起《忆江南》：②

> 梳洗罢，独倚望江楼。
> 过尽千帆皆不是，斜晖脉脉水悠悠。
> 肠断白蘋洲。

三、传统叙事与精神治疗

19世纪以来，随着哲学和文学理论的发展，尤其是以弗洛伊德为代表的精神分析学的新进展，对文学治疗意义的强调达到了无以复加的程度。丹麦宗教哲学家索伦·克尔凯郭尔（Soren A. Kierkegaard）认为，写作是治疗自己精神困境的最佳方法。他曾在日记写道："我只有在写作的时候感觉良好。我忘却所有生活的烦恼、所有生活的痛苦，我为思想层层包围，幸福无比。假如我停笔几天，我立刻就会得病。"③张爱玲矛盾的愉悦亦来自在矛盾中无尽书写的自我疗愈快感。

弗洛伊德是对叙事文学与精神治疗之间的密切关系论述最为透彻的思想家，也是张爱玲写作叙事的精神导师，在她的作品中屡次提起弗洛伊德，除了《天地人》，在《张爱玲的英文自白》《谈看书后记》《小团圆》《对照记》里，都看得到弗洛伊德的影子。④在弗洛伊德看来，文明进步的代价就是对人的原始冲动的压抑，这必然对

---

① 1981年9月16日，张爱玲在给宋淇夫妻信中写道：《大成》与平鑫涛两封信都在我生日那天寄到，同时得到七千多美元（内附两千多是上半年的版税）与胡兰成的死讯，难免觉得是生日礼物。见《书信文稿中的张爱玲》，刊载于《印刻文学生活志》，2009年第68期。
② 温庭筠：《忆江南》，晚唐诗。表达女子望断秋水对爱人的深刻思念。
③ 王立新、王旭峰：《传统叙事与文学治疗——以"文革"叙事和纳粹大屠杀后美国意识小说为中心》，刊载于《长江学术》，2007年2月号，第73页。
④ 《张爱玲的英文自白》《谈看书后记》以及《忆胡适之》等文，也提到荣格（Jung）。

人类的精神产生一定的损害。文学家则可以通过叙事来排解这种压抑,并将其传递给读者。英国表现主义美学家柯林伍德(Robin George Collingwood)以其切身体会,对弗洛伊德的这一理论提出贴近文学的阐释。他宣称:艺术家意识到有某种情感,但是却没有意识到这种情感是什么。他所意识到的一切是一种烦躁不安或兴奋激动……他通过做某种事情把自己从这种无依靠的、受压抑的处境中解救出来,这种事情我们称之为表现他自己。在柯林伍德看来,只有通过文学叙事,作家才能把自己从烦躁不安或兴奋激动的情绪中解放出来,从而达到精神治疗的目的。除了哲学家、思想家和理论家外,泰戈尔、厨川白村、川端康成、郁达夫等20世纪文学家都表达过对文学治疗意义的肯定和承认。①

关于文学写作所包含的自我诊断的原理,罗兰·巴特(Roland Barthes)是这样解读的:"作者能够通过语言的创作来再现自己的妄想,也就是当面看到那种分裂、割开自我的力量如何发挥作用。"巴特在其他地方还曾把语言的这种治疗功用比拟为"顺势疗法",即针对恋人被言语魔鬼所支配后的病症,可用替代来驱除魔词。在这一意义上,巴特说"言语词汇是一种名副其实的药典"。更确切地讲,药品和毒品本是一家,词语一方面可以充当药物,另一方面又可用为毒物。②在沉迷药品可能延伸为耽溺毒药的危险拉锯缝隙中,写作乘虚而入让生命激昂带来狂喜。

张爱玲的小说与散文叙事结构分两路,小说体现的不是对五四新文学传统的继承,而恰恰是对中国传统叙事的逆反。例如,她的作品中从来没有中国传统叙事的大团圆结局,《五四遗事》的三美团圆,明显讥讽一夫多妻制;《半生缘》的曼桢与世钧间也剩下

---

① 陆扬:《精神分析文论》,济南:山东教育出版社,1998年,第158页。
② 罗兰·巴特(Roland Barthes):《罗兰·巴特随笔选》,怀宇译,桂林:漓江出版社,1997年,第268页。

一句"我们回不去了";只有《倾城之恋》稀罕地以战火突击刹那间成全了流苏和柳原。"在传奇里面寻找普通人,在普通人里寻找传奇"的张爱玲,1944年11月在《苦竹》第2期上《自己的文章》写道:

"时代的纪念碑"那样的作品我是写不出来的也不打算尝试。因为现在似乎还没有这样集中的客观题材。我甚至只是写些男女间的小事情。我的作品里没有战争,也没有革命。

间接回应了先前胡兰成在1944年3月上海《新东方》第9卷第3期《皂隶·清容与来者》一文中对《封锁》的评论。其实《自己的文章》这篇文章主要重点在于,张爱玲为饱受批评并腰斩的《连环套》解套的同时,对自己和胡兰成姘居的行为找出了"顺势疗法"言说:①

现代人多是疲倦的,现代婚姻制度又是不合理的。所以有沉默的夫妻关系,有怕致负责,但求轻松一下的高等调情,有回复到动物的性欲的嫖妓——但仍然是动物式的人,不是动物,所以比动物更为可怖。还有便是姘居,姘居不像夫妻关系的郑重,但比高等调情更负责任,比嫖妓又是更人性的,走极端的人究竟不多,所以姘居在今日成了很普遍的现象……

姘居的女人呢,她们的原来地位总比男人还要低些,但多是些有着泼辣的生命力的。她们对男人具有一种魅惑力,但那是健康的女人的魅惑力。因为倘使过于病态,便不合那些男人的需要。她们也操作,也吃醋争风打架,可以很野蛮,但不歇斯底里。她们只有一宗不足处:就是她们的地位始终是不确定的。疑忌与自危使她们渐渐变成自私者。

张爱玲的书写疗愈,安抚了姘居的女人骚动不安的状态,因为有着泼辣健康的生命力、魅惑力,自私地宽待自己的自私。于是在

---

① 《流言》,北京:北京十月文艺出版社,2009年,第190页。

她的小说中,没有悲壮,只有悲凉,没有爱,只有算计、妒恨、背叛、变态……最后总不在回归传统叙事中。她发现中国人对于反高潮不甚敏感,所以她在不断地反高潮中达到了书写高潮:

我喜欢反高潮——艳异的空气的制造与突然的跌落,可以觉得传奇里的人性呱呱啼叫起来。

——《谈跳舞》

张爱玲的散文叙事连空气都有了迷眩的颜色,她纠结的矛盾人性也呱呱啼叫起来,快意畅行。在《谈音乐》里她不谈音乐谈颜色谈气味。她写到,不知为什么,颜色与气味常常使她快乐。她先写颜色:"夏天房里下着帘子,龙须草席上堆着一叠旧睡衣,折得很整齐,翠蓝夏布衫,青绸裤,那翠蓝与青在一起有一种森森细细的美,并不一定使人发生什么联想,只是在房间的薄暗里挖空了一块,悄没声地留出这块地方来给喜悦。她坐在一边,无心中看到了,也高兴了好一会。还有一次,浴室里的灯新加了防空罩,青黑的灯光照在浴缸面盆上,一切都冷冷地,白里发青发黑,镀上一层新的润滑,而且变得简单了,从门外望进去,完全像一张现代派的图画,有一种新的立体。她觉得是绝对不能够走进去的,然而真的走进去了。仿佛做到了不可能的事,高兴而又害怕,触了电似地微微发麻,马上跑了出去。"气味则是这样的:"别人不喜欢的有许多气味我都喜欢,雾的轻微的霉气,雨打湿的灰尘,葱、蒜、廉价的香水。"①她还喜欢油漆味、汽油味、臭豆腐,凡别人厌恶的、嫌弃的理该是她喜欢的。异于常人的嗅觉、视觉、思考结构,让张爱玲在人世苍凉、乱世无情中发现无尽小趣味,②在边缘叙事的森森细细书

---

① 参见《流言》,北京:北京十月文艺出版社,2009年,第159页。
② 张爱玲曾对胡兰成说,还没有过何种感觉或意态形致,是她所不能描写的,惟要存在心里过一过,总可以说得明白。胡兰成说她是使万物自语,恰如将军的战马识得吉凶,还有宝刀亦中夜会得自己鸣跃。见胡兰成:《今生今世》,台北:远景出版社,2009年,第295页。

写中,她自得其乐,忘记了现世悲伤。

夏志清赞赏张爱玲小说里意象的丰富,在中国现代小说家中可以说是首屈一指。由于意象化的写法是中国古典式"泪眼看花花不语"的传统,而细腻的精神分析式的心理描写大都为近代欧美小说之所长,张爱玲的这种叙事特点便被批评家们论为"旧小说情调与现代叙述趣味的统一"。张爱玲自己的解释是,在写成名作《沉香屑——第一炉香》时并没有意识地这么追求,只感到故事的成分不够,想用想象来加强故事,到后来便发展为对各种细节的极度重视。这也是张爱玲研读《红楼梦》等古典小说的最大心得。细节往往是美和畅快,引人入胜的,而主题永远悲观,一切对人生的笼统观察都指向虚无。[1]有位哲人说得好:"痛苦之身的本质并不是个人化,它继承了无数人在人类历史上所受的痛苦,包括持续不断的种族战争、奴役、掠夺、强暴、虐待,还有其他形式的暴力。这些痛苦存留在人类集体的心灵中,而且每天都还不断地增加。"论者评断这种痛苦的痛,有它的历史性与集体性,并非全然的个人经验。或许,它也并非只是来自今生的经验。

一如荣格的集体无意识(collective unconscious),[2]认为个人在一切文化中分而享之,是为一种种族的记忆,且透过希腊哲学中的原型一语,释之为初始意象。文学若是不复为被压抑力比多的宣泄,无异于神经症病人的胡思乱想,反之有如其模式在不同文化中循环出现的神话,表现的是集体无意识的诸种原型。一个伟大的作家因而拥有并且向读者提供埋没在种族记忆中的初始意象,从而激发于个人和种族情绪都至为关键的心理机制。张爱玲的作品,从《私语》到《金锁记》,基本上承载着内心自我孤独的悲凉,以

---

[1] 参见徐岱:《边缘叙事——20世纪中国女性小说个案批评》,上海:学林出版社,2002年,第133页。
[2] 参考陆扬:《精神分析文论》,济南:山东教育出版社,1998年,第88-134页。

及家族集体无意识的伤痛记忆。她有意识地书写,反射的是集体无意识的统合和变异。

张爱玲的一生书写,就是一种逆写生命叙事的自我精神治疗,从中得到释放痛苦的愉悦。在《谈看书后记》结语她写道:

弗洛伊德的大弟子荣格在给他的信上谈心理分析,说有个病例完全像易卜生的一出戏,又说:"凡是能正式分析的病例都有一种美,审美学上的美感。"——见《弗洛伊德、荣格通信集》,威廉麦桧(McGuire)编——这并不是病态美,他这样说,不过因为他最深知精神病人的历史。别的生老病死,一切人的事也都有这种美,只有最好的艺术品能比。

早年张爱玲从《红楼梦》《金瓶梅》,影响她最深的两部著作及其他《啼笑姻缘》《海上花》《歇浦潮》……中国古典旧小说中汲取了其中生老病死、一切人的事种种变态的病例美,成就了自己独树一帜的民国新小说风格。晚年再回归研究旧小说以为礼敬,耗费十余年,留下《红楼梦魇》《海上花开》《海上花落》三部研究作品。从少年《摩登红楼梦》到老年《红楼梦魇》,张爱玲走了60年,精神疗愈仍未完。

四、超越快乐的原则

矛盾的愉悦皱褶何在? 周蕾指称:据说林纾与王寿昌合译《茶花女》的时候,他们哭得凄惨。对中国男人的要求,往往如俗语所说的一样"大丈夫流血不流泪",但他们两人阅读小仲马小说的反应,却与对中国男人具有节制、军人般坚毅的要求大相径庭。哭泣通常被设想成是女性化的表现,因而显露出软弱,但在这两个男人的例子上,哭泣却触发出某种愉悦。丹尼斯·迪德洛(Denis Diderot)将这种愉悦定义为:"受感动而沉浸于眼泪中的愉悦"。作为小说戏剧性呈现的观者们,林纾与他的朋友或能被形容成填补了某种"匮乏"(lack),这样的匮乏产生自戏剧性的事件中,缺少了让玛格丽特(女主人公)痛苦获得减轻与辩驳机会的仁慈谅解。观者在接受当中,成全了开展于面前的虚构图景(tableau)。然而,对他而言要将观者置于作品形构之前,似乎必须先关注于痛苦与愉悦之间心理交会的时刻,这是个"受到感动"的时刻,受到感动指的是与苦痛的某种认同。①张爱玲的小说,让读者受到感动来自她笔下的"震动",因为认同其中的"痛苦"以及"愉悦"并行,也就是说在痛苦流泪的同时快乐是并发的,而她自身也一样享受着痛苦中的愉悦。

在有关心灵的精神分析理论中,想当然地认为心理过程是受快乐原则(pleasure principle)自动支配的。就是说我们相信,任何给定的过程都来源于一种不快乐的紧张状态,并因此为自己确定了这样一条道路,即它的最终问题和这种紧张的放松是一致的,亦即"避苦"或"趋乐"是一致的。②少年张爱玲早早就看穿了这一点。不论《快乐村》或是《理想中的理想村》,③都是一个郁闷单亲女孩在心底用痛苦建构的假想乌托邦、愉悦的国度。青年张爱玲更是伶俐地参透快乐与痛苦在纠缠中所建构的矛盾世界:

> 仰脸向着当头的烈日,我觉得我是赤裸裸地站在天底下了,被裁判着像一切的惶惑的未成年的人,困于过度的自夸与自鄙?
>
> ——《私语》

---

① 参见周蕾:《妇女与中国现代性——西方与东方之间的阅读政治》,上海:上海三联书店,2008年,第185-187页。
② 西格蒙德·弗洛伊德:《超越快乐原则》,杨韶刚、高申春等译,台北:胡桃木出版社,2006年,第35页。
③ 《快乐村》为张爱玲八岁时所写,见《天才梦》;《理想中的理想村》是十二岁时所写,见《存稿》,收入《流言》,北京:北京十月文艺出版社,2009年,第70-77页。张爱玲青少年的中英文创作历程在刘川鄂《张爱玲之谜》第51-59页(北京:中国书店出版社,2007年)有巨细靡遗的描绘。

所以我觉得非常伤心了。常常想到这些,也许是因为韦尔斯的许多预言。从前以为都还远着呢,现在似乎并不很远了。然而现在还是清如水,明如镜的秋天,我应当是快乐的。

——《写什么》

我发觉许多作品里力的成分大于美的成分。力是快乐的,美却是悲哀的,两者不能独立存在。

——《自己的文章》

苦虽苦一点,我喜欢我的职业。学成文武艺,卖与帝王家。

——《童言无忌》

眠思梦想地计划着一件衣裳,临到买的时候还得再三考虑着,那考虑的过程,于痛苦中也有着喜悦。钱太多了,就用不着考虑了;完全没有钱,也用不着考虑了。我这种拘拘束束的苦乐是属于小资产阶级的。

——《童言无忌》

在弗洛伊德的精神世界里,本我服从于不可抗拒的快乐原则,但本我并不是单独如此,其他精神作用的活动也只能修正快乐原则,却不能取消它。快乐原则究竟何时和怎样才可能得到克制?这一考虑导致它与两种原始力量(生的本能与死的本能)之间仍未确定的联系。生的本能是建设性的,死的本能是破坏性的。由于这两种本能作用相反,又始终同时并存,这就使得人的生命运动历程总是带着动荡不定的节奏。这种矛盾从生命一产生就存在了,它就是那个使人大惑不解的生命之谜。

"生的本能"与"死的本能"在《弗洛伊德后期著作选》里有详尽的解说:像人这样的有机体,其所源出的状态是无机状态,人身上那种具有保守倾向的本能所要求恢复的正是这种无机状态,所以这种本能实际上就可称之为死的本能。除了死的本能之外,人身上还有另一种作用产生相反的本能,它要抗拒死亡,要使生命得到保存和更新,我们可称它为生的本能。真正的生的本能就是

"性本能"。①关于"超越快乐的原则",弗洛伊德进一步地解释道:对于某个系统来说的不愉快,同时对于另一个系统来说就是一种满足;②他把所有来自外部的、其强度足以打穿那个保护层(生命的囊)的兴奋统统都称作"创伤性"的兴奋。在他看来,创伤的概念必然含有一种与其他场合能有效地抵抗刺激的屏障所出现的裂口联系在一起的能力。

集大雅与大俗于一身的张爱玲,人生际遇与作品处处皆矛盾,她既是贵族也是平民,既自大又自卑,她的作品,是抗拒也是一种屈从。她戏剧性铺张了生命之谜,带着创伤性的兴奋穿透生命的罅隙,冷峻犀利地看透世间人与物,对爱欲却始终痴迷不悟,在自我精神治疗的封闭书写与爱欲解放的追求中,"内""外"二元矛盾对峙,带来不可言状的快感,亦即弗洛伊德所宣称的:受虐中的痛苦愉悦(pleasure-in-pain),一种创伤性的兴奋。

张爱玲就靠着这点幽微的"创伤性的兴奋",孤独写到老死。

五、黄皮肤·白面具

张爱玲的一生"如何东方怎样西方",可能一直是她身为第三世界女性的焦虑与矛盾症结点。有色人种女性主义者莫杭蒂(Chandra Mohanty)宣称:第三世界女性是指"被殖民化"(colonized)、处于西方主导论述下、在西方"巨眼"凝视下所映照出来的第三世界女性。在这意义上又分两个概念:一是指真实存在、生活于第三世界国家中的第三世界妇女,一是指被呈现在各种论述中,如文学、戏剧、电影……中的第三世界妇女。她在《在西方的凝视下》中解释道:前者为第三世界真实的女性,后者是虚拟的第三世

---

① 西格蒙德·弗洛伊德:《弗洛伊德后期著作选》,林尘等译,上海:上海译文出版社,2005年,第3-5页。
② 同上注,第20、30页。

界女性,这两者的关系,是一种真实者与被形塑者的关系,就是一种"殖民关系"。各种论述所建构的是一种复合型他者的"大写"女性(Woman),以及真实的作为她们集体物质主体的"小写"女性(woman)。作为历史主体的真实女性和透过各种论述形式的"再现"女性之间的关系,既不是一种直接的关系,也不是一种对应的或简单的暗示关系,而是一种建立在特殊文化和历史语境中的暴力关系(arbitrary relation)。① 是一种女人对女人所施展的文化暴力,真实主体以优越西方论述权威眼光打造虚拟的第三世界想象。《沉香屑——第一炉香》的葛薇龙、《金锁记》的曹七巧、《连环套》的赛姆生太太都是东方主义凝视下的香港女人、上海女人、杂婚女人,都是叙事者小写女人张爱玲以"殖民关系"建构出来的虚拟大写女人。但她们的人生荒谬、卑微,甚至猥琐,虽然活出一股理直气壮的强悍生命力,毕竟还是东方主义对东方殖民女子的想象。

莫杭蒂进一步指出西方主义下的女性主义使用的是"一种跨文化的家长制、一种独断的、单一的男性宰制的观点"来分析所谓的性别差异(sexual difference),进而导向一种同样是简单化的、同质化的第三世界差异的模式。在这样模式下,一个一般化的第三世界女性的形象就被任意建构起来了:一种基于被阅读为性的压抑(sexual constrained)的性别差异,和被阅读为愚昧的、贫穷的、未受教育的、传统约束的、琐碎家务的、家庭取向的、受迫害的第三世界,基本上过着"残缺"生活的女性:曹七巧、白流苏、薇龙、霓喜、曼璐……

张爱玲小说塑造的第三世界女性,哪一个不是如此？吊诡的是,上海时期,她将这些充满东方想象的女子贩卖给中国读者。因为,她是贵族知识分子,上海市井小民不识晚清贵族后人的锦衣玉食,没去香港见过世面;上海人不识香港,不知边城"异域"风情。

---

① 参考宋国诚:《后殖民论述——从法农到萨义德》,台北:擎松出版社,2003年,第113－114页。

香港系列小说,仅是上海故事的翻转改写,她巧妙营造了一个香港的"地域想象",女子行走期间只是填充物。成长于上海公共租界、留学于香港的张爱玲,不见书写被殖民的压迫和苦楚,对英国反而是十分崇拜的,在《私语》中梦想就是中学毕业后去英国留学,小说中的男人不是英国人就大都"留英"。张爱玲原本要留学英国伦敦大学,却去到英属殖民地香港借读,加上母亲黄逸梵的男友是英国人等因素,让张爱玲作品充满强烈的"恋英"情结:《沉香屑——第一炉香》里的英国嫖客、《沉香屑——第二炉香》里的罗杰、《连环套》中的汤姆生、《倾城之恋》的范柳原、《红白玫瑰》的佟振保,个个不是英国人就是留英人。《异乡记》主人公怀疑乡下人把她当成外国人,但这外国人竟也是个英国人,包括《谑而虐》①这篇翻译短文也和英国有关。透过笔下留英人或英国人宗主国的"去殖民化"漂白,他们与香港殖民主英国人立于同一高度,社会身份远高于文本中被戏弄或被作践的中国女人或混血杂种女子。

在此,张爱玲是殖民霸权的共谋。

真实主体的小写女性张爱玲绝非女性主义,甚至是个贤良卑屈的情妇、妻子,却在扭曲的"殖民关系"中,在差异书写的缝隙中,在上海关键十年的肆意快写中,不自觉地张着优越的"拟"白人巨眼,以知识分子精英的睥睨眼光看着上海、看着香港,看着她笔下彻底或不彻底小人物的荒凉人生。成名初期,她常以中英文进行交错书写,《银宫就学记》《借银灯》《更衣记》《五四遗事》等都是以英文先行在英文报纸上刊登,再翻译成中文在中文杂志上

---

① 陈子善:《张爱玲译作〈谑而虐〉》,《联合报》副刊,1998年9月10日。该文乃张爱玲最早的译作,节译美国女作家 Margaret Halsey 讽刺英国习俗与道德的畅销书 *With Malice toward Some* 为《谑而虐》,1941年6月发表在"西风社"的《西书精华》季刊第6期《西书摘译》栏目。在《笑纹》中,张爱玲对《谑而虐》做出了如是说明:虽说"谑而不虐",谑字从"言"从"虐",也就是用语言表现的精神虐待,仓颉造字就仿佛已经深明古希腊"喜剧是恶意的"这定义了。收入《对照记》,台北:皇冠出版社,1994年,第123-124页。

刊登,一文两写稿费两收,等出版时再收版税一次。胡适曾评说:《更衣记》中文翻写得比英文原稿好很多,对衣服多了许多细腻的描绘。而《洋人看京戏及其他》就值得玩味了,开篇便说:以西洋人的眼光来看京戏,但文章内里写的依旧是中国人的观点、张爱玲的观点,张爱玲以拟洋人的眼光所呈现的观点。

张爱玲的人生与书写充满了分裂的矛盾、表里不一的矛盾,但是她懂如何畅快书写又善于包装宣传,让读者忽略了细读推敲下的耐人寻味与矛盾丛生。日本占领上海的沦陷期,民不聊生百业萧条,却是张爱玲最快乐的时期,事业攀上高峰、收入一字千金、爱情春风拂面,经常和炎樱喝咖啡吃蛋糕逛大街买花布,还帮忙开起服装店设计时髦女装,享受名人权贵的一切尊荣。虽然她曾跟胡兰成提过:"西洋人都是悭吝的,他们虽会投资建设大工程,又肯出钱办慈善事业,到底亦不懂得有一种德性叫慷慨。""西洋人有一种阻隔,像月光下一只蝴蝶停在戴有白手套的手背上,真是隔得叫人难受。"①但她笔下的西洋人、英国人、留洋人总和她亲。这也是张爱玲习惯说反话的实例。崇洋的她并没有那么厌恶洋人,要不怎么嫁得了洋人?她还告诉胡兰成:"我是但凡人家说我好,说得不对我亦高兴。"这句话也是反话,个性刚毅的她是不任人说、且说不得,如《不得不说的废话》《有几句话同读者说》《羊毛出在羊身上》《忆天才梦》……都是为"人说必反"而写的辩驳文。

1956年8月,中国人张爱玲嫁给大她三十岁的美国人甫德南·赖雅,忘了曾对胡兰成说过她对西方人的恶感,不论此再婚是否隐藏着晋升"白种人社会阶级"的"交易"目的,或是嫁个洋人作家有助于开拓欧美出版市场的"功利"目的,或是得以快速取得长期居留身份的"身份"目的,早期赖雅帮忙张爱玲校改英文稿件,可是众所周知的事。当然,她对赖雅的依赖包含对他才气的崇拜,

---

① 见《民国女子》,收入胡兰成:《今生今世》,台北:远景出版社,2009年,第292-293页。

怎奈,年老的赖雅早早中风卧床,成了她美国梦的沉重负担。

法农(Fanon)在《有色人种妇女与白种男人》中说了一个黑人女性马伊奥特·卡佩西亚的故事:她从小生活在重度种族歧视的岛屿,每当有一个活动、一个震荡,总是直接同这一目的(歧视)有关。于是她试图让自己皮肤和思想变白,并决定嫁给一个白人好让自己更白,却无法融入他的生活圈。她终于体认白人和黑人代表世界的两极,永远在斗争的两极:真正的善恶二元论的世界观;必须记住——要么是白人要么是黑人,就是这个问题……人们因自身的黑色或白色,沉浸在自恋的悲剧中,封闭在各自的特殊性中,进行着肉搏,只是时不时地,确实有几缕微光,然而,微光源头却受到威胁。受威胁的就是接纳的另一方。①

不是黑人也不是白人,张爱玲是介于黑白之间的尴尬黄种人。在20世纪50年代,种族分际还壁垒分明的时候,没有信件或数据显示,赖雅因为娶了黄种人妻子而受排挤与歧视,张爱玲也不因身为白人妻子而拥有实际特权。但是,赖雅女儿霏丝(Faith)和她不合是事实,要和张爱玲交朋友都不容易了,更何况要她扮演一个同龄异族女子的年轻"继母"?②除了赠送中国食谱的那位爱莉丝,没听过她有其他任何洋友人。张爱玲在洛杉矶被偷被抢几次,起因该是在雄壮的洋人抢匪眼里,她就是活该被欺凌、被掠夺、被边缘边缘再边缘化的"黄种、高龄、单身、瘦弱"的异国弱势女性。直到今日,美国街头还有洋人对着黄种人、墨西哥人咆哮:滚回你的国家去。

张小虹《重塑法农:〈黑皮肤,白面具〉中的性别/种族政治》一

---

① 参见法农(Frantz Fanon):《黑皮肤,白面具》,万冰译,南京:译林出版社,2005年,第28-45页。
② 张爱玲在1971年7月17日写给从未谋面的朱西宁信中提到和赖雅女儿间的龃龉,并提及水晶讲起传说的还有更离奇的……见朱天文:《花忆前身》,台北:麦田出版公司,1996年,第33-34页。和赖雅儿女熟稔的司马新也证实过此事。司马新在《炎樱细说张爱玲轶事》一文里也点明:霏丝讨厌张爱玲。

文对法农书中的"性别盲点"与"阴茎迷思"多所批判,但不否定其中的"被弃官能症"。亦即"不去爱以免被弃"的心态,来自黑人男性心理结构中深沉的自卑与自怜自怨式的灰姑娘情结(Cinderella complex)。①这亦是晚年张爱玲的心理状态写照。法农说:"人不仅仅可能发生复兴和否定。如果意识确实是超验性的活动,我们也应知道爱和理解的问题萦绕着这个超验性。人是宇宙和声中的一个响亮有力的字。你争我夺、四分五裂、混乱、被迫看到自己制定的事实一拨一拨地废除,他应该停止在世界中规划那与他共存的矛盾。"②当矛盾无法停止的时候,人只会更封闭、更孤独,完全与世隔绝。

在东西方夹缝中,张爱玲无法消弭矛盾,只有遁世自闭。她1956年再婚后便冠丈夫赖雅的姓氏Reyher,一是老美习俗,二是加速入籍,三是主体认同的转向。虽然宋以朗指出持有绿卡的她可以自由选择配偶,③但拥有绿卡入籍和嫁给美国人入籍快慢有别,安全感有差异,她已由黄种难民边缘身份进入白人帝国主流社会阶级。换言之,认同本身即为帝权过程,一种暴力的巧取豪夺,将他者解组并同化于自我(self)的帝王疆土。④张赖婚姻,就是帝国同化的美丽童话。张爱玲婚后初时和友人们通信时都用Reyher在信封寄件人处落款,偶尔和庄信正通信时会用Chang。赖雅去世后三年,1970年起改用Chang,1983年3月13日的信封上开始又用Reyher为发信人,⑤直到去世。

1971年她与一位意外访客James K. Lyon(詹姆士·莱昂)见

---

① 张小虹:《性帝国主义》,台北:联合文学出版社,1998年,第12-44页。
② 法农:《黑皮肤,白面具》,万冰译,南京:译林出版社,2005年,第2页。
③ 宋以朗:《宋淇传奇:从宋春舫到张爱玲》,香港:牛津大学出版社,2014年,第207页。
④ 张小虹:《性帝国主义》,台北:联合文学出版社,1998年,第13页。
⑤ 庄信正注:《张爱玲庄信正通信集》,北京:新星出版社,2012年,第160页。苏伟贞保存1990年起张爱玲的来信9封,信封上都用Reyher署名。见《张爱玲书信选读》,收入《张爱玲评说六十年》,北京:中国华侨出版社,2001年,第204-209页。

面,由 Lyon 多年后写的一篇 *The Reclusive Eileen Chang and an Innocent American Visitor*①(《善隐世的张爱玲与不知情的美国客》)文章中,明显地可比对出,张爱玲对陌生人时用 Reyher 署名,卸下心房要交心时便改用 Chang,并叨叨说起自己晚清贵族血统的身世,自抬身价,只有和姑姑及弟弟通信时署名:煐。反身做自己。林式同和她见面时,感觉到她一直逃避旅馆华裔经理的视线;庄信正妻子杨荣华则亲耳听到她告诉新住处的公寓管理员自己不会说英文。②既要美国人、邮差、东方友人当她是美国人,又不让邻居知道自己英语流利得很,其中的矛盾实在耐人寻味。林式同说过她对陌生的华人一定说英语,和认识的中国人则一句英语都不说。止庵说得好:"张爱玲的性格有很多奇怪的地方,她往往跟很生疏的人很好,跟很亲的人距离很远。"③总之,张爱玲的矛盾怎也说不完。

1983 年起张爱玲改以过世丈夫姓氏 Reyher 永久"标志"为洋人的时刻,正是虫患开始的时刻,其中的复杂心理可回溯至上海关键十年的"梁京"时代,彼时她以此笔名将"张爱玲"杜绝于已经不可爱的上海人、不友善的社会以及共产统治国家机器之外。两桩事虽横跨时空 40 年,但明显地都是张爱玲在社会结构中"自我退缩"的开始。

安娜·弗洛伊德(Anna Freud)④在描绘自我退缩现象时写

---

① James K. Lyon, *The Reclusive Eileen Chang and an Innocent American Visitor*, Unitas: A Literary Monthly 4 (1997), pp. 59 - 73。王芸著《因为懂得所以慈悲——倾城张爱玲》略微提到此事,湖北:长江文艺出版社,2013 年。叶美瑶在 2014 年直接翻译了 Lyon 的这篇原文为《善隐世的张爱玲与不知情的美国客》。
② 庄信正编注:《张爱玲庄信正通信集》,北京:新星出版社,2012 年,第 326 页。
③ 张月寒:《止庵谈:有一个"晚期张爱玲"过早地结束》,刊载于《三联生活周刊》,2015 年第 38 期,第 74 页。
④ 安娜·弗洛伊德(Anna Freud, 1895—1982)为继承父亲弗洛伊德衣钵的女性精神分析大师,是儿童精神分析和自我心理学的开创者,成就不亚于父亲。参见珍妮特·榭尔丝(Janet Sayers):《母性精神分析——女性精神分析大师的生命故事》,刘慧卿译,台北:心灵工坊出版社,2001 年。

道:这是为了保护自我面对外界的刺激,将退缩作为避免不愉快的方法,不属于神经症的心理学,它只是在自我发展中构成一个正常阶段。①如果自我退缩不是病,那纠缠至死方休的虫患是病否?

六、林语堂带来的虫患

　　林语堂是一位成就非凡的国际作家,是张爱玲从小立志超越的作家,也是一位在思想、性格、爱好、志趣等各方面充满矛盾的作家。他一本名为《八十自叙》的自传,开宗明义第一章就叫"一捆矛盾"。矛盾之多,多到一捆,可见其人有多矛盾。但他清晰地看见了自己的矛盾,这是张爱玲不及的地方。②他影响张爱玲一生一世,张学论者却绝少拿他与张爱玲比较,举可见的一篇:《林语堂〈吾国与吾民〉对张爱玲"中国人的宗教"的影响》为例,③论者郑滋彬在文中,先是质疑青年张爱玲何以写得出如此老成持重的《中国人的宗教》?再以林语堂《吾国与吾民》与之互文详读后,确信,张爱玲此文受到林语堂的影响,且多有吻合,可惜,又未能了悟其意,以至于出现了令人诧异的说法。该文满纸半吊子,是少数难以畅快阅读的张文之一,矫情造作颇不自然,如轻易否定宗教神圣性又以"下等人"这三字称道教信徒……虽然该论者怀疑点与本书一致,但他并未看出,此文受港大教授许地山的影响更深。除了前章提及《更衣记》与《近三百年来底中国女装》雷同,博学多闻的许地山《我们要什么样的宗教》《道学史》等研究曾当面授教给了张爱玲。

　　和林语堂较相关的,本书推论,张爱玲《谈女人》中的"超人说"便展现了欲超越林语堂《生活的艺术》中超人说的企图。为论

---

① 法农:《黑皮肤,白面具》,万冰译,南京:译林出版社,2005年,第35-36页。
② 杨天石主编:《民国掌故》,北京:中国青年出版社,1998年,第432页。
③ 林幸谦主编:《张爱玲——传奇·性别·系谱》,台北:联经出版公司,2012年,第633-660页。

者所忽略的还有林语堂给张爱玲的重大刺激:张爱玲第一篇得奖文章在《西风》,最后一篇得奖感言为55年后的《忆西风》,显见《西风》在她生命中的分量。而《西风》月刊正是林语堂1936年与黄嘉德、黄嘉音两兄弟共同兴办的月刊,①由黄嘉德任主编,黄嘉音任发行人,林语堂任顾问编辑,类《读者文摘》的清新风格在上海风行一时。发刊不久林语堂便携家赴美,除了经常自美国传来译文刊登外,西风社陆续出版了他英译中的作品《吾国与吾民》与《生活的艺术》,以及英汉对照的《浮生六记》《古文小品》《冥寥子游》等。在《西风》老舍、周作人、冯至、苏青、谢冰莹、徐訏等众多作家群中,林语堂堪称享誉国际名声载道的首席作家。这让从小自认中英书写能力均超越林语堂的张爱玲,有了穷极一生角力的目标。这也阐释了为何《天才梦》得奖名次在《西风》征文中排名第十三垫底,会让她怨愤半世纪的原因。更可恨的是,想当然耳林语堂是评审之一。

1935年林语堂以《吾国与吾民》(*My Country and My People*)在美国大受欢迎,1938年又以《生活的艺术》(*The Importance of Living*)高挂排行榜五十周,成为当时全美最畅销的书,奠定了他在国际文坛的不凡地位。1940年获颁纽约艾迈拉大学(Elmira College)荣誉文学博士学位,被该校校长赞誉为"世界公民"。从此,他翻译的书封面西风社都标示:"林语堂博士翻译",实至名归。这些事,天天上洋学堂读外文报和月刊的张爱玲,当然知道且因此发下豪语:"有一天我要比林语堂还出风头"。1943年她开始以英语写作投稿英文报,便是效法林语堂成名的起步。

在前进的一方面我有海阔天空的计划,中学毕业后到英国去读大学,有一个时期我想学画卡通影片,尽量把中国画的作风介绍到美国去。我要比林语堂还出风头,我要穿最别致的衣服,周游世

---

① 慕三生:《西风陈年》,个人文章创作网 http://www.pinwriting.com/article/29644584880/。上网时间 2016/5/5。

界,在上海自己有房子,过一种干脆利落的生活。

——《私语》

歆羡林语堂在美国已是个以英语写作红遍世界的华人,中年定居并入籍美国的张爱玲,一心想效尤林语堂实践相同梦想,就像当年实践"成名要趁早"的梦想一般,希望能同样以英文著作打入欧美书市,和林语堂一样"两脚踏东西文化,一心评宇宙文章"。但她以英语先行的写作模式反而呈现出一种:汉语欧化的逆反现象"欧语汉化"(她学的是英国贵族英语非美语)。"汉语欧化"可简单理解为受西方语言文化影响,有着英语语言特征的汉语。这种汉语吸收了大量的外来词,而且在词法和句法层面也出现了一些冲击汉语语法规范的语言变异现象。[1]因此,张爱玲的"欧语汉化"让洋人在阅读上造成了障碍,尤其是中国人小名、俚语以英语直译化,艰涩难懂。[2]这让争强好胜的张爱玲在自己的书没有欧美市场、被出版社退稿的窘境中,对同期华人女作家的著作在美大受欢迎颇有微辞,如1965年韩素英的《生死恋》(A Many-Splendoured Thing)在美畅销,1978年陈若曦的《尹县长》(The Execution of Mayor Yin)英语版在美发行后大受欢迎。对此,前后两本英文书都卖不好[3]的张爱玲在写给夏志清信中表示不以为然,她奋昂的信心也逐渐瓦解、退缩。

想当年上海滩,在林语堂赴美之后,也只有张爱玲是可以用英、中双语创作的作家,从不少著作是先由英文发表后翻成中文发表看来,英语反倒成了她的第一语言。如王德威所言:"她仿佛不

---

[1] 梅君、淦钦:《张爱玲作品中的汉语欧化》,刊载于《南昌教育学院学报》,2000年6月号,第31页。
[2] 见宋以朗:《书信文稿中的张爱玲》,收入《印刻文学生活志》,2009第68期。
[3] 1955年张爱玲在给胡适的信中写道:还有一本《赤地之恋》,是在《秧歌》以后写的,因为要顾到东南亚一般读者的兴味,自己很不满意,而销路虽然不像《秧歌》那样惨,也并不见得好。我发现迁就的事情往往是这样。见子通、亦清编:《张爱玲文集·补遗》,北京:中国华侨出版社,2002年,第282页。

能再信任她的母语,切切要找寻一个替代声音以一吐块垒。她与她的生存环境——国家、主义、政党隔膜若此,在传达、翻译人我关系的(不)可能性时,异国的语言未必亚于母语。"①她尽力与异国文化重叠融合,从亚裔华人女作家的边陲位置迈向主流英语出版世界中心,可惜终其一生,英文创作并未让她功成名就扬名四海,反而成为人生大挫败。原因,她虽心知肚明却气难平。②在《张爱玲私语录》中,她这样贬损林语堂:

> 从小妒忌林语堂,因为觉得他不配,他中文比英文好。如"人亦要做钱亦爱",③一字不能改。英文用字时常不恰当……
>
> 林语堂——喜欢随便改动原著,一个字用另一个字没有多大分别。

自称拥有近乎"巫"通灵能力的张爱玲,能够预感事情将如何发展,她觉得能够成功的一定会成功,④坚信,自己早晚可以超越林语堂。相信占卜求签算命的她,对牙牌签、命书、塔罗、手相等都非常热衷,但在坏签提点下,仍一意孤行,譬如1952年底赴日和来年初返港前她都问凶吉,各抽了"下下签";在好兆头下满心欢喜最后事与愿违,如1961年赴港写剧本前,她抽到了"大吉",抵港后还和赖雅通信隔空取暖增加信心,五个月后却筋疲力尽返美。⑤

---

① 王德威:《落地的麦子不死——张爱玲与张派传人》,济南:山东画报出版社,2004年,第6页。
② 1964年10月16日在她写给夏志清的信中写道:这些退稿信里最愤激的一封,大意是"所有的人物都令人反感。如果过去的中国是这样,共产党岂不成了救星?我们曾经出过几部日本小说,都是微妙的,不像这样 squalid,我倒觉得好奇,如果这小说有人出版,不知道批评家怎么说。"见夏志清:《张爱玲给我的信件》编号5,台北:联合文学出版社,2013年,第22页。
③ 见宋以朗编:《张爱玲私语录》,北京:北京十月文艺出版社,2011年,第60页。宋以朗批注此句出自林语堂《四十自叙》诗。
④ 见宋以朗编:《张爱玲私语录》,北京:北京十月文艺出版社,2011年,第54页。
⑤ 关于张爱玲在20世纪五六十年代凡事抽牌占卜细节,详见冯睎干:《在加多利山寻找张爱玲》,香港:牛津大学出版社,2018年,第199-219页。

老年,她显然是放弃了这类外助神力,最新文献也未见与"蚤难"相关卜签。

1983年张爱玲开始罹患"虫害迫害妄想症",四处搬家逃避越变越小,小到肉眼几乎看不见、接近细菌的fleas。从1985年水晶发表《张爱玲病了》一文引起轩然大波,到近期精神医师作家吴佳璇陆续发表的《张爱玲的身心症与文学梦》《张爱玲满是跳蚤的晚年华服》两文,张迷们不得不信,张爱玲当时真的病了。吴医师参考《精神医学之症状及病征》研究指出:这是"妄想性虫爬症"(delusional infestation)——罹患此症的病人相信有某种动物在身上四处爬动,虽然看不见,却能清楚描述它;至于随搬迁的跳蚤一次又一次缩小至接近细菌大小,精神病理学称为"次发性妄想"(secondary delusion),为解释其他病态性经验——跳蚤骚扰的体幻觉(somatic delusion)所产生的。追溯原因,从 Pink Tears 乏人问津到 The Rouge of the North 招致恶评,英语书籍出版陆续失败,力图在英美文坛争一席之地的压力,也形成了张爱玲身心症温床。

> 在没有人与人交接的场合,我充满了生命的欢悦。可是我一天不能克服这种咬啮性的小烦恼,生命是袭华美的袍子,爬满了蚤子。
> ——《天才梦》

张爱玲写这篇文章时,正在港大借读,年方19岁,生命充满了未知的喜悦与危险。这是她人生第一次参加公开竞文的投稿文,蚤子只是"生命虽美却充满令人厌恶的小东西"意象的表征;第二次蚤子出现在《异乡记》,是他者身上的蚤子,落后乡村的原生蚤子,与她无涉;第三次蚤子出现在小说《郁金香》抱小狗的金香身上,是想象的蚤子;第四次蚤子出现在从香港移民去美国的船上,看见菲律宾人常在小孩头上抓蚤子,怕蚤子跳上身只好以洗头对付,是隐形的蚤子;[①]第五次蚤子来到《重访边城》的台北,是第一

---

① 1955年10月25日写给邝文美的信。见宋以朗编:《张爱玲私语录》,北京:北京十月文艺出版社,2011年,第136页。

次攻击她肉身的实体蚤子,但王祯和等人否认台湾有跳蚤。事隔多年,直到1983年fleas虫患才在洛杉矶大爆发,从实体蚤子逐渐缩小成肉眼不可辨识的隐形蚤子。张爱玲认知的蚤子有几种?有大陆撤退时带到台湾的大陆蚤子、有美国邻居猫狗身上的黑色跳蚤、有暗藏冰箱浅棕色中南美品种。①总归,张爱玲的蚤子有两种:一种是心理意象的,一种是实体存在的。当这两种混淆不清时,她无处可逃。但是,论者们可能都忽略了,张爱玲的蚤子都出现在异乡,不论温州行的小乡村、台北阳明山上的旅馆、洛杉矶数不尽的公寓和小旅店,每当她身心失据主体失焦时,蚤子就会出现。

如果把张爱玲的"蚤子之幻"视为一种变态恐怖病症,那么触发她的恐惧是什么?自从1979年她发表《色·戒》《浮花浪蕊》《相见欢》到1983年《惘然记》初版,她承受到来意不善的批评甚多,②长期受威名之累亦遭到媒体的关注与侵扰,加上1981年胡兰成在日本去世、1983年赖雅去世,这些外在因素可能都是引发她内在"蚤子之幻"爆发的原因。

本书追根究底,林语堂早年的一篇文章《中国究有臭虫否》(*Do Bed-Bugs Exist in China*),③对中国人如何讨论臭虫(跳蚤)做

---

① 根据1985年3月致宋淇夫妇书信,张爱玲认定骚扰她的跳蚤分两批:第一波是1983年秋Kingsley旧居邻家猫狗传入的黑色跳蚤;第二波则是1983年11月搬家后二手冰箱隔热层藏着的浅棕色中南美品种,随着她一路搬迁,变小后像细长的枯草屑。直到1986年9月,这批跳蚤还在,且"每次快消灭了就缩小一次,终于小得几乎看不见,接近细菌"。1987年9月去信时又说:"一切跟上次来信时一样"。张爱玲遗嘱执行人林式同说,从1984年8月到1988年3月这三年半时间内,她平均每个星期搬家一次。

② 张爱玲1979年9月4日致宋淇夫妻信中写道:亦舒骂《相见欢》,其实水晶已经屡次来信批评《浮花浪蕊》《相见欢》《表姨细姨及其他》,虽然措辞较客气也是恨不得我快点死掉,免得破坏image。这些人是我的一点老本,也是包袱,只好背着。见宋以朗编:《张爱玲私语录》,北京:北京十月文艺出版社,2011年,第222页。

③ The *Little Critic* essay was originally presented as a speech at the Winter Institute of the foreign YMCA, Shanghai on 25 November 1930, and it was published in *The China Critic*, IV:8 (19 February 1931): p. 179 – 181. 见钱锁桥编:《小评论:林语堂双语文集》,北京:九州出版社,2012年,第97 – 104页。中文原версион见林太乙:《林语堂传》,台北:联经出版公司,1989年,第101 – 104页。

了幽默的十种态度分析,恐怕才是多年来潜藏在张爱玲心底角落翻云覆雨的虱子元凶。

　　试想如果在一个中国女主人家里所举行的著名中外人士之集会中,有一只臭虫在洁白的沙发套上缓慢而明显地爬出来见客。这事情可能在任何家庭中发生,不论是英、美、法、意、俄,这里且假定是在中国人家。如果有一个英语说得很好的爱国高等华人首先发现了,于是他的爱国心驱使他走过去,坐在那臭虫上,不论以自己的体重压死了它也好,或者为了国家荣誉而让它秘密地咬几口也好。然而另一只又出现了,接着又有第三、第四只出现了,成群结队,这使得大家惊愕而主人窘极的,结果证明在中国的某些城市的家庭中是有臭虫的。于是我便听到关于有否臭虫的讨论……(林语堂,1940)

　　林语堂十种臭虫的讨论①贯穿古今中外,冷嘲热讽之结论就是"中国是有臭虫的,连美国哥伦比亚大学也有臭虫"。当年张爱玲的书不给哥伦比亚大学出版与此可有相关? 最后,第十种态度,才是自谦小评论家(林语堂)的态度:看到一只臭虫在著名的集会里走出来见客时,依他的习性会喊出:"看啊,这里有一个大臭虫! 多大,多美又多肥,它在这时机跑了出来,在我们乏味的谈话中供给一些谈论的题材,它是多么巧妙又多么聪明啊! 我亲爱的美丽的女主人啊! 不就是它昨晚吸去你的血吗? 捉住它吧。捉住了一只大臭虫把它捏死该是多么有趣的事啊!"有臭虫就得抓,不分国籍、性别、宗教、信仰。

　　多么幽默风趣又多么可怖的一篇文章! 阅读此文仿佛看到四下全是万头攒动的臭虫、跳蚤、虱子。林语堂女儿林太乙回忆,1940年庄台公司出版了"小评论家"专栏文集《讽颂集》(*With Love*

---

① 关于林语堂十种臭虫的讨论,详见钱锁桥编:《小评论:林语堂双语文集》,北京:九州出版社,2012年,第98–100页。

and Irony),总收入4.68万美元,1941年又出版了一本小说《风声鹤唳》(A Leaf in the Storm),得1.34万美元,合计林语堂当时财富已有4.2万美元,包含中国银行13.1384万银元长期存款。① 可见林语堂的书在中国和欧美是多么畅销,既名扬国际又创造财富,难怪张爱玲早早便立志以林语堂为效法目标。可惜,天才张爱玲一辈子超越了所有人,就是无法超越林语堂,林语堂连写写臭虫都可以赚大钱,而她拼了命还是望尘莫及,午夜梦回怎不气馁?怎不让林语堂不分国籍的臭虫出来爬满身爬满心?

七、精神分析揭露的隐蔽

此章节,基本上是将弗洛伊德与拉康精神分析置入精神分析女性主义(psychoanalytic feminism)场域考察张爱玲隐藏的愉悦所在,与自由女性主义基于社会政治经济结构寻找妇女受压迫的解决方案不同,与激进女性主义基于人类的生育角色、生育实践对妇女压迫问题的解释也不一样。精神分析女性主义者认为,妇女行为方式的深刻根源在于妇女的精神、心理层面,关注受压迫妇女的性别角色,认为压迫妇女的根源深藏在妇女的精神内部。依据弗洛伊德理论中的概念,如伊底帕斯情结等,提出社会性别不平等产生于人的一系列早期的童年经验。这些经验使得男人和女人各自把他们看作具有男人气质和女人气质,而且造成了父权制社会的男性气质优于女性气质的观念。② 虽然,弗洛伊德的"阴茎歆羡"说与拉康皆的"女人不存在说"皆受到女性主义严厉的批判。撇开歧义,欲厘清张爱玲生命中的心理矛盾情结,两者都是最佳分析工具。③

---

① 林太乙:《林语堂传》,台北:联经出版公司,1989年,第209页。
② 李晓光:《从女权主义到后女权主义——西方女性主义/女权主义的理论转型》,刊载于《思想》,2005年第31卷第2期,第10页。
③ 尽管弗洛伊德和拉康被女性主义公认为是"反女权者",但他们都为当代女权理论的一支重要派别"精神分析女性主义"奠定了基础。

张爱玲矛盾的愉悦,隐蔽于本书已探究出的恋父弑母与弑父恋母、传统叙事的精神治疗、受虐者的反身性、超越快乐的原则、黄皮肤·白面具以及林语堂带来的虫患六处。这六处可与社会身份新疆界说的六大主体矛盾:即"多重压迫论之性别差异的矛盾、多重主体位置论之身体操演的矛盾、矛盾主体位置论之双重他者的矛盾、主体社会关系论之流动关系的矛盾、主体社会情景论之自我与异己的矛盾、异体合并杂交主体论之文化嫁接的矛盾",既相对应又可自由穿梭层层推演无所限制。

从小在封建父权家庭长大的张爱玲,在重男轻女性别差异的矛盾中以书写投稿寻求自我疗愈,立志要超越弟弟张子静并在其中获得了愉悦的快感;又譬如,处于双重他者矛盾中的张爱玲,知道如何掌握超越快乐的原则"避苦趋乐",漠视上海小报、同行男女的攻讦,以贩卖虚构的香港故事名利双收;面对胡兰成政治权力、男性父权的双重压迫,在受虐者的性爱痛楚中获得被占有与占有的矛盾愉悦,既抗拒又迎合,既痛苦又快乐;上海关键十年,张爱玲身为贵族之后、一个女人、一个名作家、一个新女性、一个引导社会观念的留学知识分子,打着新自由恋爱观的旗帜反自囿于传统父权的窠臼,委身为胡兰成三妻四妾的妾之一。亦即她在公领域从身份、社会地位获得的权力与论述高度,在成为一个私领域情妇时完全崩溃。密婚,只是亡羊补牢之举,却也成为她毕生之恨。这恨,必须以一再地重复书写来自我疗愈。从早期《金锁记》到晚期《小团圆》,俱如沉浸在苏珊·桑塔格(Susan Sontag)①疾病的书写里,反射出一种理论当被检验的、刺激的变态美学。

在后现代的众生喧哗声中,开放式的阐释赋予本书更多元的解释力。本章节更大胆论证,胡兰成与张爱玲之间施虐者与受虐

---

① 苏珊·桑塔格,美国作家、艺术评论家、女权主义者,与西蒙波娃、汉娜·阿伦特被并称为西方当代最重要的女知识分子,著有《反对阐释》《疾病的隐喻》《论摄影》等知名著作。

者的性与爱的矛盾关系,让她在其中获得了超越生理痛苦的莫大心理愉悦,又在羞于享受肉体性爱欢愉中,产生否定的心理痛苦。最终借由长年书写、改写《小团圆》,将外在承受痛楚的客体内化为文本中的建构主体,反射性地看见自身。而这自身,阴魂不散,自行潜入《色·戒》王佳芝、《少帅》四小姐体内,让胡兰成附身老易、张学良,一再重演两人昔日刻骨难忘的性爱默片。

冯晞干于《在加多力山寻找张爱玲》这本书里,说得比《少帅》的考证与评析还彻底,以专章《评〈少帅〉——民国艾丽斯梦游仙境》详尽解析胡张恋对张爱玲写作深刻的影响。冯指称张爱玲在构思《雷峰塔》《易经》的过程时,胡兰成已经在脑海重温过了,写《少帅》便顺着下意识滑入,不论十七岁、木雕鸟、女性队伍、机械化的性交……复写情节和《小团圆》都有雷同的寓意。选择这令她震动的题材,因张学良和胡兰成有三方面很相似地方:一从事政治;二生性风流;三年纪都比女方大十岁以上……。① 冯文印证本书推论均无误。

然而,影响张爱玲生命最重要的"关键词"不是胡兰成也不是黄逸梵,而是她早年念兹在兹,晚年却难以言说、不再提及、试图遗忘,那隐蔽在潜意识深处的"林语堂"三个字。若非心高气傲地早早设定了成功的高标:"有一天我要比林语堂更出风头",张爱玲的人生也许可以平凡点,不会力拼成为传奇女作家,不会执意爱上妻妾成群的胡兰成,也不会前往美国再次犯下婚姻"明知故犯"的错误。② 风烛残年的赖雅拖垮了张爱玲的后半生,就像胡兰成的汉奸身份拖垮了张爱玲的上海关键十年。她留在上海,极有可能受"文革"迫害,也有可能在桑弧、龚之方的庇佑下,逃过大劫;或是她留在香港,靠写电影剧本赚大钱,吃香喝辣不愁吃穿,和邝文

---

① 详见冯晞干:《在加多力山寻找张爱玲》,香港:牛津大学出版社,2018年,第263—328页。
② 详见朱天文:《花忆前身》,台北:麦田出版公司,1996年,第34页。陈子善编:《记忆张爱玲》,济南:山东画报出版社,2006年,第132页。

美逛大街喝咖啡。甚至,她可选择住在台北,有她可爱的台湾读者们围绕呵护。但她选择了最艰辛最孤独的一条路:追随林语堂的踪迹。最终,梦碎美国。

在《善隐世的张爱玲与不知情的美国客》这篇采访里,张爱玲坦率地和作者 Lyon 谈论关于赖雅身体健康问题以及赖雅的优缺点。他曾经是她的依靠。又在《花忆前身》,朱天文写下张爱玲来信告诉朱西宁:"我结婚本来不是为了生活,也不是为了寂寞,不过是单纯的喜欢他这个人。"因为单纯,所以不计较不问值得不值得。善于说反话又爱面子的张爱玲可有吐实?麦卡锡在接受水晶访问时说,知道张爱玲嫁给赖雅,高兴极了,因为"我们关心爱玲的生计,爱玲一度过着朝不保夕的生活,没有稳定收入……以为这下子爱玲衣食无忧了……"①当时,张爱玲确实是困窘,有了皇冠版税保障收入后,身心却依旧贫瘠。

超越林语堂之路有如寻求"圣杯"(graal),②以意愿作为命运,不惜任何代价献身于这个意愿。当年,胡兰成爱她时,用圣杯暗喻过他们的爱情:

她崇拜他,为什么不能让他知道?等于走过的时候送一束花,像中世纪欧洲流行的恋爱一样绝望,往往是骑士与主公的夫人之间的,形式化得连主公都不干涉。她一直觉得只有无目的的爱才是真的。当然她没对他说什么中世纪的话,但是他后来信上也说"寻求圣杯"。

——《小团圆》

寻求爱情的圣杯一场空后,层次提升至寻求生命的圣杯。"寻求圣杯"的使命赋予张爱玲人生特殊的风格与过人的毅力,勇往直前奋斗不懈直到完全无望。弗洛伊德借由西尔伯来(H. Sil-

---

① 陈子善编:《记忆张爱玲》,济南:山东画报出版社,2006 年,第 132 页。
② 圣杯,耶稣受难时,用来盛放耶稣鲜血的圣餐杯,两千年来一直有人在寻找这个宝贝,却始终可觅不可得。

berer)的一则有趣实验说明,在梦的工作将抽象思想转化为视觉影像时,个人可以控制梦的工作。当他处于疲惫和昏昏欲睡的状态之中,如果勉强自己做一些理智工作,那么思想就会消失,而由一种显然是其替代物的幻象所替代……有些象征,我们相信我们已认识它们,但它们仍然困扰着我们,因为我们不能解释这种特殊的象征物怎样变成了那种具有特殊意义的东西。①

到底林语堂有没有出现在张爱玲的梦中,不得而知,但是在《天才梦》的这个"梦"里,林语堂三个字却是指标性的成功象征物,当张爱玲晚年离这个指标越来越远,越来越没有超越的可能性时,"寻求圣杯"圣杯不在人间,美国梦逐渐破碎,林语堂的"臭虫论"反而成了挥之不去的梦魇侵入,日夜啃噬着她那袭生命原本华美的袍子。自鄙在外是异色肤种连巴士都欺负的边缘人,在家又日夜遭受无所不在的 fleas 精神迫害,最终形同流窜异邦街头提着家当游荡的 Bag Lady(提袋女郎)。②陈若曦说,林式同曾告诉她晚年的张爱玲拿个提袋四处逃虫患,就像个流浪街头的 Bag Lady,看起来十分可怜。

这句话并不夸大。许子东在《张爱玲的文学史意义》这篇文章里亦提到,一起参与张爱玲海葬仪式的南加大教授张错告诉他:你就算在街上见到了她,你也不会认识。她戴一个假发,穿一双最便宜的 2.99 美元的塑料拖鞋。美国人的说法就是,说难听一点,在超市门口摔跤了你也不敢随便去扶的老太太。③

虽然如此,老年的张爱玲还是倔强如故,坚持孤独走完自己的路。这是张爱玲自我选择的生活,她肯定不觉得自己可怜,宋以朗

---

① 陆扬:《精神分析文论》,济南:山东教育出版社,1998年,第15页。
② 2013年5月27日本书作者当面向陈若曦老师请益,请她回忆当年有什么是她文章里不曾提及的? 得到三个新讯息:(1)张爱玲是一个观察非常非常仔细的人,看什么东西眼睛都几乎贴着慢慢看;(2)不是美女,说话非常缓慢;(3)林式同说张爱玲在洛杉矶因为躲跳蚤到处搬家,家当全放身上,看起来就像 Bag Lady 十分可怜。
③ 许子东:《张爱玲的文学史意义》,香港:中华书局有限公司,2011年。

也频频为她抱屈。1988年她在《续集》的序中写道:"衣食住行我一向比较注重衣和食,然而现在连这一点偏嗜都成为奢侈了。"生活已力行清俭,接着说:"我是名演员嘉宝①的信徒,几十年来她利用化妆和演技在纽约隐居,很少为人识破,因为一生信奉'我要单独生活'的原则。记得一幅漫画以青草地来譬喻嘉宝,上面写明'私家重地,请勿践踏'。作者借用书刊和读者间接沟通,演员却非直接面对观众不可,为什么作家同样享受不到隐私权?"张爱玲早期所画的插图,所有皆不命名,不论交际花、上海十三点小姑娘、烈女、悲旦……且都是头部、侧脸、半身画,只有一张归类在"戏剧"项目下的全身素描美女画下标示出"嘉宝"两字,②可见"信徒"两字不假:I want to be alone。另在1944年上海女作家聚谈会中,她说外国女作家中比较喜欢的是Stella Benson(斯特拉·本森),③一个云游四海独钟东方的旅游作家,在中国居住多年后在广西去世。1919年斯特拉出版了一本 Living Alone(《独居》),是关于一个巫婆转化成一个女人后独自生活的幻想小说。显然"一个人过日子,一个人死去"是张爱玲早就有的心理准备。

1971年她在写给朱西宁的信中表明:"虽然没有钱,因为怕瘦,吃上不肯马虎。"1989年在写给张子静的信中这样说道:"传说

---

① 葛丽泰·嘉宝(Greta Garbo,1905—1990),本名葛丽泰·洛维萨·古斯塔夫松(Greta Lovisa Gustafsson),瑞典国宝级电影女演员,奥斯卡终身成就奖得主,好莱坞星光大道入选者。1999年,美国电影学会评其为百年来最伟大的女演员第5名。几乎任何一部她演过的电影都有这么一句话"我想一个人独处(I want to be alone)",这也是她真实生活的终身写照。20世纪40年代她主演的好莱坞电影《安娜·卡列尼娜》《妮诺奇嘉》《双面夏娃》等在上海部部轰动,影痴张爱玲自然成为她的影迷。她在当红时退隐,独居纽约直到孤独死去。瑞典为了纪念这位伟大的女演员,2012年由瑞典国家银行发行嘉宝新版纸币。
② 见《张爱玲资料大全集》,台北:时报文化出版企业,2009年,第43页;《沉香》,台北:皇冠出版社,2005年,第53页。
③ 斯特拉·本森,英国女权主义者、小说家、诗人、旅行作家。斯特拉在独自去远东探险的路上,和一个叫詹姆斯·安德森的英国人一见钟情,迅即成婚。那是一段关于种族、性别纠葛的复杂感情。斯特拉40岁病故于广西北海。

我发了财,又有一说是赤贫。其实我勉强够过,等以后大陆再开放了些,你会知道这都是实话。"显然经济状况是转好了些。宋以朗计算:1995年张爱玲逝世后,林式同找到她美国的银行账户里共有28 107.71美金,1996年邝文美为她保管的户头还有32万美金。① 显然张爱玲不但不穷还是"百万富翁"。1995年版税收入即有6万美金,可惜她去世后才陆续进账的《张爱玲全集》《小团圆》《雷峰塔》《易经》《少帅》等丰厚版税,她生前无法享受与支配。

不可否认,在一路追赶心中英雄的漫长旅程中,张爱玲的上海关键十年绝对是充满钢铁般斗志的,甚至在迎接新中国时,也曾对不可知的未来充满希望。历经暴起又暴落的百转千回,这般坚强无比的信念,还是让她不论如何都要离开中国前往美国,追求心中的圣杯:

"有一天我要比林语堂还出风头。"

---

① 宋以朗:《宋淇传奇:从宋春舫到张爱玲》,香港:牛津大学出版社,2014年,第253—254页。

第六章　崩溃中的重现

张爱玲热,历久不衰。华语文坛"张爱玲热"大体经历四波高峰:[1]

第一波,20世纪40年代,以小说集《传奇》和散文集《流言》"成名要趁早"地横空出世于上海文坛。

第二波,20世纪六七十年代。夏志清在1961年发表英文著作《中国现代文学史》评断张爱玲是"今日中国最优秀最重要的作家",震动了华语文坛。1965年,台湾皇冠出版社开始出版她的著作,彼时皇冠因出版了琼瑶《窗外》等书而开始汇集大量读者,也转嫁成了张爱玲读者。前后两件事情加总起来,让在美国几近隐居状态的张爱玲开始在台湾和香港文坛展露光芒。80年代重新回归大陆文学市场。

---

[1] 参考曾焱:《一种传奇的两重叙述:张爱玲的后半生》,刊载于《三联生活周刊》,2015年第38期,第37–42页。但原文为三波,经本书考察后改写并增为四波。

第三波,2005—2015年。遗产执行人宋以朗陆续授权出版了她生前未曾发表的遗稿,并在中美各地进行延续张爱玲文学生命的活动:办讲座、发奖学金、举行画展、遗物展、电影电视剧授权……2007年,李安拍摄的《色·戒》电影上映,挑战床戏尺度的回形针姿势掀起热议。2009年《小团圆》出版又造成"该出版不该出版"大争论,但也因而热销一时。多年来经过学者反复辩证,此遗作为张爱玲生命中最重要的一部自传体私小说已盖棺论定。2010年宋以朗说:随着《重访边城》《小团圆》《异乡记》《张爱玲私语录》《雷峰塔》和《易经》等新作陆续问世,张爱玲再一次成为大众焦点,其人气之盛甚至比她生前有过之而无不及。

第四波,2016年起的后张爱玲时代。

在张爱玲所有的遗稿差不多都已整理完毕,生前著作也被挖掘殆尽之际,继冯睎干耗费十年推敲考察到巨细靡遗的《在加多利山寻找张爱玲》出版后,不知还有何新文本让张学研究可开发可演绎?唯一遗留下次出版线索的是宋以朗曾当面告知本书作者:正在整理几十万字庞杂的"张爱玲和宋淇夫妻的所有信件"手稿。①

综观整体局势,本书主张"后张学"已取代了燃烧半世纪的"张学",2016年起,当定为"后张爱玲学时代"启航年,所有的张学研究将进入文献研究后的再研究领域,但民间张爱玲热仍将持续燃烧。有关张爱玲、胡兰成的著作会陆续上架,有些是张迷情感抒发小品,有些是文学学术研究论文,延伸项目更会多得不胜枚举:学术研讨会、文学讲座,2019年《滚滚红尘》电影数字修复版上映,许鞍华《第一炉香》电影筹划中,其他无数关于张爱玲人生或作品的电视剧、舞台剧……持续酝酿中,即将迎接的是"2020年张爱玲百年冥诞庆典"。就算时代在变、阅读环境在变,可前无古人

---

① 本书作者曾于2016年春天在香港加多利山宋宅与宋以朗先生相见欢,畅谈热议张爱玲。

后无来者,在中国文学史上,张爱玲祖师奶奶的地位永远屹立不摇。

而本书以文化研究理论切入的新观点新论述,也为后张学立下标竿。本书即为宋以朗先生以张爱玲版税遗产延续张爱玲文学生命的受惠者:"第一届张爱玲五年研究计划台湾唯一入选著作",背负着引领读者进入新领域新视野的责任与使命,让读者遇见前所未知的张爱玲,让人更理解更疼惜多面向的张爱玲。止庵曾指出:"张爱玲研究包括两种,一种是张爱玲的作品研究,一种是张爱玲的生平研究。"①本书尝试走出第三种路:结合张爱玲生平与作品的研究,希望在两行之间看出第三行的新意义新寓意。故本书重回40年代老上海历史现场,将张爱玲置入上海关键十年文化地理空间,在起始的人生、文本、时空三面向下遇见三个张爱玲,又在六项"社会身份新疆界说"框架与"矛盾的愉悦"精神分析的多重交叉辩证与层层推演中,逼使张爱玲的女神符号逐渐崩溃解体,血肉模糊现出原形,但总归是好的,这才是真实的张爱玲。

上海关键十年,让"张爱玲"由一个当代消费文化符号、一个无法超越的现代文学女神,回归到爱恨交缠、自私寡情、锱铢计较的平凡女子肉身。以前众人争相膜拜各说纷纭,却难厘清到底张爱玲何以为张爱玲。本书推论:终究是复杂幽微的"矛盾的愉悦"造就了张爱玲。张爱玲在《浮花浪蕊》里说过"恐惧的面容也没有定型的,可以是千面人",爱、恨、情、仇也各有一千个面貌。就像一千个人看哈姆雷特,见一千个哈姆雷特,一千个人读张爱玲,见一千个张爱玲。但真实的张爱玲只有一个。本来面目张爱玲,和你我一样,不再遥不可及,得以亲近得以理解得以疼惜。活在那个不可思议的时代,她所有的自私寡情都情有可原,所有的困顿漂泊亦都可爱可悯。

---

① 张月寒:《止庵:有一个"晚期张爱玲"过早地结束》,刊载于《三国生活周刊》,2015年第38期。

上海关键十年,张爱玲在家的分崩离析中,以创作为父母,以爱情为养分,悲凉又畅快地享受着矛盾的愉悦。当国破家亡爱已逝情已远,孑然一身的她淡然走上背离上海的异乡离散旅程。老年午夜回眸,只有轻抚《对照记》,对着流在血液中的张家人私语,才能唤起遥远又珍爱的原乡记忆、遥望家园,通过叙事回归传统,在反复琢磨古典文学中获得心灵慰藉:五详《红楼梦》、三弃《海上花》。在萨义德的心中,家泛指世界,世界是一个大的家园,只有在这样的宽阔胸怀中,在"流放"与"放逐"中,才能真正认识到小家(民族/国家)心理的狭隘。① 可怜张爱玲的小家不等同民族或国家,是局限于张氏"家族"的小小家。她的主体离散四方,世界人的眼光从不曾真正存在。从前豪气万千的伟大理想,被胡张婚变、桑张情殇、异国婚姻、久病丈夫、孱弱身体、虫害幻象以及汲汲营营的异乡生活消耗殆尽。身为美国公民的张爱玲,从来不是美国人,不论身份如何转换,她是永远的东方人、中国人、上海人、东西文化夹缝人。

　　萨义德"东方主义"宣称:有持第一世界西方立场制造"看"东方或使东方"被看"的话语权力操纵者;有第三世界的民族主义者,他们强烈的民族情绪使其日益强化东西方文化冲突,并以此作为东方形象和东方作为西方的"他者"存在的理由;有既是第一世界文化圈中的白领或教授却又具有第三世界的血缘的"夹缝人"或"香蕉人"(外黄内白)。他们在东西冲突中颇感尴尬,面对西方经常处于一种失语与无根状态,却在面对东方时又具有西方人的优越感。② 不幸的是,张爱玲正好符合夹缝人定义。

---

① 石海峻:《地域文化与想象家园》,刊载于《外国文学评论》,2001年第3期,第28页。
② 萨义德的正读就是要超越"非此即彼"的僵硬二元对立文化冲突模式,强调东西方对垒的传统观念应该让位于新的你中有我、我中有你的第三条道路。王岳川:《后殖民话语与文化政治诗学》,见文化网站2003年9月2日,http://www.culstudies.com。上网日期2013/5/8。

周芬伶指出:张爱玲终究是属于中国的作家,她的舞台与影响皆在中国,她50年代在美国的奋斗,处在比东方母国还要边缘的地带,面临西方/东方、男人/女人、第一世界/第三世界、中心/边缘、左/右的对峙关系,尤其在冷战时代,使她一直无法打进美国出版界。她在美国的挫败,使她更追溯自身传统与人民记忆。① 然本书论述,冷战时代的政治因素,并非张爱玲无法打进美国出版社的原因,本书论证为:纵使她在反对型后殖民思考、共犯型后殖民思考中走出了第三类型"协调型的后殖民书写",但欧语汉化的英文写作罩门才是她无法跨越的最大阻碍。终究,张爱玲"如何东方怎样西方"的矛盾才当为美国梦失败主因。

以后女性主义终极检视张爱玲上海关键十年,必参照伊里格瑞知名论述《此性非一》(*This Sex Which is Not One*)一文。文中提出了女性可借由模仿(mimesis)的语言策略,来达到松动阳具中心主义(phallogocentricism)中的男性霸权结构。对女人而言,戏耍模仿其实也是试图去重新找到一个可以开展她自身论述的位置,一个无须任何允许便可以到达的位置。借由戏耍的重复作用,可以持续看见的是:一种掩饰(cover-up)的操作将阴性带入语言之中来颠覆长久以来被男性所主宰的语言结构,甚至可以翻转(reverse)语言/性别以达到"论述的力量"(the power of discourse)境界。②

在以《传奇》《流言》袭击男性传统文字场域,以奇装异服戏耍震慑人的期间,张爱玲几乎成功了。可惜与父亲决裂后却转向另一个父亲(胡兰成),回归服膺于传统父权之路,终究无法松动阳具中心主义,放弃了自己足以掌握媒体与大众读者的"言语、知识、论述"的权力力量。她在《谈女人》里似乎对此早有预言:"多

---

① 周芬伶:《艳异》,台北:元尊出版社,1999年,第140页。
② Irigaray, Luce. *The Sex Which is Not One*. Trans. Catherina Porter and Carolyn Bruke. Cornell University Press, 1985. 中文版见露西·伊里格瑞:《此性非一》,李金梅译,台北:桂冠出版社,2005年。

数的女人非得'做下不对的事',方才快乐。婚姻仿佛不够'不对'的。"这句矛盾之语的言下之意,就是因为婚姻不够不对,多数做对的女人即使结了婚也无法快乐。包括母亲和她自己。

斯拉瓦·齐泽克(Slavoj Zizek)被问道:假如一个女性主义者把所有的对女性的描述都谴责为男权主义的陈词滥调,那么女性本性上到底又是什么呢?问题在于从克里斯蒂娃到伊里格瑞的答案都可以说成是陈词滥调。女性主义所尊崇的亲密和依恋价值观跟男性所推崇的自治、竞争的价值观形成了鲜明对比。那么,这些女性的美德到底是女性的真实特征还是父权制强加给她们的东西?齐泽克的回答是"同时都是"。[①]

回溯前言,在极大与特小之间,莫言表示张爱玲的作品不够大气,虽然小说写得非常精致、非常漂亮,语言漂亮,情感写得也很深,很多比喻都非常精辟,她那种幽默、调侃入木三分,要说刻薄,可能也是天下第一刻薄。但她的小说,他觉得总还是缺乏一种广阔的大意象,还是一种小家碧玉的东西,非常精致的东西,玲珑剔透的小摆件,不是波澜壮阔的托尔斯泰式的、陀思妥耶夫斯基式的,没有那种狂风暴雨般的冲突。

不论大小,张爱玲的自成一格难以与中外文学大师们放在天平上比较。如王德威所言:她的风格既有清贞决绝的矜持,也不乏锦上添花的沉溺。面对身后的花团锦簇,祖师奶奶如若地下有知,恐怕也是欲拒还迎。他以为张爱玲创作中原就生成"踵事增华"的冲动,这一冲动所构成的"重复"(repetition)"回旋"(involution)

[①] 伊丽莎白·赖特:《拉康与后女性主义》,王文华译,北京:北京大学出版社,2005年,第81页。斯拉瓦·齐泽克(Slavoj Zizek, 1949—),斯洛文尼亚卢布尔雅那大学社会和哲学高级研究员,拉康传统最重要的继承人,他长期致力于沟通拉康精神分析理论与马克思主义哲学,将精神分析、主体性、意识形态和大众文化熔于一炉,形成了极为独特的学术思想和政治立场,成为20世纪90年代以来最为耀眼的国际学术明星之一,被一些学者称为黑格尔式的思想家。他以第一本英文著作《意识形态的崇高客体》名闻天下。

及"衍生"(derivation)的叙事学,不仅说明张腔的特色,也遥指其人的题材症结。更重要的,借着召唤、崇拜张爱玲的仪式,世纪末的中国文学研究文化研究也不由自主地重复与回旋于张的美学观照中,生生不息。① 张爱玲上海关键十年,是"踵事增华"冲动的原生期、酝酿期,提供后来她所有创作"重复""回旋"及"衍生"的养分,壮阔肥美。

上海关键十年,张爱玲的创作文本与人生文本,前后莫不呈现巨大矛盾。史碧娃克说"至于矛盾……我并不担心它们",她主张文本中的矛盾、不和谐之处极可能是对后来的知识型或开创型著作最有启发的地方,认为没什么东西是神圣的,并坚信理论与实践应该将对方引入有积极意义的危机之中……。人们需要区分有潜在积极意义的问题与那些史碧娃克显然想要破坏的思想和地位"崩溃中的重现"例子,与之相反者似乎完全丧失活力。② 本书尝试拆解过往张学范例,指出若干前人所不敢言或未论及的另类观点,并非挑战主流权威,而是在"崩溃中的重现"中,发现新的张爱玲,寻找后张学研究之新方向:

(1) 参与土改真实性的第一手资料持续搜寻眼见为凭;
(2) 1952年11月至1953年2月"日本行之谜"追踪探究;
(3) 寻找伯克利中国研究中心《"文革"的结束》《知青下放》西文;
(4) 晚年洛杉矶旅店迁徙路线与虫幻妄想症消长关系;
(5) 张爱玲与林语堂人生与文本异同详尽之分析比较;
(6) 张爱玲与夏、庄、宋通信内容交叉论证之研究;
(7) 张爱玲文本强烈的"恋英情结"研究;
(8) 张爱玲大小团圆"梦"的解析;

---

① 王德威:《落地的麦子不死——张爱玲与张派传人》,济南:山东画报出版社,2004年,第20页。
② 吉尔伯特(Gilbert. B. M.):《后殖民理论:语境实践政治》,陈丹洋译,南京:南京大学出版社,2001年,第126页。

(9) 张爱玲与胡兰成著作的互文性研究比较;

(10) 解密《相见欢》为何两个太太闲话家常值得一写再写;

(11) 张爱玲与许地山著作雷同处之分析比较;

(12) 黄逸梵出走路线继马来西亚揭露后之其他各地追踪:新加坡、法国、印度、英国。①

在此举出张爱玲喜欢的外国女作家斯特拉,她的《穷人》第七章写着:在这个真实的战乱地区幸存下来的人对此事并不张扬,死神的幽灵却在忽隐忽现。当小船准备靠岸时,爱德华的一名年轻同事问,要是船在水里撞到了尸体,这会不会让他们像冰山那样沉没。即便没有感情,但遭遇死亡确是实实在在的事情。在乡下,他们看到:

在路边一面鲜花盛开的山坡上,头朝下躺着一个死人。脚上张开的鞋底似乎在瞪着来往的行人。

此文竟然和张爱玲《烬余录》有着神似的笔调,轻佻又诙谐地看待战争与死亡这两件严肃的事情,不可思议地都指向止庵点出的张氏"残酷"美学,然后穿越时空,射向所有张迷的心中,接受《小团圆》绝非虚构的残酷事实:就是像日本芥川奖女作家柳美里②"惨不忍睹"的自传体私小说,一切真实除了虚构的所有人物姓名。残酷也可用来形容张爱玲一生被窥探的命运。张小虹曾用两个非常"学院派"的名词来分析张爱玲生前和死后出现的"文化

---

① 2019年2月15日,《亚洲周刊》第33卷第7期登载了黄逸梵在马来西亚槟城坤成中学时的忘年交邢广生专访。94岁的邢广生畅谈和黄逸梵的昔日友情,并展示了两人交往互通的信函,揭露了晚年只身在伦敦的黄逸梵饱受病痛折磨,还要邢广生帮她卖书换现金过活的窘迫。

② 柳美里(Yu Miri),1968年6月22日出生于日本神奈川县横滨市,韩裔日人,横滨共立学园高中肄业时进入剧团做演员并开始写作。1986年以剧作《致水中之友》闻名而开始受到关注,1996年以后主要从事小说创作,得奖无数。长篇小说《命》《魂》《生》三部曲为日本文坛重要的私小说代表作,讲述她破碎的原生家庭、未婚生子、照顾罹患癌症男友直到死亡的悲惨人生。柳美里不擅人际交际、不接电话、不开手机,只收留言和传真。

现象"。一是"嗜粪"(coprophilia),一是"恋尸"(necrophilia)。这两种执迷远离文学研究本义,可说是一种偏差。阅读张爱玲"八卦化"后,大家不必看文本,单凭耳食之言,就可加入"百家争鸣"的行列。

这正是"张爱玲现象"的热闹景观。这景象造就了21世纪华人世界缤纷的张爱玲显学。就在百家争鸣探究虚实之际,往往又与实相失之交臂。在张爱玲逝世后,20余年来与她有亲密关系或认识的老人们逐渐凋零:父母、弟弟、姑姑、姑丈、青芸、炎樱、夏志清、纪弦、沈寂、李君维、林式同。访问过张爱玲的殷允芃和水晶都没有当面追问张爱玲的乡下经验是否来自土改,电访又载炎樱去机场的司马新,也没有追问张爱玲和胡兰成密婚的日期与细节。炎樱甚至说她不记得了,《今生今世》里立婚书时旁写炎樱为媒证,不知为何炎樱否认?当是根本不想提了,昔日友情早已灰飞烟灭。访问过青芸的李黎也没有针对密婚日期提问。在《小团圆》里,之雍勉强要给九莉个交代,让她独自去买"婚书"且只买了一张,写婚书时是很孤单凄凉的,那时之雍已是强弩之末。青芸回忆道:①有看到纸头、炎樱在的,炎樱是介绍人。办完婚礼后大家要去吃饭,张胡和炎樱三人去吃了,到一个小饭店里厢房去吃,大的饭店里吃要败露身份的。

本书推论,张胡并非如张子静所言在1944年8月热恋时结婚,由九莉和比比的对话,也可看出彼时妾身未明的长期姘居关系让九莉很尴尬,对外人说结婚了只是掩人耳目。细读《小团圆》除了可推敲出张胡究竟何时密婚,亦可由之雍出场后,理解为何九莉一直处于惴惴不安的状态,甚至有自杀和杀了他的恐怖念头,因为"他先有两个太太后又有小周和秀美",如《五四遗事——罗文涛

---

① 张伟群:《红烛爱玲及其他——青芸亲见亲闻张、胡生平事证续》,刊载于《印刻文学生活志》,2005年第21期,第51页,收入《浮花飞絮张爱玲》。2018年在小北出版、青芸口述的《往事历历》一书中,有更完整的记载。

三美团圆》演绎着三妻四妾剧目。若以英文标题解读可能更朗阔：*Stale Mates*：*A Short Story Set in the Time When Love Came to China*，迂腐的伴侣：在爱降临中国时的一则短故事。"五四"之后，那个拥有三妻四妾的迂腐男人，是在讽刺谁呢？

张爱玲一生不断地自我"重复""回旋"与"衍生"，不断地在书写胡兰成书写爱情，在书写的狂喜中慢慢地、反复地回忆细节咀嚼伤痛，然我们当"如得其情，哀矜而勿喜"。谭正璧给张爱玲的评语，隔了70年依然适用："作者是个珍惜人性过于世情的人，所以她始终是个世情的叛逆者，然而在另一方面又跳不出情欲的奴隶。"就算张爱玲后期文风变了，她的人，执拗地数十年如一日，喜欢的菜可以一吃再吃，喜欢的人可以一爱再爱。

总之，就算张爱玲研究已经山穷水尽，说不定仍有柳暗花明的惊喜出现。凡事必详细记载的张爱玲，不可能疏漏未载。但有些疑问已无人可答，只能继续从历史的垃圾堆里寻宝。刘绍铭评道：①唐文标从"垃圾堆"②里发掘文本以外的隐蔽世界，无疑是一种 exercise intrivialization，一种吹鸡毛求蒜皮的运作。但这运作开启了后来的张学之路。张爱玲在《张看》自序中表明对唐文标挖掘她未完小说"出土"的行径不值，把两篇旧作重新刊出，等同抢救两件"破烂"。垃圾堆则是刘绍铭自创之语，意味破烂的总和。只是张小虹说得狠，刘绍铭说得白，而唐文标分明深爱张爱玲，偏偏说出口、写下手的多是不中听的逆耳忠言。然而在广大张迷的心中，张爱玲遗留的垃圾堆，样样是宝贝，从早期到晚期，从生前到死后，从上海到香港、洛杉矶。

2015年止庵说张爱玲本身有很多变化，有一个早期张爱玲，可能还有一个晚期张爱玲，并感叹"晚期张爱玲"过早地结束，那

---

① 原文刊载于2009年5月3日香港《苹果日报》副刊《刘绍铭专栏》，2013年结集为《爱玲小馆》。
② 见唐文标：《破烂的历史》，收入《张爱玲卷》，第1页。

平淡而自然风格的张爱玲退场了,并指出遇见瓶颈的张爱玲生平研究:"应该把她这一生的空白给厘清了,才能够开始研究。张爱玲和宋淇夫妇的通信集已出版,但不包括张爱玲人生最后四十年与他们通信的全部。"①感谢止庵肯定本书为一本厘清"张爱玲上海1945—1952年"的专书,显然突破了他所谓的张爱玲研究瓶颈。瓶颈乃学者、论者自困于她1943—1945年两年全盛期的研究。

早期的张爱玲,反应在上海关键十年之所有著作中;中期的张爱玲则潜藏在《色·戒》《相见欢》,还有《怨女》等作品中;晚期的张爱玲则是坦陈在遗作《雷峰塔》《易经》自传体小说间。晚期作品大不同于早中期的风格,《小团圆》出版后便将张爱玲统合起来了,对照出众多论者都误读了张爱玲,或是写得不够彻底,他们笔下的张爱玲非真实的张爱玲。本书在人生与文本的交互辩证中,窥见了真实的张爱玲,也许不那么可爱,甚至翻转了她过往被贴上女性主义标签的形象,但她不再是文本建构出来的扁平张爱玲,而是活生生立体的血肉之躯。期待张爱玲和宋淇夫妇的通信全集出版,让后张学研究之火兀自燃烧下去,不论怎样张爱玲的文学生命都将以另一种形式延续下去。

最终回到上海,往事历历在眼前:八岁小煐伢气又神气地快乐坐着马车回到上海城;1944年穿着奇装异服和炎樱在虹口挑着日本花布的闲情惬意;1946年舟车劳顿千里寻夫时在戏班子台前失去位置的惶恐失措;1962年在香港埋头拼命写电影剧本的痛苦无奈;1983年提着家当流窜在好莱坞廉价旅店的狼狈不堪;1988年在洛杉矶小丘上空等巴士寂寥地呢喃自语;75岁在异乡家徒四壁如雪洞般的公寓躺椅上悄然地离开人世。张雪媄(2005)写道:在销声匿迹近三十年之后,张爱玲安排了这样一个绝对戏剧化、精美无瑕疵的告别式,她走出生命舞台的一个姿态,空寂凉冷精确

---

① 参见张月寒:《止庵:有一个"晚期张爱玲"过早地结束》,刊载于《三联生活周刊》,2015年第38期。

安详。

在民国上海这张美丽又残破的地图上，少年张煐接受了洋化殖民教育，留学香港后成了高级知识分子张爱玲，和在战火中生灵涂炭的百姓同样是被压迫剥削的被殖民次等人，但她又以精英意识形态歧视比她低贱的阶级，在其中，她得到睥睨众生的愉悦，这愉悦既苦涩又荒凉。

前尘往事反复流转，最后停格在上海关键十年，胡兰成初入常德公寓时的震动：她房里竟是华贵到使我不安，那陈设与家具原简单，亦不见得很值钱，但竟是无价的，一种现代的新鲜明亮几乎是带刺激性。阳台外是全上海在天际云影日色里，底下电车当当地来去。张爱玲今天穿宝蓝绸袄裤，戴了嫩黄边框的眼镜，越显得脸儿像月亮。三国时东京最繁华，刘备到孙夫人房里竟然胆怯，张爱玲房里亦像这样的有兵气。

张爱玲起身嫣然一笑：嗨，我还在这里。

上海关键十年揭秘

张爱玲生平简写

1920 年
9 月 30 日,张爱玲出生于上海(港大报名表上填的是 9 月 19 日,当是她的真实生日)。祖籍河北丰润,乳名小煐。出生后,名义上过继给长房大伯张志沧,所以称父亲张志沂(廷重)母亲黄素琼(后改名黄逸梵)为三叔三婶。

1921 年
弟弟张子静(小魁)出生。

1922 年
随父母迁居天津法租界张家祖业老宅。

1924 年
母亲黄素琼改名黄逸梵与姑姑张茂渊结伴去法国游学。

1928 年
由天津乘船回上海。父亲痛改前非求母亲回国,两人重归于好。全家由石库门房子搬进宝隆花园洋房。

1929 年
9 岁时就写信向报社编辑进攻,说自己画的图比他们登载的好。

1930 年
插班上海黄氏小学四年级,母亲将她英文名 Eileen 音译更名为张爱玲。父母协议离婚。
母亲一人再度赴法国学习,从此来来去去。

1931 年
进入圣玛利亚女校初中。

1932 年
发表短篇小说《不幸的她》,刊登于圣玛利亚女校年刊《凤藻》总第 12 期。

1933 年
画了一幅漫画,投到英文报纸《大美晚报》(*Shanghai Evening Post*)发表,收到报社寄来的第一笔稿费五元钱,为自己买了一支小号丹琪唇膏。

散文《迟暮》刊于1933年圣玛利亚女校年刊《凤藻》上。

1934年

升上圣玛利亚高中一年级。

父亲再娶孙用蕃。

1935年

全家搬回张爱玲出生老宅,写了一篇《后母的心》讨好继母。

继母让她穿一件旧袍子上学,性格变得自卑、孤僻、冷漠、呆板,不爱说话。宿舍零乱,但考试成绩优秀。

1936年

汪宏声受圣玛利亚女校之聘,任中文部教务主任职,兼授高中国文课。在作文课上,张爱玲的作文《看云》引起他的极大兴趣和赞赏。

在校内出版刊物《国光》创刊号上发表《牛》作品。

散文《秋雨》发表于1936年圣校年刊《凤藻》上。

1937年

两篇小说评介《无轨列车》与《书籍介绍〈在黑暗中〉》在《国光》第6期发表。

随笔《论卡通画之前途》、英文散文《牧羊者素描》与《心愿》,刊于1937年圣玛利亚女校年刊《凤藻》上。

小说《霸王别姬》在《国光》第9期发表,汪宏声在课堂上称赞,说比起郭沫若的《楚霸王之死》,有过之而无不及。

从圣玛利亚女校毕业在《凤藻》调查栏填上日后《爱憎表》原型答案。

母亲黄逸梵为她留学之事从法国归来。她去探视母亲后与继母发生冲突,被父亲毒打拘禁在家中半年。

1938年

旧历年前,乘家人不注意,逃出父亲家中,与母亲、姑姑住在常德公寓。母亲为她聘请英国家教辅导,准备报考伦敦大学。

公开承认的第一篇英文作品 *What a life*！*What a girl's life*！登在《大美晚报》(*Shanghai Evening Post*)上。说是自己的一点惊险的经验的实录。

1939年

以远东考区第一名的成绩考入英国伦敦大学,因欧洲第二次世界大战的全面爆发,改入香港大学借读。搭船赴港时认识锡兰人同学炎樱,成为好友。

上海《西风》杂志举行三周年纪念征文,以一篇《天才梦》投稿。

1940年

《西风》征文揭晓,正取十名。张爱玲的《天才梦》得名誉奖第三名,总排名十三。是公开承认的第一篇中文作品。

1941年

12月18日,太平洋战争爆发日军入侵香港。港大停课。

1942年

夏天和炎樱一起回上海,与梅兰芳同船。

报考圣约翰大学,因国文不及格,入校补习国文。开始用英文写影评与散文。不久即休学闭门写作。

1943年

在英文月刊《二十世纪》(*The XXth Century*)上陆续发表英文作品。

4月,带着《沉香屑——第一炉香》《沉香屑——第二炉香》,拜访鸳鸯蝴蝶派刊物《紫罗兰》的主编周瘦鹃。

5月,《沉香屑——第一炉香》在《紫罗兰》上登载。

6月,《沉香屑——第二炉香》在《紫罗兰》上发表。

7月,与柯灵会面,把短篇小说《心经》交给柯灵主编的《万象》。

7月10日,短篇小说《茉莉香片》在《杂志》月刊第11卷第4期上发表。

8月,散文《到底是上海人》在《杂志》月刊第11卷第5期上发表。

8—9月,短篇小说《心经》在《万象》月刊第2、3期上发表。

9—10月,小说《倾城之恋》在《杂志》第11卷第6、7期发表。

11月,小说《琉璃瓦》在《万象》月刊第5期发表。

同月,散文《洋人看京戏及其他》在《古今》半月刊第33期发表。

同月,小说《封锁》在《天地》月刊第2期发表。

11月10日至12月10日,小说《金锁记》分两次在《杂志》月刊第12卷第2、3期发表。

12月,散文随笔《更衣记》在《古今》第34期发表。

同月,散文《公寓生活记趣》在《天地》月刊第3期发表。

1944年

1月10日,散文《道路以目》在《天地》月刊第4期发表。

同月,散文《必也正名乎》在《杂志》月刊第12卷第4期发表。

1—6月,长篇小说《连环套》开始在《万象》月刊第7、8、9、10、11、12期上连载,6月后自动腰斩。

2月初,与胡兰成相识恋爱。

2月,小说《年青的时候》在《杂志》第12卷第5期发表。

2月7日,"中日文化协会"沪分会在亚尔培路该会会堂举办"女作家茶会"。

同月10日,散文《烬余录》在《天地》月刊第5期发表。

3月10日,《谈女人》在《天地》月刊第6期发表。

同月,小说《花凋》在《杂志》月刊第12卷第6期发表。

3月16日,"新中国报社"于咸阳路2号本部举办"女作家聚谈会"。

4月10日,第13卷第1期上刊载"女作家聚谈会"全文内容,以及《论写作》和小品三则:《爱》《有女同车》《走!走到楼上去!》。

5月,散文《童言无忌》《造人》在《天地》月刊第7、8期合刊上发表。

5月5日,散文《被窝》发表于《学艺》第101期。

同月,迅雨(傅雷)在《万象》月刊第11期上发表《论张爱玲的小说》,肯定《金锁记》是"文坛最美的收获之一",但对《连环套》提出严厉批评。

5月、6月,胡兰成在《杂志》第13卷第2、3期上发表《评张爱玲》,对张爱玲的贵族身世与作品大力赞扬。

5—7月,中篇小说《红玫瑰与白玫瑰》在《杂志》月刊第13卷第2、3、4期连载。

6月1日,散文《打人》在《天地》月刊第9期发表。

7月1日,散文《私语》在《天地》月刊第10期发表。

同月10日,《说胡萝卜》在《杂志》月刊第13卷第4期发表。

同月,《自己的文章》在《新东方》杂志发表,12月转载于《苦竹》杂志第2期。

同月,散文《诗与胡说》《写什么》在《杂志》第13卷第5期发表。

8月15日,小说集《传奇》由《杂志》月刊社出版。

8月26日,"新中国报社"在乐康酒家举行《传奇》座谈茶会。

8—10月,《中国人的宗教》在《天地》月刊第11、12、13期上连载。

9月10日,散文《忘不了的画》在《杂志》月刊第13卷第6期发表,同期刊登《〈传奇〉集评茶会》。

同月,散文《散戏》《炎樱语录》在《小天地》月刊第1期发表。

9月25日,《传奇》再版,加了一篇再版自序。

11月1日,散文《谈跳舞》在《天地》月刊第14期发表。

11月10日,《殷宝滟送花楼会》在《杂志》第14卷第2期发表。

同月,散文《谈音乐》在《苦竹》月刊第1期发表。

同月,胡兰成到武汉接办日伪刊物《大楚报》,认识新欢小周。

12月,小说《等》在《杂志》月刊第14卷第3期发表。

同月,《桂花蒸:阿小悲秋》《自己的文章》在《苦竹》第2期一起发表。

同月,散文集《流言》由五洲书报社出版。附录照片三帧,手绘插图多幅,封面为炎樱设计。

同月,《罗兰观感》在《力报》8日、9日连载。《关于"倾城之恋"的老实话》9日在《海报》发表。

同月16日,自编舞台剧《倾城之恋》在上海新光大戏园上演,引起轰动。

1945年

1月,《流言》由街灯出版社重印,张爱玲自印出版。

2月,散文《"卷首玉照"及其他》在《天地》月刊第17期发表。

2月10日,小说《留情》在《杂志》月刊第14卷第5期发表。

2月27日,《杂志》在常德公寓65室采访苏青与张爱玲对谈。

3—6月,小说《创世纪》在《杂志》第14卷第6期,第15卷第1-3期发表。

3月,《双声》在《天地》月刊第18期发表。

3月10日,《苏青张爱玲对谈记》在《杂志》第14卷第6期新年号发表。

4月,散文一组《气短情长及其他》,包括《气短情长》《小女人》《家主》《狗》《孔子》《不肖》《孤独》《少说两句罢》八则在《小天地》第4期发表。

4月9日,"新中国报社"在华懋饭店八楼第三号室举办《崔承禧二次来沪记》会谈。

4月10日,散文《吉利》在《杂志》月刊第15卷第1期发表。

同月,《我看苏青》在《天地》第19期发表。

5月,散文《姑姑语录》在《杂志》月刊第15卷第2期发表,以及《崔承禧二次来沪记》(座谈纪要)。

5月26日,胡兰成登报与应瑛娣离婚。

7月21日,"新中国报社"于咸阳路2号本部举办"纳凉茶会",与李香兰合影。

8月10日,《纳凉会记》在《杂志》第15卷第5期刊出。

8月15日,日本天皇宣布无条件投降。在追捕汉奸风声下,胡兰成逃窜出城,行前两人密婚,合写下婚书:"胡兰成与张爱玲签订终身,结为夫妇,愿使岁月静好,现世安稳",炎樱为媒证,青芸在场。

1946年

2月,到温州探望胡兰成,胡已与范秀美成婚,要求胡兰成在她和小周间做抉择,胡兰成不肯,两人关系破裂但仍藕断丝连继续通信。

1947年

4月,《华丽缘》短篇小说在《大家》月刊创刊号上发表。

4月中旬,《不了情》由上海文华电影公司搬上银幕。桑弧导演,张爱玲编剧,刘琼、陈燕燕主演。

5月,改编《不了情》剧本为《多少恨》中篇小说,在《大家》月刊连载两期。

6月,与桑弧秘密交往后多时,写信给胡兰成断绝关系,随函送上剧本费30万元。6月10日胡兰成在武汉收到信。

12月,《太太万岁》在全上海皇后、金城、金都、国际四大影院同时公映。桑弧导演,张爱玲编剧,蒋天流主演。

1948年

已和姑姑由常德公寓搬出。父亲与继母败光家产迁到朋友家客厅居住。

受沈寂邀请以"霜庐"笔名为《春秋》杂志翻译毛姆小说 *Red*(《红》)。

1949年

《传奇》由山河图书出版增订版,换上炎樱设计的封面。

2月,《哀乐中年》公映。桑弧导演编剧,编剧不是张爱玲。

以"霜庐"笔名为《春秋》杂志翻译毛姆小说 *The Ant and the Grasshopper*(《蚂蚁和蚱蜢》)。

1950年

和姑姑搬入长江公寓,大隐于市。

3月25日至次年2月11日,开始以"梁京"笔名在《亦报》上连载长篇小说《十八春》,引起轰动,人人在问梁京是谁。

7月出席上海召开第一次文艺代表大会,身着旗袍,外面罩了件网眼的白绒线衫,坐在后排,在一片灰蓝中山装的代表中,显得非常突出。

1951年

参加中国旅行社举办的临时观光团体,到杭州去过一次。

11月,《十八春》由上海"亦报社"出版单行本。

上海关键十年揭秘

11月4日至次年1月24日,中篇小说《小艾》在《亦报》连载。

1952年

7月,以香港大学复学为由,逃离上海到香港。寄居香港女青年会。

9月,香港大学注册。

11月,搭船赴日见炎樱,滞留三个月找工作未果。

1953年

2月,返港,为了恢复奖学金和香港大学闹翻。

开始为美国新闻署香港新闻处做翻译,译过海明威《老人与海》、玛乔丽·劳林斯《小鹿》《爱默森文选》,华盛顿·欧文《无头骑士》等。认识美新处处长麦卡锡夫妇,并和宋淇(笔名林以亮)、邝文美夫妇成为终身好友。

开始用英文写作长篇小说 The Rice Sprout Song(《秧歌》)。

同时以中文写作长篇小说《赤地之恋》。

父亲张志沂去世,享年57岁。

1954年

长篇小说《秧歌》与《赤地之恋》先后在香港《今日世界》连载。后由今日世界社出版《赤地之恋》中文、英文 The Naked Earth 单行本。将陈纪滢的《荻村传》译成英文本。

7月,《张爱玲短篇小说集》由香港天风出版社出版。

1955年

10月下旬,以中国专才难民资格搭乘"克利夫兰总统号"轮船,过境日本,移居美国。

经炎樱介绍,住在纽约救世军办的职业女子宿舍。与炎樱一道拜访胡适,自己又单独拜访一次。11月底,胡适来探望,这是两人的最后一面。

1956年

2月,获得爱德华·麦克道威尔(Edward MacDowell Colony)写作奖金,为期两年,搬到美国东北部的新罕布什尔彼德罗居住。

3月,在文艺营结识美国左翼作家甫德南·赖雅(Ferdinand Reyher)。1891年出生的赖雅为德裔美人,哈佛大学文学硕士,1917年与美国女权运动家瑞碧卡·霍瑞琪结婚,后离婚。与著名作家辛克莱·刘易士、贝托尔特·布莱希特交往密切。

8月14日,与赖雅在纽约结婚。

9月,英文小说 Stale Mates 发表于美国 The Reporter(《记者》)双周刊上。

341

从这一年开始,在宋淇安排下,为香港电懋影业公司编写剧本,7 年间陆续写了 10 本,上映了 8 部。

1957 年

1 月 20 日,小说《五四遗事》(*Stale Mates*)中、英文两篇同时在夏济安主编的《文学杂志》第 1 卷第 5 期上发表。

母亲黄逸梵在英国逝世,享年 61 岁。

第一部编剧的轻喜剧电影《情场如战场》在香港上映造成轰动,接下来《人财两得》(1958)、《桃花运》(1959)、《六月新娘》(1960)、《南北一家亲》(1962)、《小儿女》(1963)、《一曲难忘》(1964)与《南北喜相逢》(1964),每一部都热卖,让张爱玲在香港知名度暴涨。

1958 年

胡适作保,申请到南加州亨廷顿·哈特福基金会(Huntington Hartford Foundation)半年期的驻地作家名额。半年后与赖雅移居波士顿。

1961 年

7 月,与林以亮、于梨华、叶珊合译《美国诗选》,张爱玲译了爱默森的 5 首诗、梭罗的 3 首诗,由香港今日世界社出版。

10 月 13 日,为创作电影剧本《红楼梦》赴香港。取道台湾,由麦卡锡安排与白先勇、王文兴、欧阳子、陈若曦等台大学生会面。王祯和陪同去花莲一游。月底,赖雅中风。得知病情稳定,无生命危险后,直飞香港写剧本赚钱养家。

为香港电懋影业公司编写《红楼梦》上下两集剧本,写到眼睛流血,未获通过无稿酬,写信向赖雅抱怨宋淇。

1962 年

3 月,回美国,与赖雅移居华盛顿。

10 月,先前翻译玛乔丽·劳林斯(Marjorie Rawlings)的《小鹿》改名《鹿苑长春》后,由香港今日世界社再版。

同时,与方馨、汤新楣合译的《欧文小说选》,由香港今日世界社出版。张爱玲只翻译了第一篇《无头骑士》。

1963 年

2 月,译著《爱默森选集》(中文)由香港今日世界社出版。

3 月 28 日,在美国 *The Reporter*(《记者》)双周刊上发表英文游记 *A Return to the Frontier*(《重返边城》),记录过境台湾与香港告别之行。

1964 年

持续为香港电懋影业公司写剧本,照顾赖雅。

1966 年

4 月,《金锁记》改写的《怨女》由台湾皇冠出版社出版单行本。

《怨女》中文版在香港《星岛日报》连载。

9 月,到迈阿密大学任短期驻校作家。

1967 年

1 月,翻译中英文对照的《沉睡谷》〔即华盛顿·欧文(Washington Irving)的《无头骑士》〕,加上别人翻译欧文的另一篇小说《李伯大梦》,由香港今日世界社出版。

4 月,转往麻萨诸塞州的剑桥(坎布里奇),进入哈佛大学雷德克里夫女子学院任驻校作家。用英文翻译《海上花列传》。在哈佛燕京图书馆,看了《红楼梦》许多不同版本和有关著作,开始研究《红楼梦》。

5 月,与林以亮、于梨华、叶珊合译的《美国现代七大小说家》在台湾出版。翻译其中辛克莱·刘易士、欧纳斯特·海明威以及汤姆斯·沃尔夫三位作家的作品。

英文长篇小说 The Rouge of the North(《怨女》)在英国伦敦出版。

10 月 8 日,赖雅在波士顿病逝,享年 76 岁。

1968 年

长篇小说《秧歌》《怨女》《半生缘》《张爱玲小说集》《流言》等,先后由台湾皇冠出版社出版。

着手编写《红楼梦》与注译《海上花》。

1969 年

6 月、7 月间,由夏志清推荐,移居美国西海岸伯克利,进入加利福尼亚大学伯克利分校陈世骧主持的中国研究中心任研究员,为期两年。

1971 年

5 月底,陈世骧因心脏病去世。

6 月底,结束在加利福尼亚大学伯克利分校的研究工作。

1972 年

译著《老人与海》(中文)由香港今日世界社出版。

1973 年

《谈看书》在《中国时报》副刊发表。《初详红楼梦》在台湾《皇冠》杂志上发表。

秋天,移居洛杉矶。

1976年

《红楼梦未完》由台湾皇冠出版社出版。同时着手书写构思多年的《小团圆》。

5月,散文小说集《张看》由台湾皇冠出版社出版。

林以亮(宋淇)发表《私语张爱玲》。

8月,《红楼梦魇》由台湾皇冠出版社出版。

1978年

《皇冠》杂志刊登《相见欢》《色·戒》《浮花浪蕊》三篇小说。

3月15日,随笔《对现代中文的一点小意见》在《中国时报》"人间"副刊发表。

4月11日,《人间小札》在《中国时报》"人间"副刊发表。

11月27日,《羊毛出在羊身上——谈〈色·戒〉》在《中国时报》"人间"副刊发表。

1981年

评注《海上花列传》在台湾《皇冠》杂志发表。

7月29日,胡兰成在日本东京去世,享年75岁。

11月,张葆莘《张爱玲传奇》在上海《文汇月刊》上发表,这是30年来大陆首次有关张爱玲的文章。

1982年

6月,唐文标编《张爱玲卷》由台湾远景出版社出版。

1983年

《殷宝滟送花楼会》在《联合报》副刊发表。

6月,小说剧本集《惘然记》由台湾皇冠出版社出版。

11月,《海上花开》《海上花落》(国语《海上花列传》)由台湾皇冠出版社出版。

1984年

唐文标《张爱玲资料大全集》由台湾时报文化出版企业出版。

1985年

2月,柯灵的回忆文章《遥寄张爱玲》在《香港文学》第2期发表,4月北京《读书》4月号接续刊出,6月上海《收获》第3期刊登。

8月,上海书店出版社出版《传奇》小说集影印本。

1986年
2月,小说集《传奇》由人民文学出版社重新排印,前附作者相片。
12月27日起至次年1月18日,《小艾》在《联合报》副刊连载。

1987年
3月,上海书店出版社出版《流言》散文集影印本。
《十八春》由江苏文艺出版社重印,署名张爱玲。
《半生缘》由广州花城出版社重印。
《爱默森文选》由北京生活·读书·新知三联书店重印。
5月,《余韵》由台湾皇冠出版社出版。

1988年
《续集》由台湾皇冠出版社出版,以《关于"泪声笑痕"》一文反击盗印本及伪作。

1989年
3月间,外出被路人撞伤右肩,骨裂。
5月25—30日,电影剧本《太太万岁》在《联合报》副刊连载。

1990年
9月25日,散文《"嗄?"?》在《联合报》副刊发表。
9月30日至10月23日,剧本《哀乐中年》被误作张爱玲作品在《联合报》副刊连载。

1991年
5月,《赤地之恋》由台湾皇冠出版社出版。
6月,姑姑张茂渊去世,享年90岁。
7月,《张爱玲全集》由台湾皇冠出版社出版。

1992年
2月14日,在律师处签下遗嘱两项:一、所有的私人物品留交香港的宋淇夫妇;二、不举行任何葬礼,将遗体火化,骨灰撒到任何空旷的地方。
《张爱玲散文全编》由浙江文艺出版社出版。

1993年
4月3日,《文汇读书周报》刊登《张爱玲佚文三篇》,陈子善辑录,包括《写〈倾城之恋〉的老实话》《罗兰观感》《被窝》,还有张爱玲给《春秋》主编陈蝶衣的一封信。

1994 年

《对照记》由台湾皇冠出版社出版。

9月,获台湾第十七届时报文学奖"特别成就奖"。

12月3日,《忆西风——第十七届时报文学奖特别成就奖得奖感言》刊载于《中国时报》"人间"副刊。

1995 年

上海古籍出版社出版了《海上花列传》(国语版)。

9月8日,张爱玲在洛杉矶10911 Rochester Ave. 公寓去世后数日,才被管理员发现。全球华人媒体纷纷做了大幅度报道。

9月19日,遗体火化。

9月30日,75岁冥诞当日海葬太平洋,治丧小组中人在纽约的庄信正、不克参加,由林式同主持,张错、张信生撰写祭文,许媛翔照相,张绍迁和高全之录像。

1996 年

台湾皇冠出版社出版《华丽与苍凉——张爱玲纪念文集》

2001 年

《张爱玲典藏全集》全套14巨册,由台湾皇冠出版社出版(已绝版)。

2004 年

《同学少年多不贱》由台湾皇冠出版社出版。

2005 年

《沉香》由台湾皇冠出版社出版。

2007 年

李安拍摄电影《色·戒》,上映正负评均有,但票房大卖。

台湾皇冠出版社出版《色·戒》"限量特别版"。

2008 年

《重返边城》由台湾皇冠出版社出版。

2009 年

2月,《小团圆》由台湾皇冠出版社出版,引起诸多争议。

4月,《张爱玲全集》(止庵主编)由北京十月文艺出版社出版。

11月,台湾皇冠出版社出版《海上花开》《海上花落》。

2010 年

1—8月,台湾皇冠出版社出版《半生缘》《张爱玲译作选》《对照记》《惘然记》《华丽缘》《色·戒》《红玫瑰与白玫瑰》《倾城之恋》《怨女》《秧歌》《红楼梦魇》《赤地之恋》等"张爱玲典藏新版"

7月,《张爱玲私语录》由台湾皇冠出版社出版。

9月,《雷峰塔》《易经》由台湾皇冠出版社同时出版。

The Fall of the Pagoda 和 The Book of Change 由香港大学出版社出版。

10月,《异乡记》由北京十月文艺出版社出版。

2011年

全球第一届张爱玲五年研究计划公开征件,五人获选,本书为台湾唯一入选文稿。

2013年

2月,夏志清出版《张爱玲给我的信件》后,12月29日逝世于纽约,享年92岁。

2014年

宋以朗发表《宋淇传奇:从宋春舫到张爱玲》由香港牛津大学出版社出版,厘清了些许张爱玲生平真相。

未完成之英文手稿残篇 The Young Marshal 中译评鉴本《少帅》由台湾皇冠出版社出版。

2015年

《宋淇传奇》简体版《宋家客厅:从钱锺书到张爱玲》出版。

2016年

皇冠出版社在台北国际书展举办"纪念张爱玲逝世二十周年特展",展出包括手稿、服饰和眼镜、假发等遗物,以及模拟常德公寓65室客厅实景。

2016年

7月,台北《印刻文学生活志》刊登遗作《爱憎表》,23 071字完整刊出。

宋淇、邝文美夫妻与张爱玲通信650多封,宋以朗整理中。

2018年

7月,冯睎干著《在加多利山寻找张爱玲》在香港三联书店出版。

2020年

张爱玲冥诞一百周年,张爱玲90万字书信集出版。

参 考 文 献

张爱玲著作

[1]《张爱玲小说集》,台北:皇冠出版社,1983年。
[2]《惘然记》初版,台北:皇冠出版社,1983年。
[3]《流言》,台北:皇冠出版社,1984年。
[4]《余韵》,台北:皇冠出版社,1987年。
[5]《续集》,台北:皇冠出版社,1988年。
[6]《惘然记》典藏版,台北:皇冠出版社,1991年。
[7]《张看》,台北:皇冠出版社,1991年。
[8]《爱默森选集》,台北:皇冠出版社,1992年。
[9]《对照记》,台北:皇冠出版社,1994年。
[10]《沉香》,台北:皇冠出版社,2005年。
[11]《郁金香》,北京:北京十月文艺出版社,2006年。
[12]《重返边城》:台北:皇冠出版社,2008年。
[13]《流言》,北京:北京十月文艺出版社,2009年。
[14]《小团圆》,台北:皇冠出版社,2009年。
[15]《异乡记》,北京:北京十月文艺出版社,2009年。
[16]《怨女》,北京:北京十月文艺出版社,2009年。
[17]《秧歌》,台北:皇冠出版社,2010年。
[18]《半生缘》,台北:皇冠出版社,2010年。
[19]《海上花开》,台北:皇冠出版社,2010年。
[20]《海上花落》,台北:皇冠出版社,2010年。
[21]《红楼梦魇》,台北:皇冠出版社,2010年。
[22]《易经》,台北:皇冠出版社,2010年。
[23]《雷峰塔》,台北:皇冠出版社,2010年。
[24]《少帅》,台北:皇冠出版社,2014年。

[25] 《1988至——?》,《皇冠》杂志,1996年10月号。

[26] *My Great Expectations*, The Phoenix, 1937.

[27] *What a Life! What a Girl's Life!* Shanghai Evening Post, 1938.

[28] *Chinese Life and Fashion*, The XXth Century, 1943.

[29] *Stale Mates: A Short Story Set in the Time When Love Came to China*, The Reporter, 1956.

[30] *A Return to the Frontier*, The Reporter, 1963.

[31] World authors 1950—1970, *A Companion Volume to Twentieth Century Authors*, 1975.

民国时期

[32] 白鸥等:《苏青与张爱玲》,北京:沙漠书店,1945年。

[33] 白金雄:《汪政权的开场与收场》,香港:吴兴记出版社,1985年。

[34] 司马文侦:《文化汉奸罪恶史》,上海:曙光出版社,1945年。

[35] 沈从文:《论海派》,刊载于《大公报》,1934年1月10日。

[36] 沈寂:《张爱玲的苦恋》,刊载于《世纪》,1998年第1期。

[37] 吴汉:《张爱玲悄然来台——忽闻丈夫得病,又将摒挡返美》,刊载于《民族晚报》,1961年10月26日。

[38] 茅盾:《文学与政治的交错》,《新文学史料》,1980年第1期。

[39] 胡兰成:《论张爱玲》,刊载于《杂志》,1944年第13卷第1、第2期。

[40] 胡兰成:《瓜子壳》,刊载于《天地》,1944年5月第7、第8期合刊。

[41] 胡兰成:《女人论》,刊载于《三三集刊》,1981年1月第27辑。

[42] 胡兰成:《禅是一枝花》,上海:上海社会科学院出版社,2004年。

[43] 胡兰成:《山河岁月》,南宁:广西人民出版社,2006年。

[44] 胡兰成:《今生今世》,台北:远景出版社,2009年。

[45] 倪弘毅:《胡兰成二三事》,刊载于《印刻文学生活志》,2010年第80期。

[46] 张子静、季季:《我的姊姊张爱玲》,上海:文汇出版社,2003年。

[47] 张恨水:《啼笑姻缘》,西安:陕西师范大学出版社,2007年。

[48] 张润三:《南京汪伪几个组织及其派系活动》,收入《文史资料选辑》第99辑,2011年。

[49] 傅雷:《论张爱玲小说》,刊载于《万象》,1944年第5期。

[50] 陈东源:《中国妇女生活史》,上海:上海书店出版社,1984年根据商务印书馆1937年版复印。
[51] 曾朴:《孽海花》,上海:小说林社,1905年。
[52] 鲁迅(洛文):《上海的少女》,刊载于《申报月刊》,1933年9月15日第2卷第9号。
[53] 鲁迅:《南腔北调集》,上海:同文出版社,1934年。
[54] 苏青:《饮食男女》,上海:天地出版社,1945年。
[55] 苏青:《结婚十年》,合肥:安徽文艺出版社,1997年。
[56] 苏青:《续结婚十年》,上海:四海出版社,1947年。
[57] 潘柳黛:《退职夫人自传》,上海:新奇出版社,1949年。
[58] 潘柳黛:《记张爱玲》,刊载于《上海日报》"上海几位女作家"系列,1956年12月13日。
[59] 谭正璧编选:《当代女作家小说选》,上海:太平书局出版社,1944年。
[60] 《汉奸丑史》,上海:大同图书公司,1945年。
[61] 《女汉奸脸谱》,北京:光明出版社,1945年,作者无具名。
[62] 《女汉奸丑史》,作者、出版社、出版日期均不详。
[63] 《女汉奸秽史》,大义出版社印行,作者、出版日期均不详。
[64] 《上海一百名人图说》,刊载于《铁报》,1946年3月11日。
[65] 《青春电影》,1949年第17卷第12期。

当代著作

[66] 上海研究中心编:《上海700年》,上海:上海人民出版社,1991年。
[67] 上海市历史博物馆、上海人民美术出版社编:《上海百年掠影:1840s—1940s》,上海:人民美术出版社,1994年。
[68] 上海百年文化史编纂委员会:《上海文化百年史》,上海:上海科学技术文献出版社,2002年。
[69] 子通、亦青主编:《张爱玲评说六十年》,北京:中国华侨出版社,2001年。
[70] 子通、亦青主编:《张爱玲文集·补遗》,北京:中国华侨出版社,2002年。
[71] 三闲:《上海红颜往事》,黑龙江:哈尔滨出版社,2004年。
[72] 止庵、万燕:《张爱玲画话》,天津:天津社会科学院出版社,2003年。

[73] 王拓：《张爱玲与宋江》，台北：蓝灯出版社，1976年。

[74] 王德威：《众声喧哗：三〇年代与八〇年代的中国小说》，台北：远流出版社，1988年。

[75] 王德威：《落地的麦子不死——张爱玲与张派传人》，济南：山东画报出版社，2004年。

[76] 王政、杜芳琴主编：《社会性别研究选择》，北京：生活·读书·新知三联书店，1998年。

[77] 王岳川：《后殖民主义与新历史主义文论》，济南：山东教育出版社，1999年。

[78] 王志弘：《性别化流动的政治与诗学》，台北：田园城市出版社，2000年。

[79] 王宁：《文学与精神分析学》，北京：人民文学出版社，2002年。

[80] 王静：《清末民初女子社团的发展》，天津：天津师范大学出版社，2005年。

[81] 王一心：《深艳：艺术的张爱玲》，西安：陕西人民出版社，2007年。

[82] 王一心：《小团圆对照记——张爱玲人际谱系》，上海：文汇出版社，2009年。

[83] 中国人民政治协商会议全国委员会文史学习委员会编：《文史资料选辑》合订本，1960年。

[84] 中国大百科全书编辑委员会编：《中国大百科全书·戏曲曲艺卷》，北京：中国大百科全书出版社，1993年。

[85] 司马长风：《新文学丛谈》，香港：昭明出版社，1975年。

[86] 司马长风：《中国新文学史》，香港：昭明出版社，上卷1975年，中卷1976年，下卷1978年。

[87] 司马新：《张爱玲与赖雅》，台北：大地出版社，1996年。

[88] 古苍梧：《今生此时今世此地：张爱玲、苏青、胡兰成的上海》，香港：牛津出版社，2002年。

[89] 水晶：《张爱玲的小说艺术》，台北：大地出版社，1973年。

[90] 水晶：《张爱玲未完》，台北：大地出版社，1996年。

[91] 水晶：《替张爱玲补妆》，济南：山东画报出版社，2004年。

[92] 朱英：《商业革命中的文化变迁：近代商人与"海派"文化》，武汉：华中理工大学出版社，1996年。

[93] 朱天文：《花忆前身》，台北：麦田出版公司，1996年。

[94] 朱栋霖主编:《中国现代文学史:1917—1997》,北京:高等教育出版社,2006年。

[95] 任茹文:《沉香屑里的旧事——张爱玲传》,北京:团结出版社,2008年。

[96] 何满子:《中国爱情与两性关系——中国小说研究》,台北:台湾商务书局,1995年。

[97] 宋以朗编:《张爱玲私语录》,北京:北京十月文艺出版社,2011年。

[98] 宋以朗、符立中主编:《张爱玲的文学世界》,北京:新星出版社,2013年。

[99] 宋以朗:《宋淇传奇:从宋春舫到张爱玲》,香港:牛津大学出版社,2014年。

[100] 宋以朗:《宋家客厅:从钱锺书到张爱玲》,广州:花城出版社,2015年。

[101] 宋国诚:《后殖民论述——从法农到萨义德》,台北:擎松出版社,2003年。

[102] 宋国诚:《后殖民文学——从边缘到中心》,台北:擎松出版社,2004年。

[103] 杜芳琴:《发现妇女的历史——中国妇女史论集》,天津:天津社会科学院出版社,1996年。

[104] 余斌:《张爱玲传》,台北:星辰出版社,1997年。

[105] 余华林:《女性的重塑——民国妇女婚姻问题研究》,北京:商务印书馆,2009年。

[106] 吕耀怀:《越轨论:社会异常行为的文化学解析》,长沙:中南工业大学出版社,1997年。

[107] 吕文翠:《海上倾城:上海文学与文化的转异(1849—1908)》,台北:麦田出版公司,2009年。

[108] 李碧华:《绿腰》,上海:上海人民出版社,1996年。

[109] 李欧梵:《上海摩登:一种新都市文化在中国1930—1945》,香港:牛津大学出版社,2000年。

[110] 李欧梵:《苍凉与世故:张爱玲的启示》,上海:上海三联书店,2008年。

[111] 李欧梵:《看电影》,上海:上海书店出版社,2012年。

[112] 李康化:《漫话老上海知识阶层》,上海:上海人民出版社,2003年。

[113] 李今:《海派小说论》,台北:秀威信息科技,2005年。

[114] 李明军:《禁忌与放纵:明清艳情小说文化研究》,济南:齐鲁书社,

2005 年。

[115] 李黎:《浮花飞絮张爱玲》,台北:印刻出版社,2006 年。
[116] 李楠:《晚清民国时期上海小报》,北京:人民文学出版社,2006 年。
[117] 李晓红:《面对传统的张爱玲》,昆明:云南人民出版社,2007 年。
[118] 李晓红、黄鸣奋:《女性的声音:民国时期上海知识女性与大众传媒》,上海:学林出版社,2008 年。
[119] 李相银:《上海沦陷时期文学期刊研究》,北京:生活·读书·新知三联书店,2009 年。
[120] 李勇军:《再见,老杂志:细节中的民国记录》,北京:北京工业大学出版社,2010 年。
[121] 李力夫:《民国杂志识小录》,上海:上海远东出版社,2011 年。
[122] 忻平:《从上海发现历史:现代化进程中的上海人及其社会生活》,上海:上海大学出版社,2009 年。
[123] 汪民安、陈永国编:《后身体:文化、权力和政治生命学》,长春:吉林人民出版社,2003 年。
[124] 肖进编:《旧闻新知张爱玲》,上海:华东师范大学出版社,2009 年。
[125] 沈文冲:《民国书刊鉴藏录》,上海:上海远东出版社,2007 年。
[126] 沈双编:《零度看张》,香港:香港中文大学出版社,2010 年。
[127] 孟悦、戴锦华:《浮出历史地表——中国现代妇女文学研究》,台北:时报文化出版企业,1993 年。
[128] 吴福辉:《都市漩流中的海派小说》,长沙:湖南教育出版社,1995 年。
[129] 季季、关鸿编:《永远的张爱玲——弟弟、丈夫、亲友笔下的传奇》,上海:学林出版社,1996 年。
[130] 周芬伶:《艳异》,台北:元尊出版社,1999 年。
[131] 周文杰编:《文坛四才女:旷世凄美的关露、潘柳黛、张爱玲、苏青》,哈尔滨:黑龙江人民出版社,2004 年。
[132] 周文杰:《谁是潘柳黛》,台北:大都会文化事业,2009 年。
[133] 周蕾:《妇女与中国现代性——西方与东方之间的阅读政治》,上海:上海三联书店,2008 年。
[134] 周为筠:《杂志民国:刊物里的时代风云》,北京:金城出版社,2009 年。
[135] 林友兰:《香港史话》,香港:商务印书馆,1980 年。
[136] 林太乙:《林语堂传》,台北:联经出版公司,1989 年。

[137] 林幸谦:《张爱玲论述:女性主体与去势模拟书写》,台北:洪叶文化事业,2000年。

[138] 林幸谦:《历史,女性与性别政治——重读张爱玲》,台北:麦田出版公司,2000年。

[139] 林幸谦:《女性主体的祭奠:张爱玲女性主义批评》,桂林:广西师范大学出版社,2003年。简体版更名为《荒野中的女体:张爱玲女性主义批评》。

[140] 林幸谦编:《印象·张爱玲》,台北:联经出版公司,2012年。

[141] 林幸谦主编:《张爱玲——传奇·性别·系谱》,台北:联经出版公司,2012年。

[142] 金宏达:《平视张爱玲》,北京:文化艺术出版社,2005年。

[143] 卓影编:《丽人行——民国上海妇女之生活》,台北:柏室科技艺术,2006年。

[144] 邵迎建:《张爱玲的传奇文学与流言人生》,台北:秀威信息科技,2013年。

[145] 施宣圆主编:《上海700年》(修订本),上海:上海人民出版社,2000年。

[146] 胡兆量、阿尔斯朗、琼达等编:《中国文化地理概述》,北京:北京大学出版社,2001年。

[147] 胡青芸口述、沈云英记述:《往事历历》,香港:槐风书社,2018年。

[148] 施福康主编:《上海社会大观》,上海:上海书店出版社,2000年。

[149] 夏志清:《中国现代小说史》,上海:复旦大学出版社,2005年。

[150] 夏志清:《张爱玲给我的信件》,台北:联合文学出版社,2013年。

[151] 高福在:《洋娱乐的流入:近代上海的文化娱乐业》,上海:上海人民出版社,2003年。

[152] 高全之:《张爱玲学》(增订二版),台北:麦田出版公司,2011年。

[153] 唐文标:《张爱玲研究》,台北:联经出版公司,1976年。

[154] 唐文标:《张爱玲卷》,台北:远景出版社,1982年。

[155] 唐文标编:《张爱玲资料大全集》,台北:时报文化出版企业,1984年。

[156] 庄信正编注:《张爱玲庄信正通信集》,北京:新星出版社,2012年。

[157] 徐岱:《边缘叙事——20世纪中国女性小说个案批评》,上海:学林出版社,2002年。

[158] 徐俊西编:《海上文学百家文库118,潘柳黛,予且,施济美卷》,上海:上海文艺出版社,2010年。

[159] 袁晓峰:《女人的力量:中国女性的历史命运》,北京:中信出版社,2012年。

[160] 陶菊隐:《孤岛见闻——抗战时期的上海》,上海:上海人民出版社,1979年。

[161] 陶方宣:《大团圆——张爱玲和那些痴情的女人们》,北京:世界知识出版社,2010年。

[162] 陶方宣:《张爱玲与胡适》,上海:东方出版中心,2011年。

[163] 盛英主编:《二十世纪中国女性文学史》,天津:天津人民出版社,1995年。

[164] 陆扬:《精神分析文论》,济南:山东教育出版社,1998年。

[165] 陆坚心、完颜绍元编:《二十世纪上海文史资料文库》第6册,上海:上海书店出版社,1999年。

[166] 叶又红主编:《海上旧闻》,上海:文汇出版社,2000年。

[167] 黄仁:《中外电影永远的巨星》,台北:秀威信息科技,2010年。

[168] 许子东:《张爱玲的文学史意义》,香港:中华书局有限公司,2011年。

[169] 符立中:《张爱玲与白先勇的上海神话》,上海:上海书店出版社,2011年。

[170] 陈存仁:《抗战时代生活史》,上海:上海人民出版社,2001年。

[171] 陈其国:《畸形的繁荣——租界时期的上海》,上海:百家出版社,2001年。

[172] 陈子善:《说不尽的张爱玲》,台北:远景出版社,2001年。

[173] 陈子善编:《记忆张爱玲》,济南:山东画报出版社,2006年。

[174] 陈子善编:《重读张爱玲》,上海:上海书店出版社,2008年。

[175] 陈子善:《上海的美丽时光》,台北:秀威信息科技,2009年。

[176] 陈子善编:《研读张爱玲长短录》,台北:九歌出版社,2010年。

[177] 陈子善:《沉香谭屑——张爱玲的生平和创作考释》,上海:上海书店出版社,2012年。

[178] 陈子善:《张爱玲丛考》,北京:海豚出版社,2015年。

[179] 陈芳明:《台湾新文学史》(上)(下),台北:联经出版公司,2011年。

[180] 贺萧:《危险的愉悦:二十世纪上海的娼妓问题与现代性》,南京:江苏

人民出版社,2004 年。

[181] 张露生编著:《旧上海十大交际花》,沈阳:沈阳出版社,1995 年。

[182] 张炯、邓绍基、樊骏主编:《中华文学通史》第 7 卷,北京:华艺出版社,1997 年。

[183] 张小虹:《性帝国主义》,台北:联合文学出版社,1998 年。

[184] 张广利、杨明光:《后现代女权理论与女性发展》,天津:天津人民出版社,2005 年。

[185] 张雪媃:《天地之女:二十世纪华文女作家心灵图像》,台北:正中书局,2005 年。

[186] 张瑞芬:《胡兰成、朱天文与"三三":台湾当代文学论集》,台北:秀威信息科技,2007 年。

[187] 张昌华:《民国风景——文化名人的背影之二》,北京:东方出版社,2009 年。

[188] 张桂华:《胡兰成传:张爱玲一生的痛》,长春:北方妇女儿童出版社,2010 年。

[189] 张均:《张爱玲十五讲》,北京:文化艺术出版社,2011 年。

[190] 张午弟编:《陆小曼传:寂寞烟花梦一朵》,北京:中国工人出版社,2012 年。

[191] 万燕:《女性的精神——有关或无关张爱玲》,上海:同济大学出版社,2008 年。

[192] 董乐山编:《奥威尔文集》,北京:中国国际广播电台出版社,1997 年。

[193] 冯祖贻:《百年家族》,台北:立绪文化事业,1999 年。

[194] 冯睎干:《在加多利山寻找张爱玲》,香港:牛津大学出版社,2018 年。

[195] 费成康:《中国租界史》,上海:上海社会科学院出版社,1991 年。

[196] 杨天石主编:《民国掌故》,北京:中国青年出版社,1998 年。

[197] 杨泽编:《阅读张爱玲》,台北:麦田出版公司,1999 年。

[198] 贾平凹:《朋友:贾平凹写人散文选》,重庆:重庆出版社,2005 年。

[199] 蔡凤仪编:《华丽与苍凉——张爱玲纪念文集》,台北:皇冠出版社,1995 年。

[200] 蔡登山:《色戒爱玲》,台北:印刻出版社,2007 年。

[201] 蔡登山:《繁华落尽:洋场才子与小报文人》,台北:秀威信息科技,2011 年。

[202] 廖高会:《诗意的招魂——中国当代诗化小说研究》,北京:学苑出版社,2011年。

[203] 刘以鬯编:《香港小说选(五〇年代)》,香港:天地图书出版社,1997年。

[204] 刘亚雄:《阿拉上海人》,上海:上海人民出版社,2002年。

[205] 刘绍铭、梁秉钧、许子东编:《再读张爱玲》,济南:山东画报出版社,2004年。

[206] 刘绍铭:《张爱玲的文字世界》,台北:九歌出版社,2007年。

[207] 刘绍铭:《爱玲小馆》,北京:海豚出版社,2013年。

[208] 刘川鄂:《张爱玲之谜》,北京:中国书店出版社,2007年。

[209] 刘人锋:《中国妇女报刊史研究》,北京:中国社会科学出版社,2012年。

[210] 静思编:《张爱玲与苏青》,合肥:安徽文艺出版社,1994年。

[211] 钟文音:《奢华的时光——上海的华丽与沧桑》,北京:中国旅游出版社,2006年。

[212] 联合文学主编:《张爱玲学校》,台北:联合文学出版社,2011年。

[213] 苏伟贞:《鱼往雁返——张爱玲的书信因缘》,台北:允晨出版社,2007年。

[214] 钱仲联等编:《中国文学大辞典》,上海:上海辞书出版社,1997年。

[215] 钱虹:《灯火阑珊——女性美学独照》,台北:秀威信息科技,2011年。

[216] 钱锁桥编:《林语堂双语文集:小评论》,北京:九州出版社,2012年。

[217] 罗玛编:《重现的玫瑰——张爱玲相册》,北京:光明日报出版社,1999年。

报纸期刊

[218] 丁果:《王德威谈张爱玲:是传奇,也是巨星》,刊载于《时代周报》,2013年4月第227期。

[219] 于继增:《张爱玲告别大陆之谜》,刊载于《文史精华》,2005年第11期。

[220] 三焦:《胡兰成的门生倪弘毅先生访谈》,刊载于《印刻文学生活志》,2010年4月号第80期。

[221] 止庵:《张爱玲的苍凉和残酷》,《网易文化》聊天室,2004年4月。

[222] 止庵:《张爱玲的残酷之美》,央视《百家讲坛》,2004年10月28日。

[223] 止庵:《〈小团圆〉里寻找作者的虚实身影》,刊载于《明报》世纪副刊,2009年7月16、17日。

[224] 王祯和:《张爱玲在台湾》,刊载于《联合文学》,1987年3月号。

[225] 王卫、平马琳:《张爱玲研究五十年述评》,刊载于《学术月刊》,1997年第11期。

[226] 王岳川:《后殖民话语与文化政治诗学》,文化网站2003年9月2日,http://www.culstudies.com。

[227] 王立新、王旭峰:《传统叙事与文学治疗——以文革叙事和纳粹大屠杀后美国意识小说为中心》,刊载于《长江学术》,2007年2月号。

[228] 王鹏:《在两极游走的小女人:浅议张爱玲人生际遇与文学创作之关系》,刊载于《时代教育》,2009年第2期。

[229] 王明科、柴平:《"新怨恨"理论视野下的张爱玲小说重读》,刊载于《东方论坛》,2010年第4期。

[230] 王香梅:《不为人知的张爱玲:美国新闻处译书计划下的〈秧歌〉与〈赤地之恋〉》,刊载于《欧美研究》,2015年第45卷第1期。

[231] 王德威:《张爱玲再生缘——重复,回旋与衍生的叙事学》,刊载于《文学世纪》,2000年第9期。

[232] 王德威:《抒情与背叛:胡兰成战争和战后的诗学政治》,刊载于《台湾文学研究集刊》,2009年8月号。

[233] 王德威:《没有了华丽苍凉那是晚年张爱玲的"祛魅"》,刊载于《东方早报》,2010年6月11日。

[234] 石海峻:《地域文化与想象家园》,刊载于《外国评论》,2001年第3期。

[235] 石晓枫:《隔绝的身体/性/爱:从〈小团圆〉中的九莉谈起》,刊载于《成大中文学报》,2012年6月号。

[236] 包燕:《从传统走向现代——张爱玲与鸳鸯蝴蝶派言情小说之比较研究》,刊载于《浙江工业大学学报》(社会科学版),2003年第2卷第1期。

[237] 朱天文:《花忆前身——回忆张爱玲与胡兰成》,刊载于《文学世纪》,2000年12月号。

[238] 朱西宁:《一朝风月28年》,刊载于《中国时报》,1971年5月31日。

[239] 沈寂:《张爱玲的苦恋》,刊载于《世纪》,1998年第1期。

[240] 李楠:《市民文化笼罩下的都市想象:上海小报中的"上海"》,刊载于《学术月刊》,2004年6月号。

[241] 李黎:《今生春雨·今世青芸》,刊载于《印刻文学生活志》,2005年第21期。

[242] 李晓光:《从女权主义到后女权主义——西方女性主义/女权主义的理论转型》,刊载于《思想战线》,2005年第31卷第2期。

[243] 李永东:《论"租界文化"概念的文学史意义》,刊载于《西南大学学报》(人文社会科学版),2007年第5期。

[244] 李金莲:《薛仁明新书〈胡兰成,天地之始〉》,刊载于《港澳台之窗》上旬刊,2009年4月号。

[245] 李贤聪:《〈雷峰塔〉:看穿〈小团圆〉全部技巧》,刊载于《时代周报》,2010年第75期。

[246] 李相银:《行走在政治与文学之间——上海沦陷时期的〈杂志〉研究》,《中国现代文学论丛》,2010年第5卷第1期。

[247] 宋以朗:《〈重访边城〉佚文出土》,刊载于《明报》,2008年9月28日。

[248] 宋以朗讲述,林幸谦整理:《书信文稿中的张爱玲》,刊载于《印刻文学生活志》,2009年第68期。

[249] 宋以朗:《关于〈异乡记〉》,刊载于《皇冠》杂志,2010年第674期。

[250] 余荣宝、魏红:《从姓名看社会文化心理》,刊载于《襄樊职业技术学院学报》,2007年第6卷第2期。

[251] 邢珍珠:《评剧表演艺术的基本美学特征》,刊载于《剧作家》,2011年第4期。

[252] 金宏达:《何必从〈色·戒〉索隐张爱玲》,刊载于《新京报》,2007年11月20日。

[253] 胡纪元:《室有妇稚亦天真:胡兰成幼子宝宝忆弦》,刊载于《印刻文学生活志》"张爱玲与胡兰成专辑",2005年第21期。

[254] 胡纪元:《我与父亲一起看星星》,2014年2月发表于北京胡兰成《心经随喜》新书发布会。

[255] 周芬伶:《病恙与凝视——海派女性小说三大家的疾病隐喻与影像手法》,刊载于《东海中文学报》,2012年第24期。

[256] 邵迎建:《女装时装·更衣记·爱——张爱玲与恩师许地山》,刊载于

《新文学史料》,2011 年第 1 期。

[257] 吴佳璇:《张爱玲的身心症与文学梦》,刊载于《联合文学》,2013 年第 29 卷第 4 期。

[258] 高全之:《忏悔与虚实,〈小团圆〉的一种读法》,刊载于《文讯》,2009 年 11 月号。

[259] 封面故事《身体与阴谋的李安想象》,刊载于《三联生活周刊》,2007 年 9 月号。

[260] 封面故事《张爱玲的后半生》,刊载于《三联生活周刊》,2015 年 9 月号。

[261] 韦泱:《听沈寂忆海上文坛旧事》,刊载于《文汇报》,2015 年 7 月 31 日。

[262] 孙桂荣:《经验的匮乏与阐释的过剩——评周蕾〈妇女与中国现代性——西方与东方之间的阅读政治〉》,刊载于《中国现代文学研究丛刊》,2010 年第 4 期。

[263] 祝淳翔:《张爱玲参加过土改吗?》,刊载于《东方早报》,2013 年 3 月 24 日。

[264] 祝淳翔:《潘柳黛说的话可信吗?》,刊载于《东方早报》,2013 年 5 月 26 日。

[265] 祝淳翔:《平襟亚与张爱玲的恩怨始末:究竟为何决裂》,刊载于《澎湃》,2016 年 6 月 16 日。

[266] 涂晓华:《上海沦陷时期〈女声〉杂志的历史考察》,刊载于《现代文学研究丛刊》,2005 年 3 月号。

[267] 许晓琴:《对位阅读:〈东方学〉与〈文化帝国主义〉》,刊载于《山东文学》,2009 年第 11 期。

[268] 梁伟丰:《论上海租界与租界文化》,刊载于《江西社会科学》,2005 年 3 月号。

[269] 黄康显:《灵感泉源?情感冰原?——张爱玲的香港大学因缘》,刊载于《香港文学》,1994 年第 136 期。

[270] 黄玲玲:《六十年代以来张爱玲研究述评》,刊载于《百家春秋》,2000 年第 2 期。

[271] 黄灿然译:《文字的良心》,刊载于《文学世纪》,2002 年 11 月号。

[272] 黄继刚:《城市空间和文化批评——以爱德华·索雅为例》,刊载于

《学理论》,2010 年第 23 期。

[273] 黄继刚:《爱德华·索雅和空间文化理论研究的新视野》,刊载于《中南大学学报》(社会科学版),2011 年 4 月号。

[274] 黄锦树:《胡兰成的神话学》,刊载于《海港都市研究报》,2013 年 3 月号。

[275] 张英:《盗可道:张爱玲胡兰成版权风波》,刊载于《南方周末》,2003 年 10 月 31 日。

[276] 张英、李丹:《这是一个全新的张爱玲——与〈小团圆〉有关的种种》,刊载于《南方周末》,2009 年 4 月 15 日。

[277] 张伟群:《红烛爱玲及其他——青芸亲见亲闻张,胡生平事证续》,刊载于《印刻文学生活志》,2005 年第 21 期。

[278] 张瑞芬:《张爱玲小团圆今生今世对照记》,刊载于《联合报》副刊,2009 年 3 月 7 日。

[279] 张淳:《中国早期电影〈新女性〉与民国上海的女性话语建构》,刊载于《首都师范大学学报》(社会科学版),2011 年第 2 期。

[280] 张月寒:《止庵:有一个"晚期张爱玲"过早地结束》,刊载于《三联生活周刊》,2015 年第 38 期。

[281] 陈若曦:《张爱玲一瞥》,刊载于《现代文学》,1961 年 11 月号。

[282] 陈子善:《张爱玲译作〈谑而虐〉》,刊载于《联合报》副刊,1998 年 9 月 10 日。

[283] 陈子善:《〈郁金香〉出土记》三篇,刊载于《明报·世纪》,2005 年 9 月 25 日,10 月 9 日,11 月 6 日。

[284] 陈子善:《张爱玲参加土改了吗?》,刊载于《时代周报》,2011 年第 116 期。

[285] 陈子善:《张爱玲的文学之旅——从〈沉香谭屑〉说起》,"海上博雅讲坛"演讲,2012 年 5 月 19 日。

[286] 陈子善:《爱玲小馆》,刊载于《时代周报》,2012 年 12 月 6 日。

[287] 陈子善:《"张学"研究的一件大事》,刊载于《联合文学》,2013 年 2 月号。

[288] 陈子善:《张爱玲曾用笔名颂扬女腿之美》,刊载于《南方早报》,2015 年 6 月 21 日。

[289] 陈辽:《沦陷区文学评价中的三大分歧——对关于沦陷区作家的评价

问题:张爱玲个案分析的回应》,刊载于《江苏行政学院学报》,2001年第 3 期。

[290] 陈惠芬:《〈更衣记〉和许地山》,刊载于《文汇读书周报》,2003 年 7 月 30 日。

[291] 陆亚伟:《评剧表演艺术的审美特征》,刊载于《戏剧之家》,2011 年第 6 期。

[292] 章辉:《汉语姓名与汉民族文化心理特征》,刊载于《毕节师范高等专科学校学报》,2005 年第 23 卷第 2 期。

[293] 章辉:《小说与权力:萨义德的对位阅读》,刊载于《武汉科技大学学报》(社会科学版),2010 年第 12 卷第 4 期。

[294] 程悦:《他者之城:张爱玲笔下的"香港传奇"》,刊载于《华文文学》,2004 年 1 月号。

[295] 曾焱:《一种传奇的两重叙述:张爱玲的后半生》,刊载于《三联生活周刊》,2015 年第 38 期。

[296] 裴定安、张祖健:《对"上海学"研究的思考》,刊载于《上海大学学报》(社会科学版),2005 年第 1 期。

[297] 郭延礼:《二十世纪女性文学研究中的一个盲点——评盛英,乔以钢〈二十世纪中国女性文学史〉》,刊载于《文艺研究》,2007 年第 12 期。

[298] 郭枫:《从〈三寸金莲〉透析缠足文化》,刊载于《大众文艺》,2009 年第 15 期。

[299] 郭琼森:《张爱玲与夏志清》,刊载于《联合文学》,2013 年 2 月号。

[300] 惠静:《中国现代女性文学批评的终点与起点——评〈浮出历史地表〉》,刊载于《榆林学院学报》,2011 年第 21 卷第 3 期。

[301] 梅君、淦钦:《张爱玲作品中的汉语欧化》,刊载于《南昌教育学院学报》,2000 年 6 月号。

[302] 邓红、李成坚:《建立翻译中的第三空间:论霍米·巴巴之"混杂"概念在翻译中的运用》,刊载于《电子科技大学学报》,2007 年 4 月号。

[303] 杨青泉:《张爱玲研究的关键词——张爱玲研究回顾》,刊载于《湖南工业大学学报》(社会科学版),2010 年第 15 卷第 4 期。

[304] 蔡登山:《张爱玲和她的十七个作家朋友》,刊载于《印刻文学生活志》,2010 年 11 月号。

[305] 蔡登山:《张爱玲文坛交往录(1943—1952,上海)》,刊载于《新文学史

料》,2011 年第 1 期。

[306] 蒋林:《后殖民视域:文化翻译与译者的定位》,刊载于《语言学研究》,2008 年 6 月号。

[307] 熊月之:《上海学平议》,刊载于《史林》,2004 年第 5 期。

[308] 蓝天云:《张爱玲:电懋剧本集》,香港:电影资料馆,2010 年。

[309] 刘亮雅:《二十世纪欧美女性小说中的母女关系》,"国科会专题研究计划",1999 年 3 月发表。

[310] 刘心皇:《抗战时期落水作家述论》,刊载于《反攻》,1974 年第 384 期。

[311] 刘以鬯:《我所认识的司马长风》,刊载于《香江文坛》,2004 年 2 月号。

[312] 刘传霞:《言说娜拉与娜拉言说:论五四新女性的叙事与性别》,刊载于《妇女研究论丛》,2007 年 5 月号。

[313] 刘铮:《无可回头的 1939 年——胡兰成,陈寅恪,戴望舒在香港》,刊载于《名牌》杂志,2007 年 6 月号。

[314] 编辑部札记:《天地人》,刊载于《书城》,2007 年 9 月号。

[315] 谢其章:《张爱玲与〈万象〉"闹掰"之内幕》,刊载于《中华读书报》,2008 年 7 月 23 日。

[316] 韩三洲:《看〈色·戒〉说关露》,刊载于《争鸣》,2007 年 12 月号。

[317] 韩晗:《都市意象及其现代性修辞——以〈海上倾城:上海文学与文化的转异(1849—1908)〉为中心的学术考察》,刊载于《武汉师范学院学报》,2011 年第 13 卷第 1 期。

[318] 《西风陈年》,慕三生创作网,http://www.pinwriting.com/article/29644584880/。

翻译著作

[319] 中共中央马克思恩格斯列宁斯大林著作编译局编:《马克思与恩格斯选集》第 2 卷,北京:人民出版社,1995 年。

[320] 尤金·奥尼尔(Eugene O'Neill):《大神布朗》,鹿金译,刊载于《外国文艺》,1982 年第 1 期。

[321] 艾勒克·博埃默(Elleke Boehmer):《殖民与后殖民文学》,盛宁、韩敏译,沈阳:辽宁教育出版社,1998 年。

[322] 艾莉斯·马立雍·杨(Iris Marion Young):《像女孩那样丢球——论女

性身体经验》,何定照译,台北:商周出版社,2006年。

[323] 吉尔伯特(Gilbert, B. M.):《后殖民理论:语境实践政治》,陈丹洋译,南京:南京大学出版社,2001年。

[324] 安东尼·吉登斯(Anthony Giddens):《亲密关系的变革——现代社会中的性,爱与爱欲》,陈永国、汪民安等译,北京:社会科学文献出版社,2001年。

[325] 安克强(Christian Henriot):《上海妓女:19—20世纪中国的卖淫与性》,袁燮铭、夏俊霞译,上海:上海古籍出版社,2004年。

[326] 西格蒙德·弗洛伊德(Sigmund Freud):《性学三论,爱情心理学》,林克明译,台北:志文出版社,1971年。

[327] 西格蒙德·弗洛伊德(Sigmund Freud):《弗洛伊德文集》,车文博主编,长春:长春出版社,2004年。

[328] 西格蒙德·弗洛伊德(Sigmund Freud):《弗洛伊德后期著作选》,林尘等译,上海:上海译文出版社,2005年。

[329] 西格蒙德·弗洛伊德(Sigmund Freud):《超越快乐原则》,杨韶刚、高申春等译,台北:胡桃木出版社,2006年。

[330] 弗里德里希·尼采(Friedrich Wilhelm Nietzsche):《权力的意志——重估一切价值的尝试》,张念东、凌素心译,北京:商务印书馆,1991年。

[331] 朱蒂斯·巴特勒(Judith Butler):《模仿与性别反抗》,李银河主编,北京:生活·读书·新知三联书店,2007年。

[332] 伊丽莎白·赖特(Elizabeth Wright):《拉康与后女性主义》,王文华译,北京:北京大学出版社,2005年。

[333] 威廉·萨默塞特·毛姆(William S. Maugham):《刀锋》,周熙良译,上海:上海译文出版社,1982年。

[334] 威廉·萨默塞特·毛姆(William S. Maugham):《人性的枷锁》,周熙良译,台北:汉风出版社,1988年。

[335] 威廉·萨默塞特·毛姆(William S. Maugham):《在中国屏风上》,唐建清译,江苏:江苏人民出版社,2006年。

[336] 周策纵(Tse-tsung Chow):《五四运动史》,陈永明等译,湖南:岳麓书社,1999年。

[337] 法农(Frantz Fanon):《黑皮肤,白面具》,万冰译,南京:译林出版社,2005年。

[338] 莫里斯·古德利尔(Maurice Godelier):《礼物之谜》,王毅译,上海:上海人民出版社,2007年。

[339] 保罗-罗宏·亚舜(Paul-Laurent Assoun):《弗洛伊德与女性》,杨明敏译,台北:远流出版社,2002年。

[340] 珍妮特·榭尔丝(Janet Sayers):《母性精神分析——女性精神分析大师的生命故事》,刘慧卿译,台北:心灵工坊出版社,2001年。

[341] 傅葆石(Poshek Fu):《灰色上海:1937—1945中国文人的隐退、反抗与合作》,张霖译,北京:生活·读书·新知三联书店,2012年。

[342] 爱德华·W.萨义德(Edward W. Said):《东方学》,王宇根译,北京:生活·读书·新知三联书店,1999年。

[343] 爱德华·W.萨义德(Edward W. Said):《文化与帝国主义》,李琨译,北京:生活·读书·新知三联书店,2003年。

[344] 琳达·麦道威尔(Linda McDowell):《性别,认同与地方:女性主义地理学概说》,徐苔玲、王志弘译,台北:学群出版社,2006年。

[345] 邝莉萨(Lisa See):《雪花和秘扇》,张慎修译,台北:高宝出版社,2006年。

[346] 维吉尼亚·伍尔夫(Virginia Woolf):《戴洛维夫人》,史兰亭译,台北:高宝出版社,2007年。

[347] 迈克·克朗(Mike Crang):《文化地理学》,杨淑华、宋慧敏译,南京:南京大学出版社,2003年。

[348] 苏珊·兰瑟(Susan S. Lanser):《虚构的权威》,黄必康译,北京:北京大学出版社,2002年。

[349] 罗兰·巴特(Roland Barthes):《罗兰·巴特随笔选》,怀宇译,桂林:漓江出版社,1997年。

[350] 魏斐德(Frederic Wakeman Jr.):《上海歹土——战时恐怖活动与城市犯罪,1937—1941》,芮传明译,北京:人民出版社,2011年。

[351] 露西·伊里格瑞(Luce Irigaray):《此性非一》,李金梅译,台北:桂冠出版社,2005年。

原文著作

[352] Bhabha, Homil. *The Post-colonial Question*: *Common Skies*. M J. Oivided Horizons, Published by London: Routledge, 1996.

[353] Catheriine Vance Yeh, *Shanghai Love: Courtesans, Intellectual, and Entertainment Culture*, 1850—1910. Harvard Journal of Asiatic Studies 2007, Vol. 67, No. 2.
[354] Friedman, Susan Stanford. *Mappings: Feminist and the Cultural Geographies of Encounter: Beyond Gender: The New Geography of Identity and the Future of Feminist Criticism.* Published by Princeton University Press, 1998.
[355] Gloria Anzaldua, *Borderlands/La Frontera: The New Mestiz*, Published by San Francisco, Calif.: Aunt Lute Books, 1999.
[356] Irigaray, Luce. *The Sex Which is Not One.* Trans. Catherina Porter and Carolyn Bruke. Published by Cornell University Press, 1985.
[357] Poshek Fu, *Passivity, Resistance, and Collaboration: Intellectual Choices in Occupied Shanghai*, 1937—1945. Published by Stanford University Press, 1993.
[358] Susan Sontag, *The Conscience of Words*, Los angels times, June 10, 2001.

上海关键十年揭秘

附件一 小报原版《炎樱衣谱》四篇

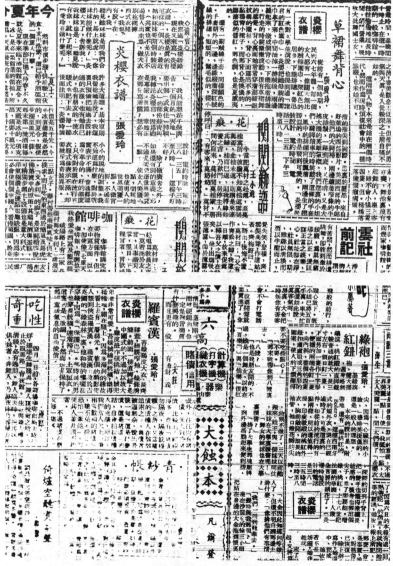

左上:前言,右上:第1篇,左下:第2篇,右下:第3篇。

第一篇：前言

我写过《炎樱语录》，现在又来写《炎樱衣谱》，炎樱是真的有这样的一个人的。最近她和妹妹要开个时装店，（其实也不是店——不过替人出主意，做大衣旗袍袄裤西式衣裙。）我也有股份在内。我一听见她妹妹是同我们合作的，马上就说："你妹妹能做什么呢？"炎樱大笑了，告诉我："我妹妹也是一听见说有你，就叫了起来'爱玲能做什么呢？'"

我只能想法子做广告。下个月的《天地》要出个"衣食住"特辑，"衣"的部分苏青叫我转托炎樱写，因为她是专家。那篇文章她正在那儿写着罢？想必有许多大道理。基本原则我留给她去说了，我这里只预备把她过去设计过的衣服，也有她自己的，也有朋友的，流水账式地记下去。每一节后面注明："炎樱时装设计　电约时间　电话三八一三五　下午三时至八时"——这样子好不好？

除了做广告之外，如果还有别的意义，那不过是要使这世界美丽一点……使女人美丽一点，间接地也使男人的世界美丽一点。人微言轻，不过是小小的现地的调整。我不知道为什么，对于现实表示不满，普通都认为是革命的、好的态度；只有对于现在流行的衣服式样表示不满，却要被斥为奇装异服。

第二篇：草裙舞背心

从前有一个时期，民国六七年罢，每一个女人都有一条阔大无比的绒线围巾，深红色的居多，下垂排穗。鲁迅有一次对女学生演说，也提到过"诸君的红色围巾"。炎樱把她母亲的围巾拿了来，中间抽掉一排绒线，两边缝起来，做成个背心，下摆拖着排须，行走的时候微微波动，很有草裙舞的感觉。背心里面她常常穿着湖绿银纹绉的衬衫，背心下面露出不多的一点鸦青小裙子，而那背心是懊侬的，胶漆似的酱红，那色调，也是夏威夷的。

还有一副绒线手套，同样颜色的。手套朝外的一边，边缘缀着深红绒线的排穗。短短的、鬃毛似的，从小指的指尖到腕际。这里的灵感，来自好莱坞的西部影片。美国西部的牛郎，他们的大脚裤，两边镶着窄条的牛皮排须，一路到底，又花哨，又是大摇大摆的英雄气概。我们这里的小姐们，骑脚踏车的

时候戴了这样的手套,风中的排穗向后飘着,两边生了翅膀似的,也是泼剌可爱的。(炎樱时装设计 电约时间 电话三八一三五 下午三时至八时)

第三篇:罗宾汉

苔绿鸡皮大衣,长齐膝盖,细腰窄袖,绿条清简。前面一排直脚钮,是中国式的,不过加以放大,鸡皮扭作核桃结,绒兜兜地非常可爱。苔绿绒线长筒袜,织得稀稀地,绷在腿上,因为多漏洞的缘故,看上去有一层丝光。整个的剪影使人想到侠盗罗宾汉。罗宾汉出没于古英国的"绿森林"里,他和他的喽啰都穿绿,因为是"保护色"。那时候的男子也穿长筒袜,连着袴子,上罩短衣。这里的是"改编"了,然而还是保持了那种童话气息的自由俊俏。

第四篇:绿袍红钮

墨绿旗袍,双大襟,周边略无镶滚。桃红缎的直脚钮,较普通的放大,长三寸左右,领口钉一只,下面另加一只做十字形,双襟的两端各钉一只,向内斜。整个的四只钮扣虚虚组成三角形图案,使人的下颚显得尖,因为"心脏形的小脸"穆时英提倡的,还是一般人的理想。

本来的设计是,附带地还有一种桃红的 Bolero。这种西班牙式的短外衣,现在已经过时了,可是这里的一件,和以前流行的还有点两样,所以值得一提。印度软缎的桃红上衣,胸前敞开,细长的袖管,袖口像花瓣的尖,深深的切到手背上,把一双手也衬得像纤长敏感的。后身也剪出个尖子,为了要腰细。暗绿,桃红,十七八世纪法国的华靡——人像一朵宫制的绢花了。(炎樱时装设计的电话是三八一三五 时间三时至八时)

附件二　张爱玲上海旧居三处

常德路 195 号常德公寓。

常德公寓 605 室（原 65 室）。

常德公寓风华依旧不减当年。

上海关键十年揭秘

出生老宅二楼厅堂。

疑似被父亲拘禁于二楼。

长江公寓 301 室。

长江公寓 301 室外寂静长廊。

附件三　张爱玲逝世二十周年特展顾影思人

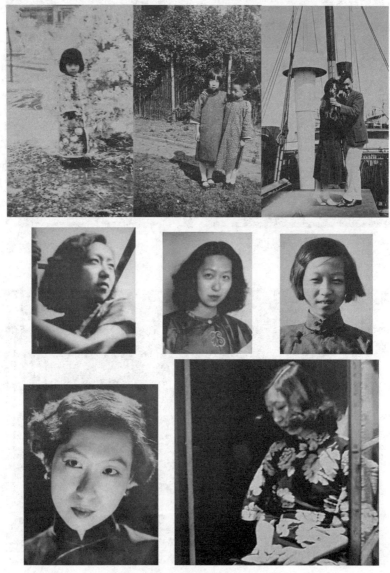

不同时期的张爱玲。

上海关键十年揭秘

作者翻拍自特展现场由宋以朗经由皇冠出版社授权之张爱玲遗物与相簿。

附件四　作者与张爱玲关键人物合影

与张爱玲遗产执行人宋以朗先生在香港加多利山宋宅。

作者进上海常德公寓前摄影留念。

摄胡兰成书籍出版人小北于北京大学。

图书在版编目(CIP)数据

矛盾的愉悦:张爱玲上海关键十年揭秘/杨曼芬著.
—上海:上海大学出版社,2019.8
 ISBN 978-7-5671-3637-3

Ⅰ.①矛… Ⅱ.①杨… Ⅲ.①张爱玲(1920-
1995)-文学研究②张爱玲(1920-1995)-人物研究
Ⅳ.①I206.7②K825.6

中国版本图书馆 CIP 数据核字(2019)第 135523 号

责任编辑　黄晓彦
封面设计　缪炎栩
技术编辑　金　鑫

矛盾的愉悦:张爱玲上海关键十年揭秘
杨曼芬　著
上海大学出版社出版发行
(上海市上大路99号　邮政编码200444)
(http://www.shupress.cn　发行热线021-66135112)
出版人　戴骏豪

*

江苏句容排印厂印刷　各地新华书店经销
开本890mm×1240mm　1/32　印张12.25　字数320 000
2019年8月第1版　2019年8月第1次印刷

ISBN 978-7-5671-3637-3/I·547　定价:48.00元